SUPERBUR
BIBLIOTECA UNIVERSALE RIZZOLI

Heinz G. Konsalik

DIECI VITE VENDUTE

traduzione di ARGIA MICCHETTONI

Biblioteca Universale Rizzoli

ISBN 88-17-11319-0

Titolo originale dell'opera:
SIE WAREN ZEHN

prima edizione Superbur: gennaio 1987
seconda edizione Superbur: ottobre 1987

PERSONAGGI PRINCIPALI

Peter Radek, 25 anni (Piotr Mironovič Sepkin)	Tenente
Berno von Ranowski, 24 anni (Ivan Petrovič Bunurian)	Tenente
Elmar Solbreit, 22 anni (Luka Ivanovič Petrovskij)	Sottotenente
Barone Venno von Baldenow, 26 anni (Leonid Germanovič Duskov)	Capitano
Johann Poltmann, 21 anni (Fëdor Pantelievič Ivanov)	Sottotenente
Detlev Adler, 25 anni (Aleksander Nikolaevič Kraskin)	Tenente
Asgard Kuehenberg, 28 anni (Kyrill Semënovič Boranov)	Capitano
Dietrich Semper, 22 anni (Sergej Andreevič Tarski)	Sottotenente
Bodo von Labitz, 31 anni (Pavel Fedorovič Sassonov)	Maggiore
Alexander Dallburg, 20 anni (Nikolai Antonovič Plejin)	Alfiere
Larissa Aleksandrovna Chrulankova, 22 anni	Trattorista
Lyra Pavlovna Žarenkova, 20 anni	Conducente di tram
Anja Ivanovna Pleskina, 29 anni	Medico
Ljudmila Dragonovna Cerskasja, 26 anni	Sottotenente della milizia femminile
Vanda Semënovna Haller, 23 anni	Capomastro
Elena Lukanovna Puškina, 19 anni	Segretaria al Cremlino
Igor Vladimirovič Smolka, 40 anni	Colonnello, del controspionaggio sovietico
Efim Grigorevič Radovskij, 52 anni	Generale, Stato Maggiore Collegamento Armata Rossa/Stalin
	Vladimir Leontinovič Plesikovski
	Nikolai Iljč Tabun
	Anton Vasilevič Nurašvili
	Stalin

1

Nessuno andò a prenderli perché nessuno li aspettava.

Dopo il passaggio del confine e gli ultimi controlli della Vopo — significava polizia popolare, come avevano detto loro — rimasero in piedi vicino al finestrino dell'ultimo vagone del treno interzonale e guardarono scorrere senza parlare i campi rigogliosi, i lindi villaggi, le strade ordinate e le auto variopinte che a volte percorrevano un tratto di strada parallela al treno, come se il tutto fosse una gara fra la ferrovia e l'automobile.

Un vecchio percorse incespicando il corridoio, gettò all'improvviso le braccia in alto, aprì le porte degli scompartimenti e gridò con entusiasmo: «Siamo in Germania! Siamo in Germania! Amici, ci siamo finalmente!». Quando poteva aggrapparsi a qualcuno, lo abbracciava e baciava sulle guance. Poi si appoggiò sfinito a un finestrino del corridoio, premette il viso contro il vetro sporco e si abbandonò a un pianto silenzioso.

Erano partiti quattro giorni innanzi da Mosca. Ma prima, buon Dio, c'era stato un altro distacco, del quale avevano avuto tutti paura. Era stato al campo di smistamento, dove li avevano portati tutti, quei dannati idioti, come li chiamavano. Erano arrivati dai quattro punti cardinali con mogli e figli, con valigie, scatole e sacche, metà o addirittura tre quarti di esistenza ridotti al peso che si poteva «portare via con due mani» — come diceva il permesso di esportazione — e poi si erano trovati tutti in piedi davanti alle baracche: ventisette uomini con le mogli e cinquantatre bambini, più sette vecchi e nove vecchie guardavano il compagno commissario e ascoltavano muti ciò che diceva.

«Dunque è così!» disse un uomo che si chiamava Kiryll Abramovič Konopëv. Era un uomo grosso e pesante, con le guance cascanti come quelle di un criceto e occhi piccoli che quasi scomparivano in mezzo al grasso. Portava begli stivali lustri e una giacca lunga di lino blu scuro su un paio di pantaloni marrone. Aveva una testa di riccioli grigi che si grattava di continuo quando doveva dire qualcosa d'importante. «Per quanti anni la Russia vi ha dato da mangiare, eh?! Per quanto tempo la Russia vi è stata padre e madre insieme?! Non avete forse avuto tutto ciò che un uomo può desiderare? Non avete alle spalle il più potente stato del mondo?! L'Unione Sovietica non è forse il posto più sicuro sul nostro pianeta?! Ma no, no... loro vogliono andarsene! Vogliono andarsene nell'Occidente capitalistico! Si ricordano dopo tanti anni che sono tedeschi! Tedeschi!» Konopëv pronunciò la parola come se sputasse contro il muro. Poi si mise in movimento, sbuffando, e passò in rassegna quel branco di muti. Davanti a ognuno si fermava un momento e lo squadrava con gli occhietti porcini. «Che cosa vi aspettate dall'Occidente», chiedeva. «Che cosa c'è di meglio là che da noi? Noi abbiamo conquistato per primi il cosmo, siamo in testa per quanto riguarda la tecnica, la medicina, la cibernetica, la matematica, la riforma agraria. Chi ha i migliori giocatori di scacchi del mondo, eh? I migliori ginnasti? L'esercito più potente? Ah, ma come posso elencare tutto? Domani non avrei ancora finito. Ma a che serve con voi? Ve ne state lì con la vostra roba e pensate: Lasciamolo parlare, il buon compagno Kiryll Abramovič... noi siamo tedeschi! Non ci dissuaderà certo!» Diede un calcio a una valigia e rise col fiato corto. I lunghi discorsi lo affaticavano, perché li faceva col cuore, e il suo cuore era irrimediabilmente affogato nel grasso. «Non avete avuto abbastanza dalla Russia? È una vergogna!»

Konopëv si diede da fare ancora per un'ora, ma né i bambini né i vecchi esitarono, e quanto agli uomini e alle donne nell'«età migliore», tutte le sue belle parole furono gettate al vento. Più tardi gli aspiranti all'espatrio passarono ancora una volta in ufficio per ricevere gli ultimi documenti: biglietti di viaggio, l'ultimo timbro in calce al permesso di trasferimento per gli oriundi tedeschi, la firma definitiva sotto il documento nel quale dichiaravano di non avere più nulla da pretendere dall'URSS, infine il certificato per il passaggio di confine e il permesso di esportazione per i bagagli più volte controllati.

Nessuno dei partenti era in grado di pagarsi il biglietto aereo per la Germania, per potere arrivare in Occidente come un vero uomo libero. Non si erano comprati nemmeno il biglietto per un treno internazionale; erano perciò preparati a lasciare la Russia tutti insieme in una vettura speciale. In Polonia avrebbero dovuto cambiare per passare dallo scartamento largo allo scartamento normale europeo, e poi di nuovo nella RDT, l'altra Germania, per essere agganciati al treno che, attraverso la Turingia e la frontiera fra le due Germanie, li avrebbe portati nell'Occidente libero.

Occidente libero?

Konopëv la vedeva diversamente. Seduto in ufficio dietro una montagna di carte, per ognuno che arrivava davanti alla sua scrivania tirava fuori dalla cartella la relativa «pratica».

«Ah! È lei» disse quando un uomo di media statura dai capelli grigi si avvicinò all'angolo della sua scrivania e gli presentò il suo documento di viaggio. Konopëv alzò la testa, gli sguardi dei due uomini si incrociarono, poi Konopëv posò gli occhi su una donna che era accanto all'uomo e su una più giovane che — secondo la pratica — doveva essere figlia dei due. «Eppure lei è una persona intelligente, Kyrill Semënovič Boranov. Ha perfino il mio stesso nome. C'è qualcosa di fraterno! Mi spieghi perché dopo 34 anni si sente d'improvviso tedesco.»

«Sono sempre stato tedesco, Kyrill Abramovič...» L'uomo picchiò l'indice sulle sue carte. «È scritto qui: mi chiamo Asgard Kuehenberg. Nato in Livonia. Capitano della Wehrmacht!»

«Lo so, lo so.» Konopëv storse la faccia grassa, come se avesse trangugiato dell'olio rancido. «È venuto fuori tutto dalla sua stupida domanda. Un successo, eh? Dieci anni di Siberia! Graziato dopo tre anni grazie all'intervento del governo della Germania Ovest. Ma per trentaquattro anni lei è vissuto come un russo fra noi, e le è andata anche bene. Ha rivestito perfino un'alta carica nelle tramvie moscovite! Perché — mi domando — dopo trentaquattro anni le viene la pazza idea di farsi riconoscere come tedesco, neanche fosse una spia o un sabotatore braccato, come se da noi non fosse vissuto in un ventre di vacca, e presenta addirittura domanda per tornare in Germania?!»

«La nostalgia, compagno Konopëv...»

«Nostalgia?»

«Chi può capirlo meglio di un russo?»

«Sua moglie, Lyra Pavlovna, è russa!» Konopëv fissò la donna a fianco del marito. Indossava un semplice abito di cotone, scarpe estive moderne, ma era senza calze. Dimostrava meno dei suoi cinquantaquattro anni: una donna snella dai capelli castano chiari fra i quali non si vedevano ancora fili bianchi. Aveva il volto ovale con gli zigomi un po' alti. «E sua figlia Tamara Kyrillovna... anche lei è russa!» ansimò Konopëv rapito, con gli occhi fissi sulla seconda donna. Era più alta dei genitori, molto slanciata e graziosissima. Una vitina che due grosse mani maschili potevano circondare. Seni come melucce di un raccolto precoce. Gambe lunghe e ben fatte. «Una vergogna!» affermò Konopëv. «Tra parentesi, come ha fatto il governo della Germania ovest a sapere che lei è ancora vivo?!»

«È una lunga storia, compagno.»

«La si può leggere.» Konopëv picchiò sui documenti. «Adesso glielo chiedo ufficialmente, Kyrill Semënovič Boranov: non vuole rinunciare alla sua domanda di espatrio?»

«No.»

«Lo domando alle donne, alle russe: Volete davvero lasciare per sempre la vostra patria? Volete — uso un termine all'antica — non vedere più la Piccola Madre Russia?»

Fece una pausa e si grattò i riccioli grigi. Le donne non dimostrarono affatto quella commozione che lui si sarebbe aspettato. Non piansero, non si torsero le mani. I loro volti rimasero immobili.

«È mio marito!» disse infine Lyra Pavlovna con voce chiara. «Dove va lui, vado io!»

«È mio padre», disse Tamara Kiryllovna con altrettanta gravità. «Quello che fa lui, è sempre ben fatto.»

«Lei tiene bene in pugno la sua famiglia!» disse Konopëv. Scartabellò fra i documenti e riunì tutti quelli che dovevano essere firmati. «Che cosa pensa di fare in Germania?»

«Non lo so.»

«Crede che le tramvie tedesche stiano aspettando lei?»
«No.»
«Oppure vuole tornare a fare l'ufficiale.»
«Per quello sono ormai troppo vecchio.»
«Sicuro che è troppo vecchio. Troppo vecchio per tutto! Soprattutto troppo vecchio per trasferirsi. Qui, in Unione Sovietica, avrebbe avuto una vecchiaia tranquilla. In Occidente sarà come un insetto molesto sull'orlo di un vaso di miele. La guarderanno storto, perché vivrà alle spalle degli altri. Cosa vuole qui? diranno. Poteva restarsene in Russia. Adesso bisogna provvedere a mantenerlo con i soldi di noi contribuenti! Se ne ricorda dopo trentaquattro anni di essere tedesco! Pezzo di cretino!» Konopëv si sporse un po' in avanti. La pappagorgia gli ciondolò sul colletto. Malgrado la calura che gravava su Mosca e formava sull'asfalto nuvole fluttuanti di vapore, egli portava la camicia abbottonata in maniera irreprensibile e la cravatta con un grosso nodo. «Lei diventerà un lebbroso, Kyrill Semënovič! L'Occidente dorato non ha cuore, non ha affatto cuore per uomini come lei! Lei torna da vecchio in un paese che non conosce più. Tutto è cambiato, tutto! Chi non è più utilizzabile come forza di lavoro, vale meno di un chiodo storto! Esiste più un'anima? Macché! Al posto della coscienza, c'è un biglietto di banca. Sono i burocrati a stabilire che cosa è la libertà. Lo so quello che pensa in questo momento! Glielo leggo negli occhi: "Proprio come qui"... giusto?»
«Questo lo ha detto *lei*, compagno Konopëv», rispose Kuehenberg cauto.
«Siamo fra noi! Io le domando: Che cosa c'è di meglio in Occidente? Crede che le diano una pensione da ufficiale?»
«Si vedrà.»
«Molte cose si vedranno. Soprattutto, che è stato un errore lasciare la Russia. Non si è trovato bene qui?»
Kuehenberg annuì. Cinse con le braccia la moglie e la figlia e le strinse a sé. Era un bel quadro. Una famiglia di cui si poteva essere fieri. Ne aveva convenuto spesso quando curava il suo giardinetto nel nuovo quartiere residenziale alla periferia di Mosca, dove si dissodavano grosse aree boschive per costruire casette semplici e pulite da assegnare ai buoni funzio-

nari e ai compagni fidati. Guardava il sole e il suo giardino con i ciliegi e gli ortaggi ed era felice. «Amo la Russia!» disse Kuehenberg. «Mi dispiace lasciarla.»

«E malgrado ciò!» sbuffò Konopëv. «Lei è malato, compagno. La sua psiche è malata.»

«Nella vita di un uomo viene il momento in cui si vorrebbe essere quello che si è. Per la maggior parte degli uomini, questo rimane un desiderio: essi continuano a vivere rimanendo quello che sono diventati. Io, però, ho la possibilità di tornare ad essere un tedesco. Devo lasciarmi sfuggire questa occasione?»

«Lei è uno stupido, Boranov!» Konopëv mise un timbro su un documento che già ne aveva parecchi. Doveva essere un certificato importante, perché quanti più timbri aveva una carta, tanto più era degna di rispetto. «Sa che cosa era quello?»

«Un timbro.»

«La sua morte come russo! Adesso lei è un niente, fino a che i tedeschi non l'avranno riconosciuta. Questo timbro... via!... la cancella. Non c'è più un Kyrill Semënovič Boranov! Il suo nuovo nome, Asgard Kuehenberg, è ufficiale solo in parte... Lo ha fornito lei, ma non è controllabile, il suo governo lo ha confermato solo vagamente! Da questo momento lei e la sua famiglia siete uno zero!» Konopëv spinse sulla scrivania verso Kuehenberg i documenti di viaggio. «Come si sente adesso?»

«Malissimo. Lo ammetto.» Kuehenberg arraffò le carte e se le ficcò nella tasca della giacca. «Così tutte le formalità sono espletate?»

«Tutte.»

«Quando possiamo partire?»

«Domani mattina. Dalla Stazione di Leningrado. Binario 3. L'ultimo vagone è riservato a quelli che si sono scoperti tedeschi!» Konopëv tossicchiò e si appoggiò alla spalliera. «È un viaggio senza ritorno.»

«Lo so bene!»

«E allora andatevene!» disse Konopëv con voce forte e aspra. «Fottetevene della vostra amata Russia! Mi consola il pensiero che in Occidente sarete fottuti fino alla fine dei vostri giorni!»

Questo era accaduto quattro giorni prima.

Ora viaggiavano attraverso l'agognata Germania, verso Bebra, dove sarebbero stati attaccati a un treno diretto a Göttingen, dal quale sarebbero scesi a Friedland. Il vecchio appoggiato al finestrino, il contadino Herbert Zimmermann, che aveva lottato contro le autorità per sette anni per ottenere l'espatrio, piangeva ancora. Non riusciva a convincersi di essere finalmente nella terra dalla quale gli Zimmermann poco meno di un secolo prima erano emigrati sulla Volga. Anche Kuehenberg, con la moglie Lyra e la figlia Tamara, era al finestrino del suo scompartimento e guardava il paesaggio che gli scorreva sotto gli occhi.

«È bello il tuo paese...» disse Lyra dopo un lungo silenzio. Il mutismo del marito la preoccupava. Dietro le sue spalle, ammiccò a Tamara. La ragazza annuì e indicò un'auto che per un breve tratto aveva corso parallela al treno, fino a che la strada non era scomparsa in un avvallamento.

«Un'auto gialla! Guarda un po'. Tutta gialla!»

Era delle Poste. Kuehenberg si asciugò gli occhi. «È cambiato. Una volta il colore delle Poste era rosso...»

Alla stazione di Friedland c'erano ad attenderli degli autobus.

Due infermiere della Croce Rossa, un infermiere, un poliziotto e un uomo in borghese che si presentò come il rappresentante della direzione del campo, accompagnarono il piccolo gruppo con le sue valigie e le sue sacche agli autobus, che avrebbero portato tutti alle baraccopoli di pietra. Si fermarono sulla piazza davanti all'amministrazione. L'infermiere, un ragazzo allegro che sedeva accanto a Kuehenberg, disse forte: «Eccoci arrivati! Ce l'avete fatta! Benvenuti fra noi!»

Poi rimasero fermi là fuori al sole, che era caldo come nei sobborghi di Mosca, solo che l'aria non aveva il buon profumo di fiori e di erbe, di aromi e di frutta che aveva là, quando il sole batteva sul giardinetto e Kiryll Semënovič girava con un tubo di gomma per annaffiare le pianticelle.

«Baracche», disse Lyra Pavlovna. Adesso parlava in tedesco, dato che erano in Germania. Un tedesco duro, con le R arrotate. La parola baracche aveva un suono come di legna spezzata. «Dov'è la libertà? Baracche come a Kolpoševa.»

Kolpoševa sull'Ob. Il campo di punizione e di lavoro in Siberia. Il famigerato distretto di lavoro forzato di Narym. Una piatta città di morti vivi. Chi arrivava a Kolpoševa, era dimenticato.

Kuehenberg scaricò i loro bagagli dall'autobus. La valigia, tre scatoloni e una sacca di iuta. Li radunò davanti alle due donne, poi prese il viso di Lyra fra le mani: «Solo qualche giorno, Lyranja», disse. Fu assalito da una tardiva tenerezza; le baciò gli occhi e le accarezzò le guance. «Come ha detto Konopëv, siamo ancora uno zero! Qui faranno di noi un numero. Non conosciamo la burocrazia? È una cosa transitoria, Lyranja. Innanzitutto dobbiamo spiegare dove vogliamo andare. Saranno di sicuro solo pochi giorni.»

Un alto funzionario dell'amministrazione del campo li accolse con un breve discorso e sottolineò il fatto che erano infine nella loro patria. Avevano un cammino difficile alle spalle, ma un altro non meno difficile si presentava davanti a loro: infatti, benché fossero tedeschi, erano in realtà arrivati in un paese sconosciuto, del tutto diverso dalla Russia. Ma questo non doveva spaventarli: avrebbero avuto tutto l'aiuto possibile per una rapida assuefazione.

Poi seguì l'assegnazione degli alloggi. I Kuehenberg ricevettero due camere con doccia. Il grande campo era quasi vuoto, la maggior parte delle baracche erano chiuse. Il tempo dei rimpatri in massa era finito. Friedland, il grido di gioia dei prigionieri di guerra che tornavano, era diventato una specie di monumento. Lo stillicidio dei profughi quasi non si notava.

Consumarono la cena nella cucina comune: pasta con spezzatino e per dolce un budino alla vaniglia con succo di lampone. Poi gironzolarono per la baraccopoli abbandonata, si fermarono sotto la torre con la famosa campana di Friedland e si sedettero alla luce del tramonto su una panchina verniciata di bianco davanti a una aiuola di fiori che serviva ad abbellire la piazza principale. Quando le nubi della sera si fecero più scure e in tutto il campo si accesero le luci, se ne andarono nelle loro camere e cominciarono a disfare la valigia, che conteneva i vestiti e la biancheria. Prima si fece la doccia Tamara e indossò la corta camicia da notte, poi fu Kuehenberg a mettersi sotto il getto d'acqua, si lavò e aspettò fino a che Lyra andò a dargli il cambio. Ha sempre un bel corpo, pensò. Senza scherzi, potrebbe ancora competere con le giovani. Una pelle tesa e liscia, seni fermi e nemmeno un grammo di grasso superfluo. Siamo sposati da trentaquattro anni. Dio, quanto tempo! E l'amo come il primo giorno. Non rimpiango un'ora sola di quelle passate con lei... ma lei sarà sempre stata felice con me? Che cosa non ha passato con me: l'amore giovanile, il matrimonio, la sconcertante rivelazione che io sono tedesco, la difficile nascita di Tamara per la quale è quasi morta dissanguata, la costante paura che la mia identità fosse scoperta, gli anni sereni, poi la lotta contro la mia nostalgia di tornare in Germania, le domande, gli interrogatori, gli arresti, le botte e le condanne, gli anni in Siberia, la grazia, e di nuovo le domande, altre minacce, altri interrogatori, fino a che non gli avevano detto: «E sta bene! Può andare in Germania!» E ora Friedland. La prima tappa di una nuova vita. Un'altra baracca e oltre la porta del campo l'ignoto assoluto che bisogna conquistare. Un mondo del tutto sconosciuto, anche se è la patria. Lyranja... che cosa ho preteso da te in trentaquattro anni...

La afferrò sotto la doccia, la strinse a sé e la baciò. Il corpo liscio e bagnato di lei schioccò contro il suo, l'acqua le schizzò addosso e corse nelle fessure del tavolato oltre la vasca della doccia.

«Kyrilluška, che fai?» chiese lei attaccandosi al suo corpo nudo come avesse paura di scivolare. «Sei pazzo! Se venisse Tamara! Un vecchio orso come te! Smettila, insomma! Faremo allagare la stanza. Dopo sarai tu a dover pagare la riparazione! Kyrill... non abbiamo più vent'anni.»

Sorrideva e ridacchiava, godeva delle sue carezze, sospirava come negli anni più belli quando le palpava i seni e le mordicchiava i capezzoli rigidi, poi si avvinghiò a lui quando egli la spinse contro la parete della doccia, e strinse le gambe. «Matto, orso matto!» balbettò. «Che roba è questa? Coricati come una persona decente.» Lo spinse via, rise con voce profonda e vellutata, gli buttò un asciugamano sul sesso eretto e corse grondante d'acqua alla porta, la chiuse a chiave e si asciugò la pelle bagnata. Poi si mise sul letto, sulla coperta distesa, e guardò il marito impaziente.

«È come tanti, tanti anni fa», disse piano e con un singhiozzo nella voce mentre egli si chinava su di lei. «Sei felice di essere in Germania?»

«Ti amo, Lyraška. Ti amo ogni anno di più. Io...» Affondò il viso nell'incavo del suo collo e tacque. La sensazione di possederla fu tanto forte quanto lo era stata trentaquattro anni addietro quando l'aveva presa per la prima volta dietro un dosso erboso sulla collina di Lenin, alla periferia di Mosca, sotto un immenso cielo azzurro.

Sarei rimasto in Russia se lei si fosse opposta, pensò mentre sentiva le sue labbra sulla spalla e sul collo. Ma non si è mai opposta. Tutto quello che facevo io, per lei era ben fatto. Non si è mai lamentata, non mi ha mai rimproverato niente, non ha mai opposto resistenza, anche quando molte delle cose che facevo erano sbagliate secondo lei, perché, vivaddio, chi è perfetto? Ma lei non ha mai manifestato nulla. È sempre stata una donna che ammirava il marito anche quando lui era debole e irresoluto.

Fecero un'altra doccia, riaprirono la porta e si infilarono nei letti. C'era molto silenzio intorno a loro, molto più che nella casetta di Mosca, dove c'era sempre un vicino che festeggiava qualche cosa. E molto più silenzio che nel campo di Kolpoševa, dove la notte si sentivano pianti e lamenti, preghiere balbettate, o un ansito roco o un russare, o imprecazioni borbottate. Era un silenzio opprimente. Una assenza di rumori che dava ai nervi. Sentivano il bisogno di dormire, erano stanchi come cani dopo un inseguimento, ma non ci riuscivano, perché il silenzio era troppo forte.

«La prima notte in Germania!» disse Lyra Pavlovna. Era coricata sola perché i letti erano separati. «È terribile, Kyrill. Nessun rumore, tranne quello del nostro respiro.»

«Cambierà quando avremo lasciato il campo. Nel mondo di fuori i rumori ci sono.»

«Più forti che in Russia?»

«Molto più forti. La Russia al confronto è ancora come una chiesa vuota.»

«Come lo sai?»
«Lo immagino. Solo il traffico stradale!»
«Abiteremo in una grande città?»
«Non lo so.»
«Nelle domande hai indicato Colonia. Colonia è grande?»
«Molto grande.»
«Grande come Mosca?»
«Molto, molto più piccola...»
«Allora, come fa ad essere grande?»
«Secondo il metro tedesco, Colonia è grande.»
«Allora in Germania tutto è più piccolo che in Russia?»
La sua logica era schiacciante. Lui ci pensò un momento e rise nell'oscurità. «Sì», disse. «Molte cose in Germania sono più piccole».
«E perché allora la Germania è così importante in confronto alla Russia?»
«Chi lo ha detto?»
«Tutti. L'America, la Germania, la Francia... tutte migliori della Russia!»
«Ma questo non ha niente a che fare con la superficie territoriale.» Si stiracchiò e sbadigliò. «Adesso dormi, Lyranja.»
«Buona notte, Kyrill.» La sua voce era infantile. «Vorrei sognarmi la tua Germania.»
Nella notte, la porta si aprì senza rumore e Tamara sgusciò nella camera.
Come quando era bambina, s'infilò nel letto di Lyra e si raggomitolò accanto a lei.
«Ho paura, mamučka», sussurrò per non svegliare il padre. «Ho paura degli uomini stranieri e del paese straniero.»
«Anch'io, dočka (figlia)», bisbigliò a sua volta Lyra Pavlovna. «Ma non dirlo e non farlo vedere! Sii una ragazza allegra. È la patria di tuo padre: la devi rispettare...»

Il primo giorno ci fu da rispondere alle domande delle autorità, da riempire lunghi questionari, da farsi fotografare per la tessera di riconoscimento che chiamavano carta d'identità e da mettere a punto i preparativi per il proseguimento del viaggio. Per la maggior parte dei profughi fu tutto più facile che per

Kuehenberg; avevano parenti presso i quali potevano essere mandati, oppure vennero assegnati ad aziende agricole dove si sarebbero potuti acclimatare. Anche gli operai potevano essere inseriti in fabbriche cosiddette di riqualificazione professionale, i profughi tardivi — che splendida espressione della burocrazia tedesca! — potevano tornare a scuola o inserirsi nel processo produttivo. Lo stato li avrebbe aiutati fino a un certo punto, fino a che non avesse giudicato che il nuovo tedesco andava assimilato del tutto.

Per Asgard Kuehenberg fu diverso.

Fu convocato per ultimo in amministrazione, non fece tutte le trafile, ma fu condotto in una stanza dove un uomo lo aspettava. L'uomo indossava un bell'abito grigio chiaro, era di mezza età, con occhi indagatori sotto una fronte alta e portava i capelli castani lunghi, secondo la moda, e comunque più lunghi di quanto li avessero i funzionari che Kuehenberg aveva visto fino a quel momento a Friedland. Non appena Kuehenberg entrò, l'uomo si alzò e fece un lieve inchino. «Heinz Wildeshagen» si presentò. «Lieto di conoscerla. Come sta?»

«Bene», rispose cauto Kuehenberg. Con una occhiata afferrò la situazione. Erano soli nella stanza, sul tavolo c'era una pratica, accanto al tavolo era posata una borsa da professionista nera. La finestra che dava sulla strada del campo era chiusa, malgrado il caldo, perfino la tenda era tirata. Nella stanza c'era una penombra piacevole che mitigava l'esiguità dell'arredamento. Heinz Wildeshagen gli indicò una sedia imbottita davanti al tavolo. Anche lui era rimasto in piedi.

«Vogliamo sederci?»

«Se è necessario...»

Kuehenberg si sedette. Nel far questo, il suo sguardo cadde sulla copertina della pratica. Poté leggere ben chiaro: *Oche selvatiche* — 1944. Sulla copertina era tracciata una striscia diagonale. Servizio segreto.

«Oh Dio», disse Kuehenberg. «È mai possibile?! Dove ha pescato quella porcheria?»

Heinz Wildeshagen si lasciò cadere sulla sua sedia e posò le mani di piatto sulla pratica.

«Non lo sapeva che i documenti di Canaris erano stati messi

al sicuro e conservati per tutta la guerra? Dopo l'esecuzione dell'Ammiraglio Canaris a seguito dell'attentato del 20 luglio 1944, i nuovi capi del Controspionaggio, Kaltenbrunner e Schellenberg, avocarono subito a sé tutte le carte. Quando i servizi di controspionaggio passarono alle SS, spirò un altro vento, non certo migliore. Ma questo periodo lei non lo ha vissuto.»

«Ne abbiamo solo sentito parlare.» Kuehenberg si appoggiò allo schienale. Wildeshagen gli offrì una sigaretta; la accettò, tirò qualche boccata, e dovette assuefarsi all'aroma dolciastro così diverso dal sapore forte e pungente delle sigarette di machorka o delle lunghe papirose con il bocchino di cartone. Poi indicò la cartella con la punta incandescente della sigaretta. «Ma cos'è quella roba? Dopo trentaquattro anni?! È una faccenda morta e sepolta!»

«L'operazione *Oche selvatiche* si trovava fra le pratiche che finirono nelle mani degli americani. Quando nella RFT cominciò a lavorare la "Organizzazione Gehlen", le pratiche ci ritornarono dapprima in fotocopia e poi in originale. Il Generale Gehlen... lo conosce?»

«Superficialmente. Ci porse un breve saluto a nome dell'Ammiraglio Canaris. Non avevamo quasi nulla a che vedere con la sezione "Eserciti stranieri est". Eravamo un reparto speciale.»

«Risulta dagli atti. Ma da chi e come fu progettato tutto allora... su questo non si trova niente. Per anni abbiamo investigato presso il Servizio Informazioni federale, ma senza successo. All'infuori di questo smilzo promemoria di sole tre pagine intestato *Oche selvatiche*, non troviamo altro materiale.»

«Non ne esiste altro.» Kuehenberg schiacciò la sigaretta in un posacenere di vetro. «Che cosa contiene la pratica?»

«Un elenco di dieci nomi. Un secondo elenco con i nomi di città o regioni russe. Una lettera del quartiere generale del Führer a Rastenburg, firmata dal Feldmaresciallo Keitel. La lettera contiene solo una frase: "Il Führer ha autorizzato l'operazione." E basta.»

«Era sufficiente», disse Kuehenberg soddisfatto. «E che cosa vorrebbe lei adesso, dopo trentaquattro anni?»

«Io sono ciò che lei era allora, Herr Kuehenberg: capitano.» Wildeshagen spinse verso di lui la pratica, ma Kuehenberg non la toccò. «Faccio parte dello Stato Maggiore del Servizio Informazioni federale. Analizziamo la Seconda Guerra Mondiale fin nei minimi particolari con tutti i suoi retroscena sulla base di documenti, dichiarazioni, ricerche storiche. Non esistono quasi più segreti o domande senza risposta. Solo un punto oscuro di estremo interesse aspetta di essere chiarito da lei: la sua *Oche selvatiche*.»

«L'ha detto proprio bene, Herr Wildeshagen.» Kuehenberg fece una risatina. «Quasi con lirismo. Sono contento che non si sappia nulla. Lasciamo in pace le ombre!» Si alzò, ma Wildeshagen non lo imitò. Tirò di nuovo a sé la pratica sottile.

«Capitano...», disse strascicando la parola.

«Alt! Io sono da molti anni Kiryll Semënovič Boranov. Da appena cinque giorni sento pronunciare di nuovo il nome di Asgard Kuehenberg, ma ancora con delle riserve. Non ho la carta d'identità tedesca e il riconoscimento ufficiale che sono tedesco. Sono ancora solo una pratica in corso, niente di più.»

«Mi consideri come latore della notizia che per la Germania lei è sempre rimasto il Capitano Asgard Kuehenberg. Anche quando era ritenuto disperso. In questa pratica lei ha continuato a vivere. Lei... e gli altri nove ufficiali. Lei solo conosce la loro sorte.»

«È così.»

«Che cosa erano le *Oche selvatiche*?»

«Le oche, latino *anserinae*, appartengono all'ordine dei palmipedi. Sono grossi uccelli acquatici: si nutrono di piante che strappano con la punta del becco e che spezzano con le intaccature di cui sono provvisti sui due lati del becco. Al sottogenere Anser appartengono la granaiola nordica marrone, la lombardella (*albifrons*) dalla fronte bianca, e l'oca cenerina o oca selvatica, comune nelle acque dell'Europa e dell'Asia settentrionale. Cova a terra e d'inverno si spinge fino all'Africa del nord e all'India. In Germania è nota la canzone: "Le oche selvatiche passano frullando nella notte con acute strida e vanno verso nord..."» Kuehenberg rise ricordando. «Come si ricordano certe cose dopo trentaquattro anni! Succede, quando te le inculcano come a noi. Ci hanno resi dei mezzi ornitologi. Sulle oche so tutto.»

Wildeshagen fece un sorriso acido. «Bravo! Bravo!» disse battendo le mani. «Ma non crediamo che dieci ufficiali tedeschi siano stati mandati con il consenso di Hitler in Russia per dare lezioni sull'allevamento delle oche.»

«È forse scritto nella pratica che dieci ufficiali tedeschi siano stati in Russia?»

«Herr Kuehenberg, questa pratica è passata per le mani dei migliori esperti. L'elenco dei nomi di regioni sovietiche — allegato 2 — comprende territori che formano una specie di corona intorno a Mosca. Adesso lei — unico o ultimo dei dieci ufficiali dispersi: anche su questo, solo lei può darci informazioni — torna in Germania. Da Mosca! Ed è evidente per tutti, anche se non c'è alcun dato di fatto, che il commando *Oche selvatiche* era collegato strettamente con Mosca. Ma anche gli studiosi di questioni militari e gli storici della guerra sovietici non accennano nemmeno con una parola a una impresa tedesca nel territorio di Mosca. Lo stesso Generale Gehlen, che, come intimo di Canaris, gode della massima fiducia, non ne sa niente. La *Oche selvatiche* rimane un enigma.»

«Me ne rallegro molto.» Kuehenberg abbassò gli occhi su Wildeshagen. «Si pensa ora di non autorizzare il mio rientro in Germania e di rispedirmi in Russia? Io sono tornato perché tormentato dalla nostalgia... e non per abbandonarmi dopo trentaquattro anni a stupide reminiscenze, fosse anche solo in una relazione. Posso andare?»

«Ma Signor Capitano! Quando vuole! Lei è un uomo libero. Non è più in Russia.»

«Dopo la nostra conversazione, comincio a dubitare che sia un vantaggio. Dimentichiamo la *Oche selvatiche*.»

«Io ho assolto solo il mio compito.» Wildeshagen si alzò a sua volta e chiuse la pratica nella borsa nera con le serrature a combinazione. «Che progetti ha, Herr Kuehenberg?»

«Ancora nessuno.»

«Lei ha indicato Colonia come città in cui intendeva trasferirsi.»

«Dovevo pure indicare una città qualsiasi. Ho deciso per

Colonia perché un tempo avevo un caro amico che era di Colonia. Era l'unico partecipante al corso che avesse una pronuncia straordinariamente dolce.»

«Tenente Willy Hecht di Colonia-Sülz.»

«Adesso tocca a me dirle "Bravo! Bravo!" È molto bene informato.» Kuehenberg andò alla porta. «Sì, era Willy Hecht. Sa anche, per caso, se è sopravvissuto alla guerra?»

«Mi scusi.» Heinz Wildeshagen alzò le spalle. «Dove abiterà a Colonia?»

«Che domanda! Mi pareva di essere un uomo libero.»

«Era una domanda premurosa, Signor Capitano.»

«Maledizione, io sono Asgard Kuehenberg e niente altro. Il capitano giace dal 1944 in qualche parte della Russia.»

«A Mosca.»

«Sembra una mignatta, Herr Wildeshagen! Ma non si agiti troppo... A sessantadue anni, voglio finalmente starmene in pace e vivere contento nella mia patria. Forse non sa una cosa: noi dei paesi baltici siamo sempre stati i più ferventi patrioti! Noi lassù all'est, sulle nostre proprietà, sui lontani campi lettoni, livoni ed estoni, nelle graziose cittadine e nei lindi villaggi, non abbiamo mai visto il Reno, ma lo abbiamo adorato. Perché? Non me lo chieda... non saprei darle una risposta. Era così e basta! Noi eravamo lontani dal cuore della Germania... ma pur così lontani, l'amavamo tanto! Adesso sono qui, e vorrei starmene in pace. Lo capisce?»

«Secondo la sua spiegazione... sì.» Wildeshagen tirò fuori dalla tasca interna della giacca una busta e la tese a Kuehenberg. Egli esitò a prenderla. «Per lei.»

«Cos'è?»

«Non è una lettera esplosiva o avvelenata. E non contiene nemmeno dei batteri! È il benvenuto dell'Unione ufficiali in congedo.»

«Oh! Mi fa riandare al passato...»

«Quattro settimane di soggiorno gratuito per lei e la sua famiglia nell'albergo "Blum" di Colonia e un libretto di assegni di un conto corrente che per il momento ammonta a 5.000 marchi.»

«Per il momento...» disse Kuehenberg adagio. «Ragazzi, cosa diavolo vi aspettate da me?»

«Lei ha dei liquidi?»

«Sì!» Kuehenberg sorrise allegro. «Una bottiglia di vodka.»

«È meraviglioso che lei non abbia perso il senso dell'umorismo!»

«Perché avrei dovuto? Con i nostri vicini e con i nostri amici ci siamo sempre molto divertiti. Era una vita spassosa... prima nel piccolo appartamento, poi nella nostra casetta. I russi sono gente gaia. Cantano e ballano, sono ancora spontanei.» Kuehenberg aprì la porta. «Allora, parto domani per Colonia.»

«Come desidera, Herr Kuehenberg.»

«E dov'è l'Hotel "Blum"?»

«Proprio di fronte al Duomo. Il primo edificio sulla piazza.»

«Benissimo!» Kuehenberg rise di cuore. «Come ci guarderanno quando deporremo la nostra sacca di iuta fra marmi e pareti foderate di legno!»

«Il suo arrivo è stato preannunciato.» Wildeshagen girò intorno al tavolo. «Sarà accolto con tutti gli onori e con la massima discrezione.» Aprì la porta a Kuehenberg, come fosse un valletto di albergo. «Se non ha niente in contrario, la accompagnerò.»

«Non ho niente in contrario.» A un tratto rivolse a Wildeshagen un'occhiata supplichevole. «Può aiutarmi. Mia moglie e mia figlia... Per loro l'incontro con l'Occidente sarà traumatico. Questo mondo del benessere...»

«E per lei?»

«Anche per me sarà difficile.» Kuehenberg mise la mano sulla spalla di Wildeshagen. «Sia il nostro maestro di nuoto, quando domani ci tufferemo nelle acque calde della Germania.»

Non fecero in treno il viaggio fino a Colonia. A Tamara Kyrillovna sarebbe piaciuto tanto prendere posto in uno di quei bei vagoni nuovi che aveva visto attaccati ai locomotori dalla linea slanciata e aerodinamica. Erano lussuosi, addirittura lussuosi. Certo, anche la metropolitana di Mosca era una meraviglia. Era considerata la più bella del mondo, e d'altra parte quale altro paese avrebbe potuto permettersi di rivestire di marmo ogni stazione? E gli aliscafi sulla Moscova, o i grossi quadrimotori che atterravano sul nuovo enorme aeroporto Šeremetevo in mezzo ai boschi, i lunghi autobus, che da Mosca andavano in tutte le direzioni... forse tutte queste cose erano meglio che lì in Germania. Ma il treno che lei aveva visto una volta presso Bebra, quando li avevano attaccati a un altro convoglio: la vettura ristorante con i camerieri in giacca bianca, il profumo di carne arrostita, che la brezza aveva portato nel loro scompartimento... tutto ciò aveva stuzzicato la sua curiosità.

Invece, Kyrill Semënovič, che adesso tornava a chiamarsi Asgard, tornò dal colloquio e disse: «Mie care, andremo in auto a Colonia. Siamo stati invitati.»

«Da chi?» disse sul chi vive Lyra Pavlovna. «Non ci conosce nessuno.»

«Da un ufficiale, colomba mia.»

«Dunque, non c'è pace?» Gli occhi neri che egli amava e ammirava tanto quando brillavano eccitati, come se richiamassero alla superficie il fuoco interiore, avevano una luce triste. «Cosa vogliono da te?»

«Si interessano della *Oche selvatiche*».

«Che hai risposto, papuška?»

«Ho tenuto a quel signore una conferenza ornitologica. Con il risultato che siamo stati invitati nel migliore albergo di Colonia da una associazione di ex ufficiali. Vivremo le prime settimane come ospiti dello stato. Lo chiamano cameratismo, ma in realtà vogliono liberarsi del prurito che li tormenta da trentaquattro anni: vogliono sapere cos'è la *Oche selvatiche*.»

«Intendi dirglielo?»

«No.»

«Si irriteranno molto.»

«Staremo a vedere.»

«In Russia non possiamo più tornare, Kyrill Semënovič.»

«Troveremo un pezzetto di terra sul quale i Kuehenberg possano vivere in pace.» Attirò Lyra a sé e le accarezzò i capelli appena mossi. Non è mai stata da un parrucchiere, gli venne in mente ad un tratto. Un tempo, quando era viva la madre di Lyra, era lei che tagliava i capelli a tutti. Una volta al mese, era il giorno del barbiere: tutta la famiglia Žaremkov si metteva a sedere in cucina — in seguito anche la famiglia Boranov — e Elizaveta cominciava la sua battaglia contro la crescita delle chiome. Veniva dapprima Oleg, il patriarca: seduto sullo sgabello di cucina con un asciugamano intorno al collo, se ne stava rigido, con la testa dritta, e Elizaveta recideva con un paio di forbici e un rasoio, che faceva andare su e giù su una coramella, le ciocche superflue. Una volta sistemata tutta la famiglia, la figlia maggiore Lyra prendeva a sua volta i ferri del mestiere e faceva bella la madre, e questo non era mutato con il passare degli anni ed era continuato anche dai Boranov. Tamara si era rivelata così dotata che era andata a imparare da un parrucchiere e aveva aperto in casa un salone privato, solo per i vicini, dove non prendeva nemmeno un rublo. Altrimenti sarebbe stata passibile di ammenda... ma se qualcuno faceva un regalo, non si poteva rifiutarlo. Non si deve offendere chi fa un regalo!

«Hai paura?» chiese Kuehenberg. Lyra Pavlovna annuì. Di nuovo ufficiali, pensava. Il terrore per ventotto anni che si potesse scoprire chi era in realtà Kyrill Semënovič. Poi lo aveva detto lui stesso, ed erano cominciate le torture. Interrogatori, minacce, reclusione nei sotterranei del KGB, e domande, sempre domande: un piccolo esercito di ufficiali che assediavano i Boranov. Qualche volta era venuto perfino un generale dal Cremlino, che li aveva portati in giro con una berlina Volga e aveva detto a Kyrill: «Adesso mi dica in tutti i particolari come ha fatto allora ad organizzare tutto. Ricorda ancora i particolari? Kyrill Semënovič, ora è tutto dimenticato e perdonato... ora si tratta solo di completare la storia. Tutto è rinchiuso negli archivi del Cremlino! Lei non ha niente da temere. C'era la guerra. Ognuno di noi ha fatto del suo meglio per la patria!» Ma poi li avevano portati in Siberia, sull'Ob, in un campo di lavoro che doveva essere al tempo stesso un centro di rieducazione. Per fare di un russo dall'ideologia tentennante un buon cittadino leninista sovietico: questo era lo scopo. Ma Kyrill Semënovič non si era piegato. Per ogni anno che passava sulla solitaria sponda dell'Ob, la sua voce diventava più forte e ferma: io sono tedesco. Mi chiamo Asgard Kuehenberg. Chiedo, no, esigo che mi si rimandi in Germania! Non ho alcun debito nei confronti della Russia. Al contrario, sono stato per metà della mia vita un buon cittadino russo. Ho moglie e una figlia, una casetta presso Mosca e sono ispettore capo delle tramvie sovietiche, Distretto Mosca I. E questi, compagni, sono i tram esemplari. Quelli del centro. Le vetture-propaganda. Quelle che si mostrano ai turisti occidentali. Pulitissime, ultimi modelli, con i conducenti e i bigliettai forniti di uniformi in ordine e ben fatte. Sui predellini di queste vetture non si ammucchiano a grappoli i compagni, e nessun bigliettaio grida: «Via, disgraziati! Completo! Completo! Se cascate e andate a finire sotto le ruote, non aspettatevi compassione! È sabotaggio! Forza, andate via, vi dico! Completo!» E poi parte con grande strepito... un branco di uomini su delle ruote scricchiolanti. No! Non sono i miei tram del Distretto Mosca I. Sono stato una così brava persona... per trent'anni. Ma adesso voglio tornare ad essere tedesco.

«Che ti possono fare, papuška?» chiese Lyra. Intanto, chiudeva di nuovo la valigia n. 1. Tamara portava già gli altri colli fuori, davanti alla baracca, e fra questi il sacco di iuta con dentro i cuscini di piume d'oca strappate con le loro mani. Sì, avevano avuto anche le oche in quel giardinetto. Sempre quattro. Da diciassette anni. Si potevano tenere anche in Germania le oche?

«Non mi faranno proprio niente, Lyranja», disse Kuehenberg annodandosi una cravatta, perché aveva visto che anche il Capitano Wildeshagen era venuto con camicia bianca e cravatta. «Riceveremo molte visite, e questo è tutto. Persone molto gentili. E tutte ti offriranno qualche cosa: un buon posto, una borsa piena di quattrini, la garanzia di una vecchiaia tranquilla e senza preoccupazioni. Ogni tanto, attraverso il muro che ci sarà eretto intorno per proteggerci, filtrerà qualche cosa, perché ogni muro ha buchi e crepe. E allora arriveranno i cronisti dei grandi periodici e giornali, i rappresentanti degli editori, del cinema, della televisione e della radio... e ci metteranno sul tavolo altri soldi e diranno: "Caro Kuehenberg, apra la bocca! Lei ha il dovere morale di dire al mondo che cosa era la *Oche selvatiche*!".»

«E tu lo dirai!»

«No.»

«Per tutto quel denaro!»

«Mi sono mai fatto comprare, Lyranja?»

«Siamo mai stati poveri come oggi, Kyrill?»

«È solo un momento transitorio, credimi.»

«Ti credo sempre...»

«Sei una donna meravigliosa.» La baciò di nuovo. Tamara entrò nella stanza di corsa e batté le mani perché i suoi genitori per un momento avevano dimenticato il mondo.

«C'è un'auto!» gridò. «Dio mio, che razza di auto! Così, ne ho viste solo sui giornali! Partiremo con quella? Vieni a vedere, papà!»

Kuehenberg andò alla finestra. C'era da aspettarselo: era la Mercedes di servizio di Wildeshagen. La vernice nera scintillava al sole. All'interno, spesse imbottiture grigio scuro di tessuto a coste. Poggiatesta davanti e dietro. Una lunga antenna. Non solo la radio, pensò Kuehenberg, ma anche il radiotelefono o il telefono installato in macchina. Wildeshagen stava aprendo il portabagagli per caricare la valigia di similpelle, i due cartoni e il sacco di iuta dei Kuehenberg. Lo richiuse, si asciugò col dorso della mano la fronte sudata e allentò un poco il nodo della cravatta. Inizio d'estate. Caldissimo. 26 gradi all'ombra. Avrebbe dovuto piovere. Soprattutto sul Reno e sulla Mosella. Caldo e umidità danno un vino eccellente.

Kuehenberg si allontanò dalla finestra. Tamara, malgrado i suoi ventotto anni, aveva le guance rosse come un bambino che abbia visto qualcosa d'incredibile.

«Sì, Tamarenka», disse il padre rimettendosi la giacca. «È una Mercedes. È con quella che andremo a Colonia. Poche ore di autostrada.»

«Nella piccola città di Colonia...»

«Ti stupirai. Ciò che vedrai ti sbalordirà. E probabilmente sbalordirà anche me.»

«Ci compreremo un vestito», disse Lyra Pavlovna.

Egli pensò al libretto degli assegni e al conto corrente di 5.000 marchi. Li restituirò, si ripropose. Non sono tornato per farmi fare dei regali. Quello che prendo è solo un prestito. Sono un uomo sano, in grado di lavorare ancora. L'ho dimostrato per molti anni, con piena soddisfazione dell'amministrazione delle tramvie sovietiche. Non appena avrò le carte in regola, mi sputerò di nuovo sulle mani. E Tamara? È una brava parrucchiera. Per lei sarà facile ottenere un posto.

Heinz Wildeshagen salutò Lyra Pavlovna e Tamara con un baciamano, che le lasciò sbigottite. Prima di allora avevano visto dei baciamano solo nei film che rappresentavano la decadente epoca degli zar. Poi salirono nella Mercedes e quasi non osavano sedere su quei bei sedili imbottiti. Kuehenberg si sedette davanti vicino a Wildeshagen e si allacciò la cintura di sicurezza. Il motore si accese con un rumore appena percettibile.

«Un momento!» disse Kuehenberg quando Wildeshagen fece per partire. «Possiamo andarcene così? Senza formalità?»

«È tutto sistemato, Herr Kuehenberg.»

«Vorrei congedarmi dal direttore del campo.»

«Non è necessario. È occupato, e inoltre non la conosce neppure. Lei è stato qui solo di passaggio...»

«Ah!» Kuehenberg si appoggiò allo schienale e, imitando l'esempio di Wildeshagen, si allentò anche lui la cravatta. «Da questo momento in poi posso dunque fare ciò che voglio?»

«Mi pare che si veda.»

«Allora devo rivolgerle una preghiera: guidi adagio sull'autostrada, si fermi in una qualsiasi area di parcheggio dove ci sia della gente.»

Wildeshagen lo guardò sconcertato, annuì e partì. Dopo pochi minuti raggiunsero l'autostrada per Kassel. Come promesso, la grossa macchina procedette a lenta andatura sulla corsia di destra. Furono superati da colonne di automobili, autotreni, autocisterne. Ogni tanto, quando una vettura di piccola cilindrata passava oltre ronzando, gli occupanti li guardavano meravigliati. Una Mercedes 350 che va come una lumaca sull'autostrada. Che le era successo?

«Si fermi!» disse Kuehenberg. Videro da lontano il cartello rettangolare azzurro con la grande P bianca. «Possiamo uscire qui?»

«Ma certo.»

Wildeshagen entrò nell'area di parcheggio e frenò. Alberi tutto intorno. Cinguettio di uccelli. Profumo di erba falciata. Intorno ad alcuni tavoli di pietra erano seduti degli automobilisti che avevano tirato fuori le provviste per il viaggio. Intere famiglie. Risate di bimbi. Un cane abbaiava. Un po' più avanti verso l'uscita erano parcheggiati quattro autotreni. I camionisti, seduti sui predellini, bevevano caffè dai thermos.

«Qui va bene», disse Kuehenberg, e scese. Piuttosto perplesso, Wildeshagen lo seguì. «Molta gente di tutte le classi.» Allentò il nodo della cravatta fino al petto e slacciò i primi due bottoni della camicia. «Ho letto che gli uomini politici più popolari della Repubblica federale si chiamano Schmidt, Kohl, Strauss e Scheel. E il vostro Ministro delle Finanze si chiama Apel, vero?»

«Adesso è Ministro della Difesa.»

«Ah. Ancora meglio!»

Si avvicinò ai tavoli con le mani nelle tasche dei pantaloni, e aveva l'aria di un giovane insolente. Wildeshagen lo seguì sconcertato. Cercava di indovinare che cosa avrebbe combinato Kuehenberg.

E l'azione arrivò improvvisa e massiccia. E diversa da quella che Wildeshagen si sarebbe potuto aspettare.

Kuehenberg fece un cenno col capo agli automobilisti che mangiavano. «Vi piace?» chiese, con voce tanto forte che risuonò per tutto il parcheggio silenzioso. Gli abeti alti e fitti tenevano lontano il ronzio sordo dell'autostrada.

Gli interpellati annuirono, subito incuriositi. Il vecchio vuole fare il furbo. Due bottiglie di birra con questo caldo, si sentono. Divertito, uno alzò la tazza di plastica piena di caffè e brindò a Kuehenberg.

E all'improvviso, Kuehenberg disse a voce molto alta:

«Il cancelliere Schmidt è uno stronzo!»

Silenzio. Kuehenberg aspettava. Fissò le facce che adesso erano tutte alzate verso di lui. Wildeshagen, alle sue spalle, lo tirava per la giacca. Si liberò con una scrollata e andò a mettersi al centro del gruppo. Qualche uomo si mise a ridere. Le donne cominciarono a fare dei risolini stupidi. I bambini lo fissavano. Cosa voleva quel vecchio sconosciuto?

«Kohl è una zucca!» disse Kuehenberg ancora più forte. «Grossa fuori e vuota di dentro!»

Nessuna risposta. Adesso le donne ridevano senza ritegno, gli uomini sghignazzavano, come se se la spassassero. Kuehenberg si sentiva andare a fuoco sotto i capelli. Si asciugò il viso e si accorse solo allora che era madido di sudore.

«Strauss è uno spaccone!» gridò Kuehenberg a quelle facce ilari. «E chi è Apel? Apel?! Un ladro che attinge dalle vostre tasche! Tutto questo governo è un mucchio di letame!»

Un uomo, di fronte a lui, alzò la tazza e fece una sonora risata. «Alla salute, nonno!» gridò. «Vuoi un cicchetto? Posso andartene a prendere uno. Hai dimenticato ancora un sacco di nomi!»

Si divertivano un mondo. Kuehenberg si liberò da Wildeshagen che cercava di trattenerlo, e corse dai camionisti.

«Mi sentite?» gridò Kuehenberg. «Voi ve ne state qui pacifici a mangiare e bere, e nel frattempo il vostro governo vi frega. Vi pigliano per il naso, vi sfruttano come puttane. Sono una massa di delinquenti!...»

Un camionista tirò fuori dalla cabina una bottiglia di birra, fece saltare il tappo e la porse a Kuehenberg.

«Bevitene un'altra, nonno,» disse cordiale. «Non te la prendere. Mettiti un fazzoletto sulla testa, il sole picchia! Su, fattene un goccio.»

Kuehenberg prese davvero la bottiglia, se la portò alla bocca e ne bevve una metà. Poi la restituì al camionista e disse tranquillissimo: «Grazie. È stata la più bella bevuta da trentaquattro anni!» e se ne tornò a passi lenti verso l'auto. Wildeshagen era vicino al radiatore, bianco come un cencio. Lyra Pavlovna e Tamara lo aspettavano accanto alle portiere aperte. Lo guardarono come se fosse stato appena rilasciato da un manicomio, incurabile, ma non pericoloso per la collettività.

Kuehenberg si asciugò il sudore sugli occhi e strinse un po' il nodo della cravatta.

«Era necessario», disse. «Lo capisce, Wildeshagen?»

«No.»

«E come potrebbe! Già nel 1944 ciò sarebbe stato impossibile: mi avrebbero messo al muro per disfattismo. E anche in seguito — per trentaquattro anni — è stato impossibile. Dappertutto c'erano spie dell'NKWD e poi del KGB, sempre e ovunque c'era la polizia politica o un suo orecchio, c'era sempre un compagno che faceva subito una soffiata: "Sentite, là c'è un tipo che fa discorsi disfattisti! Toglietelo dalla circolazione!" Dappertutto sventolavano le bandiere, garrivano gli striscioni, gli occhi del Grande ti guardavano da manifesti giganteschi... E adesso? Nessuno salta su a chiudermi la bocca. Nessuno mi arresta. Se ne stanno seduti a ridere, invece di bastonarmi. Non arriva nessun cellulare a prelevarmi. Nulla, non succede assolutamente nulla se vado in mezzo alla gente e grido: Schmidt è una zucca! Il governo è corrotto!... Anche se non è vero... nessuno reagisce. Dio mio, Dio mio...» Si appoggiò all'auto. «Sono davvero in un mondo nuovo, diverso! Questo volevo, almeno per una volta, sapere, vedere, udire, sentire...» Fece un profondo respiro e si leccò le labbra aride. «Wildeshagen, capisce adesso che cosa ha significato per me questa sosta? Ho gustato un alito di libertà. *Sono un uomo libero*!»

Non aspettò la risposta di Wildeshagen, tornò a sedersi al suo posto, si allacciò la cintura di sicurezza e chiuse la portiera.

«Adesso può andare anche più in fretta», disse quando imboccarono di nuovo l'autostrada. Le persone che erano nel parcheggio gli fecero un allegro cenno di saluto. Che vecchio buffo! Pieno fino al collo. E con la rabbia in corpo contro quelli di Bonn! Era come una caldaia a vapore alla quale fosse scoppiata una valvola. «Vada alla velocità che preferisce. Mi sembra di essere un uccello uscito dalla gabbia che può volare nella vastità del cielo azzurro.»

Wildeshagen tacque e premette il pedale dell'acceleratore. Il tachimetro oscillò sui 180 km/h; lampeggiando, costringeva le auto che lo precedevano a farsi da parte.

Però, è più russo che tedesco, pensava. Aveva ventotto anni quando era stato dato per disperso in Russia. Adesso ne ha sessantadue. Per la maggior parte della sua vita è stato russo... e si vede. Pensa come un russo, sente come un russo, vede come un russo, si comporta come un russo. Crede solo a quello che può toccare con mano. Gli riuscirà difficile ambientarsi.

La libertà è in primo luogo una espressione di fede. Quella che oggi Kuehenberg intende ancora come libertà, non c'è mai stata... e mai ci sarà.

Fino a Colonia parlarono poco. Si limitarono ad ammirare il paesaggio che attraversavano. Le città sui lati dell'autostrada, il traffico spaventoso sulle strade e le autostrade, le carrozzerie dalla linea slanciata, la profusione di dolciumi e ricordi offerti nelle stazioni di servizio e nelle aree di parcheggio. Il menu nel ristorante dell'autostrada.

«Si può mangiare tutto?» chiese Tamara con voce flebile, come se la domanda stessa fosse proibita.

«Tutto quello che vuoi», disse Kuehenberg.

«Senza fare la coda?

«Lo vedi: ti servono.»

«Tutta la carne che voglio?»

«Fino a scoppiare, angelo mio.»

«Siamo in paradiso, papuška!»

«Staremo a vedere.» Kuehenberg si volse a Wildeshagen. «Lei chiamerebbe paradisiaca la sua vita?»

«No, per niente affatto.»

«Credo di poterla capire. A un certo punto ci si sente così sazi, che non rimane altro che ruttare. E allora si anela soltanto alla pace di un luogo lontano...»

«Dal quale lei viene, Kuehenberg.»

«Ma non avrei potuto strillare in mezzo alla strada: Brežnev è un delinquente!»

«Se questa è la sua più alta aspirazione...»

«Per il momento sì!» Kuehenberg bevve una birra fresca e gustosa, accompagnata da una braciola di maiale con patate fritte e cavolfiore. Tamara diede l'assalto a una gigantesca bistecca, Lyra Pavlovna mangiò beata un grosso involtino ripieno di speck e cetriolo. Natale, pensava. Natale tutto l'anno. Nel cuore dell'estate, per noi è Natale. Dio ti benedica, Kyrill Semënovič mio adorato, per averci portate in Germania con te.

«Ma può darsi», disse Kuehenberg, «che io mi ambienti presto, come tutti desideriamo.»

Era tutto come Wildeshagen aveva preannunciato.

All'Hotel «Blum» di Colonia furono accolti con discrezione e con la massima cortesia. Nessuno rise del sacco di iuta, della valigia di similpelle, dei vestitini di poco prezzo o dell'abito spiegazzato di Kuehenberg. Uno dei direttori li condusse personalmente al primo piano dell'albergo e mostrò loro le camere. Lyra Pavlovna ricordò una visita fatta a Carskoe Selo, l'ex residenza estiva dello zar presso Leningrado. Dodici anni prima l'Amministrazione delle Tramvie di Mosca, Compartimenti dal I al III, aveva organizzato una gita aziendale a Leningrado. Una cosa grossa, compagni! Con un volo charter dell'Aeroflot da Mosca a Leningrado e, poi, con autobus speciali, in lungo e in largo per la città e dintorni, dalla Fortezza di Pietro e Paolo al leggendario castello di Carskoe. Avevano mostrato loro tutto, tutta la boria di quel castello dello zar: dello zar che aveva succhiato il sangue del popolo come una sanguisuga e che dormiva sotto una coperta di zibellino. C'erano tappezzerie di seta e folti tappeti, che soffocavano il rumore dei passi. Là dentro si scivolava come piume. Dai soffitti dorati pendevano enormi lampadari, tutti di cristallo molato, e poi i mobili! I mobili! Che lusso! Era un'esperienza indimenticabile, compagni! Così aveva potuto vivere un uomo che aveva spremuto dal suo popolo fino all'ultimo rublo.

Lyra Pavlovna aspettò fino a che non furono soli, poi toccò con mano timida la parete. Kuehenberg la guardò stupito. «Che c'è, Lyranja?»

«Seta!» disse lei. «Pura seta, come a Carskoe Selo! E i lampadari! Cristallo. E i mobili intagliati! Anche qui ha abitato uno zar?»

«Non credo. È un albergo normalissimo.»

«Normale?»

«Sì.»

«Queste sono le nostre camere?»

«Come vedi.»

«Ci devono avere scambiati per altre persone, Kyrill Semënovič.»

Ci volle quasi un'ora perché Lyra Pavlovna si convincesse che non c'erano equivoci. Fece il bagno nella vasca di marmo rosa, indossò l'abito della domenica, si pettinò come sempre con spazzola e pettine e andò ad affacciarsi nell'attigua camera di Tamara. La figlia aveva fatto più presto di lei a mettersi a suo agio, era seduta presso la finestra in una bella poltrona, aveva indossato anche lei il miglior vestito, e fissava la porta in trepida attesa.

«Dovrebbe arrivare fra poco», disse.

«Chi?» chiese Lyra Pavlovna.

«Il cameriere. Lì c'è un telefono. L'ho alzato e qualcuno mi ha domandato: "La signora desidera qualcosa?" "Sì", ho risposto. "Portatemi un samovar." Sono curiosa di vedere se funziona, mamuška...»

«Che sciocca! Che sciocca bambina!» gridò Lyra Pavlovna. «Ordinare un samovar a Colonia! Ci fai fare una figuraccia! Tuo padre diventerà rosso di vergogna!»

Trasalì. Bussavano alla porta. «Adesso verranno e ti prenderanno in giro», sussurrò Lyra. Ma ad alta voce disse: «Avanti...»

Un cameriere aprì la porta e spinse nella stanza un carrello. «Il suo samovar, signora...» disse, spostandosi di lato d'un passo. Non c'erano dubbi. Era un autentico samovar di ottone lustro. L'acqua bollente gorgogliava, la fiammella a spirito guizzava nel fornello.

«Mi sono permesso di portare anche dei pasticcini, signora», disse cortese il cameriere.

Rigide sulle loro poltrone, Lyra e Tamara lo guardarono mettere il samovar sul tavolo, e accanto le tazze, il vassoio dei dolci e un grande mazzo di fiori. Con un biglietto di carta a mano: La Direzione le dà il benvenuto e le augura un piacevole soggiorno.

Solo quando il cameriere se ne fu andato, Tamara si mosse di nuovo.

«Come al cinema», disse sottovoce. «Come in una fiaba: desideri qualcosa e un mago ti esaudisce.»

«Non ci capisco niente.» Lyra Pavlovna si alzò e si avvicinò guardinga al samovar. Come si striscia furtivi verso un oggetto che potrebbe esplodere. «Perché lo fanno? Non siamo mica degli zar!»

La mattina seguente, Wildeshagen passò a prendere Kuehenberg subito dopo colazione. Portò con sé la moglie, che doveva occuparsi delle signore. Il loro programma era: visita del Duomo di Colonia, passeggiata nella Hohe Strasse, nella Breite Strasse e nella Schildergasse per fare acquisti. Poi giro in taxi del Ring di Colonia. «Una giornata piena! Dopo, saranno paralizzate da tante emozioni! E intanto *noi* cosa faremo?» chiese Kuehenberg.

«Andremo a Bonn.»

«Senza le signore? Perché?»

«Desidero mostrarle la Hardthöhe.»

«Cosa c'è di particolare da vedere?»

«Sulla Hardthöhe c'è il Ministero della Difesa.»

«Ah...» Kuehenberg lanciò un'occhiata a Wildeshagen. Sulla Domplatz, una schiera di piccioni di tutti i colori becchettava le granaglie e le briciole di pane buttate dai passanti. «E se preferissi andare a fare compere con mia moglie e mia figlia?»

«È atteso a Bonn, Herr Kuehenberg.»

«Sono un uomo libero, non lo dimentichi!»

«Era solo una preghiera. Una calda preghiera.»

«Da parte di chi?»

«Dello stato maggiore delle forze armate.»

«Se bisogna farlo...!» Kuehenberg si arrese con un sospiro. «Anche questo passa. In Russia si impara una cosa, Wildeshagen: un silenzioso fatalismo. Chi riesce a raggiungerlo, rimane indifferente a tutto.»

Mentre Frau Wildeshagen, molto immedesimata nel suo compito, preparava Lyra Pavlovna e Tamara a ciò che le aspettava, Wildeshagen e Kuehenberg risalirono nella Mercedes. Non entrarono a Bonn, ma uscirono prima dall'autostrada Colonia-Bonn e, percorrendo ampie vie di accesso allo Hardtberg, arrivarono agli edifici del Ministero della Difesa. Wildeshagen aveva messo la sua tessera contro il parabrezza. Passarono senza controlli tre sbarramenti e giunsero presto in una specie di cortile interno. Kuehenberg si guardò in giro.

«È molto accogliente qui», disse. «Chiaro, arioso, quasi allegro. La Bendlerstrasse, a Berlino, era molto più tetra. Chi entrava là sapeva subito che non aveva più molto da ridere.» Scese e si stirò. «Forse era questo il grosso errore, allora: si rideva troppo di rado.»

Wildeshagen guardò l'orologio. «Siamo in ritardo dieci minuti.»

«Anche questo non è cambiato!» Kuehenberg rise contento. «Mio caro amico, io ho molto tempo. Chi vuole parlare con me, non deve stare attaccato all'orologio. Come dicono i cacciatori siberiani: Un orso corre tre giorni... tu devi poterne correre quattro!»

Era come sempre: lunghi corridoi, file di stanze, militari di tutti i gradi che correvano di qua e di là, stenodattilografe che portavano raccoglitori, uomini che fumavano nella tromba delle scale, frammenti di parole... Poi una porta sulla quale non c'era la targa col nome, ma al suo posto l'avviso: Farsi annunciare alla stanza 1012.

Wildeshagen non si fece annunciare. Bussò, spinse la porta e fece cenno a Kuehenberg di entrare. «Entri pure.»

«E lei?»

«Io rimango fuori.»

«Chi c'è là dentro?»

«Un generale di corpo d'armata.»

«E se io non entrassi?»

«Nessuno la può costringere.» Wildeshagen fece un sorriso un po' infastidito. «Lei è un uomo libero.»

«Allora entro.»

Kuehenberg entrò e rimase un attimo interdetto quando Wildeshagen dal corridoio chiuse la porta. La stanza era grande e soleggiata; a una parete era appeso il ritratto del Presidente Scheel; di fronte, cosa che lo sorprese oltre ogni dire, quello dell'Ammiraglio Canaris. Una foto ingiallita in una cornice evidentemente antica. Intorno a una tavola rotonda erano disposte delle poltrone; sulla tavola c'erano un servizio da caffè, un bricco su un fornelletto, sigari e sigarette, un colossale posacenere di onice e una bottiglia di cognac francese con due grandi bicchieri Napoléon.

Un uomo in borghese, e non in uniforme da generale come Kuehenberg si era aspettato, si alzò da una poltrona e gli andò incontro a braccia tese.

«Asgard, vecchio ragazzo!» disse l'uomo. «Dunque accadono ancora i miracoli. Ti rivedo! Amico, sei diventato grigio! Di' un po', ti sei accorciato? Ti ricordavo più alto.»

«Non è possibile!» Kuehenberg rimase fermo vicino alla porta. «Fermo! Non ti avvicinare! Se sei chi dico io, sei ingrassato, mio caro. Allora avevi un personalino da Apollo del Belvedere. Ma mi è bastato sentirti parlare. Willy Hecht! Willy!»

Si abbracciarono con effusione e poi si avviarono sottobraccio verso le poltrone.

«Ci vuole un cognac!» disse Willy Hecht. «Siediti, ragazzo. Mio Dio, quanto tempo è passato?»

«Trentasette anni, Willy.» Kuehenberg prese il bicchiere di cognac e lo annusò. «La stessa marca di allora?»

«In onor tuo, Asgard. Salute!» Willy Hecht bevve e poi si lasciò cadere su una poltrona. «Che tempi erano quelli! Indimenticabili! Vorrei non sentirne la mancanza.»

«E io! Quando oggi mi guardo indietro... che ciechi scervellati eravamo! Abbiamo creduto a tutto, ed eravamo pronti a morire per una impostura gigantesca!»

«Dopo tanti anni, è facile farci sopra della filosofia. Comunque allora, da quei giovani ufficiali che eravamo, ci entusiasmavamo soprattutto per le ragazze! Esistevano ancora vere amicizie! Oggi...» Willy Hecht fece una smorfia. «Carriera! Solo carriera! E ognuno cerca di fare le scarpe a quello che gli si mette fra i piedi. L'anno prossimo me ne vado in pensione. Allora me ne andrò a passeggio come un cittadino dabbene, coltiverò le rose nel mio giardino, giocherò alle bocce e prenderò il sole a Tenerife. Tra parentesi, grazie...»

«Di che?»

«Di avere indicato Colonia come indirizzo in patria nella tua richiesta di emigrazione.»

«Ho pensato a te. Un caso, Willy. Gli altri miei amici erano tutti originari del Baltico.»

«Eravamo dieci, vero?»

«Non cominciare anche tu, Willy!»

«Lo so, ho visto il rapporto.»

«Wildeshagen?»

«Un brav'uomo. Caffè?»

«Grazie.»

«Dunque, non vuoi parlarne?»

«No.»

«Tu sei il solo, l'unico che possa sciogliere quest'ultimo enigma della guerra. Abbiamo rilevato la faccenda dal Servizio informazioni. Gli americani non sanno ancora niente del tuo ritorno. Appena ne verranno a conoscenza, non ti agguanteranno certo con lo zampino di velluto. Sospettano che dietro l'operazione *Oche selvatiche* ci sia una cosa molto grossa, di significato storico.»

«Mettiamola così: avrebbe potuto diventare storica.»

Kuehenberg bevve il caffè e mangiucchiò dei pasticcini. Erano di pan di Spagna, come li faceva sua nonna. Ricordi dell'infanzia a Gut Thernauen. La terrazza sul parco. I soffitti sostenuti da colonne. La siepe di bosso che portava al roseto, tagliata in forma di grandi globi ai quattro angoli. La strada della scuderia coperta di ghiaia e il galoppatoio. E Fräulein Selma, con il grembiulino di pizzo e la crestina inamidata. «I signorini vogliono ancora un pezzetto di dolce?»

1938. Livonia. Una pace divina. La parola guerra non esisteva più. Un angolo di paradiso in terra.

«Conosciamo le Operazioni *Adler, Barbarossa, Sigfried*... Ognuna di queste operazioni ha avuto i suoi nomi ed è documentata agli atti», disse Willy Hecht.

«Ed è costata migliaia di morti. Alcune, addirittura milioni.»

«La *Oche selvatiche* era più ristretta, vero?»

«Eravamo dieci.»

«Lo sappiamo. Ma che cosa avete fatto, voi dieci?» Il Generale Hecht allungò una mano sotto il tavolo e tirò fuori dal doppio fondo la famosa smilza cartelletta. Segreto di stato. *Oche selvatiche*! Allontanò il bicchiere da cognac e la tazza da caffè e mise la pratica davanti a Kuehenber. «Vuoi leggerla?»

«Contiene solo i nostri dieci nomi, il benestare del Führer e un elenco di nomi russi.»

«Dieci località intorno a Mosca. Ma le vostre pratiche personali sono scomparse. Tutte e dieci.»

«Lo so.»

«Le abbiamo inseguite. Dagli stati maggiori divisionali, da

tutti gli archivi, furono ritirate le vostre cartelle che andarono a finire al Comando Supremo delle Forze Armate. Là Canaris le avocò a sé. Dopo l'attentato a Hitler, devono essere state bruciate tutte. Successivamente al 20 luglio, rimase solo questa piccola pratica che arrivò a Kaltenbrunner, allo stato maggiore delle SS. Di là, quando i russi avanzarono su Berlino, fu trasferita in Baviera, dove se ne impossessarono gli americani. Per anni ci si ruppero la testa. C'era una Operazione *Oche selvatiche* della quale nessuno sapeva niente. C'erano dieci ufficiali tedeschi incaricati di una missione speciale che non erano più ricomparsi! Dove erano quei dieci? Vivevano ancora? Durante il processo di Norimberga, si è cercato per vie traverse di far cantare i sovietici, diciamo così in amicizia. Sono rimasti muti come pesci. In ogni occasione di contatti verbali si è cercato di abbordare l'argomento *Oche selvatiche*: i sovietici facevano i finti tonti.»

«E adesso io sono tornato...»

«Sì! Come risorto dalla tomba. L'ultimo.»

«Errore! Siamo ancora quattro.»

«Asgard!» Willy Hecht afferrò con mano tremante il bicchiere del cognac. «Lo dici così, come se si trattasse di una partita a scacchi! I superstiti sono ancora *quattro*?»

«Sì.»

«In Russia?»

«Ora solo tre. Il numero quattro è seduto qui.»

«Santo cielo! E perché non sono tornati anche loro?»

«Sono diventati dei russi felici.»

«Degli ufficiali tedeschi?»

«Dimentichi che i tedeschi hanno sempre avuto nostalgia per l'oriente. I cavalieri, la Lega Anseatica, gli scienziati e gli ufficiali al servizio degli zar. I contadini del Volga e del Don, insediati da Caterina. Nel Kazakhstan ci sono territori, grandi quanto la Baviera dove insieme al russo si parla un buon tedesco e il dialetto svevo. Guardiamola astraendoci dalla politica. La Russia è un paese dove l'uomo sente ancora che la natura ha bisogno di lui e lui ha bisogno della natura. Ti è mai capitato, qui, di provare una simile sensazione?»

Il Generale Hecht aprì risoluto la pratica. «Siete ancora quattro!» disse ansando. «Chi?»

«Le oche selvatiche sono diventate brave oche domestiche, Willy. Non c'è scopo. Non chiedermi altro. Beviamoci il caffè e il cognac e raccontami come va *a te*. Generale di corpo d'armata Hecht!»

Il Generale pescò di nuovo nel doppiofondo e mise un'altra pratica davanti alle tazze da caffè. Una cartellina bianca con una croce rossa. Con le labbra serrate, Kuehenberg si sprofondò ancor più nella poltrona. Sul suo viso immobile, le rughe profonde sembravano cicatrici di sciabolate.

«Sai che cosa è questa?»

«Lo suppongo.»

«Una raccolta di comunicazioni del servizio ricerche della Croce Rossa tedesca. Il primo rapporto risale al 1946. È vecchio di trentadue anni. Ma sempre attuale. Il richiedente continua a cercare e a sperare. Da trentadue anni, Asgard! Sono ancora molti i padri e le madri, i fratelli e le sorelle, le mogli e i figli che si dicono: disperso non è morto! Disperso significa: speranza! Disperso... è ancora una possibilità! Non può essere definitivo.» Il Generale Hecht aprì la cartella. Lettere, moduli, questionari e ancora lettere. Scritte a mano o a macchina. E con quelle vecchie fotografie. Giovani sorridenti. Volti allegri, spesso ancora infantili. Gioventù radiosa. Foto in gruppo, singole. In una busta, una ciocca di lunghi capelli biondi.

Kuehenberg distolse lo sguardo quando Hecht tirò fuori la ciocca e la mise sul tavolo.

«La madre scriveva: "Forse questa ciocca potrà aiutare nelle ricerche. L'ho tagliata a mio figlio prima che ripartisse per la Russia. Allora aveva 21 anni ed era da sei mesi sottotenente. Era fiero dei suoi capelli biondi. Aveva un carattere molto allegro. I suoi camerati possono ricordare senz'altro quei capelli e le limpide risate..."»

«Johann Poltmann», disse Kuehenberg con voce sorda. «Dal 3 giugno 1944 prese il nome di Fëdor Pantelievič Ivanov. Sposato con Vanda Semënovna Haller, capomastro di una brigata operaia...»

Il Generale Hecht fece fluttuare la ciocca bionda sul piatto dei dolci di Kuehenberg.

«Non vuoi parlare, Asgard?» chiese a bassa voce. «Sua madre adesso ha 79 anni. Vive in un pensionato per vecchi presso Brema. E spera, spera... Ogni anno ripete la sua domanda alla Croce Rossa. Tutti la ripetono! Tu sei l'unico che sappia tutto! Asgard... *devi* parlare! Se il tuo cuore non è diventato una testa di cavolo.»

«Nella mia dacia non coltivavo cavoli, ma molti fiori.»

«E allora lasciali sbocciare adesso, Asgard! Vuoi leggere le lettere?»

«Sì.» Kuehenberg prese la ciocca fra il pollice e l'indice e la rimise nella busta. Johann Poltmann con la sua testolina di riccioli. Quando per la *Oche selvatiche* aveva dovuto farsi tagliare i capelli il minimo indispensabile, ci aveva quasi pianto. Ma aveva radunato le chiome fluenti recise, le aveva messe in una busta e spedite alla madre. Evidentemente, quella busta non le era mai arrivata, perché accennava all'unica ciocca che gli aveva tagliato lei di persona. L'ultimo pezzo del suo unico figlio... «E *me*, non mi cerca nessuno?» chiese Kuehenberg chiudendo la pratica.

«No. Tu sei l'unico che non abbia più parenti. Sai, la tua Gut Thernauen è stata travolta da un improvviso attacco di carri armati sovietici, rasa al suolo dalle fiamme, e quanti ancora vivevano furono uccisi, abbattuti, massacrati. Non ebbero il tempo di fuggire. Quelli di Thernauen avevano aspettato troppo a sfollare.»

«Mio padre.» Kuehenberg alzò gli occhi verso il soffitto dipinto di bianco, con le lampade al neon. «Per lui i vicini russi erano sempre buoni amici. Molti russi ci frequentavano. Entravano e uscivano come fossero a casa loro. Lui credeva che bastasse una bandiera bianca per sopravvivere alla guerra. Una bandiera bianca e l'accoglienza con pane e sale. Non si poté dissuaderlo. Aveva nell'umanità la fiducia di un missionario.» Kuehenberg tese il bicchiere. «Ancora uno, Willy. Mi dai tempo?»

«Vuoi raccontare?»

«Ci proverò. Non per voi né per i vostri archivi militari! Ma solo per quelle madri, per quei fratelli, per quelle sorelle! Vive ancora Frau von Bodo von Labitz?»

«Sì. A Vienna.»

«Sì è risposata?»

«No. Spera...»

«Lui allora festeggiò la nascita del suo primo figlio.»

«Un maschio. William, Heiko von Labitz. Ora è avvocato a Vienna. La madre vive con lui.»

«Lo butterò giù per iscritto», disse Kuehenberg, bevendo a piccoli sorsi il suo cognac. Ritirerò in ballo la *Oche selvatiche*. Ma dopo, Willy, dopo non voglio più sentirne parlare. Sono tornato per nostalgia, e basta. Chi leggerà la relazione?»

«Una cerchia molto ristretta. Te lo prometto.»

«Sai, tre di noi vivono ancora da bravi russi con moglie e figli a Mosca e nei dintorni.»

«Nessuno saprà mai i loro nomi. Parola d'onore.»

«Devo prima leggere le lettere.» Kuehenberg si alzò e prese la cartella con la croce rossa. «Rimarrete delusi: l'operazione *Oche selvatiche* è stata operazione più pazzesca e disperata di tutta la guerra. E come noi dieci abbiamo potuto intraprenderla è per me ancora oggi un enigma! Ma allora — nel 1944 — non c'era più niente di normale... e inoltre eravamo tanto ingenui e fiduciosi e giovani...»

2

RADEK, Peter, 25 anni, Tenente.

La 3a Compagnia si era trincerata a nord di Pskov. Era una brutta posizione, piccoli caposaldi collegati da bassi camminamenti che era possibile percorrere solo stando accucciati come lepri che si nascondono fra i solchi dei campi per sfuggire ai cacciatori. Su un fronte che avrebbe dovuto essere tenuto da un intero battaglione, erano distribuiti ora centonove uomini in condizioni miserevoli. Stanchi, assetati, sudici, affamati e sfiniti. È vero che la profonda penetrazione delle armate sovietiche nel settore del Gruppo di Armate Nord tedesco, che andava da Leningrado a Velikije Luki, si era fermata lì sulla riva orientale del lago Peipus e del lago Pskov, ma più a sud, nel settore della 16a Armata, schierata contro il 2° Fronte Baltico del Generale Popov, le acque ribollivano come in una caldaia.

Giorno e notte il fronte era sottoposto al martellamento delle molte migliaia di pezzi d'artiglieria che erano concentrati soprattutto nel settore della 22a Armata. Gli attacchi dei carri armati T 34, quei mostri d'acciaio dei sovietici, contro i quali da parte tedesca si opponevano il puro coraggio, i lanciarazzi anticarro e le cariche cave, sconvolgevano le precarie posizioni tedesche, frantumavano i caposaldi, schiacciavano i soldati che vi si trovavano, oppure inseguivano i fuggitivi. Era un divertimento! Un gioco meraviglioso e crudele: li fai correre, gli vai dietro, per un po' li fai ballare con raffiche ravvicinate e poi, quando si fermano con gli occhi vuoti e con la lingua di fuori e alzano le braccia, brandeggi la pesante mitragliatrice in torretta, li fai a pezzi con una scarica.

A nord non era diverso. Anche là, nel settore del fronte di Volchov del Generale Merezkov, i russi si erano fermati all'improvviso, come dovessero riprendere fiato dopo la ininterrotta corsa vittoriosa da Leningrado al lago Peipus. Una speranza illusoria si era diffusa fra le truppe tedesche. Alimentata anche dagli articoli del Ministro della Propaganda del Reich Josef Goebbels nel giornale «Das Reich» e dai discorsi degli ufficiali di collegamento nazionalsocialisti, designati con la sigla NSFO, da poco istituiti come contraltare dei commissari politici, che in ogni unità sovietica curavano il morale e nei momenti di crisi avevano più voce in capitolo dei comandanti militari.

La «politica dei colpi di spillo» dava i suoi frutti. Su tutto il fronte, che il comando supremo della Wehrmacht nei suoi bollettini quotidiani descriveva come tranquillo, la morte era diventata anonima. Dopo le gravi perdite subite durante la ritirata provocata dall'offensiva sovietica dal 14 gennaio al 1° marzo 1944, nelle furerie della compagnia salmerie e del comando di battaglione venivano registrati i morti e i feriti con la stessa freddezza contabile con cui si valutava la consistenza di munizioni, benzina e marmellata per l'approvvigionamento delle truppe.

1a Compagnia = 1 morto, due feriti.
3a Compagnia = 3 morti, nessun ferito.
4a Compagnia = Nessuna perdita.

Colpo centrato sulla cucina della 2a Compagnia. Nessuna perdita, ma totale distruzione della cucina da campo e di tutte le scorte.

Un fronte tranquillo. Solo di quando in quando ronzava la «macchina del caffè» sui caposaldi tedeschi, quel lento aereo sovietico da ricognizione con una spessa corazzatura, che non esitava ad abbassarsi tanto che se ne poteva vedere il pilota. Gli avevano sparato con tutto, con fucili, mitragliatrici, perfino con pezzi di artiglieria leggeri, insomma con tutto quello che capitava. Il ricognitore faceva il suo giro ronzando come un insetto gigantesco, invulnerabile, ostinato.

Con il tempo ci si era abituati, se ne sentiva la mancanza quando il suo tuc-tuc non si faceva sentire per tutta una giornata. Non appena ricompariva in cielo, gli si facevano addirittura segni di saluto. Fino a quando i sovietici non diventavano poco sportivi e buttavano piccole bombe. Facevano poco danno, le vedevi arrivare, cadevano oscillando dalla fusoliera, e se correvi di lato e ti buttavi a terra per lo più ti andava bene.

Il Tenente Radek, la cui 3a Compagnia era trincerata in postazioni tanto lontane fra loro che Radek diceva: «Se adesso arrivano gli Ivan con i loro T34, non si accorgono nemmeno che ci siamo noi», era tornato da un giro d'ispezione nel Bunker della sua compagnia coperto di tavole e di terra. Bunker era un termine pomposo per indicare quel buco scavato in terra, grande quanto tutti gli altri buchi, ma in compenso riempito con un tavolino pieghevole, un telefono da campo, tre casse di bombe a mano, due mitragliatrici pesanti e una barella pieghevole sulla quale era dipinta una grande croce rossa.

Radek era stanco. Di primo mattino era corso piegato in due per i camminamenti dai suoi ragazzi, e gli era toccato rimanere là fino al calar della sera. Considerava uno sconcio bello e buono quello che gli aveva comunicato il comandante del II plotone.

«Qui è come se stessimo in gratella!» disse il Maresciallo Hagemüller. Era lontano il tempo in cui era un sottotenente a comandare un plotone; c'erano troppo pochi ufficiali. «Vedrà, Signor Tenente. Stia attento.»

Mise un elmetto d'acciaio su un bastone e lo sollevò oltre il ciglio della trincea. Nemmeno un secondo dopo si sentì un pfft, un colpo metallico e, come mosso dalla mano di uno spettro, l'elmetto volò in aria e cadde a terra. «Centrato in pieno!» disse Hagemüller. «Là ci sono dei tiratori scelti. Abbiamo voluto farli ammattire un po'. Chi aveva una scatoletta vuota, l'ha sollevata in aria. Ma quei tipi sono cocciuti e hanno munizioni in abbondanza. Sparano su tutto quello che si muove.»

Il Tenente Radek si appiattì nella buca e guardò il foro rotondo, dentellato verso l'interno, che si era fatto nell'elmetto. «Bisognerà bene localizzare dove sono gli amici!»

«Da qualche parte fra gli alberi.»

«Da qualche parte non è un obiettivo preciso.» Radek fece sporgere la custodia della sua maschera antigas. Subito un colpo gliela fece volar via dalla mano. «Merda!»

«Ho pensato, Signor Tenente», cominciò Hagemüller, «che potremmo sbrogliare la situazione se il Gruppo III da destra e il Gruppo VI da sinistra coprissero con il fuoco delle loro mitragliatrici pesanti tre nostri uomini che potrebbero strisciare fin là con un bel grappolo di bombe a mano...»

«Hagemüller...» disse Radek con voce strascicata nella quale c'era una sfumatura di cruccio. Il Maresciallo Maggiore annuì rassegnato. La vecchia canzone che sentiva da settimane.

«Lo so, capo. Quindici colpi al giorno per ogni uomo. Bombe a mano solo in casi di necessità. Fuoco di mitragliatrici solo per difesa.»

«Non ho dato io quello stupido ordine. E non sono nemmeno responsabile dell'armamento e dei rifornimenti!»

«Ce ne stiamo qui appiattiti come sogliole!» Hagemüller si girò sulla schiena con precauzione e guardò il cielo. Nell'azzurro di quell'inizio d'estate passavano alcune nuvolette bianche, che si sfrangiavano ai bordi. Un venticello caldo le spingeva verso oriente. «Se potessimo scavare più a fondo la trincea durante la notte...»

«Entro due giorni accorceremo il fronte. Arretreremo il nostro saliente nelle linee russe.»

«Due giorni sono lunghi, Signor Tenente.»

«Non costruire rifugi fissi, dice la Divisione. Tutto ciò che costruiamo serve solo a Ivan.» Radek scrollò le spalle. «Dovete tener duro altri due giorni soltanto. Poi arretrerete in un bel caposaldo d'arresto appena costruito.»

Fino a sera il Tenente Radek andò in giro carponi, da un buco all'altro, ispezionò la sua Compagnia e dappertutto si sentì dire la stessa cosa: dieci ore prima, fuori c'era stato un cambio della guardia. Adesso si trovavano di fronte un reggimento scelto di tiratori siberiani, vigili, freschi, sicuri di sé. Durante la notte avevano perfino cantato, e le loro voci avevano risuonato sotto il chiarore della luna fino alle linee tedesche.

«Quei porci!» disse il Caporal Maggiore Emil Happes. «Si fanno la carne ai ferri! Lo sentite l'odore? Maiale allo spiedo! E noi ci lecchiamo gli avanzi di pasta nella gavetta!»

Poco prima che Radek potesse tornare alla sede del comando di Compagnia e che arrivassero dalla cucina da campo i soldati addetti al rancio, al Gruppo I le lattine che erano state legate con dei fili a una ghirlanda di lamiera cominciarono a strepitare.

Allarme! Arriva Ivan!

Era solo un attacco esplorativo. I tiratori scelti siberiani tenevano sotto tiro la 3a Compagnia, solo nel settore del Gruppo I si vedevano saltar fuori nel crepuscolo figure color terra. Sparavano correndo, buttavano bombe a mano grosse come uova, al grido snervante di «Urrraaa! Urrraaa!» e si ritiravano con altrettanta rapidità scomparendo fra gli alberi.

Conseguenze quasi nulle. Ma un altro di quei colpi di spillo che volevano dire ai tedeschi: Possiamo in qualsiasi momento, quando ci pare! State attenti! Non vi illudete, la calma non è debolezza. Sotto i vostri occhi sfila il più grosso concentramento di uomini e di armi che si sia mai visto al mondo!

Soldati tedeschi, pensate a Stalingrado!

Il 1944 sarà ancora più terribile.

A sera Radek tornò nel suo Bunker e buttò l'elmetto contro il terrapieno. L'aiutante di compagnia, Sergente Lehmann II, lo salutò come un capoposto in caserma.

«Niente di nuovo nella Compagnia!» annunciò.

«Lehmann, la pianti con queste idiozie!» Radek si sedette sul letto. Era fatto con alcune tavole inchiodate su due traverse. «Abbiamo due feriti, e nelle buche mi crescono gli uomini dalla terra! Stia a sentire che cosa racconto a quelli del Battaglione!»

Girò la manovella del telefono da campo, aspettò, poi disse forte: «Qui è Radek! Mi dia il Comandante. Cosa devo fare? Devo venire lì? Subito? Date i numeri! Da chi? Dal Comando Supremo? Questa mi piace: voi siete sbronzi e noi non possiamo alzare la testa! Bene! Vengo!»

Radek riagganciò e con il piede pescò da terra l'elmetto. Ascoltò i rumori che venivano da fuori. Da qualche parte sparavano di nuovo. Qualcuno gridò: «Pezzo di stronzo! Fai attenzione!» I due feriti tornavano indietro.

«Lehmann!»

«Signor Tenente?»

«Il Comandante muore dalla voglia di vedermi. Sarò di ritorno domattina all'alba. Se accadesse qualcosa di particolare, telefoni al Battaglione.»

Fino alle salmerie e alla cucina da campo bisognava ancora

strisciare in trincea. Solo dietro la prima catena di colline si poteva uscire allo scoperto. Il Sergente Maggiore Ratterfeld, furiere della 3a Compagnia era già in attesa del suo comandante e annunciò: «La bagnarola è pronta. Col pieno.»

Bagnarole erano chiamate le camionette Volkswagen aperte: veicoli intorno ai quali già si intessevano leggende.

«Lei cosa sa, Ratterfeld?» Radek si sedette al volante. «Lei deve avere chiacchierato con il suo amico della fureria del Battaglione.»

«So solo che c'è qualcosa che viene dal Comando Supremo.»

«Che riguarda me?»

«Pare.»

«Impossibile! Come se il Comando Supremo si occupasse di me!»

«Deve essere urgente.»

«Sarà senz'altro un errore.»

Non era un errore.

Al comando di battaglione lo aspettava il Maggiore Sauer. Osservò Radek da capo a piedi, poi scosse la testa.

«Per Berlino dovrà farsi pulire l'uniforme.»

«Questo è fango russo della migliore specie, impregnato di sangue, Signor Maggiore.» Radek posò l'elmetto su una sedia pieghevole. «Quanto a Berlino, deve essere uno scherzo.»

«Lo avevo pensato anch'io.» Il Maggiore Sauer prese un foglio di carta dal tavolo e inforcò gli occhiali. «Ho potuto stenografare la conversazione telefonica. Ha chiamato la Divisione. Il rappresentante di Dio Padre. E adesso senta, Radek: "Parla Vangenheim. Il Maggiore Sauer? Buon giorno. Come vanno le cose da voi? Uno schifo, lo so!"»

«Fin qui è ancora normale!» lo interruppe Radek.

Sauer annuì. «Ma adesso viene il bello: "Sarò breve, Maggiore Sauer. Ci è appena arrivato un radiomessaggio del Comando Supremo ritrasmesso dal Comando d'Armata. Urgente! Il Tenente Peter Radek deve essere subito richiamato dal fronte e inviato a Eberswalde. La Divisione deve occuparsi dei necessari documenti di viaggio. Saranno messi a disposizione del Tenente Radek i più rapidi mezzi di trasporto. Presso il II Stormo Aereo è pronto un apparecchio. Aspettiamo di vederlo al più presto a Eberswalde. Non ho altro da aggiungere, perché noi stessi non sappiamo che cosa significhi quest'ordine del Comando Supremo." Fin qui Vangenheim.» Il Maggiore Sauer lasciò cadere il foglio. «E lei cosa mi dice, Radek?»

«Niente. Sono stupefatto.»

«Tutta la Divisione è stupefatta. Ha uno zio al Comando Supremo?»

«No. Sono l'unico ufficiale della mia famiglia.»

«Pfui!» Il Maggiore Sauer riempì due bicchieri di acquavite scadente, fornita dal vivandiere. «E proprio Eberswalde!»

«Cosa c'è a Eberswalde?»

«C'è la Scuola di Equitazione per Ufficiali del Brandeburgo.»

«Non ho mai avuto l'ambizione di imparare a cavalcare. Deve essere senz'altro un errore.»

«La sua data di nascita combaciava, lo ha controllato Vangenheim per maggior sicurezza. Lei è nato a Riga?»

«Sì.»

«L'errore è escluso.» Il Maggiore Sauer toccò col suo bicchiere quello del Tenente Radek. «La grande Madre, il Comando Supremo, la reclama. Forse a Eberswalde la vogliono trasformare in un atamano cosacco? Queste pazzie sono degne di loro. Si lasci fare questa sorpresa, Radek! Alla salute! E mi scriva una cartolina quando le verranno le piaghe al culo.»

Radek non bevve. Al di sopra del bicchiere, guardò il Comandante del suo Battaglione.

«E la mia 3a Compagnia?» chiese. «Chi se ne occuperà?»

«La sostituirà il Sottotenente Heinze della 4a.»

«Heinze è appena uscito dalla scuola di guerra. Non ha alcuna esperienza di fronte. Pochi mesi in Francia.»

«Per qualche giorno resisterà. Alla fine della settimana il fronte deve essere raccorciato. La cosa più importante è che sappia starsene pancia a terra.»

La mattina dopo, il Tenente Peter Radek si presentava già al Colonnello Vangenheim presso il Comando di Divisione. Una bella macchina grande, una Horch, lo portò a tutta velocità fino alla base del II Stormo Aereo. Doveva essere una cosa proprio urgente, ma nessuno sapeva che cosa volesse di preciso il Comando Supremo da un tenentino.

Alle 14,20 l'aereo, un Fokker, decollò nell'azzurro cielo russo. In direzione di Berlino. A bordo c'erano solo Radek e il pilota, un alfiere della Luftwaffe.

Alle 14,37 il Maresciallo Hagemüller comunicò dalla prima linea: «Il Tenente Heinze è caduto poco fa. Colpito alla testa. Quei maledetti tiratori scelti siberiani...»

Come si è detto, il fronte quel giorno era tranquillo, quasi sonnacchioso.

von RANOWSKI, Berno, 24 anni, Tenente.

Erano in una zona boscosa a sud di Orša. Davanti a loro scintillavano le rotaie della ferrovia sotto il chiaro di luna velato di nubi. La lunga strada ferrata a binario unico che da Brest-Litovsk, passando per Minsk, Borisov, Orša, Smolensk, arrivava fino a Mosca, correndo vicinissima alla strada più importante della Russia centrale. Due arterie vitali sulle quali i tedeschi facevano passare i loro rifornimenti. Viveri, munizioni, armi, carri armati, officine mobili, pezzi di ricambio, soldati in licenza che andavano in patria, soldati che tornavano dalla licenza, che cercavano i loro reparti, soldati nuovi, freschi, giovani, addestrati in fretta, ancora quasi bambini, con grandi occhi che fissavano il paesaggio davanti a loro: la Russia, la grande, immensa, bella, terribile Russia, alla cui terra ora si sarebbero dovuti attaccare con le unghie. Per l'onore della Germania, per volontà del Führer, il più grande condottiero di tutti i tempi, come lo chiamava Goebbels; per la salvezza della patria contro la quale quei subumani dell'est — come li chiamava Alfred Rosenberg — avevano scaraventato milioni di soldati allo scopo di ridurla in cenere, di violentare le donne, di massacrare i bambini sbattendoli contro i muri, di macellare gli uomini.

La strada e la ferrovia: senza di esse le divisioni tedesche combattenti si sarebbero ridotte in breve tempo a una massa impotente. Giorno e notte correvano sulle rotaie i convogli di rifornimenti. Giorno e notte rombavano i camion sulla strada. Finché il sangue della guerra scorreva attraverso queste due arterie, nuova forza affluiva nelle deboli linee di schieramento dei soldati tedeschi. Lì, nel settore centrale del fronte orientale, dopo le offensive invernali e primaverili dei sovietici al Nord e in Crimea e in Ucraina ci si aspettava il prossimo grande attacco. La meta era una sola: la frontiera polacca. Varsavia, la Prussia Orientale, e poi la frontiera tedesca. Travolgete i battaglioni sfiniti, affamati, stanchi, esausti. Inseguiteli come lepri, cacciateli dalle terre della madre Russia che hanno invaso, ebbri di vittoria, tiranneggiando, sfruttando la paralisi provocata dalla sorpresa, riducendo in cenere città e villaggi, trascinando via gli uomini in greggi come bestie per mandarli nelle fabbriche di armi tedesche, nelle miniere di carbone e a costruire nuove grandi strade per le loro avanzate.

Ma fino a che avranno la strada e la ferrovia sarà dura, compagni! Un corpo che riceve di continuo sangue fresco è un corpo forte. Chiudete la valvola, miei valorosi eroi! Tagliate le arterie dei tedeschi. Dalla più piccola ferita esce sangue. Da un taglio anche insignificante defluisce la forza...

Nella zona Orša-Borisov, dove si fermavano i rifornimenti e dove ogni villaggio toccato dalla strada ferrata era diventato un grosso deposito, il Generale Žankovskij, con lavoro difficile e minuzioso, aveva messo insieme un potente esercito invisibile. Ufficiali che sembravano contadini arsi dal vento e poveri deficienti inutilizzabili in guerra, si erano infiltrati, lanciandosi di notte coi paracadute, nei boschi di Dobryn e Sorino, sui due lati del Dnepr, e vi si erano insediati raccogliendo intorno a loro la popolazione. Senza farsi notare, a piccoli gruppi, donne e uomini furono addestrati all'uso delle armi. Impararono a mettere le mine e a fabbricare bombe a orologeria con bottiglie, polvere da sparo, micce e una vecchia sveglia. Si esercitavano ad avvicinarsi di soppiatto, a mimetizzarsi con erbe e rami, a scavare buche nella terra dove potersi rifugiare e diventare all'improvviso invisibili; si esercitavano nel lancio del coltello e nella morte silenziosa: lo strangolamento rapido con sottili fili di acciaio. Aggredivano alle spalle con indosso uniformi tedesche e tagliavano la gola, e a un reparto speciale di donne e di giovinette fu insegnato che non era una vergogna sdraiarsi con un tedesco fra i cespugli sul terrapieno della ferrovia e lasciarsi prendere.

«Pensate sempre a questo: È un sacrificio per la patria!» dicevano gli ufficiali istruttori del Generale Žankovskij alle donne che li ascoltavano mute. «Dopo ci si può lavare, tutto si può lavare, care compagne, non penetra nell'anima. Riguarda solo la pelle. I vostri fratelli danno la vita... che cosa è al confronto il vostro sacrificio? Tutto ciò che può paralizzare il nemico è una vittoria per la Russia! Ogni tedesco che riuscite a stringere tra le vostre gambe è una perdita per i nazisti. In quest'ora può darsi che i vostri uomini valorosi facciano qualcosa di decisivo...» Nelle paludi della Beresina e della Gaina, fra Slobodka e Denisoviči, Sutoki e Rudnija e più a est fra Babiniči sul Dnepr e Tatarsk sulla Viexna, si era formato così un piccolo esercito di civili militanti, che il Generale Žankovskij chiamava con orgoglio il suo «Fronte Patriottico di Liberazione». I tedeschi la vedevano diversamente. Per loro questi russi erano partigiani. Il grande pericolo invisibile, silenzioso, mortale. La morte nelle imboscate. La distruzione strisciante. Il nemico inafferrabile.

Guerra partigiana. Questo significava spietatezza da entrambe le parti. Non era più la guerra in cui sai che là fuori ci sono gli avversari, ma solo un assassinare, un macellare, un vincere con l'insidia.

«Negli ultimi due mesi abbiamo avuto 2359 atti di sabotaggio e attacchi alla linea ferroviaria», disse il Maggiore von Habner. Era un uomo brizzolato e gioviale che, non essendo più idoneo per la prima linea, era stato nominato comandante delle truppe di vigilanza sul tratto Orša-Borisov. Ora si trovava in una situazione che avrebbe volentieri scambiato con un comando in prima linea. Le truppe di cui disponeva erano più che malconce. Un battaglione di bulgari, stanziati in prevalenza in Bunker lungo la strada ferrata, incaricati di pattugliarla, ma che non sempre erano disponibili quando una bomba faceva saltare i binari da qualche parte; e tre compagnie tedesche, messe insieme alla bell'e meglio attingendo a tutti i reparti delle cosiddette unità di convalescenza; feriti leggeri che per loro sfortuna non avevano avuto bisogno di un ricovero in ospedale ma che potevano essere curati negli ospedali da campo di Orša. A questi si aggiungevano trecento russi che si erano messi a disposizione dei tedeschi come lavoratori per ricevere un po' di pane e una scodella di zuppa. In un elegante tedesco burocratico, li chiamavano collaboratori volontari. Facevano senza lamentarsi tutti i lavori più schifosi sulla linea ferrata, riparavano le rotaie, innalzavano i terrapieni, costruivano nuovi Bunker lungo la ferrovia, montavano recinti di filo spinato e cavalli di Frisia, sistemavano sbarramenti di mine lungo i terrapieni, e passavano ai partigiani nei boschi e nelle paludi i progetti, scarabocchiati alla meglio su carta da involgere e sul fondo delle camicie, dai quali risultavano i punti in cui avevano seppellito le mine.

«2359 volte!» disse il Maggiore von Habner, facendo scorrere una bacchetta sulla grande pianta del territorio. La pianta era appesa alla parete dell'aula di 2a classe della scuola elementare di Orša, una vecchia costruzione in mattoni con finestre alte e strette. Un edificio che risaliva al tempo degli zar. Poiché i banchi erano troppo stretti per degli adulti, gli ufficiali e sottufficiali chiamati a rapporto ci si sedevano sopra. Fumavano, con le gambe penzoloni, e sognavano una birra fresca. Dopo l'occupazione tedesca, due fabbriche di birra avevano ripreso a lavorare a Orša. Anche qui c'erano i collaboratori volontari che mettevano a cuocere il mosto e sorvegliavano la fermentazione e la sala di cottura. I loro superiori erano due birrai tedeschi, un Maresciallo e un Caporal Maggiore. La birra era leggera, insipida e giallo chiaro. I soldati la chiamavano Pissolin o Urinol. Una frase proverbiale: ne bevi mezzo litro e ne puoi orinare due.

Ma c'erano delle differenze. Il birraio Caporal Maggiore faceva una «birra speciale» per sé e per gli ufficiali del giro. Una birra forte della migliore qualità. Chi se ne beveva mezzo litro tutto d'un fiato, non pensava più a orinare.

Orša. Retrovia. Una vita rumorosa. Un magazzino di merci con le pareti che scoppiavano. Teatro per i militari. Quattro bordelli per soldati. Due volte al mese, la domenica, perfino un concerto sinfonico nella sala della Casa del Partito. Centro di raccolta dei feriti. Scuole trasformate in ospedali militari. Punto di raccolta delle unità tedesche decimate, che qui venivano trasformate di nuovo in reparti combattenti. Amministrazione e sede dell'ufficiale pagatore generale. Centro di rotazione dei militari rientrati dalla licenza. Intorno alla città, un susseguirsi di magazzini. Baraccopoli. La zona della ferrovia: il cuore di due armate.

Appena cento chilometri a est, quasi non rilevate dalla ricognizione tedesca, erano schierate quattro armate sovietiche. 132 divisioni e 62 brigate, 2 armate corazzate e 1 flotta aerea. Dalle distese sconfinate, dai territori inesauribili al di là dell'Ural, dalla taiga della Siberia e dalle steppe asiatiche, le brune figure affluivano verso ovest.

Annientate i tedeschi! Cacciateli! Travolgeteli con una colata di fuoco. Per quanto valorosi siano, non potranno reggere a questo attacco.

«L'attività dei partigiani si intensifica ogni giorno di più», disse il Maggiore von Habner picchiando la bacchetta lungo il tracciato ferroviario sulla carta. «Questo coincide con le ricognizioni effettuate sulle posizioni nemiche: i sovietici concentrano forti contingenti da Narva a Kolomea. Dal Golfo di Finlandia fino al confine con la Romania, chi se ne frega! O almeno ci interessa in maniera marginale. Quello che ci interessa è la nostra linea ferroviaria fino a Orša. L'intensificata attività dei partigiani indica che presto anche qui si metterà male. La fucilazione immediata dei partigiani fatti prigionieri — conoscete, signori, l'ordine del Führer — non contribuisce certo a mantenerci l'amicizia di collaboratori volontari. Ma noi abbiamo bisogno di loro. Chi farà il lavoro più gravoso? E quelli lavorano come formiche, ma in sostanza è come mordersi la coda. Quello che loro fanno oggi, nella notte va di nuovo all'aria. Le perdite a causa dei sabotaggi alla ferrovia si sono aggravate. Adesso bisogna cambiare. Dobbiamo deciderci a una azione sistematica di rastrellamento e di pulizia dei territori nei quali si sono annidati i comandi dei partigiani. Per questo vi ho convocati. Progettiamo una operazione massiccia con l'inserimento di tre battaglioni. Si procederà con la tecnica della sacca: accerchiamento di una zona che deve essere passata al pettine fitto metro per metro. Fucilare all'istante chiunque porti un'arma. Trasportare subito tutti i sospetti a Gološevka. Là è stato allestito un campo dove verranno interrogati. Signori» il Maggiore von Habner appoggiò in un angolo la bacchetta e pensò con desiderio a una birra fresca, «io non sono di quelli che si affrettano a dire: Facciamola finita! Ma questa guerra di agguati snerva anche me! Il russo che di giorno ti è amico, di notte diventa un assassino a sangue freddo. È vero che siamo loro nemici. Non siamo stati invitati in Russia. Ma anche noi abbiamo solo obbedito a degli ordini. Verrà l'ora, e verrà presto, signori, in cui si tratterà di pura e semplice sopravvivenza...»

Adesso sono acquattati nella notte lungo la ferrovia, immobili, mimetizzati fra i cespugli, e scrutano il terreno. Piccoli gruppi, sempre di quattro, con tanto spazio fra l'uno e l'altro che i partigiani, se venissero, potrebbero sgusciare ignari dai boschi. C'era l'intenzione di aprire il fuoco su di loro, sugli stessi binari, da tutte le parti. Una trappola ben congegnata. Senza possibilità di scampo.

Il Tenente Berno von Ranowski era con un gruppo di quattro uomini, piuttosto lontano dalla sua compagnia. La notte era calda, nuvolosa, la luna nuotava in una ovatta argentea. Da due giorni erano alla caccia dei partigiani. Inutilmente. Nelle case coloniche sparpagliate avevano trovato solo donne e bambini. Impauriti, ripiegati su se stessi, pronti ad affermare che lì non c'erano più né galline né maiali. Nemmeno un sacchetto di miglio o di orzo. Una donna portò un recipiente di terracotta con cavolo acido. Aveva un puzzo così disgustoso che il Caporal Maggiore Hämmerle gridò:

«Signore Iddio, conservano i cavoli che hanno cacato!»

«Dove sono gli uomini?» aveva chiesto Ranowski.

«Kaputt...» gridarono le donne. I bambini cominciarono a piangere. «Via! Orša... Germania... Non sapere... Niente più uomini... Noi soli... affamati...»

Non c'era niente da dimostrare.

«Eccoli là!» mormorò il sergente Meier all'improvviso. Accostò le labbra all'orecchio di Ranowski. «Alla sua destra, Signor Tenente... ci sono delle ombre. Là... le vede? Al margine del bosco...»

Ranowski puntò gli occhi sul bosco. Dapprima non vide che buio. Poi sembrò che ci fosse un movimento nell'ombra. Molto lentamente, a tastoni, evitando il terreno scoperto fino alla massicciata della ferrovia, illuminata dal chiarore della luna.

«Preparare i razzi illuminanti», mormorò a sua volta Ranowski.

«Già fatto, Signor Tenente.»

«Lasciarli prima arrivare alle rotaie!»

Sul margine del bosco ci fu un movimento. Sbucarono delle figure che corsero verso le rotaie. Figure con lunghi abiti bianchi, vicino alle quali c'erano ombre più piccole, esili come gnomi saltellanti.

Il Tenente von Ranowski deglutì.

«Sono donne e bambini», bisbigliò roco. «Meier, niente razzi!»

«Sono partigiani!»

«Sono donne, Meier! E bambini. Vuole sparare sui bambini?»

«È un'infamia, Signor Tenente! Le donne si portano i bambini per protezione. Così contano sulla nostra rettitudine: non si spara sui bambini! E mentre i bambini formano cerchio, le madri mettono le cariche esplosive fra le rotaie. Lei è qui da appena un mese, Signor Tenente. Ancora non sa niente. Ma io ho a che fare con i partigiani da un anno. Qui conosciamo tutti i trucchi! Questo è il più infame! Bambini come muro di protezione!»

«Io non posso far sparare!» disse cupo Ranowski. «Nessuno può pretendere che lo faccia.»

«Allora prendiamo le donne! Quelle che hanno addosso materiale esplosivo le mandiamo comunque a Gološevka. Così la faccenda non ci riguarda più. Ci penseranno gli uomini dell'unità speciale.»

«E che ne sarà dei bambini?»

«Non ne ho idea...»

«Davvero, Meier?»

«Parola d'onore, Signor Tenente. Si dice che mandino in Germania anche convogli di bambini. Soprattutto fra i dieci e i quattordici anni. Possono già lavorare sodo.»

«Non è vero, Meier!»

«Ho detto che si dice, Signor Tenente.» Il sergente Meier mise la gamba destra in posizione, come per spiccare un balzo. «Allora?»

«No!» Ranowski guardò il gruppo di donne e di bambini. Camminavano sulle rotaie e si allontanavano dalla Compagnia tedesca che stava in agguato mimetizzata. Dal gruppo vicino sgusciò fuori un Sergente che raggiunse Ranowski.

«Signor Tenente...» balbettò. «Gli amici sono arrivati. Perché non spariamo?»

«Sono donne e bambini!»

«E be'? Se ci fanno saltare in aria i nostri rifornimenti...»

«Radunarsi nella posizione di partenza!» disse Ranowski aspro. Le donne e i bambini erano scomparsi di nuovo nell'oscurità. «Che cosa direbbe lei, Sergente, se qualcuno sparasse su sua madre?»

Sconcertato, l'uomo se ne tornò indietro. Mezz'ora dopo, la Compagnia risalì sui camion e rientrò a Orša. Fra i rapporti presentati ogni mattina al Maggiore von Habner, c'era anche quello della Compagnia Ranowski. «Nel settore controllato, niente da segnalare», diceva la breve relazione. «Nel quadrato VII - IX: ventinove case. Solo donne e bambini. Niente armi. Nessun punto di appoggio per attività partigiana.»

«Curioso!» disse il Maggiore von Habner al colloquio del mezzogiorno. «Ranowski, lei deve essersi trovato nel posto sbagliato al momento decisivo. Nel suo settore ieri notte le rotaie sono state allentate in quattro punti. Alle 3,25 è deragliato un convoglio di munizioni. Per fortuna, solo danni materiali. Dopo un'ora la linea era di nuovo libera.»

Alle 14 il Colonnello del Comando di Divisione telefonò al Tenente von Ranowski. «È pronto a partire?» gli chiese.

«Come?» Ranowski rifletté in fretta. Non sono così rapidi a trasferire per motivi disciplinari. Non prima di avere ascoltato l'imputato. Non senza una sfilza di scartoffie. È così per i soldati, figurarsi per gli ufficiali.

«Deve volare oggi stesso a Berlino!» disse il Colonnello. «Ordine del Comando Supremo.»

«Berlino? Perché il Comando Supremo? Che c'entro io con il Comando Supremo?»

«Cosa vuole che ne sappia, Signor Tenente? Il telex dice: Con piccolo bagaglio. Presentarsi a Eberswalde, alla scuola di equitazione per ufficiali.»

«Io so già andare a cavallo. Non mi sono iscritto a un corso di istruzione. È tanto importante oggi, nel 1944, saper cavalcare? Ci farà vincere la guerra?»

«Lo chieda al Comando Supremo!» Il Colonnello sembrava aver fretta. C'erano cose più importanti a Orša che ordinare a un Tenente di andare a Berlino. «Quando si può presentare alla Divisione?»

«Subito.»

«Ottimo. Informeremo noi il suo comandante. A Berlino devono avere molta fretta. Non perda tempo.»

Berlino, pensò von Ranowski, e subito si rallegrò. A Berlino ho Lilli. La piccola Lilli dagli occhi verdi e dal seno rotondo.

Lilli, ci rivedremo, pensò Ranowski. Sarà una festa! Sono sei mesi che non tocco una donna.

Doveva rimanere deluso.

Non rivide Berlino.

SOLBREIT, Elmar, 22 anni, Sottotenente.

Era imbrattato dalla punta dei piedi alla cima dei capelli. Fango secco, erbe acquatiche, alghe verdi gli coprivano l'uniforme. I piedi guazzavano negli stivali, il viso riluceva di argilla cosparsa di puntini verdi. Morto di stanchezza, si accovacciò a terra, buttò via il mitra e si tolse l'elmetto. I capelli biondi tagliati corti erano come induriti dalla colla.

I soldati che erano tornati con lui non avevano un aspetto migliore. Figure di un mondo leggendario. Figli del re della palude.

«È uno schifo!» disse il Sottotenente Solbreit. Si tolse gli stivali fradici e li mandò a raggiungere il mitra. Nel campo della 7a Compagnia si era abituati a questi rientri. Ogni pattuglia che tornava dalle paludi del Pripet era in quelle condizioni. Il Maresciallo Maritza sbraitava con il Sergente di cucina perché voleva il tè con la vodka. Il Capitano Voggenreiter uscì dalla sua capanna di canne mimetizzata con una rete e andò ad accovacciarsi accanto al giovane Sottotenente. Due uomini portarono un secchio d'acqua e lavarono il viso di Solbreit. Nel secchio rimase una brodaglia densa. Gli altri soldati andarono brancolando verso i loro rifugi, si tolsero le giacche, lasciarono cadere i pantaloni e si cacciarono sotto gli annaffiatoi che erano stati legati a una fune. Anche così si può fare la doccia. Un soldato faceva la spola con un secchio per riempire gli annaffiatoi. Dalla cucina da campo veniva un profumo delizioso. Minestra di fagioli con speck. L'aveva ordinata il Capitano Voggenreiter. «Quando i ragazzi torneranno, ci vuole un banchetto!» Pronunciava quel *quando* come se fosse un *se*... Sapevano tutti che cosa significava. Chi si addentrava nelle paludi del Pripet per individuare le posizioni sovietiche o per catturare un prigioniero da torchiare, doveva pregare Iddio perché lo facesse tornare. E nessuno lo avrebbe preso in giro.

Sapevano tutti molto bene di avere il nemico di fronte e intorno. Era là... Sbucava fuori in qualsiasi posto, inaspettato. Alle spalle, dove avrebbe dovuto esserci il comando del battaglione. Oppure sul fianco ovest, dove da un mese il III Battaglione aveva sistemato solide postazioni. Oppure arrivava direttamente dalle paludi inaccessibili, nelle quali a giudizio d'uomo nessuno poteva vivere, perché il terreno non era solido, ma tremolante e poltiglioso, pieno di acquitrini con ingannevoli tappeti di fiori, bassi canneti nei quali nidificavano milioni di uccelli: anitre selvatiche, fagiani, gru, starne e germani reali grigioverdi. La guerra non li disturbava, perché l'ecatombe li sfiorava appena. La guerra era più sorda, la melma attutiva i rumori, le granate affondavano nel pantano gelatinoso prima di esplodere.

Qui si lottava ancora uomo contro uomo, non carro armato contro carro armato, o cannone contro cannone. La palude era un territorio grande quanto la Russia, e da qualche parte in quella foresta vergine di canne, di pioppi e di salici, di ginestre e di felci giganti, c'erano i russi, da qualche parte c'erano i tedeschi. Una guerra nella giungla. La tigre che balza per prima è quella che vince.

Il Sottotenente Solbreit si asciugò il viso con un grande asciugamano che, malgrado il lavaggio con un intero secchio d'acqua, diventò giallo argilla. Voleva alzarsi, ma il Capitano Voggenreiter lo trattenne a terra mettendogli una mano sulla spalla.

«Rimanga seduto, Solbreit. Le gambe non la reggono. Allora, siamo sempre a zero con le informazioni?»

«Gruppo Solbreit rientrato da un'azione di pattuglia, nessun movimento nemico. Perdite: nessuna.» Solbreit afferrò la tazza di latta che il Sergente di cucina gli teneva sotto il naso: tè con vodka. Ne bevve avidamente metà.

«Anche la pattuglia della 2a Compagnia è tornata. Ho parlato con Leifheim. Anche là niente movimenti nemici. Brancoliamo nel buio. Eppure, all'improvviso sono là, come spettri della palude. Per l'inferno, devono pur ficcarsi da qualche parte, non si possono trasformare in canne.»

«Si *servono* delle canne.» Solbreit si sdraiò sulla schiena. Dormire, pensò. Chiudere gli occhi, gli orecchi, la bocca, e dormire... «Abbiamo trovato un morto.»

«Un Ivan? Accidenti, Solbreit? Di che reparto? Almeno uno spiraglio di luce!»

«L'uomo era quasi nudo. Aveva solo dei calzoncini da bagno. Il reparto? I Battaglione Culi Nudi Morti!... Il corpo era in stato di putrefazione. Forse la morte risale a tre settimane. Una vedetta avanzata, suppongo. Ma da lui abbiamo capito quale è la tecnica degli Ivan.» Solbreit alzò la testa, vuotò la tazza e si ributtò giù. Il Sergente di cucina lo guardò ghignando. Il suo viso rotondo era come una luna appesa in un cielo blu smorto.

«Seppl, quanta vodka hai messo nel tè?» disse Solbreit sonnacchioso. «Santo cielo, sono sbronzo...»

«Metà e metà... come lo beve sempre il Signor Tenente.»

«Ma non dopo una giornata simile, animale!»

«Allora, Solbreit, quale è la tecnica degli Ivan?»

«Si tappano le narici con la cera, si infilano in bocca una canna, alcuni anche due, si tuffano nella palude — o sotto il pelo dell'acqua — e si sdraiano come in un letto di rose. Respirano per mezzo delle canne, che si confondono con gli altri milioni di canne. In teoria è possibile che intorno a noi ci siano centinaia di sovietici sott'acqua, pronti a uscire quando sia necessario. Di qui l'inutilità dei nostri attacchi di sorpresa. Non possiamo certo afferrare ogni canna e tirarla per accertare se all'altra estremità è attaccata la testa di un russo.»

«Formidabile!» disse il Capitano Voggenreiter. «Solbreit, lei ha fatto una scoperta tattica inestimabile. Purtroppo, non potrà vedere come la sfrutteremo e come disinfesteremo la palude. Sta bene?»

«Sono stanco e brillo, Signor Capitano.»

«Non c'è niente da fare. Questa sera stessa deve presentarsi al Comando di Divisione.»

«No!» Solbreit chiuse gli occhi. Gli bruciavano, come se l'acqua della palude li avesse corrosi. «Domani...»

«Il Comando Supremo la vuole.»

«Lei è un burlone, Signor Capitano!»

«Hanno telefonato tre ore fa dalla Divisione. Il Sottotenente Solbreit con un bagaglio leggero deve raggiungere Berlino. Subito!»

«Berlino, ho sentito bene?»

«Ha sentito bene!» Solbreit alzò la testa. Gli uomini della sua pattuglia si aggiravano nudi e ben lavati con le gavette pronte. Minestra di fagioli con speck. «Chissà che orchestra farete stanotte!» gridò il Sergente di cucina. Era in piedi nella cucina da campo, vicino al paiolo fumante, e rimestava la minestra con un ramaiolo dal manico lungo. «Ma attenzione: la guerra chimica è proibita!»

«Non hanno detto altro? Solo Berlino?» chiese Solbreit.

«Sì. Dovrà presentarsi al più presto a Eberswalde.»

«Eberswalde? Sa cosa è?»

«No. Ma doveva sentire il comandante della Divisione! Il Sottotenente Solbreit ha fatto domanda per passare alla cavalleria, ha chiesto. Ha fatto domanda?»

«Nooo!» Solbreit si tirò su a sedere e fiutò in direzione della cucina da campo, e della minestra di fagioli. «A Eberswalde c'è una scuola di equitazione?»

«Sì!»

«Che bellezza! È evidente che c'è un errore! Seppl! La mia minestra! Ma senza vodka, bestione!»

«La servo subito, Signor Tenente.»

Non c'erano errori. A sera il Sottotenente Elmar Solbreit si presentò al Comando di Divisione, fu portato col mezzo più rapido a Bobruisk con la bagnarola del Comandante guidata dal suo autista — e nella stessa notte prese l'aereo verso occidente.

«Lei sa cosa significa?» chiese Solbreit al pilota, un giovane Sottotenente come lui. Sotto di loro c'era la Russia, buia, senza una luce.

«Non saprei. Il Comando Supremo...»

«Balle! Cosa può volere l'Alto Comando della Wehrmacht da un modesto Sottotenente?»

«In guerra tutto è possibile!»

«Lo dice lei.» Solbreit si distese all'indietro per quanto glielo consentiva il sedile. «Ora faccio un sonnellino, camerata! Quando saremo su Eberswalde, mi butti giù. Cadrò sul morbido. Lo sterco di cavallo mi aspetta.»

von BALDENOW, barone Venno, 26 anni, Capitano.

Era una estate magnifica.

L'erba era alta e fitta, non appiattita dal vento, non infradiciata da lunghe piogge. La fienagione dava risultati eccellenti. I raccolti dei primi campi superavano ogni aspettativa. L'amministratore calcolava già su un record: fieno, rape, erba medica, trifoglio, tutto a sufficienza... Anche l'avena era rigogliosissima, e andavano bene anche il grano e il pezzo coltivato a mais. Ciò significava buon bestiame da latte, un sano allevamento di cavalli, maggiore ingrassamento dei suini, aumento della produzione di pollame e uova. Soprattutto, denaro nelle casse di Gut Neu-Nomme.

Chi da Tallin, che si chiama anche Reval, si inoltra un po' a sud in questa regione dell'Estonia, stupenda, vasta, baciata dal sole, ricca, e dopo una deviazione segue il corso del lucente fiumicello Brigitten, arriva nella tenuta di Gut Neu-Nomme.

Una bianca casa padronale con un'ampia terrazza incorniciata da una scalinata vi accoglie in fondo a un viale di accesso coperto di ghiaia ben pressata e delimitato da olmi secolari allineati dritti come fusi, simili a uno schieramento di soldati della guardia. A sinistra c'è la scuderia con il pascolo recintato, il prato per i puledri, il campo per gli stalloni e quello per le giumente, il galoppatoio, il percorso a ostacoli, e il campo per le gare coperto di chiara sabbia marina. A destra, la campagna e gli alberi si estendono fino al Brigitten. A una certa distanza, sono raggruppati intorno alla casa padronale granai e stalle con i tetti spioventi di tegole rosso chiaro, la casa dell'amministratore, la tesoreria, le case dei braccianti agricoli, le officine e i capannoni, un castello d'acqua e i maniscalchi.

Un piccolo, intatto mondo a se stante. Un pezzo di paradiso messo insieme col lavoro. Duecento anni prima qui c'erano solo steppe e erbe incolte, arbusti intricati, inutili, in balia dei venti, che soffiavano dal mare verso la terra. I primi coloni che giunsero sul Brigitten con il consenso dello zar della Russia erano contadini del Meclemburgo e della Pomerania. Fra questi, il più giovane rampollo di un gentiluomo di campagna, il barone von Baldenow.

Il suo ritratto è oggi appeso nel salone di Gut Neu-Nomme. Un uomo dallo sguardo severo, con lunghi favoriti e la scriminatura al centro. Occhi azzurri, vigili ancor oggi dal dipinto. Continuava a vigilare sulla famiglia: da qualunque parte si guardasse il quadro, si incontrava sempre il suo sguardo.

Bisognava sfruttare le belle giornate. Tutta la mano d'opera che si era potuta reperire era sui campi di fieno per caricare i carri, per tagliare l'erba con le falci sibilanti o per legare insieme i cavalletti sui quali si ammucchiava il fieno da essiccare. Erano stati inviati aiuti anche dai poderi vicini. Johannes von Baldenow aveva promesso per la fine della fienagione una festa con un bue intero allo spiedo. Nel sesto anno di guerra, estate 1944, un intero bue allo spiedo! E musiche e danze e sidro e le esuberanti ragazze abituate agli uomini, che sotto le gonne lunghe, ampie e variopinte non portavano mutande.

Venno, il primogenito, aveva avuto la licenza al momento

giusto. Tre settimane in patria dopo il conferimento della croce di ferro di prima classe.

Nella famiglia von Baldenow le decorazioni erano una cosa naturale. Il figlio che indossava un'uniforme, aveva in un certo senso l'obbligo nei confronti degli antenati di portare a casa una decorazione. Fra i ritratti di famiglia non c'era un solo Baldenow che dalla sua cornice intagliata non mettesse in mostra una decorazione appuntata sul petto o sul bavero. Da un antenato che aveva partecipato alla Guerra dei Trent'Anni fino allo zio Sigesmund von Baldenow, insignito della Croce Pour le Mérite. Il nonno Edoch von Baldenow sfoggiava addirittura l'Ordine dell'Aquila Nera, era stato camerlengo dell'imperatore Guglielmo I e aveva ricevuto in dono per i suoi fedeli servigi un bosco presso Gut Neu-Nomme. Era un buon bosco, popolato da alci e mufloni e perfino da un branco di bufali europei in libertà. La caccia veniva effettuata in base alle leggi sulla protezione della selvaggina, e cioè faceva sì che nei circoli competenti Neu-Nomme fosse considerato un paradiso per i cavalieri, i cacciatori e i pescatori, perché naturalmente c'erano anche grandi vivai di carpe e un diritto di pesca nel Brigitten.

Venno von Baldenow, Capitano e vicecomandante di battaglione dell'ex 2° Reggimento di Cavalleria — Ussari di Ösel — aveva compiuto l'atto eroico di bloccare l'attacco di nove carri armati sovietici T34 a nord di Kišinev con i soli sette uomini che gli erano rimasti e con un cannoncino antiaereo. Ciò gli aveva fruttato una citazione all'ordine del giorno della Wehrmacht, ed ora nutriva buone speranze di ricevere anche la croce di cavaliere, cosa che suo padre Johannes von Baldenow considerava del tutto naturale. Tuttavia, non si poteva parlare di un atto eroico, bensì di un atto disperato: davanti i carri armati sovietici, molto distanziati l'uno dall'altro, che spazzavano via con le mitragliatrici pesanti qualunque cosa si muovesse intorno, o addirittura sparavano anche su un uomo isolato con i loro lunghi cannoni... alle spalle il Prut, il fiume sul quale c'era solo un ponte di fortuna sovraffollato. La ritirata non era prevista; la linea nell'Ucraina meridionale da Belgorod a sud fino a Kovel' sulla strada ferrata per Kiev, che già nel 1943 aveva dovuto essere abbandonata, rappresentava il limite estremo del ripiegamento. Se i russi si fossero spinti più avanti, se i rumeni fossero stati travolti, se il nemico si fosse spinto fino all'Ungheria, ai Carpazi, e poi nel cuore della Polonia, l'intero fianco sud del fronte orientale sarebbe stato annientato costringendo anche il settore centrale a retrocedere perché non si creasse una enorme sacca, nella quale due gruppi di armate abbandonati a se stessi potevano finire annientati.

Non era stato dunque per eroismo ma per sopravvivere che quando Venno von Baldenow, all'apparire dei T34 del 4° Fronte Ucraino del Generale Tolbuchin, che comprendeva il 3° Fronte Ucraino sotto il Generale Malinovskij, aveva detto ai suoi sette uomini stanchi: «Ragazzi, se volete ancora mangiare la galantina e le patate al forno fatte dalla mamma e berci su un bicchiere di birra tedesca fresca, allora fate come vi dico. Non pensate a niente. Caricate e tirate, caricate e tirate... O gli Ivan se ne vanno, o noi ci lasciamo la ghirba. Non ci sono alternative...»

I ragazzi avevano annuito. Il capo parlava sempre così quando voleva fare un discorso. Alternativa. E questo, davanti a più di trenta giganti d'acciaio, nel frastuono di sessanta tonnellate di cingoli. I carri armati avanzavano soli, senza l'appoggio della fanteria. Era solo una scorribanda degli Ivan, una sorta di curiosità: vedere come si sarebbero comportati i tedeschi al cospetto dei T34 che scorrazzavano qua e là. In ogni caso la supremazia territoriale apparteneva di nuovo a loro, e se la grande offensiva contro i tedeschi non era ancora stata sferrata, era solo perché Stalin, che sovrintendeva personalmente al grande attacco, aspettava che altre truppe fossero trasferite dalla grande Russia al fronte occidentale.

E loro caricarono e tirarono, puntarono le sottili canne incandescenti, spararono un colpo dopo l'altro contro i T34, al riparo di una collinetta sulla quale esplodevano le granate dei carri armati, sollevando zampilli di terra che si innalzavano verso il cielo estivo, scavando buche dopo buche, tanto da ridurre la collinetta simile a una grigia forma di groviera. Le schegge di granata fischiavano nell'aria calda, rasentavano i cespugli e le cime degli alberi. In questo inferno, i sette uomini accovacciati vicino al Capitano von Baldenow dietro il cannoncino antiaereo prendevano la mira con calma sul carro armato sovietico che per primo veniva a tiro. Venno von Baldenow si occupava personalmente del congegno di puntamento, si accucciava sul sedile di ferro, mirava al bersaglio, aggiustava l'angolo di tiro, e gridava gli ordini. Dopo ogni colpo, quando una lingua di fuoco si sprigionava da un carro armato o la torretta volava via con una esplosione, i sette uomini e il Capitano urlavano «Urrà!» e subito dopo si occupavano del successivo mostro di acciaio.

Quando ebbero perduto il sesto carro, i sovietici sospesero le loro puntate esplorative. Si disposero in una lunga linea allo scoperto e concentrarono il fuoco sulla collina mortale che avevano davanti, ma ottennero solo il risultato di aggiungere un po' di buchi al groviera.

«Sono fermi!» disse il Capitano von Baldenow. «Ragazzi, adesso sono bersagli fissi. Il terzo da destra, che sembra tanto scatenato.»

Dopo che il nono carro fu distrutto, i mezzi corazzati sovietici fecero una conversione e se ne andarono sferragliando. Gli otto tedeschi fissarono increduli i mostri che si ritiravano, fino a quando di loro non rimase che un'altra nuvola di polvere.

Un cannoncino e otto uomini avevano respinto l'attacco.

Con i cuori vibranti, gli uomini diedero la stura al loro enorme entusiasmo. Alzarono le braccia, esultarono, ballarono come pazzi intorno al cannoncino, si abbracciarono, poi si serrarono intorno a von Baldenow e gridarono: «Felicitazioni, Signor Capitano!» E: «Ci scusi, Signor Capitano!» e abbracciarono anche il loro capo, lo baciarono sulle guance e lo portarono sulle spalle intorno al cannone. Non era affatto un comportamento militaresco, a questi eccessi si abbandona una squadra di calcio, ma erano soli sulla faccia della terra, nessuno li vedeva, e con il Capitano von Baldenow erano cose che si potevano fare. Era un camerata, come si suol dire, e non uno con due stellette d'argento sulle spalline.

Di eroismo, come fu chiamato da quel momento in poi, quando Venno von Baldenow, durante la licenza premio, andò a far visita ai proprietari delle tenute vicine, dove gli vennero presentate tutte le ragazze da marito — a ventotto anni, un uomo delle qualità e soprattutto delle possibilità finanziarie di un von Baldenow avrebbe dovuto essere già accasato da un pezzo — di eroismo non era quindi il caso di parlare con coloro che conoscevano bene le situazioni disperate che possono presentarsi al fronte. Perciò Venno si era goduto con molto piacere le tre settimane a casa. Dal Gruppo di Armata dell'Ucraina meridionale era arrivata una notizia: la croce era stata accordata! La Croce di Ferro di Prima Classe, di cui Venno aveva sentito la mancanza, era stata solo il primo gradino, per così dire, della scalata al collare.

I Baldenow non erano mai stati dei santi, anche se mantenevano una propria chiesa a Gut Neu-Nomme e la domenica sedevano nei primi banchi, cantavano «Una fortezza è il nostro Dio» e si mettevano in fila con i contadini per ricevere la comunione. Per quanto riguardava le donne, erano come i bisonti europei in libertà. Un bel corpo femminile che si intuiva sotto una gonna accendeva fiamme nella gola, nel petto e fra le gambe dei Baldenow. Le donne dei Baldenow erano sempre state magnanime, e quindi anche i loro matrimoni erano stati felici e solidi. Si sapeva che a una certa età i signori di Neu-Nomme esaurivano le loro munizioni. Quindi si limitavano a tastare, a stringere ancora con piacere qua e là qualcosa di morbido, e però dopo si contentavano di festeggiare l'ultima erezione annaffiandola con una bottiglia di vino rosso.

Nei quattordici giorni dacché si trovava a Gut Neu-Nomme, Venno aveva entusiasmato con la sua indomita virilità la piccola baronessa von Ebenhausen, la baronessina von Riguldi e la vedova del barone von Soulepp, senza però trascurare la speranza di poter giungere dopo la guerra a un legame permanente. Compariva fra i paesani, cavalcava con le signore sui campi e fra i boschi, cercava e trovava luoghi appartati e soleggiati, lasciava che i due cani da caccia che si portava sempre dietro pattugliassero la zona circostante, per mettersi al sicuro dalle sorprese, e dimostrava alle signore estasiate come si esegue l'attacco all'arma bianca.

Quelle giornate estive a Neu-Nomme in Estonia erano splendide.

Quel giorno dunque anche Venno era andato sui campi. Mentre sui vasti prati lunghe file di contadini mietevano ancora con le falci sibilanti in una avanzata uniforme di lame lucide e ben temperate che oscillavano da destra a sinistra, altre colonne, formate in prevalenza da ragazze con fazzoletti colorati in testa, camicette vaporose e gonne corte di lino caricavano il fieno essiccato sui cavalletti: con i forconi lo buttavano a mucchi sui carri, dove due uomini lo sistemavano a strati. Anche Venno, il «signorino», in cima a un mucchio di fieno su un carro, manovrava con abilità il forcone e ammiccava alle ragazze sul campo. Avanti, forza, non mi farete stancare.

Era un giovanotto robusto. A torso nudo, se ne stava in piedi lassù con un paio di calzoni di fustagno stretti e scoloriti. I suoi muscoli si gonfiavano sotto la pelle, sulle braccia, sulla schiena, sotto la nuca, diagonalmente sotto lo stomaco, sulle cosce. Un corpo allenato. Un corpo bello, virile, che mieteva vittime.

Le ragazze di Gut se lo mangiavano con gli occhi. Ma il «signorino» era inavvicinabile. Andava in giro solo con baronesse, come si conveniva al suo rango. Una volta vinta la guerra, però anche Venno avrebbe avuto il tempo di portare avanti la tradizione dei Baldenow e di dar la caccia alle sottane di Neu-Nomme.

Il carro di fieno era pieno per tre quarti quando il Caporale Hans Briszliszky arrivò al galoppo sul campo. Agitava un foglio che teneva in mano. Il Caporale Briszliszky era l'attendente del Capitano von Baldenow. Al suo paese era riuscito ad arrivare solo alla quarta classe, ma la sua fedeltà era a prova di bomba. Ed era uno dei sette che avevano distrutto i nove T34. Per questo gli avevano dato la Croce di Ferro di II classe — più tardi, quando Baldenow ebbe il collare, gli diedero la Croce di Ferro di I classe, il distintivo d'argento per avere distrutto dei carri armati, e quello per il combattimento corpo a corpo... «Quando sarà finito tutto» aveva detto a Briszliszky, «mi metterò a fare lo stagnaio. Di latta ce n'ho già abbastanza per cominciare...»

«Un telegramma, signor Capitano!» gridò Briszliszky tirando le briglie al cavallo sudato. «È arrivato adesso! Urgente.»

Venno si inginocchiò sul mucchio di fieno. Le ragazze formarono un cerchio intorno all'irrequieta cavalcatura.

«Il collare?» chiese il Capitano von Baldenow.

«Macché, Signor Capitano. Viene da Berlino!»

«O Dio! Il Führer in persona...? Vogliono proprio che sia una cosa solenne...»

«Domattina deve presentarsi a Eberswalde...»

«Dove?»

«Eberswalde. Scuola di equitazione.»

«Sono diventati matti? Io andavo già a cavallo quando gli altri erano ancora in fasce.»

«È un ordine, Signor Capitano!»

«Scendo.»

Fu accertato che il telegramma veniva in effetti da Berlino. Johannes von Baldenow, il padre, si era già informato presso la posta di Aruvallo. Era così. Un telegramma. Dal Comando Supremo! Gli dei volevano Venno von Baldenow fra le loro braccia.

«Questo significa Stato Maggiore Generale, che altro, se no, figlio mio?» disse fiero Johannes von Baldenow. «Se il Comando Supremo... La famiglia ti benedice, ragazzo mio!»

«La famiglia dovrebbe pensare a sgomberare Neu-Nomme, finché le è possibile portare via tutto!» disse Venno leggendo per l'ennesima volta il telegramma. «Dopo il raccolto, fareste bene a tagliare la corda! Aspettiamo per l'estate la grande offensiva dei russi! Le nostre modeste forze non potranno resistere.»

«Tu da solo hai fermato trenta T 34!»

«In circostanze particolarmente favorevoli. Papà, dammi ascolto! Vattene nel Reich. Quando i russi si scateneranno, tu sarai travolto da questa valanga di fuoco. Qui nel nord abbiamo di fronte nove armate sovietiche. E noi, quante ne abbiamo? Due. La 18a e la 16a Armata, ridotte ai minimi termini come un cadavere bruciato.»

«Ragazzo, come parli? Un Baldenow! Che da un momento all'altro sarà insignito del collare! Il Führer sa quello che fa! Il nostro bastione di ferro...»

«È marcio e arrugginito, papà! Te ne prego, per il bene di

tutti: andatevene subito. Quando i russi attaccheranno, non potrete più farlo. Non potrai correre così in fretta come le colonne corazzate.»

La mattina dopo, Venno von Baldenow prese l'aereo da Reval per Berlino. Il telegramma del Comando Supremo sostituiva biglietti, fogli di viaggio e permessi.

Scuola di equitazione per ufficiali di Eberswalde, pensò Venno, mentre si librava sul golfo di Riga. Una giornata stupenda, un volo magnifico. Sotto di lui c'era la terra vasta e fertile con i campi e i boschi oscuri. Gli specchi d'acqua scintillavano al sole, piatti argentei su feltro verde. Come è bella la Germania, pensò, forse papà riuscirà a salvare Neu-Nomme. Forse fermeremo i russi. Forse...

Non rivide mai più suo padre e Gut Neu-Nomme sul Brigitten.

POLTMANN, Johann, 21 anni, Sottotenente.

Ci sono posti più belli di Mogilev. Ma — secondo l'opinione del Sottotenente Poltmann — non ci sono ospedali da campo con infermiere più belle.

Fino a quel momento era stato ferito tre volte, ma in modo tanto lieve che non gli era mai servito per ottenere il trasferimento in patria. Gli ufficiali medici presso i quali era capitato — prima nei posti di medicazione, poi negli ospedaletti da campo, infine nella sezione di sanità della prima tappa — avevano esaminato con scrupolo la sua ferita e poi avevano scosso la testa. «Di nuovo una cosa da niente, amico! Un colpo di striscio, che ha portato via solo un po' di ciccia dalla natica, ma per il resto è tutto a posto. Cinque centimetri più su, se avesse attraversato la chiappa, ce l'avrebbe fatta. Ma così... Fra una settimana potrà farsi massaggiare la cicatrice dalla donna del bagno turco.»

Per Poltmann, Mogilev era una consolazione. Aveva già pescato pesci nel Dnepr con cariche esplosive e goduto le grazie di una bella infermiera sulla scarpata sabbiosa. Soprattutto, negli ospedali di Mogilev, dalle artiste che partecipavano agli spettacoli per le forze armate e dalle addette alle comunicazioni che lavoravano presso i vari comandi e nei centralini telefonici di Mogilev, il Sottotenente Poltmann era considerato una specie di celebrità erotica.

Non che il Sottotenente Poltmann fosse dotato di una particolare e resistente potenza sessuale... al contrario, era piuttosto pigro e, quando si trovava a dover scegliere fra un seno rotondo e un libro di poesie di Hölderlin, era tanto matto da optare per il poeta svevo. Cosa che i suoi camerati definivano uno «snobismo sessuale imperdonabile», ma Johann Poltmann era capace di rintanarsi in un angolo tranquillo con una lirica e di astrarsi con gli occhi fissi nel vuoto, come se vedesse stelle lontane e più belle del nostro pianeta dilaniato dalla guerra e dalla miseria.

Il segreto del grande successo che Poltmann aveva con le donne era nei capelli. Essi non erano certo la fonte della sua forza come nel leggendario Sansone, che era capace di demolire un tempio di marmo quando era in possesso della sua chioma. Ma erano di un biondo chiaro, quasi bianco, così bello, così naturale, addirittura così tenero da esercitare una attrazione irresistibile, tanto che non c'era una sola donna che non avesse desiderato di affondarvi estatica entrambe le mani. Nel momento di maggiore passione, non gli afferravano le spalle, non gli artigliavano la schiena, non gli imprigionavano le anche fra le gambe, non gli si avvinghiavano al collo con le braccia... no, nella loro estasi si aggrappavano solo a quei capelli biondo pallido.

«Johann ha una bella fortuna», dicevano i suoi camerati ufficiali nelle loro allegre riunioni. «Gli basta solo levarsi il berretto...»

Il II Ospedale Militare di Mogilev, nel quale ora il Sottotenente Poltmann era ricoverato, era famoso per la disponibilità delle sue infermiere. Ce n'erano di due categorie: le «vecchie mice», che lavoravano già da mesi nei grandi ospedali di tappa e che non si lasciavano impressionare facilmente, anche se i soldati escogitavano sempre nuovi trucchi e variazioni per arrivare allo scopo; e le aiuto-infermiere, ragazze giovanissime in fase di addestramento che ricevevano il «battesimo del fuoco» in zona d'operazioni. Battesimo del fuoco nel senso più stretto del termine, poiché era su queste ignare infermierine piene di idealismo che si abbattevano per lo più i feriti ancora in grado di muoversi, cosa che un Maggiore medico che si occupava della preparazione delle ragazze definiva «una indecenza, contro la quale bisognerebbc promulgare una legge di guerra speciale.»

I riccioli platino del Sottotenente Poltmann ammorbidivano anche i princìpi morali di queste giovani infermiere. Quando, dopo cinque giorni durante i quali, a causa della ferita al posteriore, era stato costretto a giacere bocconi, poté riprendere atteggiamenti normali, se ne andò in giro per l'ospedale e fece la sua scelta. C'era una graziosa brunetta, che dimenava il popò e lanciava occhiate promettenti, la quale aveva solo un difetto per Poltmann: parlava un sassone primordiale. In verità, questo è il destino cui sono soggetti tutti coloro che provengono da quell'angolo di terra, ma Poltmann rabbrividiva al pensiero che la dolce Carla avesse qualcosa da dire. In questo caso non servivano nemmeno le mani affondate nei riccioli.

La seconda favorita si chiamava Elfriede, era di puro ceppo germanico, era piantata su due gambe belle ma robuste, era in continua lotta con la camicetta perché i seni facevano schizzare i bottoni fuori dalle asole, e si muoveva per l'ospedale con una andatura da cacciatrice degli orsi sacri di Wotan. Riuscire a possedere una simile splendida creatura era quasi un trofeo sportivo nel II Ospedale Militare di Mogilev.

La schiera dei cacciatori era dunque folta ed esclusiva: dal Maggiore medico delle «interne», che a Recklinghausen era ginecologo e che conservava l'aspetto del medico delle signore, cosa di cui andava molto fiero, fino al Caporale della Sanità Hubert Sinckel, del quale gli iniziati dicevano che fosse l'unico soldato a indossare pantaloni su misura, perché quelli d'ordinanza lo stringevano troppo nuocendogli alla salute: tutti quelli che avevano avuto la presunzione di conquistare Elfriede avevano messo in opera i propri trucchi speciali.

Ma tutti erano rimasti a bocca asciutta. L'orgoglio di Tusnelda circondava Elfriede come un'aura. Fino all'arrivo del

Sottotenente Poltmann con la sua ridicola ferita al sedere! Gli ospiti esperti dell'ospedale fiutarono aria cattiva. A poco a poco, i rappresentanti dei vari reparti andarono a far visita a Poltmann che ancora giaceva bocconi e gli dissero chiaro e tondo che lì c'erano quarantanove infermiere, che nell'ospedale vicino ce n'erano altre trentasette, e nell'astanteria dodici. In totale novantotto pupe! E nel conto non erano comprese le ausiliarie. Dunque, camerata Poltmann: deve proprio essere Elfriede?

Poltmann promise l'impossibile perché, quando dopo quei cinque giorni poté ricominciare a muoversi e — proprio per caso — incontrò Elfriede sola nell'anticamera del guardaroba, dove era andato per consegnare una camicia, costei gli chiese: «Sono veri, Signor Tenente?»

«Che cosa?» chiese di rimando l'ignaro Poltmann.

«I capelli di quel colore. O se li schiarisce?»

«Al fronte?!»

«Già, che domanda stupida!» Elfriede rise un po' vergognosa, perdendo così buona parte del suo aspetto germanico. Sembrava più dolce, lasciava intravedere, come dietro un velo, una certa tenerezza. «Posso?»

«Cosa?» chiese di nuovo Poltmann. E intanto pensava: cari camerati, non posso farci niente. Chi può sfuggire al suo destino?

«Toccare...»

«Cosa?»

«I suoi capelli, naturalmente!» disse Elfriede. Gli occhi avevano un'espressione risentita, ma le belle labbra piene ridevano.

«Se le fa piacere, prego!» Chinò il capo ed Elfriede accarezzò con entrambe le mani i riccioli serici color platino. Il suo respiro si fece più frequente, i seni si alzavano e si abbassavano come stantuffi: egli lo vedeva bene perché, con la testa china, ci stava molto vicino. Gli passò un'altra volta le dita nei capelli ed egli si accorse che le mani le tremavano.

«Grazie», disse lei con voce velata e molto più cupa. «E adesso consegni la sua camicia sporca, Signor Tenente.»

Poltmann lasciò il guardaroba con una strana sensazione.

La sera, egli scelse fra i suoi libri di Hölderlin una poesia particolarmente bella, la ricopiò in una bella grafia, piegò il foglio, si tagliò un lungo ricciolo, lo infilò nella poesia, chiuse la busta e durante la notte la fece scivolare sotto la porta del Posto di Guardia VI. Si era informato: Elfriede aveva il turno di mattina, dalle 4 alle 12.

L'effetto fu portentoso.

Nel successivo giorno libero, Elfriede e Poltmann si incontrarono in una capanna sul Dnepr e non si perdettero in troppe parole. Il loro amore sul pagliericcio di un vecchio letto di legno fu vulcanico.

«Porto il tuo ricciolo sul petto nudo», disse lei. Ed era vero. Aveva annodato con del filo la ciocca platino e l'aveva appesa come medaglione a una catenina d'argento. Adesso giaceva fra i suoi seni superbi. «Così ti sento sempre», sussurrò. «Ad ogni movimento, sei su di me, dentro di me, mi accarezzi i seni. Vado attorno come un animale selvatico in fregola. Tu mi fai impazzire. E poi la tua meravigliosa poesia. Come sei intelligente...»

Il Sottotenente Poltmann evitò di spiegare che il poeta si chiamava Hölderlin. Forse Elfriede non conosceva affatto Hölderlin... ma era importante? Aveva cosce morbide, labbra vellutate e vogliose, e un caldo boschetto...

L'idillio durò cinque giorni. Poi il capo del II Ospedale Militare, un Colonnello medico, convocò nel suo ufficio Johann Poltmann e lo squadrò con il mento in fuori. Il Colonnello Medico Dottor Beckmann era specialista in malattie polmonari a Hannover e aveva fama di essere molto rigido.

«Il dito di Dio arriva dappertutto», disse quando Poltmann poté abbandonare la rigida posizione di saluto. «Signor Sottotenente... Le sue imprese da stallone nel mio ospedale sono finite!»

«Signor Colonnello, io...»

«Niente scuse, Signor Sottotenente. Conosco le regole del gioco, anche se non partecipo a certi giochetti. Ha vinto la caccia, Sottotenente Testadoro. Lo sa che la chiamano così.»

«Sì. Ma io non posso farci niente...»

Il Dottor Beckmann sollevò un foglietto e lo mostrò a Poltmann. Ma egli non riuscì a leggere ciò che vi era scritto. In ogni caso era un telegramma.

«Deve partire immediatamente con un piccolo bagaglio, Signor Sottotenente.» Il Colonnello medico lasciò il pezzo di carta che si posò fluttuando sul tavolo. «Ordini da Berlino. Dal Comando Supremo! Un aereo la porterà da Mogilev a Minsk. Di là proseguirà con un Fokker per Eberswalde. Deve trattarsi di cosa molto urgente...»

«Per me? Impossibile!» Poltmann fissò allibito il Dottor Beckmann. Berlino, pensò. Il Comando Supremo! Eberswalde. Foglio di viaggio per telegramma... È incomprensibile.

«Forse il Comando Supremo vorrà utilizzare in maniera tattica i suoi riccioli?» disse il Colonnello medico Dottor Beckmann, che offrì perfino una sigaretta a Poltmann. Era un grandissimo onore. Nessuno a Mogilev poteva ricordare che il Dottor Beckmann gli avesse mai offerto qualche cosa. Ma quando il Comando Supremo invia un telegramma... «si parla tanto adesso di armi prodigiose...»

Poltmann rise verde. Fumò in fretta la sigaretta, si congedò dal Dottor Beckmann e andò in fureria. Là era già tutto pronto. Il furiere sogghignò. «Signor Tenente, stasera deve tagliare la corda in gran segreto», gli disse. «Il piccolo aeroporto di Mogilev non può contenere tutte le vedove in gramaglie...»

«Idiota!» Poltmann prese le carte che lo riguardavano. «Che cosa sa lei del telegramma, Caporale?»

«Che è arrivato. Niente altro.»

«Molto istruttivo!» Poltmann lasciò la fureria, mise in una piccola valigia il minimo indispensabile, per non farsi vedere da Elfriede si nascose in un bettolino di Mogilev e al calar della sera si fece portare all'aeroporto.

Fu una partenza furtiva. Un addio per sempre.

Ma questo il Sottotenente Poltmann non lo sapeva ancora.

ADLER, Detlev, 25 anni, Tenente.

C'è una guerra calda e c'è una guerra pigra.

In Norvegia, soprattutto nella parte meridionale del territorio spezzettato dai fiordi, nel 1944 la guerra era diventata superpigra. È vero che i sovietici avevano sfondato il fronte sul Mar Glaciale, avevano espugnato Petsamo e adesso turbavano di continuo la pace di Kirkenes con modesti attacchi, ma la 20a Armata di Montagna del Generale Rendulic aveva la posizione ben salda in pugno. Non ci si aspettavano nemmeno eventi drammatici lassù nel gelido Nord. Quand'anche i sovietici avessero sferrato una grande offensiva — cosa nella quale nessuno credeva — ciò sarebbe avvenuto nel settore centrale e nell'Ucraina meridionale. Lo sfondamento verso la Prussia Orientale e l'Oder e l'Elba, e la grande conversione a sud sui Carpazi nel fianco tedesco: era questo l'unico mezzo per separare e accerchiare o incalzare le indebolite armate tedesche. La Norvegia, il fronte più settentrionale, non poteva presentare alcun interesse a questo scopo. Se il grosso del fronte si fosse spezzato al centro, la Norvegia sarebbe stata solo un'appendice. Un intestino cieco della guerra.

È risaputo che nel fiordo di Sauda si pesca bene. È un fiordo piccolo e stretto, che parte dal fiordo di Bokn e in fondo al quale si trova la cittadina di Sauda, protetta dal dorso del monte Kyrkjenut, alto 1602 metri. Nei fiumicelli del monte si trovano perfino salmoni, begli esemplari grassi e robusti che prosperano in quelle acque ricche di ossigeno e che solo negli ultimi anni erano stati decimati perché gli alpini tedeschi avevano modificato le loro abitudini alimentari e facevano girare sullo spiedo non solo i camosci ma anche i carnosi salmoni.

Sì, ogni tanto si sentiva qualche esplosione nei fiordi, ma erano più che altro un atto di presenza degli inglesi che con i bombardieri sorvolavano il territorio roccioso da Tromsö, su a nord, fino a Stavanger, a sud, e sganciavano le loro bombe. Narvik, Namsos, Trondheim, Andalsnes e Bergen erano le città nelle quali le sirene ululavano più spesso e la contraerea entrava in funzione. Ma quella non si poteva più chiamare guerra. Non ora, all'inizio del giugno 1944. Chi se ne stava sdraiato al sole nel fiordo di Sauda dopo aver gettato l'amo, sonnecchiava spensierato e continuava a ringraziare la sorte di non essere stato mandato in Russia, o in Italia, o sul fronte sudorientale dove c'erano i partigiani jugoslavi. Anche la Francia puzzava forte di polvere. In Inghilterra si stava preparando qualche cosa. Si mormorava di una grossa invasione alleata. Il Servizio Informazioni tedesco parlava di enormi concentramenti di truppe anglo-americane. Il Feldmaresciallo Rommel, capo del Gruppo di Armate B, come pure il Generale d'Armata von Blaskowitz, capo del Gruppo di Armate G dislocato nel cuore della Francia, mettevano in guardia contro un attacco di sorpresa. Hitler, nella sua «Tana di lupo» di Rastenburg nella Prussia Orientale, era l'unico che non ci credesse. «Perché i generali devono sempre esagerare?» chiese al Generale Keitel. «E quel Canaris! Le sue cifre sono pazzesche!»

Di tutto questo, il Tenente Adler non si curava affatto.

Se ne stava con i suoi uomini, un reparto delle trasmissioni, nella cittadina di Sauda, tutta case di legno, aveva piazzato le sue linee e le faceva controllare, perché anche in Norvegia c'erano partigiani che facevano saltare ponti e ponticelli, che mandavano in aria depositi di munizioni, che rendevano impraticabili le linee logistiche, che assalivano le stazioni trasmittenti, che tagliavano le linee telefoniche e che tendevano agguati a coloro che tornavano dalla licenza e gli sparavano addosso.

Ma Sauda era fuori mano anche per questi gruppi clandestini. Era poco importante. Una cittadina in fondo a un fiordo con un reparto di tedeschi che per la noia facevano perfino esercitazioni nel cortile della caserma. Marcia, ispezione dei fucili, controllo degli scarponi chiodati, pulizia dell'infermeria, esercitazioni di puntamento goniometrico, controllo delle razioni di riserva, infine dei due preservativi in dotazione (ma dove mai era possibile usarli?!), e quelli sul fiordo se ne stavano seduti a pescare, come il Tenente Adler, oppure, con un barcone messo insieme in qualche modo, remavano lungo lo stretto specchio d'acqua, cantando a squarciagola canzoni renane o bavaresi.

Detlev Adler non era un gran pescatore. Non era neanche un gran cacciatore. Per contro era un grande amico degli animali, e così fanatico che in realtà avrebbe dovuto essere vegetariano. Se pescava un pesce, lo regalava ai suoi uomini. Se stava pescando da solo, lo ributtava subito in acqua. Per lo più ora, al principio di giugno, se ne stava sdraiato su un praticello di montagna, completamente nudo, perché nel fiordo di Sauda così ben protetto faceva caldo. Si era piazzato vicino una radio e ascoltava la musica della stazione radio per le forze armate a Oslo.

Ascoltava tutto, dal concerto sinfonico diretto dal direttore stabile Schmitt-Isserssteds fino alla roba sdolcinata della «Musica a richiesta». Ma se c'erano in programma le conversazioni politiche di Goebbels e Hans Fritzsche o una trasmissione di informazioni sulla guerra, lui spegneva la radio e metteva su un disco. Ascoltava «Il lago dei cigni» o «Coppelia» e dimenticava di essere sdraiato su un praticello della Norvegia quando sentiva il Concerto per pianoforte N° 1 di Beethoven. L'Orchestra Filarmonica di Berlino diretta da Fürtwängler. Al piano, Wilhelm Kempff. Allora il Tenente Detlev Adler era il giovane che un tempo avrebbe voluto studiare musica, ma che aveva dovuto indossare l'uniforme perché un colonnello del distretto militare gli aveva detto: «Mio caro, avrà sempre tempo per far vibrare le corde. Ma prima bisogna vincere la guerra! Poi daremo fiato a tutte le trombe, tanto da far crollare i muri!»

Detlev Adler diventò un bravo ufficiale. Si guadagnò una dopo l'altra le due croci di ferro e anche il distintivo per la lotta corpo a corpo. Non fu mai ferito, nemmeno un graffio. In Francia, era stato l'unico superstite in un'azione di pattuglia, e ancora oggi non riusciva a capire come mai fosse rimasto illeso e fosse riuscito a tornare alla vita. Era impossibile non vederlo. Alto 1,84, aveva un fisico robusto, un volto angoloso e zigomi alti. «Sembri un Ivan!» gli aveva detto un giorno un camerata alla scuola di guerra. «Se ti mettessi l'uniforme russa, saresti un bel soggetto per il "Reich" e per lo studio delle razze umane di Himmler!»

Adler non si scompose. «Sono nato a Dursupe» disse. «In Lettonia. Conosci la Lettonia? No? Hai perso qualcosa. Il Lago Angern sul Golfo di Riga, i boschi di betulle, i vasti campi, il Mar Baltico, dove nella sabbia bianca puoi trovare ancora l'ambra. Una terra che Dio amò subito quando la creò. E prego ogni giorno che non cada mai in mano ai russi.»

Non si riusciva mai a capire nulla del Tenente Adler. Nessuno sapeva se pregasse davvero: in ogni caso nessuno lo aveva mai visto farlo. Ma che diventasse un'altra persona quando ascoltava Beethoven o Brahms, Mozart o Richard Strauss, questo era evidente. A Oslo aveva perfino già diretto una Orchestra Sinfonica Militare e poi — cosa che si addiceva assai poco a un soldato — gli applausi scroscianti lo avevano fatto piangere in segreto. E gli uomini che durante le perlustrazioni erano capitati per caso davanti alla sua casa di legno alla periferia di Sauda raccontavano che il «capo» stava in piedi davanti al giradischi e dirigeva la musica con una bacchetta sottile e che una volta aveva detto perfino: «Toscanini, questo è tenuto troppo lento! Questo è un vivace, bisogna metterci più brio!»

Norvegia meridionale. Fiordo di Sauda con le sue sponde rocciose alte 1100 metri. Meraviglia della natura di una bellezza grave, sublime, inaccessibile. Acqua argentea scintillante, cascatelle gorgoglianti, prati brevi e verdi, impervie strade di montagna, boschi di conifere verde cupo.

Com'è lontana, infinitamente lontana la guerra.

Un reparto delle Trasmissioni si trova lì per ascoltare tutto. Non è solo una stazione di trasmissione e ritrasmissione, capta anche molte cose che passano per le sue linee e che non sono destinate a lei. Dispacci, conversazioni del comandante, ordini, pareri, avvisi di ricerca, trasferimenti, ipotesi, propaganda. Una volta due maggiori bloccarono addirittura la linea per raccontarsi delle barzellette di bassa lega che li facevano ridere a crepapelle. Il diligente marconista che li ascoltava in cuffia stenografò tutto.

Quella mattina il Capo radiotelegrafista di 3ª classe — un Sergente Maggiore — si arrampicò per il sentiero di montagna fino al praticello dove il suo capo se ne stava sdraiato nudo al sole e ascoltava «Madame Butterfly» di Puccini. Con Marcia Cebotari e Helge Roswaenge.

Per un militare, un Tenente nudo è sempre un Tenente. Il Sergente Maggiore Kreutzer batté i tacchi degli scarponi da montagna e con tono energico comunicò:

«Un radiomessaggio dal comando di Bergen. Il Signor Tenente deve presentarsi a Oslo!»

«Quelli di Bergen sono ubriachi!» disse Adler. Si stiracchiò, intrecciò le mani sotto la nuca e socchiuse gli occhi per via del sole. Il Sergente Maggiore Kreutzer abbassò lo sguardo perplesso sul suo capo nudo.

«Ho fatto perfino delle domande per sincerarmi e mi sono beccato un cicchetto coi fiocchi! Con cose del genere non si scherza, mi hanno gridato. Il comandante di Oslo, a sua volta, non ha fatto che inoltrare l'ordine.»

«Cosa?» domandò Adler. In quel momento Roswaenge cantava: «Addio, fiorito asil». Il Do acuto di Roswaenge era conosciuto in tutto il mondo, anche con 35 gradi di calore ti faceva correre un brivido gelido lungo la schiena. «Cosa vuole Oslo?»

«Deve presentarsi al Comandante in capo per la Norvegia. Subito dopo proseguirà per Berlino, e di lì, senza soste, per Eberswalde. Scuola di equitazione ufficiali...»

«Sono davvero ubriachi!» Adler si raddrizzò e tirò su le gambe. «Mi sono abituato alle montagne. Cosa ci devo fare in sella? E poi, non si può ordinare un simile trasferimento. Dovevo essere prima interpellato. Mi rifiuto. Trasmetta questo, Kreutzer. Il Tenente Adler chiede perché dovrebbe imparare a cavalcare senza essere stato prima ascoltato.»

Il Sergente Maggiore Kreutzer arricciò il naso. Era una reazione tipica del capo, ma tardiva.

«Il radiomessaggio aveva una seconda parte, capo», disse adagio. «Dice: Al comando del reparto Trasmissioni di Sauda subentra con effetto immediato il Sottotenente Henrici. Il Sottotenente Henrici è già in viaggio da Bergen alla volta di Sauda. Con la stessa jeep il Tenente Adler potrà raggiungere Bergen, da dove proseguirà il viaggio.»

«La stessa jeep...! Quelli hanno merda al posto del cervello!» Tolse il disco della «Madame Butterfly» e si alzò. Camminò nudo avanti e indietro sul praticello, si spinse fin sull'orlo del pianoro e guardò giù il fiordo. Molte centinaia di metri di costa a picco, di rocce frastagliate erano sotto di lui. Il barcone rimediato dai suoi uomini beccheggiava sull'acqua illuminata dal sole. In basso era tutto un brulicare di punti neri, di teste. I suoi uomini impegnati nell'istruzione del mattino: scuola di nuoto. Eppure, sapevano nuotare tutti come lucci.

«Maledizione, parto per Oslo!» disse forte Adler. «Gli ordini sono ordini! Ma non mi farò sballottare su un cavallo! Kreutzer, tornerò. Il Sottotenente Henrici non deve disfare i bagagli. Fra tre giorni canteremo di nuovo insieme: “Le ragazze del nord sono famose per quella cosettina-ina-ina...”»

Nel pomeriggio il Sottotenente Henrici, un giovane ufficiale uscito fresco fresco dalla scuola di guerra, con una jeep presa agli inglesi, arrivò nel villaggio di Sauda. Adler aspettava già con un piccolo bagaglio, di cui facevano parte il grammofono e i dischi.

«Vada a fare i bagni, camerata», disse Adler a Henrici, «si faccia abbronzare quella pelle bianca, peschi i salmoni — può usare la mia canna —, faccia una gita in barca e non vada a caccia di sottane. Qui non ce ne sono. Non stia a tirar fuori la sua roba. Poltrisca per tre giorni. Quello che c'è da fare, lo fa già il Sergente Maggiore Kreutzer. Lunedì sarò di ritorno... Immagini che pazzia: dovrei imparare a calvalcare!»

Dopo tre giorni non era tornato. Nessuno lo vide più.

KUEHENBERG, Asgard, 28 anni, Capitano.

Gut Thernauen è situato nel cuore della Svizzera Livone, a sud del fiume Tirse, fra Jaunpiebalga, Liezere e Skujene. Della proprietà fanno parte un laghetto quasi rotondo, molto terreno boschivo e fertili campi. La cosa più bella, però, era l'allevamento dei cavalli. Una razza particolare, la Thernauer, come la chiamavano, ottenuta dall'incrocio fra i Trakehner e i cavalli del Don di media grandezza, di provenienza asiatica. Resistenti, con poche esigenze, adattabili a qualsiasi lavoro, da quello dei campi all'alta scuola. Cavalli con una struttura fisica da entusiasmare gli antichi cavalieri.

La casa padronale di Thernauen non aveva niente di sfarzoso, a differenza di molte dimore della regione baltica. Non era la roccaforte della ricchezza, dell'orgoglio inflessibile e della forza. Non era un monumento al potere, dove ci si dovesse togliere il cappello e dove ci si dovesse rivolgere ai signori solo in terza persona.

Gut Thernauen era rimasto come era circa duecentocinquant'anni prima, all'epoca in cui era sorto: una lunga masseria con un grande tetto spiovente coperto di paglia e canne, con annessi stalle e fienili, officine e rimesse. Un baluardo quasi circolare costruito per una diuturna difesa. Un luogo protetto, sicuro, in cui ognuno dipendeva dall'altro nella buona e nella cattiva sorte.

Elmfried Kuehenberg aveva avuto una intera giornata di felicità: suo figlio Asgard, Capitano sul fronte russo presso Orgajev nell'Ucraina meridionale, era arrivato in licenza. Motivo, il conferimento della Croce d'Oro tedesca che i militari chiamavano senza alcun rispetto «uovo al tegamino», una decorazione che veniva concessa solo per azioni personali particolarmente coraggiose, motivo per cui molti ufficiali la stimavano più del collare, del quale la maggior parte erano insigniti «per la truppa». Il Generale Schörner, Comandante del Gruppo di Armate dell'Ucraina meridionale, aveva appuntato con le proprie mani l'«uovo al tegamino» sulla giacca di Asgard Kuehenberg e poi gli aveva dato tre settimane di licenza.

«Dove abita?» aveva chiesto a Kuehenberg.

«In Livonia, Signor Generale», aveva risposto Kuehenberg. «A nord di Dünaburg.»

Schörner non aveva fatto commenti. Aveva stretto la mano di Kuehenberg con molta forza e aveva aggiunto: «Torni in buona salute fra i suoi uomini, Signor Capitano.»

Kuehenberg aveva ringraziato, aveva fatto dietrofront e se ne era andato. Ciò che Schörner non poteva dire, lo aveva appreso dal capo di stato maggiore del Gruppo di Armate: quella regione era condannata! I russi potevano sferrare da un momento all'altro la loro grande offensiva. I contingenti di truppe ammassati, lo schieramento di carri armati e di artiglieria — se si doveva credere a Canaris — costituivano l'esercito più imponente che mai fosse stato messo insieme in una guerra. Solo Hitler non ci credeva. Per lui, la calma sul fronte orientale significava che i sovietici erano alla fine, stanchi, dissanguati, stremati dopo l'offensiva d'inverno, che si era arrestata in aprile. Era impossibile che i russi, già in giugno, fossero in grado di organizzare un'offensiva più massiccia.

Asgard Kuehenberg era andato a Gut Thernauen per impiegare bene la sua licenza. Non aveva intenzione di riposarsi, di impigrire, di tenere discorsi ai conoscenti sulla vita al fronte, o di occuparsi della fidanzata Luise von Serlock, perché innanzi tutto era contrario a esibire in giro il suo «uovo al tegamino» e a far la parte dell'eroe, e poi perché lo avevano fidanzato con Luise von Serlock quasi dalla culla. Le famiglie Serlock e Kuehenberg erano amiche da generazioni, quando ci si era messo di mezzo il destino facendo nascere in una famiglia una femmina e nell'altra un maschio, che per età e per tutto il resto si adattavano l'una all'altro in maniera perfetta. Nei circoli livoni il matrimonio fra Asgard e Luise era dato per certo, non appena vinta la guerra. La guerra!

A Gut Thernauen si continuava ad allevare i cavalli di razza e a mietere, come se a oriente, a nemmeno duecento chilometri, non ci fossero un fronte e un esercito sovietico che si stava preparando a isolare l'intera regione baltica da ciò che restava del fronte germanico, a creare una sacca enorme e a ributtare in mare i tedeschi o a distruggerli sistematicamente. Quando il rullo compressore sovietico si fosse messo in moto, i Paesi Baltici sarebbero diventati terra bruciata. Il grande obiettivo dei sovietici era quello di colpire al cuore l'oriente tedesco: la Prussia Orientale! Attraverso Memel, Tilsit e Suwalki, avrebbero squarciato il fianco nord dei tedeschi.

Per tutto un giorno, Asgard Kuehenberg fece il giro dei proprietari terrieri livoni che volevano congratularsi. Strinse molte mani, si fece fotografare, ballò il valzer con tutte le signore, ricevette gli omaggi dei dipendenti, fra i quali sessantaquattro contadini russi, che secondo l'antica usanza gli baciarono la mano e gli augurarono ancora tanta felicità e salute... poi Kuehenberg disse: «Adesso basta, papà!» e prese una bottiglia di vino rosso e due bicchieri molati e con il lungo stelo dalla credenza intagliata.

Davanti al camino, che d'estate non era acceso ma che in ogni stagione era il luogo prediletto del vecchio Elmfried Kuehenberg, bevvero in silenzio il primo bicchiere seduti l'uno di fronte all'altro. Asgard si era tolta la giacca dell'uniforme; ora la Croce d'Oro tedesca dava solo fastidio. Adesso non era più il caso di parlare di valore personale, ma di pura sopravvivenza.

«So già quello che vuoi dirmi», cominciò Elmfried Kuehenberg. «Al fronte si mette male.»

«Molto male, papà.»

«Ma il Führer sa quello che accadrà.»

«Papà!» Asgard fissò il vecchio. «Non mi costringere a chiederti se credi a tutto quello che Goebbels scrive ogni settimana sul "Reich". Dopo Stalingrado, non si fa che ripiegare. In Italia, su tutti i fronti russi, nell'Europa sudorientale. Dappertutto ritirate, battaglie perse, armate senza direttive, perché Hitler non fa che cambiare i comandanti. In un anno, abbiamo perso più di quanto avevamo conquistato in sei anni. E questo è solo l'inizio. L'estate del 1944 sarà la fine dell'avventura tedesca in Russia.»

«Non ci credo!» disse testardo il vecchio Kuehenberg. «E non voglio nemmeno sentirlo dire da un ufficiale tedesco insignito della Croce d'Oro! Non voglio sentirlo dire da mio figlio!»

«Papà...»

«Le prove!»

«Le ho! Il Capo di Stato Maggiore Schörner me le ha comunicate in confidenza quando ha saputo che ero della Livonia.»

«Proprio Schörner!» Elmfried Kuehenberg fece un cenno negativo con il calice. «Seminare il panico!» Descrisse con il bicchiere un gesto circolare. «Ti accorgi, qui, che c'è la guerra? Qui regna la pace più assoluta. E i nostri contadini russi? Sono forse ribelli o irrequieti? Fiutano la vicinanza dei loro fratelli sovietici?! Niente affatto, lavorano, addirittura più di prima! Niente occhiate bieche, niente risposte impertinenti. Costoro lo sanno bene, lo sentono: Questa è terra tedesca, e rimarrà tedesca! E sanno: Questa è una patria! Qui stiamo bene!» Elmfried Kuehenberg depose il bicchiere. «E adesso arrivi tu con le tue argomentazioni! Mi incuriosisci.»

«Io non ho sentimenti da offrire, né quadretti idillici, ma solo piatte cifre militari. Le ho imparate a memoria, papà. Dovresti farlo anche tu. Da Narwa a Wilna, cioè sul nostro fianco destro con centro di gravità nei Paesi Baltici, ci sono per i tedeschi: il Gruppo Narwa, forte di una mezza armata, la 18a Armata nella zona di Pleskau, la 16a Armata presso Rossitten, la 3a Armata Corazzata a nord di Wilna. Il tutto costituisce il gruppo di Armata Nord al comando del Generale Friessner.»

«Benissimo!» Il vecchio Kuehenberg annuì soddisfatto. «Sono cifre consolanti.»

«E i sovietici?» Asgard si protese verso il padre. «Presso Narwa c'è il Fronte di Leningrado del Generale Govrov con tre armate! Vicino a Pleskau è attestato il 3° Fronte Baltico del Generale Maslennikov con quattro armate! Davanti a Idriza-Rossitten è schierato il 2° Fronte Baltico del Generale Jeremenko con tre armate. A sud di Dünaburg la situazione è grave: c'è il 1° Fronte Baltico del Generale Bragamjan con sei armate! E davanti a Wilna è pronto il 3° Fronte Bielorusso sotto il Maresciallo Černjachovski con tre armate. Papà, sono diciannove armate sovietiche ben equipaggiate contro quattro tedesche dissanguate! Ci troviamo davanti a un muro formato da migliaia di bocche da fuoco, da migliaia di carri armati e da più di un milione di uomini. Truppe riposate. Ben provviste di munizioni. Con depositi traboccanti di carburante. E noi? I nostri carri armati Tigre devono lottare per avere un bidone di benzina. Al fronte, in prima linea, papà, negli appostamenti, dobbiamo contare le munizioni e annotare ogni colpo! Le bombe a mano sono distribuite come generi alimentari razionati. I nostri artiglieri ballano quando arriva un camion di munizioni come fosse Natale.» Asgard fece un respiro profondo e guardò il padre che adesso era un po' turbato. «Le cifre ti bastano, papà?»

«E il Führer?» chiese Elmfried a bassa voce.

«Lui ordina: Non un passo indietro!»

«E allora?»

«E quando diciannove armate si scatenano in un attacco?»

«Noi siamo solo piccoli uomini, figlio mio.» Il vecchio Kuehenberg riempì i bicchieri. «Noi vediamo le cose con la prospettiva della formica. Ma il Führer vede tutto dall'alto! E Keitel! E Jodl! E Göring! Sono tutti imbecilli? Figliolo, può sostenere questo un ufficiale che per valore personale di fronte al nemico...»

«Ma cosa c'entra questo con la nostra situazione, papà?» Asgard balzò in piedi. «La tua fede nel Führer sarà la tua condanna a morte, se non agisci subito!»

«Agire?» Il vecchio Kuehenberg guardò confuso il figlio. «Che cosa vuoi dire?»

«Sono venuto in licenza per evacuare con te Gut Thernauen...»

«Evacuare?» chiese il vecchio, come se ci sentisse male.

«Sì, papà.»

«Vuoi dire scappare? Fuggire? Mostrare il culo ai russi! Abbandonare tutto ciò che è stato messo insieme in duecentocinquant'anni?! La proprietà, i boschi, il lago, i cavalli, i campi... scappare così, semplicemente? Prego, signori comunisti, servitevi! Noi Kuehenberg corriamo via come lepri! In un'altra regione. In Pomerania, nel Mecklenburgo, nel Brandeburgo... dove, mio astuto figliolo?»

«Da tuo fratello a Essen.»

«Che mi ringrazierà quando mi presenterò con centosettanta cavalli, centoventi mucche, quattrocentosessantasette maiali e un esercito di polli, oche e anatre. Lui ha un appartamento di quattro camere a Essen-Steele.»

«Potrai ritenerti fortunato, papà, se riuscirai a portarti via qualche valigia. Meglio domani che dopodomani. Ti scongiuro, papà! Quando i russi si muoveranno, ci metteranno dai sei agli otto giorni per arrivare da noi! E i nostri contadini russi appiccheranno il fuoco a Gut Thernauen prima ancora che spuntino i primi carri armati, per indicare loro la strada.»

«Mai! Mai! Mai»!

«*Dovranno* farlo, papà... o saranno liquidati dai loro compagni! Per soppravvivere, ridurranno in cenere Thernauen. *Tu*, per poter sopravvivere, devi andartene subito nel Reich!»

«Dovrei lasciare tua madre?» disse con un fil di voce il vecchio Kuehenberg. Asgard trasalì.

«Mia madre è morta da sette anni, papà!

«Ma è sepolta nel parco, sotto il platano. Devo lasciarla ai sovietici? Come puoi pretendere una cosa simile?»

«*Tu* sei vivo, papà! *Tu*! E se la mamma fosse ancora viva adesso direbbe: Friedle, da' ascolto a tuo figlio! Andiamocene!

Forse sarà una assenza momentanea. Forse rivedremo Thernauen. Questo avrebbe detto, papà!»

Il vecchio Kuehenberg taceva. Guardò nel bicchiere e d'un tratto si mise a piangere. In silenzio, col viso immobile. Una statua di pietra che versava lacrime.

«Papà», disse Asgard piano. «Puoi tentare di portarti dietro la mamma in una cassa di zinco. Ma devi farlo presto. Lo so di certo: non abbiamo più molto tempo. L'estate 1944 sarà terribile.»

Elmfried Kuehenberg non se ne andò. Ma promise al figlio che lo avrebbe fatto al termine della sua licenza. Le sue scuse erano magre, ma di una logica paterna: «Tu devi passare la tua ultima licenza a Thernauen senza preoccupazioni, figliolo. Quando sarai tornato al fronte, sgombrerò la proprietà. Te lo prometto. In fin dei conti, tu sei l'unico erede. Voglio salvare il più possibile. Ma adesso, figliolo, adesso, devi ancora passare tre settimane sui campi, sentire i profumi del bosco, bagnarti nel laghetto, galoppare sui prati. Speriamo ancora, Asgard. Nelle guerre succedono autentici miracoli. Perché non si può verificare un miracolo a Thernauen?»

Il miracolo si verificò... almeno così lo vide il vecchio Kuehenberg.

Asgard sopportò ancora per due giorni la sfilata dei nobili proprietari terrieri livoni e si fece ammirare in uniforme con l'«uovo al tegamino».

Cavalcò perfino nei boschi con la donna che gli avevano destinato e si rese conto che Luise von Serlock aveva finalmente trovato l'opportunità di parlare con lui del loro futuro.

«Non so come fare a dirtelo...» cominciò esitante la giovane. Si erano fermati in una radura, e in realtà ora avrebbero dovuto scendere da cavallo e cercarsi un posticino sull'erba morbida per comportarsi da innamorati.

Asgard fece un largo sorriso e un gesto d'indifferenza. «Ami un altro. Non c'è bisogno di grandi discorsi, Luise.»

«Non sei arrabbiato, Asgard?»

«Neanche un poco.» Si piegò in avanti e palpò il collo del suo cavallo. «Non era un'unione fattibile, si era già capito: che bella coppia! È da suonati! Luise, ti auguro tutta la felicità del mondo. Ma fai quello che non sono riuscito a far fare a mio padre: Trasferisciti nel Reich! Lontano dalla Livonia. La Pomerania è ancora troppo vicina! Vai nell'Holstein, da tuo zio Eduard. O da zia Martha a Plön, tutti i posti a oriente di Berlino sono insicuri.»

«Va così male?» chiese Luise con gli occhi sbarrati.

«Siamo in un mare di merda, ragazza mia.» Asgard si chinò a baciarle la fronte. «Cara, noi balcanici dovremo presto vagare per il mondo senza pace, come l'ebreo errante. Cancelleranno la nostra patria dalle carte geografiche.»

Quando tornarono a Gut, Elmfried Kuehenberg andò incontro al figlio stringendo in mano il miracolo. Un padre raggiante di orgoglio.

«Il portalettere di Liezere l'ha portato un'ora fa in bicicletta. Un telegramma!» Il vecchio Kuehenberg non poté trattenersi dal leggerlo:

«Ella deve partire senza indugio per Berlino e presentarsi a Eberswalde, Scuola di equitazione. Tutti i mezzi di trasporto sono a sua disposizione. Questo telegramma costituisce foglio di viaggio e documento per ogni esigenza di servizio. — v. Kettner. Stato Maggiore Comando Supremo.»

Asgard prese il telegramma dalle mani del padre e lo rilesse due volte senza dire una parola. Poi lo porse a Luise.

«Non dici niente?» Il vecchio Kuehenberg aveva il viso tremante. «La prendi così alla leggera! Figliolo, questo è il primo miracolo di Thernauen! Ti tolgono dal fronte. Forse diventerai insegnante di equitazione a Eberswalde?! *Sopravvivrai* alla guerra!»

«Questo telegramma è un'idiozia!» disse Asgard. «Nel 1944 — prima dello sbarco in Francia e della grande offensiva estiva dei sovietici — non c'è più bisogno di insegnanti di equitazione! E se c'è qualcuno che nonostante tutto ci crede, a Berlino hanno il cervello bacato!»

«Quando parti?» chiese il vecchio.

Salvo, pensava. Il mio unico figlio... è salvo! E quand'anche i russi sfondassero davvero e i Paesi Baltici fossero travolti... non arriveranno mai a Eberswalde. Mai! Al più tardi alla frontiera della Prussia orientale sarebbero annientati. È una questione di onore! Nemmeno un solo uomo dell'Armata Rossa metterà mai piede sull'antico suolo germanico!

«L'ordine dice: senza indugio!» Asgard piegò il telegramma e se lo mise nella tasca della giacca da cavallerizzo. «Entro un'ora mi faccio portare a Riga e là prenderò un aereo per Berlino. Tutti i mezzi di trasporto sono a mia disposizione. Voglio proprio vedere!»

Fu un breve commiato. Non triste, anzi pieno di gioia.

«Papà, non dimenticare: vattene questa settimana stessa. Comincia a pensarci subito!»

«Va bene, figliolo. Lo farò.»

«Io mi terrò al corrente da Eberswalde...»

«È naturale. Sarai contento del vecchio Kuehenberg.»

Asgard Kuehenberg non si tenne al corrente. Non ne ebbe il tempo.

E Elmfried Kuehenberg non se ne andò da Gut Thernauen. Tre soldati sovietici lo abbatterono con i calci dei fucili il 29 luglio 1944. Sotto il grande platano, vicino alla tomba della madre di Asgard. Intorno a lui tutto veniva distrutto dalle fiamme. La casa padronale, le stalle, i fienili, la scuderia, le rimesse. Duecentocinquant'anni di assiduo lavoro.

Come aveva previsto Asgard Kuehenberg, furono i contadini russi ad appiccare il fuoco quando i primi carri armati sovietici arrivarono a Gostini sulla Dvina occidentale.

SEMPER Dietrich, 22 anni, Sottotenente.

«L'uomo deve avere un maiale... e ecco qua il maiale!»

Nove soldati tedeschi erano fermi davanti a un buco dal quale arrivava un grugnito soffocato. Il contadino che abitava la casetta isolata da loro appena perquisita, batteva le mani, gemeva, invocava i santi, si strappava i capelli grigi, stringeva intorno a sé la moglie, tre figlie e due nuore che si lamentavano in coro... ma era inutile. Nel 1944, in Russia, quando una pattuglia tedesca scopre un maiale, la marea di succhi gastrici che si mette in movimento è più forte di qualsiasi morale.

Il Caporal Maggiore Sepp Hölzerlin strisciò nel buco e tirò fuori il maiale afferrandolo per una zampa posteriore. La voglia che l'animale aveva di strillare era commovente, ma glielo aveva impedito legandogli il muso con una corda. Tuttavia, i maiali possono stronfiare anche attraverso le narici: caratteristica che hanno in comune con gli umani.

Il contadino russo si decise a cadere in ginocchio. Le sei donne intorno a lui lo imitarono, come colpite dalla folgore. «Tedeschi non ci ammazzare!» gridò il contadino. «Noi morire. Fame...»

«È una magnifica scrofa!» comunicò il Caporal Maggiore Hölderlin. Con l'animale stretto fra le gambe, fece un annuncio solenne: «Ha opposto resistenza, questa carogna! È un atto ostile...»

Il territorio presso Kowel, a sud della palude di Polesje, era una località che poteva definirsi esaurita. Tre anni e mezzo di occupazione tedesca non erano serviti a ricostruire ciò che era stato distrutto a passo di carica, bensì a dissanguare la popolazione. La criminale politica razzista seguita dal Partito Nazionalsocialista tedesco e dalle SS che facevano «pulizia» nei territori occupati di tutto ciò che era russo, cioè subumano, aveva spogliato la terra, e gli abitanti, che dapprincipio avevano accolto con amicizia i tedeschi, col passar del tempo furono così terrorizzati e amareggiati da decidere di sopportare in silenzio, ma in un silenzio che comportava solo una resistenza passiva.

Nel 1943, quando i russi avevano cominciato a travolgere il fronte tedesco, si era sviluppata anche intorno a Kowel la resistenza attiva dei partigiani, che ora, nei primi giorni del giugno 1944, aveva raggiunto la sua punta massima.

I Commissari Politici, che venivano paracadutati di notte dietro le linee tedesche, soprattutto nell'«esigùo saliente» di Kowel, e che stavano organizzando per il Giorno X la sollevazione dei contadini fino al confine polacco, avevano portato buone notizie. Le pene stavano per finire. Da Bobruisk a Vladimir Volynskij a sud di Kowel, cioè in tutto il grande arco di fronte della Bielorussia, erano attestate dieci armate sovietiche pronte per l'assalto: il 1° Fronte Bielorusso al comando del Generale Rokossovskij. Sull'intero arco del settore centrale, quarantacinque brigate corazzate e duecentocinquanta bocche da fuoco di tutti i calibri per ogni chilometro aspettavano solo l'ordine: A occidente! Il comando supremo generale era stato assunto dal Maresciallo Žukov. Un fronte di cinquecentosessanta chilometri con duecentocinquanta bocche da fuoco per chilometro... sono centoquarantamila canne che sputano morte! A questo si dovevano aggiungere le batterie lanciarazzi, gli «organi di Stalin», i lanciamine, le unità di fucilieri lanciagranate. Chi riusciva a comprendere queste cifre, poteva provare solo compassione per le indebolite divisioni tedesche. Centinaia di migliaia di uomini non raggiunsero mai la frontiera polacca...

Tuttavia, ciò non modificava il fatto che la pattuglia del Sottotenente Semper aveva trovato nella casetta isolata di un contadino presso Kowel una scrofa nascosta in un buco. Il Caporal Maggiore Sepp Hölzerlin strinse la corda intorno al muso della bestia, che ora lanciava grida e grugniti assordanti, cercava di divincolarsi dalla stretta delle gambe di Hölzerlin e tentava perfino di mordere.

«È chiaro, Signor Tenente!» vociò Sepp, con la faccia lustra. Accidenti, lardo fresco con i crauti! E avrebbero potuto fare salsicce di sangue e di fegato. E prosciutto arrosto! «Resistenza. Oltraggio alle forze armate tedesche! Creda a me: è una scrofa renitente!»

Il Sottotenente Semper annuì. Due uomini trascinarono via il maiale, che, appena giunti fuori vista, doveva aver ricevuto una botta in testa, dato che le stridule grida smisero di colpo. Solo il vecchio invocava un santo, e le donne si lamentavano.

«Lo faccio a malincuore», disse il Sottotenente Semper in un russo fluente e privo di accento. Il contadino tacque di colpo. Le donne interruppero all'improvviso le lamentazioni. Sbalordite, fissarono l'ufficiale.

«Gospodin Tenente», balbettò il contadino, «lei parla la nostra lingua?»

Dietrich Semper liquidò l'argomento con un cenno. Chi è nato a est di Dorpat, in vista del lago Peipus, ed è cresciuto con i figli dei lavoratori russi, sa parlare il russo come un monello di strada.

«Volevo solo chiarire che la confisca è giusta! Dovete rallegrarvi di non subire alcuna punizione e di aver liberamente concesso l'asportazione del porco "clandestino". Piantatela di frignare e ringraziate di poter continuare a vivere.»

«Di che vivremo adesso, gospodin Tenente?» balbettò il vecchio contadino.

«Di quello che avete nascosto qua intorno.» Il Sottotenente Semper scosse il capo e fece una fiacca risata. «Conosco abbastanza i trucchi di voi imbroglioni! Da ragazzo ho fatto anch'io dei buchi nella terra. Con il maiale avete fatto uno sbaglio. Non si nasconde vicino alla casa una merce tanto preziosa!»

«Gospodin Tenente...»

Semper si voltò e seguì con passo pesante la sua pattuglia. Dopo cento metri l'aveva già raggiunta. Il Caporal Maggiore Sepp Hölzerlin portava la scrofa sulle spalle. L'aveva stordita e ogni tanto ascoltava il battito del suo cuore. Voleva evitare che le pigliasse un colpo: aveva bisogno del sangue per il capocollo e il sanguinaccio.

Un maiale per quarantatre uomini non è molto. Ma quand'anche nella gavetta di ognuno ne fosse andato a finire solo un poco, sarebbe stata comunque una festa dopo le porcherie che ammanniva la cucina da campo. I rifornimenti erano d'infima qualità. Nelle retrovie c'erano gli ufficiali pagatori e quelli dell'amministrazione che vigilavano cocciuti sui loro magazzini pieni e che concedevano alle truppe in prima linea solo vettovaglie misurate al grammo. Ad ogni consegna, i furieri sacramentavano e i sottufficiali di cucina urlavano impotenti davanti alle pentole, giurando che se avessero preso uno solo di quelli delle retrovie e dell'amministrazione, gli avrebbero sfondato il sedere a forza di calci.

Anche nella 6a Compagnia del Sottotenente Dietrich Semper c'era fermento. Il cuoco voleva buttare il maiale intero nel suo pentolone, mentre il furiere invocava a squarciagola un arrosto croccante e il Caporal Maggiore Hölzerlin sosteneva che bisognava fare capocollo, sanguinacci, salsicce di fegato e testina in gelatina.

«Una gelatina divina!» andava gridando in giro. «Signor

Tenente, il cuoco mi vuole privare della mia gelatina!»

Si concordò sulla divisione in tre parti della scrofa. Una andò alla cucina da campo, che la utilizzò per la zuppa di piselli e i crauti. Il Furiere poté arrostire la sua su quattro stanghe di ferro. Hölzerlin rimestò nei tegamini di alluminio della cucina da campo e preparò la gelatina e le salsicce. Ma prima che Semper potesse esprimere il suo parere e le sue lodi sull'utilizzazione delle tre parti della scrofa, il marconista gli fece dei segni con entrambe le mani.

«Signor Tenente... è per lei! Il Battaglione. Sono diventati matti! Lei deve andarsene...»

In un attimo tutto il campo piombò nel silenzio. Il maiale, punto focale della giornata, era diventato insignificante. Fumava nel pentolone, si abbrustoliva sugli spiedi, gorgogliava nei tegami.

Il nostro Tenente deve andarsene? Lasciarci? Lo dice il Battaglione! Ma che razza di stupidaggini...

Dietrich Semper andò alla radio e si calcò sulla testa la cuffia. Con il Comando di Battaglione quattro chilometri a nord e quello del Reggimento vicino a Kowel aveva il collegamento diretto.

Dall'altra parte della linea c'era il Comandante del battaglione in persona, Capitano Hatterscheidt.

«Come si chiama il suo marconista, Dietrich?» disse, quando Semper si mise in comunicazione. «Ho sentito tutto. Io non sono diventato matto! Mi faccia avere un rapporto su quel marconista. E lei, che cosa sta facendo di preciso?»

«Mi preparo a dare un giudizio su una pancetta di maiale bollita, su un lombo di maiale arrosto e su una testina in gelatina, Signor Capitano...»

«Posso chiederle se è ubriaco, Dietrich?»

«Abbiamo preso un partigiano. Una scrofa da un quintale virgola due! Le faccio portare un pezzo di arrosto, Signor Capitano...»

«Me lo porterà di persona, Tenente Semper.» Quando Hatterscheidt, invece del familiare Dietrich, usava il formale Tenente Semper, si trattava di una cosa ufficiale. «La Divisione ha inoltrato un ordine del Comando Supremo: Lei deve recarsi subito a Berlino! D'urgenza! Io non dico stupidaggini... soprattutto quando si tratta del Comando Supremo! Conosce Eberswalde?»

«No.»

«Nemmeno io. Qui è detto: Scuola di equitazione ufficiali.»

«Allora è il Comando Supremo che dà i numeri...»

«Non possiamo farci niente, Dietrich. Venga al Battaglione. Potrà servirsi della mia bagnarola per arrivare al Reggimento. Si chiarirà tutto. Forse si tratta di un altro Semper. E... Dietrich... non dimentichi il mio arrosto!»

Il Sottotenente Semper non assaggiò nemmeno un boccone della bella scrofa. Ma il Caporal Maggiore Hölzerlin gli gridò dietro: «Signor Tenente, le tengo da parte un bicchiere di gelatina. E un bel sanguinaccio. A più tardi!»

Ma non vi fu un più tardi. E non si trattava di un altro Sottotenente Semper.

Con la partenza nella bagnarola del Capitano Hatterscheidt, non vi fu più nemmeno un Dietrich Semper.

von LABITZ, Bodo, 31 anni, Maggiore.

Fare figli, molti figli, figli sani, figli nordici, garanti della razza superiore, futura guida del mondo, geni risultanti dalla unione di geni germanici: era stato sempre questo il fine della politica demografica nazionalsocialista. «Nei nostri bambini si manifesta l'eternità, aveva detto una volta qualcuno. Che si trattasse di Rosenberg o di Himmler o addirittura di Baldur von Schirach, il primo capo della gioventù hitleriana, non aveva importanza. Era stato anche detto: «I bambini di oggi sono i nemici di domani», ma questo valeva per tutti coloro che non erano tedeschi.

Una giovane madre tedesca, un padre tedesco atto alle armi... che cosa può superare questo ideale di forza popolare?

Sulla linea ferroviaria Kišinev-Odessa, a sud di Tiraspol nell'Ucraina meridionale, a non più di settanta metri dalle posizioni avanzate sovietiche, l'intendente del comando della 6a

Armata, dopo molte sollecitazioni, era riuscito a organizzare una bella festa. Con i rifornimenti per il battaglione erano arrivate dieci scatole di carne, venti bottiglie di cognac e due pan di Spagna, giunti freschi freschi dai forni della Divisione. La scritta che i fornai vi avevano spruzzato con la glassa diceva: «Ai 30 anni del nuovo Comandante!»

Il Maggiore von Labitz era commosso. Quella festa era stata una sorpresa. I suoi ufficiali l'avevano tenuta nascosta fino all'ultimo e avevano aperto la porta della «sala dei festeggiamenti» solo quando tutto era pronto. La sala dei festeggiamenti era un fienile sgomberato, dove però adesso c'erano tavole con tovaglie bianche, sedie, bicchieri molati, stoviglie di porcellana, posate. Ordinanze in giacche inamidate di un bianco smagliante servivano le vivande: brodo di coda di bue, polpette in umido, budino in gelatina al profumo di asperula con salsa vaniglia. Un pasto principesco per un evento degno di essere festeggiato: il Maggiore Bodo von Labitz era diventato padre.

Il primo figlio. Un maschio! William Heiko von Labitz. La madre, Enrica von Labitz, nata Contessa von Saalsfels, era riuscita, malgrado il sovraccarico delle radiocomunicazioni, a mandare al Gruppo di Armate A, Feldmaresciallo von Kleist, un telegramma così concepito: «Nato maschio sano, peso 3856 grammi, lunghezza 54 cm. Madre e figlio ottima salute. Viva la Germania!»

Forse fu l'ultima frase che spinse il Comandante del Gruppo di Armate A a inoltrare la notizia che non aveva alcun interesse bellico e tattico. In ogni modo, per il Maggiore von Labitz fu una notizia meravigliosa. Un bel maschietto! Un po' tardi — comunque, il padre aveva trentun anni e la madre ventotto — ma fino a quel momento von Labitz aveva dedicato tutte le sue energie alla carriera di ufficiale, perpetuando così la professione tradizionale di famiglia. Nella lunga storia dei Labitz, ancora nessun membro della famiglia si era tolto la giacca colorata senza appendere al muro per ricordo le spalline da generale. Anche Bodo von Labitz era sulla buona strada per onorare i suoi avi: aveva già alle spalle un corso per ufficiale di stato maggiore. Nel 1943 gli era stato conferito il collare in seguito ai combattimenti di ripiegamento davanti a Odessa. Non c'era dunque motivo di temere che Bodo von Labitz potesse degenerare.

A coronare la sua carriera veniva ora il figlio, William Heiko. Il risultato di una licenza, come si suol dire. In effetti non pianificato, sempre a causa della carriera, ma Enrica, nata Contessa von Saalsfels, durante l'ultima licenza aveva dimostrato una tal fame di amore, una passione così completa, e addirittura una resistenza sportiva tale che fra le sue braccia le pianificazioni di Bodo andarono in fumo rendendo inattuabile un coitus interruptus. La comunicazione successiva: «Tesoro, sono incinta», provocò meditazioni filosofiche e una lettera che cominciava:

«*Mio amore, mia dolcezza, mia sempre presente!*

Avremo un figlio. Un vero figlio dell'amore. Che il Signore Iddio tenga la sua mano su di lui, perché possa avere anni felici come li abbiamo avuti noi. Quando avremo vinto la guerra, non ci saranno più altre guerre. Avremo in mano l'ordine del mondo. E l'ordine vorrà dire: pace, felicità e benessere per tutti i popoli!

Prega Iddio che il nostro primo figlio sia maschio. La Germania ha bisogno di generazioni forti...»

E così continuava per tre pagine.

Non bisogna pensar male di Bodo von Labitz. Egli era stato allevato in quella tradizione, conosceva solo zii che erano generali; dovunque si voltasse, nel ramificato clan dei Labitz, doveva mettersi sull'attenti davanti a cordelline dorate e mostrine rosse. Era provato che la storia della famiglia era cominciata al tempo dell'Imperatore Federico II, degli Hohenstaufen. Chi si porta sulla gobba tanta storia non può fare altro che pregare Iddio di mandargli un figlio robusto. Per la gloria della Germania.

La festa nel fienile fu grandiosa, se si giudica dall'ubriachezza degli ospiti. Erano invitati tutti gli ufficiali dei quattro battaglioni del reggimento. Ulteriore sopresa, la sera arrivò anche il comandante della divisione. Il Generale Labbroth portò dei fiori, una casetta da contadini russi fatta con corteccia di betulla — come regalo per il piccolo, perché ricordasse i tempi gloriosi del padre — e sei bottiglie di champagne francese! Sul lungo viaggio da Epernay a Tiraspol sul Dnestr, il Generale Labbroth non si sbottonava. L'intendente del comando aveva accatastato quattordici casse di quello champagne nel deposito centrale e non le aveva registrate nelle liste dei rifornimenti per le truppe. Cosa ci si può fare con quattordici casse di champagne per una intera Armata? Era una delle piccole stranezze di questa guerra che più tardi avrebbero destato perplessità negli storici: non c'erano munizioni, la benzina per i carri armati Tigre veniva distribuita col contagocce, con i rifornimenti arrivavano al fronte, come ultimo ritrovato, le patate in fette essiccate, la marmellata si faceva con le cose più impensabili, fuorché con la frutta, e i blocchi di miele artificiale si potevano rompere con lo scalpello. Le compagnie panettieri invocavano farina e lievito. Le officine mobili si arrangiavano con attrezzi logori. Ma nei magazzini c'erano casse di champagne, pacchetti sterili pieni di preservativi... e montagne di scatole di assorbenti igienici.

E nessuno era responsabile!

La comparsa del Generale Labbroth non rallegrò eccessivamente gli ufficiali dei quattro battaglioni. Bisognava bere con moderazione, non cantare a squarciagola, e soprattutto non fare entrare di straforo delle ragazze. Tiraspol era una piccola città, ma in quel luogo vicino alla frontiera rumena e baciato dalle brezze del Mar Nero, le donne erano di una bellezza classica: capelli neri, occhi di fuoco, snelle, sinuose, coi seni a punta, e al cadere dell'oscurità in calore come le gatte.

La guerra?

Il fronte taceva da aprile. Sì, delle piccole scaramucce. La perdita quotidiana di qualche uomo, sono cose cui ci si abitua. Anche i russi ne avevano le tasche piene: lo si sentiva dire dappertutto. Lo sostenevano anche i disertori e i prigionieri.

Un'astuzia dei sovietici? Da Belgorod sul Mar Nero a Jassy sul Prut, la 8a e la 6a Armata tedesche e la 3a e la 4a Armata rumene fronteggiavano il 3° Fronte Ucraino del Maresciallo Malinovski e il Fronte Ucraino del Generale Tolbuchin. Nove armate russe, che mordevano il freno in attesa di sfondare, di frantumare il fianco meridionale tedesco.

La vita era bella a Tiraspol. Era una terra benedetta. In

tempo di pace vi si faceva un vino rosso cupo simile alla malvasia. Il cognac di Odessa era famoso. Il territorio era tutto un orto eccezionalmente fertile. Ma la guerra aveva travolto ogni cosa, i campi erano diventati stepposi, i vigneti pieni di erbacce. Non c'erano più uomini. Quelli che non erano nell'Armata Rossa, erano stati deportati in Germania su carri merci dai cacciatori di uomini al comando del Commissario del Reich Sauckel. Invece di coltivare i vigneti, dovevano fabbricare granate tedesche o scavare carbone tedesco. L'Ucraina avrebbe dovuto nutrire tutta la Germania e le armate tedesche! La «politica dei subumani» si ritorceva sui tedeschi come un boomerang mortale.

Era quasi mezzanotte quando il Generale Labbroth mise con fare paterno un braccio sulla spalla del Maggiore von Labitz, il padre felice, e lo condusse verso un angolo del fienile.

«Sigaro?» chiese.

«Grazie, Signor Generale.» Labitz accettò che il Generale gli accendesse il sigaro e poi soffiò il fumo verso il basso. Sarebbe stato inconcepibile buttarlo in faccia al Generale.

«È mezzanotte, Labitz. Un nuovo giorno. Quello trascorso doveva appartenere solo a lei. A lei, alla sua sposa bella e felice e al suo gagliardo maschietto. Ho disobbedito a un ordine, ma per qualche ora di differenza credo che non succederà niente. Le ho portato una cosa.»

«Ancora, Signor Generale? Mi confonde...»

«Non so se sia un regalo.» Prese un foglio dalla tasca dell'uniforme. «Un telegramma urgente del Comando Supremo. È richiamato a Berlino.»

«Un altro corso per lo stato maggiore generale?»

«Ne dubito. Eberswalde. Scuola di equitazione.»

«Ma è uno scherzo, Signor Generale.»

«Non mi risulta che al Comando Supremo ci sia gente molto spiritosa. E non credo che si siano sbagliati circa il luogo. Il testo è chiaro: Deve andare *subito* a Eberswalde. Domani mattina alle sette dovrà prendere un aereo in partenza da Kišinev. Ho fatto qualche domanda. All'armata non sanno niente. Il Comando Supremo di Berlino è stato reciso: è cosa che riguarda lo stato maggiore. È tutto! — Mio caro Labitz, beviamoci ancora una coppa di champagne alla salute di suo figlio William Heiko. E poi via per Kišinev e Berlino!»

Fu l'ultima coppa di champagne di Bodo von Labitz. Non vide mai il suo gagliardo maschietto William Heiko.

DALLBURG, Alexander, 20 anni, Alfiere.

Ogni compagnia ha, come è facilmente comprensibile, tre tipi assegnatile dal destino: un idiota, un maresciallo dal muso enorme, e un ragazzo delicato, per il quale nutrono tutti sentimenti paterni, il «beniamino» della compagnia.

L'Alfiere Alexander Dallburg aveva preso alla lettera il modo di dire «Vive in Francia come un dio». Appena uscito dalla scuola di guerra, era stato assegnato al 194° Reggimento della 352a Divisione di Fanteria di stanza nel Vallo Atlantico ed era arrivato in Normandia quando la Francia era diventata una zona di guerra dalla quale si poteva essere rimpatriati per un solo motivo derivante da un corpo a corpo: una blenorragia.

L'Alfiere Dallburg aveva vent'anni e un aspetto così giovane che era diventato subito il «beniamino»; un viso da fanciullo che sembrava guardarsi intorno con gli occhi azzurri spalancati e chiedere: «Scusi, sbaglio o qui c'è la guerra?» Gli avevano dato un appartamento requisito a Grand-champs-les-bains, un paesino idilliaco sul mare, con una spiaggia, un porticciolo in una piccola insenatura, un caffè sulla passeggiata a mare — se così si poteva chiamare il sentiero che correva lungo la riva — e un bar che si chiamava «Bistro St. Jacques».

Il servizio faceva venire sonno. Il solito ordine chiuso, pulizia delle armi, marce, costruzione di Bunker lungo la costa, posa di mine in determinati settori, sistemazione di sbarramenti anticarro.

«Non sbarcheranno mai qui!» diceva il comandante della Compagnia, il Tenente Lippe. «Sarebbero pazzi! Questa costa è imprendibile. Faremo fuori gli amici mentre saranno ancora sballottati sulle onde. Se lo immagina, Dallburg? Loro vengono di là, sull'acqua, proprio davanti alle nostre bocche da fuoco! Che rimarrà di loro? Bisognerà cercarli col microscopio. Dallburg, la difesa del fronte è tutt'altra cosa!»

Il Tenente Lippe dava un esempio pratico di ciò che intendeva: egli abitava presso una giovane e prosperosa vedova francese in una bella casa di Grand-champs-les-bains, grazie al vino abbondante e al buon mangiare ingrassava, nonostante le intense fatiche amorose, se ne andava spesso in giro in abiti borghesi, con un basco in testa e una sigaretta penzolante all'angolo della bocca, la camicia aperta e un paio di scarpe di tela scalcagnate, come se fosse abituato da sempre al fresco vento di mare della Normandia. Ignorava le preoccupazioni dei suoi generali. Non sapeva che al di là del mare, in Inghilterra, un'armata americana al comando del Generale Bradley e un'armata britannica al comando del generale Dempsey erano sul piede di guerra. Non supponeva che il Generale Montgomery, già avversario di Rommel in Africa, avesse assunto il comando di tutte le forze alleate di terra, e che il Generale americano Eisenhower fosse a capo dell'operazione che era stata battezzata «Overland». Aspettavano solo il bel tempo. Quattromila navi da trasporto erano in attesa, seicento navi da guerra di ogni tipo avrebbero aperto un fuoco di copertura per la flotta da sbarco, duemilacinquecento bombardieri pesanti e settemila caccia erano pronti a decollare. Sulla costa meridionale dell'Inghilterra, centosettantaseimila uomini con una disponibilità immensa di materiale guardavano il cielo. Quando tornerà il sole? Quando calerà questo forte vento? Quando potremo metterci in mare alla volta della Francia? Schiacceremo la Germania in una morsa gigantesca: a occidente gli USA e l'Inghilterra, a oriente i sovietici, a sud, in Italia, americani, inglesi, neozelandesi, canadesi, nella Francia del sud le truppe territoriali francesi, le divisioni delle truppe coloniali comandate dal Generale Lattre.

La Germania non avrebbe potuto sopravvivere a quella estate del 1944!

Ma chi avrebbe dovuto spiegare tutto questo al piccolo Alfiere Alexander Dallburg? Il Comandante della sua compagnia? Quello era impegnato nei corpo a corpo con la «sua» vedova prosperosa davanti alla finestra aperta sulla terrazza che guardava il mare.

Tutta la Compagnia era impegnata più o meno nello stesso modo ad ammazzare il tempo in quelle giornate anche troppo tranquille in Normandia, e il Maresciallo Felix Bülles, che, da buon furiere, si sentiva impegnato anche a prendersi cura del «beniamino», disse dopo quattro giorni che l'Alfiere era in forza alla compagnia:

«Ragazzi, c'è qualcosa che non va. Il nostro piccolo ha paura delle donne! Ve lo dico io, è ancora innocente! Ma ho un'idea: lo affidiamo a Gabrielle! Farà di lui un uomo.»

Gabrielle. La stella del «Bistro St. Jacques». Una bambolina piccola, graziosa, con occhi lucenti da topo, gambe snelle e un di dietro semovente. La sua aria infantile era commovente, e la santa innocenza che da lei emanava era un'astuzia sopraffina. Chi era stato una volta nella sua cameretta sotto il tetto, la mattina dopo doveva marcare visita per prostrazione generale. Gabrielle, invece, se ne tornava a cinguettare allegramente al «Bistro St. Jacques.»

Alexander Dallburg, introdotto nel bistro dal furiere Felix Bülles, guardò trasognato Gabrielle. Gli occhi di lei lo guardarono altrettanto trasognati.

«Bonjour, mademoiselle», disse Dallburg. Il suo francese era perfetto. Nei Paesi Baltici c'erano due lingue che si dovevano conoscere alla perfezione nelle famiglie rispettabili: il russo e il francese. «Lei è bella...»

E Gabrielle rispose: «Merci, monsieur. Lei è molto gentile. Diverso dagli altri. Lei non vuole dopo appena cinque minuti...»

Da quel momento in poi la Compagnia fu lasciata a bocca asciutta da Gabrielle, il «beniamino» fu guardato con ammirazione, e il Maresciallo Bülles fu preso a male parole.

Tre giorni dopo Gabrielle entrò nell'appartamentino di Dallburg sulla spiaggia. Il suo amore era sincero e superava qualsiasi sentimento avesse provato fino ad allora. Il passato era cancellato, come fosse stato scritto su una lavagna. Adesso c'era scritto: Gabrielle e Alexander.

«Un fenomeno!» diceva il Maresciallo Bülles. «Me ne sono

accorto a Colonia. Quando una puttana s'innamora sul serio...»

Era vero: si poteva vivere a Grand-champs-les-bains come un dio in Francia. Ma anche i paradisi hanno delle porte dalle quali si entra ma dalle quali si può uscire.

Il Tenente Lippe, che una volta al giorno passava in fureria, guardò sbalordito lo scritturale che gli porgeva un foglio.

«Comunicazione telefonica, Signor Tenente. L'ho trascritta. Viene dalla Divisione.»

«Da chi?»

«Dalla nostra 352a.»

«Neumann, lei trasuda Calvados da tutti i pori!» Il Tenente Lippe gli strappò il foglio di mano. «Ho sempre ritenuto che la Divisione ci ignorasse del tutto. Ma come? Si tratta di Dallburg. Questa è grossa!». Diede una scorsa al telegramma e poi fissò lo scritturale con un'aria un po' stupida. «Lo ha letto, Pflanzl?»

Il Caporale Pflanzl si mise sull'attenti. «L'ho trascritto, Signor Tenente!»

«Tutta la Divisione è sbronza! Dallburg dovrebbe andarsene? A Berlino? Ma se è appena arrivato! Di questi tempi gli ordini camminano più piano degli uomini! Questo deve essersi incrociato con l'altro. Adesso telefono.»

Alla 352a Divisione Fanteria, il cui comando aveva sede in un bel castello piccolo e turrito affondato nel verde, avevano da preoccuparsi di ben altro che dell'Alfiere Dallburg o dei dubbi del Tenente Lippe. Le ultime notizie dicevano che l'invasione era imminente... I ricognitori riportavano fotografie aeree che mozzavano il fiato. Rommel scongiurava Hitler di rinforzare il fronte francese pressoché sguarnito. Chiedeva altre divisioni. La risposta di Keitel era chiara: «Dove le prendiamo, camerata? Dal fronte orientale non possiamo togliere nemmeno un uomo, dall'Italia lo stesso. Deve contentarsi di quello che le arriva dal Reich.»

Ciò significava: ragazzini, quasi bambini. Addestrati in tutta fretta. Ai primi spari si sarebbero messi a piangere o avrebbero invocato la mamma.

Il Tenente Lippe, al telefono di Grand-champs-les-bains si

prese un bel cicchetto. L'ordine veniva proprio dal Comando Supremo, come si poteva dubitarne? La faccenda era della massima urgenza, l'Alfiere Dallburg avrebbe dovuto essere in viaggio da un pezzo...

Lippe riattaccò. Il Maresciallo Bülles si grattò il dorso del naso.

«Dov'è Dallburg?» chiese Lippe.

«E dove può essere? Con Gabrielle», disse Bülles. «Vado a prenderlo.»

«Ci penso io.» Il Tenente Lippe salì sulla sua bagnarola e andò verso la spiaggia. La porta di Dallburg era aperta. In vestaglia di seta, con i capelli neri sciolti, Gabrielle girava per la casa zufolando felice come un uccellino. Nel piccolo appartamento c'era odore di caffè forte e di *croissants* freschi. Dallburg, mezzo nudo, si stava radendo in bagno. Con il pennello in mano e la schiuma sulla faccia, saltò sull'attenti quando riconobbe Lippe. Gli occhi di Gabrielle ebbero subito un guizzo nervoso. L'istinto femminile le aveva dato l'allarme.

«Dallburg», disse Lippe con tono paterno. «Mi dispiace proprio di strapparla al suo idillio, ma i combattimenti si svolgono non soltanto a letto, bensì anche sui fronti di guerra. Trasferimento!»

«Russia?» chiese sottovoce il piccolo Dallburg. Me lo aspettavo, pensò. Questo giorno doveva venire. Un Alfiere che vuole diventare Sottotenente non può essere mandato in Francia. Non nella Francia di oggi.

«Macché!» Lippe scosse il capo. «Di nuovo a Berlino. A Eberswalde. Il Comando Supremo non può fare a meno di lei.»

«Il Comando Supremo? Come?»

«Lo domandi a Keitel! Su, si spicci a farsi la barba, dia un ultimo addio a Gabrielle... e poi dritto sparato alla Divisione! Di là, sarà spedito come un razzo a Eberswalde.»

Il Tenente Lippe lasciò l'appartamento per rendere possibile il commiato di Dallburg. Fu un commiato silenzioso, doloroso.

«Ti porterò in Germania, chérie...» disse Dallburg. «Dopo la guerra ci sposeremo. Ti amo.»

Lei annuì, gli abbottonò la giacca dell'uniforme, gli diede una energica ma superflua spazzolata alle spalle, gli raddrizzò il cinturone. Quando egli si mise il berretto e ne controllò allo specchio l'esatta posizione, lei pianse.

Non lo accompagnò alla porta, non lo salutò con la mano dalla finestra. Quando la porta di sotto si chiuse, con il viso infantile d'un tratto invecchiato, Gabrielle si mise davanti allo specchio, nel quale egli si era guardato per l'ultima volta. Poi prese dal tavolo un posacenere di ottone, lo scagliò contro lo specchio e fissò i frantumi che si erano sparsi per tutta la camera.

«Adieu!» singhiozzò, sempre irrigidita. «Oh, cette guerre infernale...»

Dopo appena dieci ore, arrivarono a Eberswalde. I più con dei monomotori del tipo Fokker, che potevano atterrare anche su piste improvvisate, su campi accidentati. Il piccolo Dallburg arrivò per ultimo, non perché la costa normanna fosse più lontana della Russia, ma perché quelli della 7a Armata del Generale Dollmann, dove Dallburg era stato trasportato dalla sua Divisione, fecero aspettare l'insignificante alfiere. Un aereo per un uomo solo a Berlino? Santo Cielo... Erano già arrivate le nuove riprese aeree dei ricognitori. A giudicare da quelle, la costa meridionale dell'Inghilterra era tutta un accampamento. Se adesso avessero avuto qualche stormo di bombardieri, con i necessari caccia di scorta, ogni bomba avrebbe fatto centro. Ma dove erano i bombardieri? Dove era la Luftwaffe del Maresciallo del Reich Göring? I bombardieri anglo-americani si spingevano quasi indisturbati nel cuore della Germania e distruggevano sistematicamente le città, le fabbriche di munizioni, le vie di rifornimento, i depositi di carri armati, i Bunker sulle coste. Come tignole disturbate, alcuni caccia tedeschi giravano intorno alle squadriglie degli alleati. Il lavoro maggiore lo doveva sopportare l'artiglieria contraerea. Ogni notte centinaia di riflettori frugavano il cielo tedesco, centinaia di cannoni antiaerei sputavano fuoco: appena qualche colpo di spillo contro quella massa di apparecchi che ad ogni missione facevano piovere decine di migliaia di tonnellate di esplosivo sulle città tedesche.

I cieli appartenevano agli alleati. La lotta per il possesso degli spazi aerei, per la Germania era perduta da molto tempo.

Il Giorno X sembrava ormai vicinissimo. Ma il Comandante in capo del Fronte Occidentale, Feldmaresciallo von Rundstedt, e i comandanti dei gruppi di Armata B e C, Rommel e Blaskovitz, ottenevano da Hitler solo dei furiosi latrati. Le ultime riserve erano state ormai racimolate. Tornava a circolare la vecchia frase «Con dieci nemici si fa un soldato tedesco». Visto così, il rapporto delle forze quadrava. Solo della schiacciante preponderanza dei materiali nessuno parlava. Il Ministro degli Armamenti Speer si trovava davanti a officine bombardate e depositi vuoti. Non c'erano più materie prime.

E proprio adesso un piccolo alfiere deve avere un aereo personale? E solo perché il Comando Supremo ha telegrafato? Allora potevano mandarlo quelli del Comando Supremo, un apparecchio, se ci tenevano a vedere il loro alfiere...

Il piccolo Dallburg, con il cuore ancora pieno di Gabrielle e ancora oppresso dal dolore dell'addio, andò in giro per tutto il comando d'armata e dappertutto venne buttato fuori. Infine un ufficiale di collegamento della Luftwaffe gli spianò la strada, quasi nove ore dopo il suo arrivo all'armata.

Fu un susseguirsi di salti. Dapprima fino a Parigi, poi a Bruxelles, da Bruxelles a Hannover e finalmente di là a Berlino. A Berlino, dove si presentò al Comando Supremo, gli misero subito a disposizione una macchina e lo portarono a Eberswalde. Ma prima dovette redigere un rapporto sulla mollezza degli ufficiali in servizio in Francia.

«Tipico!» disse un ufficiale del Comando Supremo. «Le armi segrete della Francia sono le donne, il vino e il cognac! Santo cielo, quando finirà? Sono diventati troppo grassi perfino per scappare...»

Un giudizio ingiusto. Il grande eccidio era imminente.

Alexander Dallburg arrivò dunque per ultimo nell'ala degli alloggi della Scuola di Equitazione Ufficiali di Eberswalde nella quale erano stati sistemati i dieci ufficiali distaccati. Erano isolati, come fossero portatori di una grave malattia infettiva. Solo il corridoio era occupato, le altre camere di quella parte dell'edificio erano vuote. All'arrivo, ognuno era stato accolto da un certo Tenente Colonnello Hansekamm come fossero amici di lunga data. Una stretta di mano, una domanda su come si era svolto il viaggio, una battuta di spirito che allentava l'atmosfera peraltro molto tesa. Ma quando ciascuno degli ufficiali cui era stato ordinato di andare a Eberswalde faceva la naturale domanda: «Ma cosa è successo? Che cosa ci facciamo noi in una Scuola di equitazione?», il Tenente Colonnello Hansekamm rispondeva diplomaticamente: «Signori, non sono autorizzato a parlare di questo argomento. Il Colonnello Renneberg vi terrà un rapporto non appena tornerà dal quartier generale del Führer.»

Il quartier generale del Führer? Che aveva a che fare con loro?

Per prima cosa, gli ufficiali fecero conoscenza fra loro. Il Sottotenente Semper, che aveva portato da Kowel, quale premio di consolazione per l'arrosto di maiale perduto, due bottiglie di vodka, ne offrì una quando von Labitz comunicò la nascita di William Heiko. Si erano riuniti nella camera di Asgard Kuehenberg, al quale era toccata la più spaziosa con una magnifica vista sul galoppatoio e sulla campagna brandeburghese.

Dallburg arrivò nel mezzo di questa festa improvvisata. Era stato accolto dal Tenente Colonnello Hansekamm, aveva ricevuto la sua stretta di mano e ascoltato la sua battuta spiritosa, e adesso sapeva anche che il quartier generale del Führer si interessava a lui.

Gli altri salutarono Dallburg come fosse la mascotte che era stata loro assegnata. Il «beniamino» lo accettò con tranquilla rassegnazione. Era il suo destino, finché avesse continuato ad avere un aspetto così giovane da far credere che fosse uno scolaro che si era messo l'uniforme per giocare ai soldati. Si felicitò con Labitz per l'erede maschio, bevve un bicchiere di vodka, tossì — era la sua prima vodka — e poi disse: «Ho sentito dal Signor Hansekamm che sono l'ultimo. Dopo di me non deve arrivare nessun altro. Siamo al completo!»

Il barone von Baldenow si guardò intorno. «Dunque siamo dieci!» disse pensieroso. «Dieci ufficiali...» Aveva incluso anche il piccolo Dallburg. L'Alfiere precede di un gradino il Sottotenente.

«Sui quali si è posato l'occhio del Führer!» gridò Solbreit. Anche a Eberswalde egli rimaneva fedele al suo atteggiamento sfrontato. «Che cosa abbiamo fatto per meritarcelo? Perché ci puniscono così?»

Nessuno rise. Nemmeno una risata triste. Asgard Kuehenberg si chinò in avanti, si versò un'altra vodka e fissò il liquido incolore. «Una cosa salta agli occhi, signori: proveniamo tutti dalla regione baltica...»

«È vero!» disse Semper.

«E questo non può essere un caso!» esclamò Poltmann, stranamente eccitato. I riccioli platino gli incorniciavano il viso come centinaia di serpentelli bianchi. «Veniamo da ogni dove, scelti dal Comando Supremo... ora lo sappiamo! Ma perché?»

«Forse dobbiamo formare un coro maschile del Baltico?» Il solito scilinguagnolo di Solbreit. Aveva bevuto la maggior parte della vodka. Adesso saltò sulla sedia. Gli altri alzarono gli occhi verso di lui. «Cari camerati, adesso — come prova della nostra competenza — canteremo con accento baltico la bella canzone del buco nero. Tre — quattro...»

Si mise le mani sui fianchi e intonò con voce non sgradevole:

«E là, dlindlindlin taratarataratа...»

«Perfetto!» disse Berno von Ranovski. «Dovremmo cantarla davanti al Führer! Ascolterà invece dei "Maestri cantori di Norimberga" i "Maestri sudicioni del Baltico"!» Solbreit scese dalla sedia e si rimise a sedere. Il suo fuoco d'artificio si era esaurito. I dieci sapevano tutti che si era trattato di una manifestazione di profonda insicurezza. A chi non capitava? Quell'isolamento e quella ignoranza erano inquietanti e aumentavano la tensione più che al fronte l'attesa di una controffensiva sovietica. Là si sapeva che dall'altra parte c'era l'Ivan e che di lì a poco sarebbe sbucato dalle trincee e dalle buche in ondate successive color grigio terra. L'artiglieria già spianava la strada, faceva a pezzi i reticolati, una granata scavava l'ultimo cratere...

Ma qui non sapevano assolutamente nulla. Potevano solo supporre che la giovialità con la quale erano stati accolti dal Tenente Colonnello Hansekamm nascondesse una faccenda molto grossa. Il Comando Supremo... il quartier generale del Führer... dieci ufficiali, tutti provenienti dalla zona del Baltico...

«Ho il sospetto», disse Detlev Adler all'improvviso, «che vogliano assegnarci all'Armata Vlassov o al reggimento cosacco di Pannwitz. Dovremo trasformare dei russi amanti della libertà in soldati tedeschi. — È una schifezza!»

«Un'altra canzone?» disse Solbreit con voce roca.

«A Honolulu, nel paese delle Amazzoni,
e a Samoa tutto è uguale.
Laggiù le ragazzine
vanno a ballare in paese
senza camicia e senza calzoncini,
con una foglia di fico
che ha dei buchi...»

«Basta!» disse asciutto Labitz. Solbreit chiuse la bocca. Per la prima volta Labitz assunse il suo ruolo di Maggiore. «Ne abbiamo tutti fino alla cima dei capelli! Domani mattina cercherò di cavare qualche cosa di più da Hansekamm del "quartier generale del Führer". Andiamocene a letto! Di una cosa siamo ben certi: qui non dovremo imparare a cavalcare! Eberswalde serve solo come nostro nascondiglio. Riuscirò a scoprire perché ci nascondono!»

«Facciamoci fuori la seconda bottiglia di vodka, signori», disse Semper. «Quello che abbiamo tracannato, nessuno può più togliercelo».

I dieci concordarono e approvarono. La seconda bottiglia di vodka girò per la camera di Kuehenberg. Fuori, la luna illuminava il paesaggio brandeburghese. Nelle stalle i cavalli stanchi nitrivano, raspavano, sbuffavano. Una sentinella con il fucile a bracciarm faceva da sola il giro degli isolati. Lontano, si sentiva un brontolio cupo: la contraerea. Un attacco aereo. Ma Eberswalde era un'oasi di pace. Circondata dal profumo dei pini baciati dal sole di giugno. Nella notte il terreno esalava il calore e succhiava rugiada dalle nubi.

Solbreit cantò verso le tre di mattina un'altra canzonetta

sconcia, poi tutti si separarono, se ne andarono nelle loro stanze e si buttarono a letto appesantiti dalla vodka.

Sono Kuehenberg rimase ancora accanto alla finestra a guardare il maneggio sbiancato dalla luna. Speriamo che se ne vadano in tempo da Thernauen, pensò. Se evacuano adesso, possono portarsi via gli stalloni da monta e qualche buona giumenta. Sarebbe un buon capitale iniziale dopo la guerra.

Papà, non aspettare troppo!

La mattina dopo si sedettero al tavolo della colazione con gli occhi gonfi e il palato stopposo. Due ordinanze li servivano con silenziosa attenzione. Anche per i pasti era stata predisposta una stanza che serviva solo ai dieci e che si trovava nello stesso corridoio isolato. Era del tutto inutile chiedere a due caporali, che servivano con una indolenza da provetti camerieri, che cosa stesse succedendo. Così la colazione andò avanti a monosillabi, fra sguardi attoniti di occhi bordati di rosso, fino a che Peter Radek non disse esprimendo il pensiero di tutti:

«Caro Semper; la vodka che ha portato deve esser stata distillata all'inferno. Quando era là, beveva sempre di quella roba?»

«Sempre!»

«E ciò nonostante riusciva a vedere i russi?»

«E come! A grandezza doppia. E così il nostro tiro era più sicuro e gli Ivan avevano una paura matta...»

Alcuni fecero un sogghigno stanco. La vita militare! Due giorni prima la vivevano ancora... adesso se ne stavano seduti intorno a una tavola apparecchiata con servizi di porcellana per la colazione, rompevano l'uovo con distinzione e mangiavano il pane con coltello e forchetta.

Il Tenente Colonnello Hansekamm arrivò dai dieci quando il caffè era quasi finito e le ordinanze distribuivano le sigarette. Tubetti piatti che avevano sapore di paglia e che venivano chiamate «Sigarette orientali». Solbreit, Adler e Semper avevano ancora qualche papirosa russa. Lasciarono perdere i tubetti piatti e fumarono a grandi buffate l'erbaccia sovietica. Ci si erano abituati, e anche alle nuvole di fumo color giallo-zolfo. «Noi zanzare non ne avevamo mai!» disse Solbreit, l'esperto delle paludi del Pripet. «Quando la nostra compagnia fumava compatta, ne distruggevamo perfino le uova.»

Il Tenente Colonnello Hansekamm salutò i presenti, fece segno già dalla porta che dovevano rimanere seduti e che non ci dovevano essere distinzioni di grado. Tutti camerati, disse l'amichevole gesto della sua mano. Anche se Dallburg è un Alfiere e Labitz un Maggiore... siamo una sola famiglia.

Diede un'occhiata alla tavola, si sedette accanto a Solbreit — cosa che fu considerata con una certa apprensione, dato che la sfrontatezza di Solbreit non conosceva limiti — e sorrise a dritta e a manca.

«Questa è stata l'ultima volta in cui avete mangiato con coltello e forchetta», disse Hansekamm. «Già a pranzo riceverete solo un cucchiaio. Quando sarà necessario, un coltello. Dovrete tenere il pane in mano e addentarlo con energia. Potrete tranquillamente premere le quattro dita sulla salsiccia e poi leccarvele. È un piacere, ve lo dico io.»

I dieci guardarono attoniti il Tenente Colonnello Hansekamm. Labitz lanciò un'occhiata ammonitrice a Solbreit. Ragazzo, tieni la bocca chiusa! Adesso non metterti a dire: Chi è che ha bevuto la vodka... noi o lei? Vogliamo sentire il resto.

«Ebbene?» disse Detlev Adler. Hansekamm alzò le sopracciglia. «Addestramento dei cosacchi di von Pannwitz... Solo non capisco perché all'improvviso la cosa sia tanto segreta. Ormai, è storia vecchia.»

«Le sue supposizioni sono sbagliate.» Il Tenente Colonnello Hansekamm fece una risatina belante che lo rese ancor più simpatico. Era un tipo alto e rotondo: si capiva che amava la buona tavola, un bordeaux non troppo forte e la moglie, che abitava con lui in un appartamento di tre camere vicino alla Scuola di equitazione. Un alloggio di servizio. Il Tenente Colonnello Hansekamm era di Soest. «Una terra fertile», diceva sempre. «Gli orti! I campi di Soest! Da bambino non potevo più sentire l'odore del cavolfiore e dell'insalata.»

«Qualunque cosa abbiate potuto immaginare, signori miei, è sbagliata!» Hansekamm prese una delle sigarette piatte. Le bombe sovietiche non facevano al caso suo, non era tipo da fumare machorka o da bere distillato di patate. Solbreit, il suo vicino, gli offrì il fuoco. «Non posso dirvi ancora nulla, dobbiamo aspettare fino al ritorno del Colonnello Renneberg dal quartier generale del Führer. Senza la benedizione del Führer, consideratevi solo ospiti graditi del Comando Supremo.»

«E con la benedizione del Führer?» Era Solbreit.

«Si farà sul serio.»

«È naturale!» Era Kuehenberg. «È impensabile che ci tolgano dal fronte per insegnarci a mangiare in altro modo, come lei ha appena accennato.»

«Fosse solo questo...» Hansekamm ammiccò e fumò assorto la sua «orientale». «Von Renneberg dovrebbe essere già tornato da un pezzo. A quanto pare, dal Führer le cose non vanno tanto lisce come avevamo sperato.»

«È piuttosto difficile spiegare al Führer che i suoi ufficiali devono prendere le salsicce con le dita!»

Solbreit! Labitz gli lanciò un'occhiata di rimprovero. Solbreit scosse le spalle per scusarsi e si mise a fumare la sua pestifera papirosa. Ma Hansekamm era ben lontano dal lasciarsi indurre da tanta sfacciataggine ad abbandonare il suo riserbo. Rise ancora di cuore e poi guardò l'orologio.

«Signori, possono pregarvi di venire con me alla Scuola?»

«I dieci si alzarono come un sol uomo. La scuola! La parola li sconcertava. Che cosa dovevano imparare, che cosa gli avrebbero insegnato? Per la miseria... forse proprio a cavalcare? A un proprietario terriero del Baltico vorrebbero insegnare ad andare a cavallo? Per ordine del Führer? Dunque il mondo è completamente impazzito?

La scuola, una piccola aula non diversa da tante altre, era vicino alla sala da pranzo. Dieci sedie erano disposte su due file. Davanti c'era uno stretto tavolino con un'altra sedia.

I dieci guardarono la carta. Senza parlare, ebbero tutti lo stesso pensiero. Il Tenente Colonnello Hansekamm girò intorno ai dieci e si chinò sullo stretto tavolino.

«L'avete riconosciuta, signori! Mosca e dintorni. Prego, sedete liberamente. Su tutto ciò che ora udrete non ci sono appunti e non dovranno essere presi appunti. Contiamo sulla vostra intelligenza superiore alla media.»

«Grazie!» Solbreit, naturalmente. Mise la gamba sinistra

sulla destra. «Per il mio professore di matematica, ero un testone!»

Hansekamm fece una risata paterna. «È nella vita che si sviluppa l'individuo, non assistendo alle lezioni. La maggior parte dei geni sono stati cattivi scolari.»

«E dovremo essere dei geni per ordine del Führer?» chiese Kuehenberg.

«In senso traslato, signori.» Hansekamm li osservò in silenzio, poi si voltò. Andò alla carta gigantesca di «Mosca e dintorni». — «Chiedo la vostra comprensione», disse come un pasticcere cui si sia sgonfiata la torta di formaggio. «Ma prima del ritorno di von Renneberg io ho solo il compito di tenervi occupati. Forse andrà tutto in fumo e voi potrete tornare ai vostri reparti. Posso solo dirvi che siete stati prescelti per l'impresa più grossa e anche più rischiosa della guerra. Un'impresa la cui esecuzione a giudizio d'uomo è impossibile. Dieci ufficiali — voi, signori! — potrebbero decidere le sorti della guerra!»

«Non è un po' troppo patetico?» chiese il Maggiore von Labitz.

«Ammetto che lo sembri, se non si conoscono i fatti. Il vostro completo isolamento sta a dimostrare che il minimo accenno al vostro compito potrebbe metter in gioco tutto! In primo luogo, la vittoria finale. Quando il Colonnello von Renneberg tornerà dal quartier generale del Führer, e quando sarete stati messi al corrente di tutto, vi sarà chiaro che per la Germania siete più preziosi di tutte le armate.»

I dieci tacquero e osservarono la carta di Mosca e dintorni. Era un montaggio di riprese aeree fortemente ingrandite. Vi si distinguevano le case, i fienili, i ruscelletti, i ponticelli, le strade nei boschi, le luci, le grosse pozzanghere. Hansekamm si strofinò le mani, come il buon Dio quando gli riuscì di creare la rosa.

«Questa è la panoramica generale, signori. In seguito vedrete anche foto di particolari. Ancora più precise! C'è anche una bella fotografia: un campo di grano, e dentro due che fanno all'amore! Si vede benissimo! I nostri ricognitori hanno dovuto rischiare molto per offrirvi questo materiale!»

Le simpatie per Hansekamm aumentarono. Due che fanno

l'amore in un campo di grano, pensò il barone von Baldenow. Quando la fotografia verrà fuori, ne sentiremo delle belle da Solbreit. Ammesso che il Colonnello von Renneberg possegga anche lui quel tipo di humour.

Hansekamm tossicchiò, andò a sedersi dietro il tavolino e tirò fuori il portasigarette. «Per il momento sarebbe tutto», disse. «Mi vedete un po' impacciato, ma non posso fare niente se non ho luce verde dalla "Tana del lupo". Fatemi delle proposte, signori: come possiamo ingannare il tempo?»

«Potremmo andare al cinema di Eberswalde», azzardò Radek.

«Impossibile! Nessuno deve vedervi.»

«In borghese.»

«A Eberswalde dareste comunque nell'occhio, signori!» Hansekamm aspirò la sua «orientale». «Non giudicateci degli ipocondriaci, ma lo spionaggio avversario, e gli oscuri elementi che simpatizzano con il nemico, ci spingono ad usare la massima cautela. Rassegnatevi, signori, a non avere altro da...»

«Allora, nemmeno scrivere a casa?» chiese il piccolo Dallburg.

«Per l'amore di Dio, no! Escluso!»

«Io sono diventato padre da tre giorni», disse Labitz con calma.

«Lo sappiamo. Il Colonnello von Renneberg le parlerà a questo proposito.»

«Una telefonata a mia moglie... non dovrebbe attirare l'attenzione di una spia.»

«Proibito.» Hansekamm sapeva anche esser duro e deciso. Tale era in quel momento. «Chi non c'è, non può telefonare. *Voi* non ci siete. Voi siete stati richiamati dal fronte e da quel momento siete scomparsi. Vi basta questa come prima spiegazione, signori?»

Kuehenberg si alzò, si avvicinò lentamente alla enorme mappa di Mosca e vi si fermò davanti, come alcuni minuti prima il Tenente Colonnello Hansekamm.

«Non oso esprimere quello che penso!» disse calcando sulle parole, vieppiù rafforzate dal suo accento baltico.

Hansekamm annuì. «Se lo inghiottisca, Capitano Kuehenberg. Quello che pensa è assolutamente errato!»

«Sono stato otto anni fa a Mosca...»

«Lo sappiamo. Poco prima dei Giochi Olimpici di Berlino...» confermò Hansekamm di nuovo gioviale, bonario, pieno di benevolenza. Lasciava cadere le verità a goccia a goccia, e gli altri le bevevano avidamente come degli assetati in un deserto. «Signori, sappiamo tutto di ciascuno di voi, dalla nascita fino a oggi. Altrimenti non sareste qui.»

«E chi ha architettato tutta questa cosa che anche noi dovremo venire a sapere?» chiese Berno von Ranowski.

«Questo posso dirvelo.» Hansekamm era visibilmente felice di poter dare una sensazionale informazione che, a causa del loro isolamento, non avrebbe potuto nuocere ai dieci. «Lo Stato Maggiore del Comando Supremo in stretta collaborazione con la Sezione Informazioni.»

«Canaris!» disse forte Kuehenberg.

«Sì.»

«Oh, merda!» Adesso nessuno se la prese più con Solbreit. Parlava con tutta l'anima. «Allora dovremo ingoiare un bel rospo!»

2

Aspettare è la virtù più esercitata dai soldati. L'impazienza può distruggere le carriere. Le domande pressanti hanno l'effetto di importune sollecitazioni. Chi dice a un superiore in grado *«Bisogna* fare qualcosa!», può star sicuro che lo metteranno da parte.

Il Colonnello Renneberg lo sapeva. Nello Stato Maggiore Generale, ascoltare e annuire erano le premesse per conquistarsi la benevolenza dei superiori. Che egli adesso si trovasse da due giorni nel quartier generale del Führer, nella «Tana del lupo», e aspettasse in una baracca che gli fosse consentito di mettersi a rapporto, in condizioni normali sarebbe stato insignificante. Quello che c'era da dire, quello che interessava al Führer, lo dicevano Keitel e il Generale Jodl. Oppure Hitler convocava i comandanti dei singoli Gruppi di Armate, ascoltava le loro giustificate preoccupazioni, si chinava su gigantesche carte topografiche, osservava il tracciato del fronte, e posava una mano sulle carte. Il suo «Ordino che non sia più ceduto nemmeno un metro di terreno!» era diventato una frase stereotipata. Dopo, con Keitel, Jodl, gli aiutanti, il Generale delle SS Schaub, o a quattr'occhi con il suo più intimo confidente Bormann, si lamentava dei generali e della loro vigliaccheria mascherata con tante parole velate. «Devo fare tutto da solo!» disse una volta a Bormann. «Tutto! Ma la storia non lo capirà...»

Il Colonnello von Renneberg, portato dallo stesso Keitel nella «Tana del lupo», si preparò a un'attesa ancora più lunga quando il comandante in capo del fronte occidentale, Feldmaresciallo von Rundstedt, apparve al quartier generale del Führer il 5 giugno 1944. Fu introdotto subito, le porte della baracca del Führer, il «ventricolo della Germania», come Goebbels la chiamava in maniera patetica, rimasero chiuse per ore. Il

Generale Schmundt, aiutante di Hitler per quanto riguardava le forze armate, fu l'unico che dimostrò a Renneberg di non averlo dimenticato. Andò nella baracca degli ospiti e lo vide seduto alla finestra. Il Colonnello voleva alzarsi, ma egli glielo impedì con un cenno e andò a mettersi accanto a lui alla finestra.

«È come in un cinegiornale», disse Renneberg con una punta di sarcasmo. «Tante personalità messe insieme gente come noi non le vede mai.» Alzò gli occhi verso Schmundt e aspettò. Non era possibile che quella visita fosse dovuta solo al desiderio dell'aiutante di Hitler di guardare fuori dalla finestra. Ma Schmundt taceva. Con un sospiro, Renneberg si appoggiò allo schienale.

«Ancora niente, per la mia udienza?»

«È arrivato Rundstedt.»

«L'ho visto.»

«Sa perché?»

«Sapere è dir troppo. Lo suppongo. La situazione sul fronte occidentale...»

«È critica. Ieri sono arrivate notizie da Canaris. Il Führer è andato in bestia. Ma che vi sta succedendo a Berlino? Sembrate vedere la situazione in maniera diversa dal Führer.»

«Può forse dipendere dal fatto che noi non siamo sempre il grande condottiero.»

«Renneberg!» disse Schmundt con un tono di indulgente ammonimento. «Con lei, se non avessi la cera nelle orecchie...»

«Rundstedt è a rapporto. Busch, Model e Schörner non diranno niente di diverso al Führer... e io me ne sto qua a perder tempo con un progetto nella borsa che forse potrebbe dissipare tutte le preoccupazioni. Keitel lo conosce, e Jodl e naturalmente Canaris. Ma nessun altro ancora!»

«Lei.»

«Bene.» Renneberg chinò il capo. «Diciamo: una cerchia molto ristretta. Ho bisogno di una mezz'ora di colloquio col Führer.»

«Illuso!» Schmundt fece una risata di compassione. «Mezz'ora! Sa chi può avere un colloquio di mezz'ora? Forse Göring. O Himmler. Renneberg, che cosa si è messo in testa?

Quando sarà ricevuto — io spero che Keitel, il suo mentore, ci riesca — si farà piccolo piccolo, snocciolerà in stile telegrafico la sua richiesta, e poi parlerà il Führer. Quando uscirà di là, una sauna sarà per lei come un frigorifero.» Schmundt guardò di nuovo fuori dalla finestra. Himmler passeggiava fra gli alti pini circondato da tre generali delle SS. «Aria pesante oggi! Himmler si comportava come se avesse ingoiato la pietra filosofale. Non mi piace...»

Schmundt si allontanò dalla finestra, come se la vista delle uniformi nere con i distintivi delle SS e le teste di morto gli facessero venire il voltastomaco. Renneberg lo fissò sbalordito. Schmundt, pensò, che cosa è successo a Schmundt? È irriconoscibile. «Dimentichi», disse Schmundt con voce sorda. «Un'opinione personale espressa ad alta voce.»

Renneberg ricapitolò in fretta ciò che solo pochi sapevano. 11.2.1944: progetto di eliminare con una bomba Hitler e Himmler insieme. Non attuato perché Himmler non andò al previsto colloquio. — 9.3.1944: progetto di uccidere Hitler durante una riunione intorno al grande tavolo delle carte topografiche. Poiché l'ufficiale designato non era stato ammesso alla riunione, anche questo piano andò in fumo. — 15.5.1944: incontro segreto fra il Feldmaresciallo Rommel e il Generale von Stülpnagel, comandante di Parigi. Concordano di fare arrestare Hitler da un commando. Hitler dovrà poi presentarsi al giudizio di un tribunale tedesco. Prima, eliminazione delle SS. — In tutti questi attentati contro Hitler, che avrebbero dovuto essere portati a termine o nella «Tana del lupo» oppure durante le brevi visite di Hitler a Berlino, sarebbe stato sempre presente anche il Generale Schmundt. E adesso? Il Colonnello von Stauffenberg era pronto, alla prima occasione utile che si fosse presentata, a eliminare Hitler. Ciò significava, se si trattava di un attentato dinamitardo, che anche Schmundt avrebbe potuto essere ucciso. Alla maggior parte delle riunioni, Schmundt era con Hitler al tavolo delle carte topografiche.

«Posso rivolgerle una preghiera, generale?»

«Se è possibile esaudirla.»

«Si adoperi presso il Führer perché io possa presentargli il mio rapporto.»

«Lei sopravvaluta la mia influenza, Renneberg.»

«Preghi Bormann di intercedere.»

«Bormann vorrà sapere di che cosa si tratta. Io non lo so ancora.»

«Suppongo che il Führer metterà a parte del nostro piano anche Bormann.»

«E anche Himmler?»

«Non sarebbe nelle nostre intenzioni», disse Renneberg cauto.

«Allora Bormann è il miglior catenaccio per il segreto che lei tiene chiuso nella borsa.» Schmundt andò lentamente alla porta e pose la mano sulla maniglia. «Allora devo accennarne a Bormann?»

Renneberg si arrese. Non ci rimane altro da fare, pensò. Per il progetto che ho nella borsa e per quelli successivi è sempre meglio un Bormann di uno Himmler. Il potere di Bormann è il Führer stesso... Himmler invece comanda un esercito ben equipaggiato di uomini che hanno come emblema un teschio. Le parole di Bormann arrivano alle orecchie di Hitler. Ma la forza delle armi di Himmler arriva in tutta la Germania. Quando non ci dovesse più essere uno Hitler... che ne sarebbe di Bormann? Ma Himmler, spalleggiato dalle sue divisioni di teschi, può vivere benissimo senza Hitler...

Göring? Di quello non parliamo. Sta sempre con i piedi in due staffe. Né Bormann né Himmler ammirano il ciccione. E cosa sarebbe Göring se non fosse ammirato?

Goebbels? È una banderuola. Vive ancora solo grazie alle battute contro Himmler, Bormann e Göring.

L'unica della quale ci si possa fidare è la Wehrmacht. I Feldmarescialli Rommel e von Busch, i Generali Hoeppner, Stülpnagel, e l'Ammiraglio Canaris, il Feldmaresciallo von Witzleben con la cerchia dei suoi ufficiali e i molti simpatizzanti che nell'Ora X terranno saldo in pugno l'esercito.

Ma adesso non si tratta di questo. Si tratta di un piano la cui pazzia sarebbe difficilmente superabile. Un piano dal doppio effetto: fine della guerra e poco dopo conseguente fine delle follie del Nazionalsocialismo.

Renneberg lanciò un'occhiata al Generale Schmundt che era ancora fermo vicino alla porta.

«Sì,» disse, «se Bormann riesce a farmi ricevere dal Führer. Io spero ancora che il Feldmaresciallo Keitel mi ottenga una udienza...»

Il pomeriggio del 5 giugno 1944 — il Colonnello von Renneberg stava bevendo una tazza di tè al limone nella mensa ufficiali della «Tana del lupo» — un Maggiore andò al suo tavolo.

«Il Führer vuole parlarle», gli disse.

Il cervello di Renneberg cominciò a lavorare. Era possibile?! Schmundt aveva potuto sistemare le cose così presto con Bormann senza che questi sapesse di che cosa si trattava?

«Quando?»

«Subito.»

Renneberg balzò in piedi, si allacciò il cinturone, si mise il berretto e si assicurò al polso la borsa nera con una catenella di acciaio. Una vecchia precauzione, perfino nel quartier generale del Führer. Chi avesse voluto la borsa, avrebbe dovuto strappargli il braccio. O ucciderlo.

Il Colonnello von Renneberg entrò per la prima volta nel Bunker del capo. Lo chiamavano Bunker, anche se era solo una baracca piazzata nel settore più interno di massima sicurezza, circondata da alti pini, da betulle e da fronde pendenti da reti mimetiche. Dall'alto, la «Tana del lupo» era invisibile e sicura.

Sulla porta c'era Keitel in persona ad accogliere Renneberg. Keitel tirò il fiato. Il colloquio con von Rundstedt si era svolto alla solita maniera di Hitler. Al rapporto del Feldmaresciallo sulla situazione in occidente era seguito un monologo del Führer che era culminato nell'affermazione che una invasione degli alleati era pura follia. «Abbiamo cinquantanove divisioni in Francia!» aveva ruggito Hitler. «E questo le dà da pensare? Ma cosa vuole di più? Con cinquantanove divisioni, butto a mare chiunque osi mettere piede sulla costa! Quelli non hanno ancora dimenticato Dunkerque! Se verranno, sarà per loro una Dunkerque centuplicata. Questo mi aspetto da lei!»

«Ha a disposizione quindici minuti», disse Keitel a Renneberg.

Nell'ambiente degli ufficiali non tutti erano d'accordo su Keitel. Seguace del Nazionalsocialismo, era senza dubbio un carrierista a qualunque costo, devoto a Hitler, muro del pianto del Führer, sul quale questi scaricava tutti i suoi accessi di collera; calmo, taciturno, forse un bravo psichiatra, il quale sa che i pazzi si dominano meglio lasciando che si sfoghino. Keitel era la creatura di Hitler: così lo vedevano la maggior parte degli ufficiali. Ma d'altra parte Keitel era anche abbastanza aperto da approvare piani come quello che Renneberg aveva nella borsa, e da appoggiarli. Non solo perché il piano veniva dai suoi uffici — dal Comando Supremo delle Forze Armate —, ma anche perché riconosceva che in casi disperati bisognava cogliere qualsiasi occasione.

«Che aria tira?» chiese von Renneberg. Suonava strana quella familiarità fra un Colonnello e un Feldmaresciallo. Il viso rotondo con i baffi grigi di Keitel si torse in una lieve smorfia. Quando Keitel era ancora Colonnello, il giovane Renneberg, Sottotenente di prima nomina, aveva lavorato ai suoi ordini. Con il passare degli anni Keitel aveva sentito per lui una benevolenza paterna, tanto più che non era mai stato deluso.

«Pessima, Renneberg. Il colloquio con il Feldmaresciallo Rundstedt ha piuttosto irritato il Führer.»

«Ha illustrato il piano al Führer?»

«Questo è affar suo! Io gli ho esposto solo il concetto fondamentale.»

«E la prima reazione?»

«Una follia!» Keitel fece un breve cenno. «Un consiglio, Renneberg: quando il Führer comincia a parlare, non lo interrompa.»

«È naturale.» Renneberg chiuse per un momento gli occhi. I temuti monologhi di Hitler. Oggi se ne sarebbe sorbito uno, per la prima e ultima volta...

Keitel lo precedette. Poi Renneberg trovò tutto come se lo era immaginato e come era nelle foto: al centro, la lunga tavola delle mappe, pareti tinteggiate, qualche sedia... Niente di più spartano.

Hitler, seduto al tavolo, sembrava più basso di quanto Renneberg se lo fosse immaginato. Soprattutto lo stupì che Hitler fosse seduto. Aveva vicino una tazza di tisana. Hitler portava gli occhiali, cosa che sbalordì Renneberg, ma se li tolse subito quando il Colonnello sbatté i tacchi e si presentò: «Colonnello Renneberg, Stato Maggiore del Comando Supremo, Berlino, a rapporto dal Führer...»

Jodl era appoggiato al tavolino del telefono, Keitel era alle spalle di Renneberg, una ordinanza era ferma sullo sfondo come uno spettro esangue. Non c'erano né Schmundt né Zeitzler, capo dello stato maggiore generale dell'esercito, né altri generali né SS né Himmler né Bormann... Era stato dunque Keitel ad ottenere l'udienza.

Per un lungo secondo, Hitler e Renneberg si guardarono. Da che parte comincio? pensò Renneberg. Devo appellarmi a Keitel? O sarà Keitel a dire la prima parola? Il viso di Hitler è diventato spaventosamente vecchio. Pieno di rughe. Il naso è più largo che nei ritratti. Deve essere molto stanco. Gli occhi tanto temuti, e dai suoi seguaci ammirati e osannati, lo sguardo «che colpisce ogni cuore tedesco e ne fa sprigionare una fiamma luminosa...», come Goebbels aveva declamato una volta... quegli occhi erano torbidi, quasi spenti.

Rundstedt lo ha messo a terra, pensò Renneberg, non senza una gioia maligna. Caro Führer, il 1944 sarà il tuo ultimo anno. Per caso lo intuisci, dentro di te? Ogni animale, anche il più selvaggio, sente queste cose per istinto...

«Il Feldmaresciallo» — Hitler guardò Keitel, che si era messo al fianco di Renneberg — «mi ha informato su ciò che lei ha portato. Faccia rapporto!»

La voce di Hitler. Alla radio sembra più profonda, pensò Renneberg. Ma la R arrotata, le finali tronche e martellate ci sono. Una voce come un morso. Ti inchioda, ti trafigge.

Renneberg sganciò la borsa dalla catenella. Poi la depose davanti a Hitler sul tavolo. Ma allora può essere molto semplice, gli balenò in mente. Se io adesso invece di un documento tirassi fuori una bomba, il mondo cambierebbe. Ma io ho solo una smilza cartellina... Speriamo che a Stauffenberg capiti almeno una volta una fortuna così sfacciata e che possa mettere la sua borsa davanti a Hitler...

Hitler si alzò. L'ordinanza, sollecitata dallo sguardo imperioso di Keitel, lasciò la stanza. Adesso erano proprio soli: Hitler, Keitel, Jodl e von Renneberg.

Hitler aspettò che Renneberg tirasse fuori la cartellina e la tirò a sé. Conteneva due soli fogli: un elenco di nomi e uno di località. Hitler osservò stupito i due fogli e poi diede un'occhiata a Renneberg. Negli occhi stanchi si accese un lampo improvviso.

«È impazzito?» chiese brusco Hitler.

«Führer.» Renneberg non sapeva se mettersi sull'attenti o assumere un atteggiamento disinvolto. Decise di rimanere in piedi in posizione comoda. «Il Feldmaresciallo Keitel le ha spiegato tutto nelle grandi linee. A causa della eccezionale segretezza, non esistono appunti scritti sulla "Operazione *Oche selvatiche*"».

«Il nome *Oche selvatiche* mi piace», lo interruppe Hitler. «Perché *Oche selvatiche*?»

«Molte partono per il nord, Führer, ma non tutte tornano...»

«Ehm!»

Renneberg inspirò dal naso. Tieni duro, si ordinò. Lo sguardo di Hitler può innervosirti.

«Avanti!»

«Debbo chiarire, Führer, che la situazione esige dal punto di vista militare una iniziativa che è al di fuori di qualsiasi norma.»

Gli occhi di Hitler si restrinsero. Jodl fissò allibito Renneberg e poi si voltò verso Keitel. Che succede? diceva il suo sguardo. Un piccolo Colonnello osa dire al Führer che la situazione generale è disperata? È forse matto! Ma chi ha protetto lei?

Renneberg proseguì con coraggio: «Il progetto *Oche selvatiche* mira a trasformare in un colpo non solo la situazione al fronte, ma l'intero quadro mondiale. Lo choc provocato dal successo dell'impresa porterà a una paralisi della Russia, alla quale si aggiungeranno come conseguenza immediata fenomeni di disfacimento. Ma con la caduta del fronte orientale anche gli alleati non potrebbero più contare sul fronte sudorientale e sulle possibilità di una invasione. La nostra sola vittoria morale demoralizzerà gli avversari. Führer, i nostri piani sono già così avanzati che i dieci ufficiali — dei quali lei ha in mano l'elenco — sono già pronti e possono essere impiegati in brevissimo tempo nella Operazione *Oche selvatiche*. L'altro elenco, Führer, indica le località.»

Hitler buttò il raccoglitore sul tavolo. Keitel mise sotto gli occhi di Hitler una mappa di Mosca e dintorni già preparata dal servizio cartografico. Hitler vi si chinò sopra. La posa tipica che si vede nelle foto, pensò Renneberg. Le mani puntate sul tavolo, il capo proteso in avanti, chino, con le spalle un po' rialzate. Il «Mascote»: il Massimo Condottiero di tutti i Tempi...

Hitler fissò Mosca e passò la mano destra sulla carta. «La sua proposta è una follia, Colonnello!» dise con voce chioccia.

«Certo, Führer. Ma è attuabile.»

«Non riuscirà mai!»

«Si può provare.»

«Se il piano riuscisse...»

«...avremmo vinto la guerra!» disse von Renneberg.

«E se fallisse?»

«Nessun condottiero va in battaglia pensando che potrebbe perderla.»

Santo cielo, disse lo sguardo di Jodl a Keitel. Adesso arriva la grande esplosione, seconda parte. Quando Rundstedt se ne era andato, Hitler si era messo a sbraitare e si era calmato solo dopo aver bevuto la tisana. Ma ora, fatto sorprendente, Hitler taceva. Osservava Renneberg come un raro pezzo da museo.

«Chi c'è dietro?» chiese Hitler all'improvviso. «Naturalmente Canaris.»

«Il progetto è il risultato della collaborazione di vari esperti, Führer. Con il suo permesso, la *Oche selvatiche* potrebbe prendere il via.»

«È un piano pazzesco!» disse Hitler con durezza.

Spinse da parte la mappa di Mosca. Poi si raddrizzò e mise una mano nella tasca della giacca. Il grande monologo cominciò. Senza ribattere, Keitel, Jodl e Renneberg lo ascoltarono. Tuttavia alla fine della tirata, fra lo stupore di tutti, Hitler disse: «Bene! Do il mio assenso. Ma ordino che l'Operazione *Oche selvatiche* sia dichiarata cosa della massima segretezza. Abbia successo o fallisca, noi tutti non ne sappiamo niente! Colonnello, lei garantisce che non esistono appunti?»

«Non ve ne sono, Führer. I fascicoli personali dei dieci ufficiali prescelti sono al Comando Supremo e al momento dell'operazione saranno distrutti. Questi dieci uomini non esisteranno più. In caso di insuccesso, saranno dichiarati dispersi.»

«E in caso di successo?»

Il Colonnello von Renneberg rischiò grosso. «L'entità della ricompensa non spetta a me deciderla, Führer» disse. «Qualora questi dieci ufficiali cambiassero il quadro politico del mondo...»

«Pazzo!» lo zittì Hitler. «Completamente pazzo! Il suo comando operativo, Colonnello, ha tutti i poteri. *In caso* di successo» — Hitler guardò Renneberg con la testa inclinata. Quell'occhiata scrutatrice sembrò non avere mai fine. Il cuoio capelluto di Renneberg cominciò a prudere. «*In caso*?... Anche allora questi dieci uomini devono rimanere anonimi! Ma a lei non mancherà di sicuro la gratitudine della patria e della storia del mondo.»

Eccolo qua, pensò Renneberg. Il propagandista Hitler. L'uomo dalle frasi roboanti che il popolo beve come miele e latte. Il demone della parola, dal quale è impossibile fuggire. Solo chi ha avuto a che fare con Hitler può giudicare. Agli storici futuri, alle generazioni future sarà difficile capire lui e noi. È un personaggio unico sulla scena del mondo: unico in tutti i sensi, unico da qualunque parte lo si guardi, dagli aspetti più terribili ai più stupefacenti.

Renneberg espirò a fondo. Hitler se ne accorse, ma il suo viso rimase come una maschera. «Quando sarò uscito di qui, Führer, possiamo considerarci liberi di agire?»

«Sì.»

«Grazie, Führer.»

Sbattimento di tacchi, saluto, un ultimo sguardo agli occhi un po' socchiusi. Hitler fece un cenno. Jodl non si mosse. Keitel era già alla porta. Renneberg fece dietrofront e uscì dalla baracca. Sentì il rumore di una sedia che raspava il pavimento.

Hitler si rimise a sedere e giocherellò con gli occhiali. Quando la porta si chiuse, alzò la testa. «Che ne pensa, Jodl?»

«È meglio dimenticare, e lasciare che ci facciano una sorpresa.»

«Benissimo, Jodl!» Si mise gli occhiali. «Quel Rundstedt! Il mio Vallo Atlantico è imprendibile!»

Davanti alla baracca del Führer, Keitel si congedò in maniera piuttosto rigida dal Colonnello von Renneberg. Non tutto era andato come lui si era immaginato. Il Führer aveva dato luce verde — era un successo — ma non si sapeva come si sarebbe comportato Hitler nelle prossime ore. Keitel si aspettava dei rimproveri: Come ha potuto portarmi un uomo simile? Keitel, ma non vede che sono tutte fantasticherie? L'ho sempre detto: tutto quello che viene dai Servizi Segreti, da quel Canaris, è pazzesco! Lei mi aveva descritto l'operazione *Oche selvatiche* in tutt'altro modo. Mi ha fatto perdere tempo!

Hitler non era molto misurato nei rapporti con i suoi generali. Amava tutto ciò che era militare, perché la vita militare era stata un tempo il suo unico rifugio: l'unico periodo dei suoi anni giovanili in cui non avesse sofferto la fame e in cui il suo lavoro fosse stato riconosciuto. Ma diffidava sempre dei generali.

«Sono deluso, Renneberg», disse Keitel fuori, sotto i grandi pini. «La sua esposizione è stata fiacca. Avrebbe dovuto suscitare l'entusiasmo del Führer per la *Oche selvatiche*.»

«Ho il permesso... non volevo altro, Signor Feldmaresciallo.» Si mise sull'attenti. «Posso ringraziarla?»

«Lasci perdere!» disse Keitel con un cenno. Cosa pensava Renneberg delle faticose giornate accanto al Führer? «E adesso, come procederà?»

«Tutta l'operazione sarà dimenticata, come ha detto il Führer. Ci ha dato pieni poteri. Possiamo fare quello che riteniamo necessario. Nessuno ha più niente a che fare con noi. Ci muoveremo non appena possibile.» Renneberg diede un'occhiata furtiva al suo orologio. «Quando potrò avere per iscritto l'assegno in bianco del Führer, Signor Feldmaresciallo?»

«Passi a prenderlo da me fra un'ora.» Keitel guardò verso lo sbarramento del settore interno. Un'auto grigia svoltò sulla strada di accesso dopo aver superato la barriera. Sul sedile posteriore c'era un uomo dalla testa rotonda che sfogliava delle carte.

Bormann.

Renneberg indicò l'auto. Keitel seguì il suo sguardo. «Ne sarà messo al corrente?»

«Se non lo fa il Führer... Io no di sicuro.»

«E Himmler?»

«No, nella maniera più assoluta!» Keitel diede la mano a Renneberg. «Credo che il Führer non ne parlerà con nessuno. Non ha preso sul serio il suo piano. Buona fortuna, Renneberg.»

«Grazie infinite, Signor Feldmaresciallo.»

Keitel indugiò, come se volesse dire ancora qualcosa, ma poi si voltò e tornò alla baracca. Bormann scese dall'auto proprio in quel momento. Vide Keitel e gli andò incontro stringendo le carte sotto il braccio. Il Colonnello von Renneberg si girò, e, dopo essersi sottoposto ad altri controlli, lasciò la parte interna sorvegliatissima della «Tana del lupo».

Nella baracca degli ospiti lo aspettava un vecchio amico del tempo della scuola di guerra, che adesso, col grado di Tenente Colonnello e con la qualifica di Capo del reparto informazioni nel quartier generale del Führer, se la prendeva comoda ed era diventato piuttosto rotondetto.

«Ho saputo che eri qui!» esclamò abbracciandolo. «Qui niente rimane segreto, amico! Per un intenditore, la "Tana del lupo" è come una camicia di pizzo: trasparente da tutte le parti! Sei stato dal Führer?»

«Sì», rispose Renneberg laconico. «Rapporto sulle riserve — sulle forze — Previsioni.»

«Scadenti?»

«Tutti molto, molto giovani... o troppo vecchi. Quelli che stanno in mezzo sono da un pezzo in uniforme. E tu?»

«Io qui ho un compito assai ingrato. Devo mettere insieme per il Führer tutti i rapporti che riceviamo dal fronte. In Francia, in questo momento, pare che siamo nella merda.»

«Oh», disse Renneberg con tono ipocrita. «Come mai?»

«Qua.» Il Tenente Colonnello tirò fuori dalla tasca un pezzo di carta. «È appena stato trasmesso. Il Führer è servito. Leggi!»

> Rapporto del Comando Supremo Ovest sulla situazione nei territori occidentali occupati dal 5.6.1944: Forte aumento dell'attività del movimento di resistenza nel sud della Francia, soprattutto nella zona a sud di Clermont-Ferrand e intorno a Limoges. Apparente unità operativa dei gruppi di resistenza in lotta contro la Germania con accantonamento dei contrasti politici interni. Notizie di massicci arruolamenti nella Armée secrète, conseguiti in parte mediante minacce e violenze, in parte con la propaganda contro l'impiego di mano d'opera in Germania. Concentramento di forze presso Tulle (70 km da Limoges) e nelle montagne del Massiccio Centrale presso St. Flour (80 km a sud di Clermont-Ferrand). Forte attività terroristica nel dipartimento di Corrèze. Continui attacchi ai convogli ferroviari, villaggi, uffici dell'amministrazione francese insicuri, saccheggi di magazzini del Servizio del Lavoro francese, furti di autoveicoli e di carburanti. Liberazione di prigionieri da un normale convoglio ferroviario dopo uno scontro a fuoco. In un paesino presso Limoges prelevati dalle loro case in pieno giorno sei francesi fra cui un notaio e due appartenenti alla polizia e fucilati sulla piazza del mercato. Nei dintorni di Clermont-Ferrand pare si siano visti per la prima volta membri dell'Armée secrète in uniforme cachi con coccarde bianche rosse e blu. In preparazione forti contrattacchi con sufficienti forze e con l'appoggio dell'aviazione...

Il Colonnello Renneberg restituì il foglio al suo vecchio compagno. Il Tenente Colonnello lo appallottolò e se lo ficcò in tasca.

«Allora, specialista della difesa!» disse. «Cosa ne concludi?»

«L'invasione è imminente. Quando gli avversari si mostrano apertamente con l'uniforme dell'Armée secrète, ciò significa: Non abbiamo più niente da nascondere. Domani o dopodomani saremo i padroni della Francia...» Renneberg scosse il capo. «Lo sappiamo già da un pezzo. Ma lui...» indicò con il pollice la zona più interna, «lui non ci crede! Neanche adesso, malgrado la visita di Rundstedt.»

«Una autentica tragedia, no?»

«A seconda di come si prende.» Renneberg accompagnò l'amico alla porta. «Cosa farai dopo la guerra?»

«Dopo la...?» Il Tenente Colonnello guardò irritato Renneberg. «Spero di diventare Generale. E tu no?»

«Potremo considerarci soddisfatti se diventeremo rappresentanti generali: di margarina o carta igienica, di shampoo o di una assicuratrice contro gli incendi. Stammi bene, amico!»

Alla sera, il Colonnello Renneberg tornò con un aereo di servizio a Berlino. Nella borsa assicurata con la catenella aveva la procura di Hitler. Appena atterrato salì su una Adler in attesa e partì per Eberswalde. Arrivò con il chiaro di luna. La pace campestre, il profumo del fieno appena tagliato, che quell'anno era maturato presto dopo una primavera piovosa, l'odore delle prime rose nei giardini, l'apparente inviolabilità di un mondo protetto... tutto ciò ridestò in lui sentimenti romantici da lungo tempo dimenticati.

Fece fermare la Adler e, con grande meraviglia dell'autista, un sottufficiale con il distintivo d'argento per ferita in guerra, si allontanò di alcuni metri dalla strada addentrandosi nei campi e respirò a pieni polmoni l'aria della notte impregnata di tanti aromi.

Come è bella la Germania, pensò con amarezza. E che aspetto avrà questo posto fra qualche mese?...

Quando risalì in auto, ogni sentimentalismo era scomparso. Dopo un quarto d'ora videro apparire la Scuola Equitazione Ufficiali di Eberswalde. Sotto il chiaro di luna, gli edifici apparivano addormentati. Solo nell'ala E c'era la luce: esattamente in quattordici finestre. La telefonata di Renneberg da Berlino aveva fatto scattare il Tenente Colonnello Hansekamm. I dieci ufficiali erano stati buttati giù dal letto e attendevano nell'aula in perfetta uniforme. Hansekamm andò incontro a Renneberg nel corridoio da basso.

«Tutto a posto?» chiese, laconico.

Renneberg annuì. «Tutto a posto. Il Führer ha detto di sì.» Indicò col pollice il piano superiore. «Sanno già qualcosa?»

«Niente. Ma navigano nelle supposizioni.»

«Si sono avvicinati alla verità?»

«Nessuno. Chi potrebbe pensare *a una cosa del genere*?»

«Adesso possiamo dirglielo.» Renneberg salì le scale. Nell'aula con la gigantesca mappa di Mosca i dieci erano in piedi e fissavano la porta.

«Adesso ognuno di noi riceve un bel bacino da Canaris», disse Solbreit il linguacciuto.

«Come la femmina del ragno si pappa il maschio dopo l'accoppiamento», completò Kuehenberg.

«L'accoppiamento!» Semper roteò gli occhi.

La porta si spalancò. Il Colonnello von Renneberg entrò nella stanza con passo risoluto. Ohè, come è sveglio alle tre di mattina, pensò von Ranovski. È dunque lui il capo. Il caro camerata che ci ha messo nei guai...

«Renneberg», si presentò il Colonnello dopo essersi piazzato dietro il tavolino. Sotto la forte luce che pioveva dal soffitto, i presenti ebbero un'impressione sinistra: Renneberg e la mappa di Mosca e dintorni che aveva alle spalle parvero formare una sola cosa. Era come se Renneberg fosse sbucato fuori dalla mappa. «Signori, vi saluto e mi rallegro di vedervi in forma così perfetta. Desidero sgomberare la vostra mente da qualsiasi ipotesi e dirvi in poche parole perché siete stati invitati qui.»

Mi piace l'invitati, pensò von Labitz. Ci hanno spediti a razzo a Eberswalde.

«Ho appena lasciato il Führer», disse Renneberg calcando sulle parole e tuttavia con tono impersonale. Non c'era niente di drammatico nella sua voce energica. «Ho portato l'autorizzazione alla nostra impresa: fra poco voi, signori, ucciderete Stalin.»

Il 6 giugno 1944, alle due del mattino, fra Montebourg e Caretan, fra Caen e Cabourg, scesero dal cielo al di là del Vallo Atlantico tedesco, ritenuto imprendibile, molte migliaia di paracadute. La notte era piena del rombo dei caccia Spitfire e dei bombardieri, dei pesanti aerei da trasporto e dei veloci aerei di scorta. Per contro, in silenzio, sostenuti dalle grandi ali spiegate, centinaia di alianti volteggiarono sulla Normandia e atterrarono nei campi a ovest del fiume Vire e a est del fiume Orne: carichi di materiali, di cannoni leggeri, di lanciabombe, di granate, di munizioni, di rifornimenti, di materiale sanitario, di tendoni e di parti di ricambio.

L'82a e la 101a Divisioni aviotrasportate USA e la 6a Divisione aviotrasportata britannica con la 3a e la 5a Brigata Paracadutisti toccarono terra. I presidi tedeschi, sorpresi nel sonno, in parte ridotti alla forza di mezza compagnia come a Ranville o nel territorio paludoso presso Chef-du-Pont, riuscirono a malapena a dispiegarsi e cercarono di colpire qualcuno delle migliaia di paracadute che scendevano. I soldati alleati già atterrati presero posizione, crearono dei capisaldi, si trincerarono, oppure attaccarono i tedeschi alle spalle.

La popolazione francese li aiutò in tutti i sensi. Portò il vino, curò nelle case dei contadini gli americani e gli inglesi che si erano feriti atterrando, indicò le posizioni tedesche, spiegò come si poteva arrivare inosservati ai bunker del nemico.

Alle 3,14 ci fu l'ondata successiva. Più di duemila aerei al comando del Maresciallo dell'aria Leigh Mallory bombardarono a tappeto le spiagge dell'Atlantico sulle quali sarebbe sbarcata la prima ondata di truppe. Fu una pioggia ininterrotta di bombe di grosso e grossissimo calibro sui Bunker del Vallo Atlantico, sulle fasce costiere, sulle immediate retrovie delle posizioni tedesche.

Immediatamente dopo, alle 5,50, spuntarono sul mare nella foschia mattutina seicento navi da guerra di ogni tipo, dalla nave da battaglia al cacciatorpediniere, e ararono ancora una volta con le loro potenti bordate la costa fra Quinneville e Nerville. La flotta agli ordini dell'Ammiraglio Ramsay sgretolò i tedeschi.

Alle 6,30 il mare si animò, come se un gigantesco sciame di enormi pesci di acciaio grigio si muovessero verso la costa: i primi mezzi da sbarco alleati — le prime chiatte speciali, con l'estremità prodiera ribaltabile e utilizzabile come passerella, all'incirca duemila su un totale di seimilacinquecento — toccarono terra e vomitarono soldati americani, inglesi e canadesi, lanciamine, lanciafiamme, artiglieria leggera, scale da genieri e scale di corda... E gli stormi di bombardieri continuavano a martellare il territorio e devastavano le vie di rifornimento tedesche, e gli alianti da trasporto atterravano, e le truppe aviotrasportate si lanciavano con i paracadute. A ondate successive. I carri armati anfibi — una novità — che venivano trasportati dai mezzi da sbarco pesanti in vicinanza della costa, raggiungevano la terra navigando sull'acqua ed entravano in azione come mostri preistorici scaturiti dal mare attaccando le postazioni fortificate. I tedeschi guardavano esterrefatti quella cosa incomprensibile: carri armati che spuntavano dalla Manica! Ciò che solo la più audace fantasia avrebbe potuto immaginare, qui, fra Cherbourg e Caen, si era trasformato in realtà: i carri armati americani e inglesi attaccavano il Vallo Atlantico venendo dal mare!

Tutti i telefoni del Comandante in capo del Fronte Occidentale, Feldmaresciallo von Rundstedt, suonavano all'impazzata. Nel corso della notte, fra il primo e il secondo lancio di truppe aviotrasportate, il Feldmaresciallo Rommel saltò sulla sua famosa bagnarola e si precipitò a nord, al fronte. Non era di quei capi che combattono le battaglie a tavolino, lui stava con i suoi uomini. E si diceva: lassù mi troverò di fronte al mio antico avversario in Africa, e la nostra stima reciproca è grande, Maresciallo Montgomery, detto anche Monty.

Alle 5,20, poco dopo l'arrivo delle seicento navi da guerra, che subito si erano schierate per aprire il fuoco, nella «Tana del lupo» si provvide a svegliare Hitler e a comunicargli il lancio delle unità aviotrasportate e il massiccio bombardamento.

«È una diversione!» gridò Hitler. «Annientateli tutti! Nessun paracadutista nemico deve sopravvivere! Ordino...»

Alle 6,30, quando le prime unità si furono riversate sulla costa ed ebbero raggiunto i capisaldi di Utah e Omaha, le forze americane, e di Gold, Juno e Sword, quelle inglesi, — con gravi perdite, perché dopo il primo momento di sorpresa i tedeschi tentarono di respingerle, spesso senza l'ordine dei comandi di divisione — tanto da Rundstedt quanto al quartier generale del Führer si seppe che il giorno D, il D-Day, la più grande avventura nella storia della guerra, era iniziato: l'invasione.

Alle 6,30, mentre le truppe sbarcate con la prima ondata erano saldamente attestate davanti ai bunker del Vallo Atlantico, il Generale Eisenhower, Comandante in capo delle truppe d'invasione, emanò il suo famoso bollettino:

> Soldati, marinai, e aviatori delle forze alleate di sbarco!
>
> Inizia ora per voi la grande campagna per la quale ci

prepariamo da molti mesi. Gli occhi del mondo vi guardano: le speranze e le preghiere di coloro che in tutto il mondo amano la libertà vi accompagnano. Insieme con i nostri valorosi alleati e fratelli d'armi su tutti i fronti, farete a pezzi la macchina di guerra tedesca, libererete i popoli oppressi d'Europa dalla tirannia nazista e conquisterete la sicurezza per noi tutti in un mondo libero.
Il vostro compito non sarà facile. Il vostro nemico è bene addestrato, bene armato da esperto nella guerra. Combatterà con fanatismo. Ma siamo nell'anno 1944! Molte cose sono successe dal tempo delle vittorie riportate dai nazisti fra il 1940 e il 1941. Le Nazioni Alleate hanno inflitto ai tedeschi duri colpi, anche in campo aperto. La nostra offensiva aerea ha notevolmente indebolito la loro potenza nei cieli e le loro forze a terra. Il nostro fronte interno ci ha procurato una schiacciante superiorità in armi e materiali bellici, inoltre mette a nostra disposizione grandi riserve di combattenti addestrati. La corrente è cambiata! I soldati del mondo libero marciano insieme verso la vittoria.
Ho fiducia nel vostro coraggio, nel vostro senso del dovere e nella vostra abilità di soldati. Ora possiamo pensare a una vittoria completa.
La fortuna vi assista e imploriamo la benedizione di Dio Onnipotente per questa grande e nobile impresa.

Dwight D. Eisenhower

Hitler, al quale fu letto il bollettino di Eisenhower — per questo compito fu scelto un infelice aiutante — rimase impietrito. Nella baracca delle comunicazioni si era scatenato l'inferno. Le notizie dalla Francia si accavallavano. Una visione d'insieme della situazione in Normandia non era ancora chiara. Solo una cosa era certa: gli americani e gli inglesi erano riusciti con un grande attacco di sorpresa a scaricare sulla terraferma migliaia di soldati e centinaia di cannoni, lanciamine e carri armati leggeri. Quanto alle truppe aviotrasportate, che si erano attestate nelle retrovie e che ora da tutte le parti si spingevano verso la costa per imbottigliare i reggimenti tedeschi, la loro consistenza era imprecisabile. I primi prigionieri accennarono a cifre che Hitler, Keitel e Jodl giudicarono pazzesche.

«Annientateli!» gridava Hitler quella mattina. Sull'enorme tavolo, le carte della Russia erano state sostituite da quelle della Normandia. «Dite a Rommel che mi aspetto da lui una vittoria totale sulle forze d'invasione!»

Che cosa pensava Hitler in realtà in quelle ore? Supponeva, malgrado i suoi reiterati ordini di vincere, che la grande offensiva degli alleati in Francia avrebbe travolto il fronte occidentale?

Se anche quell'impresa eccezionale fosse fallita, Eisenhower aveva comunque ottenuto una cosa: il mito che Hitler e l'esercito tedesco fossero inattaccabili sulla costa francese era distrutto. Questo, Hitler lo sapeva, e gli toccava ingoiarlo con rabbia impotente.

Gli alleati erano sbarcati a ventaglio in cinque punti: il VII Corpo d'Armata USA del Generale Collins, il V Corpo USA del Generale Gerow, il XXX Corpo d'Armata britannico del Generale Bucknall e il I Corpo britannico del Generale Crocker.

Questa era stata la prima ondata.

In Inghilterra, la seconda ondata saliva sui mezzi da sbarco: a Fowey e Weymouth, a Dartmouth e Shoreham. Nei porti più lontani, a Swansea e Cardiff, a Bristol e Felixstowe, si imbarcavano le truppe di rincalzo. Sette Divisioni, cinque Corpi d'Armata: la costa meridionale dell'Inghilterra brulicava di uomini.

La sera del 5 giugno 1944, Rommel disse al suo capo di stato maggiore: «Eccoci il conto per tutto ciò che Hitler ha ignorato. E questo conto dovremo pagarlo noi! Lei e io e noi tutti diventeremo ai suoi occhi i colpevoli.»

Il Colonnello von Renneberg si presentò a colazione come se quel 6 giugno 1944 il mondo non fosse affatto cambiato. Fece cenno agli uomini di rimanere seduti, prese posto a capotavola e guardò con interesse il caffè che l'ordinanza gli versava nella tazza. Non era surrogato, ma caffè del migliore. Insieme c'era la panna, proveniente dalla vicina fattoria. Panini freschi e croccanti fatti nel forno della Scuola di Equitazione. Buon burro. Biondo miele centrifugato del Brandeburgo. Salame affettato, autentico prosciutto ungherese di campagna affumicato con legno di ginepro.

In quella stanza di Eberswalde sembrava che la guerra non esistesse più. Almeno per quanto riguardava il vitto. Il Colonnello von Renneberg tagliò un panino e lo spalmò di burro. Mentre vi metteva sopra una fetta di prosciutto affumicato, alzò gli occhi e guardò i commensali. Undici paia di occhi lo fissavano. Il Tenente Colonnello Hansekamm aveva intrecciato le mani sul piano del tavolo, come se avesse appena finito la preghiera del mattino. Nessuno mangiava più.

«Vedo, signori,» disse von Renneberg calmo, «che siete già aggiornati sugli avvenimenti.» Rise un po' beffardo. «Mi accorgo che non sono solo io ad ascoltare regolarmente Radio Londra. Ma posso fornirvi informazioni più precise che ho appena ricevuto da Berlino. Prego, non mandate sprecata la colazione». Addentò il suo panino al prosciutto e lo mangiò con gusto. «Che cosa vi stupisce tanto? L'invasione non è certo una sorpresa per noi. Sapevamo da settimane dove sarebbe avvenuta, quali reparti si stavano ammassando in Inghilterra, quando si sarebbe avuto il primo attacco... e che l'attività nemica nel settore Dover-Calais era solo una manovra diversiva, cosa nella quale il Führer è cascato subito! Quello che noi comunicavamo al quartier generale del Führer veniva liquidato come fantasticheria. L'Ammiraglio Canaris era oltraggiato come emerito menagramo: la triste verità lo riabilita in maniera tragica. Ora non serve a niente, signori, agitarsi per questo. Per noi, comunque, il D-Day avrà grandi conseguenze.» Tirò fuori dalla tasca un foglio di carta. Durante la colazione lo allisciò e se lo mise accanto al piatto. «L'ordine del giorno di Eisenhower. Lo avete sentito?»

«Molto risoluto!» disse Labitz.

«Può permetterselo.» Renneberg batté con l'indice sul foglio. «In alcuni punti Eisenhower sbaglia. Fa parte della sua formazione, signori, essere informato sulla situazione reale — e non sulla situazione come viene comunicata giornalmente dal Comando Supremo della Wehrmacht. Vedete dunque la necessità della vostra missione.»

«A questo proposito vorrei dire qualcosa, Signor Colonnello» lo interruppe il barone von Baldenow. «Lei torna dalla visita al Führer, ci riunisce nel cuore della notte, si mette davanti a una mappa di Mosca e dice senza preamboli: voi ucciderete Stalin!»

«Più tardi, mio caro Baldenow. Più tardi.» Renneberg mangiò l'altra metà del panino. «Ora non siamo in Russia, ci troviamo davanti all'invasione. Cominciamo subito con l'analisi dell'ordine del giorno di Eisenhower. E vi prego, continuate a far colazione, signori». Renneberg diede un'altra occhiata al testo dell'ordine del giorno. «Qui dice: "Il vostro nemico è bene addestrato..." Primo errore. Nel territorio invaso si trova solo la nostra 7a Armata con a capo il Generale Dollmann. Al suo comando ci sono undici divisioni di fanteria. Presso St. Nazaire è schierata una divisione. Due divisioni di paracadutisti sono molto lontane, a sud di Brest. Nell'invasione sono rimaste incastrate cinque divisioni; la 21a Divisione Corazzata, che appartiene alla 15a Armata, avanza verso Caen. Ciò sarebbe tranquillizzante, se una parte delle nostre divisioni in Francia non fossero le cosiddette divisioni costiere e di addestramento, cioè reparti con combattenti modesti, troppo vecchi o troppo giovani.»

Alzò gli occhi verso il piccolo Dallburg. Solbreit, che era seduto vicino a lui gli diede una gomitata. «Questa è buona», disse a mezza voce. «Noi conosciamo solo le schifezze della Russia...»

Renneberg tolse Dallburg da un visibile impaccio. Disse: «Dal tempo della capitolazione della Francia, quel fronte non è stato quasi più considerato come zona di guerra. Ci sono interi battaglioni formati esclusivamente da territoriali. Ma andiamo avanti: Eisenhower prosegue: ..."bene armato". Altro errore di valutazione. L'unica cosa buona è il calcestruzzo del Vallo Atlantico. Le divisioni tedesche non dispongono affatto di armi eccellenti, anzi, dobbiamo definirle inferiori alla media. Le uniche che — come sempre — sono bene armate sono le Divisioni SS. Ma tutte le unità corazzate delle SS si trovano a sud di Parigi o addirittura nel centro della Francia. Prima che possano raggiungere la Normandia, le truppe d'invasione si saranno bene attestate. Rimane l'aviazione. Una vera catastrofe, signori miei! Anche se di rado è presente, il Maresciallo del Reich Göring ha assunto personalmente il comando della 3a Flotta Aerea. Ma che significa flotta aerea?» Renneberg guardò il foglio. Accanto all'ordine del giorno di Eisenhower c'erano degli appunti scritti a mano. «Cito delle cifre: gli apparecchi utilizzabili che abbiamo a disposizione sono novanta bombardieri e settanta caccia! Gli avversari, secondo i rapporti dei nostri informatori in Inghilterra, hanno tremilacento bombardieri e cinquemilaquarantanove caccia. Ai quali vanno aggiunti circa cinquemila aerei da trasporto...»

«Dio mio!» disse forte Kuehenberg. «Il Führer lo sa?»

«Lo abbiamo comunicato. Le ha definite fantasticherie. Il Maresciallo del Reich è stato molto duro.» Renneberg alzò per un momento gli occhi e vide dei visi sconvolti.

«Purtroppo non posso risparmiarvi ulteriori colpi, signori», proseguì. «La marina: sulla costa francese abbiamo, pronti a intervenire: navi da battaglia — nessuna; incrociatori — nessuno; cacciatorpediniere — tre; vedette — trentasei; sommergibili — trentaquattro. Le forze d'invasione: navi da battaglia — sette; incrociatori — ventisette; cacciatorpediniere — centossessantaquattro; mezzi da sbarco di ogni tipo, quindi anche armati — grosso modo seimila.»

«Che Dio ci protegga», disse Labitz roco.

«Niente da fare!» Renneberg batté sull'ordine del giorno di Eisenhower. «Anche Dio è accaparrato. Eisenhower ha già ottenuto la benedizione dell'Onnipotente. Arriviamo sempre troppo tardi. Ma torniamo alle cifre: questa mattina all'incirca seicento navi da guerra hanno colpito il Vallo Atlantico. La prima ondata che ha toccato terra era costituita da quaranta divisioni alleate. Secondo le nostre informazioni, sono disponibili come forze di attacco ottantasei divisioni. Ottocentomila uomini sono pronti in Inghilterra, armi al piede. In questo momento, altri soldati e altro materiale attraversano la Manica diretti verso il fronte d'invasione. I trasporti avvengono quasi indisturbati. L'aviazione tedesca è fuori causa, la marina tedesca in quella zona praticamente non esiste più, le batterie costiere hanno altro da fare che sorvegliare il mare: combattono per sopravvivere. Il nemico è davanti ai loro cannoni sulla spiaggia o le attacca alle spalle. — Questa è la situazione in occidente dalle due di questa mattina.» Renneberg bevve con gusto la sua tazza di caffè. Poi si alzò.

«Mi è andato via l'appetito», disse forte Semper.

«A me già da questa notte!» Detlev Adler si alzò con uno scatto. «Quando lei ci ha parlato di uccidere Stalin, Colonnello, l'invasione era già in corso!»

«Ma io non lo sapevo. Il primo contingente aveva già toccato terra. Solo verso le quattro ho ricevuto la prima telefonata da Berlino. Da allora sono sempre stato al telefono.» Si avviò verso la porta passando davanti agli undici ufficiali. «Se posso pregare lor signori di passare in aula, il signor Hansekamm potrà illustrare la situazione all'est....»

Alcuni minuti dopo, i dieci erano seduti di nuovo davanti alla gigantesca mappa di Mosca. Il Tenente Colonnello Hansekamm era in piedi dietro la piccola cattedra, Renneberg aveva preso posto su uno sgabello di fianco alla mappa. Da qualche parte un gallo cantò. Attraverso la finestra aperta arrivava il nitrito dei cavalli. Una bella mattina soleggiata. Le cime degli alberi si muovevano al lieve alito del vento. Nel cielo azzurro chiaro si rincorrevano nuvolette increspate, simili a batuffoli di ovatta sfilacciati.

Speriamo che adesso papà si svegli, pensò Kuehenberg. L'invasione deve essere un allarme anche per lui. Papà, vattene da Thernauen! Adesso è uno sfacelo da tutte le parti.

Hansekamm diede ragione al pensiero di Kuehenberg. Disse con voce cattedratica:

«È da ritenere certo che lo sbarco sia l'inizio di una offensiva in grande stile degli Alleati su tutti i fronti. Ci aspettiamo il prossimo attacco sul fronte orientale, e in particolare nel settore centrale. Lo prevediamo per la seconda metà di giugno. Dal punto di vista tattico, sarebbe giusto: per la fine di giugno le truppe d'invasione saranno ben penetrate in Normandia, l'interesse dei capi militari tedeschi sarà sempre più rivolto verso il fronte occidentale, il tranquillo fronte orientale, malgrado le informazioni allarmanti, rimane in secondo piano. Allora si scatena la tempesta rossa. All'improvviso e con la stessa imponenza con cui le quattromila imbarcazioni cariche di soldati, carri armati e cannoni sono apparse d'un tratto davanti alla nostra costa della Manica. Dal controspionaggio, sezione "Armate straniere Est", abbiamo cifre non confermate che tuttavia potrebbero essere giuste. In base ad esse, i sovietici hanno pronte nel settore centrale, nel solo settore centrale, signori: centoventisei divisioni di fanteria, sei divisioni di cavalleria, diciassette brigate motorizzate, quarantacinque brigate corazzate. Il numero degli aerei è valutato intorno ai quattromila; noi riteniamo che siano di più. Anche sul numero dei carri armati si possono fare solo supposizioni, tenendo conto che sono quarantacinque brigate.»

«Da fargli tanto di cappello!» disse Solbreit nel silenzio generale.

Hansekamm non si lasciò distrarre e proseguì la lezione: «Di fronte a loro ci sono da parte tedesca: quaranta divisioni, ma senza una sola riserva, ottocentoventinove aerei utilizzabili solo in parte... e una divisione corazzata!»

Labitz balzò in piedi col viso contratto. Kuehenberg, che era seduto vicino a lui, lo tirò per la giacca, ma Labitz non gli diede retta.

«È mostruoso!» esclamò Labitz. «Se questo raffronto di forze è esatto, è un delitto continuare a sperare in una vittoria finale. Chiedo scusa, Colonnello, ma mi assumo la responsabilità di questa osservazione!»

Renneberg rise cupo. «Caro Labitz, qui siamo fra noi. In questa cerchia fidata possiamo dire tutto. Nemmeno una parola filtrerà all'esterno. — Le cifre sono esatte. Il Gruppo di Armate del Centro, comandato dal Feldmaresciallo Busch, ha di fronte quattro fortissimi Gruppi di Armate sovietici al comando del Maresciallo Vasilevski e del Maresciallo Žukov. Questa è la situazione all'est. In altre parole, il 1944 sarà l'anno fatale per la Germania. L'anno dello sfacelo completo. L'anno in cui ogni fronte tedesco sarà travolto. L'ora finale per il Reich suonerà in questo stesso mese. Lo sbarco è il segnale d'inizio. — Vi dico questo in maniera così pressante, signori, perché voi, nonostante ogni intima ripulsa, che posso comprendere, vediate la necessità di partecipare a questa impresa che con un colpo solo salverà la Germania e darà un volto diverso alla storia mondiale.»

«La morte di Stalin...» disse Ranowski roco.

«Sì.»

«E perché proprio noi?» Peter Radek fissò la mappa di Mosca. «Per quale ragione proprio noi dieci, fra molte migliaia di ufficiali, fra milioni di soldati, saremmo adatti per un assassinio?»

«Non la vedete nella giusta prospettiva, signori. Non è un assassinio: è una azione di commando. Una squadra d'assalto che piomba alle spalle dei sovietici con lo scopo di annientare un nemico nel Cremlino o dovunque se ne presenti l'occasione. Che si tratti di un solo uomo, non trasforma un'azione di guerra in un gesto criminale.» Renneberg andò alla cattedra e vi si appoggiò. Hansekamm si ritirò.

«È un'impresa irrealizzabile», disse Poltmann, il biondino. «Impossibile quanto quella di uccidere il Führer.»

Hansekamm tossicchiò. Andò alla finestra a contemplare la tranquilla e soleggiata mattina d'estate. Al maneggio c'era movimento. Una lezione. Montare, e tre giri senza sella e senza briglie. Che idiozia, pensò Hansekamm. La Germania è prossima allo sfacelo totale, e là insegnano ai giovani ufficiali a cavalcare...

«La seconda non mi sembra impossibile», disse calmo Renneberg. «Nel quartier generale del Führer ho scoperto un numero sorprendente di punti deboli. Ma non è di questo che dobbiamo parlare adesso. Se anche intorno a Stalin ci sono tanti varchi, dovrebbe riuscirvi facile portare a termine l'operazione con successo.»

«Compreso il viaggio per il paradiso!» La linguaccia di Solbreit riuscì ad allentare un poco la morsa d'acciaio che stringeva il cuore dei dieci uomini.

«È così.» Il Colonnello von Renneberg li guardò uno per uno prima di riprendere a parlare. Nei loro occhi leggeva la domanda che nessuno voleva porre. «L'impresa ha il nome in codice *Oche selvatiche*. Anche il Führer mi ha domandato quello che voi pensate adesso: Perché *Oche selvatiche*? E io gli ho risposto: molte partono per il nord, ma alcune non tornano...»

I dieci compresero. Il barone von Baldenow si alzò, andò alla grande mappa di Mosca e poi alla finestra, presso la quale Hansekamm osservava ancora la lezione di equitazione. Un maestro urlava in mezzo al maneggio. Nessuno ha mai imparato a cavalcare senza strilli.

«Chi ci ha scelti?» chiese gelido von Baldenow.

«Un piccolo gruppo di esperti. La decisione finale l'ho presa io, quale ideatore della *Oche selvatiche*.»

«Aha!» Anche Kuehenberg balzò in piedi. «È stato lei a escogitarlo, signor Colonnello?! Un gruppo di ufficiali a Mosca... bumbumbum... Stalin muore... il fronte sovietico si sbriciola.... il colpo paralizza americani e inglesi... tutto il mondo se la fa sotto... la Germania è salva! — Semplicissimo!»

Renneberg rise con indulgenza. L'irritazione era comprensibile. Senza bisogno di dirlo, in quel momento dieci ufficiali erano stati condannati a morte, a una "morte eroica" di tipo particolare. Di questo andava tenuto conto.

«Ha ragione, Kuehenberg. In fondo in fondo, è facile. Non uccidere Stalin, ma infiltrarsi a Mosca. L'abbiamo provato e riprovato fin nei minimi particolari.»

«Nel parco giochi», mormorò Semper.

«Ragionando con logica!» ribatté von Renneberg. «Siete stati scelti fra molti ufficiali perché avete quello di cui abbiamo bisogno: parlate tutti il russo bene come il tedesco. Alcuni di voi parlano perfino un dialetto: di Leningrado, di Novgorod, della Bielorussia. Conoscete bene la mentalità dei russi, avete sempre avuto rapporti personali con i russi, sei di voi hanno la madre russa. Non avrete alcuna difficoltà a trasformarvi in un batter d'occhio in autentici russi. Una volta arrivati in Russia, vi integrerete subito». Renneberg fece scorrere lo sguardo su di loro. «Qualcuno di lor signori ha un'altra visione delle circostanze?».

«No,» rispose von Labitz per tutti.

«Poiché ha preso la parola, signor Labitz: lei era stato scelto come capo del commando. La nascita di suo figlio William

Heiko cambia le cose. Non posso più darle quest'incarico. I padri di famiglia sono esclusi. La decisione spetta solo a lei.»

«Non c'è bisogno di altre discussioni, Signor Colonnello», disse von Labitz rigido.

«Ci dorma su fino a domani.» Renneberg fece un respiro profondo; adesso arrivava il secondo colpo per quegli uomini. «La sua decisione, Signor Labitz, la collocherà nella stessa situazione degli altri: lei non esisterà più...»

«Come, scusi?» chiese Kuehenberg forte. «Che significa?»

«Da questo momento, il suo nome non comparirà più nei ruoli del personale. Il Tenente Colonnello Hansekamm ve ne ha fatto ieri un vago accenno, io oggi devo dirvelo chiaro: con il vostro sì alla *Oche selvatiche*, per i vostri parenti risulterete dispersi. Il giorno in cui partirete per la vostra impresa, le pratiche personali relative a ciascuno di voi che si trovano presso il Comando Supremo saranno distrutte. Non ci saranno documenti scritti che riguardino la *Oche selvatiche*. Non esistete più, signori. La prego di pensarci, signor Labitz; la sua giovane moglie e madre felice riceverà forse in questo stesso mese la notizia che dopo una missione lei risulta disperso...»

«Avrebbe potuto succedermi ogni giorno sul fronte di Tiraspol», disse von Labitz. La sua voce si era fatta più roca.

«In missione! Ma qui lei accetta di sua spontanea volontà. Si tratta di annullare la sua persona.»

«Qualche camerata intende ritirarsi?» Labitz si guardò intorno. Gli altri lo fissavano imbarazzati. « Dallburg, lei è il più giovane. Perché butta via la sua giovane esistenza? Solbreit, testa quadra, non vuole più vedere la sua fidanzata Herta? Kuehenberg, chi si occuperà dell'allevamento di cavalli?»

«La pianti, Signor Maggiore!» disse forte Adler. «Da quando in qua le oche selvatiche si occupano dell'allevamento di cavalli?»

Labitz si volse a Renneberg. «Non so perché si continui a discutere.» Tornò a sedersi e accavallò le gambe. «Suppongo che dovremo impararci a memoria Mosca. Strade, piazze, edifici, nascondigli, uomini di collegamento...»

«Tutto, eccettuati gli uomini di collegamento. Non ci sarà alcun collegamento con l'esterno. Ognuno di voi potrà contare solo su se stesso fino a che non avrà raggiunto Mosca. Solo là si metterà in contatto radio con gli altri, se sono a Mosca. Ma questi sono particolari. Prima viene l'essenziale.» Il Colonnello Renneberg annuì contento. «C'è una serie di prove da superare, signori. Vogliamo ridurre il rischio al minimo possibile.»

«Un piccolo rischio: ammazzare Stalin!» esclamò Solbreit. «Dov'è il camerata di cartapesta sul quale ci possiamo esercitare? Una bombetta, una rivoltellata, una botta, una pugnalata, una strangolatina!»

Gli ha dato di volta il cervello, pensò Kuehenberg. Ma siamo tutti con i nervi a pezzi. Solo che lui non ha difficoltà a riconoscerlo. È un po' tanto per una mattina: dieci oche selvatiche lasciate libere di farsi ammazzare. E si alzano in aria e sanno che non torneranno mai.

Kamikaze. Ecco cosa è! Un pilota giapponese che si lancia sul bersaglio, come una bomba vivente.

Solo che noi non siamo nati con il fanatismo asiatico. Non abbiamo mai desiderato di essere eroi. Non è il nostro unico scopo morire per la patria. No! A noi piace vivere. E tu, Labitz, fesso, puoi ancora tornare dalla tua giovane moglie. Da tuo figlio che ha quattro giorni. Di' di no!

La voce di Renneberg lo richiamò alla realtà.

«Siamo d'accordo, signori?»

«Sì!» risposero i dieci in coro. Hansekamm si allontanò dalla finestra. Paterno, flemmatico, impastato con le zolle della fertile pianura di Soest.

«Pausa», annunciò. «Dopo il pranzo, torneremo a riunirci qui. Dobbiamo provare le uniformi sovietiche.»

Renneberg e Hansekamm lasciarono l'aula. I dieci rimasero indietro. Il piccolo Dallburg si aprì di scatto il colletto dell'uniforme, come se all'improvviso si sentisse soffocare. Poltmann si passò le dita allargate fra i capelli biondi. Ranowski si cercò in tasca un pacchetto di papirose. E Semper disse come in sogno: «Adesso la gelatina deve essere al punto giusto. Nessuno la fa come il Caporale Hölzerlin.»

«Dopo pranzo!» Kuehenberg picchiò i pugni l'uno contro l'altro. «Abbiamo bisogno di queste ore per abituarci all'idea che non esistiamo più». Le uniformi da ufficiali sovietici, scelte in base alle misure contenute nelle pratiche personali, andavano a pennello. L'organizzazione, lo si rilevava da queste piccolezze, filava liscia come l'olio e così avrebbe proseguito fino al lancio notturno dal cielo russo.

Il Tenente Colonnello Hansekamm, che evidentemente aveva assunto le funzioni di capo di famiglia per i dieci, si entusiasmò quando li vide in uniforme. «Ma guarda come l'abito può cambiare l'uomo!» esclamò girando intorno ai dieci. «Russi perfetti! Solo lei, Poltmann, è fuori dell'ordinario. I suoi bei riccioli...»

«Ci sono molti russi biondo chiaro!» Nella voce di Poltmann vibrava una nota di panico. Non i capelli, pensò. Mi potete fare tutto... ma non mi rapate a zero!

«Solo accorciarli, Poltmann», disse Hansekamm benevolo, come dovesse placare un bambino triste al quale è stato rotto un giocattolo. «Ricresceranno. Solo che non può calarsi sulla Russia con quei riccioli svolazzanti. Dare nell'occhio il meno possibile, è la migliore garanzia di successo. Dopo, potrà di nuovo affidare le sue chiome a delle tenere mani femminili.»

Dopo, pensò Hansekamm. Ci sarà un dopo per questi dieci uomini? Evitò di guardarli. Fu assalito da uno strano sentimentalismo. Essi sanno che cosa li aspetta. Quella che ci si aspetta da loro è la più folle impresa del secolo. Ma nessuno si è tirato indietro e ha detto: Non ci sto! Sono qui che fumano papirose, indossano da alcuni minuti divise russe e attendono con ansia ciò che deve venire.

È eroismo? Ottusità? Cieca obbedienza? Onore d'ufficiale? Emotività? Sincero entusiasmo? Fatalismo? — Bisognerebbe chiedergli, non a tutti insieme, ma uno per uno, a quattr'occhi, come in confessione: Perché lo fai senza lamentarti? La risposta sarebbe sempre stata: o al fronte, o su una strada di Mosca, può succedere ovunque. Siamo in guerra.

È una spiegazione?

Il Colonnello von Renneberg entrò sparato nell'aula, come se fuori avesse deciso di sfondare la porta e quella si fosse aperta all'improvviso. Si bloccò davanti alla piccola cattedra e vi buttò sopra una smilza cartelletta.

«Ultime notizie dalla Normandia: le truppe d'invasione

hanno in mano cinque tratti di spiaggia. I paracadutisti hanno creato dei capisaldi alle nostre spalle e sono continuamente riforniti di materiali con alianti e paracadute. Tre Divisioni corazzate delle SS stanno accorrendo in aiuto. Ma prima che siano arrivate la seconda ondata sarà già sbarcata. Devono esserci circa centosettantamila alleati sulla costa.»

«Le cifre di Canaris», disse von Ranowski.

«In genere sono esatte.» Renneberg osservò i dieci e ne fu soddisfatto. «Domani faremo una gita a Francoforte sull'Oder. Intanto vi sarete abituati all'uniforme sovietica. A Francoforte abbiamo un campo di ufficiali russi. Sarete trasportati come nuovi arrivati nel campo, dove vi tratterrete tre giorni. Così potrete rendervi conto se nella vostra lingua ci sono dei piccoli difetti che in caso di emergenza potrebbero essere fatali.» Aprì la cartelletta e scartabellò i fogli sciolti che vi erano dentro. «Ora ciascuno di voi riceverà la sua nuova biografia, cenni sulle origini, mestiere appreso, genitori, nonni, luoghi di residenza, ricordi d'infanzia, amori, reparto sovietico, nome del comandante e dei compagni d'arme, data e luogo della cattura. In seguito, per la missione a Mosca: luogo e data del congedo dall'Armata Rossa, motivo, documenti di lavoro, documenti di identità, foglio di congedo, ordine di avviamento al lavoro. Sarete provvisti di tutto.» Renneberg prese un foglio dalla cartella e lo portò all'altezza degli occhi. «Maggiore von Labitz!»

«Presente.» Labitz fece un passo avanti. Renneberg lo guardò serio.

«Da questo momento lei si chiama Pavel Fedorovič Sassonov. — La prego di imparare la sua biografia per domani a mezzogiorno. Io gliela farò ripetere, poi l'appunto sarà bruciato. Questo vale per tutti.» Porse il foglio a Labitz. Era scritto molto fitto.

Le date e gli avvenimenti di una nuova vita. La vita di un cittadino sovietico di trent'anni.

Labitz prese il foglio, andò a passi lenti verso la finestra e lesse. Eberswalde era invaso dal sole. Faceva caldo, Niente vento. Le fronde degli alberi erano quasi immobili. Dai campi arrivava l'odore agrodolce del fieno. Renneberg prese dalla cartella il foglio seguente:

«Tenente Radek! Lei si chiama Piotr Mironovič Sepkin.»

«Bene», disse piano Radek, prese in consegna la sua nuova vita e si mise in un angolo.

«Tenente von Ranowski!»

«Presente.»

«Lei è Ivan Petrovič Bunurian.»

«Un bel nome. Georgiano?»

«Esattamente. Ne ha anche l'aspetto.» Renneberg prese un altro foglio. «Sottotenente Solbreit!»

«Presente!»

«Luka Ivanovič Petrovskij. — D'accordo?»

«Certo, signor Colonnello, Lukuška... una donna può mormorarlo bene.»

«L'avevo pensato». Renneberg fece una breve risatina. «Capitano von Baldenow!»

«Presente.»

«Leonid Germanovič Duskov.»

«Perché Germanovič?» chiese von Baldenow.

«Suo padre ha avuto la disgrazia di ricevere il nome di German. Legga la sua biografia. Suo nonno adorava i tedeschi, e così ha battezzato il figlio German. — Sottotenente Poltmann!»

«Presente.»

«Fëdor Pantelievič Ivanov. — Di sicuro, dappertutto la chiameranno Fedja.»

«Dovrò tagliare i capelli, signor Colonnello?» chiese compunto Poltmann.

«Ne rimarranno abbastanza perché la si possa continuare a chiamare Fedja. — Tenente Adler.»

«Presente!»

«Aleksander Nikolaevič Kraskin.»

«È altisonante.»

«No, quando la chiameranno Saša. — Capitano Kuehenberg.»

«Presente.»

«Kyrill Semënovič Boranov.»

«Grazie», disse Kuehenberg.

«Sottotenente Semper!»

«Presente.»
«Sergeij Andreevič Tarski.»
«Non male.»
«Alfiere Dallburg.»
«Presente.» Il piccolo Dallburg fu l'unico a sbattere i tacchi, sebbene indossasse una uniforme sovietica. «Chiedo scusa, Signor Colonnello», disse subito, e arrossì.
«Lei si chiama Nikolai Antonovič Plejin.» Renneberg gli diede il foglio. «Lei ha una bella biografia, Nikolai Antonovič. Sapevamo che ha una bella voce da tenore lirico. — Lei è un artista. Studiava da cantante, e poi fu mandato al fronte. Poiché lei è l'unico che non sia ferito, è stato congedato dal suo reggimento per una infezione. Risultata poco chiara. Lei sa che i russi hanno un sacro terrore delle malattie contagiose. — Ma legga la sua vita!» Renneberg tentò una battuta di spirito per alleggerire l'atmosfera pesante: «Chissà che un giorno non la si senta nella parte di Rodolfo in "La Bohème"?! Il nuovo idolo del Bol'šoj... Nikolai A. Plejin.»
«Farò del mio meglio, Signor Colonnello», disse il piccolo Dallburg a fatica. «Forse ci sarà Stalin nel palco e io potrò spargli dalla scena... Durante il grande duetto d'amore, da dietro le spalle di Mimì...»
«Non abbiamo tanto tempo, signori. Ecco un'altra notizia recente: quanto più in fretta gli avvenimenti al fronte si susseguono, tanto meno tempo vi rimane. Non ha alcun senso uccidere Stalin quando i russi avranno già acceso i fuochi dei loro bivacchi vicino alla Porta di Brandeburgo. — Voi dovrete essere paracadutati in Russia entro questo mese. È urgentissimo, signori. È una gara fra l'offensiva sovietica e voi.»
«Chi è la lepre e chi il porcospino?» chiese Kuehenberg.
«Voi siete dieci... Dovevate dunque essere il porcospino.»
«Gli altri sono un milione e mezzo!» disse von Ranowski. «Un rapporto molto impari.»
La cartella era vuota: Renneberg la chiuse. «Vi prego di parlare solo in russo da questo momento in poi e di rivolgervi gli uni agli altri usando i nomi russi.» E all'improvviso, fra lo stupore di tutti — fuorché di Hansekamm che sapeva già come si sarebbero svolte le cose — Renneberg riprese in russo: «Fi-

no alla nostra partenza per Francoforte sull'Oder, leggete i vostri appunti, compagni. Poi li bruceremo.»

«Neanche per sogno!» disse Solbreit. Anche in russo conservava la sua parlantina, spigliata e chiassosa. «Un così bel foglio di carta! Che ne dite, compagni? Ci si fanno almeno venti papirose. Ma niente a che fare con un giornale. Il profumo migliore lo ha la Pravda.»

«Benissimo!» Lo lodò Renneberg, e rise.

Solbreit fissò il Colonnello stringendo gli occhi. «Lo dico anch'io, compagni. Benissimo! Ha un ottimo profumo! Ma perché ridete...?»

Alla sera, quando cenarono al lungo tavolo, non c'era più l'ordinanza. Al servizio di mensa era stato assegnato un prigioniero russo prelevato da un campo presso Berlino. L'uomo serviva con occhiate perplesse i dieci compagni ufficiali sovietici che sedevano allo stesso tavolo con i due ufficiali tedeschi e si servivano di cose che facevano venire le lacrime agli occhi. Cose che si possono solo sognare. Un arrosto di vitello con una salsa alla panna, con contorno di cavolfiore e patate bianche e grosse. E per finire budino con salsa di lamponi. Niente cavolo acido, niente blinis appiccicosi fatti con farina scadente, riempiti con il verde delle cipolle, perché non c'era carne e non c'era nemmeno kipjatok — che poi sarebbe semplice acqua bollente — come dessert. Questa riempie lo stomaco, ti illude di essere sazio e riscalda il cuore disperato. No! Loro se ne stanno seduti a riempirsi la pancia di prelibatezze. Ufficiali sovietici!

Il prigioniero russo serviva e portava via, e mentre tornava in cucina sgraffignava la carne avanzata nei piatti e leccava le scodelline di vetro nelle quali aveva tremolato il budino alla salsa di lampone così bene come se fossero state lavate con l'acqua calda.

Bisogna approfittarne, compagni! Una fortuna del genere non ricapiterà tanto presto. Al campo, solo zuppe o pappe di verdura, un pezzo di pane e la marmellata semiliquida; d'accordo, bastava per vivere, per non morire di fame, per non leccare la pittura a olio dalle pareti... ma chissà quanto sarebbe potuto durare? Le cose si mettevano male per i tedeschi.

Molte parole circolano per le baracche, si afferra qua e là qualcosa dall'esterno, e si cerca di mettere insieme i pezzi. Ma lì ci si deve domandare che cosa fanno i dieci compagni ufficiali lassù in quella stanza e perché possono mangiare meglio di come mangiasse lo zar.

Il prigioniero di guerra riconsegnò i piatti e i vassoi vuoti. Il Sergente addetto alla cucina, un cuoco di Dortmund, il quale non sapeva chi ci fosse seduto intorno al tavolo al piano di sopra, ma aveva solo l'ordine di cucinare piatti squisiti per dodici uomini, e a tal fine aveva ricevuto assegnazioni straordinarie che lo avevano meravigliato non meno del prigioniero, guardò i vassoi con gli occhi spalancati.

«Tutto finito?» sbuffò.

«Io no!» gridò il russo. «Ufficiali come lupi!»

«Loro non leccano i piatti, Ivan. Fuori la lingua! Fammi sentire il fiato! Che che.... fuori il fiato, bestione!» Il sergente tirò il russo verso di sé e gli annusò la bocca. «Budino alla vaniglia! Ah, è così? E anche la carne avanzata te la sei pappata!»

Diede al russo un sonoro ceffone e lo prese anche a calci nel sedere.

Sì, sì, pensò Dementi Efimovič Avilov, di mestiere elettricista. Pigliami a schiaffi, Sergente, e a calci nel sedere... Ma sono sazio! E se qui va avanti così ancora qualche giorno, io immagazzino una buona scorta. Puoi picchiarmi quanto ti pare, Sergente tedesco; quello che è nello stomaco, non esce più. Ci pensa la natura a sistemarlo.

Si mise davanti al lavandino di zinco e lavò con acqua calda e soda le stoviglie leccate.

Dieci compagni ufficiali, pensò. Trattenetevi un bel pezzo, cari fratelli! Dementi Efimovič ha molta, molta fame.

Prima di pranzo il Colonnello von Renneberg interrogò i dieci sulla loro nuova biografia. Avevano avuto tutto il tempo di impararla a memoria senza essere disturbati. Le loro vite, come Renneberg chiamava le biografie inventate, erano abiti nei quali dovevano sentirsi a loro agio, non camicie di forza di cui tutti si sarebbero accorti. Erano diventate le loro autentiche vite. A contatto fin dall'infanzia con dei russi, cresciuti con i contadini russi, quel cambiamento di personalità non era un grosso problema. Anche per la suddivisione in due tempi non c'erano difficoltà: prima la vita dell'ufficiale (per il campo di Francoforte sull'Oder), poi il destino quotidiano di un modesto cittadino sovietico una volta cominciata la pazza marcia su Mosca.

Dieci uomini soli con la missione di uccidere Stalin.

Loro ignoravano i segreti moventi politici molto complessi, le connessioni fra «morte di Stalin» e «morte di Hitler». Non ne furono mai messi al corrente.

Il Colonnello von Renneberg li fece entrare uno alla volta nell'aula e prese il foglio con la nuova biografia. Poi fece le domande. Parola per parola, come un ripasso di vocaboli. Un gioco di domande e risposte in lingua russa.

«Grazie, compagno», diceva Renneberg alla fine di ogni esame.

Solo con Solbreit — e con chi, se no? — non tutto andò liscio. Solbreit — chiedo scusa: Luka Ivanovič Petrovskij — entrò nell'aula fumando. Storse il viso quando vide Renneberg in cattedra. Prima che il Colonnello potesse dire qualcosa, Luka Ivanovič cominciò a lamentarsi.

«Il machorka è senz'altro migliore, compagno», si rammaricò a gran voce Petrovskij. «Anche quando è fatto con le cicche di papirose fumate quattro volte. Puoi sopportarlo... ma la carta! La carta! Come si può usare una carta simile?» Tirò fuori la sua «vita» dalla tasca, ne strappò una striscia e la arrotolò formando una sigaretta che mise fra le labbra. «Alla prima tirata, glielo giuro, mi sono dovuto appoggiare alla parete per non cadere. I polmoni si dibattevano come un porcellino catturato. Mio padre, un uomo buono e saggio che si chiamava Ivan Tichonovič Petrovskij ed era falegname con laboratorio proprio, diceva sempre a noi figli — eravamo cinque: Potete fumare trucioli o segatura, figli miei, tutto è buono quando la carta funziona! — E qua la carta non funziona, compagno!»

«Può andare!» disse Renneberg indicandogli la porta con entrambe la mani.

«Prego, il foglio!» Luka Ivanovič gli porse il foglio spiegazzato e lacerato. «Per le papirose non va bene.»

Poco prima della partenza, Renneberg bruciò le dieci biografie. Ne sbriciolò le ceneri e le gettò fuori dalla finestra. Un lieve venticello estivo le disperse.

Davanti all'ingresso dell'ala chiusa della Scuola di Equitazione era in attesa un camion coperto. Due Caporali, seduti nella cabina, guardavano indietro. Avevano ricevuto l'ordine di non scendere. Appoggiata alla sponda posteriore ribaltabile, che era stata abbassata, c'era una scaletta. All'interno del camion, a destra e a sinistra, correvano due lunghe panche. Quando la sponda fu chiusa, si fece il buio. Niente finestrini, niente aerazioni, solo la piccola fessura verso la cabina. E munita di inferriata.

«È un trasporto grosso», disse il secondo autista. «Scommetto che sono dei condannati.»

«Stupido, in una Scuola di Equitazione per ufficiali?» Il conducente, Caporal Maggiore con nove ferite, si picchiò sulla fronte.

«Arrivano!»

I due guardarono fuori dalla cabina. Dalla porta uscì prima Hansekamm, seguito da dieci ufficiali russi. Per ultimo apparve il Colonnello von Renneberg. Tutti si arrampicarono per la scaletta sul camion. La sponda venne chiusa. Il Colonnello von Renneberg picchiò col pugno sul finestrino munito di inferriata.

Voleva dire: partiamo. Il Caporale guardò il secondo autista.

«Hai visto?»

«E che sono cieco? Ivan. Ufficiali.»

«Che saranno fucilati o impiccati.» Il Caporale fece imballare il motore. Quando ingranò la marcia, tutta la macchina vibrò. Le ruote del cambio stridettero. «Dove si va?»

«A Francoforte sull'Oder.»

«E poi? Allo scarico dei rifiuti?»

«Seguiranno altri ordini poco prima di Francoforte.»

«Si mette male.»

«Pare anche a me.»

Il camion partì, uscì dal cortile della Scuola di Equitazione, sobbalzò sul vialetto di accesso e infine arrivò sulla strada. Eberswalde — Freienwalde — Wriezen — Marxwalde — Seelow — Lebus — Francoforte sull'Oder. Attraverso tutta la Svizzera brandeburghese. Una terra che innamora. Colline, laghi, stagni, brughiere, sabbia, boschi di pini e di betulle, lievi ondulazioni.... e tutto splendente di sole. Fu qui che Dio il settimo giorno della creazione si riposò e disse a se stesso è ben fatto?

I dodici uomini nel camion buio non vedevano niente di tutto questo. Parlavano sottovoce fra loro, in russo.

Il Colonnello von Renneberg spiegava ancora una volta che cosa si aspettava da loro nel campo di ufficiali russi.

Rimasero nel campo tre giorni, come previsto.

La direzione del campo, le guardie, l'amministrazione sovietica interna del campo, gli anziani, l'«ufficiale di servizio», gli interpreti, nessuno scoprì o intuì il segreto dei dieci. Per i sorveglianti tedeschi, erano dieci nuovi arrivati, mandati dal Comando Supremo, evidentemente dopo un serrato interrogatorio. Il Colonnello Renneberg parlò una mezz'ora a quattr'occhi con il Capo del campo ufficiali, un Maggiore.

«Ecco le carte», disse estraendo dalla borsa un verbale. «I prigionieri sono stati sottoposti a un minuzioso interrogatorio. Ci sono stati mandati a Berlino dal Gruppo di Armate Centro, dove non si è potuto dissipare il sospetto che alcuni ufficiali avessero documenti falsi, e in realtà, a giudicare dal loro grado e dalle loro qualifiche, non sono normali comandanti di truppe.»

«Istruttori politici?» chiese il Maggiore.

«Lo sospettiamo. In ogni modo gli interrogatori non hanno dato alcun esito. Quei tipi tengono duro. Abbiamo quindi deciso di assegnarli a questo campo. Vedremo. Se *sono* commissari politici, si verificheranno disordini nel campo: costituzioni di gruppi segreti, indottrinamenti illegali. Costoro sono duri e fanatici.» Renneberg descrisse di proposito i dieci a fosche tinte. Quanto più li sorvegliano, tanto più dovranno comportarsi da russi. Pensava. E tanto più presto si guadagneranno la fiducia dei compagni sovietici. Di più non vogliamo. Ci serve solo vedere se sono «accettati». Se si riesce a ingannare un Generale sovietico, dovrebbe metterci lo zampino il diavolo per farti inciampare in una stupidaggine nel cuore della Russia, a Mosca. Comunque sia, sono proprio le piccole cose in apparenza irrilevanti che molto spesso diventano la buccia di banana del destino.

I dieci furono accettati dai loro compagni di prigionia sovietici. Non è da stupire che fosse Luka Ivanovič Petrovskij — ossia Solbreit — a vincere con la sua chiacchiera l'iniziale riservatezza degli ufficiali. I nuovi venuti, quando arrivavano con un trasporto singolo, venivano innanzi tutto «messi alla prova». La paura dei traditori era latente in ogni baracca, dopo che per tre volte era stato dimostrato che dei buoni amici si erano rivelati come degli appartenenti all'armata cosacca di Vlasov.

Il Tenente Colonnello Konstantin Dmitrinovič Sakmatov, il capo politico segreto del campo, salutò i dieci nuovi compagni con una stretta di mano e si fece raccontare in breve la loro storia.

«Dei disgraziati, questi tedeschi!» disse Luka Ivanovič, e sputò. «La loro carta non serve neanche per fare una buona papirosa. Konstantin Dmitrinovič, non avrebbe una sigaretta decente?»

«Nemmeno una, Luka Ivanovič. Solo roba tedesca.»

«Mi fanno vomitare le budella!»

Questo dialogo così semplice fu di estrema efficacia. Il Tenente Colonnello Sakmatov comunicò all'anziano del campo, il Generale Isvarin: «Tutto in ordine, compagno. I nuovi sono insospettabili.»

Tuttavia li separarono, per maggior sicurezza. Il campo era diviso in diverse baracche. Queste baracche non erano grandi dormitori con lunghe file di letti a castello, ma erano suddivise in grandi stanze in cui potevano abitare fino a dieci ufficiali. Il capo della baracca aveva cura che i nuovi non rimanessero senza sorveglianza. Nessuno doveva prendersela a male. Il nemico era dappertutto, spesso anche nel cuore di ognuno.

Meglio di tutti andò a Nikolai Antonovič Plejin, il piccolo Dallburg. Non appena seppero che era cantante, gli gridarono: «Forza, fratello, facci sentire! Andiamo nei lavatoi, e tu canti qualche cosa di bello per le nostre anime!»

Nikolai Antonovič non si oppose. Quale russo si fa pregare, soprattutto quando ha una bella voce, per cantare di sera qualche canzone? Soprattutto in un paese straniero, e in prigionia, con poche prospettive di rivedere presto i boschi e i campi di girasoli, le steppe e i grandi fiumi? Oh, amore, giacere di nuovo fra i cespugli in riva al Don. Allora il mormorio della corrente è come il pulsare violento del sangue, e quando te ne stai sdraiato immobile, senti il moscardino delle nocciole che stride e squittisce, la terra ti avvolge nei suoi profumi, e tu stai lì a guardare il vasto cielo, conti le nuvole e sai che c'è solo una felicità al mondo: la Russia.

«Andiamo, Nikolai Antonovič, cantaci della Russia. Fai rimbombare il tuono, mugghiare il vento, scrosciare le acque! Mettiti sulla vasca, aggrappati alla tubatura e canta!»

E Nikolai Antonovič cantò. La sua voce limpida riempì il locale, attirò gli ufficiali di altre baracche. Poco dopo, la strada del campo era piena di uomini che ascoltavano intenti: le finestre, le porte erano aperte. Nikolai Antonovič cantò la canzone dei cavalieri siberiani, quella del fiordaliso e la ballata della giovane che lanciò verso il cielo il mais fino a che i chicchi si trasformarono in stelle.

Quando Plejin finì la sua esibizione, nessuno batté le mani. Se ne andarono in silenzio uno dopo l'altro, a testa bassa, ciascuno nella sua baracca, nella sua stanza. Alcuni avevano le lacrime agli occhi, o che scendevano lungo le guance raccogliendosi nelle pieghe del viso.

«Bisognerebbe ammazzarlo», disse qualcuno con voce tremante. «Compagni, ho detto per scherzo,... ma se quello continua a cantare così, la nostalgia mi divorerà. Non ci posso fare niente, fratelli... E anche se mi dovessero servire interi maiali arrosto e funghi alla panna... io andrei a piedi fino a Saratov, non appena me lo permettessero. A quattro zampe ci andrei...»

Quella sera Plejin ricevette razione tripla. Poteva mangiare tutto quello che voleva... ognuno gli cedeva qualcosa. «Mangia, compagno! Fa la voce bella. Oh, come hai cantato! Come un uccellino in cima a una betulla. Prendi, fratello. Pane e margarina. E metti zucchero nel tè. Non è vero tè, è surrogato, fatto con qualche erba tedesca... ma con lo zucchero si può bere. Non fare complimenti, te lo diamo volentieri. Ci fa piacere, se lo gradisci!» E Plejin mangiò, si rimpinzò fino a ruttare, cosa che fu ascoltata con benevolenza, poi si buttò sul letto di legno con il duro materasso di crine vegetale, incrociò le braccia dietro la nuca e pensò ai casi suoi.

Cinque giorni prima era ancora là. Il corpo morbido, tenero, nervoso, selvaggio di Gabrielle. Gli occhi lucenti, i seni puntuti, la bocca piccola, che a volte si apriva in un grido folle... Il suo modo di parlare cinguettante, le sue limpide risa, la sua allegria, rimasta così infantile. E sullo sfondo il mormorio del mare... Il vento sollevava la sabbia giallina sulle dune, e le labbra erano salate quando le leccavi o le baciavi.

Cinque giorni prima... E adesso era un russo. Nikolai Antonovič Plejin. L'Alfiere Dallburg non esiste più. Mai più. E mai più Gabrielle con i suoi sospirati «chéri». Sei nella bara e non te ne accorgi.

«A che pensi, Nikoška?» chiese quello che gli stava vicino.

«A mia madre, compagno. Piangerà giorno e notte. Per lei sono morto.»

«È così per tutti noi. Tanto più grande sarà la gioia quando torneremo.»

«Credi di rivedere la Russia?»

«Vivo solo per quello, Nikolai Antonovič.»

Plejin, che un tempo era stato il piccolo Dallburg, volse il capo verso il muro.

Lui rivedrà la Russia, pensò. Ma io non rivedrò più la Germania.

Per la prima volta, quella notte, i battiti del suo cuore si fecero difficoltosi. La consapevolezza di non avere vie d'uscita gli ingrossava il sangue, gli ostruiva i polmoni e rendeva il respiro pesante.

Aveva solo vent'anni...

Tre giorni dopo, i dieci furono prelevati dal campo. I responsabili russi del campo lo appresero quattro ore prima che arrivasse il camion. Gli informatori sostenevano che i dieci uffficiali sovietici dovevano essere portati in un campo di punizione. Erano considerati prigionieri politici.

«Che sciocchezza!» protestò il Tenente Colonnello Sakmatov. E lo stesso Generale Isvarin intercedette chiedendo un colloquio con il maggiore tedesco, al quale disse che i dieci compagni erano ufficiali del tutto normali, e non dei commissari. Alcuni volevano addirittura nascondere il cantante Plejin, farlo scomparire... Intorno ai nuovi amici si formarono dei gruppi per discutere se fosse opportuno fare resistenza. Né rivolte né rivoluzioni, ma una discussione con gli ufficiali tedeschi.

«Io li conosco, fratelli», disse Pavel Fedorovič Sassonov, che un tempo si era chiamato von Labitz. «Non ha senso! Abbiamo altri diritti, oltre al loro permesso di lasciarci vivere? Non correte rischi per noi. Siate buoni, veri amici... ma siate ragionevoli. Si chiarirà che è stato uno sbaglio.»

Si separarono come se fossero stati insieme per anni. Fra abbracci e baci sulle guance, i dieci raggiunsero l'uscita del campo, dove era in attesa un plotone di soldati tedeschi con i mitra spianati. L'atmosfera nel campo era esplosiva, se ne rendevano conto tutti. Una piccola scintilla sarebbe bastata per far scoppiare la catastrofe.

Davanti alla sponda ribaltata del camion, aspettava il Colonnello von Renneberg. Hansekamm era rimasto dentro. I dieci si voltarono un'ultima volta per salutare, gli ufficiali sovietici salutarono a loro volta, uno si fece addirittura il segno della croce... poi salirono sul camion e si sedettero sulle panche. La sponda si chiuse, von Renneberg tirò il catenaccio interno, il camion partì di scatto borbottando. L'ultima cosa che udirono fu il grido ritmico di molte voci:

«Rossia! Rossia!»

«Russia! Russia!»

Il coro di addio per i compagni. La protesta impotente. Una esortazione ad avere coraggio, a resistere.

Russia! Russia!

«Un risultato eccellente!» disse von Renneberg nel buio del camion traballante. «Congratulazioni. Ha superato tutte le nostre aspettative.» Parlava in russo. «Siete i migliori che potessimo trovare.»

A Eberswalde non era cambiato nulla.

Il cuoco dovette fare di nuovo pietanze raffinate, il prigioniero di guerra russo leccò di nuovo piatti e vassoi e si beccò di nuovo calci nel sedere. In Normandia gli alleati avevano raggiunto gli obbiettivi che si erano prefissi. Dovunque i reggimenti tedeschi erano in gravi difficoltà, facevano avanzare dalle retrovie le poche riserve, migliaia di imbarcazioni portavano dall'Inghilterra carri armati, pezzi d'artiglieria, munizioni, jeeps, autocarri per le truppe, materiali e munizioni. Bastava questo spiegamento di mezzi a far considerare perduta per la Germania la battaglia di Francia. Secondo le informazioni di Canaris, quindi dello spionaggio tedesco, gli alleati avevano sbarcato un milione di uomini!

Il Colonnello von Renneberg si limitò a una concisa panoramica della situazione occidentale. Era Mosca quella che contava, adesso. La mappa della città, fortemente ingrandita, era appesa alla parete. La viuzza più stretta, il vicolo più angusto, l'angolo più tortuoso, tutto vi figurava.

«Compagno, io voglio vedere la foto del campo di grano!» reclamò Luka Ivanovič Petrovskij. «Ho dimenticato che effetto fa vedere due uno sopra l'altra.»

«C'è qualcosa di meglio.» Renneberg fece un cenno a Hansekamm. Era come in teatro, uno era il regista, l'altro il buttafuori e il trovarobe. «Una preghiera: siete dieci camerati legati per la vita e per la morte. Non ci devono essere screzi.»

«E perché dovrebbero esserci?» chiese Kyrill Semënovič Boranov. Il suo nome era stato Kuehenberg.

Hansekamm aprì la porta dell'aula. Si sentì in corridoio un rumore di passi. E poi fu come se un organo invisibile suonasse con tutti i suoi registri e le sue canne, e i cuori balzarono fino in gola.

Entrò una donna con i capelli neri. Portava una semplice gonna di lino blu, una camicetta di un giallo squillante e scarpe estive a mezzo tacco. E tutto ciò che era compreso fra i capelli neri e i sandali era così corposo, irradiava una tale attrazione, era così ricco di vitalità bestiale, che Fëdor Pantelijevič Ivanov si mise tutt'e due le mani nei biondi riccioli tagliati corti e disse forte «Accidenti!» Petrovskij congiunse le mani e guardò Renneberg.

«Compagno, noi siamo pronti a sopportare tutto. Ma la prego di non sottoporci anche alla tortura...»

La giovane donna rise, guardò disinvolta i dieci con gli occhi espressivi dal taglio leggermente asiatico e mise le braccia dietro la schiena. La camicetta si tese sul seno rotondo e sodo. Due punti si protesero in fuori, grossi come nocciole. La vita era sottile, le anche avevano una oscillazione piacevole, le gambe lunghe e muscolose di colore scuro appena tendente all'oliva, erano quelle di una persona dedita allo sport.

I dieci, in piedi a semicerchio, risposero allo sguardo della donna ciascuno secondo il proprio temperamento. Sergeij Andreevič Tarski, già Sottotenente Semper, dichiarò serio: «Uno di noi è fuori causa. È appena diventato papà.»

«Siete tutti fuori causa!» disse von Renneberg con visibile allegria. La sorpresa era riuscita. «Posso presentarvi Milda Ifanovna Kabakova?»

«Un nome come musica sull'Amur...» disse Leonid Germanovič Duskov.

«Avevamo intenzione di abbandonare ciascuno di voi al suo destino senza possibilità di contatti», disse il Colonnello von Renneberg. «Ognuno avrebbe dovuto affrontare da solo i suoi rischi. Ma dopo averci meditato a lungo siamo venuti nella determinazione di fornirvi un punto di contatto a Mosca. Per il caso che uno o alcuni di voi non riescano a trovare un nascondiglio, c'è un appartamento: Milda Ifanovna abita nella Lesnaja ulica numero 19. La strada parte dalla Stazione Bielorussia — nel mezzo della piazza c'è il monumento a Gorkij — e sbocca nella Novoslobodskaja.» Mentre Renneberg parlava, Hansekamm mostrava sulla pianta di Mosca la via, la piazza e il percorso. Ma nessuno seguì la bacchetta, tutti guardavano Milda Ifanovna. «Il numero 19 è qui.»

«Quando saremo a Mosca?» chiese Ivan Petrovič Bunurian, già Tenente von Ranowski.

«Gospaža Milda ci si troverà tra due giorni. Prima dovete allenarvi con il paracadute. Vi siete impressi nella memoria l'indirizzo?»

«Altro che!» Petrovskij ammiccò allegramente a Milda Ifanovna Kabakova. Lei lo guardò con le sopracciglia alzate, un po' scostante, un po' provocatoria, mantenendo le distanze. «Compagno, mille campanellini mi guideranno verso la Lesnaja ulica 19.»

«Gospaža Kabakova sarà per voi una specie di agente guida. Presso di lei convergeranno le vostre comunicazioni. Per suo tramite prenderete contatto fra voi. Arriverete a Mosca da dieci diverse direzioni e vi incontrerete da Milda Ifanovna, se avrete fortuna.»

«Niente mi fermerà!» Aleksander Nikolaevič Kraskin, cinque giorni prima Tenente Adler, si strofinò le mani. «Milda Ifanovna, se sa fare il pasticcio di lepre con contorno di funghi marinati, mi attacco a lei come una mignatta.»

«Occupiamoci di Mosca!» Interruppe brusco Renneberg. «Gospaža Kabakova vi illustrerà ora con precisione la città e i suoi dintorni. Mettetevi bene in testa tutti i particolari salienti! L'angolo sporgente di una casa, una porta carraia, possono salvarvi la vita...»

Fu una lezione piacevole. La voce di Milda aveva toni cupi, melodici, vibranti, era un godimento ascoltarla. Sia che illustrasse la città, nominando piazze e strade, sia che — fantasia, vola verso l'alto dei cieli! — bisbigliasse nella piega del braccio con alito ardente, intorno a lei c'era sempre una magia, anche se non parlava: bastava che guardasse, che si muovesse, che allungasse un braccio, una gamba, una mano, la testa, un piede... quella donna poteva fare ciò che voleva. Da Milda Ifanovna emanava un fascino che mozzava letteralmente il fiato agli uomini.

Per due ore parlò di Mosca e dei suoi dintorni. Lo fece con voluta indifferenza, dando alla sua voce calda un tono sommesso, appoggiandosi a volte alla lunga bacchetta, che allora svettava fra i seni fino al mento; e non reagì quando Aleksander Nikolaevič Kraskin, già Sottotenente Adler, ripetendo a sua volta alcuni dati topografici di Mosca, prese la bacchetta, la allisciò con tenerezza, e poi la puntò sulla mappa. Gli altri sogghignarono. Il Tenente Colonnello Hansekamm scosse la testa in silenzio. Renneberg, seduto dietro la cattedra, prendeva appunti.

«La ringraziamo, Milda Ifanovna», disse il Colonnello dopo due ore e guardò l'orologio. «Domani alla stessa ora.»

La Kabakova annuì e depose la bacchetta, fece un sorriso

stereotipato ai dieci e lasciò l'aula. Le anche si muovevano un po', la gonna — nel camminare — metteva in risalto un di dietro mozzafiato. Con uno scatto gettò all'indietro i capelli neri e si chiuse la porta alle spalle.

Renneberg gettò uno sguardo circolare sui suoi protetti. «Signori,» disse serio, e questa volta in tedesco, «siete tutti giovani; io vi comprendo. Venite dal fronte e avete patito molte privazioni. Ma ciò non vi autorizza, come ufficiali, a una condotta contraria alla serietà del nostro compito. Scusate... ma vi siete comportati come dei ginnasiali!»

I dieci si guardarono. Luka Ivanovič Petrovskij — l'enfant terrible Solbreit — allargò le gambe e si battè le cosce.

«Che cos'è, compagni?» chiese forte indicando Renneberg. «Sì, ditemi, cari fratelli, che cosa ho sentito? Parole tedesche? Dove siamo dunque? Che cosa vuole da noi? Qualcuno di noi lo ha capito? Ci parla in una lingua crepitante e stridente e crede che possiamo seguirlo? Un comportamento degno di nota, bisogna riconoscerlo, compagni...»

«So dirlo anche in russo», disse von Renneberg conciliante. Poi parlò in russo: «Per voi, Milda è senza sesso.»

«Accettare questo significa diventare degli esseri inumani», ribattè Luka Ivanovič.

«Oppure bisognerebbe ricorrere ai metodi degli zar della vecchia Russia.» Sergeij Andreevič Tarski — ex Sottotenente Semper — si mise le mani sugli occhi. «Quando qualcuno non doveva vedere qualche cosa, bastava abbacinarlo con una lama di sciabola infuocata.»

«Mi accorgo che è inutile discutere con voi!» Renneberg si alzò in piedi dietro la cattedra. «Per evitarvi esplorazioni notturne Milda Ifanovna non abita nella scuola.»

«E i tormenti erano mille, alcuni insopportabili... disse una volta un martire.» Aleksander Nikolaevič Kraskin, che non era più il Tenente Adler, si alzò dalla sedia. «Gospodin Renneberg, ha detto che fra due giorni Milda sarà paracadutata?»

«Sì.»

«Allora è urgente.»

«La situazione sul fronte d'invasione è disperata. Americani e inglesi guadagnano molto terreno in profondità. Sul fronte orientale c'è una calma sospetta. I sovietici vi stanno ammassando con tutto comodo divisioni e quantità enormi di materiali. Per questo abbiamo poco tempo. La morte di Stalin deve avvenire quando i nostri avversari sono convinti della vittoria. Il colpo farà più effetto!» Renneberg andò alla finestra. Di fuori si sentì il brontolio di un motore. Evidentemente era Milda che tornava al suo alloggio. «La gospaža Kabakova è moscovita. Come mai la conosciamo, per quale strada sia giunta a noi, ora non ha importanza. Non può tornare per la stessa strada da cui è venuta, non sarebbe più possibile... sarebbe troppo lunga. Così, la paracadutiamo.»

«E se la scoprissero?»

«La guerra non è un gioco di biglie», disse Renneberg con durezza.

«Perché lo fa?» Kyrill Semënovič Boranov si sbottonò la casacca da ufficiale sovietico. Faceva caldo nell'aula. Un'estate brandeburghese, come quelle descritte da Fontane.

«Suo nonno, ufficiale dei "bianchi", è morto dopo la rivoluzione, sotto i colpi di un commando omicida rosso. Era stato Colonnello con l'Ammiraglio Kolčak. Il padre di Milda fu liquidato con un colpo alla nuca al tempo delle purghe di Stalin e quando venne giustiziato il Maresciallo Tuchačevski. Era Capitano. La madre impazzì e vive tuttora in un manicomio di Mosca. Credo che ce ne sia abbastanza per non amare un regime.» Il Colonnello si raschiò la gola. «Del resto, non ama nemmeno i tedeschi. Il suo impegno con noi è di natura strettamente personale. È ossessionata dal desiderio di vendicarsi su Stalin. Gli aspetti politici non la interessano affatto. Quando avrete ucciso Stalin, Milda vi ringrazierà e poi vi sputerà addosso.»

«Questo mi sembra un aspetto pericoloso», disse Pavel Fedorovič Sassonov pensieroso. «I fanatici per motivi personali sono sempre un rischio...»

«Lo sappiamo tutti.» Renneberg si cacciò le mani in tasca alla ricerca di sigarette e fiammiferi. «Ma si può visitare l'inferno solo se si alliscia la coda al diavolo. Potete fumare, compagni.»

I dieci presero dalle tasche il tabacco del campo di prigionieri russi, pezzetti di giornale e di altra carta, si arrotolarono le sigarette e tirarono le prime boccate. Hansekamm aprì la finestra. Il puzzo dell'erba che chiamavano tabacco gli irritava la trachea.

«Quando ci lanceremo?» chiese Leonid Germanovič Duskov.

«Non appena avrete imparato a lanciarvi. Prima di allora dovrete imparare molte cose. E in fretta.»

Alla sera ci fu una cena alla russa: zuppa di cavoli, pel'meni — una specie di ravioli — rape rosse, cetrioli acidi e funghi marinati. Per dessert, mirtilli rossi con panna. Quanta abbondanza! Il prigioniero di guerra russo che serviva a tavola si sentì di nuovo trasportato in un paese di fiaba, divorò tutti gli avanzi, e durante la notte gli venne una tale diarrea che credette di morire. Aveva i crampi allo stomaco, le budella che gli si torcevano, andava come se facesse acqua. Al mattino, abbandonato sul letto, fiacco e con gli occhi infossati, guardò il Sergente di cucina che lo reclamava al lavoro.

«Forza!» gridò il cuoco di Dortmund. «Chi mangia e caca può anche lavorare!»

«Io morto!» gemette Dementi Efimovič Avilov. «Tutta notte bumbumbum da culo. Niente più forza. Tutta notte... pfff-ss-st-bummm...»

Non servì a niente. Avilov dovette andare in cucina e portare la colazione ai dodici ufficiali. Marmellata, uova, rotolini di prosciutto, tè profumato, pane caldo, appena tolto dal forno. A quel delizioso aroma, lo stomaco di Avilov si rivoltò ancora una volta. Finito il servizio, si rifugiò in cucina, bevve un infuso di menta e disse al Sergente:

«Niente mangiare, tutte quelle cose... È come un inferno, Sergente...»

«Chi sono quei dieci compagni?», chiese il cuoco di Dortmund. «Hai sentito qualche cosa, Ivan?»

«Sentito niente.»

«Chi pensi che possano essere?»

«Penso niente.»

«Ma devi aver sentito qualche cosa. Qualche parola.»

«Sentito niente.»

«Va' al diavolo!»

A mezzogiorno ci furono insalata Aleksandrovna, cotolette di porco con panna acida e cavoli stufati, e per finire pasticcini prelibati.

«Un paradiso», disse Dementi Efimovič Avilov in russo al sergente, che naturalmente non lo capì. «Qui viviamo in paradiso. E io devo sputare nel secchio, È giusto, per un pover'uomo come me?»

Milda Ifanovna tenne lezione anche il giorno dopo. Portava una gonna gialla e una camicetta rossa, di cui i primi tre bottoni erano aperti a causa del caldo e lasciavano vedere tre cose: una pelle liscia e bruna, l'orlo di un reggiseno bianco e l'attaccatura di due seni rotondi, sodi, che si gonfiavano sotto la camicetta e lasciavano libero sfogo alla fantasia. Si era anche truccata un poco e aveva annodato i capelli neri lucenti con un nastro sul quale erano ricamati dei fiori.

Il respiro dei dieci «compagni» era più che udibile. Era assurdo accettare l'opinione di Renneberg che Milda Ifanovna fosse asessuata. Però l'incantesimo si dissipò presto quando Milda cominciò a interrogare i dieci per ordine. Fosse Petrovskij, che cominciava ogni risposta con la frase «Oh sorellina, senta...», o Ivanov dai riccioli biondi, che avanzando con aria goffa inciampava e doveva aggrapparsi alla scollatura di Milda (provocando l'aperta ammirazione dei suoi camerati), o anche Plejin, il giovanissimo beniamino, che cantava la sua risposta con chiara voce da tenore, tutti, nel corso di quelle due ore, ebbero degli sbandamenti. Renneberg non interferì. È distensivo, pensava. Concediamogli questi piccoli svaghi. Facciano pure la ruota come pavoni... per quanto tempo la potranno fare? Quando saranno lanciati su Mosca, la loro vita sarà giunta al termine. È rimasto pochissimo tempo. Lasciamogli il piccolo piacere erotico di ammirare l'attaccatura dei seni di Milda e di spogliarla con gli occhi. Fra qualche giorno sarà tutto finito...

I dintorni di Mosca.

Il territorio su cui sarebbero atterrati.

Milda e Hansekamm si alternavano nelle spiegazioni. Le

foto dei particolari furono proiettate su uno schermo; anche quella da lungo tempo attesa del campo di grano con una coppia che faceva all'amore.

«Ehi, ehi, e questa cos'è?» disse Petrovskij. «Milda Ifanovna, colombella di Mosca, ce lo spieghi!»

Hansekamm guardò impotente Renneberg. I dieci sedevano buoni come scolari modello sulle sedie, con le facce da schiaffi raggianti.

«Questo campo di grano si trova presso Stupino», disse Milda fredda. «Qui, a sud di Mosca, sulla strada che porta verso ovest a Tula e verso est a Rjasan. Appartiene al kolchoz "Gloria di Lenin".» La sua bacchetta picchiò contro il petto di Petrovskij. »Quanto alla questione che tanto la interessa, compagno Luka Ivanovič, si tratta di due persone che generano un nuovo russo perché la Russia vive in eterno!»

«Mi entusiasma!» esclamò Petrovskij. «Compagna, questo fa parte del piano di lavoro di un kolchoz? Che livello raggiunge la produzione? Ci dica di più!»

«Compagni», disse Hansekamm con una certa difficoltà. «Qui non stiamo facendo del cabaret. Quello che vedete e che dovete imparare a memoria è il vostro campo d'azione. O, per dirla chiara e tonda: ne va della vostra testa! Un solo errore, e avete perduto. Questa foto risale all'anno passato. Il campo di grano è anche quest'anno un campo di grano. Potrebbe essere per qualcuno di voi una via di scampo. Prego, più serietà, compagni!»

Infine il campo di grano scomparve. Sullo schermo apparve la foto di un pezzo di bosco. Sul bordo inferiore si vedeva una strada.

«Il territorio di Lačine. Il bosco.» Milda indicò la foto con la bacchetta. «A sud del bosco corre la chaussée Rshjev-Mosca, che a Golicyno sfocia sulla nota arteria Smolensk-Mosca. Nel bosco c'è una casa rurale, che però è abbandonata. Bisognerebbe cercare di evitarla, perché viene spesso utilizzata da...»

«...da compagni che vogliono offrire al popolo russo un nuovo figlio!» La interruppe Ivan Petrovič Bunurian. «Non saranno certo entusiasti se qualcuno gli piove dal cielo...»

Milda Ifanovna mise da parte la bacchetta e si appoggiò al muro intonacato vicino allo schermo.

«Adesso è offesa», disse Petrovskij battendo le mani. «Compagni, non dovreste spaventarla con la vostra grossolanità. Lei è una tenera colombella, le cui penne si scompigliano ad ogni alito di vento...»

«Aspetterò che lei prenda contatto nella Lesnaja ulica 19», disse Milda Ifanovna. «In che modo, glielo spiegheranno i suoi camerati. Io no!»

Passò con fierezza davanti ai dieci e se ne andò.

Si lasciò dietro una scia di profumo.

«Se n'è andata in collera», disse Sergeij Andreevič Tarski. «Pensavo che sarebbe diventata la nostra mamma russa. Invece, ci ripudia.»

Il Colonnello von Renneberg si allontanò dalla finestra. Il suo viso non prometteva nulla di buono.

«Se il tempo non stringesse», disse in russo, «interromperei il corso d'istruzione, vi trasformerei di nuovo in ufficiali tedeschi e vi farei arrivare a conclusioni alle quali evidentemente miravate!»

«La prego di capirci.» Il Maggiore von Labitz alias P.F. Sassonov, si alzò. «È nella natura delle cose che...»

«È nella natura delle cose che comprendiate alla fine che ogni parola a voi diretta mira solo alla vostra sicurezza, alla vostra sopravvivenza!» gridò von Renneberg. Per la prima volta, il suo abituale riserbo e la sua mite indulgenza lo avevano abbandonato. «Posso pretendere da voi, proprio da voi, una certa maturità! Ma voi vi comportate...»

«Una parola, compagno», lo interruppe Duskov. «Sono di Kasan, di modeste condizioni. Mio padre lavora nella costruzione di strade, mia madre cuce camicie senza colletto in una fabbrica. Mia sorella è già vedova con un figlio: suo marito è morto di epatite. Io sono calzolaio finito, ma adesso, dopo il congedo dall'Armata Rossa a causa di una malattia polmonare, lavoro come manovratore alla ferrovia. Per stare all'aria aperta. Io le chiedo, compagno: quando mi imbatto in una donna come Milda Ifanovna... come posso agire diversamente da un manovratore malato ai polmoni? E il compagno Petrovskij? È magazziniere. Che cosa ha dalla vita? Un bicchierino di kvas, il giornale, casse e cartoni da riempire, e alla sera si incontra con Malika. E allora, cosa vuole che faccia, compagno? Che disquisisca sullo sviluppo dell'agricoltura nel Kazakhstan? Malika lo manderebbe a quel paese. No, si dà da fare. *Questo* ci si aspetta da lui. Dunque, perché parlare di ufficiali tedeschi? Noi siamo russi. Poveri diavoli, e come tali viviamo. E per questo ci elettrizziamo quando capita sul nostro cammino una Milda. Saremmo autentici, altrimenti? Così autentici come si vuole che siamo?»

Il Colonnello von Renneberg aveva ascoltato immobile. Il suo viso era arrossito. Si morse il labbro inferiore e cercò le sigarette. Quando il piccolo Plejin gli offrì una papirosa, scosse il capo in silenzio.

«Ha finito?» chiese infine. Aveva trovato il portasigarette che apriva e chiudeva con movimento nervoso.

«Sì,» disse Duskov, indietreggiando per rientrare nella riga dei dieci.

«Ha ragione!» Renneberg annuì e si rimise in tasca il portasigarette. «La ringrazio di avermi richiamato su un errore di pensiero e di comportamento. Io non ho bisogno di essere russo...»

La serata, e soprattutto la cena, si trasformò in una festa. Non per merito dei piatti, o del vino di Crimea, o della tavola abbellita con candele.

Milda Ifanovna Kabakova cenò con loro.

La Kabakova era incantevole.

«Spero di rivedervi tutti a Mosca», disse.

Mentre parlava, il suo volto cambiava di continuo; gli occhi, le narici, le labbra, mettevano in risalto ogni frase e le conferivano una energica chiarezza. Ogni tanto si passava la mano fra i capelli neri, oppure quando rideva si premeva le mani sui seni, come se dovesse trattenere le belle forme, affinché per il gran ridere non traboccassero dalla camicetta. Si appoggiò con la testa rovesciata all'indietro e ascoltò con gli occhi chiusi il piccolo Plejin che cantò con limpida voce tenorile la celebre «Campanelli della sera» e salì a un falsetto altissimo come se davvero dalle cupole di una chiesa lontana suonassero delle campanelle d'argento. Petrovskij raccontò delle barzellette siberiane... sembrerà impossibile, ma anche in Siberia esistono barzellette. Un uomo arriva su un lago ghiacciato e vede un altro uomo seduto sul ghiaccio. «Ehi!» grida quello dalla riva. «Sei congelato, compagno?» — «No, fratello!» grida l'altro di rimando. «Sto seduto qui solo perché col mio sedere bollente voglio fare un buco nel ghiaccio per pescare.»

Si può ridere o non ridere. In ogni modo, in Siberia queste barzellette fanno ridere.

«Mosca!» disse Kraskin. Guardò Milda Ifanovna con occhi all'improvviso spaventati. Gli altri mostrarono di non aver capito quello che lei aveva voluto dire prima. «Quando si lancia?»

«Domani notte.»

«Dio mio!»

«Non ho paura.»

«A che ora?» chiese Duskov.

«Perché lo vuole sapere, Leonid Germanovič?»

«Potremmo pensare tutti a lei, Milda Ifanovna. E non solo pensare. Chi vuole, può anche pregare...»

«Lei crede in un Dio?»

«Lei no?»

«No!» Il suo viso asiatico dagli zigomi alti si fece più duro, più spigoloso, più cupo. «Dio non è mai stato con noi. Solo i bolscevichi.»

«Ogni tanto, al fronte, quando si è bersagliati dal fuoco martellante, quando gli organi di Stalin sibilano, quando si vedono i camerati dilaniati che invocano la madre, può succedere che qualcuno si senta molto piccolo e creda in Dio come un bambino...»

«Fortunato Leonid Germanovič...» La Kabakova fissò la luce tremolante della candela che aveva davanti. «In questa situazione io maledirei Dio. Ci ha chiamati suoi figli e ciò nonostante ci lascia andare al macello. Che razza di padre! Riesce a capirlo?»

«Sì.» Kyrill Semënovič Boranov posò il bicchiere. Il vino di Crimea aveva il colore del sangue alla luce delle candele. «Noi tutti abbiamo dei padri. Si sono forse opposti con le unghie e coi denti perché non si entrasse in guerra? Al contrario. Erano fieri. Il mio ragazzo in uniforme! Mio figlio Sottotenente! Il mio birbante con la Croce di Ferro di Prima Classe! Vieni sul mio petto, figliolo. Adesso ti daranno la Croce d'Oro! O il Collare!» Si fermò e si guardò intorno un po' turbato. «Scusate, compagni. Ero nella terra sbagliata. Parlavo del Capitano Asgard Kuehenberg, che sempre e ovunque si presentasse incontrava solo orgoglio patrio. Ma in Russia è diverso? Anche là brillano le medaglie al merito sul petto degli eroi, e il compagno Commissario ti bacia sulle guance. Milda Ifanovna, i padri sono una specie di individui a sé stante, non appena i figli indossano l'uniforme! Perché Dio dovrebbe essere diverso?» Si raschiò la gola e si versò dell'altro vino. «Quando si lancia?»

«Domani notte fra le due e le tre. Se tutto va bene.»

«Penseremo a lei», disse Kraskin. «Staremo alle finestre a scrutare la notte. Naturalmente, se questo può aiutarla, compagna...»

«Mi aiuta molto.» Tentò un patetico sorriso. «Così, non sarò tanto sola.»

«E come saprà quando *noi* saremo arrivati?» chiese Bunurian.

«In nessun modo», rispose Renneberg invece di Milda. «Solo quando il primo di voi si presenterà da lei, lei saprà che le *Oche selvatiche* hanno raggiunto la meta. La prima meta.»

«E se nessuno si presentasse?» fu la timida domanda del piccolo Plejin.

«Impossibile!» Renneberg stava fumando una sigaretta e guardava gli anelli che formava con le labbra arrotondate. «Impossibile secondo il calcolo delle probabilità. Su dieci uomini, almeno due *devono* farcela.»

«È molto tranquillizzante», disse Boranov con la lingua impastata. «Basta assuefarsi all'idea di essere solo dei gettoni in un gioco d'azzardo...»

Quella sera tutti accompagnarono Milda Ifanovna alla porta e la salutarono secondo l'usanza russa con dei baci sulle guance. Una grossa auto aspettava sul vialetto. Il conducente, un Caporal Maggiore, e il secondo autista, un Caporale, fissarono sbalorditi quella scena eccezionale: dieci ufficiali sovietici che baciavano una donna formidabile. E un Colonnello tedesco stava vicino a loro senza intervenire.

«Gustav, stai vivendo un momento storico», disse il Caporal Maggiore svevo. «Facciamo gli autisti di un bordello per ufficiali russi!»

«Una per dieci. Che roba...» Il Caporale guardò Milda che si avvicinava a passi lenti all'auto voltandosi ogni tanto a salutare.

«Che tocco di ragazza...»

«Ma non vorrei essere il decimo...»

«Quando si ha fame, Gustav...»

Dall'altra parte arrivò il Tenente Colonnello Hansekamm. Aprì la portiera.

«Zitto!» sibilò il Caporal Maggiore. Poi, forte: «Caporal Maggiore Häemmerle ai suoi ordini...»

Hansekamm lo fece tacere con un cenno. «Andiamo a Berlino». Aiutò Milda a salire sull'auto, chiuse la portiera e si sedette accanto alla Kabakova. La grossa vettura si mosse e imboccò la strada maestra per Eberswalde.

Una limpida notte di giugno. La luna illuminava le colline brandeburghesi e i pini. Hansekamm abbassò il finestrino e respirò a pieni polmoni. Cera profumo di resina e di erba falciata di fresco.

«Come è silenziosa, Milda...» disse lui.

«Sono stanca.» Si era adagiata all'indietro e si era messa sul viso un lembo dello scialle di seta, come per ripararsi dal chiarore lunare. Naturalmente, pensò il Caporal Maggiore Häemmerle di Vaihingen. Dopo dieci assalti, si è stanchi.

«Cerchi di dormire», disse Hansekamm.

Milda Ifanovna annuì. Tirò lo scialle a coprirle tutto il viso come un sipario.

Con il capo gettato all'indietro sullo schienale, pianse in silenzio.

I lanci di addestramento — dapprima da una torre e con una fune di sicurezza, poi da uno Ju 52 con a bordo un esperto paracadutista che aveva il compito di acchiapparti nel caso dimenticassi la cordicella, — cominciarono subito il giorno dopo. I dieci indossavano l'uniforme tedesca senza insegne del grado e venivano portati in camion all'aeroporto militare. Il primo giorno, tornati alla Scuola di equitazione di Eberswalde, si sedettero a tavola abbattuti e piluccarono la cena senza gusto. Il piccolo Plejin si vergognava: la paura del primo lancio dalla torre lo aveva fatto vomitare. Nessuno lo biasimava. Lo stesso robusto Petrovskij aveva detto dopo aver dato un'occhiata giù dalla torre: «Ragazzi, se mi raccogliete là sotto, non mi pigliate per i pantaloni.»

«È tutta una questione di abitudine», diceva il Tenente paracadutista che si occupava del loro addestramento. «In seguito il salto vi inebrierà. Quel librarsi fra cielo e terra è come un orgasmo.»

«Questo deve essere un pervertito!» gemette Ivanov riccioli biondi. Ma quando fu lui a librarsi come in assenza di forza di gravità, si meravigliò di provare una gioia particolare in quella condizione. Solo che nessuno lo aveva preparato a un impatto così forte che le capriole attutivano ben poco.

Il Colonnello von Renneberg si decise per una prima ampia valutazione. Come sempre, dopo cena passavano insieme ancora un'ora, fumavano, bevevano vino e cognac e ascoltavano le ultime notizie dalla radio. Quello che comunicava l'Alto Comando della Wehrmacht e quello che in questo modo il popolo tedesco credeva, assomigliava poco ai rapporti sulla situazione che Renneberg serviva a fine tavolo come un dessert di nuovo tipo. Anche la macchina della propaganda di Goebbels sfornava solo fiducia. Secondo tale propaganda, si era alla vigilia di una grande svolta, l'invasione era il colpo di grazia che gli alleati si sarebbero inflitti da soli. E i fronti russi erano così tranquilli che vi si accennava appena con una frase. Il prodigio nel quale i tedeschi speravano sembrava essere in attesa davanti alla porta della storia del mondo. Solo gli attacchi aerei, che adesso distruggevano sistematicamente notte e giorno le città, offuscavano la visione di una grandiosa vittoria finale. Ma gli attacchi aerei erano una cosa quotidiana, e i loro effetti venivano compendiati alla fine del bollettino della Wehrmacht nella lapidaria frase di chiusura: Perdite nella popolazione.

Una frase che racchiudeva in sé morti ed orrori. Città in fiamme, quartieri devastati, cadaveri ammucchiati sul ciglio delle strade. Una vita che si rintanava sotto terra: nelle cantine, sotto cumuli di rovine, in bunker fatti di macerie dove si abitava...

«Sono contento di voi, signori» disse von Renneberg alzando il bicchiere con il cognac russo. «Secondo il rapporto della "Sezione Armate Straniere Est", l'offensiva sovietica è attesa per la terza decade di giugno. Il rapporto delle forze è catastrofico. Di fronte a ogni gruppo di Armate tedesche ce ne sono tre sovietici. Il 1° Fronte Bielorusso sotto Rokossovskij, il 2° Fronte Bielorusso sotto Sacharov, il 3° Fronte Bielorusso sotto Černjakovskij. Comandante supremo è il Maresciallo Žukov. Il nostro Gruppo d'Armate Centro sotto il Feldmaresciallo Busch, quaranta divisioni tedesche, delle quali nessuna ha gli effettivi al completo, si trova di fronte centotrentadue divisioni e sessantuno brigate russe. Fra cui quarantacinque brigate corazzate a ranghi completi. Nelle retrovie ci sono riserve di consistenza sconosciuta. *Noi* — ormai è una cosa sicura da giorni — non abbiamo riserve. La guerra su molti fronti, la difesa della Germania da ogni parte, hanno impegnato tutte le forze di cui potevamo disporre. Inoltre, il nemico possiede depositi stracolmi di benzina e munizioni. Il rifornimento di materiali procede indisturbato. La nostra aviazione ha perduto il controllo degli spazi aerei.» Renneberg ricorse al cognac, come per togliersi di bocca un sapore disgustoso. «Questa è la situazione attuale. Secondo il nostro piano, dovrete essere lanciati per l'operazione *Oche selvatiche* fra il 18 e il 25 giugno.»

I dieci tacquero. Hansekamm fece il giro per riempire i bicchieri, avvolto nel fumo di un sigaro, forse per nascondere la tristezza del viso.

«Alle 2...» disse Sergeij Andreevič Tarski all'improvviso.

Renneberg rimise il bicchiere di cognac sul tavolo. «Cosa succede alle 2?»

«Lei si lancerà.»

«Non rattristatevi con pensieri dolorosi. Milda Ifanovna corre un rischio minimo. Una contadina non sarà mai fermata e controllata. Per voi la cosa è diversa: siete uomini robusti, e qualcuno si potrà domandare perché durante l'attacco decisivo non siate in prima linea con l'Armata Rossa. Non dovete preoccuparvi per Milda.»

Renneberg sintonizzò su Radio Londra. L'altoparlante riversò musica da ballo. Il Colonnello abbassò un poco il volume e accavallò le gambe. «Per il resto c'è rabbia», disse lentamente.

«Contro chi?» chiese Boranov.

«Contro il quartier generale del Führer. Himmler e Kaltenbrunner hanno fiutato qualcosa, ma nessuno può dir loro niente. Vanno in giro come cani da tartufi. Keitel e Jodl tacciono... e chiedere a Bormann sarebbe per Himmler lo stesso che schiaffeggiarsi da solo. Il Führer ha già dimenticato la *Oche selvatiche*, e ai suoi occhi noi siamo soltanto degli idioti. Ma c'è una richiesta ufficiale del Reichsführer delle SS, Himmler, al Comando Supremo: Ci è giunta notizia di certi progetti che potrebbero interessare anche il comando dei Servizi di Sicurezza SS del Reich... eccetera. Naturalmente il Comando Supremo fa orecchio da mercante. Ma io mi domando: Dove è la falla? Attraverso quale crepa filtravano le voci? E come è mai possibile che anche un solo accenno sia potuto arrivare alle SS? In seguito a ciò, il Comando Supremo ha distrutto tutti i documenti. Solo qui esistono ancora due fogli che riguardano la *Oche selvatiche*. Ve ne ho informati affinché sappiate che il minimo tentativo da parte vostra di contrabbandare notizie all'esterno, sia pure ai vostri congiunti, vi sarà fatale...» Renneberg intrecciò le mani sul ginocchio. «Devo anche informarvi che le lettere ai vostri parenti, nelle quali, con profonda costernazione e profondo dolore, si comunica che siete da considerare dispersi, sono pronte per l'inoltro in un ufficio postale del Comando Supremo. Saranno spedite dopodomani...»

«Già dopodomani...» disse piano il piccolo Plejin schiacciando la sigaretta.

«Dunque siamo morti...» Duskov alzò il bicchiere e lo fece ruotare in aria. Lo colse un accesso di umor nero, brutale. Si aprirono le cateratte, la piena diventò incontenibile. «Morti, compagni! Che sensazione! Non mi fissate con gli occhi sbarrati come un orso nella tempesta! Assaporate il gusto di essere morti! Chi ha mai *vissuto* un'esperienza simile?» Fece una risata stridula, vuotò il bicchiere e lo scagliò con violenza contro il muro. «Compagno Colonnello, che cosa scriveranno? Per esempio a mio padre, Barone Johannes von Baldenow. "Abbiamo il triste compito di comunicarle una notizia dolorosa: suo figlio, Capitano Venno von Baldenow, in una azione presso (luogo da precisare), è rimasto tagliato fuori. Da quel momento risulta disperso." — E forse nel nostro caso particolare arriveranno perfino ad aggiungere: "Allo stato delle cose, dobbiamo considerarlo caduto." — E poi, come di consueto: "Il Capitano Venno von Baldenow era uno dei camerati più amati e coraggiosi del nostro reggimento, un esempio per i suoi soldati, un uomo che ha sempre combattuto in prima linea per il Führer e per la patria e che..."»

«Chiudi il becco!» disse Boranov roco. «Leonid Germanovič, chi è questo barone von Baldenow? Dove lo hai conosciuto? È così interessante che si debba parlare di lui in Russia?»

Duskov crollò senza forze sulla sedia. Sassonov strinse il bicchiere con entrambe le mani e guardò il Colonnello von Renneberg. Due volte fu sul punto di parlare, ma le parole gli andarono di traverso; solo la terza volta riuscì a dire: «Come morto, vorrei farle una domanda...»

«Prego!» disse Renneberg con tono indifferente. Lo sfogo di Duskov non lo aveva sorpreso. Anzi, gliene era grato. Questo li libera, pensò. Quante cose si sono accumulate in questi giorni!

«Ho una moglie giovane. Da pochi giorni mi è nato il primo figlio. Il primo... e l'ultimo. Come... come si provvederà a lei?»

«La sua vedova — devo dire le cose come stanno! — riceverà una congrua pensione. L'educazione di un figlio è garantita, qualsiasi professione intenda abbracciare.»

«E se perdiamo la guerra?»

Per la prima volta in quell'ambiente si parlava chiaro e senza esitazioni. Renneberg alzò entrambe le mani. Non tentò di mettersi una maschera, non tenne alcuna concione sul tema: Perché la Germania non può perdere la guerra. La certezza della disfatta tedesca non era più da nascondere.

«Ci sarà sempre una Germania», disse. «E comunque sia questa Germania, manterrà fede ai suoi impegni.»

«Una Germania comunista?»

«Non ci sarà mai!»

«Chi può garantirlo?»

«La nostra concezione di una vita che valga la pena di essere vissuta. La Germania non sarà mai considerata da alcuni fanatici o clowns politici come un terreno fertile per un leninismo d'importazione. Mosca non si accamperà mai sul Reno, perché in tal caso si accamperebbe alle porte di Parigi o di Londra.» Renneberg agitò il cognac nel bicchiere panciuto. «Ma la politica mondiale non è il nostro argomento, signori.»

«A me interessano solo mia moglie e mio figlio», disse piano Sassonov. «La nostra proprietà è in Lettonia. Se perderemo la guerra saremo poveri come barboni.»

«Ve lo abbiamo detto fin dall'inizio: per quanto fantastico possa sembrare, potreste essere voi a dare una svolta decisiva alla storia del mondo. La vostra impresa può cambiare il mondo. Questa è la bizzarria della storia: certe epoche dipendono da singoli uomini. Certi periodi recano il marchio di un personaggio. Con Alessandro morì anche la Grecia classica, con Cesare crollò l'Impero Romano. Napoleone forgiò il volto dell'Europa... fino ad oggi. Oggi non v'è dubbio che la polena di una nuova era non si chiama Adolf Hitler, bensì Josef Stalin. Ma l'odio verso noi tedeschi è tanto grande da non far comprendere agli alleati occidentali che con gli amici sovietici si porteranno presto in casa anche il loro declino. Non lo vogliono capire, ma se ne accorgeranno. Tuttavia, questo corso apparentemente inarrestabile potrebbe essere deviato con un solo colpo, con una sola bomba a mano.»

«Ma allora la polena sarebbe di nuovo Adolf Hitler», disse Boranov e tossicchiò. Renneberg lo guardò serio.

«No! A voi, che siete già morti, lo si può confidare: Neanche Adolf Hitler creerà la nuova immagine del mondo. Quando avrete ucciso Stalin, anche in Germania molte cose cambieranno.»

Alle 2 del mattino, i dieci erano alle finestre delle loro camere con lo sguardo perduto nella notte. Nubi sfrangiate passavano lente davanti alla luna, il vento era di tepore carezzevole e profumava di aghi di pino. Nelle stalle della scuola, i ronzini raspavano, soffiavano, nitrivano in sogno. La finestra del corpo di guardia era illuminata, attraverso una fessura dell'oscuramento filtrava una lama di luce. I guardiani della stalla giocavano a scacchi. In lontananza, verso Berlino, si sentivano crepitii e deboli rombi. La contraerea e le bombe: l'incursione notturna era divenuta ormai un'abitudine. Perdite fra la popolazione...

«Auguri, Milda!» disse il ricciuto Ivanov.

«Ci rivedremo?» si chiese il piccolo Plejin. «Non che abbia voglia di andarci a letto insieme... me lo domando così. Riusciremo a incontrarci di nuovo?»

Vicino a Boranov, alla finestra, c'era il Colonnello von Renneberg. Anch'egli guardava verso est il cielo notturno slavato dal chiarore della luna. Ma parlò a voce bassa non di Milda Ifanovna, bensì di Adolf Hitler.

«Posso ancora sostituirla, Capitano Kuehenberg», disse in tedesco.

«Compagno, non la capisco», rispose Boranov in russo.

«Lasci perdere, Kuehenberg». Renneberg gli si fece più vicino. «Conosco i suoi precedenti, la storia della sua famiglia, tutto. L'ho osservata. Lei è uno spirito critico, e ama la sua patria.»

«Chi non l'amerebbe, compagno?» Boranov continuò a parlare in russo. Renneberg non fece altri tentativi di convincere Kuehenberg.

«Potrei trattenerla qui e metterla nello stato maggiore del generale Oster.»

«Che ci farei?»

«Potrebbe conoscere Witzleben, von Stauffenberg, Goerdeler, Hoeppener, il Circolo di Kreisau...»

«Chi sono?»

«Qualcuno le spiegherebbe tutto. In ogni modo, conoscerà le persone che grazie al loro ardente patriottismo credono nella sopravvivenza della Germania... dopo Hitler. Ne fanno parte anche Canaris, von Stülpnagel. Rommel...»

«Anche lui?» Boranov si allontanò dalla finestra. Le 2,12.

Forse Milda era atterrata. In qualche punto nelle vicinanze di Mosca. Una contadina che la mattina dopo sarebbe partita alla volta della grande città. «Che cosa vuole da me?»

«Abbiamo bisogno di uomini come lei, Kuehenberg. Impavidi, lungimiranti, dotati di un intuito politico innato, di senso dello stato, di coraggio nell'affrontare il rischio. Lei è ancora giovane. Ventotto anni! Lei è il futuro, Kuehenberg. In questi ultimi giorni mi sono interrogato sempre più spesso, torturandomi la coscienza: Puoi bruciare quest'uomo a Mosca? Infatti, anche se voi *Oche selvatiche* sopravviveste, lei sa che la sua vita è finita.»

«Siamo dieci, compagno Colonnello!» rispose Boranov risoluto. «E rimaniamo dieci. Uccideremo Stalin. Voi uccidete Hitler! Forse in seguito c'incontreremo e potremo discutere se ne sia valsa la pena.»

«Posso ancora sostituirla, Kuehenberg.»

«Se può farlo, allora esoneri il Maggiore von Labitz. Lo ammiro perché non impazzisce. Essere il padre morto vivo di un figlio che ha atteso per anni... è una cosa da far saltare i nervi. Ebbene, alla sua domanda se voleva ritirarsi egli ha reagito come ci si aspettava da lui. Ma giorno dopo giorno diventa più taciturno, chiuso in se stesso, se ne sta seduto davanti al ritratto della moglie — non ha un ritratto del figlio e non lo avrà mai — e le parla. Leonid Germanovič, il suo compagno di camera, dice che è toccante vedere come guarda la foto, come apre il suo cuore davanti a quella foto, con quanta tenerezza la bacia e come si addormenta liberato, felice come un bambino che ha ricevuto un regalo. — Questo è un autentico problema, compagno Colonnello. Dovrebbe sostituire Duskov, non me.»

«Era solo un'idea... è passata. È stato interessante conversare con lei, Kyrill Semënovič» Renneberg andò alla porta.

«Grazie, compagno Colonnello.»

Si voltò e guardò di nuovo fuori dalla finestra. Alle sue spalle, la porta si chiuse con uno scatto. Non afferrava ancora quello che aveva udito: von Mitzleben, Canaris, Rommel.. tutti contro Hitler? La morte di Stalin preludio di una trasformazione di portata mondiale? Alzò le spalle e si appoggiò con le braccia sul davanzale della finestra. Rabbrividì per la mostruosità e la dimensione del compito che gli era stato ordinato e che lui, con la prevista obbedienza, si era assunto.

Petrovskij entrò con una sigaretta all'angolo della bocca e le mani nelle tasche dei calzoni.

«Ci stai?» chiese.

«A far che?»

«Festeggiamo l'"atterraggio" di Milda... Nella camera di Piotr Mironovič.»

«Brindate per me.» Boranov scosse il capo. «Sono troppo stanco. L'allenamento col paracadute di oggi... Non mi sento più le ossa. Non vi offendete, fratelli.»

«Allora, a domani, Kyrill Semënovič.»

Si abusa di noi, pensò Boranov buttandosi sul letto vestito. In un modo o nell'altro, qualunque sia il fine... si abusa di noi. E pur sapendolo, noi ci prestiamo! Vorrei che qualcuno me lo spiegasse. Qui sono i confini della psicologia, qui la capacità di comprensione dell'uomo urta contro un muro.

Fra il 18 e il 25 giugno ci scaricheranno intorno a Mosca, e dovremo cercare di raggiungere la città e la casa di Milda Ifanovna. E se uno solo di noi ce la farà, quest'unico dovrà cercare di eseguire l'ordine.

Uccidere Stalin!

Chi può spiegarmi che razza di individui siamo...?

Il piccolo maneggevole ricognitore notturno ronzava a una notevole altezza sulla zona di Minsk in direzione Smolensk-Mosca. Le batterie di riflettori tedesche scandagliavano il cielo, che però in quel punto era coperto, i raggi di luce andavano a impigliarsi nelle nuvole, erano come assorbiti da una ovatta, si liquefacevano in una torbida luce lattosa. Gli artiglieri ai pezzi antiaerei aspettavano, ma dalla centrale di tiro non arrivava alcun ordine, alcuna indicazione, alcuna precisazione dell'obiettivo. Vola troppo alto, dicevano tutti. E poi è solo. Non vale la pena. Deve essere un deficiente. Che va cercando così in alto nel cielo? Da lassù vede tanto poco quanto noi da quaggiù.

Il ricognitore notturno superò le linee tedesche e poco dopo sorvolò Smolensk. La difesa antiaerea sovietica reagì con indolenza a quel lontano ronzio. Non può essere tedesco... che ci fa lassù un solo tedesco di notte? Dunque è uno di noi. Non vi disturbate, compagni, riposate ancora. Il grande giorno della vittoria non è lontano.

Ma un baldo Sottotenente telefonò alla squadra aerea di Kalinin. «Viene da occidente!» disse al compagno ufficiale di guardia.

«Va bene.»

«Come va bene?»

«Perché in linea di massima gli aerei sovietici ora vanno solo a occidente e, quando tornano a oriente, vengono da occidente. È chiaro, compagno?»

«Chiarissimo. Buona notte.»

Il ricognitore notturno continuò a sorvolare verso Mosca. Non aveva un numero, un nome, un contrassegno di nazionalità. Era dipinto in grigioverde e non si stagliava contro il cielo. Dopo Vjasma si abbassò, bucò la coltre di nubi e si orientò sulla grande arteria. Colonne di camion e di artiglieria andavano verso occidente. Sulla strada ferrata che correva parallela vi erano lunghe file di vagoni merci.

Munizioni. Materiali. Uomini.

«Adesso descriveremo un arco e ci avvicineremo a Mosca da Kaluga», disse il Maresciallo che pilotava. «Poi sorvoleremo l'Oka presso Serpučov e raggiungeremo l'obbiettivo a est di Mičnevo. Sulla valle del fiume Lopasnja potrà lanciarsi. Pronta?»

«Pronta.»

Milda Ifanovna controllò ancora una volta il suo equipaggiamento. Le cinghie erano a posto, la cordicella di strappo l'avrebbe impugnata al momento del lancio. In testa aveva una calotta di pelle. Sui vestiti da contadina aveva infilato una tuta. Aveva un freddo terribile a quell'altezza, si massaggiava di continuo le gambe e sbatteva i pugni l'uno contro l'altro. Davanti al petto le pendeva un involtino fatto con un vecchio fazzoletto da testa annodato. Lo avrebbe poi tenuto in mano, come fanno le contadine quando si portano appresso qualche cosa. L'unico grosso rischio era che qualcuno la fermasse e le dicesse: «Cosa porti nel tuo fagottino, bellezza? Fammi vedere!» Il compagno miliziano avrebbe fatto tanto d'occhi perché, invece di qualche uovo da vendere di nascosto, sarebbero saltati fuori un trasmettitore a onde corte, piccolo ma potente, la chiave di un portone e quella di un appartamento, un romanzo di Tolstoj, fra le cui pagine alcuni gruppi di lettere costituivano il codice, e un pacchetto con cinquemila rubli in biglietti di piccolo taglio. La cosa più importante, però, era contenuta in un medaglione d'oro appeso fra i bei seni di Milda: una capsula di gelatina con cianuro.

Così era escluso un interrogatorio della Kabakova.

Il Maresciallo nella cabina di pilotaggio indicò giù: «L'Oka.»

«Lo vedo.»

«Ancora dieci minuti. Vado a quota di lancio.»

«D'accordo.»

Un dialogo scarno sull'abisso dell'incertezza. Milda Ifanovna guardò nel vuoto. Il ricognitore perdette quota, diminuì i giri del motore che infine si fermò. Con un silenzioso volo planato si avvicinò alla terra: la sua terra, la sua Russia, che alla sua famiglia aveva chiesto solo sangue e che lei malgrado tutto amava con una disperazione dalla quale attingeva forze insospettabili. I boschi di Mičnevo. In mezzo a quel folto verde si vedeva il debole scintillio di un piccolo fiume. La Lopasnja.

Nessuna luce intorno, nessuna casa. Solo il tappeto verde scuro del bosco e il fiume.

«Pronta?» gridò il Maresciallo.

Milda controllò per l'ennesima volta: le bretelle sulle spalle, l'imbragatura alla vita e alle cosce. La custodia, al tatto, era come un pezzo di ghiaccio. Il paracadute di seta lo aveva sistemato lei stessa sul grande tavolo per la piegatura. Le era parso come un cerimoniale che dava via libera alla vita o alla morte. Qualche corda di sicurezza impigliata, uno stupido guasto della funicella di strappo... e la custodia non si sarebbe aperta con lo schiocco che ben conoscevano tutti gli esperti paracadutisti. Per alcuni secondi avresti pensato di essere un uccello, di poterti davvero librare nell'aria con le braccia e le gambe spalancate, finché l'aria sarebbe diventata dura come una tavola e il capo vi avrebbe battuto contro come un martello e si sarebbe spalancata una enorme, mugghiante oscurità.

Milda Ifanovna era confortata da ciò che le aveva detto il giovane paracadutista istruttore: «La maggior parte di quelli che cadono da queste altezze senza paracadute, perdono conoscenza e non si accorgono di nulla. È provato. Certo che non si può garantire niente; ancora nessuno che sia andato a sfracellarsi a terra ha raccontato quello che ha provato...»

«Zona di lancio!» gridò il Maresciallo. Il ricognitore descrisse un'ampia curva sulla Lopasnja e tornò indietro in un silenzioso volo planato. «Adesso!»

«Adesso! Grazie!»

«Prego per lei», disse il giovane alla cloche con voce priva di espressione.

Milda Ifanovna balzò fuori. Si tuffò a testa in giù. Per un momento le parve davvero di fluttuare senza peso, la folle illusione di rimanere sospesa in aria la riempì di una euforia che poteva essere fatale... Poi cadde, allargò braccia e gambe nella cosiddetta posizione X, contò ventuno... ventidue... ventitre... ventiquattro... e tirò la cordicella.

La custodia sulle spalle si aprì con uno schianto simile a una esplosione. Il paracadute uscì sibilando, si aprì, si gonfiò nel cielo notturno come una cupola enorme e trascinò Milda nel vuoto. Per un poco oscillò appesa alle cinghie, poi scese in verticale, afferrò la cintura di sicurezza, sgambettò come un bambino scatenato e guardò in basso. Il bosco e il fiume le andavano incontro lentamente. Sto cadendo a 5 metri e mezzo al secondo, pensò. Il Tenente lo aveva detto. L'ha chiamata velocità di caduta. Come era dolce, come era avulso da tutto ciò che era terrestre, non paragonabile con i molti lanci di prova che aveva fatto.

Il ricognitore, sempre in volo planato, descrisse un cerchio più basso. Con gli occhi socchiusi e le labbra strette, il Maresciallo fissò il paracadute che fluttuava al di sopra del fiume. La più bella donna che avesse mai visto in vita sua era lanciata verso un misterioso destino.

«Porca guerra!» disse il giovane pilota, fece ancora un cenno di saluto al paracadute e dopo un altro ampio giro si allontanò dalla zona di lancio. Poi riaccese il motore, riportò in quota l'apparecchio con una impennata e fece rotta per Kaluga.

Gli vennero in mente le ultime parole del suo comandante: «Fritz, qualunque cosa succeda, deve portare la signora sull'obiettivo. Che lei riesca a tornare, sarà una questione di fortuna. Ma la signora *deve* arrivare sana e salva!»

«Torno!» disse forte il Maresciallo. Lo gridò addirittura, a tremila metri di altezza fra Kaluga e Smolensk. I riflettori sovietici sondavano il cielo, le gigantesche braccia luminose lo afferrarono, come tentacoli di un polipo, succhiandolo, strappandolo dalle stelle. Egli si infilò fra le nuvole, giocò a rimpiattino con quelle lame di luce spietate, si alzò e si buttò in picchiata, ricorse a tutti i trucchi che conosceva bene, da quell'esperto pilota che era con duecentosessantatre missioni come ricognitore. Tornò a librarsi a motore spento sopra le nuvole, scivolò in uno squarcio di nubi, sfiorò la lama di un riflettore, affondò la cloche e schizzò di nuovo fra le nuvole.

«Così si vive, così si vive, così si vive ogni giorno!» gridò a squarciagola puntato su una cortina di nubi e nascondendovisi, irraggiungibile dai riflettori e dall'antiaerea.

Dieci minuti dopo era su Smolensk. Dio dei cieli, stendi un tappeto di nuvole sul quale io possa arrivare fino a casa. Non dovrebbe poi essere così difficile mettere qualche nuvola spessa fra me e la contraerea sovietica. Come adesso... Adesso va bene! In mezzo all'ovatta!

Signor Capitano, avrebbe detto mettendosi a rapporto: Maresciallo Fritz Stolte di ritorno dalla missione. Obbiettivo raggiunto. La passeggera si è lanciata secondo i piani prestabiliti. Niente da segnalare...

Verso l'ora di pranzo, il comandante della squadriglia di ricognitori, Capitano Grossjung, dettò il suo rapporto:

«Maresciallo Fritz Stolte: non rientrato dalla missione speciale sul territorio nemico ordinata dal Comando Supremo. Sorte della persona che lo accompagnava, sconosciuta...»

Un nuovo, piccolo enigma di questa guerra. Non valeva la pena di pensarci sopra.

Il 18 giugno 1944 i dieci presero posto di nuovo in classe. Alla parete c'era la mappa di Mosca e dintorni. Un cerchio di cento chilometri correva intorno alla città.

Il Tenente Colonnello Hansekamm, appoggiato alla bacchetta, aspettava come gli altri il Colonnello von Renneberg. C'era qualcosa nell'aria: lo sentivano tutti. Da quando Hansekamm aveva detto: «Potete fumare», era stato chiaro che la situazione era particolare. Incertezza e tensione li attanagliavano, come se avessero sul petto un peso da un quintale.

Mosca e dintorni.

È l'ora, pensò Boranov. Le *Oche selvatiche* vengono liberate per il loro volo fatale verso oriente. Dietro di noi rimane il vuoto... le lettere che comunicano la nostra scomparsa sono già state mandate ai nostri parenti. Oggi saremo lanciati nel vento. E adesso volate... volate... proscritti... Salvate il mondo dal bolscevismo! Mio Dio, ogni giorno di più ci appare chiara la pazzia per la quale siamo stati portati qui.

Renneberg entrò, un po' freddo, come sempre, con il raccoglitore blu di cartone sotto il braccio, e fece qualcosa che suscitò una contenuta ilarità: fece un gesto di diniego dalla porta. Non vi alzate, signori, nessun atto di omaggio.

I dieci si stravaccarono sulle sedie sogghignando cordialmente. Da quando un russo sbatte i tacchi? Che ti succede, fratello Colonnello? Commetti un errore. Che ce ne importa a noi della tua divisa tedesca, eh?

Renneberg andò dietro la cattedra e aprì la cartella blu. Hansekamm, come uno scolaro modello, si avvicinò con la bacchetta alla enorme mappa di Mosca.

«Signori, ho pronti i vostri piani di azione», disse Renneberg in tedesco.

Subito Petrovskij alzò la mano. «Non capire!» gridò agitando la mano. «Non parlare tedesco...»

«Scusate! L'avevo dimenticato.» Renneberg rise acido. Proseguì in russo. «Chi viene chiamato, è pregato di venire alla mappa e di indicarci dove si trova il luogo nominato. Ritengo che sia una cosa rapida, poiché dovreste aver fotografati nel cervello i dintorni di Mosca.» Prese un foglio dalla cartella blu e se lo avvicinò agli occhi. «Piotr Mironovič Sepkin...»

«Presente!» Il Tenente Radek si alzò.

«Lei salterà presso Uvarovka-Možaisk. — Me lo indichi sulla mappa.»

Sepkin prese la bacchetta dalla mano di Hansekamm, si avvicinò alla mappa e indicò subito il suo territorio di azione.

«Bene! — Ivan Petrovič Bunurian.»

«Presente!» Il Tenente von Ranowski si alzò.

«Lei si lancerà a Maximovo.»

Avvicinamento alla mappa, bacchetta, colpetto sulla tela stampata.

«Bene!»

Il rito si ripeté otto volte. Si gettava una parola come una moneta in un automa, e l'automa marciava verso la mappa di Mosca e dintorni e picchiava sul punto indicato.

«Luka Ivanovič Petrovskij. Lei salterà a Kosterovo.

Leonid Germanovič Duskov. Lei salterà a Kolchugino-Aleksandrov.

Fëdor Pantelievič Ivanov. Lei salterà a Dubna.

Aleksander Nikolaevič Kraskin. Lei salterà a Stupino.

Kyrill Semënovič Boranov. Lei salterà a Verejo.

Sergeij Andreevič Tarski. Lei salterà a Latašino.

Pavel Fedorovič Sassonov. Lei salterà a Egorevsk.

Nikolai Antonovič Plejin. Lei salterà a Pereslavl-Salereskij.»

Il Colonnello Renneberg rimise il foglio nella cartella blu. Il piccolo Plejin era rimasto fermo davanti alla mappa di Mosca con la bacchetta in mano.

«Le zone vi sono note grazie alle riprese aeree. Mosca è raggiungibile da ogni punto di atterraggio mediante buone strade o per ferrovia. Per tranquillizzarvi... leggo la muta domanda nei vostri occhi: Milda Ifanovna è a Mosca.

«Bene!» gridò Petrovskij. «Compagni, un evviva per la ragazza!»

«Anche se il ricognitore dal quale si è lanciata risulta disperso...»

«Davvero... o solo ufficialmente?» chiese piano Boranov.

«Davvero. Si pensa che l'apparecchio sia stato abbattuto da caccia notturni sovietici.»

«Il primo morto della *Oche selvatiche.*» Kraskin si accese una sigaretta fatta a mano e aspirò il fumo, come fosse una medicina per calmare i nervi.

«Sul fronte dello sbarco ieri sono morti a migliaia. È la guerra...» Renneberg chiuse la cartella con un colpo secco.

Il piccolo Plejin restituì senza parlare la bacchetta a Hansekamm.

«Questa lezione è stata senz'altro necessaria, compagno Colonnello,» disse Petrovskij con voce velata. «Per santo Stefano, avremmo potuto dimenticarlo! Ce ne stiamo qui all'ingrasso come capponi, curati come cavallini da corsa, e solo perché c'è la guerra e presto dovremo crepare. Eh, avremmo potuto dimenticarcelo!»

«Riceverete fra poco gli abiti civili, i documenti, alcuni rubli e tutte le piccolezze che ci si portano dietro per le necessità quotidiane. Altre domande?»

«Nessuna domanda», rispose Sassonov.

«Domani mattina partiremo per l'aeroporto militare.»

«Allora questa è la nostra ultima serata insieme?»

«Sì.»

«Faremo una festa di addio russa, fratelli», disse Bunurian cupo. «Chissà se ci rivedremo.»

Presentimenti? Spettri della morte? Rassegnazione? Inconscia ribellione? I dieci guardarono il loro maestro. Il Colonnello von Renneberg si mise la cartella blu sotto l'ascella destra.

«Ho fatto mettere in fresco lo spumante. Autentico spumante della Crimea. A ricordo del tempo in cui avevamo bene in pugno la Crimea. Ma alle 11 si va a letto, signori. Credo» — il viso di Renneberg si addolcì — «che ciascuno di voi abbia bisogno di qualche ora tranquilla tutta per sé. Lo so, mi giudicate un freddo calcolatore. Ma anch'io so che non siamo serpenti che possono cambiare pelle senza odore. Credetemi, guardo alla giornata di domani non senza partecipazione, e anche con una certa paura. Siete tutti nel mio cuore. Sarà duro dimenticarvi completamente.»

Più tardi, Renneberg e Hansekamm distribuirono gli abiti civili. Vestiti di stoffa rigida, scarpe massicce, calze lavorate a mano, camicie scozzesi o a righe, tutta roba portata per molto tempo e quindi consunta. Petrovskij, per esempio, ebbe una camicia di cui era stato accorciato il di dietro per aggiustare il colletto.

«Ah!» esclamò subito Petrovskij agitando lo straccio. «Guardate cosa mi capita! Compagni, io ho gusto estetico. Questa non arriva nemmeno alla spaccatura! Può provocare malattie, lo giuro! Anche mio zio Kustja Tichonovič ha portato una tale insidia per il deretano. Per due anni. Diventava sempre più corta di dietro perché i colletti si consumavano più in fretta del resto. Cosa faceva la zia Peleageja? zac-zac, via dal di dietro e colletto sistemato. Per due anni. Risultato? Lo zio aveva sempre il colletto in ordine, ma dopo due anni si era beccato un crampo dello sfintere. Cronico! Un deretano ammodo ha diritto di essere coperto in maniera adeguata!»

«Tutto è stato disinfettato.» Hansekamm era in piedi in mezzo ai dieci che si cambiavano gli abiti e si trasformavano in uomini russi. Operai, contadini, piccoli borghesi. «La sua camicia accorciata, Luka Ivanovič, denota il suo livello di vita.»

«Un'esistenza miserabile! Perché avete pensato di farmi fare proprio il lattoniere?»

«Durante la sua penultima licenza, lei ha coperto il tetto della sua casa paterna», disse Renneberg. «È vero?»

«Sa tutto!» Petrovskij indossò la camicia accorciata. «Che cosa ho fatto la sera del 19 ottobre 1941?»

«Aveva una settimana di licenza dopo il corso alla scuola di guerra. Suppongo che si sia portato a letto una ragazza...»

«Sa proprio tutto!» Petrovskij si infilò i pantaloni duri e scoloriti. «Ma una cosa non sa ancora: che sarò il primo ad andare da Milda Ifanovna nella Lesnaja ulica 19!»

La sera bevvero lo spumante di Crimea, il piccolo Plejin cantò canzoni popolari tristi e allegre, Tarski e Sepkin ballarono a braccetto un chiassoso cracoviak. C'era perfino una balalaika; Kraskin se la strinse fra le gambe e la suonò come se non avesse mai fatto altro in vita sua. Petrovskij brillò con un inesauribile repertorio di barzellette oscene; Boranov si ubriacò in silenzio; Bunurian e Sassonov, malgrado il rumore, fecero una partita a scacchi che pattarono; Ivanov dai riccioli biondi si rivelò un acrobata al tappeto esibendosi in un numero da circo; e Duskov eseguì la pantomima di un cavallerizzo al quale il cavallo ha preso la mano.

All'una di notte Renneberg guardò in modo significativo il suo orologio.

Fine della festa. Fine della dimostrazione di una spasmodica voglia di vivere. Fine dell'illusione.

«Partiremo in cinque gruppi. Il primo fra cinque ore.» Renneberg fece ai dieci un ampio gesto col braccio... ma non aveva l'aspetto di una benedizione. «Dormite poco, ma bene. Ci vediamo alle 6.»

La gaiezza defluì da loro come un getto d'acqua. Annuirono e lasciarono in silenzio la sala convegno. Dietro all'ultimo — era Boranov, che barcollava al limite della completa ubriachezza — Renneberg chiuse la porta.

La chiuse e mise in tasca la chiave.

Finito! In quella stanza era nata una storia, che forse mai nessuno avrebbe scritto.

Riassunto della lettera dell'ingegnere meccanico Pavel Fedorovič Sassonov, già Maggiore Bodo von Labitz, alla moglie Enrica e al figlio William Heiko, nato da poche settimane:

«... è questa l'ultima notte in cui penso a voi, in Germania. Anche in Russia, dove rimarrò per sempre, i miei pensieri voleranno a voi e parlerò con voi, quando sarò solo.

Figlio mio, in seguito domanderai a tuo padre, o a tua madre se non ci dovessimo vedere mai: Perché lo hai fatto? Che cosa induce un adulto dotato di una discreta intelligenza e piuttosto disincantato a fare senza riserve quello che tu, papà, hai fatto nelle ultime ore in Germania? Spiegamelo! — E io posso risponderti fin da ora: non so trovare alcuna spiegazione.

Orgoglio d'ufficiale? — È un orgoglio molto modesto quello che cresce ad ogni stelletta d'argento come gli strati di un dolce a forma di piramide. Qual è la differenza fra l'orgoglio di un maggiore e l'orgoglio di uno spazzacamino? L'orgoglio, figlio mio, ha sempre il cattivo sapore dell'inaccessibile, della cosa troppo in alto, del voglio e non posso. No: non sono orgoglioso questa notte di stare seduto qui a prendere congedo da voi. Mi sento malissimo.

Senso del dovere? Ma il dovere prima o poi non esiste più quando non lo si può imporre. Se è così, il limite è stato varcato da un pezzo.

Amor patrio? — Uno slogan. In seguito, lo capirai più presto di me. Tu crescerai in un'altra epoca che non ti imporrà una visione della vita come quella che oggi viene proposta a noi. Amo la Germania... ma ancora di più amo te, figlio mio, amo te, mia bella moglie Enrica. E non importa che la terra nella quale sono felice con voi non si chiami Germania... pur di avervi vicini! Suona come un'eresia. Per voi, della generazione successiva, sarà comprensibile. Voi chiederete: Perché non ti sei rifiutato? — E ascolterete pieni di stupore e non crederete, quando qualcuno vi risponderà: Non era possibile. Eravamo in guerra. Sulla costa atlantica, americani e inglesi travolgevano il fronte tedesco; da oriente, i gruppi di armate bolscevichi dilagavano verso la Germania. Eravamo schiacciati. Che cosa faresti tu, figlio mio, se ti trovassi in mezzo a una morsa le cui ganasce ti stritolassero senza pietà? Anche se la colpa di trovarti in questa situazione fosse solo tua, ti difenderesti da questa stretta mortale, ti agiteresti, non cederesti fino all'ultimo respiro? Vorresti vivere...

Non è una manifestazione di schizofrenia che io vi scriva oggi da vivo sapendo che questa sarà la mia ultima lettera? E non so nemmeno perché vi scrivo. Non è una giustificazione, non può esserlo, perché a tutte le domande che mi pongo senza posa non so dare alcuna risposta.

Forse la mia lettera può essere questo: La domanda se voi, mia diletta moglie Enrica, mio piccolo figlio William Heiko, potrete perdonare l'uomo che vi lascia di sua volontà. Di sua volontà... è questo che mi sconvolge. Rinuncio a voi per sempre, creature che ho amato più di tutto sulla terra...»

Finita la lettera, Sassonov la rilesse da cima a fondo, con voce leggera ma udibile. Verso la fine la voce si fece sempre più sommessa e si spense in mormorio.

Sassonov si alzò, diede fuoco alla lettera e la tenne su un posacenere fino a che non fu carbonizzata. Poi polverizzò la cenere fra le mani, la portò alla finestra e la disperse nel caldo vento della notte brandeburghese. Ora doveva vedersela con un nuovo enigma: nel suo intimo, si sentiva libero e leggero.

La mattina era fresca. Nel cielo azzurro pallido cui il sole appena sorto conferiva un chiarore lattiginoso, alcuni cumuli portati dal vento correvano verso ovest. Era più freddo che nei giorni passati, l'aria era più umida, il tempo sembrava cambiato. La terra era coperta di rugiada. I boschi e i prati erano lucenti di umidità, come fossero stati lavati. Dai campi si alzavano le allodole; un gruppo di otarde, con un rumoroso sbattere di ali, volava intorno a un piccolo stagno pieno di canne.

Nelle stalle della Scuola di Equitazione il servizio era già cominciato. In base all'antico motto militare «Prima il cavallo, poi l'uomo», si pulivano i box, i cavalli venivano nutriti e strigliati. All'appello del mattino tutto doveva essere lucente, e il Maresciallo andava da un cavallo all'altro passando la mano guantata di bianco sul pelo degli animali. Se sui guanti rimaneva una traccia di sporco, grandinavano consegne, servizi di guardia notturna alle stalle, esercizi di punizione. La tortura continuava, anche nel quinto anno di guerra. Nonostante che in Normandia gli alleati si attestassero di ora in ora sempre più saldamente, che in Russia l'attacco decisivo alle posizioni tedesche fosse imminente, che in Italia la situazione fosse oltremodo complicata... a Eberswalde non si dimenticava nemmeno per un minuto la tradizione prussiana di caserma.

Poco prima delle 6, dieci uomini in abiti civili consunti e scarpe sudice si trovavano nell'atrio del Blocco II chiuso e fumavano sigarette dall'odore orribile, fatte con carta di giornale. Appoggiati in silenzio alle pareti, guardavano le assi del pavimento ben pulite e si sentivano fuori dal loro ambiente. Un quarto d'ora prima avevano consegnato gli ultimi testimoni della loro identità: gli orologi, la biancheria intima, piccole cose personali come un bocchino per sigarette, un anello col sigillo, i portafogli con le fotografie dei genitori, dei fratelli, di graziose ragazze e di una bella signora bionda, i portamonete, i borsellini da appendere al collo, i doppi piastrini di riconoscimento perforati al centro, qualche fazzoletto, scatole di fiammiferi, accendini. Tutto venne raccolto in capaci sacchetti e portato via.

Pavel Fedorovič Sassonov aveva esitato un momento prima di togliersi dal dito la fede. Era più che una rinuncia: era l'ultimo passo verso il completo annullamento della sua persona. Il Tenente Colonnello Hansekamm aspettò paziente, senza sollecitarlo, con il sacchetto in mano fino a che Sassonov non si sfilò l'anello nuziale e lo lasciò cadere insieme alle altre cose. Che avrebbe potuto dire? Ogni parola era di troppo, inutile, superflua.

«Che ne farete?» chiese Sassonov depresso. «Non la conserverete...»

«Perché no?» Hansekamm chiuse la busta.

«Ma noi siamo morti!»

«È vero.»

«Scomparsi senza lasciare traccia.»

«Seppelliremo il tutto, oppure andrà a finire alla nettezza urbana di Berlino. Sassonov, so come si sente adesso... ma deve comprendere che un ingegnere meccanico sovietico non può andare in giro con un anello nuziale tedesco. Anche se lei in qualche modo se lo nascondesse addosso, il pericolo che possa essere scoperto è troppo grande.»

Hansekamm aveva poi distribuito scatole di fiammiferi e temperini russi, e perfino chiavi russe. Nikolai Antonovič Plejin, il piccolo tenore, che in realtà era elettricista, ma che dopo essere stato ferito aveva continuato a studiare canto a Mosca, dalla mattina al pomeriggio era responsabile della erogazione di energia in una fabbrica, e alla sera, vicino a un pianoforte, si esercitava nelle scale, nella tecnica respiratoria, nella mezza voce, nel portamento, nella fermata... egli ebbe perfino una cassetta da elettricista completa di tutti gli attrezzi che servivano per andare a fare riparazioni all'esterno della fabbrica. Una solida cassetta metallica, fatta a Leningrado. Plejin aveva aperto la cassetta, aveva guardato gli attrezzi e poi aveva richiuso di scatto il coperchio. «Basta che vada bene!» aveva detto.

«Sappiamo che lei è un dilettante entusiasta. Sua madre ha raccontato che già da ragazzino ha costruito una radio con dei pezzi vecchi. E funzionava.»

«È vero!» Plejin deglutì. Il suo giovane viso in quel momento era tutto occhi. «Avete parlato con mia madre?»

«Le nostre informazioni su ciascuno di voi sono precise.» Malgrado il tono paterno, Hansekamm lo aveva detto a malincuore. Nessuno fece più domande riguardanti questioni di dettaglio. Questo è un perfezionismo infernale, pensò Boranov. Scommetto che sanno perfino quante volte andiamo in quel posto in una settimana.

Adesso erano nell'atrio, fumavano e aspettavano il mezzo di trasporto. Il Colonnello von Renneberg non era ancora comparso. Dal cortile arrivò un rumore di motori e uno stridio di freni. Le auto. Mancava poco alle sei.

«Siamo ancora vivi, compagni!» disse forte all'improvviso Petrovskij. «Maledizione, perché ce ne stiamo appoggiati alle pareti? Dovremmo girarci intorno e guardare tutto: fra qualche ora saremo al sicuro. La guerra per noi è finita. Adesso avremmo potuto avere l'opportunità di andare incontro dappertutto a una morte eroica; solo non come russi in Russia! Plejin, tu adesso saresti immerso fino al collo nella merda nel tuo paesino in Normandia. E noi siamo stati strappati alcuni giorni prima dall'offensiva sovietica. E come ce la passiamo? Ce ne andiamo comodi comodi a Mosca. Abbiamo i fogli di congedo dell'Armata Rossa. Quello che succede in Europa... Non ci interessa più! Siamo diventati cittadini laboriosi e pacifici. A questo dovremmo pensare. Chi di noi raggiunge Mosca, sopravvive!»

«E Stalin ti viene incontro, allunga la testa e ti dice cordiale: "Sparami pure un colpo nel cranio, fratello!"» Boranov schiacciò sul pavimento la sigaretta fumata a metà. «Almeno uno di noi deve avvicinarlo. Da lontano è impossibile. Le sue auto sono corazzate. Quando non è in auto, l'unica possibilità di successo è nello scontro faccia a faccia.»

«Chi lo può dire in anticipo?» Sassonov camminava tranquillo su e giù. «Non dovremmo pensare a quello che accadrà domani, compagni. Prima c'è il lancio. Poi vedremo dove ci porteranno le nostre strade...»

Alle sei meno tre minuti il Colonnello von Renneberg scese la scala dal primo piano. Si era messo sulle spalle un cappotto di pelle. Anche lui prevedeva che piovesse. Fece un breve saluto senza aspettarsi che gli rispondessero. Aveva davanti a sé dei russi: avvolti nel fumo denso delle sigarette, stavano appoggiati alle pareti e lo fissavano muti.

«Le auto aspettano!» Renneberg mise a terra la borsa e tolse dalla tasca sinistra dell'uniforme una scatoletta cromata. Sembrava un portasigarette.

«Vorrei rivolgervi parole non troppo grosse. Abbiamo avuto modo di conoscerci quanto basta per lasciare da parte la retorica. Di sicuro noi non ci vedremo più. Vi auguro molta fortuna nella vostra missione. Ma ancora una cosa, signori. L'ho rimandata fino a questo momento. Se vi doveste trovare in difficoltà senza più alcuna via d'uscita, c'è una liberazione istantanea da tutti i problemi. So che ognuno di voi preferisce questa soluzione a una capitolazione disonorevole.» Aprì la scatoletta e si avvicinò per primo a Sassonov. «La prego, conservi questa possibilità di fuga in modo da averla sempre a portata di mano. Spero che nessuno di voi abbia bisogno di servirsene.»

Prese dall'astuccio e porse a Sassonov una piccola capsula protetta da un rivestimento bianco. Col viso impassibile, Sassonov la prese e infine la mise con noncuranza nella tasca della giacca.

«Finalmente!» disse Boranov gelido. «Mi sono sempre chiesto dove fosse. Non avevo mai visto una capsula del genere, ma so da un amico che certe persone se la portano in giro come un talismano.»

Il Colonnello von Renneberg andò da Sepkin e gli diede la capsula. «Cianuro», disse. «Agisce all'istante. Ha un forte odore di mandorle, ma questo gusto è l'ultima cosa che sentirà. Non dà dolori.»

«Consolante!» disse Petrovskij. «Uno dei miei piatti preferiti è il budino alla vaniglia con mandorle tritate.»

Renneberg consegnò a ognuno la sua capsula di veleno. Il piccolo Plejin se la fece rotolare avanti e indietro sul palmo della mano fissandola con gli occhi spalancati.

«Così finiamo», disse con voce incolore. «Alcune gocce... è tutto. La vita è una fregatura...»

«Uomini più illustri di noi si sono serviti del veleno.» Boranov tenne la sua capsula fra il pollice e l'indice come se osservasse una pietra preziosa. «C'è stato Socrate, c'è stato...»

«Kyrill Semënovič, a me basta di doverlo fare io!» Kraskin mise per il momento la capsula in una tasca della camicia. «L'esempio di Socrate non mi fa esultare.»

Il Colonnello von Renneberg prese da terra la sua borsa. Erano le sei e cinque.

«Possiamo andare?»

I dieci si guardarono. Poi si mossero gli uni verso gli altri, si abbracciarono, si baciarono sulle due guance secondo l'usanza russa, stringendosi forte. Era un congedo silenzioso, commovente. Perfino Petrovskj tenne la bocca chiusa e d'un tratto fece gli occhi da bue malato. Solo uno disse una frase, il biondo e ricciuto Ivanov: «Arrivederci a Mosca, miei cari...»

A Mosca...

Sassonov aspettò che tutti si fossero salutati. Da quel momento aveva il comando.

«Pronti!» disse forte e chiaro.

Renneberg aprì la porta. Il sole del mattino inondò l'atrio. L'aria carica di rugiada aveva un odore forte e aspro di erba e di terra. Sul parcheggio del Blocco II, in perfetto allineamento, c'erano cinque auto grigioverdi chiuse. Due Adler, due DKW, una grande Horch. I conducenti che aspettavano vicino alle macchine sbatterono i tacchi quando videro il Colonnello von Renneberg. Nei loro occhi si leggeva lo stupore. Due ufficiali e dieci civili. Ma di che specie! Civili male in arnese. Con le facce scure. Pensarono all'ordine che avevano avuto di portarli agli aeroporti militari. Cosa avevano a che fare quei civili con la Luftwaffe? Forse erano degli esperti che dovevano sperimentare una nuova arma? Goebbels parlava da mesi di un'arma prodigiosa. Ragazzi, trattenete il fiato. Trasportiamo qualcosa di molto importante e segreto...

Cinque minuti dopo partirono.

Auto 1 con Sepkin e Kraskin alla base aerea di Fürstenfelde.

Auto 2 con Boranov e Petrovskij alla base aerea di Francoforte sull'Oder.

Auto 3 con Renneberg, Bunurian e Plejin alla base aerea di Stettino.

Auto 4 con Hansekamm, Tarski e Ivanov alla base aerea di Küstrin.

Auto 5 con Duskov e Sassonov alla base aerea di Muskander Heide.

Petrovskij si stiracchiò sulla imbottitura logora della Adler e diede un colpetto sulla spalla dell'autista, che trasalì. «Che c'è?» chiese forte.

«Cosa si dice in giro?»

L'autista fissò la strada. Occhio! Fa la domanda come uno della Gestapo. Può anche darsi che siano della Gestapo e che vogliano tastare il polso della gente. Hanno abbastanza l'aria di carogne.

«Che si può dire?» chiese di rimando. «La vittoria finale è vicina.»

«Sarebbe il caso di farlo fermare, di scendere e andare a piedi», disse Petrovskij a Boranov. «Con un idiota non ci viaggio volentieri.»

Il Caporale insaccò la testa fra le spalle. Tieni il becco chiuso, pensò. Questo è un raffinato: prima ti provoca e poi ti frega. Svoltò sulla strada che andava a Fürstenfelde e diede gas.

Le nuvole si ammassavano in cielo. Gigantesche montagne bianche illuminate dal sole estivo.

«Pioverà?» chiese Boranov.

«No.»

«Perché no?»

«Il vento è troppo forte.»

«Se ne intende di tempo?»

«Sono un contadino del Brandeburgo. Forse un temporale estivo, ma non molta pioggia.»

«Ha figli?»

«Quattro. E se vuole saperlo ho anche una pallottola nel polmone. Non riescono a levarla. Passeggia, dicono. Purché passeggi nella direzione giusta. Se se ne va dalla parte sbagliata, mi fa scoppiare l'arteria polmonare. Ma come si fa a tenere a freno quella bestia e a indicarle come si deve muovere? Eppoi, è possibile che la pallottola passeggi dentro il corpo?»

«Sì, ma può durare anni.» Boranov prese dalla tasca della giacca una manciata di biglietti di banca e li buttò sul sedile accanto a quello dell'autista.

«Che roba è?» chiese l'uomo spaventato togliendo gas.

«Circa duemila marchi. Per lei.»

«Per me? E perché?»

«Per i suoi quattro figli.»

«Non è possibile! Duemila marchi...»

«Non mi servono.»

Il Caporale tacque. C'è qualcosa che non va, pensò. Deve essere una trappola. Perché mi vuole regalare duemila marchi? Guardò di nuovo la strada e ridiede gas.

Petrovskij si chinò verso Boranov e gli sussurrò all'orecchio: «Credevo che avessi consegnato tutto.»

«Il denaro no. Per lo scarico dei rifiuti era sprecato. Volevo darlo a qualcuno che ne avesse bisogno. Con quattro figli e una pallottola nel polmone a lui fanno certo comodo.»

Boranov si appoggiò allo schienale. Era contento. Gli ultimi suoi averi potevano servire per un'opera buona. Sorrise a Petrovskij e intrecciò le mani sul ventre.

Fra le cinque macchine, loro avevano la strada più breve e raggiunsero per primi l'aeroporto di Francoforte sull'Oder. Il Caporale aspettò che i due civili scendessero e venissero accolti dal comandante. Si congedò, si sedette al volante e sbirciò le banconote che ancora stavano sul sedile accanto al suo. Il civile non tornò indietro. Il Caporale avviò l'auto lentamente, fece tre giri intorno al parcheggio, tornò a fermarsi e aspettò. Poi ripartì, diede tutto gas e imboccò in fretta la statale.

Erna, pensò, domani ti mando con un vaglia postale duemila marchi! Rimarrai sbalordita! E quando ti racconterò come li ho avuti... non mi crederai. Pare che la guerra li faccia diventare tutti matti.

Guidò per qualche chilometro, poi si fermò e contò le banconote. Erano esattamente duemilaventicinque marchi. I venticinque marchi me li tengo io, pensò. Mi ci piglio una sbronza. Erna, me li sono guadagnati con la paura.

«Partirete in modo da trovarvi nella zona di lancio verso le 2 di notte», disse il comandante della squadriglia di ricognitori a Boranov e Petrovskij. «Per favore, venite con me nel locale della piegatura. Dovete piegare personalmente i vostri paracadute. Sono stati presi ai sovietici...»

La perfezione non poteva essere maggiore.

4

Gli ultimi minuti prima dell'inevitabile sono un considerevole lasso di tempo. Di solito paralizzano, spazzano via dal cervello qualsiasi pensiero, si crea un vuoto spaventoso. C'è chi in questi momenti si mette a urlare, pur sapendo che è assurdo, e c'è chi si rinchiude in se stesso, come se potesse così sfuggire al suo destino. Altri si rifugiano nel fatalismo, al massimo fanno scricchiolare le nocche delle dita e stringono i denti. Minuti in cui non c'è più via di scampo e possibilità di fuga, o pietà.

Ivan Petrovič Bunurian si rannicchiò, con il paracadute sulla schiena, vicino al portello di uscita sotto la torretta del mitragliere di poppa. Per il trasporto era stato scelto un bombardiere Dornier trasformato in ricognitore a lungo raggio. L'equipaggio era formato da due soli uomini. Questa riduzione dell'equipaggio e la mancanza delle pesanti bombe rendevano veloce l'apparecchio e gli consentivano di salire a più alte quote. I serbatoi di riserva ne aumentavano inoltre l'autonomia. Poiché il posto del mitragliere di poppa non era occupato, Bunurian ci si era piazzato e cercava di vedere qualcosa del paesaggio che stavano sorvolando. Ma era impossibile. Volavano su una coltre di nubi, che ogni tanto si stracciava senza tuttavia lasciare la possibilità di dare un'occhiata alla terra. Andava bene così, perché quelle nuvole rendevano impotente la difesa antiaerea sovietica. Di quando in quando, soprattutto mentre volavano sul fronte, i riflettori frugavano il cielo, ma le spesse nubi rifrangevano i raggi come fossero state un muro bianco. In seguito, molto al di là del fronte, nessuno si curò più dell'aereo solitario di cui si sentiva solo il rumore. Che può fare un solo aereo tedesco nel cuore della notte oltre Vitebsk? Deve essere uno dei nostri, pensavano i russi. Un aereo da trasporto, a giudicare dal rumore. Bimotore. Forse un Generale che va dai suoi.

A niente altro pensarono quelli che controllavano lo spazio aereo in nove punti intorno a Mosca quando sentirono sulla testa il rumore di un motore che poi svanì. Un apparecchio solo... non può essere tedesco. Che ci farebbero i tedeschi con un solo aereo sulla Russia? Anche se la loro aviazione era ridotta a mal partito, non erano ancora in condizioni tali da effettuare gli attacchi con un solo apparecchio.

Era un errore che non ci fosse una direzione centrale del controllo aereo, perché allora sarebbe apparso chiaro che dieci apparecchi sconosciuti si avvicinavano a Mosca da direzioni diverse: in volo a stella verso il cuore dell'Unione Sovietica. Non poteva essere un caso. Ma poiché nessuno se ne curò, gli aerei solitari continuarono indisturbati il loro volo e arrivarono verso le 2 di notte sugli obbiettivi.

Poco prima Bunurian si era arrampicato vicino al pilota con il paracadute già allacciato infilandosi a fatica nella piccola cabina. «Non ho alcuna nozione di volo», disse forte per superare il rumore dei motori, «ma per me è un mistero il modo in cui trovate la strada. Non vedete niente!»

«È una questione di sensibilità», disse il primo pilota, un giovane Sottotenente, con un largo sorriso. «È come con una donna: anche se non la conosci, sai dove ha i capezzoli.»

«Idiota!» Bunurian tornò al posto del mitragliere di poppa e guardò nel vuoto. L'aereo si inclinò di lato, descrisse una curva e perse quota. Bucò la coltre di nubi. Ma ancora Bunurian non riusciva a vedere niente. La terra sotto di lui era nera, un abisso sconfinato. Non una luce, non un punto su cui l'occhio si potesse fissare.

Se si fosse lanciato in quel momento, sarebbe piombato in uno spazio immenso, senza idea di dove fosse il sotto e il sopra. Naturalmente il sotto è dove vanno i piedi, pensò. Sei appeso al paracadute e ondeggi verso il basso. Però è una maledetta sensazione non vedere dove si va a parare...

Il secondo pilota, un Sergente, avanzò a tastoni verso il retro e apparve nella torretta del mitragliere di poppa. Bunurian era sul portello sotto il sedile. Si era calcato bene sulla fronte la berretta russa e impugnava la maniglia accanto all'uscita. Il numero dei giri dei motori era ridotto a metà, l'aereo scendeva descrivendo cerchi sempre più ampi.

«Ci siamo!» disse il Sergente. «Sotto di te c'è il bosco di Maximovo. A nord c'è il paese di Turginovo, dal quale devi stare alla larga. Quindi, non verso nord! Noi ti lasciamo vicino alla strada per Volokolamsk. Di là raggiungerai la strada ferrata per Mosca.»

«Adesso conosco i posti meglio che voi i vostri capezzoli», disse Bunurian allegro. La tensione degli ultimi minuti si era allentata. Egli si rese conto stupito di non provare la minima paura, ma solo il desiderio febbrile di aprire il portello e di lanciarsi a capofitto. Poi ci sarebbe stato lo strappo repentino, la capriola nel vuoto, l'oscillazione. E poi si sarebbe librato nell'aria: una condizione che suscita una singolare euforia; hai il desiderio che non finisca mai. «Statemi bene, ragazzi!»

«Buona fortuna, amico!» Il sergente diede il colpetto sulla spalla di Bunurian. «Come ti chiami?»

«Ivan Petrovič...»

«Fesserie!... Devo farti qualche ambasciata?»

«A chi?»

«Ai tuoi genitori, amico, a tua moglie, a una ragazza, che ne so? Lascerai pure qualcuno.»

«Non lascio nessuno.» Bunurian aprì il portello. La forte corrente d'aria lo strappò quasi dall'aereo. Egli afferrò il mancorrente e puntò i piedi contro il pavimento di ferro. «Ora?» gridò sovrastando il rumore.

«Aspetta!» L'aereo si inclinò su un fianco e descrisse un altro cerchio. Dalla cabina di pilotaggio si udì un segnale acustico. «Ora!»

Il Sergente diede una pacca sul sedere di Bunurian. Ivan Petrovič si accovacciò, lasciò la sbarra e si buttò. Cadde a capofitto nello spazio aperto e nero, allargò le braccia, quasi potesse volare con le proprie forze come un uccello. Poi tirò la cordicella di strappo e trattenne istintivamente il fiato.

Si aprirà il paracadute?

Sentì sopra di sé un forte sibilo. La seta bianca schizzò via dalla custodia, si gonfiò, formando una grande cupola. Poi venne lo strappo alle cinghie, il suo corpo assunse la posizione verticale e rimase appeso come svuotato sotto le funi.

Bunurian tirò il fiato. È fatta! Adesso cominciava il minuto dell'assenza di peso, del beato oscillare.

Sopra di sé, molto deboli, sentì i motori dell'aereo. Puntava diritto verso il cielo, oltre lo strato di nubi, e si allontanava in direzione ovest.

Il Sottotenente segnò sul registro di bordo: «Ore 2,05. Missione compiuta. Lancio riuscito. Iniziamo volo ritorno alla base di Polozk.»

Chiuse il registro e lo buttò in un angolo della cabina. Il Sergente strisciò di nuovo sul secondo seggiolino e si allacciò la cintura.

«Si chiama Ivan Petrovič, dice... possibile che sia davvero un russo?»

«Macché! Parla un tedesco perfetto!»

«Nello spionaggio c'è della gente così strampalata!»

«C'è qualcosa che puzza in questa faccenda.» Il Sottotenente raggiunse l'alta quota e mandò i motori al massimo. Il bombardiere ruggì e vibrò. «Un uomo solo lanciato sulla Russia. È stupido.»

«Forse un pesce grosso che sta organizzando una rete di spionaggio?»

«Per chi? A che può servire? Può un uomo solo vincere la guerra?» Il Sottotenente guardò gli strumenti. Pilotava alla cieca basandosi sulla bussola e sulle carte. Alla loro sinistra doveva apparire presto Ržev. Virarono verso nord, per tenersene alla larga e non incappare nello sbarramento antiaereo. «Una cosa è certa», disse il Sottotenente prendendo un pezzo di schoka-cola dalla scatola di latta rotonda. Era l'alimento preferito di coloro che volavano: teneva svegli e dava energia. Per le missioni difficili trangugiavano Pervitin. Allora i nervi erano tesi come corde di violino e vibravano al minimo tocco. «Una cosa è certa», ripeté il Sottotenente. «È stata la missione più idiota che abbiamo mai fatto. E con quanti misteri! Sembrava di vedere al lavoro certi soffiatori di vetro che a ogni peto ti fanno uscire un elefante...»

Bunurian si accorse dopo pochi secondi di avvicinarsi a un folto bosco. Gli occhi si erano assuefatti all'oscurità. Sul fondo nero si stagliavano delle forme: cime di alberi, luci, un laghetto quasi rotondo e viottoli nel bosco, stradine campestri, un tratto di bosco devastato dal vento e nel quale gli alberi erano stati rasi al ruolo. Grandi cataste di tronchi tagliati. Trattori. Tre case di legno.

Oh merda, pensò Bunurian. Mi mancava solo di andare a cascare in mezzo a dei tagliaboschi. Salve fratelli! Scendo dal cielo perché ho tanta fretta di mangiare con voi una buona zuppa! Sono Ivan Petrovič, panettiere in congedo. Vi stupisce, cari compagni, che io sia qui per farvi del pane croccante. E buoni biscotti allo strutto. Vi garantisco che vi leccherete i baffi come i vitelli dopo una buona poppata. Allora, avete del grasso, cari fratelli? Anche il grasso d'oca va bene. Ho una nuovissima ricetta di frittelle; strabilierete, ve lo prometto.

Non ci crederanno. I panettieri non vengono lanciati col paracadute. Sarebbe molto strano, non lo crederebbero nemmeno quei creduloni dei russi.

Bunurian lavorò di gambe e tirò le funi. Aveva imparato che si può influire un poco sulla direzione del paracadute. Non molto, ma anche solo allontanarsi da quella colonia di taglialegna poteva salvargli la vita.

A denti stretti, Bunurian guardò giù. Ora gli sembrava di cadere più in fretta, come se non avesse più il paracadute, tanto la terra gli si avvicinava rapidamente. Ma si spinse oltre le baracche, verso il bosco, oltre la radura, dove gli alberi erano fitti e le cime sembravano un mare verde con migliaia di corone puntute.

Atterraggio nel bosco... ci si erano esercitati. Tirò le gambe verso di sé, si tenne stretto alle funi e sperò che i rami servissero ad attutire la caduta. Poi vide i primi rami sotto i piedi, vi affondò e pensò: Trattieni il fiato, fatti pesante, e quando riesci ad afferrare un grosso ramo, acchiappalo.

La caduta sulle cime degli alberi fu dolce. Egli gettò le braccia in avanti, abbracciò un grosso ramo sporgente — era un olmo — vi strinse le gambe intorno come una morsa e sentì che il paracadute gonfio lo tirava, voleva portarlo via, schiacciargli la cassa toracica. Senza fiato, affondò il viso tra le foglie, gemette e addentò il legno quando gli parve che le cinghie del petto e delle cosce gli lacerassero le carni e che il paracadute, con una forza mostruosa, riuscisse a strapparlo dall'albero. Finalmente la cupola di seta si afflosciò, allargandosi in modo pittoresco su un albero, lo avvolse come una bianca tovaglia e lasciò libero Bunurian di toccare terra.

Egli si liberò delle cinghie, rimase appeso come una scimmia alla cima dell'olmo, sentì uno schiocco e vide con terrore che il ramo aveva ceduto sotto il suo peso e poneva fine alla sua sosta con uno scricchiolio sinistro. Bunurian precipitò nel vuoto all'indietro brancolando fra i rami che lo sferzavano, ne afferrò uno, che frenò la caduta ma non poté fermarlo.

Su tutto il corpo sentiva un furioso bruciore, come se lo avessero spellato; e continuò a cadere, picchiò su un grosso ramo laterale, chiuse gli occhi e si abbandonò al dolore... La mia schiena, pensò. La mia schiena... La colonna vertebrale è spezzata. Come mai riesco ancora a pensare?

Un altro ramo lo fece rimbalzare e lo gettò a terra.

Il piede sinistro si ruppe. Bunurian cadde a faccia avanti, si distese, affondò le dita nella terra molle e si aggrappò al suolo, come se anche quello potesse respingerlo e lanciarlo in un abisso senza fondo. Rimase così fermo bocconi per un po', si ascoltò e sentì il dolore che cantava.

Sono vivo, pensò sbalordito. Sono vivo! La mia pelle se n'è andata a brandelli, come la buccia di una patata lessata, ho la spina dorsale rotta, le anche a pezzi, il malleolo fracassato... ma sono vivo. Per quanto ancora?

Pensò alle ultime parole di Renneberg: dovrà decidere lei stesso quando prendere la capsula... Decidere lui stesso... Fino a che si riesce a respirare, si cerca di vivere, Colonnello. E io riesco ancora a respirare. Voglio vivere... vivere.

Bunurian provò a girarsi con cautela. Contro ogni aspettativa, gli riuscì. Sdraiato sulla schiena, rabbrividì. La spina dorsale non può essere rotta, pensò. Non avrei potuto voltarmi. Anche quelle dei fianchi sono solo contusioni, altrimenti, come farei a muovere le gambe? Ma il malleolo... questo è il guaio! Il malleolo è rotto di sicuro.

Rimase così disteso senza muoversi e aspettò a vedere che

cosa avrebbe fatto il suo corpo. Il dolore, lancinante, penetrante, martellante, travolgente, si concentrava sempre più sul piede sinistro, mentre si ritirava dalle altre parti del corpo.

Il cielo era più chiaro. Non che fosse già l'alba, ma i suoi occhi si erano del tutto abituati alla notte e sfruttavano quel po' di luce che c'era. Si accorse di essere caduto in un bosco non ancora raggiunto dall'uomo e su un terreno reso morbido dalle foglie di molti anni, un cuscino di foglie marce e di rami fradici spezzati. Non vedeva il paracadute... Doveva essere rimasto appeso da qualche parte nell'intrico delle foglie, a una grande altezza e irraggiungibile. Se non fosse arrivato qualche temporale a spazzarlo via, un giorno o l'altro avrebbe messo radici fra i rami.

Bunurian si raddrizzò con precauzione e si mise a sedere. Il vestito era strappato in molti punti. Ciò significava che doveva procurarsene presto un altro, aspettare nel vicino centro abitato l'occasione propizia per rubarne uno. Ma fino al prossimo centro abitato bisognava camminare.

Tenne distesa la gamba sinistra, tirò a sé la destra e cercò di mettersi in piedi su questa. Un dolore atroce gli attraversò il corpo partendo dal malleolo sinistro e lo mise in guardia. Fece un profondo sospiro, si lasciò cadere giù e giacque tremante sul terreno molle.

Dovrei farmi una steccatura, pensò. Fasciare il malleolo rotto con intorno dei legni per sostegno, poi mettermi sotto le ascelle un paio di rami robusti e andare avanti su un piede solo. Potrebbe essere possibile. Se solo avessi una certa libertà di movimento, potrei aspettare fino a che l'osso si salda. Sarà anchilosato, ma l'importante è poter camminare di nuovo.

Può andare avanti sei settimane, o anche dieci, chi può dirlo. Dieci settimane in questo bosco. Gli altri saranno a Mosca da un pezzo e lo aspetteranno da Milda Ifanovna.

Impossibile, si disse Bunurian. È impossibile, amico mio. Mi servono solo degli altri vestiti, e poi si vedrà. C'è una spiegazione migliore, per la mia inabilità al servizio militare, di questo malleolo rotto? Mi circonderanno di premure, mi compiangeranno, mi daranno buoni consigli, mi faranno bere un bicchiere di succo di cetriolo o una scodella di kaša, mi diranno:

«Che disgrazia! Non puoi più combattere per noi, fratello. Racconta come è andata, Ivan Petrovič. È stato per colpa dei tedeschi?»

E lui avrebbe raccontato: «È andata così, cari compagni: Sono piazzato in trincea, e sono sistemato tanto bene che ho perfino un buon tetto di solide travi sulla testa, e così potevo andare avanti fino ad avere la barba bianca. Ma no! La cucina — quei figli di cani dei cuochi, bisognerebbe castrarli tutti — manda dopo quattro giorni una minestra di cavoli. La amiamo tutti, amici miei, una buona, profumata minestra di cavoli che ti apre il cuore. Ma che cosa ci mandano dalla cucina della compagnia? Una minestra acida! È rimasta in pentola qualche giorno, perché i tedeschi sparavano e nessuno poteva portarci da mangiare. Ma vi pare che i cuochi, gran brutta razza, buttino via la minestra inacidita? No! La riscaldano, inacidita com'è, non si curano della puzza che esce dalla pentola, e ci mandano quella porcheria! Che fare? Sapete come protesta uno stomaco che è vuoto da quattro giorni... e all'improvviso sente odore di cavolo? Ci precipitiamo sulla minestra irrancidita, che sparisce in un baleno. Ma qualche ora dopo! Compagni, il corpo è anche lui un pezzo della natura. Prima che le budella ti scoppino, mi sono detto, e prima di insudiciare un così bel riparo, sii eroico! Così, schizzo fuori dal mio rifugio e corro piegato in due lungo il camminamento fino a una collinetta, con i calzoni calati, e vi assicuro che mi pare di buttar fuori delle fiamme! Ma durante questo traffico il mio piede sinistro deve essere rimasto allo scoperto. Ricevo un colpo alla gamba, cado, ho la presenza di spirito di rotolarmi lontano dalle conseguenze della minestra irrancidita e rimango là, con la gamba che mi martella e il malleolo fracassato. Oh, questi tedeschi! Non ti permettono neanche di evacuare!»

Questo avrebbe raccontato. E tutti avrebbero riso, gli avrebbero fatto un brindisi, e lo avrebbero aiutato in tutti i modi a prendere il treno per Mosca. Lo avrebbero issato su un vagone e gli avrebbero trovato il posto migliore. Un eroe! Addirittura una doppia vittima: dei tedeschi, e della cucina da campo dell'Armata Rossa...

Bunurian si interruppe. Adesso il piede martellava, come

fosse su un'incudine. Il dolore era diventato penetrante, non più a trafitture localizzate; lo sentiva in tutto il corpo, fino alle tempie. Cercò un pezzo di legno, a ricordo di un contadino che nella proprietà paterna presso Riga era rimasto sotto un albero caduto che gli aveva fratturato una gamba; anche lui adesso si mise un pezzo di legno fra i denti e strinse le mascelle. Poi si girò sul fianco destro e cominciò a strisciare centimetro per centimetro.

Era terribile. Dalla gamba sinistra saliva una vampa che dilagava per tutto il corpo; malgrado il legno fra i denti, egli gemette, il sudore sgorgava come se ogni poro fosse una sorgente, gli correva sul viso, bruciava gli occhi, gli scendeva a rivoli lungo il legno che teneva fra i denti fino al palato. Dopo pochi metri si fermò, premette il viso contro la terra e triturò coi denti il pezzo di legno, quasi fosse un cane affamato che ha trovato un osso.

Così non va, pensò. Così non va! Ancora qualche metro e mi metto a urlare tanto forte che quelli delle capanne cascano giù dal letto. Devo rimanere immobile, nascosto in qualche cespuglio. Rimanere immobile e aspettare che il dolore al malleolo si calmi. Due o tre giorni basteranno. Non serve a niente, Ivan Petrovič, devi imparare la virtù dei russi, e sapere aspettare.

Bunurian fece ancora qualche metro fino a un gruppo di cespugli, vi si buttò in mezzo supino e si percosse il viso con entrambe le mani... piangeva di dolore, si mordeva i pugni, gridava a se stesso: Passerà! Passerà!... Tremante, strappò un ramo dal cespuglio e se lo cacciò con tutte le foglie nella bocca spalancata per non urlare...

Il salto di Leonid Germanovič Duskov fu un capolavoro: atterrò in mezzo ad alcune collinette, su un fertile prato in un avvallamento, rotolò a regola d'arte, corse sotto il paracadute, lo raccolse in fretta, e rimase per qualche minuto immobile vicino al paracadute nell'erba alta. Sopra di lui, l'aereo descriveva una curva e il suo ronzio si allontanava verso occidente.

Il Colonnello von Renneberg avrebbe battuto le mani. Duskov era atterrato con la massima precisione fra le località di Kolchugino e Alexandrov. A nordovest, a una decina di verste, correva l'autostrada che da Jaroslavl andava a Mosca attraverso i boschi e il bassopiano acquitrinoso del fiume Nerl. Quando avesse raggiunto questa strada, sarebbe stato praticamente a Mosca. La ferrovia che da Alexandrov andava a Mosca passando per Zagoresk era un rischio troppo grosso, anche se sarebbe stata la via più rapida. Si sapeva che la ferrovia era più controllata delle strade e che a ogni uomo che avesse un aspetto abbastanza sano veniva chiesto perché non fosse nell'Armata Rossa a difendere la patria. Evidentemente, gli imboscati preferivano prendere il treno anziché spostarsi lentamente sulle strade con un qualsiasi altro mezzo.

Duskov si trascinò dietro il paracadute e lo sistemò sotto alcune pietre in riva a un ruscello. Poi portò della terra con le mani e ve la ammucchiò sopra fino a renderlo invisibile. Il cielo notturno era limpido, una volta di stelle lucenti. Egli rimase vicino al ruscello, si lavò le mani e il viso e si sentì liberato dalla cupa oppressione che lo aveva afflitto per tutto il volo. Adesso aveva di nuovo la terra sotto i piedi, adesso era russo e voleva arrivare a Mosca il più presto possibile per occupare il suo nuovo posto di autista.

In marcia dunque, pensò Duskov contento. Il ruscello doveva chiamarsi Peška, più giù c'era una fabbrica di mattoni, e poi i boschi fin quasi alle porte di Kolchugino. L'addestramento sulla mappa con Milda Ifanovna era stato proficuo: si trovava a suo agio in quella zona come se vi fosse cresciuto. Dunque ora doveva dirigersi a nord, spingersi con audacia fino a Alexandrov, piazzarsi in qualche posto alla periferia, magari dietro un fienile o un grande cespuglio, aspettare la luce del sole e poi bighellonare allegramente per le strade, fare quattro chiacchiere qua e là e informarsi se c'era qualcuno che aveva intenzione di andare a Mosca. Poco importava se con un carro cigolante o a cavallo di un ronzino cisposo. Lui doveva arrivare solo a Dubna, la piccola località sulla grande strada che portava alla capitale.

Duskov lasciò la sua oasi di pace dopo essersi assicurato ancora una volta che il paracadute era ben sepolto. Prese un viottolo che costeggiava il Peška, raggiunse un bosco rado e decise di attraversarlo, dovunque andasse a sbucare. La direzione era giusta. Nordovest.

Dopo un'ora fece una sosta, si sedette sotto un albero e si preparò quello che avrebbe detto alla prima persona che avesse incontrato. Si stupiva che la grande avventura fino a quel momento fosse andata così liscia. La contraerea non aveva disturbato il volo, nessun riflettore aveva centrato l'aereo solitario, nessun caccia sovietico li aveva inseguiti.

Era molto facile arrivare in Russia e paracadutarsi dietro le linee, nel cuore del paese. Duskov provò a pensare come i russi. Il fronte si era molto allontanato da Mosca. L'aviazione tedesca non spaventava più e poteva essere contenta se riusciva a intervenire nelle immediate vicinanze della prima linea per mantenere sgombro lo spazio aereo. Non si addentrava più nelle retrovie. A che scopo? I pochi apparecchi in grado di decollare non potevano impedire in maniera sostanziale né l'avanzata né i rifornimenti, e se anche avessero fatto saltare un treno, che contava? Ne sarebbe arrivato un altro di là a pochi minuti, avrebbero rovesciato giù dal terrapieno i vagoni bombardati, sgomberato le macerie dalle rotaie, messo da parte i morti e reso di nuovo agibile la strada ferrata. Andate, fratelli. È stata solo una puntura di zanzara. Se ne può accorgere un grosso orso? Buon viaggio, cari! Scusate la piccola interruzione...

La vastità è la migliore arma del paese, pensò Duskov. Cosa può contare qui un solo uomo? Quand'anche saltasse in aria con tutto un reggimento, conterebbe quanto un escremento schiacciato da uno stivale. Un pugno di caduti che la terra assorbirebbe come la spugna assorbe una goccia d'acqua. No, la Russia era invincibile. A una minaccia di guerra, il paese avrebbe dovuto fare una cosa semplicissima: gli sarebbe bastato mandare nello stato smanioso di un conflitto un solo diplomatico munito di una sola carta geografica... Poteva bastare. Ma evidentemente i politici non sanno leggere le carte geografiche, oppure non si sanno raccapezzare con gli ordini di grandezza. La Russia non finisce a Mosca o agli Urali. Comincia là. Ma ciò che non aveva afferrato Napoleone... come poteva capirlo Hitler?

Duskov si distese e rimase sotto l'albero fino a che albeggiò. Il cielo notturno cominciò ad assumere un colore azzurro pallido, con venature giallognole. Sarebbe stata una bella giornata estiva. Duskov masticò un rametto sottile. Un cielo così c'è solo sulla Russia, pensò. Non ci crede nessuno che non lo abbia visto con i suoi occhi. Il cielo è il cielo, dicono. Che differenza può esserci? A volte ci vedi delle nubi spesse, a volte leggere, a volte è lavato, a volte velato; quando piove, sembra proprio che pianga, e quando il sole scotta lo chiami volentieri «crudele». E nelle notti serene, ma via... ogni cielo è pieno di fascino. Sia a nord sia a sud, lo scintillio di milioni di stelle inafferrabili rende devoto anche chi continua a guardare Dio di traverso. Per altro, al nord hanno anche l'aurora boreale! Come mai, chiedo io, il cielo russo è così unico? A questo nessuno sa dare una risposta, bisogna sentirlo, assorbirlo con tutta l'anima, riempirsene il cuore vuoto, stregarsene il cervello raziocinante... Solo chi può stare per delle ore supino a guardare questo cielo, chi ormai se ne infischia del tempo che passa ed è felice di essere solo con questa immensità... solo costui capisce perché i cosacchi dicono: Copriti con il tuo cielo...

Quando il sole dorato avanzò nuotando nell'azzurro e il terreno del bosco emanò un acre profumo, Duskov si incamminò verso Alexandrov. Raggiunse una strada discretamente transitabile, dal fondo di argilla segnato da solchi di carri, si fermò a controllare che sul vestito non ci fossero tracce dell'atterraggio e del terreno del bosco, pulì con una mano un paio di punti sporchi e si avviò.

In un leggero avvallamento vide le prime case di contadini: capanne col tetto di paglia, circondate da giardinetti recinti con pali di legno. Abbaiare di cani e schiamazzare di galline. In un recinto piccolissimo, un bel cavallino galoppava irrequieto su e giù, picchiava la testa e il petto contro la palizzata e ogni tanto nitriva forte e con prepotenza. Le imposte dipinte erano ancora chiuse. La rugiada brillava sui giunchi del tetto tagliati grossolanamente.

È ancora molto presto, pensò Duskov. A quest'ora nessun viandante è per la strada. Potrebbero insospettirsi, a vederne uno. Si sedette sul tronco di un albero caduto al limitare del bosco, si pulì le scarpe con l'erba umida e si fece una papirosa con tabacco mal trinciato e carta di giornale.

Ho fame. Questa è la verità. Lo stomaco si rivolta con questa sigaretta. Quanto tempo è che non metto niente sotto i denti? Quattordici ore!

Sull'aereo aveva rifiutato un pezzo di cioccolata che il giovane Sottotenente gli aveva offerto. Pensate alle piccolezze, aveva continuato ad ammonirli von Renneberg. Anche l'odore dell'alito può tradire. Non si può puzzare di vodka dove non c'è vodka. E così io non posso odorare di cioccolata se in Russia non c'è cioccolata. Non ancora, miei cari. Quando avremo vinto la guerra, vi inonderemo con la migliore cioccolata del mondo. Potrete rimpinzarvene fino a farvi scoppiare le budella. Dopo la guerra, compagni, avremo tutto. Ma adesso? Per una tavoletta di cioccolata puoi avere due cartucce, e due cartucce possono voler dire due tedeschi morti... Contate con me, fratelli: Con sole diecimila tavolette, sono ventimila tedeschi! Una intera divisione! Vi domando: Come si fa a mangiare ora una tavoletta di cioccolata? Sbafarsela come se niente fosse? Così si sabota la vittoria... rifletteteci...

Duskov passò le mani sull'erba zuppa di rugiada e se le leccò. Allo stesso modo si lavò il viso e il collo. Si sentì rinfrescato e, malgrado i morsi della fame, allegro e forte.

In una casa si aprirono le imposte. Apparve una testa con i capelli arruffati e irti che aveva appena lasciato il cuscino. L'uomo tossì, si stirò, si grattò il petto coperto da una camicia grigia. Poi gridò qualcosa al cane che abbaiava come un forsennato. Era un vecchio, che si sporse dalla finestra per sputare. Ciò sembrò alleggerirlo; sbadigliò ancora una volta e si ritirò.

Duskov si alzò. Avrà una ciotola di latte e un pezzo di pane, pensò. E magari lo si può anche convincere a tirar fuori un uovo. Con un uovo fresco in corpo, il mondo appare più bello. Bisogna dirglielo. Lui non deve averci mai pensato. Il compagno si mangia le uova senza pensare al valore che hanno per lo spirito! Forse ci scappa anche un pezzetto di lardo. Fritto in padella, insieme con l'uovo...

Fece un giro e con passo arzillo si avvicinò alla strada che portava alla casa del contadino. Fu accolto da un concerto di latrati, perché lì tutti avevano un cane, non per diffidenza nei confronti dei vicini, che erano gli stessi da generazioni, ma c'era parecchia gentaglia sparsa su quel vasto territorio, e d'altra parte un cane fa parte della casa come una buona minestra di cavoli o delle cipolle succulente.

Duskov raggiunse la prima casa. Una vecchietta, con un fazzoletto annodato intorno alla testa grigia, scarpe massicce con suole di legno e gonna lunga cosparsa di toppe, si dirigeva zoppicando verso una piccola stalla. Aveva in mano una scodella con della polenta. Non aveva visto né sentito il forestiero, quindi lanciò un tremulo grido quando Duskov le disse cordiale: «Che giornata, eh? Che aria! Allarga il cuore...»

La scodella le sfuggì di mano, la polenta schizzò da tutte le parti e sulla sua gonna. Fissò Duskov con gli occhi sbarrati dalla paura, la bocca sdentata si spalancò, le mani si congiunsero sopra il seno cascante. Poi si appoggiò contro un carro di legno fradicio, e tentennò il capo in modo orripilante, come fosse infilato su una molla.

«Volevo buttarla via...», balbettò la vecchia. «Mi creda, caro compagno. Una polenta cattiva, andata a male, ormai immangiabile. Puzza! Allora mi sono detta: Portala lontano, in modo da non sentire più il puzzo... È andata così, compagno.»

«Quella bella polenta!» disse Duskov, senza sapere che cosa provocava con quella frase. La vecchia stralunò gli occhi come se la strozzassero, fece un sospiro profondo e penoso e ripeté quel raccapricciante tentennamento della testa. «Anche la polenta inacidita può essere un buon nutrimento in caso di necessità...»

«Io ho uno stomaco vecchio, vecchissimo», si lamentò la donna. «Devo essere intorno agli ottanta, di preciso non lo so. Ma quando lo zar fu ammazzato, l'ultimo, Nicola, io ero già nonna! Tanto sono vecchia! E allora non si sopporta più il mais inacidito. Mi creda, compagno. Entri... guardi tutto... controlli pure tutto... O santa vergine, sono sempre stata una persona onesta. Non ho mai avuto niente a che fare con le autorità...»

Duskov si appoggiò al recinto di assi di betulla e sorrise amichevolmente. Capì che era stato scambiato per una specie di funzionario comparso all'improvviso per effettuare qualche controllo.

«Ha latte?» chiese.

«La capra ne dà solo poche gocce. È una capra molto vecchia...»

«E un uovo?»

«Oh, un uovo! Guardi le galline, compagno. Bisognerebbe squartarle, se non facessero tanta pena. Vanno in giro schiamazzando, becchettano i buoni chicchi, razzolano e starnazzano... ma fanno uova? È una disperazione. Come se avessero un tappo!»

«Ho fame...» disse schietto Duskov.

«Fame?»

«E sete. Se ne meraviglia? Ogni individuo, chiunque egli sia, si nutre quotidianamente, anche quando si mangia le unghie. Lei di che vive?»

«Di che cosa ha bisogno una vecchia come me per vivere?»

«A me non serve di più. Dividiamocelo...»

Duskov si staccò dal recinto, andò alla porta di casa e aspettò che la vecchia aprisse il catenaccio dall'interno. Entrò in un grande locale con una stufa enorme di pietre cementate con argilla. In un angolo c'erano una panca, un lungo tavolo e due sgabelli. Duskov si diresse verso la panca, si sedette a gambe larghe dietro il tavolo e si guardò intorno. I vestiti della vecchia erano appesi a dei chiodi; dietro la stufa, nell'angolo più caldo, c'era un grande letto di legno. Sul fornello, coperto con una lastra di ferro, gorgogliava un paiolo d'acqua calda. Duskov alzò la testa e fiutò. C'era odore di polenta appena fatta, non di polenta rancida e immangiabile.

«Ah!» strillò la vecchia all'improvviso. Duskov si irrigidì e tese i muscoli.

«Si sente male?» chiese con voce roca.

«Ho scoperto un ovetto, compagno!» gridò la vecchia giubilante. «Era ficcato in fondo alla stufa, si era nascosto, il birbante... Ma non gli è servito a niente... lo do a lei, compagno ispettore...»

«Fritto in padella con un po' di lardo?»

«Cos'è il lardo?» La vecchia intrecciò le mani e guardò con aria sincera l'ospite indesiderato. «Chi sa più che cosa è il lardo...»

«Te lo devo mostrare? Ancora vivo, su una scrofa bella e grassa?! Andiamo fuori, nonna. L'hai nascosta in un buco sotto terra, eh? Perché nessuno la senta grugnire... Un bel porcellino che mangia buona polenta...»

La vecchia fece ancora ricorso ai suoi spaventosi tentennamenti di testa e crollò sulla panca della stufa. Poiché l'ispettore non si commosse, cominciò a rantolare ad ogni respiro, come se avesse inghiottito una canna. Poi smise addirittura di respirare, strabuzzò gli occhi e mandò la testa a sbattere contro la stufa. Duskov aspettò. Poi si guardò le mani, si grattò la testa con ostentata lentezza e si leccò le labbra.

«Può darsi, nonna» disse, «che oltre all'uovo tu abbia nascosto da qualche parte anche un pezzetto di lardo o di prosciutto? È solo una domanda. Ti succedono le cose più strane quando viaggi...»

La vecchia si calmò a vista d'occhio, rimase a sedere curva sulla panca e calcolò il rischio che avrebbe corso aggiungendo un pezzo di lardo all'uovo ritrovato. C'erano due possibilità: Che l'ispettore urlasse: «Ah! Allora c'è un maiale nascosto in casa! Da dove viene il lardo, compagna? Come può esserci in circolazione ancora un maiale non registrato, nel 1944?» Oppure che l'ispettore dicesse con tono conciliante: «Era buono l'uovo col lardo. Nonna, tu hai un animo buono. Per oggi, passiamo sopra a tutto quello che vediamo...» Va' a sapere per che verso bisogna prendere l'ispettore.

«Proverò a cercare», disse, tendendo la voce esile come un filo di sciroppo che scenda da un cucchiaio.

«Buona idea, nonna. Guarda in ogni angolo. Ma spicciati... Sono affamato come un orso che si sveglia dal letargo invernale. Se cerchi molto bene, forse troverai anche un pezzo di pane e un po' di burro. E la marmellata di lamponi dell'anno passato. I tuoi cespugli di lamponi vicino al recinto stanno molto bene, nonna...»

La vecchia fece un profondo sospiro, come se qualcuno avesse azionato un mantice, poi saltò su dalla panca, con molta agilità per i suoi ottant'anni, e corse fuori.

Duskov appoggiò la schiena compiaciuto e guardò fuori dalla finestra. La terra scintillava al sole del mattino come se fosse stata lustrata. Faremo una buona colazione, pensò. Come andrà poi, si vedrà. Finché sei un ispettore incaricato di tener d'occhio i contadini perché non allevino maiali abusivi per il proprio stomaco invece di consegnarli alla comunità, nessuno ti chiede niente. Chiunque si senta guardare fisso, è felice di sottrarsi a questo sguardo. Perché ognuno ha qualcosa da nascondere, in casa sua.

Anche così si può arrivare ad Alexandrov.

Stupino sull'Oka è un nodo di traffico molto importante a sud di Mosca. È una località toccata non solo dalla linea ferroviaria Mosca-Tula-Kursk-Charkov-Stalino-Rostov che collega Mosca con il Mare d'Azov e con il fertile sud dalla Crimea al Bacino del Don, ma anche da una bella strada che da Kašira sull'Oka passando per Stupino si inoltra nel cuore della Russia.

Aleksander Nikolaevič Kraskin era atterrato verso le due e cinque di notte nel territorio boscoso fra Stupino e Serpuchov senza incidenti, addirittura felicemente, perché nel letto poco profondo del piccolo Lopasnja aveva trovato subito la terra sotto i piedi. L'acqua pigra trattenne il paracadute; egli guadò il fiume fino alla riva e lo raccolse, lo piegò il minimo indispensabile e lo nascose fra i ciottoli che il magro fiume nel corso dei millenni aveva gettato sulla terra. Poi si spogliò, mise il vestito e la biancheria ad asciugare appesi a un albero e aspettò il mattino. Era una notte calda; non sentiva freddo, ma ogni tanto correva su e giù fra gli alberi per attivare la circolazione.

Alle prime luci dell'alba si vestì; l'abito era ancora rigido, impregnato di umidità, ma nelle prossime ore gli si sarebbe asciugato addosso e avrebbe ripreso almeno in parte la sua forma primitiva. La stoffa aveva un puzzo insopportabile, come se fosse fatta con lana di caprone, e Kraskin si chiese se poteva azzardarsi ad andare fra la gente con un simile fetore addosso. Si poteva spiegare così: Ho portato per cinque anni l'uniforme dell'esercito, amici miei. Puzzavo? — No! — Puzzano tutti i nostri valorosi compagni? E allora! Siamo milioni di combattenti, e se puzzassimo tanto tutti insieme, avremmo vinto la guerra già da un pezzo, perché nessun nemico può resistere a tanto fetore. Avete mai sentito parlare del re di Persia Dario? No? Quello era un dritto, ve lo dico io! Ha vinto una battaglia facendosi portare dai suoi arcieri migliaia di cammelli non lavati. E cosa fa il nemico? Fiuta l'aria, si sente salire su per il naso quel tanfo bestiale, impallidisce a causa di tanti gas mefitici e fugge. Pianta lì tutto, tanto fetenti sono i cammelli. Ma da noi, fratelli, da noi nell'Armata Rossa, questo è impossibile. Però, appena mi congedano perché i tedeschi mi hanno appioppato una dannata pallottola, appena ricevo gli abiti civili, che cosa sento? Che puzzo. Basta un po' di pioggia, qualche innocua gocciolina, e mi trasformo in un cammello persiano! È una tragedia, compagni! Che posso farci? Non oso più lavarmi con i pantaloni addosso o farmi una bevuta a una fontanella. Solo una goccia sul vestito... e dal tessuto si sprigiona una specie di gas venefico! Sa il diavolo con che la fanno la stoffa adesso! Ma per i civili va bene. Bisogna saperlo sopportare, compagni. C'è in ballo qualcosa di più grosso, la vittoria finale. I civili possono continuare a puzzare tranquillamente, purché l'esercito abbia tutto quello che serve...

Era lampante, ma Kraskin decise di tenersi alla larga da certe discussioni. Il modo di arrivare a Mosca non presentava per lui grandi problemi: distava all'incirca 80 chilometri e c'era un treno merci facile da raggiungere.

Fino a mezzogiorno Aleksander Nikolaevič bighellonò nel bosco di Stupino, accompagnato dal romantico mormorio del Lopasnja, poi percorse, puzzolente come un caprone ma di buon umore, alcune strade secondarie in direzione ovest, e alle 3 del pomeriggio raggiunse il gruppo di case sparse di Stupino. Era un misero paesetto che in realtà viveva solo grazie alla linea ferroviaria e alla strada e alla vicina città di Kašira, che a sua volta viveva grazie al fiume Oka. Qui c'erano pescatori e motozattere, una fabbrica di conserve alimentari e una fabbrica di porte di legno, che però adesso faceva solo traversine per binari, destinate alla costruzione di nuove linee ferroviarie necessarie per i rifornimenti. Stupino vantava un piccolo parco con olmi siberiani e platani bassi e larghi, alcune panchine e un monumento a Stalin di gesso dipinto. C'era perfino un ospedale, una casa del Partito con colonne e un piccolo albergo, il cui gestore — l'albergo apparteneva allo stato — continuava a meravigliarsi di poter vivere pur avendo le camere sempre vuote. Il ristorante era chiuso da un pezzo, e se Emil Benjaminovič Privalzev non avesse distillato una volta alla settimana acquavite scura nella cantina più appartata, credo che sarebbe stato costretto a mangiarsi la paglia del tetto come un ronzino affamato.

Tanto più stupito, e addirittura entusiasta, fu Privalzev quando in albergo gli si presentò un ospite e disse: «Vorrei una camera.» Lo disse con questa semplicità, come se fosse la cosa più naturale del mondo. Certo che avrà una camera. Una vera camera con letto e armadio e biancheria pulita. Compagni, che sia tornata la pace?

Privalzev trattenne il respiro. L'ospite puzzava come un gregge di pecore, ma bisogna sopportare quando un uomo così vuole una camera. Tirò fuori un registro voluminoso, in cui l'ultima registrazione risaliva a quattro mesi prima, lo sfogliò come se cercasse una camera ancora libera, e guardò raggiante l'uomo in attesa.

«La 4!» disse Emil Benjaminovič con tono benevolo. «Una bella camera che si affaccia sulla stazione. È appena rimasta libera. C'è un traffico, compagno! Dovremmo avere cinquanta camere. E io quante ne ho? Appena nove! Ci sono giorni in cui la gente si mette in coda fino alla stazione, dorme nei portoni e aspetta con pazienza di potersi riposare in uno dei miei letti. Ma lei ha fortuna, e che fortuna, dico io! E poi la numero 4. La migliore! Ieri ci stava ancora un Generale, e l'ha lasciata con tristezza, con le lacrime agli occhi, glielo giuro. Così si dorme solo ogni cento anni, ha detto andandosene. Me la sono tenuta a mente, questa frase: voglio scriverla su un cartello da appendere davanti alla porta. — La camera costa quattro rubli...»

«Due!» disse Kraskin calmo. «Sono forse un Generale?»

«Ma è la numero 4!»

«Allora mi dia la numero 9, compagno...»

«Tre rubli, tanto perché è libera», disse Privalzev arricciando il naso. Per tre rubli si può sentire anche il puzzo. Kraskin lo notò e si stiracchiò. Questo aumentava le esalazioni della stoffa bagnata ed era letale per qualsiasi naso.

«Due! Sono un motorista di passaggio. Motorista in una fabbrica di zucchero di barbabietola.»

«Ecco cos'è!» Privalzev si accovacciò e indietreggiò di un passo verso la parete dietro il banco. «Barbabietole da zucchero! Barbabietole da zucchero in putrefazione. È roba che entra nella pelle come se uno facesse il bagno tutti i giorni nel concime. Che ci si può fare, compagno?»

«Abituarcisi.» Kraskin mise la mano aperta sul banco. «Due rubli per lei, compagno, e la chiave a me! E per mangiare che si fa?»

«Ha la tessera?» Privalzev fece scivolare verso di lui il registro. «Lo scriva qui. Ma preciso. Ci sono dei controlli.»

Quella era una informazione utile. Kraskin scrisse, bagnando ogni tanto con la lingua la punta della matita, come se ciò lo facilitasse. Privalzev lesse la registrazione e approvò soddisfatto.

«Aleksander Nikolaevič, quanti bollini ha?»

«Abbastanza. Ma voglio risparmiarli. Mosca è una città infida. E a Mosca devo andare. C'è un posto che mi aspetta in una fabbrica di piastre metalliche per carri armati. Che avanzamento: dalla barbabietola da zucchero alle piastre per carri armati. Ne sono proprio fiero, compagno. Che ne dice?»

«Prima dovranno toglierle la puzza.» Privalzev diede a Kraskin la chiave del numero 4. A quel fetore lui non avrebbe mai potuto abituarsi. Come potesse resistervi Kraskin, era un mistero. Ma ci sono anche persone che hanno il naso chiuso. Non sentono gli odori. Guardano da vicino un maiale nel truogolo e gridano contenti: «Che delizioso porcellino!» Creature degne di compassione, questi tipi col naso impedito. Perdono molte cose. «Che le posso dare senza bollini?»

«Metto qui altri due rubli! Se riesce a scovare qualcosa... Come si chiama?»

«Emil Benjaminovič Privalzev.»

«Emil Benjaminovič, lei mi è simpatico. Come un fratello. Appena sono entrato e l'ho visto dietro il banco, il cuore mi ha detto: Ecco una persona con la quale si può vivere! Questo compagno ha sentimento, lo si vede dagli occhi. È intelligente, lo dice la sua fronte. È coraggioso, tutto in lui emana forza! Perciò con due rubli un uomo simile dovrebbe poterti procurare un pasto nutriente...»

Era stata una buona idea fermarsi da Privalzev, anche se aveva richiesto molta audacia. Chiunque altro nella sua situazione avrebbe evitato quella pubblicità... ma no: Kraskin scende in un albergo come un innocuo viaggiatore, e si registra anche nel libro degli ospiti che viene controllato quotidianamente dalla milizia!

Privalzev riuscì a mettere insieme una cena gustosa, e Kraskin la divorò come se fino a quel momento fosse vissuto solo di fettine di barbabietole seccate che si era portato dietro cucite nel suo vestito spaventoso. Coscia di pollo con rape rosse, e poi una ciotola di latte denso con frutta secca, e poiché Kraskin era tanto sazio che ruttava e, a parte il puzzo, era un tipo molto simpatico, Emil Benjaminovič si arrischiò a offrirgli due bicchierini di acquavite distillata da lui.

Kraskin tossì al primo sorso, stralunò gli occhi, si accasciò ma subito dopo saltò su come morso da uno scorpione. «Oh!» gridò. «È buona! Buona! Emil Benjaminovič, chi l'ha fatta? È uno che se ne intende! Ohi, ohi, che frastuono nella testa! Dammene un altro, fratello...»

Tracannarono fino a sera, si abbracciarono, si baciarono, e quando il sole calò si davano del tu. Cantarono una canzone dopo l'altra, e Privalzev constatò meravigliato che ci si può abituare al puzzo, e compianse quel simpatico Aleksander Nikolaevič sbalestrato dalla guerra. Senza la guerra, oggi sarebbe stato di sicuro I Presidente nella fabbrica di zucchero di barbabietola, avrebbe avuto una bella mogliettina, forse anche un figlioletto e un appartamento di due camere assegnato dalla fabbrica. Così invece gli toccava andare a Mosca, nella grande città che gli faceva paura.

Sul tardi Kraskin si mise a piangere, si lasciò accompagnare da Privalzev nella camera numero 4. Si buttò sul letto continuando a piangere e dicendo che era un uomo infelice, e poi piombò in un sonno scosso dai singhiozzi. Privalzev lo coprì e lasciò la camera senza far rumore.

Kraskin aspettò che Emil Benjaminovič fosse arrivato da basso, poi saltò giù dal letto, chiuse la porta a chiave e si sedette alla finestra.

Era un meraviglioso punto di osservazione. Di fronte c'era la stazione. Poteva vedere i treni che arrivavano e che partivano e anche lo scalo merci, dove si formavano i treni che andavano a sud e quelli che andavano a Mosca. Era quello il mezzo che Kraskin voleva prendere: andare a Mosca con tutta calma in un carro merci, là scendere e andare da Milda Ifanovna nella Lesnaja ulica 19.

«Eccomi qua!» le avrebbe detto. «Dove sono gli altri?»

Kraskin era convinto di arrivare per primo a Mosca. Tutti i fatti gli davano ragione. Mosca era, per così dire, fuori dalla porta.

Rimase un pezzo alla finestra a guardare la lugubre stazione e si rallegrò di avercela fatta. Poi appese il vestito alla maniglia della finestra perché prendesse l'aria della notte, si infilò sotto il copriletto di tela a fiori e si addormentò subito. L'acquavite distillata da Emil Benjaminovič compì il prodigio di farlo sognare dopo molto tempo che non gli accadeva più. Fu un sogno stupendo, ma stancante.

Era a letto con Milda Ifanovna, nudo e teso, e lei era china su di lui e con le labbra gli sfiorava i capezzoli. Il suo corpo ardeva di desiderio, il sangue gli pulsava nei lombi, la mano di lei scendeva con un movimento circolare...

Al mattino arrivò al sud allo scalo merci di Stupino un treno merci con delle mucche. Rimase sul binario morto e Kraskin lo notò subito, mentre era alla finestra per salutare il nuovo giorno.

Un trasporto di bestiame, pensò. C'è niente di più sicuro? Le vacche non le controllano. Le vacche hanno via libera per gli stomaci di Mosca.

Si vestì. Il vestito non puzzava più. Scese le scale per andare da Privalzev.

La fortuna non te la puoi scegliere; devi prendere le cose come vengono e cercare di adattarle in modo che ti tornino utili. Devi essere come un bravo sarto. Questo si vede mettere sul banco dall'onesto compagno Ipatev un vecchio, vecchissimo vestito, liso, coperto di macchie; e Ipatev, quell'emerita testa vuota, dice con aria di superiorità: «Guarda il mio bel vestito! Questa sì che è stoffa. Lo puoi portare ancora per duecento anni... ma che dico duecento, è fatto per durare in eterno. Ma dico io: è già triste dover sentire per tutta la vita la stessa donna che ti russa e ti stronfia nel letto, così si vorrebbe rinnovare almeno quello che si porta addosso di giorno! Un piccolo piacere, compagno! Guarda il vestito. Cosa ci si può fare perché torni a sembrare nuovo? Per un artista come te... dovrebbe essere una gioia!» E il sarto guarda quell'orrore di vestito, sospira e promette di fare del suo meglio. Che cosa fa, eh? Rivolta il vestito, lo restringe da una parte, fa una piegolina dall'altra, fa uno spacco nella giacca, e il capolavoro è pronto. In questo si vede la maestria del sarto nel rendere nuovo un capo rivoltandolo. Da un indumento di stoffa buona diventato lucido, un sarto di media levatura può tirar fuori un prodigio di abito che sarà indossato con molte esclamazioni, ma dal rudere di Ipatev sarebbe stata un'impresa tirar fuori una capanna appena appena abitabile.

Non diversamente andò a Kyrill Semënovič Boranov che, pronto al lancio sul portello del ricognitore a largo raggio, stringendo la barra di ferro, aspettava il comando «Pronti! Via!»

Ma dalla cabina di pilotaggio non venne alcun comando. Invece comparve strisciando il secondo pilota, un Maresciallo, che si tirò su a sedere quando fu vicino a Boranov.

«Merda!» disse.

«Su questo siamo d'accordo.» Boranov sentì dal rumore dei motori che aveva ripreso velocità. Inoltre, l'aereo saliva invece di scendere e descriveva un ampio cerchio. «Avete sbagliato rotta?»

«L'obiettivo è proprio sotto di noi. Vereja. Ma se ti buttiamo giù adesso, vai a cascare su una grossa autocolonna sovietica. Sulla strada Volšenki-Borovsk c'è una teoria di camion che non finisce mai. Non vediamo quello che c'è nei boschi intorno. Ma ci sono dei fuochi, solo piccoli punti, che fanno maledettamente pensare a un accampamento. Bisogna deviare.»

Boranov annuì. Ora tornava utile l'istruzione ricevuta da Renneberg e Milda. Egli aveva la mappa scolpita in testa, vedeva il paesaggio sottostante come quello proiettato sul grande schermo: i boschi intersecati da strade. Il fiume Nara che attraversava la strada Roslavl-Mosca. I poderi sparsi dei contadini. Il grande kolchoz di Simbuchovo. La segheria di Nazarevo. Ma fra l'altro, più vicino a Mosca, c'era un terreno adattissimo al lancio: i campi di barbabietole di Plezenskoe.

«Puntate in direzione Naro-Fominsk», disse Boranov.

«È da pazzi! Là c'è una strada di prima categoria e la linea ferroviaria Kaluga-Mosca!»

«Ma a Plezenskoe c'è anche un grande campo di barbabietole. Salterò là.»

«Purché fra le barbabietole non ci sia una colonna di rifornimenti che si sta preparando la minestra!»

«Ci sono sufficienti possibilità di mettersi in salvo.» Boranov si aggrappò di nuovo alla stanga sopra il portello. L'aereo fece una stretta virata a sinistra e s'inclinò sul lato. «Se non succede altro, lanciatemi dove nessuno vi vede. L'importante è che io esca di qui!»

Il Maresciallo alzò due dita. «D'accordo. Andiamo a cercare le barbabietole. È maledettamente pericoloso quello che hai in mente...»

Boranov tacque. Lo chiama pericoloso! Ragazzo mio, se tu sapessi che razza di missione ci hanno assegnato! Non so che cosa tu abbia pensato di me durante tutto il volo, non abbiamo detto una parola in proposito; ma ho visto il tuo sguardo interrogativo, e l'ho evitato. Una spia, dirai. Sì, è una spia quella che scarichiamo sulla Russia. È questo l'aspetto di colui che agisce nel buio, che sabota, che può anche uccidere. Porta un vecchio vestito e un berretto da operaio. È come migliaia di altri lavoratori, ma è un individuo che senza scrupoli porta la distruzione.

È tutto diverso, caro camerata. Molto meno romanzesco, lontano da qualsiasi cliché. Siamo solo poveri cani istruiti, addestrati per un numero particolarissimo nel circo del mondo: Far fuori Stalin. Il grande concorrente. Perché il circo continui a vivere, l'altro, nel cui maneggio i pupazzi ballano al suono del flauto del grande domatore.

Che fine faranno i poveri cani? Forse li finiranno a bastonate, li affogheranno nel fiume, gli faranno un buco nella testa, o si limiteranno a dargli la caccia all'infinito, in modo che si abbrutiscano tanto da parere dei lupi, per poi ricominciare a inseguirli. A chi interessa? L'importante è che il grande spettacolo del circo continui e che la gente applaudisca.

Il Maresciallo tornò strisciando. L'aereo virò di nuovo, prese quota e si diresse verso Mosca con un ronzio tranquillo. Il servizio sovietico di sorveglianza aerea non si curò di quell'apparecchio isolato. Mosca e dintorni rappresentavano le estreme retrovie, già quasi una zona di pace. A prescindere dalle razioni alimentari ridotte e dalla produzione bellica enormemente aumentata, vi si viveva già proiettati verso il futuro. Stalin lo aveva detto chiaro: Dopo la guerra, l'Unione Sovietica diventerà un eldorado! Invincibile e prospera, con immense ricchezze nel sottosuolo e una economia rurale da far dimenticare che cosa voglia dire la parola fame. Con un popolo il cui valore dà lustro alla storia dell'umanità. Così sarà la Russia! Non c'era più alcun motivo per dubitarne. Gli eserciti tedeschi erano stati ricacciati verso occidente. I giorni futuri avrebbero dimostrato se nell'immane uragano di fuoco, come mai se ne erano visti prima, anche la guerra sarebbe stata distrutta dalle fiamme, e se dalle ceneri sarebbe nata una pace eterna. Tutta la Russia era un grande accampamento militare, fra Mosca e la linea del fronte si concentrava la forza di un intero continente.

Kyrill Semënovič non sapeva che ora fosse. Non aveva l'orologio... chi possiede un orologio da polso in Russia? C'erano sufficienti orologi pubblici, sulle torri, sui frontoni delle case del Partito, nelle città perfino agli angoli delle strade principali. Gli orologi che ti puoi portare appresso sono un lusso. Tutt'al più un orologio in camera lo si può tollerare, o una sveglia, per potersi svegliare presto e non dover dire al compagno caposquadra: «È doloroso. Appena mi metto a letto, mi stendo e dico a me stesso: Piotr, domani mattina alle cinque devi alzarti... ma mi si chiudono gli occhi prima che sia riuscito a imprimermi nella mente l'ora. È come una malattia! Chiedo scusa, compagno.»

Boranov ascoltò il ronzio dei motori. Gli ricordava il brontolio del mulino a vento a Gut Thernauen. Era cresciuto con quel rumore, aveva osservato spesso da ragazzo, sdraiato nell'erba sotto le pale di ferro che sporgevano in alto, come il vento spingeva le grandi ali argentee. Si muovevano dapprima piano, poi sempre più veloci, simili alle nuvole che si rincorrevano in cielo sopra la sua testa. Poi non vedeva più le pale, ma solo un cerchio d'argento che sibilava, e in una casetta di legno vicino alla ruota a vento c'erano ruote dentate che macinavano e trituravano e un motore che rombava.

Kyrill Semënovič sobbalzò. Con la fronte premuta contro la parete dell'aereo, aveva chiuso gli occhi: si rendeva appena conto di volare a tremila metri sui boschi russi. Qualcuno gli diede un colpetto sulla spalla, il secondo pilota: «Siamo su Plezenskoe.»

«Ci sono colonne militari?»

«Niente. È tutto buio.»

«Hai visto il campo di barbabietole?»

«Benissimo», sogghignò il Maresciallo. «In ogni fila 432 barbabietole, se non ho contato male.»

«Spiritoso!» Boranov controllò per l'ultima volta la sistemazione delle cinghie. Per lui era sempre stato inquietante quel sacco che portava sulla schiena e che poteva decidere della vita e della morte. Il fatto che avesse piegato il paracadute con le sue mani, seppure sotto la guida del giovane Sottotenente paracadutista, non aumentava in alcun modo la sua fiducia. Solo che si imbrogli una cordicella, pensava, e tu piombi nel campo come un sacco vuoto. Chissà se si scoppia cadendo da questa altezza?

«Adesso ci portiamo alla quota di lancio», disse il Maresciallo. «Quando vediamo il tuo campo di barbabietole, facciamo una breve rollata. Allora salti!» Picchiò sulla spalla di Boranov. «Andrà bene. Io ti sto dietro...» Si raschiò la gola e tirò fuori la domanda che per tutto il volo aveva trattenuto: «Come ti chiami?»

«Adieu.»

«Non ancora. Solo quando rolleremo...»

«Mi chiamo Adieu.»

«Non è possibile! Questo non è un nome!» Il Maresciallo si grattò il naso. «Ho capito. Devi mantenere il segreto.»

«Niente affatto. Mi sono chiamato Adieu.»

Il secondo pilota parve comprendere all'improvviso. Si tastò nervoso la giacca di cuoio. «Perché... perché non tornerai più...» disse piano. «Nessuna possibilità?»

«È difficile!» Boranov si aggrappò alla sbarra. L'aereo perdeva quota rapidamente. Il pilota doveva avere avvistato il campo di barbabietole. Boranov fece un debole sorriso. «Buon ritorno in patria, amico. Sopravviverete, ve lo dico io. Non durerà più molto!...»

«Lo penso anch'io! Quando avremo la nostra nuova arma miracolosa...»

Boranov insaccò la testa fra le spalle. «Scusa, non sapevo che fossi tanto fesso. Tu credi ciecamente alle chiacchiere di Goebbels?»

«Sicuro! È chiaro che in questo momento siamo in una situazione schifosa. Ma il Führer sa quello che fa. Raccorciamento del fronte, in modo da avere truppe disponibili su un settore più ristretto, scaglionate in profondità, mobili, elastiche. Ivan cozzerà contro di noi come contro una montagna di gomma! È una tattica assolutamente nuova, una condotta di guerra elastica. Con noi tutti si dissangueranno.»

«Hai ragione, ragazzo mio.» Boranov accarezzò la guancia del giovane Maresciallo. «Credici con tutte le tue forze, anche quando sarai sotto una croce di betulla. Tua madre vive ancora?»

«Sì. A Wuppertal.»

«Allora, scrivile subito quando torni alla base. Scrivile: In cielo, a non più di 50 chilometri da Mosca, ho conosciuto un uomo, il quale afferma che ogni giorno di più di guerra è un delitto contro l'umanità. Mamma, quello era un autentico disfattista! Uno che bisognerebbe condannare a morte. E pensa un po': un ufficiale tedesco. Queste cose dice un ufficiale tedesco. Grazie a Dio, lo abbiamo scaricato sulla Russia, e non tornerà più indietro! Così ha avuto la sua punizione! — Sì, è così, Maresciallo. Stupito? Senza parole? Un ufficiale tedesco...»

L'apparecchio cominciò a vibrare. Il giovane Maresciallo deglutì. «Sta... sta rollando. Lei... lei deve saltare adesso!»

Boranov aprì lo stretto portello. Il vento quasi lo risucchiò fuori dall'aereo. Si sentiva un ruggito cavernoso.

«Stai bene!» gridò.

«Adieu...» balbettò il Maresciallo, tenendosi forte con la mano sinistra alla stanga di ferro. Portò la destra al casco di cuoio e salutò.

Kyrill Semënovič Boranov si lasciò cadere nell'oscurità, allargò braccia e gambe e piombò nel vuoto senza fondo. Poi uno strattone lo fece girare, il paracadute si aprì e si gonfiò sopra di lui fino a diventare una cupola gigantesca.

Ondeggio, pensò Boranov. Non mi sfracellerò fra le barbabietole. Atterro con dolcezza sul suolo russo.

Guardò giù e, nella notte che andava scolorendo e alla quale i suoi occhi si erano abituati, riconobbe le pianure a sud di Plezenskoe. Rimase appeso tranquillo alle cinghie in attesa dell'atterraggio. Non aveva bisogno di modificare la direzione, di lavorare di gambe, di pensare a come evitare gli alberi. Sotto di lui i campi di barbabietole si avvicinavano, una campagna coltivata, per quanto poteva vedere nell'oscurità. Le case più vicine erano a circa due verste... un piccolo agglomerato di proprietà del kolchoz «Frunze». In mezzo c'era un boschetto. Nessuno poteva vederlo. Un silenzio perfetto lo circondava. Quando toccò terra, le foglie di barbabietola attutirono il colpo. Il paracadute lo trascinò ancora per un poco; sospeso alle cinghie, egli non ebbe alcuna possibilità di rotolarsi, come gli avevano insegnato. Un vento leggero gonfiava la seta e lo trascinava sul campo. Poi riuscì a far presa sul suolo, ad aggrapparsi agli steli più robusti e infine a una grossa barbabietola sporgente alla quale si avvinghiò. Così frenò la corsa, il paracadute si afflosciò e si ammucchiò a terra.

Boranov rimase sdraiato fra le barbabietole, respirò a fondo e in fretta, e si riebbe dalla caduta come un pesce che, gettato a terra e tornato rapidamente in acqua, si dimeni muovendo le branchie mentre l'elemento liquido gli infonde nuova forza vitale. Poi Boranov saltò in piedi, raccolse in fretta il paracadute e lo trascinò sulle barbabietole fino al ruscello che delimitava il lato occidentale del campo. Arrivato là cercò un nascondiglio ma non lo trovò, così decise di lasciare il paracadute vicino al kolchoz.

Per quanto pericolosa fosse la situazione in cui si trovava in quel momento, il pensiero lo divertì. Figuratevi: a un certo momento — forse dopo tre o quattro giorni — la brava contadina trova sotto un mucchio di fieno dell'anno prima un pallone di seta dal quale pendono molte cinghie e cordicelle. Può darsi che la buona donna abbia già sentito parlare di paracadute o magari sappia anche che aspetto hanno... ma è anche possibile che non abbia mai visto un fungo così gigantesco sospeso nell'aria, e che si dica solo: Questa è seta! Molta seta. Una quantità enorme di seta. Santa Madre di Kazan, quante cose ci si possono fare! Vestiti, camicie, biancheria, camicette, fazzoletti per la testa... basta per qualche anno, ma che dico: per tutta la vita non hai più bisogno di pensare a come potrai metterti qualcosa addosso, potrai addirittura fare l'elegantona come quella maledetta puttana della Raječka, che si fa portare a letto, nella paglia o magari dietro il porcile dagli ufficiali o dai grossi papaveri del Partito e che in compenso riceve bollini con i quali si può comprare a Naro-Fominsk i più bei fronzoli. Camicette ricamate nelle quali i suoi seni penzolano come pere in un sacco stretto. Gonne che le aderiscono al grosso sedere come una seconda pelle e nelle quali si pavoneggia mettendo in mostra quando cammina anche la piega del deretano. Adesso posso permettermelo anch'io, Raječka, brutta carogna. Davanti alla mia porta c'è una montagna di seta... Di chi è? Chi se ne cura? Il precedente proprietario starà zitto, perché l'ha sgraffignata anche lui! Ah, Važa Michailovič farà tanto d'occhi. Occhi da pesce marcio, quando la sua Sojuška gli si presenterà in camera in camicetta di seta. Važa è come tutti gli altri uomini... il corpo più conosciuto torna ad essere interessante quando è rinchiuso in un involucro nuovo. Con questa le novità non mancheranno... ne avremo per anni.

Boranov si avviò a gran passi fischiettando adagio, raggiunse una strada battuta da trattori e carri e vide nell'oscurità che si andava attenuando i primi tetti del kolchoz. Rallentò il passo, si mise in ascolto come un animale selvatico che fiuti l'aria e aspettò. Ma il silenzio era assoluto. Nemmeno un cane che abbaiasse. Boranov rifletté, fece un giro e si avvicinò strisciando dalla parte del fienile. Raggiunse un capannone la cui porta era spalancata e oscillava al debole vento. Le cerniere arrugginite cigolavano e accompagnavano i suoi passi sul terreno rozzamente lastricato. Boranov sgattaiolò nel capannone e vide che era pieno di casse ammonticchiate o buttate l'una sull'altra alla rinfusa. Dopo aver deposto sulla porta il paracadute, si infilò nella montagna di casse spingendosi fino alla parete di fondo e poi recuperò l'involto che cacciò in una grande cassa sul retro; coprì la cassa e tornando indietro ostruì di nuovo il passaggio. Se avranno bisogno di casse, pensava, prenderanno prima quelle davanti, chi non lo farebbe? Ci vorrà del tempo prima che arrivino alla parete in fondo; e allora non ci saranno più tracce. E se il načal'nik del kolchoz è furbo, terrà la bocca chiusa e pregherà il cielo che tutto passi presto nel dimenticatoio. Una commissione d'inchiesta dell'NKVD non è un ospite molto gradito...

Boranov scivolò fuori dal capannone e si dileguò nella notte. Solo dopo qualche centinaio di metri, fuori dalla vista del kolchoz e sul limitare di uno sparuto boschetto di betulle, si fermò ansimante per concedersi un po' di riposo, si appoggiò al tronco di una betulla e si asciugò il sudore dal viso con la manica della giacca.

Ce l'ho fatta, pensò. Fin qui ci siamo arrivati. Adesso sono un cittadino sovietico qualsiasi. Mosca non è tanto lontana e posso scegliermi la strada per arrivarci. Da Naro-Fominsk c'è un treno che va a Mosca, ma i treni sono controllati, e quando un uomo giovane e sano se ne sta tranquillo a guardare fuori dal finestrino si sente piombare all'improvviso una mano sulla spalla e una voce dura gli chiede: «E tu che fai, compagno? Non sei in uniforme? Fai vedere i documenti!» E anche se i documenti sono in perfetto ordine... possono sempre sorgere discussioni spiacevoli.

Un buon mezzo per arrivare a Mosca è il tram, che parte

dai sobborghi, è affollatissimo e non controllato. Infatti, chi viaggia in tram è un compagno lavoratore. Altrimenti non accetterebbe la scomodità di viaggiare sul predellino, aggrappato al mancorrente, oppure incastrato in mezzo a una calca di gente tanto da dover tenere gli spiccioli in bocca perché non è possibile alzare una mano.

Boranov decise di tentare il viaggio prima in treno e poi in tram. Aspettò nel boschetto di betulle che la respirazione si fosse regolarizzata, ripassò mentalmente la mappa — gli fu facile grazie alla buona Milda Ifanovna, che li aveva addestrati con tanta severità — e si disse che la strada da Plezenskoe a Naro-Fominsk doveva andare verso nordovest. Quando fosse arrivato a Naro e alla stazione, il mondo gli sarebbe apparso più normale. Un uomo non dà nell'occhio nella massa.

Boranov si avviò, raggiunse la strada in terra battuta per Plezenskoe e dopo quattro verste le prime case del villaggio. Davanti alla seconda casa vide un oggetto che per lui poteva essere inviato dal destino: una bicicletta! Con la calma del cane che si avvicina al muro per alzare la gamba, Boranov entrò nel giardinetto che era separato dalla strada da un recinto di paletti di legno, aspettò il latrato di un cane e si preparò una bella frase di saluto per il caso che la porta si aprisse e qualcuno lo minacciasse con una scure. Ma anche qui nessun cane abbaiò — si vede che se li sono mangiati tutti negli anni di fame, pensò Boranov — e nulla si mosse quando lui afferrò la bicicletta, la fece uscire dal giardinetto e montò sul logoro sellino. Con un paio di energiche pedalate. Boranov si allontanò, mentre la catena cigolava così forte da fargli trattenere il respiro per la paura, ma non successe niente. Le case dormivano nella tranquillizzante certezza che la guerra era ormai lontana e non sarebbe tornata mai più. Il pericolo tedesco era passato; la massima che per secoli si era dimostrata vera non era stata smentita dai tedeschi: Mosca è inespugnabile. Solo una volta un esercito straniero aveva messo a sacco la città, solo una volta Mosca era stata preda delle fiamme da un capo all'altro. Era stato quando i tartari si erano abbattuti sul mondo come una nube di fuoco. Ma quanto tempo è passato? Da allora, tutti i nemici erano colati a picco davanti a Mosca. Anche la

Grande Armée di Napoleone. E anche i tedeschi. Non è un segno che Dio ama i russi?

Boranov divorò il primo pezzo di strada come se dovesse vincere una gara ciclistica. Solo quando raggiunse la grande strada che andava a Naro-Fominsk prese un ritmo più comodo e si mise il berretto all'indietro, di ottimo umore. Il cielo cominciava a tingersi di rosso in maniera appena percettibile; nel cielo notturno cominciarono ad apparire bagliori purpurei, la mattina avanzava strisciando.

Si era fatto chiaro quando Boranov, con l'allegria di un compagno zelante che è lieto di lavorare per la patria, pedalava per le strade di Naro-Fominsk e si avvicinava alla stazione.

Era una bella stazioncina e aveva perfino un orologio che non era fermo. Faceva le 5 meno 10. Nell'atrio della stazione c'era già movimento. Molti contadini si incontravano lì con le gabbie piene di polli e di anitre, che evidentemente volevano portare a Mosca per ricavarne buoni rubli vendendole ai cittadini. Infatti la guerra c'era ancora, i generi alimentari erano scarsi e si potevano ottenere solo con le carte annonarie, e chi poteva procurarsi un pollo dava via più che semplici rubli. Si barattavano gioielli e buoni stivali, e se anche ciò era passibile di pene severe... chi poteva impedirlo? Non si barattava dappertutto? Forse che il severo commissario, entrato nella casupola per una ispezione, dopo aver compiuto l'atto amministrativo non rientrava dalla porta di dietro chiedendo amichevole: «Compagna, non avresti un cestino di uova per me, che lavoro tanto?»

Boranov si sedette su una panca vicino a un gruppo di operai che — per quanto poté afferrare dai loro discorsi — lavoravano in una fabbrica di penne di Rasudovo. Prese dalla tasca una grossa cipolla (nessuno capì che era cresciuta nel Mecklenburgo) e cominciò a sbucciarla e a mangiarla a fettine con aria da intenditore.

Prima che arrivasse il treno per Mosca — cioè quasi alle otto — sulla banchina passò per tre volte un miliziano che guardò la folla in attesa, salutò qualche conoscente e poi scomparve.

Finalmente, alle otto e mezza, il treno partì. Boranov prese posto in uno scompartimento con sei contadini, cinquantatre polli, un maialetto striminzito ma chiassoso e una donna grassa che puzzava di stalla e gli raccontò di essere vedova da tre anni.

Boranov le fece le condoglianze, poi si appoggiò allo schienale e chiuse gli occhi. Fino a Mosca, circa 70 chilometri, pensò. È un lungo percorso, quando la morte ti viaggia accanto. Ad ogni momento può arrivare un controllo. Allora dipende da quanto sai essere convincente.

Mosca e dintorni, pensò Boranov. Imparata, grazie alla tenacia di Milda, come fosse la città in cui era cresciuto. Il capolinea del tram che mi interessa si chiama Ochakovo. Una stazione ferroviaria dopo Peredelkino. Un paesaggio magnifico. Boschi ondeggianti e laghetti di sogno, dolci colline, sparse qua e là dacie di scrittori e artisti benemeriti dell'Unione Sovietica. Un pezzetto di anima immortale russa. A Peredelkino si può fare ciò che ogni russo fa volentieri: sognare la felicità.

Boranov fece finta di dormire, sentì la donna maleodorante che raccontava della sua dannata mucca, tanto delicata alle mammelle che lanciava muggiti tremendi quando gliele sfioravano, e andò avanti così fino a Peredelkino. Qui un'altra fiumana di gente invase il treno già gremito, cominciarono i litigi, un sottufficiale della milizia si mise a urlare, cosa del tutto insensata, perché facendo la voce grossa non si creano nuovi posti a sedere, e un ufficiale fece sbatter fuori da uno scompartimento nove contadini per occuparlo da solo. L'ufficiale aveva parecchie decorazioni sul petto, il sottufficiale della milizia si irrigidì sull'attenti, trascinò subito via i contadini, e Boranov si fece amare comunicando ad alta voce che sarebbe sceso a Ochakovo lasciando così libero il suo posto.

«Ci manca poco!» esclamarono due uomini dando una pacca sulla spalla di Boranov. «Lasciaci il tuo posto, fratello, e vatti a mettere vicino alla porta. Fa caldo, non te ne pentirai. L'aria fresca allarga i polmoni.»

Così Boranov fece l'ultimo tratto sulla piattaforma vicino alla porta, aggrappato all'intelaiatura del finestrino e sicuro che lì nessuno lo avrebbe controllato. Faceva davvero caldo, lo spostamento d'aria scacciò dal suo corpo ogni residuo di stanchezza, si sentiva rinfrancato e saltò giù non appena il treno arrivò a Ochakovo. Si tolse la berretta, se la cacciò in tasca, si avvicinò al miliziano sulla porta della stazione e disse: «Bella giornata, compagno!»... e passò senza altri controlli.

Davanti alla stazione c'era anche il capolinea della tramvia suburbana per Mosca. Una vettura grande e vecchia sulla quale erano dipinte frasi incisive quali «Stalin è la vittoria» o «La Russia è immortale grazie al vostro coraggio». Intorno al tram era accampato, come se dovesse prenderlo per fame, un piccolo esercito di viaggiatori. Seduti su casse e scatoloni, aspettavano con evidente pazienza, poiché davanti all'unica porta aperta della vettura, simile a un arcangelo a guardia del Paradiso, c'era una persona che imponeva il massimo rispetto: la conducente. Non appena lasciò libera la porta, cominciò il parapiglia. Negli occhi vigili di coloro che aspettavano c'era un barlume di quella luce crudele che si nota negli animali da preda prima del pasto. Avevano già calcolato — e i russi sono buoni calcolatori — che solo due terzi dei presenti potevano trovare un posto nel tram. Perciò, quando la conducente lasciò libera la porta, fu come se avesse aperto le porte di una prigione.

Boranov guardò quella massa di gente, cacciò le mani nelle tasche dei pantaloni e si avvicinò a passo lento alla vettura. Si fermò davanti alla scritta «La Russia è immortale grazie al vostro coraggio», fece un cenno di approvazione e si diresse alla porta. Quelli dietro di lui parvero trattenere il respiro. La conducente lo fissò incredula. Era una graziosa creatura, aveva capelli castani di media lunghezza, che teneva raccolti con due fermagli sopra le orecchie, occhi scuri grandi e rotondi, una bocca di ciliegia e una testolina di bambola. Anche tutto il resto pareva dovuto alla generosità del buon Dio. Boranov osservò con piacere le belle curve, per quanto glielo permettevano la camicetta a sacco, la gonna sgraziata e le scarpe massicce. In ogni modo, aveva gambe lunghe e snelle che non si potevano nascondere.

«È cieco?» chiese la conducente. La sua voce, malgrado la durezza della domanda, era gradevole.

«Al contrario, ho preso a cuore il motto che lei porta in giro, sorellina. La Russia è immortale grazie al vostro coraggio...» Boranov mise un piede sul predellino. La conducente esitò, poi alzò anche lei la gamba e colpì Boranov sulla scarpa. La folla rimase immobile. Questo sì che sarà uno spettacolo divertente, compagni. Arriva un forestiero e si mette a tu per tu con la ragazza. Gli diventeranno le orecchie rosse, state a vedere, compagni.

Boranov ritirò il piede e si grattò il naso. «Colpisce come un canguro» disse.

«Come cosa?» chiese la donna adirata.

«Un canguro! Compagna, non conosce i canguri? Allora devo raccontarle una cosa. A Leningrado — prima della guerra — c'era un circo. Un circo, lo sa che cosa è?»

La conducente tacque risentita. Chi a Mosca non conosce il circo? Il moscovita ama cinque cose e sostiene che siano le migliori del mondo: la metropolitana, il teatro Bol'šoj, il gelato, i prati lungo le rive della Volga e il circo. Boranov si appoggiò al tram e guardò il cielo azzurro. Alcune nuvole increspate andavano verso ovest. Tempo da offensiva, pensò. La terra è dura e asciutta. Le armate corazzate sovietiche possono avanzare contro le posizioni tedesche. 132 divisioni! Che Dio ci perdoni...

«In quel circo», disse Boranov con la faccia seria, «c'era una attrazione della quale tutti ridemmo: un canguro che combatteva contro un orso. Non l'ha mai visto? Arriva l'orso, dritto, una montagna di pelliccia, battagliero, con gli occhi furbi scintillanti; e là c'è il canguro sulle lunghe zampacce posteriori, dimena le orecchie e si lecca il muso. Noi trattenevamo il respiro. L'orso avrebbe fatto polpette del piccolo marsupiale in quattro e quattr'otto, avremmo sentito scricchiolare le ossa. Una donna sviene subito, un vecchietto si rosicchia i baffi. Ma che vediamo? Non appena l'orso è abbastanza a tiro, il canguro si gira con un salto, alza una zampa e — ciaff! — colpisce l'orso alla pancia. Che cosa posso dirvi? L'orso si rovescia all'indietro, rimane sdraiato sul dorso con le quattro zampe stese. Battuto! Da un canguro! Ne parlò tutta Leningrado.» Boranov lanciò uno sguardo voglioso all'interno del tram. «Ci capiamo, compagna?»

«No!»

«Quando si può salire?»

«Quando io darò il segnale.»

«E quando lo darà?»

«Quando lo riterrò opportuno.»

«E quando arriverà questo momento?» Boranov le sorrise. «Bisogna tenere un calendario?»

«Idiota!» disse la conducente. Indietreggiò, si mise al sicuro dietro una specie di barriera di ferro e alzò la mano. «Avanti!»

Boranov fece un balzo, s'infilò nella vettura e si abbarbicò a un sedile accanto al finestrino. Si era appena seduto, che l'ondata di folla si riversò nel tram accompagnata da un uragano di voci urlanti, la conducente si sedette al posto di guida dietro la leva e suonò il campanello della partenza. Il tram si mosse all'improvviso, alcuni che erano rimasti a terra gli corsero dietro strappandosi i capelli, ma la velocità aumentò, i pavidi che erano appesi fuori saltarono a terra col rischio di rompersi l'osso del collo, i coraggiosi si tennero stretti a quello che capitava. Il tram suburbano diretto a Mosca raggiunse la massima velocità e proseguì strepitando la corsa verso la grande città.

Boranov, che era seduto presso il divisorio del conducente, osservava il profilo della ragazza. Graziosa, pensava. Quanti anni può avere? Al massimo venticinque, ma forse meno. Quando il sole le batte sui capelli scuri, le punte hanno riflessi rossastri. Ha il collo sottile, la nuca coperta di una peluria ricciuta. Accidenti, è proprio carina.

Così Boranov conobbe la conducente Lyra Pavlovna Žarenkova.

Il dolore aveva avuto la meglio.

Quando poté pensare di nuovo con chiarezza, Bunurian non avrebbe saputo dire se aveva perso conoscenza oppure se il cervello aveva semplicemente cancellato qualsiasi percezione paralizzando i nervi. Riconobbe la macchia nella quale si era rotolato. Aveva sul palato il sapore amaro delle foglie. Sputò e ricordò: ho strappato un ramo e me lo sono ficcato in bocca insieme con le foglie, per non gridare.

Perché per non gridare? pensò poi. Un dolore diventa più forte quando non ti sfoghi. Gridare libera. Nella nostra proprietà ho visto quel boscaiolo che si amputò quasi una gamba con un colpo d'ascia: riverso sulla schiena, urlava, urlava in maniera bestiale... e all'improvviso si mise a ridere quando io gli portai una barella. «Padroncino», disse, «non è poi così male. Mi sono sfiatato...»

Boscaioli! Ecco! Il cervello di Bunurian ragionava con logica. A non più di cinquecento metri sulla destra c'erano tre capanne di legno in mezzo a cataste di legname appena tagliato. Un largo viottolo indicava la strada che facevano i compagni taglialegna quando all'alba uscivano dalle capanne, andavano a lavarsi a una botte, poi si mettevano in fila e chiacchierando allegramente orinavano in direzione del vento e infine, dopo una colazione a base di pane, arrosto freddo di lepre e bacche zuccherate, andavano al lavoro. Sarebbe stato difficile far credere a quegli uomini che uno si era fatto una frattura al malleolo così complicata inciampando in una radice. E si sarebbero anche domandati come mai il vestito era così lacero e la pelle scorticata in molti punti come se ci fosse passata sopra la corteccia di un albero.

Bunurian alzò a fatica la testa. La boscaglia nella quale si era rifugiato era folta, ma vicina alla strada sulla quale la legna tagliata sarebbe stata trasportata. Nessuno poteva vederlo e, a meno che qualche cane randagio non lo avesse annusato, lì era al sicuro. Poteva starci qualche giorno. Il dolore non gli avrebbe fatto sentire la fame, e la sete si poteva placare leccando la rugiada dalle foglie. La mattina presto, l'erba era ancora bagnata, si poteva premerci sopra il viso e rimanere così fino a che il caldo non avesse assorbito l'umidità.

Il malleolo era grosso come un limone. Battendo i denti, Bunurian cercò di togliersi la calza a brandelli. Fu come se si spellasse, un fuoco gli divampò per tutto il corpo, addentò di nuovo un pezzo di legno e liberò il malleolo dalla calza. Poi tornò a sdraiarsi sulla schiena, con le lacrime agli occhi, e aspettò fino a che il dolore lancinante si suddivise dandogli la sensazione costante di giacere su un letto di chiodi.

Prima o poi finirà anche questo, si disse. Andrà meglio

quando il gonfiore diminuirà. Ascolta bene, malleolo: abbiamo ancora un mucchio di cose da fare. Dobbiamo andare a Mosca, hai capito? Ti do tempo ancora qualche giorno, ma poi devi collaborare. Pensa alla spalla sinistra, nel 1942, davanti a Kerč. Era il 14 maggio. Avevamo quasi conquistato la penisola, e quattro carri armati sovietici cercavano disperatamente di sfondare. Io ero dietro un mucchio di terra, appiattito come un pesce passera. Ricordi? Ero lì, vicino alle cariche cave, in un angolo morto, e quando il primo carro armato mi è passato accanto sono saltato fuori, ho messo il mio grappolo di bombe sotto la torretta e sono scappato. E allora qualcosa mi ha colpito. Naturalmente, una spalla non è un malleolo. Con una pallottola nella spalla puoi ancora correre. Ma se ti do tre giorni di riposo, malleolo, dovresti essere in grado di farcela, se cammino con le stampelle.

Bunurian si strappò la camicia, strofinò alcuni brandelli sull'erba carica di rugiada fino a che furono bagnati e li avvolse intorno al piede informe. Il fresco era piacevole, il dolore diminuì; egli fu invaso da una specie di allegria perché poteva di nuovo aprire la bocca senza che i denti gli battessero. Vide sorgere il nuovo giorno con un sole giallo pallido, che presto inondò la terra di calore. Nel bosco si ridestava la vita, gli uccelli cinguettavano sopra di lui, gli animali correvano fra i rami secchi. Dalle capanne di legno vennero delle voci, poi si sentì un crepitio, come se il motore di un vecchio trattore si rifiutasse di lavorare.

Prendete un'altra direzione, compagni, pensò Bunurian mentre si cambiava la fasciatura. Lassù ci sono alberi più alti e più robusti. Giratemi alla larga. Che ve ne viene in tasca se mi picchiate a morte? Non posso più modificare il risultato della guerra, anche se al Comando Supremo sono convinti che noi dieci potremmo modificare i destini del mondo ammazzando Stalin. Compagni, la Russia vincerà la guerra, perciò lasciatemi vivere, ve ne prego. Perché mi sono calato qui? Una domanda intelligente, tanto intelligente che non so darle alcuna risposta. Adesso che sono fra voi, non lo so più nemmeno io. È come un chicco di grano da semina. Lo metti in terra e dici: Adesso cresci e fai i frutti. E quello li fa. Germoglia, dalla zolla spunta un piccolo stelo che cresce al sole, alla pioggia e al vento, e poi mette i frutti, e tutti intorno battono le mani: Che buon raccolto! Non può essere diversamente, il piccolo chicco deve fare ciò che è nella sua natura. Compagni, so che non è una giustificazione. Qui un chicco, là un uomo che scende dal cielo. Ma entrambi hanno un destino: devono fare ciò che ci si aspetta da loro.

E che risponderanno i fratelli legnaioli? Ma sentite un po' che modo contorto di parlare! Rifletti, furfante: che succede a un chicco che è diventato stelo e che dà frutti? Adesso tremi, eh? Lo si taglia. Zac-zac, con la falce o con la mietitrice. Lo si decapita, lo si batte per farne uscire i chicchi. Forza, compagni, facciamoglielo vedere! Se vuole essere una spiga, deve essere trattato come una spiga...

Bunurian tese l'orecchio. Dalle capanne arrivarono delle risate. Il motore del trattore non sputava più, si era messo a scoppiettare allegramente. Il lavoro cominciò. Bunurian pensò al paracadute che era rimasto in alto, fra i rami. Se fosse venuto un forte vento, si sarebbe gonfiato come un bianco vessillo e sarebbe stato visibile anche da lontano.

Bunurian sapeva che la sua situazione era quasi disperata. Se non lo avessero scoperto quel giorno, ciò sarebbe accaduto il giorno dopo, o il successivo. Con il malleolo fratturato non sarebbe andato lontano. Che cosa sono due o tre verste in un paese tanto immenso? Di più non poteva fare certo. Girare per la Russia saltellando su una gamba sola era già un'idea folle. Ma aspettiamo tre giorni, pensò. Allora mi apparirà tutto diverso. Mi servono tre giorni per rinascere.

Si riadagiò supino, con il piede rotto fasciato con le strisce di camicia posato su un grosso ramo, e analizzò ogni rumore. A una certa distanza, lo stridio delle seghe, lo schianto del legno quando l'albero si piegava, oscillava e infine cadeva a terra con uno scroscio maestoso, il trattore che borbottava, voci che si chiamavano — Bunurian si sentì rizzare i capelli in testa — per la prima volta l'abbaiare di cani! Più di uno: li distingueva abbastanza bene. Erano tre.

Fece per tastare la capsula di veleno che aveva messo nel sacchetto di pelle appeso al collo e annaspò nel vuoto. Quando era caduto dall'alto albero aggrappandosi ai rami e scorticandosi la pelle, anche il cordoncino cui era appeso il sacchetto doveva essersi rotto. Una sensazione agghiacciante lo invase mozzandogli il respiro. L'ultima via, la fuga indolore nell'infinito, gli era preclusa. Quando lo avessero scoperto, avrebbe dovuto affrontare tutte le spaventose sofferenze di una creatura indifesa.

Bunurian chiuse gli occhi e lottò contro la paura che lo soffocava. Mi bastoneranno come una volpe idrofoba, pensò. Dio mio, non volevo morire così. Ho sempre desiderato di poter lottare contro la morte: in guerra con l'arma in pugno, a letto ribellandomi contro il nemico che era dentro di me. Ma non avrei mai voluto subire, impotente come adesso, che mi schiacciassero la testa come un serpente.

Rifletté se durante la notte — qualora fosse stato ancora vivo — non dovesse tentare di allontanarsi un poco: ànche fossèro stati solo duecento metri, la distanza fra lui e i boscaioli sarebbe aumentata. Ogni metro era una piccolissima probabilità in più di non essere scoperto.

Ma il paracadute. Quel maledetto paracadute sull'albero. Era come un segnale di richiamo: Venite qui! Qui potete ammazzare un uomo che nella sua patria è già morto. Tenente Berno von Ranowski, disperso in Russia. Uno che si era dileguato nella vastità del paese. Come una goccia d'acqua assorbita dalla gigantesca spugna che è la Russia. Con fiero dolore.... i Ranowski scriveranno così? Fiero? Da due secoli i figli dei Ranowski entravano negli eserciti come ufficiali; un antenato era divenuto perfino ammiraglio. E, cosa notevole: la maggior parte dei Ranowski erano caduti in qualche guerra, ma non prima di aver messo al mondo un figlio.

Bunurian respirò a fatica. Io esco dalla norma, mamma. Il pensiero della madre lo riempì di tenerezza. Era una donna di statura media, con i capelli scuri, e ogni ragazza che egli aveva posseduto l'aveva paragonata alla madre. Ci facevano sempre una brutta figura, le povere figliole. Non che sua madre fosse una bellezza eccezionale... ma quello che egli cercava invano nelle altre donne era la bontà nella quale ella avvolgeva tutto come in un piumino.

Con fiero dolore... Mamma, non scriverlo! Grida: Me lo hanno fatto a pezzi! Non si è fieri quando si perde un figlio. Significa disprezzo per l'umanità...

Arrivarono la sera.

Bunurian aveva dormito un poco, anche se si era sforzato di rimanere sveglio. Ma i suoi nervi tormentati dalla sofferenza avevano trovato un po' di tregua, si erano distesi, calmati, grazie agli impacchi freddi, e con l'attutirsi del dolore aveva avuto il sopravvento la stanchezza. Ora si svegliò spaventato e guardò il cielo che si era arrossato. Una grossa nuvola sfrangiata che sembrava un bicchiere giallo pieno di fumo, era ferma sul bosco e si muoveva appena. Non c'era quasi vento e faceva caldo. La terra mandava un profumo agrodolce, come se fosse stata cotta durante il giorno.

Delle voci confuse si avvicinavano a poco a poco. Rumore di rami spezzati, poi colpi di bastone contro gli alberi, come per stanare animali nascosti. I richiami risuonavano da un punto all'altro.

Vengono, pensò Bunurian rimanendo immobile. Vanno avanti come i battitori. In fila, metro dopo metro, e come i battitori che stanano la selvaggina, gridano, fanno rumore, picchiano sui rami. Ci senti, maledetta canaglia? Arriviamo! Ti scoveremo! Dovunque ti nasconda, non potrai sfuggire! Senti la tua morte? Clac-clac-clac. Ti romperemo le ossa con gli stessi bastoni che picchiamo contro gli alberi!

Bunurian era calmo. Fuggire? Assurdo. Anche se per natura qualsiasi essere vivente sente l'impulso di fuggire davanti al pericolo, seppure inevitabile... bisogna sapere quando la paura diventa ridicola.

Tuttavia, provò una stretta al cuore quando una voce vicinissima disse: «Qua, compagni! C'è una scarpa! Una sola scarpa! Ha perso una scarpa!»

Bunurian annuì, battuto. L'impossibilità di trovare una via d'uscita faceva stranamente di lui un freddo spettatore. Seguì con il massimo interesse gli sforzi che facevano i suoi assassini per scovare lui, la vittima. Adesso avevano trovato la scarpa, dopo che il paracadute sull'albero doveva aver ridestato dapprima il loro stupore e poi una febbrile attività. Sentì che altri accorrevano, che si scambiavano commenti, fino a che uno con una voce profonda disse: «Guardate, sulla scarpa c'è del sangue! È ferito! Dobbiamo trovarlo!»

«È una scarpa russa», disse un altro.

«Ma non dell'esercito. È una scarpa da civile!» La voce profonda le sovrastava tutte. «Compagni, una cosa è chiara: Se fosse stato un lancio di emergenza, avrebbe dovuto essere una scarpa militare! Da quando in qua i civili volano?»

«Qualche compagno del Partito forse...»

«E si lancia qui? Perché questo è un posto tanto bello? Oleg Viktorovič, fai funzionare il cervello!» La voce profonda fece una risata rimbombante. «Hai sentito per caso uno scoppio? Un aereo è precipitato? Quando un uccellino così cade dalle nuvole, c'è una esplosione che si sente a parecchie verste di distanza. Ma durante la notte non si è sentito niente! Quello che si è buttato non voleva fare rumore! — Riformiamo la riga! Continuiamo a cercare!»

Bunurian si mise a sedere nella folta macchia e posò con cautela il piede rotto sul terreno morbido. All'improvviso vide i boscaioli. Avanzavano in riga verso di lui, con in mano grossi bastoni e lunghe asce. Uno di loro teneva una pistola puntata con il dito sul grilletto. Eccoli infine davanti a lui. L'uomo che lo aveva scoperto per primo lanciò un grido sordo e indicò con il bastone la macchia.

«Eccolo!» gridò. «Eccolo là! Si era nascosto!»

Nello stesso tempo gli venne in mente che lo straniero poteva essere armato, che magari lo prendeva di mira. Fece un balzo di lato e si buttò a terra. Fu come un segnale. Anche gli altri si buttarono a terra e si appiattirono. L'uomo con la pistola — era quello dalla voce potente — sparò subito nel cespuglio, ma il proiettile sibilò molto lontano da Bunurian.

«È stato un avvertimento!» gridò il tiratore. «Sei circondato, amico. Vieni fuori con le mani sulla testa!»

«Non posso!» gridò Bunurian di rimando.

La sua risposta li lasciò di stucco. «Allora è un compagno del Partito», sussurrò l'uomo che avevano chiamato Oleg Viktorovič. «E tu gli hai sparato, Pal Tichonovič! Nasceranno delle complicazioni, te lo dico io! In tempi come questi, perché un civile non dovrebbe scendere dal cielo? Forse adesso i controllori li mandano così. In tempo di guerra si imparano metodi del tutto nuovi...»

Pal Tichonovič dalla bella voce che gli procurava tanta popolarità quando cantava durante le serate al kolchoz o nelle feste del villaggio, alzò la testa e fece una domanda sciocca: «È armato, compagno?»

«No!» rispose Bunurian con una debole risatina. «Perché dovrei?»

«Da dove arriva?»

«Dal fronte. Ero a Smolensk.»

«E viene a cadere dal cielo qui?»

«È stata una disgrazia.»

«Aha!»

«La si può chiamare anche una svista...»

«Cioè vuol dire che sull'aereo ha sbagliato porta. Voleva andare alla latrina e si è ritrovato nell'aria. E per caso aveva anche un paracadute! Compagno, crede che siamo nati ieri?»

«Posso spiegare», disse Bunurian senza molte speranze. «Sono anche ferito. Ho un malleolo fratturato. Quando non ci si è esercitati a saltare...»

Pal Tichonovič, che non solo aveva una bella voce ma era anche coraggioso, si alzò e andò nel cespuglio. Bunurian scostò i rami. Si fissarono e si squadrarono. Anche gli altri boscaioli si alzarono e circondarono il cespuglio. Oleg Viktorovič, un uomo piccolo e tarchiato con la gobba, soffiò dal naso e scosse la testa. Dunque lo straniero non era un controllore: lo avrebbe detto. Un controllore avrebbe cominciato subito a inveire. Alzò il bastone e colpì Bunurian sul fianco. La botta si ripercosse sul piede rotto. Bunurian si morse le labbra. Sentì come dei chiodi roventi fin sotto il cuoio capelluto.

«Alzati», disse Oleg cattivo.

«Non posso.»

«Chi sei?» chiese Pal Tichonovič.

«Mi chiamo Ivan Petrovič Bunurian.»

«Un armeno!» disse Oleg sprezzante.

«Georgiano, compagno.»

«Fa differenza?»

«Anche il generalissimo Stalin è della Georgia...»

«Tenetelo!» Pal Tichonovič aspettò che tre boscaioli inchiodassero a terra Bunurian. Poi cominciarono a spogliarlo, gli strusciarono i pantaloni sul piede fratturato, cosa che fece digrignare i denti a Bunurian, gli strapparono la biancheria e frugarono nella giacca. Fecero un mucchio di tutto quello che trovavano. Pal studiò tutto e annuì ripetutamente. «Il documento è a posto,» disse. «Ha anche il foglio di congedo dall'Armata Rossa. Ma questo cos'è?»

Alzò una piccola scatola di latta e la mise sotto il naso di Bunurian.

«Una tabacchiera, lo vedi!» disse lui. «C'è ancora del tabacco. Fatevi una papirosa, amici. È buon tabacco dell'esercito...»

Pal Tichonovič soppesò la tabacchiera. Bunurian lo guardò inquieto. Nel doppiofondo c'era una minitrasmittente, che non era russa, ma l'ultimo ritrovato dell'elettronica americana. Quando Pal Tichonovič avesse premuto sulla cerniera del coperchio, sarebbe saltato fuori anche il doppiofondo. Non c'erano altre spiegazioni da dare.

«Da' qua!» disse Oleg, il torvo gobbo. «Anche se è un georgiano, possiamo provare il suo tabacco.» Strappò dalle mani di Pal Tichonovič la tabacchiera e vi batté sopra. «Ma poi, amico, ci spiegherai come si fa a scendere dal cielo così all'improvviso.»

La tabacchiera non resisté ai colpetti. Si sentì un lievissimo scricchiolio, e poi saltò il doppiofondo. Oleg fissò spaventato la minitrasmittente senza capire che cosa fosse. Bunurian mandò fuori il fiato. Si sentiva dentro un gelo mortale. Pal Tichonovič, che in realtà era il più intelligente di tutti, diede una spinta a Oleg, riprese la tabacchiera e la guardò con attenzione.

«Aha!» disse solo. «Aha!»

«Posso spiegare...» disse Bunurian fra i denti. «Compagni, fratelli, lasciatemi parlare! È una lunga storia. È cominciata a Leningrado. Ho partecipato alla difesa, e là mi è successa una cosa curiosa. Credetemi....»

Pal Tichonovič premette un minuscolo bottone. La tabacchiera cominciò a ronzare. Se la portò all'orecchio, fra lo stupore degli altri boscaioli, poi la strinse nel pugno.

«Brutto cane rognoso!» disse con voce priva di espressione. «Topo di fogna! Alzati!»

Afferrò Bunurian, lo tirò su con uno strattone — eh sì, era un uomo forte, che spostava un tronco d'albero mentre gli altri alzavano gli occhi al cielo impotenti — e lo mise in piedi. Un dolore folle percorse il corpo di Bunurian, il malleolo fratturato si spezzò di nuovo quando egli dovette posare sul piede il peso del corpo, e ciò fu più di quanto un uomo anche valoroso potesse sopportare. Bunurian urlò strabuzzando gli occhi orlati di rosso, dalla bocca spalancata gli usciva la saliva, e quando si aggrappò a un ramo e alzò il piede fracassato, dai suoi occhi sgorgarono anche le lacrime che rotolarono sul viso tremante.

«Siate.... siate uomini...» balbettò. «Ascoltatemi...»

Pal Tichonovič fu il primo a colpirlo con il suo randello nodoso, subito imitato da Oleg Viktorovič, il quale con malignità prese di mira la gamba che Bunurian teneva sollevata da terra.

Il malcapitato urlò di nuovo, cercò di lasciarsi cadere a terra, ma tre boscaioli lo afferrarono e lo tennero fermo in modo che ricevesse in piedi i colpi... sulla testa, sulla nuca, sulle tempie, sulle spalle, sul viso. Il sangue sprizzava dal naso e dalla bocca, il cuoio capelluto esplose, un fiotto di sangue inondò tutta la testa e corse giù per il corpo. Muti, accaniti, come se si trattasse di abbattere un albero particolarmente indocile, gli uomini infierirono su Bunurian. Quando alla fine i tre lo lasciarono, egli crollò a terra, contorto come un verme, una massa informe di vestiti e di sangue. «Strappategli le budella!» ringhiò Oleg Viktorovič come un cane da guardia. «È una spia! Una spia schifosa!»

Bunurian non sentiva più dolore. C'è un confine... Ma poteva ancora pensare. Mamma, pensò. Mamma! Ora muoio. È bello che tu non sappia come sono morto. Per te sono disperso. E fino a che vivrai, spererai nel mio ritorno. Così succede quando ti danno per disperso. Quelli che ti amano non smettono mai di credere in un miracolo. Mamma... Mamma!

Bunurian perse infine conoscenza. Ne fu responsabile un buon colpo che gli fracassò la calotta cranica e gli spappolò il cervello. Nessuno si accorse della sua morte... I boscaioli continuarono a percuotere il corpo fino a che Oleg il gobbo vibrò l'ascia e con un colpo spaccò la testa già informe.

«Adesso ha avuto il fatto suo!» gridò il piccoletto con voce isterica. Gli brillavano gli occhi come avesse la malaria. «Adesso non può più spiare! Non può più trasmettere...»

«Dov'è l'apparecchio?» gridò Pal Tichonovič.

Tanto occupati ad ammazzare, avevano dimenticato la tabacchiera. Con le guance in fiamme cercarono la scatolina di latta e la trovarono vicino al morto nell'erba. Anche la tabacchiera aveva subito la sorte della spia; era fracassata da alcuni colpi di striscio, in una pozza di sangue, come se anche lei avesse avuto una vita.

Oleg la raccolse e la tese a Pal Tichonovič.

«Idiota», disse il gigante, strofinandosi le palme delle mani sui calzoni. C'era sangue dappertutto. «Buttala via, anzi no, meglio ancora, seppelliscila subito! Abbiamo distrutto una prova importante! Ci sarà un casino! Saremo interrogati, strizzati come uno strofinaccio, ci metteranno dentro quando diremo che abbiamo distrutto anche la trasmittente. Acqua in bocca, fratelli!»

«Neanche una parola!» disse Oleg sconcertato. «Qui non è successo niente. Niente d'importante!»

«Questo non può essere. Dobbiamo comunicarlo! Il paracadute, il forestiero.... Chissà cosa c'è dietro? Ma sulla radio, neanche una parola, capito?»

Osservò il morto con gli occhi socchiusi, poi si voltò e andò di buon passo verso le capanne. Gli altri lo seguirono, gregge muto che va dietro al capo.

In un grosso buco lasciato da una radice divelta, Oleg seppellì la tabacchiera con la trasmittente. Prima però tolse il tabacco e lo mise in un fazzoletto. Anche sul tabacco era schizzato un po' di sangue, ma c'era da supporre che il gusto non ne fosse stato compromesso.

Verso mezzogiorno, arrivarono davanti alle capanne dei boscaioli a nord di Maximovo tre vecchie auto verniciate di marrone. La breve comunicazione — «Abbiamo trovato un paracadute e un civile sconosciuto e ucciso quest'ultimo» — aveva messo in allarme il commissariato politico di Kalinin.

«Cosa avete fatto?» aveva chiesto allibito il distinto signore di Kalinin quando Pal Tichonovič gli aveva telefonato dal piccolo ufficio postale di Maximovo.

«Abbiamo fatto il nostro dovere!» rispose Pal con un senso di disagio.

«L'uomo è morto?»

«Direi di sì, compagno commissario.»

«Ha detto qualche cosa?»

«Voleva parlare di Leningrado, ma era solo per sviarci. Lo abbiamo capito subito. Allora, da buoni cittadini sovietici...»

«Veniamo!» gridò l'uomo di Kalinin evidentemente nervoso. «Non toccate niente!»

Pal Tichonovič riappese. Il gerente dell'ufficio postale, un tipo striminzito con la faccia dal colorito giallastro provocato da un fegato in disordine, fissò senza capire il gigante dalla bella voce.

«Che succede?» chiese, vedendo che Pal Tichonovič non diceva niente e si appoggiava al banco come per riposarsi.

«Quanti morti abbiamo avuto finora in questa guerra?» chiese Pal.

«E chi lo sa? Chi li conta? Centinaia di migliaia. Forse milioni? Non si può dire.»

«Quindi, uno in più non fa differenza, eh?»

«Logico.»

«Ma per quelli di Kalinin è come se avessimo portato via Lenin dalla sua bara di vetro. Qualunque cosa si faccia... è sempre sbagliata. È una vita schifosa, fratello.» Pal Tichonovič sputò per terra, cosa che era proibita, perché bisogna sempre tenere puliti i locali pubblici, soprattutto la posta.

L'ometto striminzito dietro il banco voleva dire qualcosa ma, dopo un'occhiata allo sguardo di Pal, ingoiò la protesta.

«Credo che abbiamo fatto parecchie cose sbagliate», disse il gigante palpandosi le tasche. «Quanti copechi per la telefonata?»

«Niente, compagno. Era una comunicazione alle autorità — Adesso verranno i commissari?»

«Sicuro.»

A Maximovo si diffuse una specie di allarme silenzioso.

Arrivava una commissione da Kalinin! Le commissioni — lo sapevano tutti — non si limitavano a indagare su quello per cui erano venute. È come quando cade una pietra in acqua: i cerchi si fanno sempre più grandi. Ciò indusse soprattutto il soviet della città di Maximovo a rivedere in fretta i propri registri.

A Mosca non se ne sapeva ancora nulla. Era un caso di competenza del distretto di Kalinin, e l'ufficio dell'NKVD locale conservò gelosamente il nuovo segreto. Se c'era qualche cosa sotto — forse si trattava proprio di una spia — gli encomi spettavano a loro. I compagni di Mosca avevano già abbastanza decorazioni.

Gli uomini che conoscevano Milda Ifanovna Kabakova — e lei aveva una vasta cerchia di conoscenze — schioccavano la lingua quando la incontravano. Ma le donne le dicevano parole gentili e crepavano d'invidia. Nel piccolo appartamento della Lesnaja ulica numero 19, vicino alla fermata dell'autobus e al capolinea dei tram 5 e 25, si riunivano ogni sabato artisti e scrittori per discutere, ascoltare la radio e far vedere i loro lavori. Era un circolo ristretto: anche la maggior parte degli artisti e degli scrittori erano a combattere da qualche parte contro i tedeschi per liberare il paese. Ma tutti scrivevano lettere che venivano lette ad alta voce; e spesso erano accompagnate da storie e racconti che avrebbero meritato di essere pubblicati in riviste culturali.

Milda ci teneva a queste serate. Era cordiale con tutti, concedeva a ogni uomo uno sguardo sulla sua rigogliosa bellezza, agitava i seni e si muoveva sulle gambe lunghe e snelle come un capriolo, e le sue gonne erano fatte in modo tale che con un movimento civettuolo la stoffa saliva mostrando la coscia. Una visione che rallegrava.

Ma da Milda Ifanovna non si otteneva niente di più. Ci provavano, ma inutilmente. Non c'era nessuno che potesse vantarsi di essersi portato a letto Milda. Nessuno che avesse mai osato toccare i suoi seni rotondi. Così affascinante appariva Milda, così ben protetta dalla invisibile corazza che la avvolgeva.

Tanto più quelli della sua cerchia sbalordirono quando comparve un uomo che poteva permettersi di prenderla sottobraccio e di andare a passeggio con lei nel parco Gorkij. E fece addirittura sensazione la notizia che quell'uomo — ma chi diavolo era? — aveva perfino baciato Milda. Dietro un'alta siepe di tasso! In pieno giorno. Esattamente alle 3,29 del pomeriggio. All'osservatore la cosa era sembrata tanto importante che aveva preso nota dell'ora.

Un lunedì mattina fu visto un Maggiore in uniforme uscire dalla casa numero 19 e dirigersi verso la stazione della metropolitana. Con passo energico, anche se un po' infiacchito dalla nottata insonne. Ma le finestre di Milda, al secondo piano, si spalancarono per lasciare uscire l'aria stantia della domenica.

Il caso era chiaro. «Naturalmente è un ufficiale», disse il poeta lirico Matvej Petrovič Pčolkin, il quale era così malato di polmoni che i medici militari, subito dopo averlo visitato e appena fu uscito dalla stanza, si erano fatti delle inalazioni. «Che Milda Ifanovna ci sia cascata così, mi stupisce proprio. Che bisogno ne aveva? Ma chi le capisce le donne? Un Maggiore! Quanti anni ha? Intorno alla quarantina? E lei ne ha ventiquattro! Non ci si capisce niente!»

Quello che però nessuno conosceva era il campo di attività del Maggiore. Apparteneva a quel ristretto gruppo di ufficiali scelti che prestavano servizio al Cremlino e che vedevano Stalin tutti i giorni. A volte più da vicino, a volte più da lontano, ma gli stavano sempre intorno, per così dire una specie di seguito comandato dal Generale Efim Grigorevič Radovski. Radovski era un uomo elegante con una uniforme dal taglio impeccabile. Al Cremlino dicevano che il suo sarto doveva mettergli addosso l'uniforme bagnata, quando gliela misurava, perché aderisse al corpo come un guanto. Naturalmente era un'esagerazione, ma a volte i presenti trattenevano il fiato quando Radovski si sedeva. Temevano che l'uniforme scoppiasse come un pallone troppo teso.

Il Maggiore Janis Michailovič Volonov si guardava bene dal competere con l'eleganza del suo capo Radovski. Rinunciò a tutti gli allettamenti di questo tipo, cosa che nel suo intimo gli dispiaceva, perché era per natura un amante del bello e non considerava gli abiti eleganti un lusso superfluo. Così avrebbe preferito avere un aspetto più attraente quando aveva conosciuto Milda Ifanovna sull'immensa piazza dell'università dove lei stava dando da mangiare ai piccioni. Accoccolata, richiamava gli uccelli con voce vellutata, e quando venne un colpo di vento egli vide le cosce e l'orlo di un paio di mutandine azzurro pallido. Ma subito l'ampia gonna bianca ricadde. Prima che il Maggiore Volonov potesse rivolgere la parola a quella creatura meravigliosa arrivò un giovane dall'aria smorta — era il poeta lirico Matvej Petrovič Pčolkin — che parlò con lei, rise con lei, e poi se ne andò con lei: la bella e l'uomo con un vestito spiegazzato e troppo grande per lui.

Volonov odiò subito quell'uomo.

Per tre giorni fu ossessionato dalla visione delle mutandine azzurro pallido, delle cosce, di un seno meraviglioso e di due labbra rosse e piene. Nelle ore libere andava sulla piazza dell'università, ma lei non tornò.

Dopo quattro giorni, Volonov decise di placare le sue brame con un balletto di Čaikovski al teatro Bol'šoi. E là ricevette una specie di scossa elettrica: nell'atrio rivide l'amica dei piccioni. Indossava un abito rosa attillato, lungo fino ai piedi, abbottonato fino al collo e ricamato, come sono solite portarli le donne dell'Uzbekistan. Ma quel costume non nascondeva affatto le forme.

Volonov era incantato. Gli pareva di camminare sulle nuvole, e si guardò in giro diverse volte per accertarsi che nessuno si accorgesse del suo stato d'animo, e fu felice che il giovane dall'aria smorta, con quell'orribile vestito, non la accompagnasse. No, era sola nell'atrio, sfogliava un programma, che a causa della guerra era stampato su una brutta carta scura, e aspettava che suonasse il campanello.

Il Maggiore Volonov deglutì, per inumidirsi la gola arida, si avvicinò alla bellezza e — si maledisse per questa frase idiota, ma ormai era uscita — disse: «Avrebbe un chicco anche per me?» Poi diventò di brace. La bella, sublime, affascinante, alzò la testolina, squadrò con indifferenza l'ufficiale, piegò il

programma e rispose: «Non la capisco, compagno Maggiore.»
«Nutriva con tanto affetto i piccioni all'università, che ho desiderato di essere un piccione anch'io.»
«Un desiderio tragico!» Il suo riso era contenuto, ma rideva! «Non sa che vogliono ridurre il numero dei piccioni? Sono troppi. Vogliono eliminarne metà con il veleno.»
«E lei li nutre lo stesso?»
«L'ultimo pasto del condannato a morte. Forse anche per protesta. Cosa preferisce?»
«La protesta! Io amo gli animali. Di tutte le specie. Tanto che al fronte mi divertivo con le pulci...»
Adesso rise. Per Volonov fu come un suono di campane. Contemplò il suo viso, le labbra aperte, i denti bianchi, e quando abbassò lo sguardo gli si mozzò il fiato. Il seno vibrava al ritmo della risata.
«Mi chiamo Janis Michailovič Volonov», disse in fretta, per approfittare del momento favorevole. «Sono andato per tre giorni sulla piazza dell'università sperando in un miracolo: rivederla. In Russia si può credere ai miracoli, è la nostra specialità. E ancora una volta è dimostrato: lei è qui davanti a me!»
«Io sono Milda Ifanovna Kabakova» disse con semplicità.
«Quel giorno se ne andò subito con un giovanotto.»
«Ah sì! È il poeta Matvej Petrovič. Povero ragazzo. Morirà presto di tisi, e lo sa.»
Volonov si sorprese a fare il brutto pensiero che sarebbe stata una buona cosa se Matvej Petrovič fosse andato a tossire fuori dal mondo. «Si occupa di lui, Milda Ifanovna?»
«Fa parte di un gruppo di amici che si riuniscono da me. La guerra ha abbrutito l'umanità. Vogliamo che, quando sarà finita, la poesia rifiorisca nel nostro paese. La Russia è così ricca di anime delicate...»
Volonov si sentì a disagio. Era così poco ferrato in poesia che non avrebbe potuto intrattenersi sull'argomento se Milda Ifanovna fosse scesa nei particolari. E, in quanto ufficiale, non aveva molta stima per le anime delicate. Con le anime delicate non si può mettere insieme un esercito. L'uomo deve sapere conquistare e battersi; ciò non toglie che possa essere molto de-

licato fra le braccia di una donna fino a diventare molle come la cera. Si può essere un tiratore scelto e tuttavia leggere le novelle di Puškin. Chissà se un individuo che coltiva rose e si preoccupa che non vengano colpite dal gelo notturno sa anche lanciare una granata contro un carro armato tedesco? L'uomo è complicato, Milda Ifanovna.

«Dov'è il suo posto, Janis Michailovič?» chiese lei. Volonov sentì un crampo allo stomaco per la felicità. Mi chiama per nome! Non mi chiama compagno Maggiore.... dice Janis Michailovič! Non pensare ad altro che non sia Milda!

«In platea, fila 17.»

«Io sono alla fila 24.»

«Nell'intervallo l'aspetto qui, Milda Ifanovna. E dopo lo spettacolo...»

«Non credo...»

«Viene a prenderla il poeta?» Volonov si sentì seccare la gola dalla gelosia.

«No.» Lo guardò con gli occhi raggianti nei quali brillava un punto dorato, che era solo il riflesso delle lampade dell'atrio. Ma per Volonov fu come se gli avesse sorriso un piccolo sole. «Aspettiamo. Lo spettacolo dura tre ore, Janis Michailovič.»

Volonov sopportò quelle due ore con lo stoicismo di un martire cui strazino il corpo con tenaglie roventi. Durante l'intervallo si precipitò nell'atrio e comprò — non c'era altro — un bicchiere di limonata appiccicosa e rossiccia e aspettò Milda Ifanovna.

Arrivò, fluttuando come un angelo, ammirata a bocca aperta dagli uomini — così parve a Volonov, che avrebbe voluto prendere a schiaffi tutti quelli che la guardavano —, gli prese il bicchiere dalla mano, assaggiò la dolce limonata, si passò come un lampo la punta della lingua sulle labbra, e poi si mise sottobraccio a Volonov.

Fu così inaspettato, così straordinario, che Janis Michailovič rimase come paralizzato con una commovente faccia da stupido. Solo dopo qualche secondo si mosse e, con la più bella donna di Mosca a braccetto, girò per il ridotto del Bol'šoi godendosi come un gallo da combattimento vittorioso le subdole occhiate dei suoi compagni di sesso.

Quando riprese posto nella sua poltrona, non avrebbe saputo dire di che cosa aveva parlato. In ogni modo, non capì molto dello spettacolo, anche se di quando in quando chiudeva gli occhi, cosa che si fa per una sinfonia ma non per un balletto, e pensava solo a Milda.

Dopo teatro la accompagnò a casa e presero appuntamento per una passeggiata nel parco Gorkij.

Poi accadde che la domenica egli rimase da lei. Nessuno dei due disse una parola in proposito... fu una cosa naturale: alla sera Milda si spogliò e si mise a letto, Janis Michailovič si fece un bagno nella mezza vasca e la raggiunse, accarezzò il suo corpo nudo e caldo, lo coprì di baci dalla fronte fino alle punte dei deliziosi piedini e poi, nella morsa delle sue braccia e delle sue gambe, uscì di senno del tutto.

Fu una tempesta che infuriò fino alle prime luci del giorno, quasi senza pause. Volonov e Milda si asciugarono reciprocamente il sudore, fumarono una sigaretta proveniente dalle scorte del Cremlino — un tabacco dolce e profumato dell'Azerbajdžan — e bevvero un bicchiere di dorato cognac georgiano, di cui Volonov aveva portato una mezza bottiglia.

«Non sono più un uomo», disse stanco e felice. «Devo chiudere gli occhi, perché non voglio vedere che sono sulla terra. Dovremmo avere paura...»

«Paura? Paura perché, Jatia?» Gli accarezzò il petto villoso facendogli il solletico. Egli soffiò attraverso i denti.

«Questa mattina ci sono migliaia di persone che muoiono, mentre noi nuotiamo nella felicità, Milduška...»

«Tu non andrai mai al fronte.»

«Chi può dirlo?»

«Hai detto di avere un buon posto al Cremlino. Il Generale Radovski è tuo amico.»

«Mi vuole bene.» Volonov seguì con lo sguardo il fumo della papirosa. «Faccio parte del gruppo di ufficiali più vicini a Stalin.»

«Per te la guerra è finita, tesoro», disse lei, e la sua dolcezza lo travolse. La abbracciò e la attirò sopra di sé, ma rimasero tranquilli a gustare il contatto della pelle liscia. «Presto sarete a

Berlino e i tedeschi invocheranno pietà. A quando la grande offensiva, Jatja?»

«Il 20 giugno...»

«Ma è gia domani!» Lo guardò spaventata. Lui annuì e diede le ultime tirate alla sigaretta.

«Li schiacceremo, i tedeschi! Noi siamo dieci volte più forti di loro... senza calcolare le riserve che vengono dalla Siberia.» Premette il suo corpo nudo su di sé e affondò il viso nei suoi capelli profumati. «Hai ragione, angelo mio», disse, con voce soffocata da quella selva di capelli. «Abbiamo già vinto la guerra. Ma il mondo non lo sa ancora. Stupirà davanti alla potenza della Russia. Mosca: il centro del mondo! Senza di noi non esisterà più una politica mondiale. Saremo noi russi a decidere il corso di tutte le cose. Il mondo dovrà accettarlo e... o soccombere!»

Milda Ifanovna taceva. Accarezzava i fianchi di Volonov e pensava ai dieci ufficiali tedeschi che dovevano essere stati lanciati intorno a Mosca e che forse erano in viaggio per la capitale.

Una marcia della morte. L'ultimo disperato tentativo di salvare il mondo dal bolscevismo.

La morte di Stalin... Una nuova era?

All'improvviso ne dubitò. Fra le braccia di Volonov, comprese con raccapriccio che quella cui tutti si erano abbandonati era un'illusione. La Russia non era Stalin. C'erano ancora i Volonov, le migliaia di piccoli Volonov, i milioni di Janis Michailovič, che sostenevano quell'idea: Il mondo diventerà rosso! Rosso sotto le bandiere della Russia, forse anche rosso di sangue sparso dalle armi russe. Non c'erano altre alternative per i Volonov che sarebbero venuti dopo Stalin.

«Ti amo Jatja», disse con voce velata. «Potrei soffocarti di piacere...»

Lo pensava davvero. Ma Janis Michailovič rabbrividì per quel suo accesso di passione e si ritenne l'uomo più felice della terra.

Il lunedì mattina, poco dopo che il Maggiore Volonov aveva lasciato la casa al numero 19 della Lesnaja ulica e che qualcuno lo aveva notato, Milda Ifanovna trasmise il suo lungo comunicato radio a un altro contatto. Il messaggio venne inoltrato, sempre con trasmettitori a onde corte di breve portata e non localizzabili, fino a che l'ultimo membro della rete di collegamenti lo fece giungere al fronte, al comando della 2a Armata tedesca.

Il capo di stato maggiore dell'Armata lesse il messaggio e si fece pensieroso. Che la grande offensiva sovietica dovesse cominciare il 20 giugno gli giungeva nuovo. Altre fonti avevano indicato la data del 22 giugno. Ma due giorni prima o due giorni dopo... la situazione era disastrosa comunque. Le foto aeree parlavano abbastanza chiaro: Dalla parte russa un dispositivo scaglionato in profondità che avrebbe consentito ai sovietici una rapida avanzata... dalla parte tedesca, radi capisaldi, misere trincee nelle quali i soldati stavano come in una enorme tortiera, collegati da stretti camminamenti sui quali c'era ogni tanto un bunker di terra, buche nel suolo con coperture di travi e terrapieni che una granata da 20,5 ben centrata poteva ridurre in un enorme imbuto fumante. E dietro le postazioni tedesche un'artiglieria decimata, che doveva lesinare le munizioni. Unità corazzate che quasi non disponevano più di benzina per i Tigre. Serventi ai lanciarazzi che stavano seduti su delle casse vuote. Le batterie anticarro, che chiedevano disperate che cosa avrebbero dovuto fare quando fossero arrivati gli Ivan con i carri armati. I rifornimenti arrivavano col contagocce, l'invasione della Francia richiedeva più materiale di quanto ne fosse stato preventivato al quartier generale del Führer. Rommel reclamava ogni giorno più soldati, più carri armati, più munizioni. Dalla Manica, la terza ondata di americani e inglesi arrivava pressoché indisturbata con montagne di materiali.

Che cosa rimaneva per il fronte orientale? In patria, le fabbriche erano rase al suolo dai bombardamenti a tappeto e da un mare di fiamme.

Il capo di stato maggiore della 2a Armata mise il messaggio in una cartella rossa e andò dal suo comandante.

«La data non è attendibile!» disse il Generale. «Ma a che serve? E le opinioni politiche... saranno un problema che riguarderà le generazioni future, che pretenderanno di fare tutto meglio. Distrugga con cura quel messaggio, mio caro. Dopo questa guerra la nostra generazione sarà considerata dai nostri figli e dai figli dei nostri figli una generazione di perfetti idioti! Forse lo siamo anche. Altrimenti, come mai saremmo qui solo perché un uomo l'ha ordinato? È una domanda che ci sentiremo fare di continuo. E noi risponderemo: Siamo rimasti qui per frenare la marcia bolscevica. Già una volta l'Europa è stata salvata quando il Principe Eugenio fermò gli ottomani. E prima ancora furono gli unni ad essere ricacciati dai cavalieri teutonici. In seguito la storia ha sempre dato ragione alla follia vera e propria, e gli idioti si sono improvvisamente trasformati in eroi e salvatori dell'occidente. Solo temo che ci capiti dell'altro. Questa guerra diventerà un trauma per i tedeschi. In questo lo sconosciuto informatore può avere ragione: La Russia deciderà la politica mondiale, senza possibilità di scampo. Ma a chi interessa adesso? Il 19 giugno 1944? Bruci quel messaggio. Non ci fa fare un passo avanti.»

A Mosca Milda Ifanovna faceva la spesa. Era in fila con molte altre donne davanti a un panificio e aspettava la sua razione. Il profumo del pane fresco usciva dal negozio e invadeva la strada. Il caldo era soffocante. Ma il cielo splendeva come seta azzurra.

Quel giorno il Maggiore Volonov partecipò a una riunione presso Stalin, in cui fu fatto il punto della situazione. Venne così a conoscenza dei piani per le successive quattro settimane e degli scopi che l'offensiva si proponeva. Si dovevano raggiungere il Bug, il Narev e la Vistola. Poi seguiva l'accerchiamento della Prussia Orientale, l'avanzata in Polonia, la liberazione dell'Ucraina e a nord lo sgombero delle provincie baltiche. Il sud era si può dire in movimento già dal 23 dicembre 1943. Il Gruppo di Armate Sud sotto il Feldmaresciallo von Manstein era stato sciolto il 1° aprile 1944 per ordine di Hitler, dopo che era stato respinto dalle armate sovietiche su tutti i 250 chilometri di fronte. I Feldmarescialli von Manstein e von Kleist, capo del Gruppo di Armate A, erano stati sollevati dall'incarico, ed erano stati costituiti due nuovi Gruppi di

Armate: il Gruppo Nord-Ucraina sotto il Feldmaresciallo Model e il Gruppo Sud-Ucraina sotto il Generale Schörner. Qui Stalin intendeva impegnarsi in maniera particolare. Bisognava travolgere Romania e Ungheria con un attacco poderoso e liberare i partigiani jugoslavi. Su tutta la lunghezza del fronte, dal Mar Baltico al Mar Nero, i tedeschi dovevano ritirarsi come lepri in fuga. Uomini ce n'erano a sufficienza, e anche carri armati, cannoni e munizioni. Perfino l'aviazione sovietica adesso poteva farsi beffe dei pochi apparecchi rimasti a Göring, mentre ammirava sinceramente l'eroismo dei piloti tedeschi. Il loro sacrificio era un'impresa disperata che quasi induceva alle lacrime.

Il Maggiore Volonov assorbì come una spugna le notizie apprese al tavolo di Stalin. Interesseranno a Milduška, pensava, ancora ubriaco di felicità. Che patriota è! Come batte forte il suo cuore russo! Sarà contenta di sentire tutto questo!

Milduška, ci sposeremo quando porteremo vittoriosi per le strade di Mosca le bandiere tedesche in una parata trionfale come la Russia ancora non ha mai visto!

Milda, ti amo...

In quel momento Milda Ifanovna era seduta al tavolo di cucina in casa sua e mangiava un pezzo di pane profumato e un grosso cetriolo sottaceto tagliato a fette.

Si aveva fame anche a Mosca in quel giugno 1944... più che ad Amburgo, a Colonia, a Berlino, a Monaco o a Dresda. Ma si aveva fame non con l'irritazione dei tedeschi. Un russo soffre la fame con calma, perché quando mai nel corso dei secoli la Russia era stata sazia?

Uno stomaco vuoto — dicono i kirghisi — rende più leggero il cavaliere in sella...

Ivanov, Sepkin e Petrovskij — cioè Poltmann, Radek e Solbreit — arrivarono a Mosca da tre direzioni il giorno stesso del lancio.

Gli atterraggi a Dubna, Uvarovka-Mošaisk e Kosterovo furono effettuati al millimetro, se è consentito esprimersi con un po' di esagerazione. I ricognitori notturni spensero i motori sull'obiettivo, scesero in volo planato così in basso da garantire un buon lancio, e poi fecero ruzzolare i corpi fuori dall'apparecchio e scomparvero subito nella notte. I piloti non videro nemmeno l'apertura del paracadute. Scivolarono via, riaccesero i motori quando erano ancora vicino alla terra, poi ripresero quota e si dileguarono verso ovest.

Missione compiuta. Camerati, quali che siano le vostre intenzioni... non parlatene... tenete il becco chiuso! Sapete da voi che le vostre probabilità sono pressoché zero...

Gli atterraggi dei tre avvennero con precisione nelle vicinanze di linee ferroviarie che portavano a Mosca. Dopo aver nascosto i paracadute, i tre aspettarono la mattina e poi andarono come bravi lavoratori fino alla stazione più prossima. Sepkin ebbe la fortuna di avere un passaggio sul carro di fieno di un contadino. Era un simpatico ometto che chiacchierava volentieri, masticava tabacco avvolto in foglie di rape, sputava allegro dove gli capitava e non sprecava tempo a pensare da dove fosse sbucato fuori all'improvviso quel forestiero. Era lì, e questo bastava. «Vado a prendermi un maialetto da mio fratello», disse vispo. «È proibito, è vero, ma chi lo sa? E non strillerà nemmeno, perché abbiamo un trucco, amico. Prima di portarlo via, gli faccio bere della vodka. Ah, che bel sonno si farà! Ma non tanta vodka. L'anno passato me la son vista brutta. Prendo un porcello e gli faccio bere la vodka. Quello se la scola come un vecchio ubriacone, e poi — passo per le strade di Semënovska e saluto un compagno della direzione del Partito — mi sento gelare: quello sta russando alle mie spalle. È un ronfare forte e regolare, come d'inverno sulla stufa! Quello del Partito mi fissa e io ho la presenza di spirito di fare il fiato grosso e dico: "È il polmone, compagno! S'invecchia. Quando respiro forte, si sente questo rumore, come se russassi!" E come per farmi dispetto quello ricomincia. Rrrr-ssss-rrrr-ssss... Ho frustato il cavallo e sono scappato come il vento! Fratello, sii sincero: avevi mai sentito dire che i maiali russano?»

Ivanov era seduto sul ciglio della strada, il vento giocava nei suoi capelli biondo chiari, quando gli si fermò accanto un ciclista. Ivanov stava mangiando una cipolla e pensava a quanto era stato difficile quell'esercizio a Eberswalde: sbucciare una cipolla e affettarla senza farsi venire le lacrime agli occhi. Un russo non piange quando mangia la cipolla, aveva detto Milda Ifanovna. «Esercitatevi, compagni, esercitatevi... Vi ci dovete abituare.»

Ivanov non c'era riuscito. E così adesso, accovacciato sul ciglio della strada, mangiava la sua cipolla con la testa voltata e beveva tè freddo da una borraccia sovietica.

Ora dunque una bicicletta gli si era fermata accanto e — con i riccioli biondi di Ivanov non poteva essere altrimenti — chi c'era sul sellino? Una ragazza! Il fazzoletto scolorito che aveva in testa si agitava al vento, il lungo vestito si gonfiava, e la ragazza aveva gambe sode, un corpo rotondo e due fossette sulle guance. Quando si chinò su Ivanov, i seni toccarono il manubrio.

«Chi sei?» gli chiese. «Non ti conosco.»

«Mi chiamo Fëdor Pantelievič, e mi conosci.»

«No.»

«Ma sì. Da un minuto!» Rise, e rise anche lei. Non era una bellezza, ma quando rideva la pelle diventava luminosa.

«Da dove vieni?», gli chiese.

«Dalla guerra. Guarda qua!» Ivanov si alzò la camicia e mostrò la cicatrice di una scheggia di granata che lo aveva colpito per caso poco dopo la nomina a Sottotenente. Una granata sperduta — succedono anche di queste cose in guerra — era caduta vicino al bunker davanti al quale egli era seduto per farsi fare la barba. Quando lui si buttò a terra, la scheggia lo colpì. La ferita, non grave, guarì in quattro settimane, ed egli non ebbe nemmeno bisogno di andare in un ospedale nelle retrovie e fu curato lì nell'infermeria. Quello che lo mandava in bestia era la constatazione fatta subito che si trattava di una granata tedesca; un artigliere tedesco aveva sparato troppo corto.

La ragazza sulla bicicletta ammirò l'attraente cicatrice e fece una risatina sciocca quando insieme vide l'ombelico di Ivanov. Fëdor Pantelievič si rimise la camicia dentro i calzoni e si alzò. Il vento gli scompigliò i capelli biondi, ed egli pensò che aveva fatto bene ad opporre un rifiuto al Colonnello von Renneberg che voleva farglieli tagliare. Quei riccioli biondi erano il suo destino.

«Devo andare alla stazione» disse. «Ho cercato uno zio, ma non l'ho trovato. Nessuno lo conosce qui. Vitali Platonovič Pupyčev. Deve avere intorno ai sessant'anni, è il fratello maggiore di mia madre.»

«Qui non c'è nessun Pupyčev» disse la ragazza. «Assolutamente sconosciuto.»

«È quello che mi hanno detto. E adesso devo tornare a Mosca. Bisogna che mi presenti di continuo alla commissione sanitaria. Dovrà decidere se posso tornare con i miei compagni. Anch'io voglio vedere Berlino!»

«Per la stazione ci sono ancora nove verste.» La ragazza fece un'altra risatina sciocca. «Monta dietro... sulla bicicletta, voglio dire!»

Ivanov si ficcò in tasca la cipolla mangiata a metà, avvitò il tappo della borraccia, e si sedette dietro la ragazza sul portapacchi di legno di costruzione domestica. Per reggersi, mise le mani avanti e afferrò i seni sodi. La ragazza sobbalzò, si irrigidì, cominciò a pedalare lentamente sulla strada sconnessa. Non disse niente, ma soffiò forte dal naso quando le dita di Ivanov si misero a palparla, poi incominciò a guidare a zigzag, come un ubriaco, e a gridare di quando in quando: «Fedja, piantala! cado! No, perderai il treno! Fedja, sei matto...»

Ivanov e Pelageja — così si chiamava la forzuta — arrivarono alla stazione di Dubna un'ora prima dell'arrivo del treno per Mosca. Senza por tempo in mezzo, Ivanov si portò Pelageja in un vecchio capannone e su una coperta lurida le manifestò la sua riconoscenza e le promise che sarebbe tornato, se la commissione sanitaria avesse accertato che non era ancora in grado di marciare su Berlino.

Con un sorriso beato sulla faccia larga, Pelageja salutò con la mano il suo biondo Fedja quando il treno partì, e Ivanov si sporse dal finestrino per mandarle dei baci. Poi tornò a sedersi, chiuse il finestrino e si guardò intorno. Lo scompartimento era pieno, puzzava di sudore, di vestiti vecchi e di urina calda. Al posto vicino alla porta, schiacciata dal corpo massiccio di un vecchio contadino dal respiro sibilante, era rannicchiata una ragazza che guardava Ivan. Non un'altra volta, pensò Fëdor Pantelievič con un sorriso contenuto. Pelageja era stata insaziabile; si capisce, tutti gli uomini giovani sono al fronte, e i vecchi fanno quello che possono, ma non ci arrivano, e sono felici quando al villaggio arriva uno in licenza ad alleggerire il lavoro. Ma un tipetto come Pelageja ti mette a terra, credimi, amico. E adesso eccone là un'altra, che dimena i seni, fa dondolare la punta dello stivale e gira gli occhi in maniera promettente. A Mosca avrò vita dura, e non solo a causa di Stalin...

Ivanov si appoggiò allo schienale, accavallò le gambe e tamburellò con le punte delle dita su una coscia. La ragazza gli lanciò un'altra occhiata, si scostò dalla fronte i capelli castano-rossicci, e trafficò con la camicetta come se avesse bisogno di aria. Ivanov fece un lieve sospiro e si chinò in avanti.

«Non si può aprire il finestrino, ci ho già provato. È incastrato» le disse.

«Mi chiamo Vanda Semënovna», rispose lei, anche se lui non le aveva affatto chiesto il suo nome.

«Fëdor Pantelievič.» Ivanov fece un piccolo inchino cortese. Vanda ne fu un po' stupita e ricominciò a darsi da fare con la camicetta. Era proprio carina... non la camicetta, Vanda Semënovna. Anche se stava seduta, il suo corpo snello si faceva notare, e al contrario di Pelageja, che al suo confronto sembrava l'incarnazione della Madre Terra, la camicetta nascondeva un petto giovane. Sembrano mele, pensò Ivanov. Nelle sue esperienze, egli si ispirava alla frutta, il che permetteva succosi paragoni. Pelageja, per esempio, poteva essere considerata un melone maturo.

«Sono caposquadra edile», disse Vanda Semënovna. Ne era fiera. A ventitre anni, aveva fatto molta strada. Prima, era raro che le donne facessero lavori maschili così pesanti, ma dopo la Rivoluzione avevano assunto sempre più mansioni che attestavano la loro posizione nella società sovietica. Era cominciata con le truppe combattenti contro le Armate Bianche, poi erano venute le trattoriste, più tardi le artigiane, e adesso non c'era campo di attività in cui una ragazza non compisse il suo dovere accanto agli uomini. Anche nelle costruzioni. Piazzate sulle impalcature, alzavano muri, colavano cemento, imbiancavano muri. Vanda Semënovna era una di loro, anzi una caposquadra, perché era molto diligente e aveva attitudine al comando. Inoltre — ma di questo non si parlava — era stata un paio di volte con il capo in testa, fino a che la moglie non gli aveva fatto un occhio nero, cosa che gli aveva schiarito le idee. Vanda Semënovna passò a un altro settore, ma naturalmente rimase caposquadra.

Ivanov apprese la notizia con calma. «Io non ho ancora un posto», disse tanto forte che tutti quelli dello scompartimento lo udirono. Si evitavano così altre domande. «I medici non sono ancora d'accordo!» Alzò di nuovo la camicia e mostrò l'imponente cicatrice.

«Un eroe!» ansimò Vanda. «Compagni, abbiamo un eroe fra noi.»

«Non esageriamo!» si schermì Ivanov con modestia e rimise la camicia dentro i calzoni. «Ho fatto solo il mio dovere, cari amici. Un piccolo contributo alla vittoria! Non vale la pena di parlarne! È appena un graffio...» Posò su Vanda gli amorevoli occhi azzurri, e i suoi capelli biondi scintillarono al sole che entrava dal finestrino sporco. «Vivo ancora col soldo militare.»

«Vuole lavorare, Fedja?» chiese Vanda Semënovna. Oh, anche lei mi chiama subito Fedja, pensò Ivanov. Come fanno presto qui. Devono proprio essere affamate, le poverine!

«Il lavoro fa sempre piacere, per tirar su qualche rublo... Purché la mia ferita possa sopportarlo...» Diede un colpetto sulla spalla a un contadino che in un accesso di patriottismo gli offrì un pezzo di salsiccia. Era saporita, una salsiccia fatta in casa senza dubbio, e probabilmente con un maiale clandestino. «Amici, siete tanto buoni con me! Non continuate, altrimenti mi vengono le lacrime agli occhi.»

«Potrebbe servirmi nella mia colonna un carpentiere», disse Vanda Semënovna. «Non è un lavoro pesante, Fedja. Inchiodare insieme delle tavole di legno.»

«Sulle impalcature?» Ivanov guardò Vanda pensieroso.

«Certo, non devi soffrire di vertigini... Adesso stiamo lavorando su un lato del palazzo del Cremlino...»

Ivanov si sentì attraversare da una scarica elettrica. Prese dalle mani del cordiale vicino la salsiccia, le diede un altro morso e masticò schioccando le labbra. Nel Cremlino! Davanti alla porta di Stalin! Colonnello von Renneberg che sei nella lontana Eberswalde: è incredibile tanta fortuna!

«Ballerei su una corda tesa fra le torri del Cremlino», disse pensieroso. «Soffrire di vertigini! E so lavorare col martello. Vanda Semënovna, si entusiasmerà quando vedrà come so dar di piglio al martello!»

Chissà perché, d'un tratto la ragazza arrossì. Ivanov fece un sorriso insolente. Lavora al Cremlino, pensò. Un'altra occasione del genere non può presentarsi più. Magari attraverso una finestra si può guardare nella camera di Stalin, e dall'impalcatura gli si può lanciare una bomba a mano. Sarebbe così facile forgiare la storia del mondo. Sarebbe...

Quel pensiero fantastico gli si fissò subito in mente. Vanda Semënovna contrasse un angolo della bocca e strofinò gli stivali l'uno sull'altro. Il respiro più forte e accelerato le sollevava i seni a mela.

«Possiamo parlarne», disse con voce velata. «Sono sicura che il capo non la respingerà quando lei gli mostrerà la ferita, Fedja. Per i nostri eroi facciamo tutto in patria...»

Alla stazione di Kosterovo, il treno per Mosca che veniva da Gorkij fermava solo a richiesta. E per farlo fermare il capostazione agitava una bandiera gialla che si vedeva da molto lontano. Per telefono non c'era niente da fare, anche se sarebbe stato facile chiamare il collega di Sobinka e dirgli: «Qui c'è uno che vuole andare in città. Date ordine al macchinista.» Ma per lo più i birbanti che volevano servirsi del treno arrivavano all'ultimo momento, e allora non c'era altro che la segnalazione con la bandiera gialla: Ferma! Anche qui ci sono dei compagni che hanno voglia di andare a Mosca!

Quella mattina, Luka Ivanovič Petrovskij era uno dei quattro che aspettavano il treno. Dopo l'atterraggio aveva camminato per tutta la notte sui campi senza incontrare anima viva. Aveva fatto un bagno nel fiume Kjasma, e dopo si era sentito così rinfrescato che gli era venuta una gran fame; alla periferia di Kosterovo aveva barattato un po' di tabacco con due cetrioli crudi e se li era divorati come fossero braciole arrosto.

Si presentò cortesemente agli altri che aspettavano, divise

con lo scontroso capostazione la sua sigaretta e venne a sapere con raccapriccio che su quel treno c'erano molti ufficiali dell'Armata Rossa che andavano da Gorkij a Mosca. A Gorkij c'era una scuola di specializzazione per ufficiali, e vi si tenevano anche corsi per ufficiali di stato maggiore. Questo Milda non ce lo ha detto, pensò Petrovskij. È incorsa in un errore. Bella Milda, neanche tu sei perfetta! Altrimenti si sarebbe scelto un altro punto per il lancio.

Raccontò ai commossi ascoltatori sulla banchina che per il momento una ulcera gastrica lo rendeva inabile al servizio militare. «È uno strazio, compagni, e quando rutto — chi non lo fa? — viene su un fetore come se avessi bevuto concime liquido. Sentite un po'!»

Fece un piccolo sforzo, il contenuto dello stomaco gli salì all'esofago, e poi egli andò in giro ad alitare in faccia a tutti. Poiché aveva appena mangiato i cetrioli freschi, il puzzo era davvero nauseante, e i viaggiatori in attesa lo compiansero di tutto cuore.

«Perché non le fanno un'operazione, Luka Ivanovič?» disse il capostazione. «Un'ulcera così brutta...»

«Chiedetelo ai medici!» esclamò Petrovič con voce amara e accusatrice. «Mi fanno i raggi, la lavanda gastrica, mi tocca mandar giù un tubo, un rotolo sano... ma poi mi mandano via! Che mi fanno? Mi danno pillole, mi ordinano di bere molto latte.... Io vi domando: dove trovo tanto latte di questi tempi? Non me la dovrei prendere, eppure ne ho già tanto motivo, quando il fiato mi puzza come una chiavica... Ah, cari amici, è un destino crudele essere malati! Forse non mi operano perché ormai non servirebbe più a niente. Per loro sono già morto...»

Poi arrivò il treno, si fermò vicino alla bandiera gialla, e Petrovič capitò proprio in uno scompartimento in cui quattro ufficiali giocavano a scacchi su due scacchiere. Fecero appena un cenno di saluto quando Luka Ivanovič salutò educatamente e si mise in un angolo. È una fortuna, pensò contento. Chi gioca a scacchi, non fa domande. Il giocatore di scacchi vive fuori dal mondo; vive con i suoi pezzi. Un russo che gioca a scacchi è vicinissimo a Dio.

Gettò qualche occhiata alle scacchiere e si rese conto che le partite potevano durare molto. Erano situazioni intricate: i quattro ufficiali erano immersi nei loro pensieri, con gli occhi fissi davanti a sé. Petrovskij represse il consiglio di muovere un cavallo per poter mangiare la torre. Guardò fuori dal finestrino e si sentì prudere sotto il cuoio capelluto quando alla stazione di Noginsk, la prima per cui passarono, vide due pattuglie militari. Ma non successe niente. Non ci fu alcun controllo del treno. Anche i poliziotti erano dei viaggiatori. È il treno preferito dai militari, pensò Petrovskij. I pochi civili non davano nell'occhio: cagnolini paurosi che cercavano di non farsi notare. Un ufficiale dello stato maggiore generale non vede nemmeno queste immondizie. Civili! Quanto si somigliano i militari di tutti i paesi...

Dopo Noginsk, presso Kuchino, si sentiva già aria di città. Le case avanzavano verso la linea ferroviaria. Sulla strada parallela al treno, si vedevano delle auto.

Mosca si avvicinava. Si sentiva già il suo respiro.

Petrovskij si alzò e uscì nel corridoio. Doveva lottare contro una certa irrequietezza interna. Era stato tutto così semplice, era andato tutto così liscio... Se continuava così, già l'indomani avrebbe rivisto Milda Ifanovna.

Si fece una sigaretta e la fumò in fretta. Attraversarono una grande stazione di smistamento, i vagoni strepitarono e sobbalzarono su innumerevoli scambi.

Mosca! Mosca!

Petrovskij andò verso l'uscita e si mise fra gli ufficiali che già vi si trovavano.

Piotr Mironovič Sepkin aveva fatto amicizia con tutti quelli che viaggiavano nel suo scompartimento quando arrivò alla Stazione di Bielorussia. La compagnia era così allegra che un vecchio viaggiatore aveva perfino suonato l'armonica a bocca e gli altri avevano battuto il tempo con gli stivali.

Il più allegro di tutti era Sepkin, in quanto si considerava il più fortunato dei dieci: la Stazione di Bielorussia distava si può dire un tiro di schioppo dalla Lesnaja ulica dove abitava Milda Ifanovna. Bastava attraversare la piazza, dalla quale si partivano le grandi strade come a Place de l'Étoile a Parigi, e ci si trovava subito davanti alla casa numero 19.

Buongiorno, bellezza, avrebbe detto Sepkin. Si stropicci pure gli occhi: sono io in carne e ossa. Il caro Piotr Mironovič è arrivato. Dov'è la bombettina per Stalin?... La voglio buttare subito.

Il treno si fermò stridendo sotto l'enorme volta della stazione, che come tutte le stazioni di Mosca assomigliava più a un castello ed era stata costruita con un fasto da fare invidia a uno zar. Sepkin si separò dai compagni di viaggio baciandoli sulle guance. Poi rimase fermo sulla banchina con il cuore in tumulto e gli occhi vigili.

Mosca. Fine della corsa.

Che brutta espressione: fine della corsa.

Chi vuol pensare alla fine? Sepkin non lo voleva. C'erano uomini della polizia militare e della milizia. A passo lento, si diresse verso l'uscita, comprò un numero della «Pravda» e lesse con molto interesse il bollettino militare.

Neanche una parola sull'offensiva. Su tutti i fronti c'era una maledetta calma. Scontri locali, piccoli sfondamenti. Solo punture di spillo al corpo tedesco. Accumulavano energie per sferrare il grande attacco.

Luka Ivanovič Petrovič arrivò poco dopo alla Stazione di Kazan circondato da ufficiali carichi di decorazioni, senza dare nell'occhio e inosservato. Lasciò in fretta l'edificio, corse senza fermarsi a piazza Lermontov e si sedette su una panchina al sole. Alcuni vecchi, di cui uno con un cane irsuto che per miracolo non era finito in pentola durante gli anni di fame, si godevano il calore di quell'inizio di estate, masticavano semi di girasole e ne sputavano a terra le bucce.

Petrovskij fece qualche respiro profondo per calmare il battito del cuore. Gli vennero in mente le ultime parole del Colonnello von Renneberg: «Signori, quando sarete arrivati a Mosca, la gioia vi renderà incauti! Pensate solo: "Sono arrivato in una città dove devo vivere inosservato, dove ho una missione da compiere. E questa missione è la più difficile che sia mai stata affidata a un uomo." — Allora la città vi apparirà del tutto diversa, anche se le cupole dorate delle chiese risplenderanno al sole.»

Petrovskij allungò le gambe, sbirciò con la coda dell'occhio la piazza Lermontov e aspettò.

La prima mattina che uno è a Mosca non deve avere fretta.

Un'ora dopo, Fëdor Pantelievič Ivanov arrivò alla Stazione di Jaroslav. Sulla panchina, Vanda Semënovna gli si mise sottobraccio, come se fossero una coppia di innamorati, i compagni di viaggio gli strinsero la mano, il grasso contadino regalò a Ivanov il resto della salsiccia, e un vecchietto con la barba lunga diede a Fëdor l'indirizzo di un medico che a suo dire era bene ammanigliato con una clinica il cui primario aveva a sua volta molta influenza sulla commissione sanitaria che doveva decidere se Ivanov fosse ancora abile al servizio militare con quella cicatrice impressionante. Nel gruppo regnava l'allegria, e tutti si assicurarono amicizia reciproca. Poi Ivanov passeggiò con Vanda a braccetto sulla piazza Komsomol'skaja, le offrì un'acqua minerale a un baracchino, e cedette molto impacciato quando Vanda Semënovna disse:

«Vieni con me, Fedja? Dai miei genitori? Saranno felici di accogliere un eroe della guerra. O devi andare subito dai medici? Oggi ho la giornata libera, e domani parlerò col capo. Non sarebbe meraviglioso se potessimo lavorare insieme? Tu costruisci l'armatura e io intonaco i muri.»

«Al palazzo del Cremlino!» Ivanov si scostò i riccioli biondi dagli occhi. Sulla piazza spirava un vento caldo. «Non prenderanno il primo che capita!»

«Ti propongo io. Sono una caposquadra!»

Egli annuì. D'improvviso la baciò, in mezzo alla piazza, e lei non si mosse, anzi si mise sulle punte dei piedi, e affondò le dita nei capelli biondi.

«Sono pazza...» disse lei senza fiato quando infine lui la lasciò. «Sono pazza, Fedja. Ci conosciamo da così poco tempo, ma ti voglio tanto bene che non potrei più lasciarti.»

«E chi ci pensa, Vanduška?» disse lui con voce dolce cingendole la vita sottile. «Non me ne vado più. Rimango a Mosca con te.»

Come è vero! pensò con la bocca amara. Non potrò più lasciare Mosca. Il Sottotenente Johannn Poltmann è già morto da due giorni.

Continuarono a camminare strettamente allacciati come si conviene a una coppia di innamorati e svoltarono sulla piazza Lermontov. Qui il destino giocava a rimpiattino, perché appena sette minuti prima Petrovskij si era alzato dalla panchina, aveva attraversato la piazza e imboccato la via Kirov che portava diretta al Cremlino. Per la via Kirov si arrivava alla Posta Centrale, alla piazza Novaja con i suoi alberi e alla Prospettiva Marska, dove si trovava il famoso hotel Metropol, il migliore albergo di Mosca, costruito sul finire del secolo scorso da architetti inglesi. A sinistra c'era il gigantesco complesso dei Magazzini *GUM*, e a questo punto, se uno era un buon russo, il cuore cominciava a battergli più in fretta, perché gli si apriva davanti nella sua immensità la Piazza Rossa con il Cremlino, la luminosa stella rossa in cima alla torre Spaski e il blocco scuro del Mausoleo di Lenin che chiedeva al visitatore stupito: Hai già guardato in faccia la Rivoluzione? E come una fiaba pietrificata brillavano sulla Moscova le poderose cupole policrome della cattedrale di San Basilio, costruite da Ivan il Terribile in segno di ringraziamento a Dio per la vittoria riportata dai russi sui tartari.

Petrovskij percorse lentamente la via Kirov. In effetti, Ivanov avrebbe ancora voluto guardarsi attorno, ma chi fa attenzione al resto dell'umanità quando va a spasso con Vanda Semënovna?

A colazione c'era una densa minestra di semolino che conteneva più acqua che latte, ma aveva un buon profumo, riempiva lo stomaco e risvegliava il ricordo di tempi migliori, quando vi si aggiungevano pezzi di frutta, o densa gelatina o addirittura bacche candite.

Privalzev, il gestore dell'albergo, aveva fatto perfino il tè e stava aspettando Kraskin.

«Be', come si dorme in quel letto da principi, Aleksander Nikolaevič?» disse tutto allegro facendo crocchiare le giunture. Era una sua specialità; quando si stendeva nel giusto modo, in diverse parti del suo corpo si sentivano degli scricchiolii. Ciò faceva un grande effetto sugli ospiti, che assistevano sbalorditi a simili dimostrazioni.

«Male!» disse Kraskin grattandosi la testa. «Emil Benjaminovič, se dovessi trattenermi nel suo albergo — purtroppo non posso — dovrei chiederle un'altra camera. La numero 4...»

«Ci ha dormito un Generale!» protestò Privalzev alzando la voce.

«Dormito? Deve aver pisciato a letto. Puzza come un caprone.»

«Quello era il suo vestito umido, compagno!»

«Non solo. Il mio vestito non puzza più.» Kraskin si avvicinò e mise la giacca sotto il naso di Privalzev. «Allora, che le pare? Niente più! Non continui a lamentarsi dell'industria tessile sovietica! Sì, se prende la pioggia, la stoffa puzza... ma con il sole no. D'altra parte, non si fabbricano vestiti per metterli a mollo. Ah, una minestra di semolino! È un brav'uomo lei, Emil Benjaminovič.»

Kraskin si sedette e pensò al trasporto di vacche che aspettavano allo scalo merci di Stupino. Doveva decidersi: o aspettava di prendere un treno viaggiatori normale con il rischio di imbattersi in una pattuglia, oppure andava a Mosca in mezzo alle vacche, che non venivano controllate da nessuno prima di essere scaricate.

«Se ha un bollino per il pane, le dò doppia razione», disse Privalzev, al quale piaceva mangiare la minestra con il pane. «Solo perché mi è tanto simpatico, Aleksander Nikolaevič.»

«Furfante!» Kraskin prese dalla giacca la carta annonaria, ne strappò un tagliando per il pane e lo fece scivolare sulla tavola verso Privalzev. Il gestore dell'albergo corse via, tornò con un cestino e si spezzettò una fetta di pane nella minestra. Kraskin si guardò intorno.

«Siamo soli a far colazione?» chiese.

«Sì», rispose Privalzev controvoglia.

«Ma l'albergo non era pieno?»

«Si dice così, amico. Posso ammettere che me ne vado tutti i giorni in giro per le stanze vuote, tossicchiando per avere l'impressione che siano abitate? Sì, l'albergo è dello stato, ma io devo vivere con quello che rimane oltre il fitto. E cosa rimane di questi tempi? Il puzzo di orina del Generale... se è vero quello che lei dice, Aleksander Nikolaevič.»

«È così. Ho tenuto la finestra aperta tutta la notte.»

Mangiarono per un po' in silenzio, poi Kraskin alzò la testa e lasciò cadere il cucchiaio di legno. Quando mangiano una minestra densa o una kaša, i russi si servono sempre di un cucchiaio di legno, come usano fare da secoli. Anche nei grandi negozi di Mosca, li trovi accanto alle posate metalliche.

«Stavo sognando», disse Kraskin. «Piastre d'acciaio. Mi perseguitano, fratello. Quando penso ai macchinari con i quali dovrò lavorare a Mosca... sento i brividi anche se è estate! Come era bella la vita nella fabbrica di zucchero! A prescindere dal puzzo, ogni lavoro ha il suo odore. L'autista si lamenta forse perché puzza di benzina? Quella in campagna sì che era vita! Sa che con lo zucchero si può fare di tutto? Ci si può dipingere un paradiso...»

Privalzev, l'anima buona, qualche ora più tardi diede l'addio al suo ospite con un cestino di roba da mangiare. Si separarono come fratelli, salutandosi con la mano fino a che Kraskin non scomparve nella stazione, e poi Privalzev rimase solo nel suo locale deserto guardando triste davanti a sé e scacciò un temerario che era entrato nell'albergo per chiedere se con un bollino per cinquanta grammi di carne si poteva avere qualcosa da mangiare.

Kraskin si aggirò per la stazione come una gatta che senta l'odore di un tegame di pesce. Osservò con molta attenzione il lungo treno merci con le vacche e si tranquillizzò constatando che nessuno si curava di lui. Solo di quando in quando una grassa manovale delle ferrovie andava sul binario per agganciare o sganciare un vagone.

Verso mezzogiorno passò di lì un treno passeggeri diretto a Mosca. Kraskin aveva solo l'imbarazzo della scelta, ma quando vide che c'era un vagone pieno di militari sul quale era scritto: «La 4a Compagnia Fucilieri di Voronež è in marcia verso Berlino», decise di rimanere con le vacche.

Aspettò che la grassa manovale avesse finito di agganciare e sganciare e fosse scomparsa, poi si arrampicò sul respingente di un vagone, strisciò lungo la parete e si lasciò cadere fra le vacche.

Le bestie lo guardarono con gli occhi rotondi, emisero cupi

muggiti e lo spinsero con i morbidi musi. Kraskin rise, diede loro qualche pacca, le allisciò in mezzo agli occhi e poi allontanò le teste che gli stavano addosso. Erano bovini di razza chiara, pesanti, con le corna corte, che venivano dal sud ed erano in viaggio da tre giorni. Erano irrequiete, ma Kraskin non se ne accorse. Era un cittadino e conosceva le mucche solo come fornitrici di latte e di carne. Con la pelle si faceva il cuoio e con le ossa il sapone. Lo aveva imparato a scuola. Se fosse vera la storia del sapone, non lo sapeva. Gli venne in mente un compagno di scuola, Walther Bense, un tipo precoce e con la faccia da schiaffi. «Il sapone migliore, più grasso e schiumoso si fa con i testicoli del bue!» diceva sganasciandosi dalle risa. «Da quando mia sorella si lava con quello, sta facendo la pancia grossa...»

Walther Bense aveva rischiato tre volte di essere cacciato dalla scuola per battute del genere. Era caduto nel 1943, giovane Sottotenente, presso Brjansk.

Kraskin si cercò un posto per il viaggio e decise per una stretta assicella che qualcuno, chissà perché, aveva inchiodato sulla parete stretta del vagone. Qui Kraskin poteva almeno puntellare il sedere. Non era riposante, anzi piuttosto stancante, ma a lungo andare dava un po' di sollievo alle gambe, perché così poteva ogni tanto trasferire il peso sul sedile.

Si puntellò, ed ebbe l'impressione di essere seduto, poi osservò le vacche che lo guardavano. All'esterno sentì di nuovo lo stridìo del respingente, il rumore del ferro contro il ferro, l'agganciamento del cavo d'acciaio, il soffio dei freni ad aria compressa. Kraskin allontanò di nuovo i musi che gli si avvicinavano e si chiese se avrebbe potuto farsi una sigaretta. Poiché non sapeva come le vacche reagissero al fumo, e al fumo del tabacco in particolare, rinunciò a quel piacere e si concentrò invece sull'analisi di tutti i rumori che venivano dall'esterno.

Ma anche questo non lo distraeva, e allora Kraskin tornò alla sua passione, la musica classica. Fissò il cielo della sera striato di rosso e riascoltò con la memoria i pezzi prediletti. Il meraviglioso motivo del Santo Gral nel Parsifal, diretto da Toscanini... la Ouverture dei Maestri Cantori sotto la direzione di Furtwängler... Il Primo Concerto per Pianoforte di Beethoven suonato da Edwin Fischer e diretto da Bruno Walter.. le sonate di Beethoven interpretate da Elly Ney e i notturni di Chopin suonati da Gieseking... La poderosa Nona Sinfonia di Bruckner, diretta da Clemens Krauss... Dio mio, com'è bella la vita, pensò Kraskin, che una volta si chiamava Detlev Adler e non aveva mai avuto intenzione di diventare ufficiale, bensì direttore d'orchestra. La musica celestiale! L'immortalità della musica. E io sto qui rannicchiato in mezzo a delle vacche che muggiscono, per andare a Mosca ad ammazzare Stalin. Che abisso separa le due cose!...

La notte scese dolce su Stupino come un manto di velluto. Il treno ebbe una scossa; la locomotiva era stata agganciata. Kraskin sentì il fischio di segnale. Il manovratore — non poteva essere ancora la grassona — rispose con un altro fischio. Poi i vagoni fecero avanti e indietro, solo per un breve tratto, il treno fu scosso da nuove vibrazioni, altri vagoni furono agganciati, e all'improvviso partirono, cominciò il canto delle ruote sulle rotaie.

Mosca, ti saluto! Le ruote devono girare per la vittoria, era scritto sui vagoni merci tedeschi. Per me hanno un altro significato: Sta-lin... Sta-lin... Sta-lin. E se ho fortuna, una fortuna sfacciata, anche Mil-da... Mil-da... Mil-da, e vi-ta... vi-ta... vi-ta...

Le mucche stavano ammassate nel vagone come se si volessero sostenere reciprocamente. Il tanfo di urina e di escrementi, che nemmeno il vento della corsa riusciva a portar via, diventava più forte. D'un tratto Kraskin si rese conto che il vagone, date le circostanze, era relativamente pulito quando lui lo aveva scelto come nascondiglio. Dunque, durante il viaggio dal sud a Mosca i vagoni dovevano essere stati puliti. Annaffiati con un getto d'acqua tanto forte da portar via tutto.

Non era da supporre che il treno venisse fermato ancora una volta prima di Mosca per lavare le mucche. Solo alla stazione di arrivo sarebbero venuti con dei tubi di gomma per pulire le bestie in modo da non mandarle al macello imbrattate di sterco.

Kraskin, soddisfatto delle sue supposizioni, si ritirò nell'angolo del vagone, puntellò il di dietro sulla piccola assicella e cercò di dormire. Una grossa vacca dallo sguardo quasi umano gli leccò il viso. Lui rise, tirò la testa da una parte e disse in tono conciliante: «Adesso lasciatemi dormire, bestiacce! Vedrete se ce la faccio. Al fronte dormivamo in ben altre condizioni. Durante l'avanzata, d'estate, dormivamo marciando e ci svegliavamo solo quando urtavamo contro quello che era davanti. Le gambe camminavano, un passo dopo l'altro, ma la testa dormiva. Qui è addirittura confortevole. Buona notte, bestiacce!»

Chiuse gli occhi e ascoltò mentalmente le melodie della Bohème. La scena davanti alla barriera del dazio... Faceva sognare. La musica distende lo spirito.

Si svegliò con un dolore lancinante che dal piede gli invadeva tutto il corpo. Il treno filava nella notte a forte velocità, come volesse sfuggire a una disgrazia. Le vacche erano irrequiete, si spingevano, si urtavano con i corpi pesanti. Avevano le teste alzate, e gli occhi sembravano raddoppiati di grandezza. Kraskin gemette. La vacca che gli stava davanti lo aveva colpito alla tibia, gli teneva la grossa testa quasi premuta contro il collo, e adesso dalla sua gola usciva un muggito cupo, e dagli angoli della bocca rivoli di bava.

Kraskin, aggrappato alla parete del vagone, non poté più muoversi. I corpi delle bestie, una massa compatta e agitata, non cedevano, per quanto lui prendesse a pugni con tutte le sue forze quel muro di carne. Malgrado il frastuono delle ruote, egli si rese infine conto dell'origine di quella irrequietezza: molto lontano, nascoste dalla notte, squadriglie di bombardieri sovietici volavano verso ovest. A tratti il rombo sordo dei motori era accompagnato dal muggito delle mucche. Per loro quel suono sconosciuto che veniva dal cielo era un pericolo, una minaccia alla quale non potevano sfuggire finché erano così pigiate. Volevano solo evadere da quel luogo chiuso, liberarsi e allontanarsi da quel rumore strano. La vastità dei campi era la loro salvezza, lo sapevano, sugli enormi pascoli erano sempre sfuggite al pericolo. E fuori, al di là di quelle pareti cigolanti, c'era la libertà, la fiutavano, sentivano l'odore dei prati e dei boschi. Chi ha detto che la vacca è stupida? Chi ha mai esplorato la mente di una vacca che avverte il pericolo?

Kraskin affrontava una lotta contro la natura in rivolta. Sopra di lui i bombardieri volavano bassi rombando, come se volessero atterrare vicino alla strada ferrata. E adesso le vacche erano in preda al panico, scalpicciavano, davano testate, si buttavano col corpo massiccio contro le pareti del vagone, premevano come una valanga di carne e di ossa per uscire dal chiuso.

«Indietro!» urlava Kraskin dando colpi all'intorno. Colpiva musi e corna, fronti ed occhi, urtava contro parti cedevoli e contro ossa d'acciaio, teneva i gomiti davanti al viso, quando le vacche gli andavano addosso e sferrava ginocchiate in inguini e mammelle.

«Indietro!» gridò di nuovo. «Maledette bestiacce! Sono solo aerei! Non è un temporale! Indietro!»

I corpi delle vacche lo spinsero contro la parete. Non aveva quasi più aria, continuò a picchiare quelle teste, emettendo solo grida indistinte, perché ormai non aveva più parole, e cercò di allontanare la massa che lo annientava.

Arrampicati, pensò. Arrampicati su per la parete! E poi calati dall'altra parte. continuerò il viaggio sul respingente, forse andrà meglio, sarà più semplice, altrimenti finisco schiacciato come una cimice contro la parete... Poi gemette perché una cornata lo aveva colpito alla spalla, poi sentì del liquido caldo che gli scorreva sul corpo, come se la spalla fosse sotto un rubinetto aperto.

Sangue, pensò. Maledizione, sanguino. Mi hanno spaccato una spalla con le corna. Devo andar via di qui... mi schiacciano... mi riducono in poltiglia...

Cercò di fare un salto verso l'alto per afferrarsi al bordo della parete, ma le vacche non gli consentirono di saltare, i loro corpi convulsi, scossi dalla paura gli si premettero addosso, lo chiusero in un muro compatto.

Kraskin cominciò a urlare, un urlo forte e prolungato. Il braccio sinistro cominciò a tremare, la spalla era intorpidita, insensibile, ma anche immobile, e il sangue continuava a sgorgare dalla ferita, doveva essere una brutta ferita, egli non tentò di guardarla o di toccarla, era impossibile: era dietro, sotto la nuca.

Kraskin cercò ancora una volta di raggiungere il bordo della parete e la salvezza. Si issò sulla mucca che gli stava davanti, si puntellò con la schiena alla parete e con i piedi contro la bestia, piano piano, come un rocciatore... ma a metà altezza risuonò uno schianto nel cielo notturno, uno dei bombardieri doveva avere un motore in avaria, crepitava, erano come spari fortissimi... e le mucche persero l'ultimo residuo di apatia, si ammucchiarono, si montarono addosso, calpestarono tutto ciò che avevano davanti, dando cornate e lanciando muggiti terrificanti.

Kraskin ricadde con un tonfo sul pavimento del vagone, reso viscido dall'urina e dagli escrementi, scivolò sulle ginocchia e subito fu colpito da una vacca. Mezzo stordito, cercò di rimettersi in piedi, ma le bestie gli erano intorno e sopra, montagne opprimenti di carne che lo schiacciavano a terra. Continuò a menare pugni all'impazzata mentre gli zoccoli lo calpestavano costringendolo nel letame; egli rispose sferrando calci, si aggrappò con tutte e due le mani a una grossa mammella e riuscì a tirarsi su da terra fra le zampe della vacca recalcitrante, come un cosacco che lancia al galoppo il suo cavallo e riesce a passare appeso fra le sue zampe.

Era solo un piccolo rinvio per Kraskin. Un colpo lo buttò di nuovo a terra, dove uno zoccolo gli calpestò la mano destra. Sentì fino nel cervello le ossa che si frantumavano. Si morse l'avambraccio sinistro, cominciò a piangere per la disperazione e per l'angoscia, il suo corpo fu scosso dai singhiozzi, mentre gli zoccoli continuavano a martoriarlo, e poi Kraskin si trasformò in una massa insensibile e meschina, che sotto gli zoccoli delle vacche aveva perduto ogni forma andandosi a impastare con gli escrementi e l'urina.

Verso le cinque di mattina il convoglio di vacche arrivò allo scalo merci della stazione di Mosca. Le bestie si erano calmate da un pezzo, se ne stavano traballanti nei loro carri e si lasciarono annaffiare senza alcuna palese agitazione. Tre colonne di addetti alle pulizie, per lo più donne con gli stivali alti, facevano scorrere le porte d'acciaio e lanciavano potenti getti d'acqua sul pavimento per liberarlo dalla porcheria.

Andarono anche al carro numero 27, tirarono il catenaccio

e fecero scorrere la porta. Il getto d'acqua zampillò dal tubo, il letame poltiglioso uscì pigramente dal carro. In un angolo era rimasto un mucchio di roba. L'operaia Antonia Nikolaievna mandò un'imprecazione e con un epiteto irripetibile all'indirizzo di quel mucchio restio gli lanciò addosso il getto d'acqua con la pressione al massimo.

Il mucchio rimase lì come se fosse attaccato al suolo.

Antonia Nikolaievna diede un esempio di quanto una donna sul lavoro non sia seconda ad alcun uomo in fatto di turpiloquio, assicurò il tubo alla porta facendo piovere l'acqua sulle vacche e poi si sporse dentro il carro. Cacciò un grido altissimo, alzò le braccia al cielo e si allontanò ansimando e con gli occhi di fuori. Due carri più avanti vomitò, poi si sedette inebetita sulle rotaie.

Sergeij Andreevič Tarski era sempre stato un tipo allegro. Quando gli riusciva qualche cosa che all'inizio era sembrata molto difficile, ne gioiva come un bambino. Allora si metteva a fischiettare una canzonetta, ed era dell'opinione che nella vita è tutta questione di fortuna, e che la fortuna era dalla sua e doveva goderne.

L'atterraggio senza intoppi su un prato circondato da boschi presso Latašino lo mise di ottimo umore; nascose il paracadute con calma in un avvallamento del suolo che coprì di terra, poi si riposò un poco sotto gli alberi all'inizio del bosco e pensò alla via che avrebbe seguito.

Da Latašino c'era una stradina che portava a una strada larga: questa correva da Ršev a sudovest con un ampio arco e toccava Vnukovo sulla grande arteria Minsk-Vitebsk-Smolensk-Mosca. Era un percorso con molte deviazioni e molti pericoli. Sembrava più semplice andare fino a Volokolamsk e là prendere il treno per Mosca. Era una linea secondaria, ma — come aveva spiegato Milda Ifanovna — era preferita per i treni merci che venivano dal settore nordoccidentale. Soprattutto era la linea utilizzata per i rifornimenti destinati all'imminente offensiva sovietica. Vi viaggiavano giorno e notte convogli di munizioni e di truppe diretti a ovest, indisturbati dall'aviazione tedesca che faceva solo sporadiche apparizioni. Da un pezzo la Russia era tornata padrona dei suoi spazi aerei... i suoi caccia rintuzzavano qualsiasi tentativo tedesco di disturbare i rifornimenti. Al Cremlino ridevano del Feldmaresciallo Göring tanto quanto prima lo avevano temuto. A giudizio dei russi, c'erano degli autentici eroi fra gli aviatori tedeschi, ma il progressivo disfacimento dell'aviazione tedesca era come un simbolo dell'annientamento della forza tedesca.

Tarski decise di andare fino a Volokolamsk e di aspettare là un treno per Mosca. Secondo le informazioni di Milda, su quella linea viaggiavano anche i treni-ospedale: non solo vagoni speciali con camere operatorie mobili oppure attrezzati a corsia, ma anche semplici vagoni viaggiatori nei quali prendevano posto i feriti in grado di muoversi, che speravano di essere ricoverati in un buon ospedale. Erano tutti uomini simpatici, perché in una guerra non c'è niente di più bello e che allunghi di più la vita di una pallottola in un braccio o in una coscia, in una spalla o nel sedere, dovunque il danno non sia molto grosso, ma comunque abbastanza grosso da farti sperare in un letto bianco e in uno stuolo di soccorrevoli infermiere, e soprattutto in una scodella di kaša o di zuppa di cavoli meno acquosa di quella che ti arriva in trincea.

Con uomini così, che contemplano con intima soddisfazione le ferite avvolte nelle bende, è piacevole viaggiare, pensò Tarski. Non chiedono niente, parlano solo delle loro imprese eroiche e del momento in cui sono stati feriti, almanaccano sull'ospedale che li accoglierà e sulle possibilità che avranno di andare nella città più vicina, per mostrare alle ragazze come fa in fretta un combattente a calarsi le brache.

«Anch'io sono uno di voi», avrebbe detto Tarski. «Quasi un veterano. Sì, ho appena 22 anni, ma ho lasciato il mio volto da ragazzino nelle paludi del Pripet. Ne sono uscito con il corpo illeso, ma mi sono beccato le febbri. Sapete che cos'è la malaria? Vi auguro di non saperlo mai, fratelli! Tu cosa hai avuto? Un proiettile nella gamba sinistra? Che fortunato! E tu, amico? Una scheggia ti ha quasi portato via la mano destra? Intona un canto di gioia, dai retta a me! Tutto quello che si può riparare, guarisce! Ma una malaria... resta! Penetra come una zecca. Si piazza nel sangue e gira con lui per tutto il corpo, e nessuno riesce a levarla. Cosa mi hanno detto i medici? "Sergeij Andreevič", hanno detto con la faccia atteggiata a profondo dolore, "caro Sergeij Andreevič..." E niente altro! Ma quando un medico militare dice "*caro* Sergeij Andreevič" è come se ti avesse già messo nella cassa. — L'ho sopportato: il fuoco nelle vene e poi i brividi gelidi, il tremito convulso pur essendo immerso in un bagno di sudore, i denti che battono come nacchere. Conoscete la danza spagnola, compagni? Clac-clac-clac-clac... Pezzetti di legno che sbattono gli uni contro gli altri. Così fanno i denti quando ti prende la crisi. E poi viene la diarrea. Fratelli, è sorprendente, sensazionale quello che uno ha nelle budella anche se quasi non riesce a mangiare. Alla prima scarica ho riempito un secchio, credetemi. Poi sono crollato, come se avessi fatto anche le ossa. Mi hanno riempito di acqua, acqua pura... e giù di nuovo... un altro secchio. Compagni, vi assicuro che è brutto starsene lì seduti e pensare: Adesso muoio! Prima uscirà il fegato... e poi la milza... opplà, questa era già la bile?... Te ne stai andando — Questa è la malaria. Incurabile. Può prenderti in qualsiasi momento, anche adesso... ti colpisce come un fulmine, non puoi farci niente. Comincia con un brivido, poi i denti si mettono a battere... Io sono davvero un invalido, anche se sembro sano. Chi può guardarmi dentro?»

Nello scompartimento non ci sarebbe stato nessuno — vogliamo scommettere? — che non avrebbe ammirato Tarski e non gli avrebbe rivolto altre domande. Così, circondato da tanta compassionevole amicizia, poteva arrivare a Mosca.

Al sorgere del sole, Tarski si avviò verso Volokolamsk. Dopo quattro ore di cammino attraverso boschi e campi nei quali incontrò solo sei carri con donne, che salutò amichevolmente, raggiunse la riva del piccolo fiume Lama. Qui si riposò, si spogliò, fece un bagno nell'acqua ancora fredda, si asciugò al sole e rifletté sull'itinerario da seguire.

Anche qui c'erano due possibilità: O risalire il corso del Lama e proseguire poi con una curva in pianura verso sud fino a Volokolamsk, oppure prendere la strada che veniva da Ršev. Questa era la via più vicina, ma anche la più pericolosa.

Tarski ammiccò verso il sole e constatò ancora una volta di avere avuto una incredibile fortuna. Nell'aula di Eberswalde e durante le conferenze di von Renneberg e le prove di memoria di Milda, gli era sembrato tutto molto complicato. Quando uno si sente dire: Arriverai in volo sulla Russia, sarai paracadutato da qualche parte e dovrai arrivare fino a Mosca... hai l'impressione che vogliano buttarti nella bocca dell'inferno. Il cuore sobbalza e batte contro le costole. Ma adesso sei qui, in riva a un fiumicello gorgogliante sotto il sole estivo, hai fatto un bagno nelle acque fredde e limpide, sei sdraiato sul suolo russo, molto al di là del fronte dell'Armata Rossa, ti scaldi la pancia a quel calore delizioso, e tutta la paura di lanciarti col paracadute che hai dovuto trangugiare, sì, era paura, Colonnello von Renneberg, è liquidata, dimenticata.

Un russo nudo se ne sta sdraiato al sole e poi andrà a Mosca. Che cosa c'è di strano, compagni?

Tarski si godé un'oretta di pace paradisiaca. Aveva tempo. Non era necessario arrivare a Mosca a tempo di record: la sicurezza innanzi tutto. Non si vestì subito, ma girellò lungo la riva del Lama per cercare un punto dove la corrente non fosse tanto forte per consentirgli di raggiungere a nuoto l'altra sponda.

Il punto migliore gli parve quello in cui c'era un piccolo banco di sabbia. Tarski valutò la larghezza del fiume intorno ai 150 metri, che per un fiume russo non è molto, fece un fagotto dei suoi vestiti, se lo legò con una cinghia sulla testa ed entrò in acqua a guado. Quando aveva fatto il bagno aveva notato che lungo le rive la corrente era più forte che al centro, come se il Lama volesse allargare il proprio letto e acquistare più libertà erodendo la terra.

Tarski fu trascinato per un po', si mise a nuotare con lunghe bracciate e raggiunse il banco di sabbia dove fece sosta. Al di là del banco fu afferrato da una infida corrente di profondità, che lo trascinò più in fretta di quanto lui avrebbe voluto. Lottò per uscirne e puntò verso l'altra sponda. Respirando affannosamente e maledicendo il fiume che aveva messo in difficoltà anche un nuotatore in gamba come lui, mentre era sembrato tanto placido a guardarlo dall'alto della scarpata, Tarski approdò dall'altra parte su una insenatura in cui il Lama aveva portato via la terra creando una piccola parete di roccia. Questa è stata intagliata dal ghiaccio, pensò Tarski stirandosi soddisfatto. Le zolle di terra sono come coltelli quando in primavera si rompe la coltre di ghiaccio e i frammenti si accumulano gli uni sugli altri, trascinati dalla corrente indomabile.

Sciolse l'involto degli abiti, diede una scrollata ai pantaloni e stava per infilarsi la camicia, quando sopra di lui sentì uno scricchiolio. Poi una voce gridò con tono duro: «Stoj!»

Tarski rimase fermo come si trovava: braccia alzate e camicia infilata a metà. Stoj... conosceva quella parola. Quale russo non la conosceva? Stoj è una parola diabolica, quando non obbedisci subito. Chi grida «Stoj» ha sempre ragione, è potente, può rappresentare il destino. Lo stesso Tarski lo aveva gridato spesso, quando rastrellava con le sue pattuglie il folto del canneto nelle paludi del Pripet e stanava i mitraglieri sovietici sapientemente mimetizzati. Quelli allora uscivano subito con le braccia alzate, imbrattati dal fango della palude, con gli occhi supplichevoli. Ci arrendiamo, germanskij. Lasciaci vivere.

Stoj... in guerra era l'esile confine fra la morte e la vita.

Il cuore di Tarski non batteva più forte di prima. Tuttavia, egli si chiese con la velocità del lampo chi poteva essere la persona lassù. Se era un contadino, un civile, ci si poteva parlare. Gli si poteva dire: «Perché spaventi così un uomo nudo, compagno? È proibito bagnarsi nel fiume? Ho messo in fuga i pesci! Volevi pescare, eh? E che ti sbuca fuori dal Lama, invece di un pesce? Un uomo nudo! Su, non ti affliggere, compagno, io sono un uomo pulito. Il mio sudore non scaccia i pesci...»

Tarski si infilò la camicia con molta lentezza, perché non sapeva come avrebbe reagito l'uomo su in alto.

Quando si chinò per prendere i pantaloni, la voce dura disse:

«Non muoverti! Vieni avanti.»

«Col popò nudo? Compagno, lei ferisce il mio pudore.»

Tarski si girò. In cima al dirupo c'erano due miliziani con le pistole mitragliatrici puntate. I buchi rotondi sormontati dal grosso mirino avevano un aspetto orribile, soprattutto sapendo che non avevano alcuna pietà.

Milizia, pensò Tarski. Questo rovescia del tutto la situazione. Santo cielo, come mai sono capitati qui? Come può guastarsi una così bella giornata! Con la milizia bisogna parlare in un altro modo, le chiacchiere non servono. Si mise i pantaloni sotto il braccio e si arrampicò per la china sabbiosa. Uno dei due uomini lo aiutò perfino a fare l'ultimo tratto e lo tirò su. Tarski vide allora che su una strada che costeggiava la scarpata c'era una jeep. Un terzo miliziano era seduto al volante e lo guardò con un sogghigno. La vista di un uomo nudo nella parte di sotto doveva essere divertente.

Tarski si tenne i pantaloni davanti al sesso e guardò triste i militari.

«Se potessi infilarmi i pantaloni...» disse. «Potremmo parlare meglio.»

«Da dove vieni!» chiese quello che aveva gridato «Stoj». Premette non troppo forte la canna dell'arma sul fianco di Tarski, ma quello che colpiva più di tutto in lui era il carattere rozzo.

«Da Kiev», rispose Tarski in fretta. «Ho ripulito la città dopo che i tedeschi sono stati respinti. Prima sono stato al 23° Reggimento Fucilieri, fino a che non mi sono preso la malaria. Compagni, sapete cos'è la malaria. Te ne stai ignaro nella palude e all'improvviso...»

«Documenti!» lo interruppe il tipo odioso allungando la mano.

«Subito!»

Tarski tirò fuori dalla tasca della giacca le sue carte. Erano impressionanti. Un foglio di congedo con molti timbri e firme. Le firme non erano importanti, non si potevano leggere, e chiunque può mettere una firma su un pezzo di carta. Ma i timbri! Un timbro è un documento, e molti timbri sono un documento importante. Lo sa qualsiasi russo abbia avuto a che fare con le autorità.

Il tetro miliziano lesse tutto con molta attenzione, alzò il documento contro sole, come se nella misera carta di guerra ci fosse la filigrana, poi guardò Tarski con la fronte aggrottata e si mise in tasca i documenti.

«Dove vai?»

«A Volokolamsk, compagno.» Tarski sentiva che la cosa non

sarebbe andata tanto liscia. «I miei documenti sono in ordine, vero, compagno? C'è perfino un timbro del 1° Fronte Bielorusso. Forse lo ha firmato lo stesso Maresciallo Rokosovskij. Non è facile leggerlo. A causa della malaria sono invalido, incurabile. Legga il rapporto dell'ospedale, compagno...»

«Perché facevi il bagno nel fiume?» Il miliziano gli indicò i pantaloni con la canna della pistola mitragliatrice. Tarski lo prese come un ordine di vestirsi, e nessuno glielo impedì.

«È una giornata così bella e calda,» Tarski si abbottonò la patta, «che te ne viene la voglia.»

«Cosa cerchi a Volokolamsk?»

«Un mio zio abita lì: Dementi Ruslanovič Kozeboškin. Per il povero zio questo cognome è un'affezione... come si fa a chiamarsi Kozeboškin? Ma come si fa a trovare dove e da chi ha preso origine? Vorrei andare a trovare questo zio, compagni. Un modesto piacere.»

«Vieni da Kiev?» disse il tipo losco con la pistola mitragliatrice. «Sempre a piedi?»

Tarski scosse il capo. «Un pezzo in treno. Un lungo tratto su un camion della vostra valorosa Armata... ci si deve arrangiare. Ogni volta che ho parlato della mia malaria, ho trovato ovunque degli amici.»

«Anche noi siamo tuoi amici», disse il secondo miliziano con un gran sogghigno. Erano le prime parole che diceva. «Non dovrai consumarti i piedi, amico. Ti porteremo a Volokolamsk da tuo zio. Con la jeep non è neanche un'ora. Lo dobbiamo a un compagno che è rimasto invalido così giovane. Su, vai avanti, vogliamo stringere la mano al caro Kozeboškin.»

Tarski annuì e si sentì gelare fino in fondo al cuore. Con passo sicuro andò alla jeep, salutò il conducente e si arrampicò sul sedile posteriore. L'indisponente che faceva domande di continuo gli si mise accanto e gridò «Vai!». Allora cominciò una corsa che non ammetteva alcuna conversazione. Si aveva un bel da fare a mantenersi sulla vettura, a non farsi sbalzare fuori o a non volare in aria quando incappavano in qualche buca. Solo vicino a Volokolamsk l'autista ridusse la velocità e alle prime case si fermò.

«Dove abita tuo zio?» chiese con voce sciropposa il miliziano seduto accanto a Tarski. «Chissà quanto sarà contento!»

«E chi lo sa?» Tarski era calmissimo. «È la prima volta che vado a trovarlo. Prima era lui che veniva da noi a Kiev, un omino piccolo e grasso con la testa tonda quasi calva. Allora commerciava in colori... ma può avere cambiato.»

«Ma non il nome...»

«Non si può mai dire.»

L'auto della milizia ripartì e andò a fermarsi davanti a una casa su cui erano le insegne della posta. Naturalmente, pensò Tarski, è la cosa più semplice. Non sono stupidi, i compagni. Il direttore delle poste deve conoscere tutti in questo paese.

Tarski scese con i tre militari ed entrò nell'ufficio postale. Dietro lo sportello c'era una donna dal volto grigio con molte rughe intorno alla bocca; mangiava una grossa patata lessa con tutta la buccia. Poco movimento, oggi, compagni. La gente di Volokolamsk ha la mano pesante, chi ha voglia di scrivere? Solo qualche commerciante, che porta la posta verso sera. Allora è il momento di maggior traffico, e si accapigliano perché all'improvviso hanno tutti fretta.

«Sì?» disse la donna infilandosi un pezzo di patata nella bocca rugosa. «Che c'è?»

«Si tratta di un certo Dementi Ruslanovič Kozeboškin», disse il portavoce della pattuglia della milizia. «Dove abita?»

«Chi?» disse la donna continuando a masticare e sporgendo in fuori la testa da uccello.

«Kozeboškin...»

«Qui no.»

«Che significa?»

«Non abbiamo nessuno che si chiama Kozeboškin!»

«È sicura?»

«Quanto è vero che sono qui», disse la donna, «da noi non c'è nessun Kozeboškin.»

I militari fissarono Tarski con occhi che non promettevano niente di buono. Alla posta tutti sono conosciuti, diceva il loro sguardo. Adesso sei incastrato, Sergeij Andreevič. Dacci una spiegazione che si possa credere. Se non ci riuscirai, ti faremo domande che ti curveranno la schiena per sempre. Se hai qualche cosa che nascondi dentro... te la caveremo fuori. Dunque parla, Sergeij Andreevič! Tarski non si scompose. Con estrema calma si sbottonò la camicia e alzò la linguetta del sacchetto di pelle che aveva sul petto. «Ah sì, ho dimenticato un altro documento», disse intanto. «La malattia fa perdere la memoria, compagni. Dopo, tutto sarà chiarito e ce ne andremo a casa felici e contenti.»

Con il pollice e l'indice, afferrò nel sacchetto la piccola capsula di gelatina. Colonnello von Renneberg, pensò Tarski con un'ombra di sarcasmo, mi congedo. Cancelli il mio nome: Sottotenente Dietrich Semper. E tu, mamma... ti ringrazio di tutto ciò che mi hai dato nella vita. Papà, anche a te grazie di tutto...

Si portò la mano alla bocca e ingoiò la capsula. Ma nello stesso istante la addentò e sentì il sapore amaro. Mandorle amare, pensò. Cianuro. La morte segue in un secondo... Dio mio, quanto può essere lungo un secondo!

I miliziani gli si buttarono addosso, lo costrinsero a terra gridando tutti insieme.

«Aprigli la bocca!» urlò uno. «La bocca!»

Ci provarono, ma i muscoli facciali di Tarski erano irrigiditi. I denti erano incollati gli uni sugli altri come se non fossero due file. I miliziani premettero sul mento di Tarski, fino a che a uno non venne in mente di prendere il coltello per aprirgli i denti. Si sentirono scricchiolare le mascelle, la bocca infine si aprì sprigionando odore di mandorle amare. Il corpo di Tarski ebbe ancora una scossa, i nervi ebbero un ultimo sussulto, ma egli era già morto.

Dietro lo sportello, la donna schiacciava con il pollice gli ultimi resti della patata lessa. «Ma che succede?» chiese disorientata. «Compagni, perché prendersela tanto solo perché da noi non c'è nessun Kozeboškin?»

Poi vide le mascelle squarciate, gli occhi spalancati e vitrei di Tarski e il suo corpo contorto, si mise il pollice in bocca e svenne.

La voce circola — il diavolo sa come — quando c'è un ispettore nel villaggio. Duskov non aveva visto la vecchia dare l'allarme, ma quando era andata a cercare le uova doveva aver fatto un segno in qualche modo da una finestra. Fu quello l'inizio di una intensa attività nel villaggio: i contadini misero al sicuro tutto ciò che poteva essere non permesso, e tennero pronta una padella per offrire all'uomo severo un pezzetto di lardo fritto, qualora ne avesse avuto voglia. Una delegazione di due vecchi si avviò con passo lento e col cuore pesante, verso la capanna in cui in quel momento l'ispettore stava tirando su gli ultimi avanzi di rosso d'uovo. Non lo fece con la lingua, come un contadino maleducato, ma disse alla vecchia: «Tagliami un altro pezzo di pane!», e con quello ripulì il piatto così bene che sembrava fosse stato lavato sotto la pompa dell'acqua. Un tipo proprio dabbene, e così umano malgrado il suo rigore!

La delegazione si fermò davanti alla capanna, si allisciò ancora una volta i vestiti lisi e bussò alla porta. Duskov affondò un poco la testa fra le spalle e lanciò un'occhiata alla porta. La vecchia congiunse le mani e ringraziò il buon Dio. Arrivavano i rinforzi, non doveva stare più sola con il signor ispettore.

«Chi è?» ringhiò Duskov.

«Una visita di sicuro.»

«Mandala via.»

«Cosa devo dire?» La vecchia andò barcollando verso la porta e sentì che alle sue spalle il severo ispettore sbatteva il piatto. «Forse vengono per offrirle aiuto...»

«Non lo sa nessuno che sono qui.» Duskov si alzò, andò alla finestra e vide i due vecchi fermi di fuori. Si allisciavano con mosse nervose i baffoni e parlavano sottovoce fra loro. Non erano armati e non davano l'impressione di essere venuti con l'intenzione di sottoporre il forestiero a uno spiacevole interrogatorio.

«Sicuro, sicuro...» balbettò la vecchietta torcendosi le mani. «Non lo sa nessuno. Dio mi è testimone che lei è stato silenzioso come un fiocco di neve, ma anche un fiocco di neve si vede, se cade d'estate...»

«Falli entrare!» disse Duskov. Bisogna essere ancora più prudenti, pensò. Questo fatto lo dimostra. Due occhi non bastano: bisogna abituarsi a guardare in giro cento volte.

Si rimise a sedere al tavolo, distese le gambe, le allargò un poco per dare l'impressione della superiorità, e aggrottò la fronte. La vecchia aprì la porta e gridò con voce acuta: «Ah! Benvenuti! Avanti! Avanti! Che cari amici...» e lasciò libera l'entrata.

I due vecchi entrarono nella capanna, rimasero sulla soglia della stanza e fissarono con riverenza il potente ispettore. Eccolo là il compagno con la fronte aggrottata! Veniva di sicuro da Mosca, o da Zagorsk... Si vedeva subito che era un cittadino. Il portamento, i vestiti. Basta guardare le scarpe, e porta anche le calze, calze grigioazzurre. Ah, e la camicia! Senza una macchia. Un tipo del genere deve ricoprire per forza una carica importante!

I due contadini rifletterono in fretta, poi si raddrizzarono e alzarono in silenzio il pugno per salutare. Quello che andava bene il primo maggio doveva andar bene anche adesso! Male non fa di certo, provoca in ogni caso una buona impressione. Poi aspettarono la risposta del distinto compagno, ma poiché Duskov taceva e si limitava a squadrarli con il mento proteso, si sentirono una corrente calda sotto i capelli.

«Allora?» chiese infine Duskov. I contadini sobbalzarono come se li avessero frustati fra le gambe.

«Tutto per la patria!» disse quello di sinistra, con un sorriso contenuto. Suonava bene, nessuno poteva trovarci qualcosa di male.

Quello di destra si affrettò a mettersi sulla scia del primo e gridò con acuta voce da vecchio: «Combatteremo!»

Duskov annuì. «Non potevo aspettarmi altro», disse con faccia severa. «Ma adesso che volete? Cosa avete da offrire?»

I due contadini si guardarono con la coda dell'occhio e furono concordi: È una brava persona, ci si può parlare. Anche un ispettore ha i suoi momenti difficili, specie con un lavoro così pesante. Deve andare di qua e di là e annusare dappertutto, anche se tutto viene consegnato — come ordinato — e non c'è neanche un vitellino in una stalla nascosta. Deve calcolare quanti ortaggi dà un campo e controllare con molta attenzione gli elenchi che stanno chiusi in un armadio foderato in lamiera del Consiglio del villaggio, armadio che Kusma Mrychin chiama pomposamente cassaforte.

«Se possiamo renderci utili...» disse quello di sinistra grattandosi il naso. Rendersi utili è un'impressione vaga che può lasciare intendere tutto, una proposta cortese che non puzza di corruzione.

Duskov afferrò al volo la situazione e dentro di sé tirò un sospiro di sollievo.

«E come vorreste rendervi utili?» chiese con voce ancor più dura. «Fate delle proposte, compagni!»

Era un invito subdolo! Proposte! Bisognava rifletterci bene, perché se gli offrivi poco il compagno ispettore poteva inasprire i controlli, reputandosi offeso... se gli offrivi troppo, anche questo poteva fare una brutta impressione. Ah, avrebbe pensato l'ispettore, allora sono tanto ricchi? Tanto sono riusciti ad ammucchiare! possono offrire quanto i grandi sovchos, dove i nacăl'niki ingrassano spremendo tutti quelli che controllano.

«Dica lei, compagno!» disse quello di destra. «Se ci sarà possibile...»

«Ho bisogno di un mezzo di trasporto!» disse Duskov torvo. I contadini lo guardarono con gli occhi spalancati, come se lui gli avesse sputato in faccia. La vecchia fece oscillare la testa e si sedette sulla panca della stufa. Un mezzo di trasporto! Che cosa intende, anime del purgatorio, per mezzo di trasporto? Forse un trattore? Lo deve pur sapere che noi riceviamo i trattori in prestito dal kolchoz. Tutte le macchine. È tutto centralizzato, compagno.

«Un mezzo di trasporto!» Quello di sinistra annuì grave. «Come?»

«Come? Vi domando, come mai ci sono maiali che non si vedono, nascosti come sono in buche coperte? Vi domando, come mai da voi il pollame aumenta in maniera così strana, malgrado le precise quote di cova stabilite? Come, eh?» Duskov calò un pugno sul tavolo.

La vecchietta insaccò la testa e tirò su col naso. Sa proprio tutto, si disse oppressa. Come si poteva tentare di ingannarlo? Dategli il mezzo di trasporto, fratelli!

«Qui abbiamo solo un carro per le rape, ma da attaccare!» Quello di destra guardò Duskov come se lo implorasse di fargli salva la vita. «Ma si potrebbe attaccare a una vacca. Sicuro, questo è possibile. Si lega con delle corde. L'ultimo cavallo è stato portato via sei settimane fa. Per il fronte, compagno! È vero che aveva solo un occhio. Ma il compagno ufficiale ha detto: "Non andrà certo in pattuglia di esplorazione, dovrà tirare un carro!" E via. Se basta una vacca...»

«Il fatto è», disse Duskov in tono più blando che i contadini afferrarono con gioia, «che l'auto con la quale sono arrivato qui è dovuta tornare subito a Kolšugino, perché doveva portare un altro compagno a Jurev-Polski, dove quei mascalzoni dei contadini hanno macellato tre manzi senza denunciarli!»

I contadini annuirono pieni di compassione. Poveri compagni, pensarono. Chissà che ispezione ci sarà! E quanto chiasso! Tre manzi in una volta sola... Sono stati molto incauti, i fratelli.

Bisogna essere maestri nell'arte vantaggiosa di ripartire bene tutto.

Qui un maialetto, là un'oca, e quando si è proprio sicuri anche un vitello. Ma tre manzi tutti insieme...

«Adesso devo tornare a Mosca!» disse Duskov forte.

I contadini annuirono in silenzio. Dunque avevano ragione, veniva da Mosca. Una persona così distinta. Più presto lo lasciamo andare, tanto meglio sarà per tutti. Gli attaccheremo al carro la vacca più bella e più veloce.

«Mi dovete portare ad Aleksandrov, alla stazione» gridò Duskov stringendo i pugni. Faceva sempre una certa impressione. «È possibile?»

«Faremo del nostro meglio, compagno. Quando intende partire?»

«Subito.»

Fu una parola che allargò il cuore di tutti. Subito... significava che per questa volta non ci sarebbero stati controlli, che il villaggio sarebbe stato risparmiato, che si era realizzato un miracolo...

«Andiamo subito a occuparcene!» gridarono in coro i due contadini e si precipitarono fuori. La vecchietta si fece di nascosto il segno della croce, rimase seduta dov'era e fissò Duskov in silenzio. Egli camminava irrequieto su e giù per la stanza, guardava fuori dalla finestra e fece un sospiro di sollievo quando sulla strada del villaggio comparve un bizzarro veicolo. Davanti a un carro piatto, a cui erano state tolte le fiancate, ma sul quale adesso era stato collocato un vecchio materasso lacerato in due punti, perché il compagno ispettore doveva viaggiare sul morbido e non arrivare ad Aleksandrov con il sedere indolenzito, cosa che forse avrebbe compromesso la sua sorprendente clemenza..., dunque, davanti a questo carro appena lavato e quindi ancora bagnato, avanzava con passo pesante e di pessimo umore una vacca, legata al carro con grosse funi. Aveva lo sguardo triste, proclamava di quando in quando il suo dolore con sonori muggiti, e alzò la coda in maniera significativa quando Kusma Mrychin, del Consiglio del villaggio, fece schioccare la frusta per frenare un poco il suo temperamento. Mrychin, dopo avere ascoltato i due inviati, aveva deciso di guidare lui stesso il carro. Il compagno di Mosca dimostrava di essere una persona accessibile che chiedeva solo di tornare in fretta in città. Durante il viaggio fino ad Aleksandrov ci si potevano fare due chiacchiere e forse lasciargli una buona impressione, per le future ispezioni.

Viaggiarono per quattro ore, prima di raggiungere la stazione di Aleksandrov. Mrychin, che aveva visto naufragare alcuni tentativi di attaccar discorso con il taciturno Duskov, sentì correre lungo la schiena un brivido di terrore. La stazione era come morta. Non si vedeva un'anima, per non parlare di un treno o di qualcosa che facesse supporre che la stazione era funzionante. Fra le rotaie arrancava un'anatra, vecchissima e spennacchiata, che becchettava le traversine.

Mrychin fermò la vacca, si asciugò il sudore dalla fronte e sospirò. Che spettacolo desolante!

«C'è qualcosa che non va!» disse Duskov serio. «C'è stata la peste qui?»

Mrychin strabuzzò gli occhi e con un tremito al labbro inferiore scese dal carro. Sono cose che capitano solo a me, pensava, rabbioso contro il suo destino. Sono perseguitato dalla sfortuna! Se la risipola colpisce i maiali nascosti, puoi star tranquillo che il primo a prendersela è il mio! O la faccenda con Marianka! Suo marito, il valoroso Efim Gavrinovič, è dato disperso da due anni, sicuramente ucciso dai tedeschi, e allora consoli la vedovella, le riscaldi il letto, partecipi al suo dolore... e d'un tratto, di mattina presto, quando ancora tutti dormono, anche la vedovella fra le mie braccia, quel fetente di Efim si mette a correre per il villaggio gridando: «Dov'è quella puttana?» Riuscirono a trattenerlo fino a che Marianka, dopo essere scappata dalla finestra e attraverso i campi, tornò a casa e, mogliettina diligente che lavora già all'alba, si buttò al collo del buon Efim con un grido di gioia accarezzandolo e baciandolo. E poi lei è incinta, e il risorto Efim se ne rallegra e va in giro tutto tronfio come un gallo. Nella disgrazia c'è la fortuna che non sa fare bene i conti...

Mrychin afferrò la vacca per un corno e si avvicinò con il carro alla silenziosa stazione di Aleksandrov. Duskov rimase accovacciato sul vecchio materasso e dovette riconoscere che il suo progetto di raggiungere Mosca in treno era naufragato.

Nella stazione c'era solo un uomo con tre cassette; salutò Mrychin con un triste cenno del capo e indicò lo sportello chiuso. C'era appeso un cartello che un ferroviere aveva scritto con la matita rossa: Oggi niente treni causa riparazioni rotaie. Partenze solo da Zagorsk e Kolchugino.

«Chi poteva saperlo!» disse Mrychin. «Ma le riparazioni richiedono il loro tempo, compagni! Gli aeroplani tedeschi! Bombardano i convogli di rifornimenti. E le squadre impiegate per le riparazioni per lo più sono formate da donne. È sorprendente ciò che riescono a fare... ma le cose vanno più a rilento.» Rilesse il cartello e alzò le spalle. «Non ci si può fare niente. Vuole andare a Zagorsk? Con la vacca non ce la faremo mai, compagno. Quella schiatta lungo la strada. Vede come tiene la lingua ciondoloni fuori dalla bocca?... Può darsi anche che sia malata di cuore.»

Duskov rinunciò a una conversazione sulle malattie delle vacche. Andò dall'uomo in attesa con tre cassette e lo squadrò. Quello fece una risata sciocca e alzò le spalle.

«Quanto tempo è che aspetta?» chiese Duskov.

«Tre giorni.»

«Dov'è il capostazione?»

«E chi lo sa? Ogni tanto arriva, telefona, mi dice: "Adesso gli mancano settanta metri di rotaia", e se ne va. Ieri sera stava per mettersi a piangere. È un brav'uomo...»

«Mi procurerò qui ad Aleksandrov un altro mezzo di trasporto», disse Duskov a Mrychin. «Grazie, compagno, lei e la vacca avete fatto un lavoro egregio. Me lo ricorderò...»

Mrychin ebbe un singulto di gioia, strinse le mani a Duskov, gli augurò tanta felicità e se ne tornò col suo carro al villaggio. È stata una buona giornata, disse dentro di sé. Non vedremo tanto presto un ispettore dalle nostre parti.

Duskov aspettò che vacca e carro fossero scomparsi dietro la curva, poi rientrò nella piccola sala d'aspetto della stazione. Il paziente compagno si era seduto su una delle cassette e ne aveva preparata un'altra per pranzare. Aveva un pezzo di pane, una bottiglia d'acqua, una grossa cipolla, un cantuccio di salame e un uovo crudo. L'uovo era un lusso, e il brav'uomo, preoccupato che rotolasse giù dalla cassa, lo bloccò con un pezzo di pane.

«Anche oggi non arriveranno treni?» chiese Duskov.

«Bisogna essere fiduciosi», rispose l'uomo con saggezza. «Le squadre di lavoratori del nostro collettivo sono straordinarie!»

Duskov rinunciò a proseguire la conversazione, esaminò la piccola stazione e scoprì in un giardino recintato da cespugli selvatici un uomo che annaffiava con molto impegno dei pomodori striminziti. L'uomo era in maniche di camicia, aveva la barba di quattro giorni e lo sguardo torvo di chi si sente pieno di acido gastrico fino alle tonsille. Rispose al saluto di Duskov con un grugnito e spostò il getto d'acqua verso un melo.

«Quando fra le rotaie crescono i girasoli, si avrà un buon raccolto», disse Duskov. Il musone lo guardò in cagnesco e schiacciò con il pollice l'estremità del tubo. L'acqua zampillò formando un grande ventaglio nel quale il sole disegnava magici colori.

«Telefoni all'amministrazione centrale a Mosca!» ringhiò l'uomo. «Tutti trovano da ridire su di me! Che ci posso fare? Io faccio il mio dovere alla stazione, ma se i treni non arrivano non posso neanche farli partire. Logico?»

«Logicissimo. Devo andare a Mosca.»

«Devono andarci in molti. Da Zagorsk!»

«E come arrivo a Zagorsk?»

«C'è un mezzo eccellente. Si dice alla gamba destra: Cammina! E poi alla sinistra: Cammina! E quando lo si è detto per alcune ore, si è a Zagorsk. Semplice!»

«Terribilmente semplice! Vorrei baciarla per la riconoscenza!»

Duskov si voltò e tornò alla stazione. «Idiota!» disse il compagno filosofo indirizzando il getto dell'acqua su un mucchio di terriccio nel quale aveva piantato delle zucche.

Aleksandrov si rivelò un paesino pulito. Duskov lo attraversò in direzione del villaggio di Strunino, dove c'era una grande fabbrica di laterizi. Vide in lontananza l'alta ciminiera; sembrava un chiodo che volesse perforare il cielo azzurro. Buona Milda Ifanovna, è tutto rispondente a quello che lei ci ha martellato in testa. Non c'è niente di estraneo. Ancora duecento metri e la strada dovrebbe biforcarsi...

Era così. Duskov si sedette su un cippo al bivio, si asciugò il sudore dal viso e osservò una casa colonica che — come tutte le case dei villaggi russi — aveva una recinzione di legno. In giardino c'erano dei ciliegi, l'orto era ben curato, niente erbacce in giro, e le incorniciature di legno delle finestre erano verniciate in un azzurro che dava l'impressione fosse stato usato un pezzo di cielo per dipingerle. Era tutto splendente di pulizia, e gli attrezzi da giardinaggio erano in un capanno aperto, appesi a una parete. Sono cose che colpiscono. Ma quello che interessava di più a Duskov era davanti al cancello del giardino.

Un'automobile. Un'auto vera, autentica! Un vecchio modello, certo, con la carrozzeria verniciata di nero, ma poiché le ruote erano coperte di polvere, doveva essere efficiente. Aveva una targa di Mosca. Gli unici fari sopra il parafango erano schermati di nero con appena una fessura. Come da noi in Germania, pensò Duskov. Oscuramento per le incursioni aeree. Ma l'autorizzazione a circolare di notte viene concessa solo a persone importanti, ad autorità o a imprese d'interesse bellico. Chi c'è ad Aleksandrov che sia utile per la guerra? Il načal'nik della fornace? Forse.

Duskov ragionò un poco con se stesso e poi, in contrasto con l'opinione del colonnello von Renneberg, il quale aveva raccomandato di evitare le imprese rischiose fino a che non fossero arrivati a Mosca, decise di ricorrere all'audacia in questo caso particolare per dare una spinta alla fortuna.

Si avvicinò lentamente alla graziosa casetta, osservò le decorazioni in legno sulla facciata, poi seguì lo steccato e si fermò davanti all'auto. Vide con stupore che la chiavetta d'accensione era inserita. La macchina era pronta per la partenza. Non è possibile tanta fortuna, pensò. Ma la fortuna sarebbe stata perfetta se egli avesse scoperto l'auto con la chiave inserita di notte. Adesso a che serve? Naturalmente... potrei saltar su, accendere il motore e filare. Ma quanto potrei andar lontano? Darebbero subito l'allarme, ed era da supporre che le linee telefoniche fossero intatte e che dal più vicino comando della milizia si sarebbero subito messi in movimento. Non sarebbe mai arrivato a Zagorsk, nemmeno per strade secondarie.

«Se fosse notte...» disse Duskov ad alta voce. Aprì la portiera, si sedette al volante e guardò la chiave. Potrei mandarla in folle giù per la discesa e poi accenderla. Chissà che rumore fa il vecchio motore?

Nella vita c'è un secondo — davvero a volte non è più di tanto — che costituisce la prima pietra di un destino completamente nuovo. Alcuni di noi ci sono passati. Nel tempo di una pulsazione, rimani come paralizzato, e poi la ruota della vita riprende a girare, ma con un'altra velocità o addirittura in un'altra direzione. Non ti ci puoi opporre, anche se sei ancora in grado di ragionare e la ragione ti dice: Non farlo! Scappa! Guarda da un'altra parte! Tappati le orecchie! Ma chi dà ascolto alla ragione, quando gli capita quello che adesso aveva lasciato impietrito Duskov dietro il volante?

La porta della bella casetta si aprì. Non comparve un *nacăl'nik* ben pasciuto grazie alle razioni straordinarie, ma una creatura il cui sguardo colpì Duskov come una martellata al cuore.

Era relativamente alta per una donna, ma la sua altezza era dovuta alle gambe, che rappresentavano i due terzi del suo corpo. Malgrado le scarpe pesanti che portava, Duskov vide sotto la gonna di cotone rosso vivo a campana la bellezza delle gambe slanciate e ben formate che ad ogni passo muovevano la stoffa leggera. Ma fosse solo questo! Ogni parte del corpo di quella donna era un capolavoro della natura, che gli occhi di Duskov contemplavano con angoscia. I seni pieni, le spalle e le anche ondeggianti e la morbida e eccitante rotondità dei fianchi, le braccia nude, che dondolavano appena mentre camminava... e il tutto passava in seconda linea rispetto a una testa e a un viso come Duskov non ne aveva mai visti. Gli zigomi alti e i profondi occhi neri un po' obliqui, la bocca dalle labbra piene e il naso piccolo e diritto contribuivano a formare un volto, largo ma non troppo, la cui armonia era insuperabile. I capelli neri e lunghi erano annodati sulla nuca con un fazzoletto rosso. Le punte del fazzoletto si agitavano sulle spalle mentre camminava.

Abbiamo detto «camminava»? È un'espressione scortese miei cari. Non camminava... era una piuma, si muoveva con passi silenziosi e felini che erano altrettanti colpi al cuore. Quella che avanzava in giardino verso l'auto era un magnifico animale in sembianze umane.

Con un profondo sospiro, Duskov scese dall'auto. La donna si fermò sul cancello del giardino. Il leggero vento le appiattiva la gonna contro le lunghe gambe. Duskov si sforzò di non guardare il punto in cui le cosce si incontravano.

«Allora, voleva rubare la mia auto, compagno?» disse lei.

La sua voce era profonda, ma in essa non vi era alcuna traccia di rimprovero, di accusa o di collera. Duskov si irrigidì, come investito da una pioggia gelida, con il corpo tutto teso.

«È così, compagna!» disse, con voce che gli sembrò quella di un estraneo: era come se in un dolce suono di violoncello si intromettesse d'improvviso uno stridente clarinetto. «È stato più forte di me avvicinarmi...»

«Lei era già seduto...»

«Per sei anni ho guidato auto nell'esercito, compagna. Ma che dico? Guidato? Le ho amate! Dai grossi camion alle camionette. Non esiste un modello del quale non abbia acceso il motore. Di recente ero l'autista di un compagno Generale, che felicità! E di botto, a causa di una ferita al fianco, non posso più farlo. Mi dicono: "Leonid Germanovič, sei un bravo guidatore, ma con quel buco nella natica, devi capirlo da te...

Niente più Generali. Figurati un po', ti prende un crampo alla gamba e mandi a finire il Generale in un fosso. O contro un muro. O chissà dove. Neanche a pensarci, Leonid Germanovič. Lascia il posto a qualcuno che non abbia buchi nelle natiche e datti al podismo!" Così mi dicono! *A me*! A Leonid Germanovič Duskov, che conosce ogni macchina meglio di quanto un medico conosca il corpo umano! Non posso più guidare! Riesce a capirmi? E poi, dopo qualche settimana senza auto, la faccenda si è fatta brutta. Quando vedo un'auto, sono sopraffatto dal desiderio struggente di sedermi dietro il volante. Di provare il pedale del gas, i freni, la frizione! E poi sentire il ronzio del motore... Compagna, perché Čaikovskij non ha scritto sinfonie per un motore?»

«Allora non c'erano ancora le auto», disse la dolce voce da violoncello.

«Che cosa si è perduto Čaikovskij!» esclamò Duskov entusiasta. «Un'auto è come un'amante sempre pronta, con tutte le fibre del corpo che vibrano. Quando vedo un'auto... ah, sento dentro di me un impulso... Compagna, forse sono uno psicopatico?»

«Può darsi!» Lo splendido animale rideva. Varcò il cancello e picchiò l'indice teso della mano destra sulla fronte di Duskov. Per lui fu come se ogni colpetto provocasse una piccola scarica elettrica. «Lo vedremo subito», disse la voce vellutata di lei. «Lei oggi ha avuto fortuna due volte, compagno. Io sono medico.»

Duskov rise felice. Lasciati abbracciare, impareggiabile, meravigliosa Russia. È medico! Ecco perché l'autorizzazione speciale per l'auto. Con un numero di Mosca. Che cosa ci fa a Aleksandrov? Se portasse con sé a Mosca questo povero soldato dell'Armata Rossa con un buco nella natica, che ha la libidine per le auto, questa sera potrei essere già sulla Piazza Rossa confuso fra la moltitudine di moscoviti.

«Mi devo spogliare?» chiese. Gli occhi di lei erano così grandi e neri che a Duskov venne un pensiero improvviso: Chissà se se li lustra ogni mattina? Si può ottenere uno splendore così solo lustrandoli. Ma lo stesso Hans Briszliszky, il suo attendente, che gli lucidava gli stivali da cavallo e li strofinava non solo con la crema da scarpe ma anche con lo sputo, non riusciva ad ottenere quella lucentezza. Eppure il Capitano Barone Venno von Baldenow aveva sempre gli stivali più lucidi di tutto il reggimento. Il Capitano von Baldenow? Avanti, idiota: tu sei Duskov, calzolaio provetto di Kazan, congedato dall'Armata Rossa a causa di una ferita all'anca e di una malattia polmonare, assegnato al servizio di lavoro come manovratore... Per lavorare all'aria aperta! Adesso in viaggio alla volta di Mosca per presentarsi all'Amministrazione centrale. Come sono arrivato ad Aleksandrov? Certo, è una cosa che deve essere spiegata, compagna....

«Io non visito in mezzo alla strada.» La dolce voce strappò Duskov ai pensieri che gli si affollavano nella testa.

«Se va meglio in auto...» disse Duskov con un sorriso represso. «O lì nel suo studio?» Indicò la bella casetta colonica. Non c'era l'insegna di un medico, e nemmeno una croce rossa dipinta sulla porta. Nessun segno che lì abitasse un medico. Ah, è in visita da un paziente, pensò Duskov. «Un caso difficile?» chiese.

«Lei? Non direi! E questa non è casa mia.»

«Perciò le ho chiesto se là dentro c'era un caso difficile.»

«No!» Lei gli rivolse un altro sguardo scrutatore. «È la casa dei miei genitori. Sono venuta a trovare mia madre.»

«Che fortuna, avere la mamma...»

«Lei non ce l'ha più?»

«Non mi spaventi. Certo che ho ancora la mamma. Ho detto solo: che fortuna!»

«È proprio uno stupido!» disse lei con tono soave e con uno sguardo formale. «Un grande stupido!»

«Anche questo l'ha già detto. Vuole portarmi nel suo studio?»

«Io lavoro a Mosca. Alla Clinica Botkin. Sono chirurgo...»

«Oh no!» Duskov tese ambo le mani in gesto difensivo. Fece un passo indietro e roteò gli occhi. «Il buco nella natica mi basta! Non vorrei che lei mi tagliasse via ancora qualche altra cosa...»

La Clinica Botkin, pensò in fretta. Un po' fuori dal centro di Mosca, in vista del grande stadio Dynamo. La Leningradskoe Chaussée taglia il grande quartiere. La via Botkin 1 sbocca sulla via Botkin 2, e là c'è il gigantesco complesso dell'ospedale. Una delle più grandi cliniche del mondo. Fino alla Stazione Bielorussia ci sono a piedi circa quindici minuti, poi, fatto qualche passo a sinistra, si raggiunge la Lesnaja ulica. Nella casa Numero 19 abita Milda Ifanovna, il nostro primo obiettivo.

Milda Ifanovna, sei una stupenda ragazza... Ma quanto diversa da questa donna indescrivibile!

«Benissimo!» disse Duskov. La giovane lo guardò perplessa.

«Che cosa, benissimo?»

«Lei lavora in un collettivo di medici. Per essere ricoverati nell'Ospedale Botkin bisogna fare diverse trafile prima di sentirsi dire: Rimani, ti diamo un letto! È questo che va benissimo, compagna! Questo mi tranquillizza molto!»

La dottoressa non rispose, girò intorno a Duskov e aprì la portiera dell'auto. Poi gli chiese al di sopra della spalla: «Lei si chiama Duskov. Non ci sono Duskov ad Aleksandrov. Da dove viene?»

Ecco la domanda che Duskov si aspettava e alla quale si era preparato. Si avvicinò alla donna, tanto da sentire il lieve odore di lisolo che emanava dal suo abito, segno che lei portava quell'abito sotto il camice da medico anche in ospedale, e le tenne aperta la portiera come un autista che faccia salire la padrona.

«Vengo da Kazan...»

«Se ne è allontanato parecchio.»

Si sedette al volante che impugnò con entrambe le mani. Aveva dita lunghe e sottili, che si armonizzavano con le gambe lunghe. Tutto in lei è armonioso, pensò Duskov estasiato. Con quelle mani doveva suonare il piano in maniera fantastica.

«Suona il pianoforte?» le chiese.

«Sì!» Lei lo guardò stupita. Per la prima volta i suoi occhi neri non avevano il bagliore di due pezzi di lava, ma riflettevano il suo intimo. «Come ha fatto a capirlo?»

«Le sue mani. Prendono con facilità tre ottave.»

«Che ne sa lei? Dica un po', per caso saprebbe suonare anche il pianoforte?»

«Un povero stupido come me ha una storia movimentata, compagna. Mio padre è manovale addetto ai binari a Kazan, mia madre sgobba in una lavanderia che pulisce soprattutto le porcherie dei campi di lavoro. Mia sorella è già vedova: suo marito, Nikita Ifanovič, era un onesto lavoratore, ma purtroppo tracannava in ogni minuto libero e così si è distrutto il fegato. Io ero l'unico figlio maschio, troppo intelligente per questa famiglia, avrei dovuto studiare, ho imparato a suonare il pianoforte dall'imprenditore di pompe funebri di Novo Rabinsk — è dove abitiamo presso Kazan — e a dodici anni accompagnavo già i morti composti nella bara, quando i clienti desideravano un grande funerale. Suonavo soprattutto "Com'è triste il suono della campana..." I morti non potevano difendersi, e Avdej Efimovič, l'imprenditore di pompe funebri, lo trovava bello e certe volte arrivava perfino a piangere lacrime vere quando io alla fine inserivo un trillo.»

«La smetta!» lo interruppe la donna. «Lei parla molto e dice delle stupidaggini!»

«Ma era così, compagna! Ero molto dotato. Ma le strade dell'uomo sono contorte. Non diventai pianista, non studiai... imparai a fare il calzolaio. Ci ha pensato il destino. Uno zio, fratello di mia madre, morì lasciando la sua bottega da calzolaio. Chi poteva occuparsene? Io, naturalmente! Questo fu l'ordine della famiglia. Addio pianoforte... ma imparai a maneggiare il martello, perfino a tempo: per attaccare bene una suola, bisogna andare a tempo. E allora mi dissi: Tu hai un temperamento musicale, puoi continuare a battere anche ora... datti da fare! Così sono diventato suonatore di timpano nell'orchestra della mia città.»

«Salga!» disse la dottoressa. «Avanti! Non mi guardi con quell'aria miserabile! Devo tornare a Mosca... Può venire con me. Mi può raccontare la sua vita durante il viaggio... se ce la farà a finire prima di arrivare a Mosca.»

Duskov girò intorno all'auto, aprì l'altra portiera e si buttò sul sedile. Vittoria. La via per Mosca era libera! In Russia bisogna saper parlare, dire un diluvio di parole. Se riesci a parlare così, gli altri ti ascoltano e non ti chiedono niente. Per una buona storia si ha sempre un po' di tempo e il cuore tenero.

La dottoressa accese il motore che gemette, l'auto fece un balzo in avanti e cominciò a rollare sulla strada. Duskov si aggrappò al cruscotto.

«Ohè!» gridò. «Ohè! Troppo gas! E la frizione scatta come una catapulta! Lo sterzo è duro e le sospensioni cigolano...»

«Ma cammina», disse lei forte e con un tono un po' troppo alto. «Se vuole scivolare sulle strade, se ne vada in America. Là ci devono essere macchine sulle quali non ci si accorge nemmeno di viaggiare! — Qui siamo in Russia, al quarto anno di guerra!» Fermò l'auto in mezzo all'incrocio per Zagorsk e lanciò uno sguardo a Duskov. «Lei sa fare di meglio?»

«Oh, per tutti i santi... se lei me lo consente! Posso guidare davvero? Con tutto il buco nella natica? Piovono ancora miracoli dal cielo.»

Scesero per scambiarsi i posti e si sistemarono sui logori sedili imbottiti. Duskov afferrò il volante: le dita scivolarono con delicatezza sul legno vecchio.

«Non potrei accarezzare così nessuna donna», disse lui rapito. Recitava la parte in maniera magistrale.

«Guidi!» disse lei forte. Duskov diede gas nella giusta misura, allentò dolcemente la frizione e partì senza scosse. La dottoressa lo guardò di traverso. «E... cosa va a fare a Mosca?»

Duskov glielo disse. Suonava bene, credibile, e non dava adito a domande. La vecchia auto, invece, cominciò a comportarsi come un cavallo ostinato e sempre più recalcitrante e poi cominciò a vibrare. Duskov picchiò sul volante con espressione pensosa.

«Un cilindro fa i capricci... forse sono anche due. Bisogna che le spieghi che io sono cresciuto in mezzo ai cilindri. Quando accompagnavo al pianoforte i riti funebri — specie per i ricchi — era un brulicare di cilindri. Allora imparai ad amare le auto, nelle quali il cilindro è tutt'altra cosa...»

«La sbatto subito fuori dall'auto, se continua a fare questi discorsi, Leonid Germanovič!»

«Volevo solo spiegarglielo.»

Andarono avanti in silenzio fino a che, poco prima del villaggio di Krasnozavodsk, il motore emise un grido cupo, quasi bestiale, e poi tacque. Duskov trasalì, girò la chiavetta dell'accensione su «Spento» e si soffiò sulle palme delle mani come se se le fosse scottate.

«E adesso?» chiese.

La dottoressa era seduta accanto a lui, alta, slanciata, bellissima, e fissava la strada che appariva come distorta dalle vampe di calore che si levavano da terra. «Che può essere?» chiese di rimando.

«Il motore è andato, compagna. Adesso potrei cantare "Com'è triste il suono della campana..."!»

«Idiota!» ripeté lei, aprì la portiera, saltò giù dall'auto, e aprì il cofano. Ne uscì un odore pungente di acciaio infuocato. Lei fece un passo indietro spaventata e si strofinò le palme delle mani sulle magnifiche cosce. Anche Duskov scese dall'auto e andò a richiudere il cofano.

«Si mette male», disse. «Non ho bisogno di vedere, sento l'odore. Come da lei all'ospedale. Quando la faccenda diventa critica, puzza.»

«Io ho la tessera speciale 1! Mi daranno un nuovo motore!»

«Qui?» Duskov fece un ampio gesto. «Dio ama i russi, lo sappiamo... ma farà piovere un motore dall'alto?...»

«Chiuda la bocca!» Era un suono del tutto diverso. La voce calda aveva un sottotono metallico. Ah, può essere anche così, pensò Duskov. Scivola nelle stanze degli ammalati come un angelo, ma quando è furibonda investe i pazienti e così fa economia di pillole, perché quelli investiti da tanta collera se ne stanno zitti e buoni nel letto. «Andiamo al villaggio.»

«A Krasnozavodsk?»

«Sì!» Lo guardò stupita. «Come fa a saperne il nome?»

È stato un errore, balenò nella mente di Duskov. Sono incidenti che non devono capitare. Ha ragione, Colonnello von Renneberg! Bisogna pensare sempre alle piccolezze! Spesso tutto cambia a causa di una piccolezza trascurata.

«L'ho letto poco fa su un segnale stradale, compagna», spiegò. «Krasnozavodsk. Ho buona memoria per i nomi.»

Lei parve soddisfatta della spiegazione, picchiò un pugno sul cofano, come per punire il motore, e si avviò a gran passi per la strada. Duskov la seguì con lo sguardo. Il sedere aveva un movimento mozzafiato ad ogni passo, i lunghi capelli neri le ondeggiavano sulle spalle, la gonna a campana si gonfiava intorno alle lunghe gambe. Che donna! Bisogna essere grati alla natura, che fa fiorire le orchidee e scintillare nel sole i riflessi cangianti degli uccelli del paradiso, perché di quando in quando elargisce anche alla razza umana tanta bellezza.

Le corse dietro, si mise al suo fianco e disse: «Non è azzardato lasciare tutto il bagaglio in macchina?»

«Qui non ruba nessuno! Non tutti vengono da Kazan!»

«Grazie! Non ci comprendiamo, compagna! Io non volevo rubare. Volevo solo concedermi un piacere erotico. Quando vedo un'auto...»

Lei si fermò di botto, con gli occhi che sprizzavano scintille. «La faccia finita, Leonid Germanovič! Perché vuole far colpo con delle scemenze?»

«Posso anche camminare sulle mani», disse Duskov tranquillo. «Ero il miglior ginnasta della mia classe. Esprima un desiderio, compagna. Io vorrei fare una cosa che le fa piacere.»

«Allora, chiuda la bocca!»

Duskov annuì, si picchiò le labbra con un gesto significativo e le fece capire che adesso tutto era chiuso. Lei scosse il capo e riprese a camminare.

A Krasnozavodsk ci volle circa una mezz'ora prima che si mettessero d'accordo su chi doveva aggiustare l'auto, se il fabbro o il carraio. Giunsero infine al compromesso che per un caso così difficile sarebbero stati necessari entrambi, e trascinarono l'auto al villaggio con due vacche. Il fabbro affermò che sarebbe stato per lui un onore alloggiare i due ospiti. Mostrò loro una camera con un unico letto enorme e poi li lasciò soli. La dottoressa si sedette sulla sponda del letto e con il fazzoletto rosso legò ancora più tirati i capelli sulla testa e sulla nuca.

«Perché sta lì a ciondolare?»

«Scusi, cosa devo fare?»

«Si cerchi un posto per dormire.»

«Subito!»

Duskov uscì dalla stanza, girò per tre volte intorno alla casa e poi tornò. Nel frattempo il fabbro aveva portato un secchio d'acqua, nel quale la dottoressa si era lavata le mani. Duskov si mise alla finestra con aria triste. «Dormirò vicino all'incudine», disse.

«Perché?» Lei alzò gli occhi asciugandosi le mani e le braccia con un asciugamano pulito.

«Gente paurosa, qui a Krasnozavodsk! Nessuno vuole dare un letto a un uomo solo e sconosciuto. Si può capire. La maggior parte delle donne sono sole, gli uomini sono al fronte, i vecchi non offrono alcuna protezione. Ed ecco che ti arriva un ragazzo sveglio come me e chiede: Hai un posticino libero nel letto?... Che cosa possono rispondere? Be', una donna mi ha minacciato addirittura con la scopa e mi ha gridato: "Caprone pidocchioso!"»

«Prima di sera avremo chiarito molte cose!» La dottoressa gettò via l'asciugamano e andò nella grande stanza comune. Là, nell'angolo della cucina, c'era Lipa, la moglie del fabbro, che cucinava una šči, una densa zuppa di cavolo acido. Aveva un forte odore di fermentato, ma era un odore che nel paese indicava sempre un buon pasto.

L'auto era un rottame. Lo si vide quando Duskov con il fabbro e il carraio provò il motore. Con un paranco, del quale il fabbro all'occorrenza si serviva per tenere in piedi cavalli e vacche ammalati, in quanto egli era anche il veterinario del villaggio, tirarono fuori il motore dall'auto e lo issarono su un cavalletto di legno. Ora esso si trovava lì, nero, unto, ostile, e gli abitanti del villaggio gli stavano intorno, lo guardavano stupiti come un mostro e per la prima volta contemplavano un motore smontato. Duskov aveva svitato il basamento del motore e messo a nudo i pistoni. Due pistoni erano come smangiati, le fasce elastiche sembravano frange imbrattate di olio. Era un vero miracolo che l'auto ce l'avesse fatta ad arrivare ad Aleksandrov.

Nel frattempo la dottoressa parlava con Mosca dall'unico telefono, anch'esso del fabbro, e scuoteva alcuni funzionari dalla loro calma. Una cosa che bisognerebbe evitare il più possibile, poiché un funzionario è sempre oberato e esposto a richieste straordinarie.

«Ci vorrà almeno una settimana prima che possano mandare un motore!» disse la dottoressa dopo il colloquio. Era furente, guardava il motore sudicio con aria disgustata e andava su e giù irrequieta nella bottega del fabbro. Duskov, tutto sporco d'unto, a torso nudo, con le mani nere, era seduto vicino al basamento del motore e fumava una papirosa che gli aveva offerto il fabbro. «Non mi mandano un'altra macchina! Dobbiamo andare fino a Zagorsk e di là con il treno fino a Mosca. A Zagorsk possiamo arrivarci solo con un trattore o con una bicicletta! *Una* bicicletta? Lei dovrebbe guidare e io dovrei stare seduta dietro! Impossibile! Dunque, con il trattore! Santo cielo, che aspetto terribile ha! Si riuscirà mai a farlo ridiventare pulito?»

Era un problema. Duskov si mise in un mastello di legno con acqua calda saponata, si strofinò con una spazzola di setola dura fino a che la pelle non gli diventò rossa e gonfia, poi si avvolse in una vecchia coperta da cavallo, che per fortuna era stata lavata e non aveva più il puzzo dell'animale, e si coricò nell'enorme letto. Quando la dottoressa entrò in camera, egli socchiuse gli occhi stancamente e sbadigliò.

«Sudo», disse contento. «E sono pulito come un fantolino cosparso di talco. Vuole vedere, compagna dottoressa?»

«Esca subito dal mio letto!» La sua voce era di nuovo cupa e con la tonalità del violoncello.

«Credo di avere la febbre! Una influenza epidemica...»

«*Cosa*?» Lei si chinò in avanti.

«Forse anche una ipomnesia...»

Lei lo fissò senza parlare, poi si sedette accanto a lui sul letto e posò le belle mani in grembo. Duskov chiuse gli occhi... e invidiò le mani.

«Chi è lei?» chiese la dottoressa calma. «E non ricominci a parlare del calzolaio di Kazan!»

«Nella tasca della giacca ci sono i miei documenti. Perché dovrei dire delle bugie?»

«Che ne sa un calzolaio dell'ipomnesia?»

«Sono anche pratico di assistenza sanitaria, compagna.» Duskov riaprì gli occhi e osservò quel viso eccitante con uno sguardo devoto. «L'imprenditore di pompe funebri lo ha voluto. Pianoforte e anatomia... per lui era importante. Quanta brava gente muore seduta! Non si immagina nemmeno. Si mettono in poltrona e rendono l'anima. E invece di metterli subito a letto... no, i superstiti li lasciano seduti in poltrona! Poi arriviamo noi e dobbiamo metterli lunghi distesi nella bara! Non si possono mica portare alla sepoltura con le ginocchia piegate ad angolo! Che fare allora? Dobbiamo spezzargli le ginocchia. L'articolazione del ginocchio. Ma il nostro becchino non diceva mai l'articolazione del ginocchio; raffinato com'era, diceva sempre e solo Articulatio genus! Poiché mi ci divertivo, comperai un dizionario medico e imparai a memoria molte cose. Per esempio spermatorrea...»

«Porco!» esclamò lei balzando in piedi. «Fuori dal mio letto!»

Si voltò verso la finestra e aspettò che Duskov si fosse alzato e, avvolto nella coperta, si fosse rannicchiato su una sedia. Tre semestri di Medicina sono qualche cosa. Università di Greifswald. Una vita spensierata, con molte bevute e visite ai bordelli. Apprendimento di anatomia dal vivo con le ragazze. Pratica di ginecologia in posizione orizzontale. Fino a che la famiglia von Baldenow di Gut Neu-Nomme presso Tallin in Estonia aveva ritenuto che il primogenito Venno dovesse diventare non medico, ma ufficiale. Per tradizione. Addio per sempre, bella Greifswald, con le tue ragazze dalla pelle scura. Bisognava indossare l'uniforme. Un Baldenow deve piegarsi alla tradizione! E adesso si chiama Duskov, Leonid Germanovič, ed è in procinto di conquistare la più bella donna del mondo...

«Fatto!» disse. «Ho preso accordi con il fabbro perché mi metta una balla di paglia vicino all'incudine...»

Lei annuì, lo guardò, gli si avvicinò all'improvviso e gli mise una mano sulla fronte. Quel tocco lo illuminò, il suo cuore fremette, come fosse prossimo a un infarto.

«Niente febbre!» disse lei forte.

«Adesso no! Ma tutto d'un botto...»

Lei esitò, con la mano ancora sulla sua fronte, poi si alzò veloce come il lampo e gli diede un sonoro ceffone. E senza una parola lasciò la stanza. Duskov era felice. Aveva perforato la sua invisibile corazza.

Dopo la cena, costituita da un pasticcio ripieno di cavoli e da kvas distillato in casa, i due se ne stavano silenziosi nella loro camera ed evitavano di guardare il letto. Il fabbro li aveva forniti di tre candele... la dottoressa non aveva visto balle di paglia vicino all'incudine.

«C'è la guerra!» disse lei infine.

«Sì», disse Duskov cauto, per non provocarla.

«Non si ha più la libertà di scegliere, bisogna fare delle concessioni. Le norme precedenti non contano più. E va bene: dividiamoci il letto. È abbastanza grande. Metto la sedia fra noi! Se lei tenta di spostare la sedia o di girarci intorno, io la infilzo. Ho un coltello. Me lo ha prestato il fabbro. Affilato da tutt'e due le parti, tagliente come un rasoio.»

«Sono morto dalla stanchezza», mentì Duskov sedendosi sulla sponda del letto dalla sua parte. Guardò la dottoressa con occhi famelici, quando lei mise la sedia sul letto, proprio al centro, fra di loro.

«Quando sto supino, mi metto subito a russare...»

«Lei russa?»

«Una malattia ereditaria! Mio padre quando era a letto sembrava una segheria!»

«È solo per una notte!» Si coricò anche lei, vestita come era, e soffiò sulle candele che aveva vicino. Una profonda oscurità l'avvolse. Nella camera faceva caldo, malgrado la finestra aperta. La notte era priva di rumori, il silenzio non era rotto nemmeno dall'uggiolio sonnacchioso dei cani.

Duskov voltò la testa e guardò la sedia. Le quattro zampe erano come spuntoni su un muro invalicabile.»

«Lei non russa affatto!» disse la donna all'improvviso.

«Forse a causa dell'ipomnesia? Non ho più voglia di dormire. Compagna...»

«Mi chiamo Anja Ivanovna Pleskina...»

Duskov inspirò a fondo dal naso. «È sposata?»

«Pleskin è caduto nel 1941 quando i tedeschi ci attaccarono sul nostro confine polacco.»

«Condoglianze.»

«Grazie!» disse lei asciutta.

«È una notte maledettamente calda, Anja Ivanovna. Il vestito deve essere appiccicoso come la gomma. Perché non si spoglia? È buio, e io dormirò sull'altro fianco.»

«Il vestito è di stoffa leggera.» Ma si alzò, egli sentì il fruscio della stoffa quando lei se lo tolse; poi si rimise a letto. Duskov immaginò come fosse il suo corpo: armonioso, con la pelle liscia, leggermente abbronzata.

«Ha interesse per la medicina?» chiese lei d'un tratto.

«Io mi interesso a tutto. Sono un intellettuale mancato.»

«Deve andare per forza alle ferrovie?»

«Ho una assegnazione. Devo essere utilizzato in una attività di importanza bellica.»

«Anche un ospedale è di importanza bellica.»

«Si direbbe!»

«Potrei inoltrare domanda perché la assegnino all'Ospedale Botkin come inserviente. In un complesso così grande, ci sono molte probabilità di trovarle un lavoro. Lei sarebbe d'accordo?»

Il cuore di Duskov picchiava contro le costole e cominciava a dolergli.

«Un idiota come me, Anja Ivanovna?» chiese.

Egli premette la testa contro la sedia. Dall'altra parte apparve il suo viso meraviglioso. C'era solo quella sedia a dividerli. Sopra e sotto di loro, le zampe si protendevano nell'oscurità... non avevano più alcuna funzione difensiva.

«Quanti anni ha?» chiese lei.

«Ventotto, Anja Ivanovna.»

«Io ne ho ventisette. Buona notte, Leonid Germanovič. E metta da parte la sua ipomnesia.»

«Subito!» Duskov allungò la mano attraverso la sedia. Lei alzò il braccio e lo picchiò sulle dita.

«Questo è il confine! Faccia il bravo ragazzo.»

La mattina dopo, molto presto, arrancavano con un trattore alla volta di Zagorsk, per prendere il primo treno diretto a Mosca.

Pavel Fedorovič Sassonov aveva raggiunto la strada che Rjasan andava a Mosca passando per Kolomna. Una strada movimentata, percorsa notte e giorno da colonne di camion e di rifornimenti militari diretti alla capitale. Lì un uomo solo non dava nell'occhio, nemmeno se si trattava di un compagno che, fermo sul ciglio della strada, faceva un segno e chiedeva cordialmente se potevano dargli un passaggio.

L'atterraggio col paracadute a Egorevsk era stato così facile che Sassonov si domandava perché il servizio di controspionaggio tedesco non lanciava più gruppi di sabotatori nelle retrovie per fare azioni di disturbo. Una compagnia di specialisti, opportunamente divisi, che lavorassero indipendentemente, perché uno solo è più difficile che si faccia notare, poteva bloccare e paralizzare interi settori di rifornimento. Erano pensieri ai quali Sassonov si abbandonava mentre seppelliva il paracadute nella scarpata di un ruscello, si bagnava nel pigro corso d'acqua e si guardava indietro per controllare ancora una volta di non aver lasciato tracce.

Dopo essersi concesso una pausa con una sigaretta per dominare la crescente agitazione — nessuno deve venirmi a dire che in una impresa simile i nervi non saltano, pensò —, si incamminò verso il grande stradone. La descrizione dei luoghi fatta da Milda Ifanovna gli tornò alla mente: a sinistra c'era Egorevsk, a destra il villaggio di Jijinski Pogost, bisognava attraversare un bosco che correva fra i due, superare la linea ferroviaria Rjasan-Mosca, per raggiungere a sud di Vindgradovo la Moscova. Dopo un altro bosco misto e alcuni campi, si arrivava al piccolo villaggio di Starnikovo, costituito da nove case, e quindi allo stradone, la prima meta sulla strada per Mosca.

Sassonov andò avanti bene. Durante il tragitto non incontrò nessuno, si tenne alla larga da fattorie isolate come Klakovo, scavalcò a Kobeevo le rotaie della ferrovia e a nord di Mariškino si inoltrò in una zona più sicura, il territorio paludoso dove la Moscova formava bracci morti, banchi di sabbia, isolotti e una sorta di minigiungla di vegetazione selvatica. Qui Sassonov modificò i suoi piani e non continuò verso nord fino al traghetto di Vindgradovo; si fece invece trasportare a Marchugi con una vecchissima barca dipinta di azzurro da un vecchio pescatore che aveva teso fra le canne sulla Moscova un palamito. Diede al vecchio, che non aveva chiesto niente, venti copechi per il servizio, divise con lui un pezzo di pane e di formaggio duro, si riposò un poco e poi s'incamminò verso Starnikovo.

Adesso si trovava sul grande stradone, osservava l'intenso traffico di camion, contò i carri di munizioni e valutò che nel giro di venti minuti dovevano essergli passati davanti due batterie di artiglieria pesante e un battaglione della Russia asiatica. Fra questi rombavano gli autocarri pesanti che trasportavano materiali, per lo più macchine di costruzione americana. Gli arrivi degli aiuti d'oltre oceano andavano lisci come l'olio, era facile constatarlo anche qui alle porte di Mosca.

E noi vogliamo vincere, pensò Sassonov. Con le nostre divisioni dissanguate, con i nostri carri armati senza benzina, con il nostro armamento, che ogni notte viene assottigliato dai bombardamenti, con la nostra aviazione, che ora sembra consistere solo nel grasso Göring, con un condottiero come Adolf Hitler, il quale non può credere che il soldato tedesco possa essere sconfitto, meno che mai dai russi, che dalle distese sconfinate del loro paese attingono riserve da far venire le vertigini.

Dio mio, e malgrado tutto vogliamo vincere la guerra. Con una sola azione disperata: la morte di Stalin! Non esistono pazzie che non possano essere decisive in guerra...

Fermo sul ciglio della strada, aspettò che passassero dei camion civili e fece segno. Un conducente si sporse dal finestrino e gridò: «È impossibile fermarsi! Salta dietro, compagno, rallenterò!» e Sassonov andò all'arrembaggio di un camion pieno di secchi di zinco. Si incastrò soddisfatto fra quei recipienti tintinnanti e tirò su le gambe. Un camion di secchi non doveva subire molti controlli. I secchi non si possono mangiare... Era questa la principale preoccupazione della milizia: dai camion che trasportavano generi alimentari una parte del carico spariva in maniera misteriosa. Si supponeva che cosiddetti «saltatori» si tuffassero nei camion, buttassero fuori casse e scatoloni e poi saltassero via di nuovo senza che il conducente se ne accorgesse. Ma chi butta dei secchi sulla strada?

Sassonov raggiunse sano e salvo, ma scomodo tra le montagne tremolanti e sonore di secchi, il sobborgo di Perovo, e uscì dal camion quando i freni stridettero. I due conducenti — un vecchio e una donna mascolina dal volto duro e spigoloso e dai capelli corti, che portava un abito da lavoro blu — salutarono Sassonov come un amico e gli chiesero come era stato il viaggio.

«Bisogna accontentarsi di quello che si trova», disse con tono saggio Sassonov. «Grazie, compagni. Questa è Perovo? Volevo venire proprio qui. Cosa si può desiderare di meglio che essere portati fino alla porta di casa? Qualcuno sa dirmi dov'è l'acciaieria "Maksim Gorkij"?»

«Non aver paura che la troverai!» rispose la rude conducente con voce aspra. «Gli stabilimenti non si possono nascondere. Noi scarichiamo qua.»

Sassonov li salutò, lasciò il deposito statale sulla cui rampa di carico si trovavano e se ne andò con calma in città.

C'erano molte nuove costruzioni, come non ci fosse mai stata una guerra o fosse finita da un pezzo. Dappertutto si vedevano rustici e impalcature, stridevano i mescolatori, gli operai, soprattutto donne, si davano da fare sui ponteggi. Trascinavano pietre e sacchi di cemento, mescolavano il calcestruzzo e innalzavano muri.

Non fu difficile giungere all'acciaieria. Sassonov osservò da una distanza di sicurezza l'edificio dell'amministrazione e si preparò al passo decisivo. Erano le quattro del pomeriggio. Si sentiva la stanchezza nelle gambe e i muscoli irrigiditi dal lungo camminare per boschi e paludi. Avvertiva l'impulso irrefrenabile di sdraiarsi, di distendersi da qualche parte.

Si deve fare tutto in un giorno? pensò. Meglio essere freschi per affrontare gli eventi, cercare un letto, cancellare la stanchezza con una buona dormita. Colonnello von Renneberg, è facile dire: «Dimenticate i nervi!»

Sassonov si stropicciò gli occhi. «Siate avari col tempo!» aveva anche detto von Renneberg. «Pensate a quanti camerati muoiono in ogni ora che voi lasciate passare senza agire! Quanto più presto eliminerete Stalin, tante più vite salverete! Può suonare semplice, primitivo. Ma ogni minuto che perdete, al fronte può essere prezioso! Pensiamo su vasta scala, signori...»

Sassonov si staccò dal muro e attraversò l'ampia strada davanti all'acciaieria «Maksim Gorkij». Aveva in tasca un irreprensibile certificato di avviamento al lavoro. L'ingegnere meccanico Pavel Fedorovič Sassonov, dopo il congedo dall'Armata Rossa, dovrà presentarsi allo stabilimento. Mentre gli altri erano liberi di trovarsi un lavoro a seconda delle loro capacità, il Colonnello von Renneberg voleva sapere in un posto sicuro il capo della *Oche selvatiche*. Da lì poteva avere inizio con tutta tranquillità l'azione a Mosca. Sassonov era il secondo polo sicuro; il primo, Milda Ifanovna, era il punto di partenza degli altri nove. Una volta stabilito il contatto fra loro, sarebbe stato solo Sassonov a decidere sulle ulteriori mosse.

Nell'edificio dell'amministrazione Sassonov trovò un portiere seduto in una guardiola aperta che controllava l'ingresso. Fece segno a Sassonov di entrare, lo squadrò e decise che non aveva l'aspetto di un operaio.

«Dove?» chiese il burbero uomo che si chiamava Anton Michailyč Ukleikin. Portava un berretto blu con una stella rossa e ne era molto fiero.

«Dal compagno Direttore», rispose gentilmente Sassonov.

«E perché non da Stalin?» strillò Ukleikin con le orecchie rosse.

«Non ancora. In seguito, forse! Sono l'ingegnere Sassonov. Devo parlare con il compagno Capo del Personale, subito. Mi aspettano! le basta?»

«Terzo piano, stanza numero 339». Ukleikin alzò gli occhi al soffitto e si incalcò ancor più il berretto sul cranio. Perché devono sempre alzare la voce, quelli che hanno studiato, pensò. Siamo tutti comunisti, fratelli, compagni in uno stato di lavoratori. Ma guai se li tratti fraternamente.

«Grazie!» disse Sassonov cortese. Ukleikin annuì, meravigliato di tanta attenzione verso il proletariato, e seguì con lo sguardo Sassonov che si avviò verso l'ascensore a paternoster, saltò su una cabina che passava e scomparve verso l'alto.

La stanza numero 339 ospitava la segreteria del Capo del Personale. Anche una fabbrica russa non fa eccezione: la strada per arrivare ai capi passa sempre per l'ufficio copia. E lì — oh uniformità dell'industria — dietro la macchina da scrivere è seduta una ragazza che può essere bella o brutta. L'antica esperienza lo dice: quanto meno appariscente è la segretaria, tanto più vigile è la moglie del capo!

Il Capo del Personale delle acciaierie «Maksim Gorkij» doveva essere scapolo. La sua stenodattilografa, malgrado tutte le limitazioni imposte dalla guerra, riusciva a schiarirsi i capelli biondi e a farsi i riccioli col ferro e aveva perfino le labbra truccate, al quarto anno di guerra, una cosa davvero straordinaria. Sassonov la salutò con contenuta amabilità e disse il proprio nome.

«Lisanka Nikolaevna», rispose lei. Cinguettava, come un uccello su un ramo. Sassonov ammiccò.

«Si può parlare con l'indaffarato compagno, Lisanka? Io sono il nuovo ingegnere, assegnato dal Comando del I Fronte Bielorusso. Il Maresciallo Rokossovskij mi ha stretto personalmente la mano.»

Lisanka Nikolaevna gli rivolse un sorriso radioso, fece una smorfietta con le labbra rosse, si alzò e scomparve nella stanza accanto dimenando le anche. Sassonov udì delle voci e si preparò a fare il suo ingresso. Era molto sicuro di sé. I documenti erano in perfetta regola. Cosparsi di timbri e firme. Anche al Capo del Personale di una acciaieria capita di rado di vedere documenti così.

Lisanka tornò, lasciò la porta aperta e gli fece segno. I suoi occhi azzurri rotondi roteavano come quelli di una bambola. «Può entrare, Pavel Fedorovič.»

Con passo sicuro, Sassonov entrò nella stanza del Capo del Personale. Non era solo... vicino alla finestra c'era un altro uomo che fissò Sassonov. E alla vista di quest'altro uomo Sassonov rimase paralizzato per alcuni secondi. Lo spavento era troppo e la sorpresa troppo grande perché Sassonov potesse reagire diversamente che con un tremore alle ginocchia. Dopo il primo attimo di sgomento, fece qualche passo e tirò fuori i documenti dalla tasca della giacca.

Quanto è piccolo il mondo, pensò. Non aveva nessun altro posto dove andare che Perovo? Nessun altro buco dove infilarsi che questo ufficio? Doveva essere qui davanti alla finestra proprio oggi? Perché ci dobbiamo incontrare, Makar Prokofyč Kutusov?

I loro sguardi si incontrarono solo per un secondo, e il tin-

tinnio dello scontro fu avvertito solo dalle loro anime. Poi Sassonov mise i documenti sul tavolo. Il Capo del Personale ci diede una scorsa, visibilmente impressionato dai timbri.

«Lieti di averla fra noi, Pavel Fedorovič», disse indicandogli una sedia. «Io sono Oleg Abramovič Omelkov, e lui è il secondo direttore tecnico, Makar Prokofyč Kutusov. Lei lavorerà nel suo reparto...»

«No!» disse reciso Kutusov. Si staccò dalla finestra e fissò Sassonov con le sopracciglia aggrottate. Dunque, è così, pensò Sassonov e si sentì gelare.

Il mio impulso di cercarmi un letto e di dormire! Non tutto in un giorno! Domani Kutusov non sarebbe stato in questa stanza. Essere avari col tempo, Colonnello von Renneberg, non è sempre la cosa più saggia. Qui l'abilità del tedesco si scontra con il senso del tempo del russo! Oggi avrei dovuto essere più russo... con l'inclinazione ad aspettare.

Sassonov rimase in piedi dietro la sedia che gli era stata offerta. Omelkov guardò sbalordito Kutusov e scosse il capo senza parlare. Presto si riscuoterà dal suo stupore, pensò Sassonov. Camerati, mi congedo da voi. Capitano von Baldenow — no, Leonid Germanovič Duskov — il comando è affidato a lei! Buona fortuna, ragazzi... migliore della mia! E se tu un giorno dovessi chiedere di tuo padre, William Heiko, figliolo mio, senza che nessuno possa dirti nulla, pensa almeno che egli è morto in una impresa senza eguali in questa guerra!

«Da dove viene, Barone von Labitz?» chiese Kutusov in tedesco. Lo parlava con pronuncia dura come tutti i russi, ma la grammatica e la costruzione erano perfette. Omelkov fissò entrambi come un allocco, poi si sedette pesantemente nella poltrona di legno dietro la scrivania.

«Sto diventando matto?» balbettò.

Sassonov non rispose. Sapeva che era arrivato il momento. Con mossa rapida prese dalla tasca della giacca la capsula di veleno, ma Kutusov lo prevenne, gli allontanò il braccio e gli torse brutalmente la spalla. A Sassonov si gonfiarono le vene della fronte, ma non fece un gemito, non lasciò andare la capsula ma anzi strinse il pugno quando Kutusov con feroce decisione gli morse la mano.

La capsula si ruppe nel pugno di Sassonov. Un pungente odore di mandorla si sparse nell'aria. Kutusov allentò il morso, afferrò di nuovo il braccio di Sassonov, glielo slogò e con il mento gli diede un colpo al cranio. Solo allora il pugno si aprì, alcune gocce caddero sul pavimento. L'odore di mandorle divenne più forte. Kutusov corse alla finestra, la spalancò e guardò Sassonov, il quale era afflosciato sulla sedia, incapace di arrivare alla mano per leccare ciò che rimaneva del cianuro. C'era da dubitare che ce ne fosse ancora abbastanza per uccidere.

«Telefoni all'NKVD, Oleg Abramovič», gridò Kutusov afferrando Sassonov che voleva balzare in piedi. «Questo è un ufficiale tedesco! Bodo von Labitz! Lo conosco bene! A Riga possedeva una fabbrica, dove ero disegnatore tecnico fino a che non mi cacciarono via! Avevo distribuito volantini comunisti, volevano rinchiudermi in un campo di concentramento, ma potei fuggire. Ecco chi è! Un ufficiale tedesco!»

«Un tedesco...» Omelkov sospirò, deglutì e guardò incredulo Sassonov. Poi si rese conto che proprio nella sua fabbrica era successa una cosa mostruosa, e che ora l'NKVD avrebbe messo sottosopra tutto lo stabilimento per cercare eventuali altre spie. Non si poteva prevedere a quali scoperte avrebbe portato tutto ciò. Tutti hanno la coscienza sporca, tanto più sporca quanto più importante è il posto che occupano.

«Che porco!» disse Omelkov con impeto. Balzò in piedi, corse intorno alla scrivania e piazzò tre pugni sul naso di Sassonov. La pelle scoppiò, l'osso si fratturò con un rumore sinistro, il sangue sgorgò e scese lungo la bocca e il mento di Sassonov fin dentro al collo della camicia.

«L'NKVD» gridò Kutusov fuori di sé. «Non lo ammazzi di botte, Oleg Abramovič. Ci serve vivo! Ho l'impressione che possiamo cavarne ancora molto!»

Evitarono di dare l'allarme in fabbrica, lasciarono Sassonov seduto sulla sedia con il volto sanguinante, e mentre Omelkov chiamava la centrale dell'NKVD a Mosca, e con questo si sarebbe anche fatto un buon nome in alto loco, Kutusov rimase davanti a Sassonov per sorvegliare che non facesse azioni di sorpresa. Per esempio, avrebbe potuto buttarsi dalla finestra.

Sassonov si mantenne calmo. Dopo il dolore iniziale, il braccio slogato era diventato insensibile. Il naso si era gonfiato, egli era costretto a respirare con la bocca e si asciugava il sangue con la mano sinistra libera. L'NKVD. Sapeva che cosa lo aspettava, ma sapeva anche che doveva sottrarsi all'interrogatorio, i cui metodi erano ben noti. Non c'era individuo tanto eroico da poterli sopportare senza parlare. Non sapeva dove e come, ma lungo il viaggio per Mosca o nella cella dell'NKVD gli si sarebbe presentata l'opportunità di rimediare all'incidente della capsula di cianuro. Quando ci si vuole ammazzare, si trova sempre il mezzo.

Ecco dunque che vado a Mosca, pensò con amaro sarcasmo, mentre Omelkov con il volto in fiamme lo insultava e Kutusov lo teneva fermo con entrambe le mani sulle spalle, come se Sassonov potesse ancora ribellarsi. Come sarà andata agli altri nove? È come la vecchia filastrocca infantile che ho imparato dalla nonna, nata Contessa Hachburg: Dieci piccoli negretti... Adesso sono rimasti in nove... O sono ancora meno?

Omelkov girava infuriato per la stanza, pieno di paura, perché l'NKVD avrebbe potuto scoprire che alcune tonnellate di acciaio erano state barattate in segreto con generi alimentari. Una catena così ben congegnata, che cominciava da una impresa edile, che utilizzava il ferro, per finire a un kolchoz che aveva impiantato un nuovo silo. In segreteria, Lisanka Nikolaevna, spaventata, con gli occhioni rotondi sgranati, era seduta dietro la macchina da scrivere e non capiva più il mondo. Quel gentile Pavel Fedorovič una spia tedesca? Un ufficiale nazista? Chi ci capisce niente!

Alla centrale di Mosca dell'NKVD la comunicazione di Perovo era stata accolta con incomprensibile calma. Omelkov si meravigliava dell'indifferenza dei compagni! Una voce quasi annoiata disse: «Bene! Vi mandiamo un'auto. Cosa fa il tedesco? Sanguina? Bene. Potete rinchiuderlo? Cosa? Lo tiene nella sua stanza? Benissimo! Massima discrezione. Niente chiacchiere.»

Ci vollero tre ore prima che arrivassero due auto con dei funzionari dell'NKVD. Tre ore interminabili, durante le quali Omelkov inveì contro Sassonov fino a diventare roco, lo minacciò delle pene più terribili oppure — non poteva dominarsi — lo prese a calci negli stinchi, tanto erano colpi non mortali. Kutusov aveva dovuto raccontargli per filo e per segno ciò che a suo tempo era successo a Riga.

«Ah!», «Oh!» esclamava alternativamente. «È un tipo così! Come un boiaro! Uno sfruttatore dei lavoratori! Uno della razza padrona, uno di quelli cui bisogna leccare gli stivali! Ti ridurranno come una polpetta i compagni di Mosca! Dovrai squittire come un topo! — Cosa vuoi qui da noi? Dove hai avuto i documenti? Come fa a esserci il timbro del I Fronte Bielorusso? Da quanto tempo scorrazzi per la Russia?»

Sassonov non rispondeva. Il braccio slogato aveva cominciato a morire dalla punta delle dita. Il colpo di Kutusov doveva avere leso anche un nervo o una vena. Sassonov non sapeva se ciò fosse possibile, ma aveva la sensazione che il braccio destro non facesse già più parte del suo corpo. Per la maggior parte del tempo, rimase seduto con gli occhi chiusi. Quando li apriva, si trovava davanti il viso di Kutusov, i suoi occhi gelidi osservavano ogni suo movimento.

Sassonov respirò quasi di sollievo quando arrivarono nella stanza gli uomini di Mosca e lo circondarono. La speranza di morire presto si ingigantiva.

Un uomo che si qualificò come Maggiore si appoggiò alla scrivania e lesse prima di tutto i perfetti documenti di Sassonov. Poi osservò la capsula di cianuro schiacciata che Kutusov aveva posato su un pezzo di carta, la annusò con circospezione e poi la mise da parte.

«Lei è ufficiale?» chiese in russo.

Sassonov lo guardò con gli occhi velati. «Sì.»

«Come si chiama?»

Non aveva alcun senso dare false generalità in presenza di Kutusov. «Bodo von Labitz...» disse.

«Grado?»

«Maggiore.»

«Quale reparto?»

Sassonov tacque. Il maggiore dell'NKVD aspettò, poi scrollò le spalle e mantenne un atteggiamento cortese, cosa che Omelkov non capì.

«Come è arrivato a Perovo?» domandò ancora. «Qual è la sua missione? Perché avrebbe dovuto lavorare proprio in questa fabbrica?» Omelkov gemette per documentare il suo orrore. «Lei fa parte del controspionaggio tedesco? La missione le è stata affidata dall'Ammiraglio Canaris?»

Sassonov tacque. Gettò la testa all'indietro e guardò il soffitto. Così gli si sarebbe potuta tagliare la gola, pensò Omelkov quasi pazzo di rabbia. Quella gola era così provocante!...

Il Maggiore dell'NKVD sembrava non aver contato affatto di ottenere risposta alle sue domande. Annuì addirittura con cordialità e sarebbe rimasto deluso se lo avesse sentito dire qualche cosa. A Mosca avevano esperienza di questi casi; uomini del genere bisognava spaccarli come noci di cocco. Anche per avere il latte di cocco non c'è altro sistema che spaccare il frutto. L'NKVD aveva sviluppato fino alla perfezione i metodi per condurre gli interrogatori. La volontà più tenace ha sempre un limite, giunti al quale il dolore è insopportabile ed ogni verità che si grida rappresenta una liberazione.

«Venga con noi!» disse cortesemente il Maggiore dell'NKVD a Sassonov. «Non faccia tentativi di fuga. Non sono una garanzia di morte rapida. Le spareremo sempre e solo alle gambe. Vede, noi conosciamo la mentalità dei nostri avversari. Può camminare?»

«Sì.» Sassonov si alzò dalla sedia. Un uomo dell'NKVD lo sostenne quando vacillò. Il braccio slogato non era ancora morto, il dolore alla spalla era indescrivibile. «Il braccio», disse come per scusarsi.

«Un medico avrà cura di lei. Ma solo a Mosca.»

«Resisterò!» disse Sassonov. Andò alla porta con passo barcollante, appoggiandosi all'uomo dell'NKVD, e voltò la testa verso Kutusov. «Peccato, Makar Prokofyč...»

«Lo dovevo alla mia patria!»

«Nessuno glielo rimprovera. Bisogna saper perdere.»

«Tutta la Germania perderà!» disse Kutusov ad alta voce. «Annienteremo tutta la Germania! La distruggeremo a tal punto che non potrà mai più portare il disordine nel mondo! Non ci saranno mai più soldati tedeschi!»

«Che sogno! Un mondo senza soldati! Una umanità pacifica! Kutusov, io non vivrò abbastanza per vederlo, ma forse lei sì. Niente cambierà! Le masse si lasceranno sempre convincere da qualcuno a distruggere ogni principio di ordine. È nella natura degli uomini essere incorreggibili e influenzabili...»

«Dategli un pugno sul muso!» urlò Omelkov fuori dai gangheri. «Offende perfino i nostri figli non ancora nati!»

Sassonov uscì dall'ufficio, passò davanti alla pallida Lisanka, che a quello spettacolo si mise a piangere come una bambina, e poi salì nell'auto dell'NKVD. Anton Michailyč Ukleikin, il portinaio, saltò fuori dalla guardiola e gridò con voce stridula;

«Io l'ho capito subito! Subito me ne sono accorto! Ma chi bada a me? Io sono solo un povero proletario...»

Il Maggiore lo cacciò via come un grosso insetto, Ukleikin scivolò, riuscì a puntellarsi al muro e sputò con veemenza.

Alla centrale di Mosca dell'NKVD, un tetro edificio d'angolo con una facciata classicheggiante, Sassonov fu portato prima di tutto in una specie di infermeria. Poiché negli scantinati c'era un numero imprecisato di arrestati che ricorrevano all'autolesionismo per evitare ulteriori interrogatori e offrivano sempre nuove sorprese, era necessario una specie di pronto soccorso.

Quella sera, essendo tardi, c'era solo un infermiere. Guardò il braccio di Sassonov, sogghignò senza parlare e glielo torse con uno strattone. Sassonov digrignò i denti... il dolore gli fece quasi scoppiare il cervello, e al tempo stesso lo stordì e tagliuzzò il mondo che lo circondava in tante strisce colorate e lampeggianti. Ma proprio allora egli si accorse di possedere di nuovo il braccio, di poter muovere le dita, e che il braccio ruotava all'articolazione. Lo tenne con la mano sinistra, lo premette contro il corpo e fece un profondo respiro. Il Maggiore, che era alle sue spalle, disse con gentilezza:

«Evseij è un artista in queste cose. Prima della guerra era massaggiatore sportivo. Un momento di dolore, ma poi tutto torna al suo posto!... Può camminare?»

«Sì.» Sassonov si voltò. Qui non va, pensò, Troppa gente intorno. Non ho spazio per prendere la rincorsa. Altrimenti quel muro piastrellato sarebbe l'ideale... a testa bassa, con impeto, con tutto il peso del corpo... nessuna scatola cranica resisterebbe. Ma forse c'è ancora la possibilità di tagliarsi i polsi e di finire dissanguato. Una morte bella e dolce; la stanchezza ti afferra e scivoli nell'oblio...

Con un ascensore andarono al quarto piano, percorsero un lungo corridoio intonacato e entrarono in una stanza che, secondo il concetto russo, era arredata in maniera lussuosa. Intorno a un tavolo rotondo in un angolo vicino alla scrivania c'erano quattro poltrone rivestite di finta pelle. Dietro la scrivania era appeso un ritratto di Stalin. Aveva un sorriso paterno e sprizzava bonomia da tutti i pori.

Sassonov gli lanciò un rapido sguardo. Sei fuori dalla mia portata ormai, pensò. Ma altri nove ti accerchieranno. Se sono ancora vivi...

La porta si chiuse. Oltre a Sassonov, solo il Maggiore era entrato nella stanza. Egli si mise sull'attenti e fece un rigido saluto. Da una poltrona nell'angolo si staccò una figura che spense una papirosa in un posacenere di vetro. Era un uomo tarchiato di media statura con spalle diritte e con capelli a spazzola che cominciavano a diventare grigi. Portava una uniforme color oliva con larghe spalline e una doppia fila di medaglie.

Studiò in silenzio per alcuni secondi l'uomo con la camicia insanguinata, poi girò intorno al tavolo rotondo e si assestò la giacca.

«Igor Vladimirovič Smolka», disse. La sua voce era piacevolmente profonda e non nascondeva minacce larvate.

«Pavel Fedorovič Sassonov, signor Colonnello.»

Dunque è lui, pensò Sassonov. Gli si riaffacciò alla mente una lezione di Milda Ifanovna. La creazione dell'NKVD e in particolare del controspionaggio sovietico, avversario del controspionaggio tedesco diretto dall'Ammiraglio Canaris. Era stato fatto anche il nome di Smolka, e Milda aveva detto: «Non c'è bisogno che ne prendiate nota. Non verrete mai in contatto con questa gente, perché il giorno in cui ciò accadesse dovreste ricorrere al numero II a.»

II a... la capsula di cianuro.

Teoria e pratica, Milda Ifanovna, pensò Sassonov. «Dovete

sottrarvi subito a una cattura!» aveva detto anche il Colonnello Renneberg. «Il vostro smascheramento significa sempre la IIa... Così non farete che abbreviare la procedura sovietica!»

Come è facile dirlo.

Sassonov osservò con cura il Colonnello Smolka. Quella esibizione di cordialità non annullava la certezza che le prossime ore o i prossimi giorni sarebbero diventati una passeggiata attraverso l'inferno.

«Sassonov?... Non preferirebbe Barone von Labitz?» chiese Smolka.

Indicò una poltrona. Mentre il Maggiore rimaneva in piedi vicino alla porta, Sassonov e Smolka si sedettero uno di fronte all'altro. Il Colonnello porse cortesemente un pacchetto di papirose attraverso il tavolo. Sassonov ne prese una e si sporse in avanti verso il fiammifero che Smolka aveva acceso.

«Lei si è prefisso di non parlare», disse Smolka al di là della fiammella. Vi soffiò sopra quando Smolka ebbe acceso la sigaretta e guardò il fiammifero annerito come fosse un'opera d'arte. «Non discutiamo su questo. Al suo posto, anch'io sarei muto come un pesce. Così si dice, vero? Il paragone ha solo un errore: i pesci non sono muti! Possono emettere suoni. Il delfino ha una sua voce particolare.»

«I delfini non sono pesci, signor Colonnello.» Sassonov rise con garbo. «Appartengono al gruppo degli Odontoceti e sono quindi mammiferi acquatici.»

«Un punto per lei, Maggiore von Labitz.» Smolka spezzò il resto del fiammifero. «Ma abbiamo ancora i Triglidi, senza dubbio pesci, che appartengono agli Acantotterigi. Hanno una loro voce e possono perfino camminare sui primi tre raggi della pinna pettorale.»

«Ora il punto è a suo favore, Colonnello Smolka.» Sassonov aspirò con voluttà la papirosa e poi buttò fuori il fumo lentamente, per godere il più a lungo possibile quel piacere. Era forse la sua ultima sigaretta. Non era stato portato a Mosca per intrattenersi con il vice-capo del controspionaggio sovietico sulle varie specie di pesci.

Igor Vladimirovič mostrava di non essere della stessa idea. Prese una comoda posizione contro lo schienale della poltrona e diede una dimostrazione della sua sorprendente conoscenza dei pesci.

«Pensi all'anguilla, Maggiore von Labitz. Un animale capace di emettere stimolazioni», disse conservando un gradevole tono discorsivo. «È risaputo che i suoi nervi possono produrre scariche elettriche. Si potrebbe addirittura misurarle. Se si eccita un tale pesce con una corrente elettrica, si provocano reazioni sorprendenti. Ed eccoci arrivati al punto in discussione: i pesci non rimangono muti». Il Colonnello Smolka strizzò l'occhio a Sassonov come se avesse raccontato una barzelletta per soli uomini. «Suppongo che ci siamo intesi su questa perifrasi.»

Sassonov annuì. Gli rivenne in mente una osservazione di Milda Ifanovna: «Il Colonnello Smolka è ritenuto uno degli uomini più intelligenti del Servizio Segreto. Ama soprattutto i metodi non ortodossi. Ciò significa che per lui non ci sono limiti.»

Così comodamente seduto nella poltrona, Smolka non dava affatto questa impressione. Teneva le gambe accavallate come un uomo che, al tavolino di un caffè all'aperto, osservi con aria beffarda la gente che passa.

«Vogliamo metterci d'accordo?» disse all'improvviso.

Sassonov scosse il capo. «Faccio appello al suo onore di ufficiale, Signor Colonnello.»

«Sul serio?»

«Come potrei scherzare?»

«Verso chi si sente obbligato? Verso il vostro Adolf Hitler? Questo sarebbe uno scherzo. Un ufficiale tedesco tiene in considerazione un pazzo?»

«Ho giurato di difendere la mia patria.»

«E lo fa? È la Germania che ha aggredito la Russia, e non viceversa. Voi non avete difeso niente, volevate conquistare. Certo, adesso che la Russia vince, che le Divisioni tedesche sono dissanguate, che vi incalziamo come montoni, adesso, certo, lei *deve* difendere. Ma sostiene soltanto un regime criminale, niente altro. Come può conciliarlo con il suo onore di ufficiale? Lei è diventato il galoppino di un delinquente che ha gettato nella sciagura il mondo intero. E non mi parli di obbedienza! Lei è venuto a Perovo — in che modo, dobbiamo ancora scoprirlo — camuffato da russo, con documenti perfetti, per portare a termine un incarico speciale. Lei non ci dirà di che si tratta, già lo so. Non farà nomi, non rivelerà né i mandanti né i contatti. Ma non ci creda tanto stupidi da supporre che sia venuto da solo a combattere la sua battaglia nel nostro paese.» Il Colonnello Smolka scosse la cenere dalla papirosa. «È così, vero?»

«Nessun commento», disse Sassonov calmo.

«Il carattere tedesco suscita sempre in me un profondo stupore.» Smolka cambiò posizione alle gambe e si allisciò i pantaloni. «La passeremo ai raggi, nel vero senso della parola. Non so perché, ma lei mi è simpatico, Maggiore von Labitz. La prego, non mi costringa a farla portare nel terzo scantinato...»

Sassonov alzò le spalle. Sei un furbo di tre cotte, Igor Vladimirovič, pensò. Questa era una minaccia mortale servita in maniera elegante. Il terzo scantinato era già quasi l'anticamera dell'inferno. L'ultima stazione...

«Potrebbe abbreviare la procedura, Signor Colonnello», disse Sassonov e chiuse di nuovo gli occhi. Lo sfinimento lo aveva sopraffatto e paralizzava la sua capacità di comprendere. Il braccio rimesso a posto irradiava un dolore lancinante in tutto il corpo, il naso rotto bruciava, il sangue coagulato e il gonfiore gli impedivano di respirare. «Non riesco più a seguirla», mormorò sinceramente. «È stata una giornata pesante.»

«Da quanto tempo è in Russia?»

«Non ho più la percezione del tempo e dello spazio.»

«Quando è arrivato a Perovo?»

«L'ho dimenticato. Forse al tempo della Grande Caterina...»

Il Colonnello Smolka si protese in avanti, con un sorriso ambiguo. Le sue domande martellavano Sassonov, che con gli occhi chiusi vacillò sulla poltrona.

«Doveva sabotare lo stabilimento "Maksim Gorkij"? Sa che là facciamo corazze per carri armati? Il suo compito era quello di rendere inutilizzabili in qualche modo i macchinari senza dare nell'occhio? Oppure il suo interesse era puntato sulla nuova lega d'acciaio per il nostro carro armato T 32? La sua professione da civile è quella di ingegnere? Lei non è solo, è impossibile! Quanto è grande il suo gruppo?»

Sassonov scosse il capo, sfinito. «Chieda a una zucca... le dirà più di quanto potrei dirle io adesso. Sto per cadere addormentato...»

«Continueremo domani.» Il Colonnello Smolka fece un cenno al Maggiore, che non si era mosso dalla porta. Entrarono due soldati dell'NKVD che trascinarono via Sassonov. Vacillava, si lasciò trasportare quasi di peso e si abbandonò alla sensazione congiunta di dolore e di sfinimento.

Il Maggiore rivolse uno sguardo interrogativo al Colonnello. Smolka, con il labbro inferiore sporgente, giocherellava con un pacchetto di papirose. Lo gettò in aria, lo riacchiappò e lo lasciò rimbalzare sul tavolino.

«Lo lasci dormire», disse poi. «Tutto quello che potremmo fargli adesso, sarebbe per lui una liberazione. Ma non deve essere liberato! Deve parlare! E anche solo un pizzico di verità... ci farebbe fare dei passi!»

Portarono Sassonov in una cella piccola e priva di finestre del 2° Scantinato. Con una autentica sensazione di beatitudine, egli si distese sul tavolaccio, si mise la sottile coperta grigia sui piedi e avvertì una specie di sordo scuotimento nella testa. Prima che tutto piombasse nel nulla, pensò ancora: Adesso mi hanno spaccato il cranio. Non mi ha fatto male! Vi ringrazio... di aver fatto il lavoro al posto mio...

Che i morti si ridestino, lo si legge solo nei racconti fantastici di Edgar Allan Poe o nei giornali, quando un presunto morto torna a vivere nella bara. Per Sassonov era un enigma che, pur essendo morto, egli sentisse ancora i dolori nella spalla destra e al naso, avvertisse lontani rumori e il suo olfatto funzionasse — malgrado il naso rotto — segnalandogli un tanfo di muffa e di putrido. Capì anche di essere sotto una coperta, e udì scricchiolare il legno quando mosse la gamba sinistra... tutte cose inspiegabili, poiché un morto non ha più reazioni nervose.

Ci vollero alcuni secondi prima che Sassonov si abituasse all'idea di essere ancora vivo, disteso su un tavolaccio, in una cella oscura del palazzo dell'NKVD di Mosca, e di non avere il cranio fracassato. Era stato il suo ultimo pensiero, e con questo pensiero ora si risvegliava...

Era completamente nudo sotto la coperta. Mentre era incosciente, lo avevano spogliato e gli avevano portato via i vestiti. Oltre la coperta non c'era niente nella cella con cui egli si potesse vestire. Fece scivolare le gambe giù dal tavolaccio, si avvolse nella coperta e si concentrò sull'unico atto che gli fosse rimasto da compiere. Come posso ammazzarmi?

La sua cella doveva avere un sistema di allarme molto efficiente... la porta si aprì, e un raggio di luce investì la figura rannicchiata di Sassonov. Egli socchiuse gli occhi, distinse tre persone in uniforme e si alzò.

«Bisogna andare alla disinfestazione?» chiese. «Io sono una persona pulita. O avete trovato qualche bestiolina nel mio vestito?»

«Venga con noi!» disse una voce dura.

«Così come mi trovo?»

«Sì.»

Sassonov afferrò la coperta, la tenne con entrambe le mani e uscì dalla cella a piedi nudi. Un Sottotenente giovane e serio gli fece un cenno col capo, due soldati gli si misero a lato e mormorarono il famoso: «Davai!». Lo condussero sei porte più avanti, e là, in una stanza nuda con le pareti dipinte a olio in verde, era seduto il Colonnello Smolka dietro un semplice tavolo di legno. Una sedia davanti al tavolo era piazzata in modo da venirsi a trovare in mezzo a due batterie di riflettori. Ce n'erano quattro per parte. Otto potenti riflettori che potevano logorare un individuo con i loro fasci di luce e il calore che emanavano. Il Colonnello Smolka indicò con un gesto cortese la sedia, come se lo invitasse a prendere il tè.

Sassonov rimase in piedi dietro lo schienale. I riflettori non erano ancora accesi. La loro potenza doveva prima di tutto far pensare a quel che ci si poteva aspettare.

«Ma no, Colonnello Smolka», disse Sassonov tranquillo. «Vogliamo parlare in queste condizioni? Non ha senso! Con tutte queste luci otterrà solo che io sudi... che ne ricaverebbe?»

«Adesso sappiamo già qualcosa di più sul suo conto, Maggiore von Labitz.» Smolka si appoggiò allo schienale. Il suo viso paterno aveva un'espressione arcigna. «Può chiamarlo eroismo, farsi distruggere qui. Io lo chiamo insensatezza! Fra pochi giorni il fronte tedesco in Russia avrà cessato di esistere. Allora ci saranno solo soldati tedeschi in ritirata. La nostra offensiva dal Mar Baltico al Mar Nero è la più grande operazione militare che sia mai stata compiuta nella storia della guerra. La nostra superiorità è schiacciante. Non è più possibile fermarci!»

«Lo so!» disse Sassonov sedendosi. «Ma perché lo racconta a un uomo nudo...» Si strinse di nuovo la coperta addosso.

«Vuole dunque morire per una guerra perduta?»

«No! È qui che sbaglia, Colonnello. Non si può fargliene una colpa, dato che non conosce la situazione. Devo compiere una cosa alla quale sono preparato: non me ne verrà niente. Lei vuole informazioni da un morto... Si renda conto che una cosa del genere è impossibile. Tutto ciò non ha niente a che fare con l'eroismo o con un ottuso adempimento del dovere. Non c'è altro da dire.»

«Lo dice lei!» Smolka congiunse le punte delle dita e vi posò sopra il mento. «Sappiamo che è un ufficiale tedesco. Abbiamo scoperto nei tacchi svitabili delle sue scarpe una piccola trasmittente rimontabile a onde corte di fabbricazione americana. Questo tipo non lo conoscevamo ancora, devo ammetterlo. L'abbiamo provata, ma non conosciamo la frequenza e il codice. Tuttavia la radio ci dice che lei non è solo in Russia! Ha contatti con altre spie o sabotatori. Lei appartiene a un gruppo! Era munito di una capsula di cianuro: quindi la sua missione era molto importante! Massima segretezza! Sappiamo ancora che tutto ciò che portava indosso — le scarpe, le calze, la biancheria intima, la camicia e il vestito — nonché il pettine che aveva in tasca, la scatola del tabacco e i fiammiferi sono di provenienza russa. I suoi documenti sono ineccepibili. Il suo mandante ha fatto di lei un russo perfetto! Dietro di lei non c'è quindi un'azione militare circoscritta, ma una missione molto più importante.» Il Colonnello Smolka fece un leggero sorriso. «Anche noi abbiamo una certa esperienza dei nostri capi. In qualche punto i metodi si assomigliano, anche se ognuno cerca di apportare delle modifiche... Ma santo cielo, perché non parla? Pensi alla fine della guerra!»

«Per me la guerra è già finita!»

«Questo è vero. Ha famiglia?»

«Moglie e un figlio. Neonato...»

William Heiko, pensò Sassonov. Bambino mio, adesso mi ricatteranno per amor tuo. So già che cosa sta per dire il Colonnello Smolka. La pugnalata al cuore e alla coscienza.

In effetti, Smolka disse:

«Le garantisco che dopo la guerra rivedrà in ottime condizioni sua moglie e suo figlio. Andrà in un campo di ufficiali presso Mosca dove incontrerà dei camerati del Comitato per la Germania Libera. Il Generale von Seydlitz, tanto per fare un nome. Ufficiali che hanno il senso dell'onore e che a Stalingrado hanno capito che il suo Führer Adolf Hitler è un pazzo criminale.»

«Potrebbe dubitare del mio senso dell'onore, Colonnello, se qui, su questa sedia, mi trasformassi in un traditore.»

«Ci è cascato, Maggiore von Labitz!» Smolka annuì soddisfatto. «La verità implicita della sua osservazione è che lei non è solo in questa impresa.»

Sassonov tacque e si morse le labbra. Un errore! Colonnello von Renneberg, accetto in pieno la sua opinione: A questa missione non è possibile sottrarsi!

«Allora?» Smolka lo sollecitò a parlare, ma Sassonov era irremovibile.

«Disponga di me!» disse Sassonov con voce dura fissando Smolka. «Sono le ultime parole che mi sente pronunciare.»

Il supplizio durò nove ore. In una cella ad isolamento acustico, i colpi piovvero sul corpo nudo di Sassonov, lo misero su piastre d'acciaio elettrificate, lo fecero rinvenire con getti d'acqua fredda quando perdeva conoscenza, lo fecero arrostire in mezzo ai riflettori, lo appesero ad una fune con le braccia torte all'indietro, gli legarono i testicoli con fasce elastiche che a contatto con l'umidità si restringevano come gomma e irradiavano in tutto il corpo un dolore insopportabile... Sassonov non disse una parola. Certo gridò, urlò la sua sofferenza alle grige pareti di cemento, suoni inarticolati, stridule grida di dolore, ma quando nelle pause di quiete lo interrogarono non diede alcuna risposta.

Infine, dopo nove ore morì. Una scarica elettrica troppo forte per il suo corpo martirizzato che non la sopportò. Il cuore si spezzò e Sassonov fu libero.

Il Colonnello Smolka rinunciò a vedere il morto. In certi momenti di calma, egli odiava il suo mestiere: quello era uno di quei giorni. Seduto nel suo ufficio, sprofondato nella poltrona di finta pelle, ricevette la notizia dell'esecuzione senza dire una parola.

Due ore dopo, un semplice camion coperto trasportò il cadavere di Sassonov al forno crematorio. Fu bruciato e le sue ceneri furono sparse da un addetto al forno crematorio su una aiola che fioriva rigogliosa dietro la sala caldaie.

Semën Tichonovič Haller era un tipo taurino e si stava lavando sotto il rubinetto nel corridoio di un appartamento in coabitazione che divideva con altre quattro famiglie. Ad ogni famiglia spettavano due camere, la cucina era in comune, una toilette e due lavandini, di cui uno in cucina e uno alla parete del corridoio. Per lavarsi usavano tutti quello in corridoio, perché non fa piacere sciacquare la verdura e le patate nello stesso lavandino in cui il vicino Panteleij Ivanovič, addetto alle costruzioni stradali, si lavava i piedi quando tornava a casa sporco di catrame. Anche da Semën Tichonovič non ci si poteva aspettare che avesse la pelle pulita quando tornava a casa. Lavorava alla gigantesca sega d'acciaio di un laminatoio, e rientrava coperto di polvere di ferro. È vero che il grosso della sporcizia se lo toglieva nel bagno della fabbrica, me egli si sentiva pulito solo quando poteva accoccolarsi in una tinozza di legno nel corridoio del suo appartamento e strigliarsi con una spazzola dura.

Semën Tichonovič era ancora immerso fino al collo nella tinozza, quando sua figlia Vanda Semënovna aprì la porta spingendo dentro uno sconosciuto e disse allegra:

«Ah! Ecco papà! Ha appena finito il suo turno!» Fece un

cenno di saluto all'uomo nudo, spinse Ivanov ancor più vicino alla tinozza sprizzando gioia da tutti i pori. «Questo è Fëdor Pantelievič...»

Semën Tichonovič borbottò qualcosa d'incomprensibile, posò la spazzola sul bordo della tinozza e guardò Ivanov. L'uomo assomigliava poco alla sua graziosa figliola. Aveva il viso largo, prosciugato dal lavoro nel laminatoio e dal calore che doveva sopportare di continuo, e i capelli già grigi.

«Salve, Fëdor Pantelievič», disse con voce profonda e ruvida. Poi tossì, incurvando la schiena e mandò giù il muco. «La polvere di ferro!» disse dopo alcuni respiri profondi. «È dappertutto! Nel naso, in gola, nei pólmoni... Anche quando piscio la sento tintinnare!»

Vanda fece un fischio e diventò rossa. Semën Tichonovič lasciò cadere la spazzola nell'acqua e sogghignò.

«Per lei sono troppo ordinario, mio buon Fëdor Pantelievič. Ogni volta che dico qualcosa che penso o che è vero, lei fischia. Come un arbitro a una partita di calcio! Fuori gioco! Non ci faccia caso! Dove ha conosciuto Vanduška?»

«In treno» disse Ivanov. Gli piaceva quell'uomo muscoloso nella tinozza. Era una persona di cui ci si poteva fidare.

«Dove?» chiese Semën stupito.

«Eravamo seduti nello stesso scompartimento. Io sono salito a Dubna. Abbiamo chiacchierato, e a Vanda è venuta l'idea di portarmi da lei.»

«È un eroe!» gridò la ragazza prima che il padre potesse domandarle, a buon diritto, se era diventata matta. «Ha combattuto come un leone contro i tedeschi. Fai vedere a papà, Fedja!»

Ivanov, che nel frattempo si era abituato a queste dimostrazioni, alzò senza parlare la camicia e mostrò la sua imponente cicatrice. Semën la guardò con evidente rispetto e si grattò la fronte con la spazzola.

«Così giovane e già veterano!» spiegò Ivanov tornando a infilare la camicia nei pantaloni. «È una lunga storia. Vanda ha avuto l'idea che forse potrei lavorare nella sua squadra, anche se ho l'ordine di...»

«Se se l'è messo in testa, ci riuscirà!» Semën puntò la spazzola contro Ivanov. «Vada di là, caro ragazzo. Arrivo fra qualche minuto...»

Vanda si mise sottobraccio a Ivanov, si strinse a lui, cosa che Semën osservò con gli occhi socchiusi, e lo spinse per il lungo corridoio. Una porta con la pittura verde sfogliata si aprì su una stanza di media grandezza con due finestre, che serviva da cucina, soggiorno, camera da letto e armadio. A ganci e chiodi erano appesi gli abiti della famiglia Haller. A una parete avevano trovato posto un ritratto di Lenin e la riproduzione a colori di una icona raffigurante una Maria dal sorriso benigno. Vicino a un fornello alimentato a carbone c'era una donna dall'aspetto ancora giovanile che indossava una gonna azzurra e una camicetta scolorita dal giro di petto enorme. I capelli scuri erano raccolti in una crocchia.

«Questa è mamma!» disse Vanda. «Antonia Nikitaevna. Oh, mamma!» Corse da lei, la abbracciò, la baciò sulla fronte e si comportò come una bambina che vuole raccontare di avere scoperto qual è la differenza fra un giovanotto e una ragazza.

«Non volevo venire!» disse Ivanov quando incontrò lo sguardo critico di Antonia. Come tutte le madri, ella squadrò il giovane come fosse merce da vendere a pezzi. Il sorriso di Ivanov e i suoi capelli biondi la ammorbidirono dopo pochi secondi. A differenza del marito Semën, accolse Ivanov con le parole: «Vanda le ha promesso una cena?»

«Di un onore del genere non abbiamo parlato.»

«C'è minestra di patate. Con cipolle...»

«Un vero lusso, Antonia Nikitaevna.» Ivanov rise, come per scusarsi. «L'ho detto a Vanduška che avrei creato dei problemi. Arrivare qui e mettermi a sedere, come se fossi cresciuto fra voi, non va. Ma lei mi ha risposto che i suoi sono persone cordiali e che sarei stato il benvenuto...»

«E lo è!» Antonia mescolò la minestra. Aveva un buon odore. Ivanov si sedette su una sedia e rifletté a come avrebbero risolto il problema del dormire se fosse rimasto lì. Semën, il padre dal torso muscoloso, entrò con indosso solo i calzoni, l'asciugamano intorno al collo. Più che odorare, puzzava di sapone, dato che il sapone disponibile al momento puzzava di olio di pesce. Si mise alla finestra.

«Eccoci qua, Fëdor Pantelievič!» disse. «Si metta a suo agio. Gioca a scacchi?»

«Che domanda!» Ivanov alzò tutt'e due le mani. «Dal seno materno, sono passato al tavolo da scacchi...»

La risposta piacque a Semën Tichonovič, che grugnì soddisfatto e si strofinò l'asciugamano sulla nuca. «Con mia figlia sono preparato a tutto... Per tre volte mi ha portato un cane randagio, due volte un gatto, due volte un piccione zoppo, e una volta — c'è da chiedersi da dove venisse, chi si può permettere oggi di nutrire una bestia del genere? — un pappagallo! Capisce? Un autentico pappagallo verde e rosso, che mi guarda con gli occhi strabici, spalanca il becco e pronuncia un chiarissimo "Idiota". Devo lasciarmi insultare? Ho portato tutte le bestie allo zoo. E adesso Vanda mi ha portato lei. Questa è nuova: lei è il primo uomo che ha raccattato.»

«Temo che lo zoo debba raccogliere anche me», disse Ivanov con tono cordiale. «Non volevo deludere Vanduška, e così sono venuto. Me ne vado subito, miei cari...»

«Tu rimani!» gridò subito Vanda. Apparecchiò la tavola con stoviglie di porcellana a fiori. La stanza parve d'incanto più allegra, confortevole, intima.

«Ha sentito?» Semën Tichonovič buttò l'asciugamano sul davanzale della finestra, andò nella stanza vicina, prese la camicia dal gancio, se la infilò, si calò i pantaloni senza imbarazzo, ci infilò dentro la camicia e poi li riabbottonò.

Erano brava gente, gli Haller. Diligenti, parchi, patriottici. L'unica cosa di cui soffrivano era il cognome dal suono tedesco. Semën affermava di aver cercato di cambiarlo, ma le autorità non ne avevano ravvisata la necessità. Aveva chiesto di potersi chiamare Hallow o Hallerinski, ma anche la motivazione di non voler più avere un nome tedesco, proprio adesso che i tedeschi avevano invaso la sua patria, non fu presa in considerazione. Egli non si sentiva più legato ai suoi antenati venuti dalla Svezia intorno al 1766 al tempo della Grande Caterina. Era russo, e per di più un buon comunista. A scuola gli avevano mostrato la Svezia sulla carta geografica; quella vista non aveva suscitato in lui alcun sentimento patriottico. Ma quando nelle domeniche estive stava seduto sulle rive della

Moscova e pescava e in lontananza vedeva scintillare sotto il sole le cupole dorate delle chiese di Mosca come una meravigliosa Fata Morgana, allora si sarebbe messo a piangere per la gioia di vivere lì.

La minestra di patate era un po' insipida. A causa dell'arrivo di un nuovo commensale, Antonia l'aveva allungata con l'acqua. Seduti intorno alla tavola, mangiavano in silenzio, e Vanda indirizzava a Ivanov sguardi tanto cocenti da far pensare che la calura estiva già abbastanza opprimente dovesse aumentare di qualche grado con quegli sguardi. Quando la pentola della minestra fu vuota, Semën concluse il pasto con un rutto in sordina e allungò le gambe. Vanda sparecchiò e riempì d'acqua il lavandino smaltato vicino al fornello. Fuori il giorno moriva in un lungo crepuscolo. Le case rimandavano il calore assorbito nel corso della giornata. L'aria era umida e afosa.

«Scacchi?» chiese Semën.

Ivanov annuì. «Ma certo!»

Fino a tarda sera giocarono tre partite, che Semën vinse. Ciò lo rese molto paterno e di buon umore. Inoltre, non si fanno domande quando si gioca a scacchi, e questo sembrava molto importante a Ivanov per la prima sera. L'indomani la vita quotidiana avrebbe dato la stura a tutte le domande spiacevoli, e il giorno dopo ancora tutti si sarebbero abituati alla presenza di Fëdor Pantelievič. Per dormire non ci furono difficoltà. Papà Semën prese in prestito dai vicini un materasso e lo mise in cucina vicino al tavolo. Coperte ce n'erano abbastanza, ma quelle notti estive erano calde, non ce n'era bisogna, e faceva piacere stare scoperti e far respirare il corpo.

Ivanov rimase a lungo sveglio. La porta che dava nella stanza accanto era solo accostata. Sentì Semën che tossiva, sentì i mormorii di Antonia Nikitaevna e le risposte sussurrate di Vanda Semënovna. All'improvviso la voce di Semën tuonò, seguita da un zittio: «Ssst! Ssst!» Antonia: «Deve rimanere?»

«Sì, papà!» rispose Vanda.

«Vuol dire che dobbiamo abituarci a lui?»

«È così. Lo amo!»

«Lo ama! Ah! Non dire sciocchezze! Come fai ad amarlo?»

«Parla piano!» lo zittì Antonia. «Se sentisse...»

«Dorme! Gli si chiudevano gli occhi già alla terza partita. Ha fatto le ultime mosse come un deficiente!» Semën Tichonovič mollò un peto rumoroso... non era una persona raffinata, che rinuncia a certe cose.

«E tu come fai ad amare mamma?» chiese la figlia di rimando. La domanda parve prendere in contropiede Semën. Si agitò nel letto scricchiolante e tossì di nuovo.

«È una cosa diversa!»

«Perché?»

«Continui a fare domande», grugnì Semën. «Ma io ci penserò con calma domani mattina...»

Ivanov guardava il soffitto bianco e pieno di macchie della cucina e era contento. Aveva raggiunto Mosca, aveva un tetto sicuro, una ragazza che lo amava, l'indomani avrebbe avuto un lavoro. Si era inserito nella vita russa senza difficoltà. Gli altri nove avevano avuto una fortuna simile? Pensava molto a loro: al piccolo Plejin, al polemico Boranov, all'amante dell'opera Kraskin, allo spaccone Petrovskij. Fra sei settimane ne sapremo di più. Allora ci metteremo in contatto sulla frequenza della radio di Sassonov. E poi ci rivedremo dalla bella Milda Ifanovna Kabakova, e faremo le poste fino a che Stalin ci capiterà a tiro.

Mi ama, pensò. Vanda Semënovna mi ama. Non lasciatevi prendere dai sentimenti, aveva detto il Colonnello von Renneberg. Quando è necessario, andate a letto con una donna. Ma impegnate solo il corpo, lasciate da parte il cuore! Pensate all'unico scopo: Stalin!

Ivanov si voltò sull'altro fianco e guardò la porta socchiusa che dava nella stanza accanto. La avverto, Signor Colonnello, che anch'io amo Vanda. Non si può sfuggire a certe cose, Signor Colonnello. Solbreit — chiedo scusa — Petrovskij avrebbe detto: I preparativi sono stati lacunosi. Avrebbero dovuto anche castrarci. Ma stia tranquillo, Colonnello von Renneberg. L'operazione *Oche selvatiche* sarà eseguita secondo i piani.

A un certo punto della notte — Ivanov non se ne accorse — la porta si aprì senza rumore e Vanda sgusciò in cucina. Semën russava della grossa; nelle pause si sentiva il respiro sibilante di Antonia. Anche Ivanov era profondamente addormentato, supino, a torso nudo e a braccia spalancate come se stesse prendendo il sole.

Vanda si inginocchiò accanto al suo materasso, lo osservò con occhi beati, accarezzò con molta cautela i capelli color platino, si chinò e gli baciò il petto, lo stomaco e la grande cicatrice.

«Sei così bello...» bisbigliò. «Oh, Fedja... le altre donne si butteranno su di te come vespe su un vaso di miele! Dovrò difendermi!»

Era un tipo piccolo e mingherlino il compagno direttore dei lavori del Complesso III per la Ricostruzione. Si chiamava Viktor Leontinovič Skamejkin, aveva l'ufficio in fondo alla lunga baracca dell'amministrazione ed era molto temuto dalle donne della sua squadra. Non per quanto riguardava il lavoro, ma solo per il suo irrefrenabile impulso a considerare ogni sottana come un sipario che egli si sentiva autorizzato ad alzare per ispezionare le bellezze che nascondeva. Ciò dava spesso origine a equivoci e a violente discussioni, ma di quando in quando Skamejkin riusciva a fare sedere una ragazza sulle sue ginocchia puntute. Il trasferimento a lavori più leggeri era per lo più la ricompensa per aver sopportato tali esercizi.

Skamejkin osservò Ivanov senza molta benevolenza, studiò a fondo il foglio di congedo dell'Armata Rossa, si fece mostrare la grossa cicatrice, perché Vanda aveva insistito con estrema fermezza, e poi si grattò il naso sottile.

«È difficile!» disse con aria d'importanza. «Quasi impossibile! Lei deve essere ingaggiato dagli organi centrali, altrimenti non riceverà la carta annonaria. Solo chi è iscritto nel casellario centrale dell'Ufficio di Collocamento ha diritto a mangiare! Questo ci protegge dai banditi che si infilano dappertutto ma che hanno anche una pancia da riempire! È l'Ufficio di Collocamento che deve assegnarla... se poi la assegnerà proprio alla nostra squadra, questo lo sa il cielo! Certo lei può esprimere un desiderio, ma è altrettanto certo che non sarà affatto esaudito perché è stato espresso. Dietro ogni desiderio si nasconde una mira losca... Sono compagni diffidenti, quelli dell'Ufficio di Collocamento, Fëdor Pantelievič. Quindi la destineranno dove ce n'è bisogno, forse alla strada ferrata o che so io! Ma qui da noi? Non abbiamo carenza di personale.»

«Ci mancano i carpentieri!» disse Vanda forte. «Vitja... basta una nota sui documenti...»

Skamejkin roteò gli occhi e sospirò. Quando una rappresentante del gentil sesso lo chiamava col tenero vezzeggiativo di Vitja, gli dava un colpo basso che lo rendeva malleabile. Tornò quindi a esaminare i documenti di Ivanov, fissò i molti timbri e osò a malapena deturpare quel quadro imponente con la sua annotazione. Infine scrisse vergognoso a margine: «Richiesto per la squadra costruzioni del Complesso III, Mosca Centro, come carpentiere...» e restituì il tutto a Ivanov.

«Ma all'Ufficio di Collocamento deve andare comunque!» disse con tono molto ufficiale. «Cemento, sabbia e tavole non sono commestibili. — Esca! No, non lei, Ivanov. Lei, Vanda Semënovna.» Aspettò che Vanda, esitante e con uno sguardo interrogativo, fosse uscita dall'ufficio, e fece segno a Ivanov di avvicinarsi alla scrivania. «Lei beve?»

«Do questa impressione, Viktor Leontinovič?»

«Non volevo dir questo. Ogni mese la squadra riceve un'assegnazione straordinaria di vodka. Come riconoscimento per l'attività che svolgiamo con qualsiasi tempo...» Skamejkin increspò in un sorriso le labbra sottili e pallide. «Potrebbe darsi, Fedja, che l'alcol le facesse venire il tremore, o la voglia di vomitare! Che il solo odore le facesse girare la testa! In questo caso ci si potrebbe mettere d'accordo... Non vorrei che lei ci si ammalasse.»

«Facciamo a mezzo, compagno», disse Ivanov strizzando l'occhio a Skamejkin come un vecchio cospiratore. «A me piace l'odore della vodka. Ma poiché ci intendiamo tanto bene, facciamo a mezzo.»

«Pensavo... lei ama Vanduška?»

«È una cosa diversa dalla vodka.»

«Diversa come? Come, mi dica?» Il piccolo, striminzito, lascivo Skamejkin si piegò sul tavolo. «Come è quando fa all'amore? Come lo fa? Da amico ad amico, Fedja, mi faccia una piccola confidenza...»

Non può far danno, pensò Ivanov. Skamejkin ha un posto chiave... è tanto ripugnante quanto importante. Nel mio caso, essergli amico mi garantisce il mantello dell'invisibilità.

«Soffia!» disse sottovoce e in gran segreto. Skamejkin sobbalzò sulla sedia e dilatò le narici.

«Cosa fa?»

«Soffia! Al momento giusto, sporge in fuori le labbra e ti soffia in faccia. È come se tirasse fuori dal suo corpo tutta l'aria.»

«Fantastico!» balbettò Skamejkin e si asciugò la fronte. «Soffia! Non si impara mai abbastanza, Fedja! Le donne rimangono sempre un gran mistero! Vanduška soffia, ah ah! Credo, compagno Ivanov, che ci intenderemo benissimo.»

Più tardi Vanda Semënovna domandò incuriosita: «Che cosa voleva da te?»

Ivanov fece un gesto noncurante con la mano. «Voleva sapere se avevo ancora buone papirose, di quelle assegnate dall'esercito.»

«Ne avevi?»

«Solo tre. Gliele ho regalate.»

«Hai fatto bene, Fedja! È stata una mossa intelligente! Adesso ti vedrà di buon occhio.» Gli si mise sottobraccio e lo trascinò con sé. Aveva già indosso il vestito da muratore, pantaloni blu schizzati di malta, scarpe pesanti, pullover e fazzoletto da collo. I capelli erano nascosti sotto un fazzoletto da testa. «Vieni con me! Ti mostro il cantiere.»

«Al Cremlino?» Ivanov mantenne il respiro molto lento, anche se il cuore aveva cominciato a battergli forte. «Le guardie mi arresteranno subito!»

«Ma no, Fedja! Andremo con una macchina carica di materiale. Tutte le guardie la conoscono e la lasciano passare senza controlli.»

«E così semplice?»

«Pensavi forse che ci si dovesse spogliare ed entrare nudi al Cremlino?» Rise e lo baciò sulla guancia.

«Qualcosa del genere.»

«Ma perché? Per Stalin? Stalin non ha paura!» Lo guardò all'improvviso con occhi splendenti. «Stalin è invulnerabile! E noi della squadra siamo i suoi amici più fedeli...»

«È vero!» disse Ivanov e cinse col braccio i fianchi di Vanda. «Vi capita di vederlo qualche volta?»

«Quasi ogni giorno. Una volta che ero sull'impalcatura mi ha gridato: "Non ti gira la testa?" e io gli ho risposto: "Adesso che la vedo, compagno Generalissimo..." Da allora mi saluta sempre, quando mi vede.»

Ivanov tacque. Si sentiva invaso da una strana sensazione di freddo che lo turbava. Capì d'un tratto che dei dieci forse sarebbe toccato solo a lui, che era così vicino a Stalin, mandare a segno quel colpo di pistola o quella bomba a mano che avrebbe potuto cambiare la storia del mondo. Forse già l'indomani, molto prima del previsto incontro con gli altri? Molto prima di qualsiasi previsione... Che scherzo: Stalin sta sotto l'impalcatura e puoi buttargli addosso la morte. Anche la tua.

«A che pensi?» chiese Vanda. Ivanov la guardò ridendo e le baciò i capelli svolazzanti.

«Ho desiderio di te» disse piano. «Come posso spiegartelo?»

«Più tardi, Fedja.» Gli appoggiò la testa sulla spalla e sospirò. «Durante la pausa di mezzogiorno. In magazzino, dietro i sacchi di calce, non ci vedrà nessuno.»

Il posto migliore per non farsi notare è quello molto affollato. Piotr Mironovič Sepkin si sentiva al sicuro in mezzo alla gente che brulicava intorno alla Stazione Bielorussia e sulla enorme piazza antistante, con il monumento a Gorkij. Girò intorno alla piazza, diede un'occhiata alla Lesnaja ulica, ma non osò arrivare fino all'appartamento di Milda. Sarebbe stato anche contro i piani previsti. Ognuno dei dieci doveva trovarsi prima di tutto un posto a Mosca e andare da Milda Ifanovna solo quando lei li avesse convocati. Così Sepkin tornò sulla piazza della stazione, si mescolò alla massa di compagni che stavano appoggiati ai muri, leggevano i giornali, oppure aspettavano qualche cosa con gli occhi perduti nel vuoto. E mentre, con la «Pravda» in mano, osservava quel formicolio di vita intorno a lui, si domandava se al quartier generale del Führer sapessero come scorreva normale l'esistenza a Mosca. Se non fosse stato per le vetrine dei negozi vuote e per le lunghe file davanti ai forni e alle latterie, a Mosca non si sarebbe detto che c'era la guerra. Le metropolitane erano superaffollate, e dalle uscite sgorgava la gente a fiumi. I pochi tram e autobus riuscivano a stento a smaltire il traffico di superficie. Dappertutto c'erano case in costruzione, addirittura blocchi di case, monumentali palazzi per abitazioni e uffici. E tutto era in un unico stile che Stalin in persona aveva ideato: edifici che dovevano ricordare l'immortale grandezza della Russia. Mosca: la città più bella e moderna del mondo!

Questa città traboccava di una incrollabile voglia di vivere: Sepkin la avvertiva dappertutto. Per Mosca la guerra era finita. Non esisteva più il pericolo tedesco. La paura che le armate tedesche potessero sfilare vittoriose sulla Piazza Rossa davanti al Cremlino era diventata assurda. Mai un esercito tedesco aveva calpestato le strade di Mosca... e in futuro ciò non sarebbe mai accaduto. In quei mesi era stata confermata l'imbattibilità della Russia. Sarebbe durata sino alla fine del mondo. Solo quando la terra fosse andata in frantumi non ci sarebbe più stata la Russia. La mano dell'uomo non l'avrebbe distrutta.

Sepkin lo comprese quando con cinque copechi comperò un biglietto della metropolitana e viaggiò per quattro ore nel sottosuolo di Mosca. La nuova meraviglia del mondo, come chiamavano le stazioni della metropolitana, affascinò anche lui. La Stazione Ploščad' Revoljucii, con le ottanta figure di bronzo che commemoravano la Rivoluzione, le Stazioni Kropotkinskaja, Kievskaja, Lermontovskaja e Novoslobodskaja, con gli sfarzosi marciapiedi che facevano pensare a saloni di castelli, con le volte del soffitto tutte ricoperte di marmi diversi... Piotr Mironovič le guardava non diversamente dai contadini che vengono dalla campagna e che, vedendo per la prima volta i colonnati di una stazione, non riescono a capire che un ambiente così bello e lussuoso non sia altro che una stazione per tutti i cittadini sovietici. Ad ogni stazione scese dal treno, contemplò quegli splendori marmorei, salì sul convoglio seguente e così arrivò fino al termine del percorso. Prese poi la linea Kozevaja che girava intorno a Mosca, quindi cambiò treno e visitò le stazioni della famosa linea Kirovsko-Frunzeskaja, alla

Prospettiva Marx passò poi sulla linea Gorkovslo-Samoskvorezkaja e risalì in superficie alla Stazione Bielorussia.

Si era fatta sera. Mosca era buia sotto un cielo sbiadito e afoso. Anche se i tedeschi non rappresentavano più un pericolo per i moscoviti, l'oscuramento perdurava. E ciò anche se si escludeva che apparecchi tedeschi potessero fare un'incursione su Mosca, dopo che negli ultimi mesi era accaduto l'impensabile: l'aviazione sovietica aveva riconquistato il dominio dei cieli. Non c'erano più i temuti bombardamenti tedeschi, gli snervanti attacchi degli Stuka erano solo un incubo di tempi lontani, i veloci cacciabombardieri tedeschi venivano intercettati all'arrivo e respinti. Lo spazio aereo sopra Mosca era libero... libero come presto sarebbe stato tutto il paese. Chi aveva ancora paura dei tedeschi? Di lì a pochi giorni si sarebbe riso di loro; sarebbero scappati come lepri davanti ai T34 rombanti o si sarebbero rintanati nelle buche da dove li avrebbero fatti uscire come lombrichi. Pazienza, compagni, solo un po' di pazienza ancora! In questo 1944, ricordatelo, sarà decisa la storia mondiale. Storia mondiale? Dimenticate questa definizione! D'ora in poi si chiamerà solo storia russa, perché il mondo si chiamerà Russia!

Sepkin camminò per via Gorkij, passò davanti ai grandi alberghi Lux e Nazionale dalle facciate riccamente decorate, risalì la piazza Sverdlov e diede un'occhiata al Cremlino. Poi girò intorno al teatro Bol'šoi, tornò nella via Gorkij e cercò un locale dove poter mangiare qualche cosa. Optò per il ristorante Baku nella ulica Gorkovo 24, ma non andò oltre l'atrio. Un tipo alto e minaccioso lo squadrò, come se avesse emanato fin dal primo entrare un odore nauseante, e agitò le mani enormi.

«Completo!» disse con voce tonante. Era una bugia bella e buona, perché Sepkin vide attraverso un vetro che il locale era quasi vuoto. Qua e là c'erano alcuni ufficiali dell'Armata Rossa che mangiucchiavano svogliati una purée di verdura.

«Ho i bollini!» disse Sepkin picchiandosi la tasca sul petto. «Caro fratello, vengo da molto lontano e vorrei ambientarmi a Mosca. Ma se al primo tentativo mi sento gridare "Completo!"...»

«Completo!» disse ostinato l'uomo truce.

«Vedo molti tavoli vuoti...»

«Levati dai piedi!» disse l'uomo dalle mani enormi. «Oggi c'è un pranzo riservato, vuoi capirla? Niente pubblico! Ospiti invitati. Fila via!»

Sepkin rinunciò ad ulteriori discussioni e lasciò il Baku. Ridiscese per la ulica Gorkovo, in direzione del Cremlino, si fermò davanti all'albergo Nazionale e guardò le grandi finestre su cui erano tirate le tende. Dopo un attimo di esitazione, entrò nel ristorante, si intrufolò dietro un pesante tendone di feltro rosso cupo che non lasciava filtrare la luce e si ritrovò nella grande sala da pranzo. Tutti i tavoli erano occupati, ma per un vero russo questo non è un ostacolo. Un russo non si siede a un tavolo da solo, ma sempre in compagnia, perché soltanto un tavolo completo con dei compagni in attesa richiama l'attenzione del cameriere. Per il personale, una persona sola a un tavolo è come non esistesse. La dignità vieta al cameriere di servire una persona sola: lui è lì per la comunità. All'albergo Nazionale, da un pezzo non c'erano più camerieri. Quattro ragazze immusonite, fra le quali una che per mancanza di spazio fra le mani e il petto poteva portare solo un piatto alla volta, ciondolavano considerando i clienti come una offesa e una limitazione alla loro libertà, e guardarono di malumore anche Sepkin che si inoltrava fra i tavoli e alla fine occupava l'unico posto rimasto libero al tavolo 23. Ciò significava che adesso bisognava servire il tavolo 23.

«Che serata calda!» disse Sepkin ai suoi vicini di tavola che gli diedero il benvenuto con un cenno del capo. Erano amici, membri di una delegazione del Partito venuta da Buchara: muniti di bollini speciali, erano curiosi di vedere che cosa gli avrebbero dato da mangiare.

La ragazza che servì il tavolo 23 guardò Sepkin con aria cattiva, intascò i bollini e annunciò: «Oggi c'è zuppa...»

«Oh, benissimo!» Sepkin batté le mani. «Una bella zuppa riempie lo stomaco. Che altro ci può offrire, sorella?»

La ragazza arricciò le labbra, e il suo sguardo lasciò intendere che considerava Sepkin un perfetto imbecille, ma rispose con voce strascicata: «Una soljanka di pesce.»

È un piatto prelibato, in tempo di pace. Una zuppa di pesce

piccante, nel cui brodo si fanno cuocere cetrioli verdi, capperi, pomodori, anelli di cipolla, limoni, olive e prezzemolo e naturalmente pezzi di pesce aromatizzati con spezie. Il piatto è accompagnato da fagottini di pasta frolla ripiene di formaggio di latte cagliato e da pane nero con senape e sale. Cari amici, c'è da leccarsi le labbra quando ci si trova davanti una simile zuppa di pesce! Allora si ringrazia Iddio che ha pensato a fare lo stomaco come un sacco dilatabile!

Ma adesso si era nel 1944, c'era la guerra, e Stalin aveva detto che gli uomini con la pancia piena e il sedere grosso non potevano vincere la Grande Guerra Patriottica, proprio come dall'altra parte i tedeschi ai quali si gridava: «Pane o cannoni?» ed essi gridavano esultanti «Cannoni!» anche se la fame torceva le budella. Perciò era logico, compagni, che tutto ciò che doveva contribuire a fare una buona zuppa di pesce non fosse disponibile. I contadini che dovevano raccogliere le cipolle, i pomodori e i cetrioli, stavano affrontando i tedeschi; limoni e olive non arrivavano più a Mosca, perché le ferrovie dovevano trasportare munizioni; e i pescatori, che dovevano procurare il pesce, portavano anche loro l'uniforme e ce la stavano mettendo tutta per conquistare Berlino. Come si poteva fare — domando io — una buona zuppa di pesce?

Quella che arrivò in tavola era una sbobba di acqua nella quale nuotavano alcuni pezzetti di roba che avevano senza dubbio odore di pesce, ma che sapevano di gomma. La zuppa era bollente, bisogna riconoscerlo a merito della cucina; fumava come in tempo di pace, e c'era anche il pane nero, una fettina sottile, appiccicosa, malcotta; e quanto alla senape, si vedeva che c'era ancora la guerra: in tavola la senape non c'era.

La delegazione di Buchara guardò sgomenta la zuppa di pesce e poi alzò gli occhi su Sepkin. Era evidente che, pur nel 1944, nella Repubblica Sovietica dell'Uzbekistan, là, nella valle dello Zeravšan nel deserto di Kysylkum, c'era ancora carne di cammello in abbondanza, e senza tessere annonarie. E i pesci che si pescavano nei magri ruscelli erano piccoli, ma sapevano di pesce, ed erano così teneri che si poteva mangiarli anche crudi.

«Lo stomaco si riempirà, questa è la cosa importante», disse

Sepkin deglutendo cucchiaiate di zuppa. Vi immerse il pane viscido, lasciò che si gonfiasse e accompagnò il tutto con una bottiglietta di narsan, un'acqua minerale priva di sapore.

Mentre si riempiva lo stomaco con tanti liquidi, pensava intensamente a dove avrebbe potuto passare la prima notte a Mosca. C'erano diverse possibilità. Per esempio poteva presentarsi alla milizia e dire: «Compagni, eccomi qua! Congedato dall'esercito, mi devo presentare a Mosca. L'ordine è giusto... ma dove vado a dormire? Potete procurarmi una camera in albergo? Amici cari, consigliatemi. Sono stanco e domani voglio fare buona figura, quando mi presenterò al načal'nik.»

Avrebbe potuto anche presentarsi alle autorità, ma i loro uffici erano chiusi da un pezzo. In una nottata calda come quella si poteva anche dormire sulle rive della Moscova, sdraiati sull'erba, cullati dal mormorio dell'acqua. Oppure si poteva correre per Mosca in lungo e in largo bussando a tutti gli alberghi e a tutte le agenzie di affittacamere e passare la notte alla ricerca di un letto, e trovarlo poi al mattino quando non serviva più. È dura, amici cari, arrivare a Mosca come uno straniero senza potersi appoggiare ad amici o parenti. Ti senti come escluso. Vuole un letto a Mosca, solo un letto dove potersi distendere e dormire? Sentitelo un po': se ne va bighellonando per la città e crede che alle finestre siano appesi invitanti cuscini. Forse spera anche di trovare una donna che gli sfili i calzoni?

Sepkin pagò quella zuppa sbalorditiva, augurò alla delegazione di Buchara di passare ancora molte belle giornate a Mosca, augurio che i compagni accolsero con un'occhiata storta, e uscì sulla ulica Gorkovo. Si poteva dormire in una casa in costruzione, pensò. Buona idea. Una casa semifinita ha il vantaggio che nessuno se ne occupa. Al mattino gli operai arrivano a un'ora in cui sei già da un pezzo di nuovo in giro, e se dovesse piovere hai un tetto sulla testa e puoi stiracchiarti con voluttà mentre fuori l'acqua scroscia contro i muri. Allora, decidiamoci per un rustico, Piotr Mironovič. È solo per una notte. Domani i compagni dell'Ufficio Collocamento Centrale penseranno a te...

Svoltò dalla grande ulica Gorkovo, percorse la Stanislavskovo ulica verso l'ampio viale della Gercena ulica e raggiunse la piazza Nikitskije-Vorota, uno dei punti focali del viale di circonvallazione, vicino alla metropolitana, al Cremlino e al Parco Gorkij per la Cultura e la Ricreazione, l'orgoglio dei moscoviti.

Qui, all'angolo della Kasalova ulica, Sepkin trovò la costruzione che cercava. Un alto palazzo per uffici, di fronte al monumento a Tolstoj, ancora chiuso nelle impalcature, circondato da baracche, mucchi di pietre e di sabbia, e da mescolatori. Un edificio imponente, dal quale di notte tutti stavano alla larga... per la paura di sentirsi arrivare qualche cosa in testa.

Sepkin non era afflitto da queste preoccupazioni. Si arrampicò sui materiali da costruzione, avanzò a tastoni nei buchi scuri dell'edificio, trovò una scala che portava in cantina, e decise che si sarebbe trovato una stanza per dormire nella prima cantina. Di lì era facile tagliare la corda non visti alle prime luci dell'alba e prima che le squadre di operai invadessero l'edificio. Non c'era una guardia notturna, anche se sarebbe stata necessaria. Quante cose preziose lasciate così in giro! Anche un solo sacco di cemento è un capitale in questi difficili tempi di guerra. E poi i chiodi, le viti, le armature, gabbie di ferro, pronte ad essere riempite per formare i sesti delle finestre, i cunei, le tavole di armamento, intelaiature... Era incomprensibile che non ci fossero pattuglie che giravano di continuo intorno all'edificio per tener lontani i malintenzionati.

I moscoviti sono bravi compagni, pensò Sepkin. Si sedette sul pavimento con le spalle appoggiate alla parete e chiuse stanco gli occhi. Siate benedetti, cari fratelli. La vostra onestà mi procura un posticino dove riposarmi. Adesso dimostra di essere bene allenato, Piotr Mironovič, fissati bene in testa l'ora in cui ti devi svegliare e fatti una dormita. Domani sarà una giornata faticosa.

Si appisolò, circondato dal benefico silenzio della cantina, e sarebbe sprofondato in un sonno pesante se d'un tratto non avesse sentito sopra di sé dei rumori e delle voci. Spaventato, balzò in piedi, raggiunse con pochi salti l'arcata del sottoscala, andò a finire in una pozzanghera e inciampò in una tavola che rimbalzò e andò a sbattergli contro una gamba.

Sopra di lui, nel grande ambiente dal quale scendeva la scala della cantina, una voce acuta gridava. Le risposero delle sonore risate, ma il grido della donna era penetrante, provocato da un terrore mortale. Adesso Sepkin lo udiva distintamente: era l'invocazione di aiuto di una persona per la quale gridare era rimasta l'ultima arma.

Non vi lasciate provocare, aveva detto il Colonnello von Renneberg. Tenetevi lontani da tutto ciò che non vi riguarda. Occupatevi solo di voi e dei fatti vostri; per voi non deve esistere altro! Evitate tutte le situazioni nelle quali potreste attirare l'attenzione su di voi più del necessario. Non vi fate venire in mente, per esempio, di salvare uno che sta annegando; si complimenteranno con voi, e questo in seguito potrebbe avere conseguenze mortali. Lo capite?

Ma non ha pensato a una donna che invoca aiuto, Signor Colonnello... Sepkin strisciò verso la scala. Se lei li udisse... questa paura, questi «Aiuto! Aiuto!», questa disperazione! Come si può sopportarli, rincantucciati vilmente in un angolo buio?

Salì la scala di corsa e già dagli ultimi gradini, che fece in un balzo, vide che doveva mettercela tutta se voleva salvare qualche cosa. Due soldati ubriachi avevano trascinato nel rustico una ragazza e adesso stavano cercando di strapparle gli abiti di dosso. Uno teneva la ragazza per di dietro bocconi, e mentre lei, divincolandosi e tirando calci e sempre invocando aiuto, si era rivoltata, il soldato che le stava davanti in piedi aveva già lasciato cadere i pantaloni sugli stivali, saltellava qua e là con l'arnese eretto e le aveva strappato la parte anteriore del vestito.

«Quante smorfie!» strillò quello che teneva la ragazza. «Ha un culo che ne vale dieci!» Scoppiò in una risata belante, la fece rigirare e la strinse a sé. «Ignat, acchiappala per i capelli, tirala in avanti, sono nella posizione giusta. Vuoi stare un po' ferma, puttanella? Che strega! Dovrebbe essere grata di avere tanta carne a disposizione in tempi così difficili! Ignat, tirala in avanti! Sta' ferma, disgraziata! Vuoi che ti strangoli? Non l'hai mai fatto ancora? E chi ci crede?»

«Aiuto!» gridò la ragazza, continuando a tirar calci. Il soldato si mise al sicuro le parti basse, le diede uno schiaffo ed era tanto ubriaco che dovette fare diversi tentativi prima di riuscire ad afferrarle i capelli.

Sepkin colse quel momento per intervenire. Era una limpida notte di giugno, nel pallido chiarore i suoi occhi ormai abituati all'oscurità distinguevano ogni particolare. Come un uccello gigantesco, egli si abbatté sui due soldati, i suoi pugni colpirono i loro crani, il ginocchio destro si proiettò con quanta forza aveva nell'inguine di Ignat. Ma quello non sentiva più il dolore. Stordito dal pugno, si afflosciò sul pavimento. Solo il subconscio gli segnalò la trafittura pazzesca ai testicoli e gli strappò un rantolo cavernoso dal petto.

Il soldato dietro la ragazza, non ancora fuori combattimento, spinse la donna di lato e si chinò. Ma Sepkin fu più svelto. Colpì di taglio con la mano la tempia dell'ubriaco che, come irrigidito, crollò a terra rumorosamente.

La ragazza, che era indietreggiata e si era addossata alla parete, fissava Sepkin con gli occhi spalancati. Il suo viso magro, ancora quasi infantile, denunciava l'imminenza di una crisi.

«Non gridi!» disse Sepkin senza muoversi. Aveva la voce suadente, come stesse parlando a un cane ringhioso. «È tutto finito. Tutto a posto. Non gridi. Ormai non deve più avere paura... io sono qui con lei...»

«Da... da dove è comparso all'improvviso?» Le tremava la voce. Adesso piangeva anche, si schiacciava contro la parete stringendosi la testa fra le mani.

«Ho sentito da fuori le sue grida di aiuto. Passavo per caso. Che altro posso fare per lei?»

«Vorrei... vorrei andarmene... andarmene subito di qui...» Si voltò, si coprì il seno col vestito lacerato, ma non osava ancora passare accanto ai due soldati. «Se... se dovessero svegliarsi...»

«Questo si può evitare.» Sepkin si chinò e provvide a rafforzare lo stordimento con altri due colpi di taglio. Quando si raddrizzò, disse: «Fatto. Adesso possiamo stare tranquilli.»

«Li ha ammazzati?» chiese la ragazza, mordendosi il pugno per il terrore.

«Non credo.»

«Non crede... e se lo avesse fatto?»

«Meglio non stare qui a teorizzare.» Le porse la mano destra. «Venga. Abbia fiducia. L'accompagno a casa, compagna.»

Lei annuì, superò i due uomini tramortiti senza prendere la sua mano, che tuttavia le diede la forza di muoversi e di avviarsi barcollando verso l'uscita della casa. Sepkin la seguì e una volta fuori si fermò vicino a un carro di malta ribaltato. La ragazza proseguì fino a un mucchio di pietre, dove si fermò. «Non viene con me?» chiese con voce un po' più ferma.

«Naturalmente...»

«Lei mi ha salvato la vita.»

«Non credo. Quei due volevano ben altro da lei, non la sua vita.»

«Avrebbero dovuto uccidermi per arrivarci!»

«È così importante per lei?» Prese dalla tasca della giacca un pacchetto di papirose e lo porse alla ragazza. Lei scosse il capo e guardò con paura l'enorme costruzione non finita.

«Abbiamo solo una vita, compagna.»

«Dovremmo andarcene prima che si riprendano. A meno che non siano morti...»

«Non si può dirlo con certezza.»

«Lei sa dare colpi terribili.»

«C'è un trucco. L'abbiamo imparato dai cinesi.»

«È stato in Cina?»

«No. Se non fosse per la guerra... non mi sarei allontanato dal mio paese. Conosce Novo Karpyrdak? No di sicuro. E chi lo conosce? È ai piedi degli Urali europei, sul piccolo fiume Jurjuzav. La città vicina più grossa è Perm. Ma la guerra ce ne ha strappati via.» Le si avvicinò e lei non si ritrasse. Sul viso le aleggiò l'ombra di un mesto sorriso. Con la mano destra teneva insieme l'abito strappato, mentre si passava le dita della sinistra negli abbondanti capelli biondo scuro arruffati. «Dove posso accompagnarla, compagna?»

«Mi chiamo Elena Lukanovna Puškina», disse lei con un sospiro, come se ciò la liberasse dalle ultime paure.

«Piotr Mironovič Sepkin.»

«Ha avuto molto coraggio, Piotr Mironovič.»

«E lei strillava piuttosto forte, Elena Lukanovna. Che altro resta da fare a un uomo?»

Scoppiarono a ridere... un riso riservato, contenuto, più che altro interiore, di liberazione, di sollievo. Si fecero strada fra i mucchi di pietre e di sabbia, girarono di corsa intorno all'edificio e si fermarono solo nella Tolstovo Alekseja ulica, dove furono sicuri che i due soldati ubriachi non potessero più seguirli... ammesso che fossero ancora vivi.

Elena si guardò intorno e si infilò vergognosa nel vano di un portone. Cercò di allacciarsi il vestito, ma la stoffa sui seni era talmente lacera che non si poteva più tenerla insieme nemmeno con le mani. Per di più, l'altro soldato aveva strappato l'abito anche sulla schiena, e non c'era la possibilità di coprirla.

«Devo prendere la metropolitana per andare a casa.» Disse la giovane. «Ma così non posso viaggiare. Tutti mi guarderebbero. Posso entrare nella vettura e gridare: Guardate che cosa mi hanno fatto due soldati dell'Armata Rossa!? Cosa avete da fissarmi tanto? Mi sono difesa! — E loro sogghignerebbero con un gusto maligno e penserebbero: Peccato per il vestito! Dove andrà a trovarlo adesso un vestito nuovo? Avrebbe fatto meglio a salvare il vestito... non lo riavrà più. L'altra cosa si può cancellare... Che bionda!» Scosse la testa. «Mi vergogno, Piotr Mironovič. Cossa posso fare? Casa mia è troppo lontana per andarci a piedi. Devo andare fino alla Stazione Turgenev.»

«Ci sono due possibilità.» Sepkin si ergeva poderoso davanti a lei come un bastione protettore. «Chiamiamo la Milizia, che la porterà a casa. Ma ci saranno interrogatori a non finire, i soldati saranno arrestati...»

«E anche lei, Piotr Mironovič, perché li ha colpiti!»

«Anch'io, sicuro! Butteranno giù un lungo rapporto, andremo a finire negli archivi della Polizia...»

«Non voglio.»

«Allora rimane la seconda possibilità: Lei si infila la mia giacca, prendiamo la metropolitana insieme e andiamo a casa sua.»

«Mi vergogno tanto...» ripeté lei.

«Non ce n'è motivo.» Sepkin si tolse la vecchia giacca, rammaricandosi che a Eberswalde non gliene avessero data una migliore. Questa puzzava di sudore e di tabacco forte, e aveva ancora le macchie dell'atterraggio, che non si potevano togliere con una semplice spazzolata; e Sepkin non aveva l'aria di poter sollecitare, così combinato, l'interesse di una ragazza giovane e bella.

Fece infilare la giacca a Elena Lukanovna, che se la abbottonò: sembrava un clown del Circo di Stato di Mosca. Sepkin prevenne i suoi ringraziamenti con un cenno della mano.

«Se qualcuno ride di lei, lo prendo a schiaffi!» disse. «E se anche dovessi sgomberare una intera vettura della metropolitana...»

«Ehi! le piace fare a botte, Piotr Mironovič?»

«Per lei... sempre.»

«Come spiegherò tutto questo a mio padre?»

«Abita con i suoi genitori?»

«Solo mio padre. Mamma è morta un anno fa.»

Guardò Sepkin e uscì dall'oscurità del vano della porta. Sepkin la seguì nella notte chiara, posandole un braccio intorno alle spalle: lei non se ne liberò. Notò che era diventata molto vigile e aveva i muscoli irrigiditi. «Non è riuscita a superare la morte di Jurij», proseguì lei a bassa voce. «Jurij era un bel ragazzo. Alto, biondo, forte come un toro. E sempre allegro. Rideva così di cuore che trascinava tutti alla risata. Dovunque si fermasse, dopo poco tutti ridevano con lui. È stato colpito dai tedeschi nella grande battaglia di mezzi corazzati di Gomel. Un suo compagno che si è potuto salvare ha detto che Jurij si era già arreso. Era in piedi sul carro armato con le braccia alzate. Ma gli hanno sparato lo stesso. Era facile bersaglio per i tedeschi.»

Sepkin guardò il selciato e si sentì molto infelice. «La guerra...» disse depresso. «Elena Lukanovna, non si fa la guerra agitando rami di palma. La guerra è spietata.»

«Mia madre non è riuscita a superarlo. Diventava sempre più debole, si logorava dentro, si rodeva dentro, la vedevamo dissolversi. Una mattina rimase a letto, ci guardò con gli occhi sbarrati e lucenti e ci disse con voce chiara: "Jurij è qui! Mi tende le mani. Un buon figlio!", poi sospirò, fece un sorriso e ci lasciò...»

«Adesso lei odia i tedeschi?»

«Lei no, Piotr Mironovič?» Si fermò a osservarlo. Era come se vedesse ora Sepkin per la prima volta con occhio cosciente e critico. Che uomo è? Mi ha salvata, dunque devo essergli grata, mamma gli avrebbe baciato le mani, non curandosi se con quelle stesse mani egli aveva ammazzato due uomini, e papà se lo stringerà al cuore e ne farà le lodi e dividerà con lui i cento grammi di vodka, che custodisce come un'icona avuta in eredità... Tuttavia, bisogna appurare bene che razza di tipo è questo Piotr Mironovič. Ha un aspetto rassicurante, anche se non è rasato. Ha gli occhi buoni e una bella forma di bocca. I capelli sono tagliati corti come quelli dei soldati. Che torace ampio ha! Ma il vestito è consunto e spiegazzato, come se lui non si spogliasse nemmeno di notte. Un uomo strano, che compare all'improvviso e fa fuori due uomini...

«Lei non odia i tedeschi?» chiese di nuovo. «Ma lei li conosce i tedeschi?»

«Molto bene.» Sepkin si infilò la camicia nei pantaloni. Durante la lotta la parte sinistra era uscita. «Ho combattuto contro di loro. Vengo dal fronte. Ci sarebbe da piangere, Elenaška: inabile, sono stato definito dal medico militare, un tipo grasso e scorbutico dagli occhiali rotondi che ti farebbero ridere, se lui non ti prendesse subito di petto. Sono rimasto ferito due volte, ma sono guarito: cosa che mi ha permesso di tornare fra i miei compagni. È una gran gioia, glielo dico io! Ma questa volta il grasso tricheco mi picchia, mi ausculta, mi fischia sul petto — davvero, ha fischiato, una vera e propria fanfara — e poi dice freddo freddo: "Piotr Mironovič, nei suoi polmoni c'è qualcosa che non va! Lei deve avere inghiottito una armonica sfasciata. Ah ah!"... Così perfido era quel medico! Ho forse l'aspetto di un mantice sforacchiato? Scoppio di energia, questa è la verità. Sono stato insegnante di pugilato della divisione. Imbattibile!»

«Questo lo ha dimostrato, Piotr Mironovič», disse Elena Lukanovna ridendo rassicurata. «Adesso cosa intende fare?»

«Questo non deve domandarlo a me.» Sepkin ebbe cura di conservare quell'aria di accorata delusione. Gli riuscì tanto bene che Elena, in uno slancio materno, gli accarezzò la fronte. Egli le prese la mano e la trattenne, facendo forza su se stesso per non baciarla. «Domani mattina mi presenterò all'Ufficio Collocamento Centrale, tossirò davanti ai compagni perché capiscano bene con chi hanno a che fare, e dirò: "Eccomi qua! Escluso dalla Grande Guerra! Lo ha deciso un ciccione di medico. Adesso dite voi come potete utilizzarmi!"»

«Deve pure avere imparato a fare qualche cosa, Piotr Mironovič!»

«Cacio.»

Lei lo guardò irritata. «Come sarebbe a dire?»

«Ho imparato a fare i formaggi.» Sepkin sogghignò imbarazzato. «È sempre così; a chiunque lo racconti, fa una smorfia. Ho vinto cinque incontri di pugilato per k.o., mentre i miei avversari mi avevano definito in precedenza "testa di cacio" o "sacco di ricotta." Uno, che mi aveva chiamato "crosta ammuffita", si è svegliato solo tre ore dopo e hanno dovuto portarlo in ospedale. Ma perché? Fare il formaggio è un'attività onorevole. A Novo Karpyrdak avevamo un grosso caseificio. Una azienda modello! L'unica cosa di Karpyrdak che valga la pena di menzionare. Le nostre forme rotonde erano famose: con la crosta dura ma all'interno tenere come burro. E un profumo! Elena Lukanovna... un profumo! Solo ad annusarlo, già ci si sentiva quasi sazi, per il senso di benessere che ti infondeva. Per quattro volte abbiamo avuto un primo premio e un diploma. Ci dovrebbero imitare!»

«Le sarà difficile trovare a Mosca un lavoro inerente alla sua professione», disse Elena. «Ma dappertutto si costruisce. Sicuramente troverà lavoro nel campo edile o in quello delle strade.»

«I miei polmoni non me lo consentono.»

«Ma di che vuole vivere?»

«Sono forse io a dovermene preoccupare? Mi hanno definito inabile: quindi sono loro a doversi preoccupare di me. Domanderò a ognuno: "Rispondimi, compagno! Cosa ha a che fare il mio polmone con un fucile? Prende forse la mira il polmone? Spara, il polmone? Lancia bombe a mano, il polmone?" Si mortificheranno tutti, i compagni funzionari, faranno la faccia da deficienti! Forse poi mi rimanderanno a Karpyrdak. O, ancora meglio, alla compagnia.»

Attraversarono il Tverskoj bul'var e scesero nella Stazione Majakovskaja della metropolitana, un palazzo con i soffitti a volta che posano su colonne di acciaio inossidabile e sulle cui pareti trentacinque mosaici giganteschi esaltano la gloria del popolo sovietico. Una stazione della metropolitana famosa in tutta la Russia: mentre le armate tedesche erano attestate a semicerchio intorno a Mosca, e nessuno sapeva se sarebbero riuscite a espugnare il cuore della Madre Patria o se l'inverno imminente ne avrebbe avuto ragione, qui, sottoterra, nel vasto salone della metropolitana, il 6 novembre 1941, Stalin celebrò l'anniversario della Rivoluzione di Ottobre. Una stazione della metropolitana che fa parte della storia mondiale: una grande targa commemorativa lo ricorda.

Adesso, in un'ora così tarda della sera, la Majakovskja era quasi vuota. C'erano alcune persone, per lo più anziane, con gli occhi annebbiati, che quasi non si accorsero di Sepkin e Elena, e non si meravigliarono nemmeno che in una sera di giugno così calda una ragazza giovane si avvolgesse in una giacca da uomo tanto malandata.

Quando il treno arrivò, si sedettero soli in un angolo di una vettura. Nessuno li guardò sogghignando. Sepkin non fu costretto a mantenere la promessa fanfarona di prendere a pugni chiunque avesse riso di Elena. Mentre correvano sottoterra in direzione est, Sepkin pensò ai due soldati ubriachi. Li aveva ammazzati davvero? Quando al mattino gli operai li avessero trovati, ci sarebbe stato gran subbuglio. Ma non c'erano tracce di sorta. Forse qualche impronta confusa di scarpe sulla sabbia o nel cemento indurito, su cui Sepkin aveva camminato quando era entrato. Ma che significava? Come si può trovare a Mosca, fra milioni di scarpe, proprio quel paio?

«A che pensa, Piotr Mironovič?» chiese Elena scuotendo Sepkin. «Come mai è diventato tanto silenzioso?»

«Mi affliggo in anticipo.» Sepkin guardò Elena in faccia. Ha gli occhi buoni, pensò lei con una sconosciuta sensazione di felicità. Il suo sguardo è come una tenera carezza. «Fra pochi minuti dovremo separarci. Forse non ci vedremo mai più...»

«Dove pensava di dormire stanotte?»

«Ero ancora alla ricerca quando l'ho sentita gridare. Avevo pensato di andare alla Casa dell'Esercito. Ne faccio ancora parte. Che Dio maledica quel ciccione di dottore!»

«Parleremo con papà.»

«Con suo padre?»

«Noi non siamo ricchi, ma papà conosce molte persone influenti. E sa sempre dare un buon consiglio. È infermiere nella clinica infortunistica Sklifosovski.»

Sepkin annuì e consultò mentalmente la mappa della città di Mosca, gli edifici più importanti. Settore cliniche: Clinica Botkin, Clinica delle malattie polmonari, cliniche di stato n. 1, n. 2, n. 3, n. 4, n. 13, n.14 e n. 24, Policlinico, Clinica infortunistica... Erano le più importanti. A suo tempo egli aveva osservato che le cliniche non avevano un nome ma solo un numero. Ma poi, dopo le conferenze di Milda Ifanovna sulla vita sovietica, ne aveva riconosciuto l'utilità. In questa organizzazione sanitaria di stato un malato diventa egli stesso un numero, partecipe passivo a un grande processo di riparazione. Simile a un motore che perde i colpi o l'olio, si metteva nelle mani degli specialisti che lo avrebbero rattoppato per future prestazioni. Come si chiamasse il motore e da dove venisse non aveva importanza; doveva riprendere a camminare, e perciò si occupavano di lui i migliori meccanici. Nella clinica del Cremlino, dove venivano curati i pezzi grossi, doveva essere diverso. Ma a chi interessava? Tutto quello che c'era entro le alte mura rosse, si sottraeva a qualsiasi critica.

«Un buon posto», disse Sepkin. «Gli infermieri sono apprezzati. Lo so io, che sono stato ferito due volte. Bisogna comportarsi con diplomazia, tendere le orecchie per sapere chi è importante nel tuo reparto, e poi ti incontri con il tipo giusto in un corridoio e gli offri qualcosa. Papirose, un bicchierino, un pezzo di salsiccia, quello che hai a portata di mano. Ti frutterà...»

Passarono per stazioni sontuose, con pareti di marmo e dipinti giganteschi, scintillanti, stupefacenti. Sepkin, con il volto premuto contro il vetro, era adesso come chiunque veda le stazioni della metropolitana moscovita per la prima volta: muto di ammirazione.

«Anch'io lavoro», disse Elena Lukanovna all'improvviso. «Come segretaria. Al Cremlino.»

Sepkin trasalì impercettibilmente. Fu come se un vento gelido gli avesse sfiorato la schiena. «Al Cremlino?» disse contro il vetro. «Davvero?»

«Nel Segretariato per il Commercio estero. Sono nella sezione Europa del Nord.»

«Vede ogni tanto Stalin?» chiese Sepkin calmo.

«Finora non l'ho mai visto.» Elena scosse il capo. «Perché dovremmo vederlo noi? Ha altre preoccupazioni...»

Lavora nel Cremlino, pensò Sepkin e si sforzò di non respirare più in fretta di prima. Lei non ha ancora visto Stalin, ma per suo tramite si può entrare nel Cremlino. Nelle mura che sembravano invalicabili si apre d'un tratto un piccolo buco. Un buco da topi. Compagni, non disprezzate i topi! Quanti topi sono arrivati a rosicchiare il lardo che credevamo irraggiungibile. Sepkin si riappoggiò allo schienale e guardò Elena con ammirazione. «Che farebbe lei, Elena, se all'improvviso si vedesse comparire davanti Stalin in un giardino del Cremlino?»

«Non lo so.» Sporse pensierosa il labbro inferiore e sembrava una scolaretta che ha un problema da risolvere. «Forse mi butterei in ginocchio. Egli è il nostro padre diletto e benevolo. Che cosa saremmo senza di lui?... E lei, Piotr Mironovič, che cosa farebbe?»

Sepkin alzò le spalle poderose. Sarebbe cosa di un secondo. Salteremmo tutti e due in aria con un grande scoppio. «Mi metterei sull'attenti!» disse con dignità. «In fin dei conti, sono un soldato...»

Luka Antipovič Puškin era accoccolato in una vecchia poltrone felpata, addormentato sulla «Pravda», quando Elena aprì la porta di casa. C'era accesa una lampada da tavolo opaca e si sentiva odore di tè e di involtini bruciati. Quando la porta si chiuse, il padre sobbalzò spaventato, buttò via il giornale, saltò su dalla poltrona e per prima cosa vide Sepkin. Evidentemente, con quella camicia sporca non gli fece una buona impressione, perché Luka Antipovič alzò le braccia e gridò:

«Una aggressione! Un pazzo! Si avventa su un poveraccio per rubargli l'aria dalle tasche! Ah ah! Presto piangerà il suo errore!»

«Papà» disse Elena con voce suadente. Era già davanti alla porta della cucina. Gli involtini si stavano carbonizzando sul fornello. C'era un puzzo insopportabile, in cucina aleggiavano nubi di fumo bluastro.

Puškin si voltò, guardò la figlia e prese fiato.

«È passata da un pezzo la mezzanotte!» gridò. «È passata da un pezzo l'una!»

«Lo so, papà...» Tolse dal fornello gli involtini, aprì la finestra e buttò gli involtini bruciati nel secchio della spazzatura che era vicino al lavandino. «Ti spiegherò.»

«E quello chi è?» Luka Antipovič indicò Sepkin con il braccio teso. «È lui la causa?»

«Lui è Piotr Mironovič.»

«Non c'è niente di meglio a Mosca? Non ha neanche una giacca.» E alla fine si accorse che Elena portava una giacca da uomo, e vide anche che il suo vestito era sporco e lacero, specie sul seno. Tirò su col naso, fissò Sepkin con gli occhi socchiusi, lo valutò, riconobbe che il giovanotto era dieci volte più forte di lui, e quindi si limitò alle parole. «È lei che ha fatto questo? È stato lei a ridurre così Elena? E ha osato anche venire qui con lei?» Passò davanti allo sbalordito Sepkin, aprì la porta e si piazzò sul ballatoio. «Qui non metterà più piede! Fuori!» gridò. «Oltre cinquanta abitanti di questa casa l'impiccheranno! Proprio così, l'impiccheranno!»

«Vieni dentro e chiudi la porta, papà», disse Elena calma. «Hai capito tutto alla rovescia. Piotr Mironovič mi ha salvato la vita. Fammi spiegare.»

«Ti ha salvato la vita?» Puškin rientrò, sprangò la porta e non sapeva più come comportarsi. Il giovane sconosciuto, che ancora non aveva detto una parola, tolse la giacca a sua figlia. Solo ora si vedeva bene la portata dei danni: l'abito era a brandelli, solo alcune strisce ciondolavano lungo il corpo. «Chi è stato?» chiese Puškin roco.

«Due soldati ubriachi», disse Sepkin. «Sono arrivato giusto in tempo.»

«Piotr li ha ammazzati, papà.»
«Cosa ha fatto?»
«A mani nude! Sono crollati come sacchi vuoti.»
«È vero?» chiese Puškin con una sfumatura di rispetto nella voce. «Per salvare Elena lei ha ucciso due soldati?»
«Non so se li ho uccisi. Ho evitato di voltarmi indietro a guardare. Mi premeva di più la sicurezza di Elena.»
«La ringrazio», disse Puškin avvicinandosi a Sepkin per abbracciarlo. «Chiunque lei sia... un pezzo del mio cuore le appartiene. Lei ha salvato la mia bambina. Non farò altre domande!»
Più tardi, però, le fece. Bevvero vino rosso annacquato con narzan, un'acqua minerale senza sapore. Era un vino che Puškin aveva ricevuto da un cugino che viveva in Crimea e lavorava in un'azienda vinicola. Quando Puškin prese la bottiglia, che risaliva a prima della guerra, essa era bianca di polvere. Il nascondiglio era molto astuto: sfilò un'asse dell'impiantito da sotto la poltrona e ne tirò fuori il suo tesoro. Il vino era ancora abbastanza bevibile, forse un po' acido, ma rinfrescante con la narzan. Lo accompagnarono con pane e formaggio amaro che aveva un angolo scuro e puzzolente.
Elena aveva raccontato la sua disavventura, e Luka Antipovič era fiero della sua figliola. Gonfiò il petto quando disse: «È fatta così! Sembra una tenera colomba... e ha il cuore di un'aquila! Ma sarebbe stata perduta senza di te, Piotr Mironovič. Quanti anni hai? Fammi indovinare. Dunque, vediamo un po'... è difficile, perché la guerra rende vecchi i bambini... io dico intorno ai venticinque.»
«Azzeccato. Venticinque, Luka Antipovič.»
«Elena ne ha diciannove. Suo fratello Jurij avrebbe adesso ventitre anni.» Puškin fissò la parete dipinta di rosa. «Sa già di Jurij?»
«Elena me lo ha raccontato. Battaglia di mezzi corazzati a Gomel.»
«Dobbiamo vincere la guerra», disse Puškin piano con voce rotta dalla commozione. «Voi soldati dovete vincerla, lo vogliono i vostri fratelli che hanno dato la vita per cacciare i tedeschi. Come Jurij, tutti volevano vivere e diventare vecchi, ma

i tedeschi glielo hanno impedito. Che razza di uomini sono quelli, Piotr Mironovič? Ci attaccano senza che li abbiamo provocati. Solo il fatto che viviamo è un motivo sufficiente per distruggerci. Sono uomini come noi? Tu li hai visti, tu ti sei trovato faccia a faccia con loro, gli hai sparato addosso. Non è vero che sono dei mostri, i tedeschi?»

Sepkin strinse il bicchiere con il vino annacquato. In cucina, Elena stava friggendo blinis dolci che spalmava con una marmellata di rape rosse. Avevano un buon profumo e facevano venire l'acquolina in bocca. Così ci vedono, pensò Sepkin amareggiato. Siamo dei mostri. Chi ha ragione: il Führer, che parla del mondo minacciato dal bolscevismo, o l'infermiere Puškin di Mosca, che crede abbiamo invaso il suo paese senza motivo? Noi non sentiremo il giudizio della storia, papà Luka Antipovič, almeno io non lo sentirò. Io sono venuto per uccidere. Adesso chiedimi solo: Che razza di uomo sei *tu*? E io ti risponderò: Non lo so, mio caro Puškin. Forse anche un mostro... o un patriota tedesco... o semplicemente un soldato che compie il suo dovere senza fare domande... Perché se tutti facessimo domande, e ancora domande, se tutti al mondo volessero e potessero fare domande, giorno e notte, a ogni ora in continuazione... allora non ci sarebbero più guerre. Poiché coloro che ordinano la guerra non hanno le risposte, e senza risposte i motivi si dileguano come nebbia. Ma noi non domandiamo niente, obbediamo soltanto. Tuo figlio Jurij ha obbedito e per questo l'hanno ammazzato, e io obbedisco e anch'io non sopravvivrò, e sarà sempre così, Luka Antipovič, e ci sono sempre due opinioni sulla guerra, e ognuna è giusta, quando ce la espongono, e noi la ascoltiamo, non facciamo domande; crediamo a quello che udiamo, e ci facciamo ammazzare per quella idea. Questa è la inconcepibile stupidità degli uomini, fin dagli inizi, quando Caino uccise il fratello per gelosia. Noi abbiamo scritto il nostro nome di «uomini» col sangue. Per cambiare tutto questo bisognerebbe annientare l'intera umanità.

«I tedeschi, Luka Antipovič», disse Sepkin facendo girare pensieroso il liquido nel bicchiere, «combattono anche per la loro patria.»

«Dicono così? Tu hai parlato con uno di questi mostri?»
«Con molti.»
«Mentono! Non avevamo alcuna intenzione di portargli via la loro terra!»
«Ma glielo hanno detto, e loro lo hanno creduto.»
«Noi abbiamo terra a sufficienza. Che ce ne facciamo della Germania? Abbiamo tanta terra che non possiamo nemmeno popolarla tutta! Perché in Germania non danno un'occhiata alle carte geografiche? Un punto: è la Germania! Una grossa chiazza che prende mezzo foglio: è la nostra terra. A che ci serve quel punto, eh?»
«Tu sei un filosofo, Luka Antipovič», disse Sepkin, e bevve una lunga sorsata. «Ma noi possiamo cambiare qualche cosa?»
Siamo qui per tentare di farlo, pensava intanto. Siamo venuti a Mosca per dare alla ruota del mondo un'altra direzione. Dieci ufficiali tedeschi che hanno ricevuto l'ordine più pazzesco che si possa immaginare. Non mi chiedere adesso, mio caro Puškin, se questo assassinio può essere nobilitato con qualche giustificazione. Tu gioisci perché i soldati sovietici fra poco avanzeranno come una valanga di fuoco per annientare la Germania. Per noi è la battaglia per la sopravvivenza. Che importa di chi è la colpa? Il vero giudizio non lo esprimerà mai la generazione che è crepata sotto le bombe.
Elena arrivò con i blinis profumati. Aveva il viso arrossato dal calore del fornello e gli occhi lucenti. Portava un semplice vestito a camicia, trattenuto in vita da una cinta. Era bella, una meraviglia di ragazza, e quando rideva dava a Sepkin una sensazione di intima felicità.
«Io sono molto influente», disse Puškin leccandosi le labbra. Prese con la forchetta una grossa frittella che si mise sul piatto. «Ah, chi non è passato per il mio reparto alla Clinica Infortunistica! Devo tacere, perché ho fatto un giuramento, ma ti dico, Piotr Mironovič, che domani telefonerò dalla clinica ad alcune persone importanti e ti troverò un buon posto. Contaci! Tu hai difeso la mia Elena... Te l'ho detto: un pezzo del mio cuore ti appartiene! Serviti, figliolo, non esagero quando dico che i blinis di Elena sono i migliori di Mosca.»

Su Luka Ivanovič Petrovskij gravava sempre quella riserva, dovuta alla sua reputazione di spaccone, che potesse tradirsi, sebbene il Colonnello von Renneberg lo avesse messo in guardia fino all'ultimo. «Solbreit», gli aveva detto ancora quando si erano salutati a Eberswalde, «con lei ho paura che si scopra... Non che i russi possano scoprire chi è lei in realtà, ma anche in Russia quel suo modo di prendere per i fondelli la gente non è molto gradito. Mi prometta di inghiottire la metà di quello che vorrebbe dire!»

Petrovskij-Solbreit aveva promesso con calore, ma già durante il viaggio in treno verso Mosca — come abbiamo visto — intrattenne tutto lo scompartimento con la sua pretesa ulcera allo stomaco, raccolse saggi consigli, ruttò da far pietà, perché tutti i viaggiatori si rendessero conto delle esalazioni del suo stomaco, e arrivò così, con una sfrontatezza che avrebbe fatto arrossire Renneberg fino alle orecchie per la preoccupazione felicemente a Mosca. Aspettò fino a sera, andò a passeggio per Mosca in quella calda giornata di giugno, visitò come un turista i giardini e i boulevards, il muro del Cremlino e le chiese, andò perfino a vedere le più belle stazioni della metropolitana, e si sedette poi a godersi il tepido sole della sera su una panchina del boulevard Petrovskij, proprio di fronte alla Clinica n. 13, che aveva anche un nome: si chiamava Mossoviet.

Anche questo era tipico di Luka Ivanovič. C'erano altre cliniche a Mosca, per esempio la gigantesca Clinica Botkin, dove era come se ti mettessero su una specie di nastro trasportatore per farti uscire risanato... o in una cassa di legno. Ma no: scelse la Clinica n. 13 perché si trovava sul boulevard Petrovskij e adesso anche lui si chiamava Petrovskij. Comodamente seduto nella luce arancione del sole morente, fumava una papirosa, cosa che chi ha un'ulcera allo stomaco proprio non dovrebbe fare, osservava il movimento davanti all'ingresso della clinica, contò l'arrivo di nove autoambulanze, si godette l'aspetto appetitoso delle infermiere che gli passavano accanto per andare a prendere servizio, e si impietosì alla vista di molti membri di una famiglia che uscirono dalla clinica, si raccolsero davanti all'ingresso e piansero. Dal poppante al vecchio che doveva essere sorretto, ogni età era rappresentata. Quei poveretti bloccavano l'ingresso e alla fine un portiere rabbioso andò a scacciarli come cani randagi.

Quando il sole fu scomparso e uno scialbo crepuscolo calò malinconico sulle case di Mosca, Petrovskij si alzò, si riassettò con dei colpetti il vestito, si abbottonò il colletto della camicia e attraversò il boulevard. La gente non si assiepava più sull'ingresso, solo il portiere stava davanti alla porta scintillante come un generale di ritorno da una parata, e squadrò Luka Ivanovič con le sopracciglia aggrottate.

«L'ora delle visite è terminata», disse lo scortese individuo indicando con il grosso pollice un cartello. «Torna domani.»

«È la mia clinica?» chiese Luka Ivanovič. Gettò indietro la testa, guardò la targa con il nome sull'ingresso e batté le mani tutto allegro. «È proprio lei! La mia clinica!»

Il portiere storse il naso. Non si curano i matti qui da noi, pensò. Ma questo poveretto come fa a saperlo? Pensa che una clinica sia semplicemente una clinica buona per tutti. Come può conoscere le sottili sfumature? Un matto tranquillo, a quanto pare. Se ne sta lì a battere le mani. Ma chissà come si comporta se non lo lasci passare?

«Cosa c'è scritto là?» gridò l'uomo dalla mente debole. Il portiere non vide ragione di rifiutargli la risposta.

«Petrovskij.»

«È giusto! È giusto! È la mia clinica! Io mi chiamo Petrovskij.»

Fa un passo verso la porta, ma il portiere lo trattiene per la manica. Anche una testa vuota deve rispettare l'ordine.

«Ti consiglio di voltarti e di andare in un'altra direzione», disse con tono amichevole. «E rallegrati di chiamarti Petrovskij.»

«Io devo entrare!» disse Luka Ivanovič testardo.

«No!»

«Sì!»

«Fila via, altrimenti te le suono su quella zucca vuota.»

«A che ti servirebbe, caro compagno?» Petrovskij tirò fuori

dalla tasca il suo foglio di congedo costellato di timbri. Il portiere temette che nascessero delle difficoltà, tanto più che tutti i russi diventano molto pensierosi quando vedono tanti timbri su un pezzo di carta. La loro fede cieca nell'infallibilità degli organi superiori è superata solo da quella dei tedeschi, per i quali un uomo seduto dietro uno sportello è incoronato da una specie di aureola.

«Da dove vieni?» chiese il portiere asciutto, per non perdere la dignità davanti a quella nuova situazione.

«Direttamente dal fronte. Il Generale medico...»

«Sei trasferito, compagno?»

«No. Sono Luka Ivanovič Petrovskij...»

Il portiere alzò lo sguardo implorante al cielo e dilatò le narici. Che schiuma fa venire a galla la guerra, pensò. In tempi normali non si sarebbe mai data una uniforme a un simile soggetto.

«Allora, sei ricoverando?»

«Compagno, ho già detto che sono Luka Ivanovič...»

Chiunque, prima o poi, arriva al limite della pazienza. Il portiere, uomo collerico per natura, guardò Petrovskij roteando gli occhi, aprì la porta di vetro e ansimò forte a bocca aperta. «Diritto, poi a sinistra nel corridoio, stanza 20!» disse col fiato grosso. «Sulla porta c'è scritto *Accettazione*. Bussa e quando ti dicono avanti, entra.»

Petrovskij annuì, entrò nella Clinica n. 13 e rimase davanti alla guardiola di vetro del portiere. L'uomo scorbutico gli stava appiccicato alle spalle e gli soffiava nel collo. «Può darsi che nessuno mi dica avanti?» chiese Petrovskij.

«Avanti!» latrò il portiere digrignando i denti.

Una graziosa infermiera venne verso di loro nel corridoio, li superò e uscì dalla clinica. Petrovskij si allacciò il colletto della camicia e fece un rutto sonoro. Fin dai tempi di scuola aveva molto successo con questo numero: soprattutto alla lezione di matematica gettava nello smarrimento l'insegnante quando si piegava in avanti, si afferrava lo stomaco e ruttava storcendo la faccia. La maggior parte delle volte gli era consentito di allontanarsi dalla lezione di matematica per andare a prendere un po' d'aria, e lui si sedeva su una panchina ai bordi del cortile a prendere il sole, mentre i compagni si rompevano la testa con i logaritmi. Queste manovre non influivano sui voti: non si può punire un malato! Così, nel dubbio, si giudicava sempre in base alla buona volontà.

Anche adesso il rutto fece un effetto straordinario. Il portiere ritirò la testa fra le spalle e disse a denti stretti: «Cos'è?»

«Il mio stomaco. È il mio stomaco, compagno.» Petrovskij si asciugò la bocca. «E questo era uno scherzetto! Eh, sì, lo stomaco! Non mi devo agitare. Quando mi inquieto, mi si formano dentro dei vortici d'aria. È una tale sensazione... come se mi strappassero qualcosa dentro!»

Percorse il corridoio, svoltò l'angolo e si fermò davanti alla porta n. 20. Il portiere tornò di corsa al suo bussolotto di vetro, si piazzò dietro la vecchia scrivania con il centralino telefonico, strinse i pugni e desiderò avere davanti l'infermiere Domšack con il quale era in lite da un anno. Era proprio nelle condizioni ideali per dire un sacco di parolacce.

Nella stanza 20 c'era un vecchio miope in camice bianco che giocava a scacchi contro se stesso. Si chiamava Dottor Spešnikov. Lo avevano riassunto in ospedale perché i medici giovani erano al fronte, come pure le giovani dottoresse, che non avevano una buona fama, soprattutto nei campi di raccolta, nelle infermerie delle retrovie e nei campi di prigionia. Quelli che erano rimasti a Mosca erano materiale di scarto, fatta eccezione per i grandi specialisti. Il Dottor Spešnikov chiamava «la festa delle mummie» la conferenza quotidiana dei medici della clinica, durante la quale aveva accanto dottoresse energiche, ossute o ciccione e — in netta minoranza avendo solo sette colleghi — gli toccava ascoltare senza commenti i problemi gettati sul tappeto da quella congrega di femmine che non si mettevano mai d'accordo sul modo di risolverli.

Il Dottor Spešnikov aveva detto avanti ma poi non se n'era più curato, era curvo sulla scacchiera e si lambiccava il cervello sulla mossa successiva.

Petrovskij aspettò sulla porta, si raschiò la gola, ma poiché

non succedeva niente si avvicinò, osservò la scacchiera da sopra la spalla del medico e poi disse:
«Il cavallo bianco può mangiarsi il pedone...»
«Bravo fesso! Ma io sono il bianco. È il nero che deve muovere» rispose il dottor Spešnikov.
«Allora la Torre dovrebbe muovere da E 3 verso...»
«È così! È vero! La Torre!» Il Dottor Spešnikov incassò un Alfiere bianco e alzò la testa. Dietro gli spessi occhiali montati a giorno, i suoi occhi grigio-azzurri scintillavano. «Mi ha portato via il mio Alfiere. Si sieda! Adesso tocca di nuovo a me. Non si rallegri troppo presto! In quattro mosse, è matto!»
Petrovskij si sedette, si avvicinò con la sedia... e dopo sei mosse dava scacco matto al Dottor Spešnikov. Questi sospirò, si tolse gli occhiali, li strofinò con la manica della camicia, e poi squadrò l'uomo che lo aveva battuto.
«Chi è lei?» chiese con interesse.
«La ulcus ventropoli...»
«Ulcus ventriculi!»
«Lo deve sapere lei, compagno dottore. Io ho capito così.»
«Dove?»
«Lo ha detto il compagno ufficiale medico in persona. Mi ha detto: "Caro Luka Ivanovič, col tuo stomaco è una croce! Tu non puoi marciare come gli altri fino a Berlino e annientare i tedeschi. La tua ulcus ventro..."»
«Ventri!»
«È tanto importante che sia una o o una i? Fa un male d'inferno, compagno dottore. Questo è il mio foglio di congedo. Ho l'ordine di presentarmi.»
«Arriva con un bel po' di ritardo.» Il Dottor Spešnikov diede una scorsa al foglio coperto di timbri. Trovò straordinario che una ulcus ventriculi avesse messo in moto tanti uffici. Chi poteva supporre che quel documento fosse stato preparato in un laboratorio specializzato di Berlino? «La dottoressa competente per la sua malattia se n'è andata da un pezzo, il reparto radiologico è chiuso.»
«Sono forse responsabile della puntualità dei treni?» Petrovskij congiunse le mani e guardò il Dottor Spešnikov con aria

candida. «Ricordo... Qualcuno una volta mi ha detto: "Luka, lo sai che siamo in guerra..."»

Il Dottor Spešnikov rise acido, allungò le gambette, si lasciò scivolare in avanti nella poltroncina e rigirò fra le dita il suo re sconfitto. «Cosa facciamo adesso con lei?» chiese. «Sì, cosa facciamo? Io sono il Dottor Spešnikov, il medico di guardia. In linea di massima, faccio la notte. Di giorno mi arrabbierei troppo. Chi la può visitare?»

«Lei, suppongo.»

«Io sono ginecologo.»

«Ah!» Petrovskij tese le mani come per difendersi. «Con me non avrebbe fortuna!»

«Come si manifestano i suoi malanni?»

«È una lunga storia. Devo raccontargliela? La cosa peggiore è quando rutto. Divento rosso per la vergogna! Come quando a casa concimo il campo di patate, un puzzo così mi esce dalla bocca...»

«Sputa sangue?»

«Non mi spaventi, dottore!»

«Sangue nelle feci?»

«Dove, scusi?»

«Quando va di corpo», disse il dottor Spešnikov paziente.

«Come faccio a saperlo?»

«Non ci ha mai guardato?»

«Compagno!» Petrovskij sogghignò imbarazzato. «Una persona per bene osserva i propri escrementi e magari li manipola ben bene? Quante cose pretendono i medici da un povero malato!»

«Si spogli.»

«Davanti a un ginecologo?» Petrovskij si alzò esitante dalla sedia. «Dottor Spešnikov, provo un senso di vergogna...»

«Si spogli!»

«Se me lo ordina con questo tono...»

Petrovskij si calò i pantaloni, si sfilò dalla testa la camicia accorciata sul dietro diverse volte per riparare il colletto, e fece scivolare giù le mutande. Il Dottor Spešnikov mosse le punte delle scarpe e continuò a giocherellare con il suo re. Esaminò Petrovskij.

«Di una lunghezza ragguardevole» disse.
«Può metterlo per iscritto?» rispose Petrovskij.
«Perché?»
«Anfissa — la mia fidanzata a Frolovo — dice che è come quello di un ragazzino di quattordici anni.»
«Parlavo delle sue gambe, maiale! Sono lunghissime. Fa dello sport? Salto in lungo? Salto in alto? Corsa?» Il Dottor Spešnikov fece un gesto prima che l'uomo potesse rispondere. «Non va! La sua ulcera allo stomaco! Sono cose che mi capita di vedere tutti i giorni: un uomo sembra predestinato a qualche cosa, ma ecco che un altro fattore interviene a bloccarlo. Ci sono donne con un bacino tale che potrebbero portare a termine numerose gravidanze... e che cosa hanno? L'utero storto!»
Il Dottor Spešnikov si alzò, si avvicinò a Petrovskij, gli pizzicò la parete addominale, gli bussò lo stomaco, chiese se gli faceva male, al che Luka Ivanovič emise un doveroso «Ahi!», gli posò l'orecchio sulla schiena, come se si potesse sentire attraverso i polmoni una ulcus ventriculi, gli rivoltò le palpebre ed esaminò le pupille, ordinò «Si chini!», controllò lo sfintere anale e dichiarò soddisfatto: «Niente emorroidi!». E tornò alla sua scacchiera.
«Si rivesta!»
«Tutto qui?» chiese Petrovskij deluso.
«Adesso non si può fare di più.» Il Dottor Spešnikov sistemò di nuovo i pezzi sulla scacchiera. «Il Reparto radiologico è chiuso, il Laboratorio è chiuso, e fino a domani mattina non riaprono.»
«Ma un letto libero per me ci sarà?»
«Di libero non c'è niente, Luka Ivanovič. Siamo sempre superaffollati. Si dice che quello russo sia il popolo più sano... mi piacerebbe sapere cosa fanno gli altri popoli! Anche da loro i malati dormono perfino sui tetti?» Fissò Petrovskij attraverso gli occhiali spessi, aspettò che si fosse riabbottonato i pantaloni, poi sollevò il telefono. «Il Reparto 11 è quello che la riguarda. La compiango di cuore! Al Reparto 11 comanda Barynja Fëdorovna Čigirin. Oh, quella sì che è una carogna! Una spe-

cie di armadio, con muscoli come quelli di un lanciatore di martello! E che tette! Quando si china su un letto, i malati si mettono subito le braccia sulla testa per la paura che il reggipetto ceda e che la massa di ciccia li travolga. Con Barynja Fëdorovna lei non ha più un nome. Sa come la chiamerà? Puzzone! Forza, tirati su la camicia, puzzone! Le griderà e poi le tempesterà lo stomaco con il suo pugno in modo che la sua ulcera si arrenderà e scoppierà. Allora la trasferiranno dal Dottor Bubnov, il nostro chirurgo. Bubnov una volta era un genio, ma quarant'anni fa. Allora scoprì un nuovo metodo per l'asportazione della cistifellea. Da allora, a chiunque capiti sul suo tavolo, toglie la cistifellea, senza curarsi se il paziente deve essere operato all'esofago o per una fimosi. Il compagno Bubnov soffre di una nevrosi ossessiva da calcolosi biliare. Quando si trova sotto le mani una pancia, deve togliere la cistifellea! Lei ha ancora la cistifellea, Luka Ivanovič?»

«Sicuro!» esclamò Petrovskij sgomento.

«La compatisco! Dopodomani non l'avrà più. Il Dottor Bubnov gliela toglierà, dopo che Barynja Fëdorovna avrà sistemato la sua ulcera a suon di pugni. Il suo caso è molto critico. Sia che si tratti di una infiammazione della cistifellea o di una ulcus ventriculi... la differenza nella diagnosi è minima. Scommetto che Bubnov non la lascerà scendere dal tavolo con la cistifellea!» Il Dottor Spešnikov gli indicò la sedia libera. «Si sieda, Petrovskij. Facciamoci una partita! Lei è un buon giocatore. Le faccio una proposta...»

«La paura per quello che mi aspetta domani mi paralizza, dottore.» Petrovskij si sedette. Non dubitò nemmeno per un momento dell'esistenza di Barynja Fëdorovna e del Dottor Bubnov. Da quel che poteva vedere, le cose cominciavano a non andare tanto bene. Il progetto di mettere piede a Mosca per la via traversa di una clinica, si rivelava molto rischioso, se bisognava sacrificare la cistifellea. Questo non era affatto nelle intenzioni del Colonnello von Renneberg, anche se, grazie all'asportazione della cistifellea, egli si sarebbe perfettamente inserito e nessuno gli avrebbe domandato da dove veniva. Bisognava dunque trovare il mezzo di scavalcare Barynja e il Dottor Bubnov. Forse, la Clinica n. 4 nella Pavlovskaja ulica aveva medici meno eccentrici...

«Io le metto un timbro di accettazione e di trattamento sui documenti, e lei rimane con me a giocare a scacchi», disse il Dottor Spešnikov. «Lei è un compagno ideale. Un po' tonto, ma dotato per gli scacchi. Lei fa il turno di notte con me, e nessuno farà domande. Una volta che il suo nome sia comparso nelle pratiche amministrative, tutto fila automaticamente. Faremo riassorbire la sua ulcera. Che gliene pare della proposta?»

«Non dimentichi che devo avere un letto, compagno. Non posso dormire sulla scacchiera.» Petrovskij respirò di sollievo. Il pericolo di Barynja Fëdorovna era scongiurato. All'ombra protettrice del Dottor Spešnikov, l'indomani o il giorno dopo si sarebbero potute studiare nuove possibilità. «E devo anche mangiare.»

«Questo non è un problema.» Il Dottor Spešnikov fece un gesto noncurante, guardò i pezzi degli scacchi e si fregò le mani tutto contento in attesa della partita. «Ce n'è abbastanza. Sono conosciuto come un grande mangiatore. Non si preoccupi, Luka Ivanovič, cureremo la sua ulcera!» Si assestò gli occhiali, fece scrocchiare le giunture delle dita e fece la prima mossa. «Che ne dice, è sorpreso?» gridò entusiasta. «Questa apertura l'ho inventata io! In guardia, Luka Ivanovič!»

Al mattino verso le otto il Dottor Spešnikov andò a casa.

Era confuso. Appena si erano aperti il Reparto radiologico e il Laboratorio, aveva sottoposto Petrovskij agli esami, lo aveva imbottito di clisma opaco, ne aveva raccolto l'orina in una provetta e le feci in un vasetto, ma tutte le prove erano risultate negative. Nessuna traccia di un'ulcera allo stomaco! Petrovskij era l'individuo più sano che il Dottor Spešnikov avesse avuto sottomano fino a quel momento, ma l'impressione che faceva era ben diversa. Petrovskij si torceva dai dolori, strabuzzava gli occhi in maniera orrenda, sul tavolo di Radiologia ruttò tanto da spaventare l'infermiera e da rovinare tre lastre, e quando tornò dagli esami dovette buttarsi sfinito sul lettino del Dottor Spešnikov.

«C'è una sola spiegazione», disse Spešnikov studiando le radiografie dalle quali non si aveva alcuna conferma dei sintomi di ulcera. «Lei è uno psicopatico, Luka Ivanovič. Un isterico! La sua ulcera di stomaco è una sindrome isterica!»

«Quindi incurabile.» Petrovskij congiunse le mani. «Quanto mi rimane da vivere?»

«Idiota! Lei è sano!»

«Ma il medico dell'esercito...»

«È un mistero! Cosa diamine ha visto il collega?» Spešnikov ultimò l'esame. «Adesso lei avrà il suo timbro e una scheda in amministrazione. Risulterà come paziente esterno sotto costante controllo medico. Quindi, qui ufficialmente non ha bisogno di un letto. E se le fanno domande, dica che il suo caso è di competenza del Reparto Ricerche. Tutti la lasceranno in pace. Perché lei è un caso poco chiaro, e le staranno alla larga non sapendo che razza di malattia si porta a spasso.»

Petrovskij ringraziò il Dottor Spešnikov, mangiò con appetito la colazione costituita da pane colloso, surrogato di marmellata e pappa di semolino appiccicosa, poi dormì tre ore e si lavò nell'attiguo bagno del Pronto Soccorso.

L'enorme edificio della Clinica n. 13 pullulava di gente. Petrovskij vagò per corridoi e reparti, buttò un'occhiata nelle camere aperte e alle infermiere, sebbene la maggior parte di loro lo guardassero con aria altezzosa. Si era seduto buono buono su una panca in corridoio quando aveva visto arrivare di lontano Barynja Fëdorovna — doveva essere lei, stando alla descrizione del Dottor Spešnikov, solo la Barynja poteva portarsi in giro quel po' po' di davanzale — e si era alzato solo quando era stato ben sicuro che non sarebbe tornata indietro. Nessuno lo aveva fermato, nessuno gli aveva fatto domande... Secondo un determinato sistema, lì tutto funzionava alla carlona per il benessere dei malati.

Tornato al Pronto Soccorso — dopo essere passato davanti alle sale operatorie con le lampadine rosse sulle grandi porte di vetro opalino e aver pensato: Ah, Bubnov si è già abbandonato alla sua orgia di cistifellee — si fermò di colpo davanti a una delle panchine di attesa. C'era seduta, sola sola, una ragazza con i capelli biondi, un impertinente nasino all'insù e un mosaico di lentiggini sul viso. Aveva un'espressione piuttosto preoccupata, strisciava nervosamente i piedi per terra e sembrava attendere che qualcuno uscisse dalla sala visite per darle notizie. Petrovskij vide come le pulsava il sangue nelle vene, cosa che per principio non bisognerebbe mai ignorare. E vide anche che fisicamente corrispondeva ai suoi più audaci desideri e si decise a non lasciare niente d'intentato.

«Un incidente?» chiese con aria competente. La ragazza alzò il capo. Il nasino le vibrava per l'emozione.

«Lei è medico, compagno?» chiese di rimando. La sua voce era dolcissima.

«Ne ho l'aspetto?»

«Non si può mai dire, quando i medici non indossano il camice.»

«Io sono l'ulcus ventriculi...»

La ragazza annuì imbarazzata. «Molto piacere. Mi scusi... è qualcosa di simile al primario?»

«Press'a poco» disse Petrovskij con tono serio. «Posso esserle di aiuto?»

«Ho condotto qui la mia amica. La stanno visitando. È caduta dal trattore ed è rimasta priva di sensi.»

«Dal trattore?» Petrovskij si sedette sulla panchina, accanto alla ragazza. Lei gli fece un timido sorriso. Faranno tanto d'occhi quando glielo racconterò, pensò. Chissà che invidia. Un onore simile: un Ulcus nonsochecosa seduto vicino a me! Un insigne accademico!

«Io sono trattorista» disse esitante e un po' bloccata. Non aveva esperienza di uomini così importanti. Quelli che praticava alla fabbrica di trattori erano del tutto diversi. Sapevano di essere delle rarità, adesso che tutti erano al fronte a combattere i tedeschi. I giovanotti sani che erano rimasti in fabbrica si comportavano come tori da esposizione, sempre pronti all'attacco appena vedevano agitarsi una gonna. Ma quello seduto adesso vicino a lei non le sbirciava i seni e non cominciava la conversazione con la domanda: «Quando è stata l'ultima volta?»

«Io sono addetta al collaudo» disse quando incontrò lo sguardo interrogativo di Petrovskij. «Quando i trattori sono pronti, io gli faccio fare il giro di prova, e solo dopo di questo possono essere consegnati.»

«Un posto di responsabilità.» Petrovskij lanciò un'occhiata alla porta del Pronto Soccorso. Era arrivata un'autoambulanza, e due infermieri portarono all'Accettazione un vecchio che si lamentava. Quando la porta si aprì, si vide per un momento l'anticamera. Due medici parlavano fra loro, una infermiera portava via un cesto di pezze insanguinate. «Da quanto tempo aspetta?»

«Da mezz'ora.»

«Me ne occuperò io» disse Petrovskij con la solita aria da spaccone. «Come si chiama la sua amica?»

«Vera Petrovna Orkol.»

«E lei, compagna?»

«Larissa Aleksandrovna Churlankova.»

«Lasci fare a me!» Le fece un sorriso incoraggiante. «Avrà presto notizie.»

Lei annuì e lo seguì con lo sguardo ammirato mentre si alzava. «Come posso ringraziarla, compagno Ulcus... il resto l'ho dimenticato.»

Petrovskij si schermì con un gesto. «Lasci stare! È solo un titolo. Io mi chiamo Luka Ivanovič Petrovskij.»

«Oh! Come la clinica...»

«Un mio lontano parente.» Petrovskij diede la mano a Larissa, la guardò con occhi raggianti facendola arrossire fino alla radice dei capelli e tagliò la corda rifugiandosi nel posto di guardia.

Per puro caso, una infermiera uscì dal Pronto Soccorso, andò da Larissa Alekssandrovna e le disse:

«Un parto prematuro. Troppo prematuro. Era una bambina, è morta. Lei può andare, compagna. Al resto pensiamo noi. Il padre sarà avvertito...»

«Vera non è sposata!» disse Larissa vergognosa.

«Ah!» L'infermiera la guardò con occhio cattivo. «Ma non l'avra mica fatta da sola, la bambina!»

«L'ha avuto dal caposquadra del Montaggio Assali...»

«Bene! Montaggio Assali!... Allora avvertiremo lui!»

«È sposato...»

«Che razza di banda siete!» disse l'infermiera grattandosi fra i seni. «Come gatte in calore...»

«Che ne sa lei di come vanno le cose in fabbrica?» Larissa Aleksandrovna balbettava per la collera. «Noi non abbiamo i mezzi di cui vi potete servire voi quando ve la fate con i medici! Non mettetevi in testa di essere meglio di noi!»

Piantò in asso l'infermiera paonazza e corse fuori dalla clinica. In strada ci ripensò, le venne il fatale pensiero di andare a fare le sue rimostranze al gentile e influente Ulcus Luka Ivanovič, e rientrò di corsa nella clinica. Lì si imbatté in Petrovskij, che dalla finestra aveva visto uscire Larissa dall'ospedale e stava per andarle dietro.

«Allora, soddisfatta?» le chiese stringendole la mano.

«Debbo presentare delle lagnanze» disse lei forte.

«Allora è capitata bene, Larissa. Parli liberamente. Io sono un vaso vuoto: ci riversi dentro i suoi desideri.»

Nessuno aveva mai parlato così a Larissa. Il suo cuore fremette per quel piacere mai provato. «È stata l'infermiera» disse in tono più mite. «Ci ha chiamate civette...»

«Inaudito!» Petrovskij aggrottò la fronte assumendo un'espressione drammatica. «Mi spieghi tutto per bene, Larissa Aleksandrovna. Usciamo dalla clinica. Andiamo a bere una limonata insieme?»

«Il mio... il mio trattore mi aspetta. Lo devo riportare indietro.»

«Per ascoltarla sono pronto a tutto. Andiamo a prendere il trattore.»

Così Petrovskij, in piedi dietro a Larissa che, appollaiata nel sedile a ciotola coperto d'incerata, guidava con grande sicurezza, si fece un bel tratto di strada attraverso Mosca su un grosso trattore nuovo, aspirando il profumo dei capelli di Larissa che gli svolazzavano sul viso, e felice come non era mai stato in vita sua.

Più tardi Larissa gli mostrò la fabbrica di trattori quasi scoppiando di orgoglio. «È un Ulcus» sussurrava alle amiche non appena se ne presentava l'occasione. «Un pezzo grosso. Quasi un primario... Ed è una brava persona.»

Petrovskij conobbe anche il capo dell'Officina di Montaggio

I, un tipo rinsecchito, affetto da qualche malattia del ricambio, con gli occhi giallognoli. Ebbero così modo d'intrattenersi fraternamente sulle malattie e in particolare su quelle dello stomaco e dell'intestino, cosa che provocò una reciproca profonda simpatia. Qui egli apprese anche che tutti gli uomini correvano dietro a Larissa Aleksandrovna, costringendola a stare sempre sulla difensiva. Inoltre, che lei aveva ventidue anni e viveva sola in una cameretta, perché la madre era morta di polmonite prima della guerra e il padre era stato dato per disperso a Tarnopol... era sola al mondo e costretta a lottare contro tutte le avversità che rendono la vita difficile a una ragazza.

«E allora, come la mettiamo, amico?» disse il capo-officina offrendo a Petrovskij machorka e un tabacco fibroso fermentato in casa per farsi una sigaretta. Erano seduti nella cabina di vetro dalla quale si poteva controllare tutta la sala di montaggio. Larissa aveva raccolto intorno a sé uno sciame di ragazze e sembrava parlare di Petrovskij. Agitava le braccia con molta energia nell'aria calda. «Cambia qualche cosa?»

«Cosa deve cambiare, compagno?»

«Si infilerà nel letto di Larissa?» Il capo-officina fece una risata che sembrava un belato. «Poiché lei è un compagno molto in vista, ha le migliori prospettive. Nessuna meraviglia, quando uno è un Ulcus!»

«Ulcus è una ulcera allo stomaco» disse Petrovskij calmo.

«Cosa è?» Il capo-officina biascicò la sigaretta. «Io penso...»

«Un errore, compagno. Un equivoco che ancora non ho potuto spiegare a Larissa.»

«Lei è sofferente di ulcera allo stomaco?». Il tipo rinsecchito dagli occhi giallognoli cominciò a ridere, si curvò su una sedia, il fumo della sigaretta gli andò di traverso, ed egli si mise a braccia spalancate come se volesse vomitare i polmoni, sbatté gli occhi lacrimanti e sospirò deliziato. «Le sta proprio bene, a Larissa!» disse gongolante. «Ah, che bello! Che piacere! Come la prenderà, che ne pensa lei, Luka Ivanovič? Gliele suonerà o andrà a nascondersi? Mi piacerebbe esserci...» Fece un profondo respiro, si calmò un poco e poi tornò a domandare: «Va a letto con lei?»

«Forse...»

«Sicuro! Sarebbe un bene per noi tutti. Tornerebbe la calma nella sala di montaggio quando si sapesse che Larissa ha tutto quello che le serve. Ih, ih!.. Chi è lei in realtà, Luka Ivanovič?»

«Fino a due settimane fa ero ancora al fronte. Là hanno scoperto la ulcus ventriculi. Il mio mestiere è quello di copritetti.»

«E che succederà?»

«Non sta a me decidere. Io vorrei lavorare.»

«Una cosa è certa: noi malati di stomaco dobbiamo essere solidali. Luka Ivanovič, le andrebbe di lavorare con me? Se parlo con il compagno Capo del Personale... ha un intestino molto delicato e grazie alla sua ulcera la assumerebbe di sicuro. Siamo una impresa di utilità bellica: a nessuno verrà più in mente di rimandarla al fronte. Potrà regalare a Larissa un figlio dopo l'altro... ah, ah!»

Fu una bella conversazione, che si protrasse per più di un'ora. Quando Larissa tornò dalla sala di montaggio, con le guance rosse e gonfia di esultanza perché adesso tutte le invidiavano il grande Ulcus, Petrovskij e il capo-officina, che si chiamava Bogdan Filofeevič Isvarin, sposato e malgrado il cattivo metabolismo padre di sette figli, erano diventati amiconi. Petrovskij decise di accettare l'offerta. Dove si può essere più sicuri che in una fabbrica di trattori di utilità bellica, con un Capo del Personale che si sente legato a te dai disturbi intestinali?

Ce l'ho fatta, pensava contento. Ho messo piede a Mosca. Già il secondo giorno.

Come sarà andata agli altri? Chissà se hanno raggiunto Mosca.

Alla sera, Luka Ivanovič e Larissa erano sdraiati sul letto nella cameretta di lei e non si vergognavano affatto di essere nudi e sazi di amore. Era stato come se un uragano li avesse travolti quando, entrati nel modesto alloggio di Larissa, avevano visto il letto ancora disfatto dalla notte precedente. Con dita febbrili si strapparono quasi di dosso i vestiti e si buttarono l'uno sull'altra come fossero cannibali affamati. Solo quando Petrovskij sentì ad ogni colpo un dolore acuto alla spina dorsale e il respiro di Larissa fu ridotto a un soffio infuocato, crollarono l'uno accanto all'altra e aspettarono, ciascuno per suo conto, che il cuore cessasse di battere e che la troppa felicità li uccidesse.

«Non m'importa proprio niente che Ulcus sia una ulcera allo stomaco», disse Larissa più tardi, quando si furono lasciati alle spalle un secondo uragano, un poco più breve del primo. «Nessuno ha mai amato come io ti amo, Luka. Preghiamo in segreto che i tedeschi siano annientati e che la guerra finisca presto...»

Con il tram puoi viaggiare da un capo all'altro del percorso, il tram esiste per questo, lo paghi per questo, la sua funzione è il trasporto anonimo delle persone. Tuttavia, la conducente Lyra Pavlovna Žarenkova perdeva la pazienza e si innervosiva tutte le volte che il passeggero seduto vicino a lei dietro il divisorio si sporgeva verso il posto di guida e la fissava come fosse qualcosa di sconveniente, non si decideva mai a scendere, ma anzi annuiva soddisfatto quando lei lo guardava.

Poco prima del capolinea, lei allungò la testa oltre il divisorio e soffiò addosso a Boranov. Egli spalancò gli occhi spaventato come un bambino rimproverato.

«Ha la colla sul sedere?» sibilò.

«Non me ne sono mai accorto.» Boranov si sollevò a metà e si passò la mano sul fondo dei calzoni. «Posso confermarlo: niente del genere, sorella!»

«Io non sono sua sorella! Perché non scende?»

«Devo farlo? Mi piace tanto andare in tram! Il rumore delle ruote sulle rotaie, il bimbim del campanello. Te ne stai seduto tranquillo dietro il finestrino e guardi gli uomini e le case... Un autentico piacere! Fin da bambino ero felice quando potevo andare in tram. E le conducenti erano particolarmente carine con me, ero un bambino delizioso! I miei lunghi riccioli biondi si agitavano al vento... non rimaneva altro da fare: bisognava volermi bene!»

Lyra Pavlovna rinunciò a proseguire la conversazione con quel passeggero evidentemente un po' scemo, suonò il campanello e ripartì. Arrivarono al capolinea, un grande rondò lastricato, sul quale si trovavano altri due tram provenienti da direzioni diverse, per una sosta di dieci minuti prima di riprendere il percorso dove avrebbero incontrato il convoglio che marciava in direzione opposta. Gli ultimi passeggeri scesero, solo Boranov non si alzò e non si mosse nemmeno quando Lyra si affacciò sulla porta dalla strada.

«Fine della corsa!» gridò. «Basta! Sgomberare la vettura!»

«Io torno indietro.» Boranov fece saltare le monete sul palmo della mano. «Quindici copechi... giusto?»

«Lei deve scendere!»

«Ma se torno indietro!»

«È proibito ai viaggiatori rimanere in vettura durante la sosta!» gridò Lyra Pavlovna. Salì i due gradini e si piantò davanti a Boranov. I suoi grandi occhi sembravano tizzoni ardenti. «E c'è un motivo! Bisogna cambiare aria nella vettura. E finché ci sta lei, puzza.»

«Ecco la spiegazione!» Boranov si alzò, fiutò in direzione dei bei capelli neri di Lyra, le cui punte sotto il sole avevano riflessi rossastri, e scosse il capo. «È il sapone! Adesso ho capito! Il grasso è rancido...»

Lyra Pavlovna aprì la bocca, la lasciò aperta e fissò Boranov sbalordita. Faceva evidentemente fatica a capire quel tipo. «I miei capelli?» disse infine. «Adesso chiedo aiuto a Pavlov, della linea 3!»

«È lui il fornitore del sapone? E lui non lo sente l'odore? Il poveretto soffre forse di raffreddore permanente?»

«Lei è uno scimunito! Scende, o vuole che la trascini fuori?»

«Io sono un tipo pacifico» disse Boranov, che scese dal tram e si stiracchiò al sole. Lyra Pavlovna chiuse la vettura, si affrettò verso una specie di saletta d'attesa e si chiuse nella toilette. Lì si guardò nel vecchio specchio incrinato che alterava le immagini, si inumidì le dita, se le passò fra i capelli e poi le annusò.

Niente.

Ci provò ancora una volta, poi si pettinò e lasciò il locale con le labbra strette. Boranov si mise a chiacchierare con il conducente della linea 3, e così seppe che Lyra Pavlovna Žarenkova era una donna tutta speciale, che aveva appena vent'anni, che era di buona famiglia — il padre architetto e la madre insegnante — e che era nell'azienda tramviaria perché uno zio impiegato nell'amministrazione le aveva procurato quel buon posto. Sulla vita privata, il conducente della linea 3 non poteva dire nulla. Non era fidanzata, ma nessuno avrebbe potuto dire se avesse un amico. «È piena di pepe», disse il conducente della linea 3. «Lo si vede bene! Ma non parla mai di sé.»

Dopo dieci minuti Boranov era fermo di nuovo davanti alla porta del tram. Lyra era già seduta al posto di guida, ma non aveva ancora aperto per far salire i passeggeri. Il gioco si ripeteva, anche se qui c'erano solo sette viaggiatori pronti a saltare su.

«Cerchiamo di vedere la cosa da uomini», disse Boranov accingendosi a concionare quelli che gli stavano intorno, cosa che Lyra considerò con profonda disapprovazione. «C'è una sensazione più bella del comando? Lasciate che vi racconti questa storia: al centro di addestramento di Novgorod avevo un Sottotenente. Accidente che carognetta! Quando il sudore ci scorreva a rivoli per il corpo, quello strillava tutto contento: "Così risparmiamo l'acqua! Vi lavate con i vostri mezzi! Bravi!" E poi ci rimetteva allo sgobbo finché non crollavamo. Avremmo voluto ammazzarlo. Ma ecco che una mattina fui incaricato di portargli a casa una lettera. Quel giorno era fuori servizio, e mentre mi avvicinavo a casa sua sentii una donna che urlava. Il mio Sottotenente, in maniche di camicia, sul retro della casa, spaccava su un ceppo rami d'albero e alle sue spalle la moglie lo insultava chiamandolo mollaccione. Ma la cosa più divertente era questa: sudava. Sudava tanto che alla luce del sole la sua pelle sembrava coperta di diamanti. Mi fece pena. E capii perché con noi era tanto duro...» Boranov si asciugò la fronte. I presenti annuirono, tutti compresi. «Un uomo si carica e si scarica come una batteria, cari compagni. Non prendetevela quindi con la nostra conducente; adesso lei è nella fase di scarica.»

Lyra Pavlovna ne aveva abbastanza. Diede un pugno sul campanello e gridò: «In vettura! Si parte!» e soffiò inviperita in faccia a Boranov che era salito per ultimo. «Dove?»

«Fin dove mi portano quindici copechi, cara amica...»
«Dove?»
«Fin dove si può. Fino al capolinea... o in capo al mondo! Con lei andrei dappertutto. Ho un debole per le persone cordiali, Lyra Pavlovna...»
«Come sa il mio nome?»
«Il collega della linea 3...»
«Quel chiacchierone sdentato! Fuori i copechi!» Boranov le diede il denaro, lei lo contò e alzò gli occhi con aria sospettosa. «Ma sono trenta!»
«Per il ritorno, Lyraška...»
«Io la butto giù dal tram!»
«Questo sarebbe contro il regolamento. Chi paga ha diritto ad essere trasportato. Le eccezioni sono ammesse solo in caso di necessità. Se qualcuno vomita nella vettura, imbratta le pareti, sta appeso fuori...»
«Lei è un porco.»
«Non rientra comunque fra i casi di necessità il fatto che un passeggero trovi carina la conducente e non riesca a separarsi da lei. Ho fatto i conti, Lyra Pavlovna: sino alla fine del turno posso viaggiare con lei per quattro rubli. Con quattro rubli posso continuare ad ammirarla per ore. È un piacere quasi regalato. Nessuno le ha mai fatto un conto del genere? Inaudito! A Mosca gli uomini sono tutti ciechi?»
Lyra non rispose, prese quindici copechi, gettò a terra gli altri quindici e fece partire il tram. Così Boranov conobbe Mosca nel modo più piacevole, attraversò la metropoli, sia pure facendo sempre lo stesso percorso, del quale finì in breve per conoscere a memoria ogni particolare, ma aveva tempo, prima di pensare alle mosse successive. Da uomo cordiale attaccò discorso con gli altri passeggeri, richiamò l'attenzione di Lyra sulla finestra di una casa di pietra grigia dove si vedeva un uomo nudo che si stava asciugando; la qual cosa per poco non provocò un incidente, perché Lyra si voltò verso Boranov, gli gridò: «Sporcaccione!» e così facendo non si accorse di un ciclista che imprudentemente attraversava i binari. Al capolinea Boranov pagò i suoi quindici copechi per un altro viaggio. Non c'era niente da fare. Lyra Pavlovna era impotente, schiu-

mava di rabbia, e ritrovò il suo equilibrio solo quando Boranov al Capolinea 1, dopo quattro viaggi di andata e ritorno, scomparve all'improvviso.

Lyra aspettò sul tram, guardò impaziente l'orologio e poi con labbra tremanti strinse la manopola dell'avviatore, sentì un forte colpo al cuore e si azzardò a ritardare la partenza di sei minuti. Allora una incontrollabile irrequietezza si impadronì di lei, senza motivo ebbe voglia di piangere... e quando alla fine Boranov uscì dalla saletta d'aspetto e salì fischiettando in vettura e le sciorinò sulla tavoletta i quindici copechi, ella disse con voce acuta: «Accidenti a lei, ma dove era?».

«Ho bevuto una limonata! Avevo la lingua secca. Mi meraviglio che mi abbia aspettato, Lyraška...»

«Abbiamo nove minuti di ritardo!»

Boranov si sedette al suo solito posto e accavallò le gambe. «Allora partiamo!» disse scoccando un bel sorriso a Lyra Pavlovna. Lei lo accolse con un tonfo al cuore, e poté evitare altri sussulti in quanto Boranov le voltò bruscamente le spalle. «Fra la fermata 7 e la 10 e fra la 14 e la 18 possiamo recuperare il tempo perduto!»

A Lyra, in quel quinto viaggio, il duro seggiolino sembrò imbottito di nuvole.

Non si deve dire che le donne sono come i castelli di carte, che appena li tocchi crollano. Questo sarebbe ingiusto e non terrebbe conto della loro natura, soprattutto quando si trovano di fronte a un dubbio atroce e alla fine decidono secondo quello che il cuore detta loro.

Nessuno si sarebbe aspettato che Lyra Pavlovna, alla fine del turno di lavoro, non avrebbe piantato in asso Boranov. Invece accadde proprio il contrario. Fece il più presto possibile le consegne alla collega del turno successivo, sempre tenendo d'occhio la strada per vedere se Boranov aspettava ancora. Aspettava, si sgranchiva le gambe, si fece una sigaretta con degli avanzi di tabacco e sorrise allegro quando Lyra, con la borsa di pelle appesa alla spalla, andò verso di lui.

«Ho avvertito la mia collega», disse severa. «Se lei continuerà ad andare avanti e indietro, la Milizia la porterà in un manicomio! Il suo comportamento è provocatorio!»

«Questa è incredibile.» Boranov si grattò il dorso del naso. «Ma a pensarci bene ci si può anche credere. Bisogna evitarlo, compagna. Le obbedisco. Rinuncio ai miei piaceri tramviari. Ma adesso che faccio? Come potrò vivere senza il suo campanello?»

«Si può sapere chi è lei?»

«Mi chiamo Kyrill Semënovič Boranov.»

«Non mi interessa.»

«Me lo ha domandato...»

«Volevo sapere dove la si può scaricare!» Prese un pettine dalla borsa, si ravviò in fretta i capelli e seguì con lo sguardo il suo tram che si allontanava guidato da un'altra conducente. «Sembra che lei abbia molto tempo.»

«E perché no?»

«Ogni ora sprecata nuoce al popolo e favorisce il nemico!»

«Massima numero 19! Ma conosce anche la numero 22? — L'amicizia aumenta la produttività! — Questa sì che è una massima, Lyra Pavlovna!»

Lei rimase seria, guardò il casotto del capolinea e si mise ad armeggiare con la borsa. «Adesso vado a casa», disse. «Spero di non rivederla più. Questa giornata è stata più che sufficiente!»

«Lei va a casa? Con che cosa? Sempre con il tram?»

«Con la bicicletta.»

«Magnifico!» esclamò Boranov con entusiasmo. «Deve sapere che io sono un famoso ciclista! A diciassette anni ho vinto il mio primo campionato. Non ha mai sentito parlare dell'Aquila di Novgorod? La gente era ai bordi della strada e, mentre io le sfrecciavo davanti, impazziva di entusiasmo. Nell'estate del 1939, alla corsa di Smolensk, quando tagliai il traguardo una donna fece un parto prematuro. Un bambino. Lo chiamarono subito Kyrill — il mio nome — e io lo annaffiai con ciò che rimaneva nella mia borraccia... Lyra, non ne ha mai sentito parlare? Ma no, non è possibile. Allora aveva appena quindici anni. E nel 1940, a Minsk, che giornata! Come vincitore, fui baciato dalla figlia del presidente del Soviet cittadino. Una bella bionda. Dopo quel bacio perse la bussola e non volle più dormire senza le mie brache...»

«Dovrebbero cacciarla sotto l'acqua fredda», disse Lyra sostenuta. «Gelata! Si tolga dai piedi!»

«Posso portarla a casa?»

«Con la bicicletta? Come "Aquila di Novgorod"?»

«No, come Kyrill Semënovič. Come il suo Kyrill!»

«Lei è gonfio di boria!» Affrettò il passo verso il casotto, prese dalla rastrelliera una vecchia bicicletta da uomo e appese al manubrio la grossa borsa di cuoio. La bicicletta era verniciata di rosso e sembrava molto robusta.

Boranov si fregò le mani.

«Dove vuole mettersi?» chiese. «In canna o sul portapacchi?»

«In canna no. Le verrebbero in faccia i miei capelli che puzzano di sapone rancido...»

«Lyraška», disse Boranov con tenerezza. «Dimentichiamo quello che abbiamo detto. In questo momento io sono un uomo veramente felice. Mi dia la bicicletta!»

Gliela prese dalle mani, si sedette sul sellino e Lyra si mise dietro di lui circondandogli la vita con le braccia, come bisogna fare se non si vuole cadere. Il contatto con lei fu per Boranov come una scarica elettrica che lo percorse dal cervello alla punta dei piedi. Sospirò.

«Dove andiamo?» esclamò con voce carica di felicità. «In Georgia, sull'Amur, sul Mar Bianco o nella Taiga? Esaudirò ogni suo desiderio, Lyra Pavlovna! Mi indichi la meta!»

«Una casa gialla nella Poltekava ulica. Le rimangono ancora circa diciannove minuti.»

«Per fare che cosa?»

«Fra diciannove minuti mio padre la sbatterà fuori di casa. Che felicità! Ah, che felicità!»

Non ci si aspetti niente di straordinario... Papà Žarenkov non fece gli occhi neri a Kyrill Semënovič. Tuttavia si tenne sulle sue, perché era la prima volta che la piccola Lyra portava in casa un uomo. Marja Ivanovna, la madre, spinse subito Lyra in cucina, mentre il padre Pavlov Ignatovič si rammaricava di non potere offrire all'ospite niente altro che tè freddo con limone sintetico.

«Come va al fronte?» chiese. «Se ne sa così poco. Quando saranno sconfitti i tedeschi? Può andare avanti ancora per molto? Mi racconti, Kyrill Semënovič, mi racconti! Come giudica la situazione dal punto di vista del combattente?»

Boranov disse quello che Pavlov Ignatovič voleva sentire. Stava cominciando la marcia su Berlino, anche se in effetti rimanevano ancora da conquistare mezza Russia europea, la Polonia e la Prussia Occidentale. «Quando ci mettiamo in movimento, nessuno può fermarci!» disse. «Li schiacceremo, i tedeschi. Peccato che io non possa esserci.»

«Qui potrà riposarsi, Kyrill Semënovič.»

«Certo. Ma la pallottola che ho nella spalla vicino all'arteria polmonare, quella non si riposa. Nessuno osa toglierla. Guardano la lastra, indicano con la matita la macchia nera e dicono: "Ah, ah, eccola qua la bestia". E aggrottano la fronte. Inoperabile. "Deve abituarsi a viverci insieme, compagno"» Boranov alzò gli occhi al cielo. Mamma Marja arrivò dalla cucina con Lyra portando dei biscotti rotondi che venivano conservati per le occasioni speciali in un alto barattolo di latta. I biscotti erano secchi, duri e sapevano un po' di muffa. Lyra evitò di guardare Boranov; aveva le guance rosse e si capiva che in cucina aveva avuto una vivace discussione con Marja Ivanovna.

«Lei è un uomo istruito, Pavlov Ignatovič», proseguì Boranov. «Posso chiederle che conseguenze può provocare una pallottola che nessuno vuole estrarre? Più ci penso e più mi preoccupo. Che succede se passo vicino a una calamita? Ci rimango attaccato come una mosca su una carta moschicida? E se c'è un temporale, Pavlov Ignatovič? Tremo solo a pensarci! Il ferro attira i fulmini... è possibile che un fulmine mi caschi addosso?»

«Oh no!» disse Lyra sottovoce, colpita. «Questo non lo sapevo. Lei non me ne aveva parlato.»

«Non potevo.» Boranov fece un gran sorriso. «Ero occupato a lottare per il mio posto sul tram.»

«Era così pieno?» chiese papà Žarenkov con candore. «Perché non si è messo a gridare: Fate posto! Qui c'è un invalido!»

Boranov colse un rapido sguardo di Lyra e annuì impercettibilmente. Non preoccuparti, tesoro mio, quello è stato il più bel viaggio in tram della mia vita. Tu mi hai preso a calci negli stinchi, hai inveito contro di me, mi hai minacciato, mi hai tormentato e offeso, bisogna dartene atto, ti sei avventata contro di me con le unghie e con i denti come una gatta infuriata... ma è stato tutto inutile. Adesso sono seduto qui su una vecchia poltrona, bevo tè amaro e sgranocchio biscotti ammuffiti e papà Pavlov mi trova simpatico. Lyranja, bisognerebbe inghirlandare il tuo tram e spargere petali di rose sul tuo seggiolino!

«Non abbia timore, Kyrill Semënovič», disse Žarenkov dando una pacca sul ginocchio di Boranov. «Né una calamita né un fulmine possono nuocerle. Una pallottola così piccola...»

«Non operabile!» esclamò Boranov alzando il dito indice. «Vicino all'arteria! Bisogna che non ci pensi!»

«Ma perché l'hanno mandata fino a Mosca?» chiese Mamma Marja.

«Devo lavorare qui!» Boranov sbriciolò uno di quei durissimi biscotti. Il rumore fu quello di un osso stritolato da una belva. «C'è bisogno di tutte le braccia.»

«Qual è il suo mestiere?» Žarenkov congiunse le punte delle dita. Era un uomo snello e fine, con capelli grigi, era un tipo aristocratico, e si capiva subito che faceva un lavoro di concetto.

Alle pareti, fissati con puntine da disegno, c'erano, invece di stampe a buon mercato, alcuni progetti di edifici sfarzosi disegnati da Žarenkov, progetti che egli non aveva mai potuto realizzare e che perciò amava più di ogni altra cosa. Accanto, in una cornicetta di legno, c'era il diploma di maestra di Marja e un attestato dell'Accademia di Architettura con un encomio per la collaborazione di Žarenkov alla progettazione di un nuovo istituto tecnico.

«Sono biologo», disse Boranov.

Di ciò egli non era soddisfatto, e lo aveva detto a suo tempo al Colonnello von Renneberg. Ma gli specialisti di Canaris avevano scoperto che il miglior voto conseguito da Kuehenberg a scuola era stato un dieci in biologia e che solo la tradizione dei Kuehenberg e la guerra gli avevano impedito di proseguire questi studi all'università di Greifswald. «Un biologo fa impressione anche in Russia», aveva detto Renneberg. «Soprattutto potrà trovare un lavoro che le darà molta libertà di movimento. Che cosa si può desiderare di meglio per la sua missione?»

«Biologo!» disse Žarenkov soffiandosi sulle dita. «Che cosa le si può far fare? Qual è la sua specializzazione?»

«La fecondazione artificiale.»

Lyra Pavlovna, da brava figliola, arrossì e strinse le labbra, che si ridussero a una linea sottile. I suoi occhi sembravano invitarlo alla moderazione. Ma né Pavlov Ignatovič né Marja Ivanovna sembrarono sorpresi o scandalizzati, si limitarono invece ad annuire.

«Parlo di fecondazione delle piante!» spiegò Boranov evitando di guardare Lyra. «A Kazan abbiamo coltivato diciannove nuove specie di orchidee.»

«Con questo però non si può vincere la guerra», disse Žarenkov. «Sono cose da tempo di pace! Che cosa se ne fa delle orchidee la Russia? Non abbiamo abbastanza garofani, rose e girasoli? Mio caro Kyrill Semënovič, io temo che non sia possibile trovarle un posto da biologo. Che cosa si aspetta lei?»

«Sono pronto ad ogni delusione.»

«E se le aspetti!» Žarenkov si alzò, andò in camera da letto e tornò dopo poco con una cassettina d'argento. La aprì con una espressione sognante: era mezza piena di tabacco dorato a fibra lunga. «Orientale!» disse Pavlov Ignatovič allegramente. «Me lo ha regalato un turco che venne in visita all'Accademia nel 1939. Aveva un nome impossibile... Yüksülükel o qualcosa di simile. Come si fa a pronunciarlo? Mi lasciò due pacchetti di tabacco, questo è ciò che rimane. Adesso ci facciamo una bella sigaretta che ci aiuterà a pensare con tutto agio, Kyrill Semënovič.»

Boranov capì di essere entrato a far parte della famiglia, e di ciò era molto felice.

Il piccolo Nikolai Antonovič Plejin udì per l'ultima volta il suo vero nome, Dallburg, quando, con il paracadute allacciato e a passi impacciati, andò verso l'aereo che l'avrebbe portato nei dintorni di Mosca. L'apparecchio aspettava all'aeroporto militare di Stettino, discosto dagli altri velivoli; un Alfiere della Luftwaffe era già seduto nella cabina e studiava ancora una volta alla luce di una lampada tascabile la rotta. Gli appariva chiaro che, se il viaggio di andata non presentava problemi, quello di ritorno sarebbe stato una gara con la morte. Se tutto fosse andato secondo i progetti, non si sarebbe potuto comunque trovare sulla Polonia prima dell'alba. E lì lo avrebbero atteso i caccia sovietici che da mesi dominavano gli spazi aerei. Non erano veloci come gli americani, né addestrati alla perfezione, ma questo non conta niente quando non c'è in vista nemmeno un aereo tedesco che possa venire in tuo aiuto. La guerra nei cieli era già perduta, solo non bisognava pensarlo ad alta voce se non si voleva essere fucilati come disfattisti. Il mito di Göring era infranto; era rimasto solo il ciccione barocco con la sua uniforme da operetta azzurro chiaro da Maresciallo del Reich. Un buffone di corte ipertrofico offuscato dalla tragedia di trovarsi fra le macerie di quella che avrebbe dovuto essere la meraviglia del secolo: l'imbattibile aviazione tedesca.

«Auguri, Dallburg», disse il Maggiore che accompagnò il piccolo Plejin fino all'aereo. «Non le domanderò che cosa sia il suo travestimento e perché debba essere scaricato dal cielo così lontano, nel cuore della Russia. Dimentico anche il suo nome, che ho appreso per puro caso. In ogni modo, quello che lei fa è un'idiozia!»

«Su questo siamo d'accordo.» Il piccolo Plejin sbatté i tacchi e salutò. «La ringrazio, Signor Maggiore.»

«Quanti anni ha?»

«Venti.»

«È una cosa schifosa! Avanti, salga! Sa cosa le auguro? Che ci sia un guasto al motore prima che arriviate alla frontiera.»

«Allora dovrei partire domani notte.»

«E chi può sapere che succederà domani?» disse il Maggiore presago. «Circolano tante voci...»

Il destino non gli diede una mano: l'aereo di Plejin raggiunse senza avarie ai motori e senza essere intercettato dalla contraerea sovietica — come gli altri nove — l'obbiettivo oltre

Mosca. Il pilota indicò con la mano verso il basso nella profonda oscurità. Poi scese più giù, attraversò un leggero banco di nuvole e scivolò silenzioso nella notte. Sotto di loro un nastro di tremule luci correva verso ovest; una catena di luci piccole e scintillanti. Era la strada che da Jaroslavl andava a Mosca ingombra di autocolonne, i cui fari oscurati, che lasciavano trapelare appena una lama di luce, formavano una nuova, piccola Via Lattea. Colonne di rifornimenti di proporzioni gigantesche, uomini che dal cuore della Russia andavano verso ovest con un unico scopo: annientare la Germania.

«Zona di lancio Pereslavl-Salereskij raggiunta!» annunciò asciutto il pilota. «Dove vuole atterrare? Sulla canna di un cannone o su un camion frigorifero?»

«Com'è la situazione a nord intorno al lago Pleeščeeva?» chiese il piccolo Plejin.

«Suppongo che pulluli di fanteria.»

«E più avanti, nel territorio paludoso del Nerl?»

«Proviamo a vedere». L'areo riprese quota e descrisse un ampio cerchio intorno al lago, sorvolò il fiumicello Nerl e si riabbassò. Dietro di loro dei riflettori frugarono il cielo per scoprire la fonte di quel rumore estraneo. Ma era solo una formalità: nessuno pensava più che un aereo tedesco si avventurasse fin lì.

«Siamo vicini a Michailovskoe», disse l'Alfiere. «Mi pare che funzioni. Scendo in picchiata. Pronti?»

«Pronti!» Il piccolo Plejin si allacciò le cinghie del paracadute. A un tratto il suo pensiero andò a Grand-champs-les-bains, alla bella spiaggia sul Mare del Nord, alla casetta con il minuscolo appartamento, a Gabrielle e ai suoi baci e alla sua voce dolce quando gli sussurrava all'orecchio i più pazzi vezzeggiativi. Era stata la sua prima vera donna, da lei aveva imparato che un corpo offre infinite possibilità di amore. Egli ne era stato affascinato, e a questo doveva pensare adesso, proprio adesso che l'aereo si tuffava e si avvicinava sempre più alla terra. A quella terra sulla quale lui si sarebbe lanciato. Il salto fuori dalla vita, di cui aveva potuto gustare solo un frutto.

«Ci siamo?» chiese l'Alfiere.

Il piccolo Plejin annuì. «Ci siamo». Diede una pacca sulla

spalla del pilota, un addio cameratesco, e poi si spostò verso il portello sul fondo. Qui un caporale era accovacciato su un sedile di tela munito di cintura di sicurezza.

«Via!» disse Plejin forte.

Il portello si spalancò, il risucchio quasi strappò Plejin dall'apparecchio. Con le braccia spalancate, egli si librò nel nulla, e trovò meraviglioso sentirsi staccato da tutte le difficoltà della terra. Non si accorse di scendere a grande velocità. Tirò quasi con rammarico la cordicella di strappo, lo schianto della custodia che si apriva gli percosse i timpani, poi seguì il colpo della calotta che si spiegava, il suo corpo ridivenne pesante, penzolò e ondeggiò fra le corde. Riuscito, pensò. Nikolai Antonovič, hai toccato terra! Da questo momento in poi, dimentica il passato. Pensa solo a Mosca, pensa a Stalin, pensa in russo. Sei lo studente di canto Plejin, che ha paura di questa guerra, che non ha mai desiderato diventare un eroe, che considera un supplizio la vita militare, che vive solo per la musica, per l'opera, per la sua bella voce di tenore.

Un pezzo di bosco, poi un grande prato, incolto, con l'erba alta, non tagliata da anni... Plejin scalciò, tirò a sé le gambe, atterrò in posizione raccolta sul terreno che era particolarmente molle, si rotolò, come aveva imparato, e poi si aggrappò alle corde del paracadute. Rimase sdraiato, con l'orecchio teso, ma intorno a lui la notte era silenziosa, solo la seta del paracadute frusciava nell'erba dura, alta quasi quanto un uomo.

Plejin tirò a sé il paracadute, ne fece un grosso involto e lo utilizzò come cuscino. Guardò in alto il cielo stellato, solcato di quando in quando da strisce di nuvole che sembravano veli, e col pensiero disegnò in cielo la pianta dei dintorni.

A occidente c'è Michailovskoe. Là si raggiunge la strada che va da Uglič sulla Volga fino a Mosca e che a Zagorsk incontra la strada proveniente da Jaroslavl.

Plejin constatò di essere atterrato in un posto ideale e che non poteva capitargli niente di meglio che quella enorme colonna di rifornimenti sulla strada. Si sarebbe unito ad essa facendosi portare fino a Mosca. Un uomo mescolato a una massa di uomini non dà nell'occhio, ma a un individuo isolato si domanda subito chi sia. Quando c'è tanta gente riunita, non si tiene più d'occhio il singolo.

Dopo una sosta per riposarsi un poco, Plejin portò il paracadute nel bosco, lo nascose in un folto cespuglio e si abbottonò la giacca. Poi si mise in marcia, su un sentiero scoprì delle tracce di trattori che seguì perché andavano verso ovest. Qui non ci sono case, pensò. Tutto il territorio deve essere amministrato da un sovchos. Solo vicino alla strada cominciò a vedere i primi insediamenti. Ma non ci si poteva avvicinare prima che fosse giorno chiaro. Un uomo che viene dall'oscurità è sempre un ospite singolare. Per arrivare in prossimità delle prime case, che intravvedeva nella debole luce dell'alba, aveva impiegato tre ore. Plejin si sedette dietro un cespuglio e aspettò.

Quando sulla strada comparvero i primi veicoli — un camion sconquassato il cui ansimare arrivava fino a Plejin, e due carri da contadini con dei cavallini russi vecchi e magri che avanzavano stancamente — si alzò, controllò ancora una volta di non avere indosso niente che potesse richiamare l'attenzione, e si avviò con passo tranquillo verso l'abitato. Era un piccolo centro con case di pietra quasi nuove, e non di legno come si usava un tempo in campagna, mancavano anche le tradizionali incisioni in legno sulla facciata o sulle intelaiature delle finestre, avevano risparmiato perfino la pittura: un villaggio moderno e disadorno che di sicuro faceva parte di un grande sovchos.

Plejin si fermò a guardare. Milda Ifanovna non lo aveva menzionato, e gli sembrava di ricordare che anche sulle carte non esistesse. Ma non importava... Renneberg aveva detto: «Signori, quello che vi mostriamo è solo un quadro generale. Cerchiamo di mostrarvi i particolari con la massima precisione possibile, ma quando sarete in zona dovrete fare ricorso a tutte le vostre capacità d'improvvisazione per prendere le giuste decisioni. Questo dovrete farlo da soli! Noi vi mettiamo in condizioni di toccare terra sani e salvi... ma a terra sarete soli. Non ci sarà nessuno ad aiutarvi...»

Come deve fare un estraneo, salutò con cortesia un contadino che, seduto su un carro, gli passò vicino parlando col suo malandato cavallo: «Lo so, lo so», disse l'uomo. «Sei stanco, sei vecchio, sei cieco d'un occhio; vorresti rimanertène nella stalla a riposare. Hai lavorato abbastanza in vita tua. Chi non lo sa? E con questo? Dobbiamo fare qualche cosa fino a che non crolleremo, e allora riprenderemo fiato per l'eternità.» Guardò, passando, lo sconosciuto Plejin, tirò le redini e si fermò.

«Dove vai?» chiese. «E da dove vieni?»

«Dove vado? È una domanda un po' complicata. A Mosca...»

«A piedi?» Il vecchio contadino si premette il pollice su una narice, catapultò dall'altra con una forte soffiata un notevole quantitativo di moccio e dopo parve molto sollevato. Rise con un belato senile. «A piedi! Gli idioti non muoiono mai! Che vai a fare a Mosca?»

«Vengo dal fronte...» disse Plejin senza riflettere.

«Anche di là vieni a piedi? Non hai per caso sbagliato direzione? Deve andare a Berlino e approda a Dušansk... Ma guarda un po'!»

«Ah, questo è Dušansk?» chiese Plejin. «Ci sono posti più belli.»

«L'ha progettato un cervellone del Partito. Dieci anni fa! Doveva diventare una vera città, ma poi hanno scoperto che ci mancava qualche cosa. Non hanno capito cosa... Però c'erano le case, e noi le abbiamo rilevate dal sovchos.» Il contadino si afferrò il naso e Plejin temette un nuovo getto. Si fece da parte, ma il vecchio era solo intento a pensare; poi guardò il forestiero con diffidenza. «Come mai sei capitato a Dušansk?»

«È una storia tragica, compagno. A sentirla, quasi non ci si crederebbe.»

«Sali!» Il vecchio batté il palmo della mano sulla tavola di legno. «Andiamo a Michailovskoe. Cioè, quando ci arriveremo. Guarda un po' la mia bestia! Basta che la chiami per nome, e comincia a traballare! Ma che ci si può fare? I trattori ce li hanno portati via, i cavalli più forti servono all'esercito, tutti devono essere impiegati contro i tedeschi — è giusto, dico io, solo spicciatevi a cacciarli, a farne polpette — ma a noi vecchi dicono: dovete fare in modo di non farci soffrire la fame, a noi soldati, ogni zolla di terra deve dare un frutto. E con un brocco simile! Sali, compagno!»

Plejin si sedette accanto al vecchio, il cavallino riprese il cammino, e così egli lasciò Dušansk senza averci messo piede. A Michailovskoe, disse il vecchio, avrebbe senz'altro trovato un'auto che lo avrebbe portato fino a Mosca. «E poi» — il vecchio ruttò, puzzava di cetriolo acido — «attraversi una località piena di dacie. Lì abitano i compagni importanti. Quelli che fanno musica o che scrivono libri, e quelli che si occupano dei tempi moderni e scoprono sempre cose nuove. Io ancora non sono mai stato da quelle parti. Come mai vieni dal fronte?»

«Ho una malattia rara!» disse Plejin serio.

«Una cosa?» Il contadino lo fissò. Anche il vecchio ronzino parve capire le parole di quell'uomo e fece un tentativo di guardarsi indietro.

«Una malattia sconosciuta, nonno.»

«Mi chiamo Avraam Porfirivič.»

«Dunque, è cominciata così, Avraam Porfirivič: Io sono in una buca con il mio fucile, quando a un tratto mi si avvicinano strisciando tre gemelli. È come ti dico: tre ufficiali, tutti sottotenenti, tutti con lo stesso volto, la stessa uniforme, le stesse decorazioni, la stessa voce, gli stessi gesti... tre gemelli perfetti! Oh be', penso io, questa è proprio unica! Mi metto sull'attenti e dico il mio nome. I tre si calano nella mia trincea, nella quale non ci sentiamo stretti, anche se c'era posto per un uomo solo. E poi i tre parlano insieme, con le voci che si sovrappongono tanto bene da sembrare una sola, e mi rimproverano: "Perché guarda con quell'aria stupida, Nikolai Antonovič?" E io dico: "Compagno tenente, non sapevo che lei avesse altri due fratelli!" Oh, quanto scompiglio c'è stato! Ho dovuto presentarmi al comando, e dovunque andassi c'erano tre gemelli! Mi hanno mandato subito in una unità speciale dove ognuno aveva due gemelli. Chi avrebbe mai immaginato che in Russia ci fossero tanti terzetti di gemelli da poterci fare un battaglione? Perfino il comandante aveva due gemelli... era fantastico!» Plejin sospirò e si passò una mano sul viso giovanile. «Da quel momento in poi i medici hanno continuato a visitarmi... alla Divisione, in tre ospedali, all'Armata. Ed erano sempre tre gemelli! Mi hanno fatto iniezioni, accecato con luci fortissime, rinchiuso la testa in congegni elettrici, ho dovuto girare con una benda sugli occhi, come un cieco, tre professori — naturalmente gemelli — mi hanno presentato perfino a un mucchio di studenti dicendo che sono un misterioso caso di diplopia monoculare, il primo caso conosciuto di triplopia!»

«Eh?!» disse il contadino fissando esterrefatto Plejin.

«E non solo!» Plejin alzò l'indice per dare importanza alla cosa. «L'hanno chiamata crisi isterica di accomodazione...»

«Fantastico, compagno!» esclamò Avraam Porfirivič. «E poi?»

«Mi hanno fatto fare esercizi di tiro al bersaglio. Tre bersagli. Come poteva essere diversamente? Naturalmente, io colpivo sempre quello sbagliato, cioè quello vicino... Perché non ce n'erano tre.»

«Ma allora? Io penso che tu abbia...»

Plejin lo interruppe. «Chi ci capisce niente, nonno? Nessuno se la prende con te se ci vedi triplo! Mi ci sono volute settimane per capirlo. Ma in queste settimane i medici si sono messi in testa una cosa: Plejin è un pericolo per l'Armata Rossa. Dove c'è una cosa sola, lui ne vede tre. Ciò può portare a gravi complicazioni! E così ho ricevuto l'ordine di andare a Mosca, da uno specialista.»

«Capisco! Capisco!» gridò Avraam Porfirivič. «E poiché tu vedi tutto triplo, sei capitato a Dušansk! Che vita, compagno!»

Plejin evitò di spiegare la sua comparsa a nord di Mosca. Avraam Porfirivič era così elettrizzato dal racconto che dopo una mezz'ora fece una sosta, tirò fuori da una sacca del pane, del formaggio di capra e una borraccia di latta ammaccata con kvas acido e fece con Plejin una piacevole colazione.

Dopo altre tre verste di lento cammino si trovarono davanti, a sbarrare la stradina, un'auto aperta color terra. Quattro persone in uniforme erano intorno alla macchina e discutevano. Sembravano infuriate perché uno, un tipo snello, diede un fortissimo calcio a un pneumatico posteriore, come fosse il culo di un bove.

«Oh, che Dio ci protegga!» disse Avraam piano facendosi il segno della croce. «Milizia... Non possiamo squagliarcela! Ragazzo, vedo guai in vista. Questi non crederanno ai tuoi tre gemelli.»

«Ho un certifiato medico. Qua!» Plejin si picchiò sul petto. «Con molti timbri. Sono un caso particolare!»

Si avvicinarono, scesero dal carro e guardarono con stupore lo strano veicolo della Milizia. Avraam lo vedeva per la prima volta. Plejin lo aveva visto in Francia. Era una jeep americana, una cosa favolosa, migliore della bagnarola VW.

Quelli dalla Milizia buttarono un'occhiata al vecchio cavallo tremante e storsero la bocca.

«Dove andate?» chiese uno di loro.

«A Michailovskoe» disse il vecchio.

«Staccate il carro!»

«Perché, cari compagni?»

«Il cavallo deve tirare la nostra auto fino a un'officina riparazioni!»

«Ho un incarico del sovchos!» esclamò Avraam con un piccolo sobbalzo di rabbia.

«Ti rilasceremo una dichiarazione.»

«È una cosa importante!» gridò Avraam.

«Noi siamo più importanti!» ringhiò l'uomo di rimando. «Staccate!»

«Il cavallo non sopravvivrà!» Avraam si portò le mani alla testa e strabuzzò gli occhi indignato. «Compagni, voi private l'esercito di un notevole quantitativo di rifornimenti alimentari se sforzerete troppo il cavallo.»

«Che cosa ha la macchina?» chiese Plejin gentilmente.

Il capo della pattuglia, un Sottotenente, che prima aveva preso a calci il copertone, si voltò. Plejin trattenne il fiato, si sentì un groppo in gola e le palme delle mani sudate. La persona che si era voltata a guardarlo aveva un viso quasi da tartaro, con gli zigomi alti e una bocca selvaggia. Sotto il berretto, non visibili da dietro, spuntavano sui lati dei capelli color bistro che si posavano sulle tempie dalla pelle leggermente olivastra. Gli occhi, per contro, erano di un fiammante color ambra scuro, e le pupille sembravano due grandi buchi neri. Era un viso che al solo vederlo faceva correre per tutto il corpo una sensazione di gioiosa oppressione. Era una di quelle bellezze che prendono alla gola.

«La macchina non cammina!» disse lei. La sua voce era singolare, non paragonabile con altre voci umane, aveva una specie di risonanza, di tremolio sottile sulla scia dell'ultima parola pronunciata. Plejin la fissò sbalordito... Ecco, pensò all'improvviso, solo questo paragone calza: la sua voce ha il timbro di una sega. Aveva sentito una sola volta, a Berlino, un concerto con questo singolare strumento, poi lo aveva dimenticato. Adesso risentiva quel suono, in quella voce femminile del cuore dell'Asia, suoni che tornavano a fondersi una volta emersi. E tuttavia era una voce umana, ma con un fascino al quale nessuno poteva e voleva sottrarsi.

«Bisognerebbe dare un'occhiata al motore», disse Plejin. Non riconobbe la propria voce. Un po' scialba, piatta, senza appoggi di fiato, avrebbe detto un insegnante di canto.

«Compagni, a quanto pare, ci siamo imbattuti in un genio!» Il suo scherno gli ferì le orecchie, ed egli sentì che stava diventando rosso come un bambino sgridato. Lei diede un altro calcio al copertone, si mise le mani sui fianchi e si appoggiò alla bassa carrozzeria. «Forza, compagno! È un'auto americana... una porcheria.»

«Lo vedo.»

«Loro la chiamano jeep.» Il Sottotenente della Milizia aspettò che uno dei suoi uomini facesse scattare il gancio del cofano del motore e che il coperchio si aprisse. «Be', cos'è lei, un Premio Lenin per la tecnica? Basta un'occhiata per farsi venire mal di stomaco! Che roba costruiscono gli americani!»

Plejin si avvicinò alla jeep, si chinò sul motore e armeggiò con i vari cavi e collegamenti. Poi si raddrizzò e chiese calmo:

«Come si è fermata?»

«Ci sono molti modi?» La donna straordinaria rise forte e di nuovo i suoni formarono quella scia curiosa, come se si urtassero nell'aria. «D'un tratto non è più andata avanti, tutto qui.»

«Chi c'era al volante?»

«Io!» Il Sottotenente sporse in fuori il mento magro. I suoi occhi asiatici divennero più sottili, come due fessure. Come tutte le donne che guidano l'auto, credette di sentire subito nella domanda un tono sprezzante. La presunzione dell'uomo! Quello che sa tutto! Il padrone del mondo... Solo perché hanno il corpo con qualche centimetro in più...! «Guido da sei anni!» aggiunse dura.

«Puzzava?» chiese Plejin.

Lei gli lanciò un'occhiata di fuori e sbattè il pugno contro il cofano.

«Chiudete!» ordinò. «Se un'auto si ferma per il puzzo, lei non dovrebbe avvicinarsi a un'auto, compagno.»

«Ha sobbalzato?»

«È un'auto, non una ballerina!»

«Un cavo di accensione è fuso!» disse Plejin abbassando il coperchio del cofano. «Ma se non ha puzzato, posso sbagliarmi.»

«Lei è un meccanico d'auto?»

«No.»

«Ha puzzato per brevissimo tempo. Di gomma bollente...» disse uno degli uomini. Evitò l'occhiata del suo Sottotenente e riaprì il cofano. Gli importava di più ripartire che mettersi a discutere con quello sconosciuto. «Deve essere stato quello.»

«*È* stato quello! Non significa niente che il puzzo sia durato più o meno tempo... basta che si sia sentito del puzzo! Ma l'olfatto è un dono di Dio... che non tutti hanno ricevuto. Per inciso, mi chiamo Nikolai Antonovič Plejin.»

«E che ci interessa?» Il Sottotenente tamburellò con le dita sulla lamiera dell'auto. Erano dita lunghe, delicate, belle, con le unghie rosa e grandi lunette quasi bianche. Gli occhi d'ambra lampeggiarono ammonitori. «Dice solo stupidaggini o sa anche dare un aiuto pratico?»

«Proverò. Avete cavi di ricambio?»

«E che ne so?»

«Dove sono gli attrezzi?»

«Fischi, forse le risponderanno.»

«Compagna Tenente», disse coraggiosamente Plejin, evitando però di incontrare il suo sguardo che gli mozzava il fiato, «dei sei anni passati dietro il volante, ne avrebbe dovuto passare almeno uno *sotto* il volante. Una automobile è come una donna; bisogna conoscerla sotto tutti gli aspetti. Che vantaggio c'è a guardare di una donna solo il naso, quando al di sotto è molto più interessante?»

«Oh oh!» esclamò divertito Avraam Porfirivič, ma tacque subito perché il Sottotenente disse:

«Se continua su questo tono, la arresto, Nikolai Antonovič.» La sua voce era fredda come un ghiacciolo. Plejin si affrettò a mettersi al lavoro, alzò il sedile posteriore e nel vano sottostante trovò gli attrezzi avvolti in un pezzo di tela che srotolò sul sedile anteriore. Naturalmente, non c'erano cavi, ma Plejin prese un paio di tenaglie e cominciò ad aprirle e chiuderle.

«È un problema», diceva intanto. «Bisogna pensare che il motore ha molti aspetti umani. Se a un uomo, per esempio, si blocca l'intestino, cresce in lui la nausea. Se si blocca lo scappamento di un'auto, diminuisce subito il livello delle prestazioni...»

«La arresto, Nikolai Antonovič!» lo interruppe lei con voce tagliente. «Da questo momento deve sottostare ai miei ordini. Una domanda precisa: può riparare la macchina?»

«Una risposta precisa, compagna Tenente: sì!» Plejin adesso la guardò. Sotto lo sguardo di lei il suo cuore divenne un sacco di piombo e il sangue cominciò a martellargli bollente nelle tempie. Non nascerà mai una donna più bella di questa, pensò... e si spaventò del proprio entusiasmo. Mai possono esserne esistite di così belle! Una donna simile è unica come una stella che appare all'improvviso con una luce abbagliante fra miliardi di altre stelle.

«E allora si metta al lavoro!» disse lei dura. «Se tutti i meccanici chiacchierassero tanto...»

«Io non sono un meccanico, compagna...»

«Che cosa è allora?»

«Un cantante lirico.»

«Ihih!» strillò in disparte Avraam dandosi una pacca sulla coscia. «Da solo canta a tre voci... ohoh!» Poi tacque di botto perché un miliziano gli diede una ginocchiata nel sedere. Sono cose che non fanno piacere e smorzano l'allegria.

«Cantante?» La donna tornò a squadrare Plejin, indecisa se credergli o fargli un altro cicchetto. «Come mai se ne va in giro da queste parti su un carro da contadino... per cantare?»

«È una storia lunga. Gliela racconterò quando la macchina avrà ripreso a funzionare. Posso cantare mentre faccio la riparazione? Me la sbrigo meglio. È sempre stato così: quando da bambino aiutavo mia madre a stendere la biancheria, cantavo l'aria "Di quella pira" dal "Trovatore"... Non ci si crederà, ma la biancheria asciugava più in fretta!» Vide che lei stringeva i pugni e li premeva contro i fianchi e si affrettò a prendere un altro paio di tenaglie dall'involto degli attrezzi. «Con questo cavo di accensione bruciato ci sta bene "Il crepuscolo degli dei" di Wagner.»

«Canti pure, Nikolai Antonovič!» disse lei gelida. «Se la macchina non camminerà al più presto, le canterò l'annuncio di morte di Brünhilde nella "Walkiria", pure di Wagner.»

Plejin si appoggiò alla jeep allargando le braccia. «Mi arrendo», disse, e sentì dentro un fuoco che gli bruciava le vene e i muscoli. Considerava un miracolo il fatto che riuscisse ancora a stare in piedi, a pensare, a parlare. «Conosce Wagner?»

Lei non gli rispose, si voltò e si mise a guardare la campagna. Avraam Porfirivič si diede di soppiatto dei colpetti sulla fronte. Idiota, voleva dire a Plejin. Mettersi a competere con la Milizia, e per di più con una donna in uniforme! Ha proprio perso la testa, questo Nikolai Antonovič. Fai funzionare la macchina e lascia che lei se ne vada in fretta! Non sai come cambia una donna quando può comandare? quando porta una uniforme? Se dici che hai cavato un dente a un lupo, tutti ci crederanno. Ma se dici: Ragazzi, oggi una donna in uniforme mi ha sorriso, ti cacceranno di casa come un ignobile bugiardo! Ma come puoi saperlo, se sei ancora tanto giovane! Mio caro, piccolo Kolka, aggiustagli quel cavo! E poi ci faremo due o tre volte il segno della croce, quando non li vedremo più...

Naturalmente, andò tutto in maniera diversa. Non servì a niente che Avraam Porfirivič, conscio di tutte le grane che potevano sorgere da un prolungato contatto con la Milizia, facesse schioccare con impazienza la lingua e continuasse a ripetere che doveva andare a Michailovskoe per non avere guai con il sovchos.

«Lasciate andare quel vecchio caprone!» disse infine il Sottotenente, mentre Plejin, chino sul motore, tagliava un cavo per l'illuminazione per sostituire il cavo di accensione.

«Senza il mio amico...» cominciò il vecchio con coraggio.

Ma Plejin lo interruppe gridando senza alzare la testa:

«Ti raggiungo, nonno! Vai avanti!»

Avraam roteò gli occhi disperato, si avvicinò a Plejin e si chinò vicino a lui nel vano del motore.

«Idiota!» sussurrò. «Non credere che sia una donna! Quella è Satana! Sputa fuoco intorno a sé e tu sei fregato, bruciato! Dille che non si può riparare!»

Plejin scosse il capo, congiunse i fili e li strinse con le tenaglie. «Io rimango», bisbigliò di rimando. «Grazie di tutto, nonno.»

Avraam era già scomparso da un pezzo sulla strada — solo un mucchietto di sterco fumante, lasciato dal cavallino come in segno di protesta vicino alla ufficialessa, stava a ricordarlo — quando Plejin finì il suo rattoppo. Si appoggiò al radiatore, si strofinò le mani unte di grasso e disse con giovanile baldanza: «Ecco fatto!»

«Era ora!» La donna prese posto dietro al volante. Plejin stropicciò le mani sull'erba, ma il grasso non se ne voleva andare. Il motore si imballò e violente vibrazioni scossero la jeep.

«Non tanto gas!» gridò Plejin, «e non dimentichi che è stato un intervento di emergenza!»

«Salite!» ordinò lei guardando fisso davanti a sé. I suoi uomini presero posto nella jeep e rivolsero a Plejin un sorriso riconoscente. «Anche lei!»

«Sono ancora in arresto?»

«Ha sentito dire qualcosa di diverso?» Fece cenno all'uomo vicino a lei di passare dietro, poi picchiò sul sedile e gettò un rapida occhiata a Plejin. «Qua, vicino a me! Non voleva andare a Michailovskoe? O è un fanatico vagabondo?»

«Sarà per me un avvenimento.» Si sedette accanto a lei tenendo tese in avanti le mani unte. «Non sono mai andato su una jeep. Guardi che adesso funziona solo un faro. Ho adoperato il filo dell'altro...»

«A Michailovskoe mi libero di questa porcheria di auto. Non posso certo arrivarci fino a Mosca!»

Plejin si guardò le mani e sentì una fitta al cuore. Mosca. Va a Mosca! Come si può fare perché mi porti con sé? C'è niente di più sicuro? Entrare a Mosca accompagnato dalla Milizia! Se il Colonnello von Renneberg lo vedesse, suderebbe tanto dalla paura da guazzare dentro gli stivali!

«Mosca...» disse con voce sognante. La jeep fece un salto e sferragliò sulla strada sconnessa. La donna annuì: Lo so, meno gas! Piantala di criticarmi, amico!

«Io devo andare a Mosca.»

«Cosa deve fare?» Gli lanciò un'occhiataccia. «È un bugiardo!»

«Perché, compagna?»

«Non ha cantato! Lei non sa cantare... Sa solo dire stupidaggini.»

«Cosa vuole sentire?»

«Niente!»

«"Il flauto magico"?» La guardò dritto in faccia. «O "Manon Lescaut"? O meglio ancora "La Walkiria"... Può dirmi quello che preferisce, compagna.»

«Mi chiamo Ljudmila Dragonovna Čerskasja», disse lei all'improvviso senza alcuna logica. Plejin annuì. Non poteva essere altrimenti. Nessun altro nome le starebbe bene. Čerskasja... Là il vento soffia sulla steppa, là si piega l'erba, là trema la terra sotto gli zoccoli delle mandrie di cavalli, là si rincorrono le nuvole sotto un cielo infinito. Ljudmila Dragonovna Čerskasja... Che suono!

«Che vuole fare a Mosca?» chiese lei rallentando la velocità perché lui, alla ricerca di un appoggio, aveva puntellato i piedi contro il pavimento.

«I medici militari mi hanno ritirato dal fronte e mi mandano dagli specialisti di Mosca. Confesso: ho fatto una deviazione per andare a trovare mio zio, il mio unico parente. Chissà se lo rivedrò ancora? Lei mi ha sorpreso durante la marcia di avvicinamento a Mosca, Ljudmila Dragonovna. Corro il rischio che lei mi denunci.»

La Čerskasja lo guardò molto interessata. Gli occhi color ambra scintillavano al sole, che le cadeva in pieno viso, come miele liquido. «È malato, Nikolai Antonovič? Che cosa ha?»

«Sono ossessionato dai trigemini!»

Plejin si aggrappò al vetro del parabrezza. Ljudmila aveva dato tutto gas, il suo viso sembrava una pietra color oliva. Per lei quella risposta era una nuova provocazione; meditò molto seriamente se non fosse il caso di buttar fuori dalla jeep Plejin senza curarsi se si sarebbe rotto le ossa o la testa.

«Tolga il gas!» gridò Plejin. «Glielo giuro, Ljudmila Dragonovna: è questa la diagnosi. Fino a quattro giorni fa, vedevo tutto triplo. Il cielo avesse voluto che vedessi tripla anche lei! Sarei riuscito a sopravvivere? Ma da quattro giorni vedo di nuovo un esemplare di ogni cosa. Secondo me, dipende dal fatto che da mio zio ho sbattuto la testa contro una trave. Ha delle camere così basse mio zio. Sicché, picchio con tutte le mie forze contro il legno, si sente un colpo, crollo inebetito sulla panca, in testa mi ronzano sciami di api e sento un cnac-cnac-cnac... Riesce a immaginare la mia paura, compagna? Ma poi riprendo i sensi, rivedo chiare le cose che mi circondano, riconosco mio zio, che è vicino al fornello e mescola una pentola di kaša... e non è più triplo! È solo! Tutto intorno a me è normale. Ho pianto di consolazione e ho baciato la trave.»

«Non è possibile!» disse la Čerskasja dura.

«Ho con me tutti i certificati medici. Il Generale Medico Sakmatov ha detto che sono un fenomeno. Ma che cosa faccio adesso a Mosca? Che cosa dico agli specialisti, Ljudmila Dragonovna? I miei terzetti non ci sono più! Però, potrebbero tornare... forse ho una testa particolarmente tenera, che reagisce ad ogni contusione con una triplopia...»

«Con che cosa?»

«È una parola nuova. Finora si conosceva solo la diplopia. È toccato a me l'onore di arricchire la medicina di una nuova conoscenza.»

«Se vuole, le do una botta in testa in modo che i terzetti ritornino!» disse la Čerskasja con quella sua strana voce musicale che ti penetrava nelle ossa. «Stia zitto! Non voglio sentire altro, Nikolai Antonovič. È deplorevole che in un ragazzo dall'aspetto abbastanza gradevole si nasconda un perfetto imbecille.»

Accadde così che durante il resto del viaggio fino a Michailovskoe si assisté a un singolare spettacolo: su una jeep che correva come impazzita con quattro miliziani e un civile, quest'ultimo cantava pezzi d'opera, e tanto bene che dopo due romanze la Čerskasja ridusse la velocità per non sovrastare il canto col rombo del motore. Tosca, Trovatore, Butterfly, La Bohème, Carmen... e dopo ogni pezzo gli uomini battevano le mani e gridavano: «Bravo! Bravo! Ancora, Kolka! Ancora!» E Plejin cantò il repertorio dei tenori lirici fino a che non arrivarono alla periferia di Michailovskoe.

Lì bisognava tornare a darsi un contegno, e così procedettero in silenzio fino al comando della Milizia. Poco prima di arrivare, la Čerskasja chiese: «Ha rubli a sufficienza?».

«Bastano fino a Mosca», rispose Plejin. «Là dovrò andare in una clinica. Mi rinchiuderanno. È questo che temo.»

«Perché dovrebbero rinchiuderla, Nikolai Antonovič?»

«Per i medici sono matto.»

«E non solo per i medici.» Frenò e puntò i gomiti sul volante. «Vuole passare la notte da privato cittadino o nella casa della Milizia?»

«Che desideri può avere un arrestato?»

La Čerskasja sporse in fuori il sottile labbro inferiore, e sembrò volesse sputare come un lama. «Scenda!» disse asciutta. «Non merita che ci si occupi di lei. Ma prima mi faccia vedere i suoi documenti.»

Plejin prese dalla tasca interna della giacca le sue carte con tanti bei timbri e le porse a Ljudmila Dragonovna. Lei diede una scorsa ai certificati, senza curarsi di controllare i timbri, e li restituì a Plejin. Il giovanotto aveva detto la verità, il che dimostrava ancora una volta che la verità può essere più pazza della più pazza stramberia: il compagno Plejin era affetto davvero da una malattia unica che gli faceva vedere le cose triplicate. Ed era anche allievo della rinomata scuola di canto dell'Opera di Charkov. Un tipo molto interessante. La Čerskasja gli rivolse un mite sorriso.

«Che cosa ha deciso?»

«Lei dove dorme, Ljudmila Dragonovna?»

«Nella casa della Milizia.»

Plejin allargò le braccia. «La seguo...»

Come una nube di collera passò sul volto della Čerskasja. I suoi occhi si incupirono e divennero più sottili. Sembrava diffidare del comportamento di Plejin... oppure anche in lei si verificava un incomprensibile fenomeno: ciò che sentiva era diverso da ciò che esternava a parole. Due impulsi lottavano, evidentemente, dentro di lei, ma ella tenne per sé il nome del vincitore. Anche la sua risposta «Quasi non ci vedremo!» non dava adito a previsioni, se non si dava troppo peso alla parola «quasi». Ma chi le capisce le donne? Su una sola parola possono costruire un destino...

Fu — nessuno lo avrebbe creduto — un bel giorno per entrambi.

Il Comandante della Milizia di Michailovskoe, un grasso Tenente in pensione richiamato in servizio perché tutti i giovani erano andati a combattere nell'Armata Rossa contro i tedeschi, accolse gli ospiti a braccia aperte, dato che a Michailovskoe c'era movimento quanto ce ne può essere in un deserto. È vero che da tre settimane passavano di lì quasi ininterrottamente colonne di trasporti: file di camion, cannoni autotrainati e ogni tanto perfino colonne rombanti di carri armati, che a Michailovskoe si lasciavano dietro solo strade sconquassate, vortici di sudiciume, uomini e bestie coperti di polvere, e accese rimostranze di compagni visitati dalla sfortuna sotto forma di soldati assetati che si fermavano davanti alle loro case in cerca di qualcosa da bere. Su questo punto sorgevano sempre delle controversie che si concludevano con nasi rotti, e ammaccature varie. Tutto questo non rallegrava certo il vecchio Tenente. Egli si lamentava perché aveva dovuto indossare di nuovo l'uniforme e perché ciò aveva contribuito ad aumentare la sua dispepsia di stomaco cronica. Accolse quindi la visita della Čerskasja come un raggio di sole sulla sua triste vita quotidiana e accettò di buon grado anche il suo accompagnatore.

Plejin occupò nella Casa della Milizia la Cella III, che era vuota. Benché fosse stata resa abitabile con due coperte bianche, con una sputacchiera smaltata, con un attaccapanni che doveva risalire ai tempi degli zar, perché nell'era sovietica non si facevano più cose così belle e stabili, e perfino con un copritavolo per nascondere il misero tavolo di legno... malgrado tutti questi accorgimenti, rimaneva pur sempre una cella con le pareti imbiancate a calce, una finestrella con le inferriate vicina al soffitto, odore di muffa, un giaciglio scricchiolante con un materasso che emanava puzzo di stantio e una porta rivestita di acciaio da entrambe le parti, senza maniglia e con uno sportello ribaltabile. Solo il fatto che la porta rimanesse aperta era consolante e dava una certa sensazione di libertà. Plejin fece la prova: saltò giù dal letto, uscì, fece una corsa in corridoio e poi tornò indietro. Nessuno si curò di lui. Solo la porta in fondo al corridoio era chiusa a chiave. Qui dovette bussare per poter tornare fuori, nel mondo. Era una misura di sicurezza necessaria, Plejin lo capiva. Nelle celle I, II e IV c'erano dei loschi individui in attesa di essere tradotti a Jaroslavl.

«È uno strazio», disse il vecchio e grasso Tenente che si chiamava Dyčkin. «Sono un branco di diavoli! Al numero I per esempio c'è un bell'imbroglione. Ha venduto ai contadini quattro cavalli grassi e ben pasciuti. Due giorni dopo crollarono, tutti pelle e ossa. Erano stati riempiti di aria! Quel tipo gli aveva infilato una canna di bambù nel di dietro e li aveva gonfiati! Un vecchio trucco dei mercanti di cavalli... ma a Michailovskoe! Pazienza se fossimo nel sud, nel Kazakhstan, fra i chirghisi...»

Plejin poté togliersi il grasso dalle mani, poté perfino fare un bagno in una vasca di zinco, si strofinò ben bene e si rammaricò di non avere altro da indossare che quel vecchio abito che gli avevano assegnato. Lavò anche il colletto della camicia con acqua e sapone, poi ci si sedette sopra frapponendovi un asciugamano e lo stirò con il calore del corpo. Il risultato fu modesto, la riga di sporco era ancora visibile, ma la camicia nel suo insieme era un po' più bianca di prima. Plejin ne fu contento. Si impara ad essere felici anche con dei cenci.

La Čerskasja non rimase invisibile. Dopo aver consegnato la jeep all'officina riparazioni e aver ricevuto un'altra auto, una Ford scoperta verde (nessuno sapeva più come quella strana macchina fosse capitata a Michailovskoe), andò con Plejin a fare una passeggiata in paese, e fu sgradevolmente sorpresa dal fatto che tutti credevano si trattasse del nuovo comandante della Milizia che ispezionava il sito affiancato da un uomo della polizia segreta. Che cosa c'era da vedere a Michailovskoe? Un misero buco in cui l'unica cosa degna di nota era la chiesa, che però nessuno più poteva visitare. Era stata trasformata in un magazzino dopo che, un lustro prima, l'ultimo pope fisso, novantaduenne, si era addormentato con un sorriso felice sulle labbra davanti all'iconostasi e non si era più svegliato.

La sera, il Tenente Dyčkin offrì pollo arrosto con cavolfiore cosparso di uova sode tritate. Con l'occasione conobbero anche la Dyčkina, una brava donna altrettanto grassa; portava i capelli raccolti a crocchia bassa sulla nuca e quando parlava il labbro inferiore le vibrava come le corde di un pianoforte. Scomparve subito dopo aver servito in tavola e aver visto la Čerskasja. Il che dimostra che era anche intelligente.

Dyčkin si sbronzò in fretta con un vino di more che aveva fatto da sé l'anno precedente, quando era ancora un pensionato senza preoccupazioni, si lamentò della guerra, inneggiò a Stalin e poi si ritirò nel suo appartamento. Anche Plejin si alzò per andare nella sua cella. Ma la Čerskasja non si mosse. Distese le lunghe gambe, strette negli stivali, sdraiandosi nella logora poltrona imbottita che doveva risalire anch'essa ai tempi degli zar, e si rigirò fra le mani il bicchiere col vino di more. Aveva aperto la giacca dell'uniforme, i capelli neri le piovevano sul collo e in parte sulle guance, e gli occhi color ambra erano scuri e lustri. Plejin si sentiva martellare le tempie. Dacché si era aperta la giacca, la camicetta tesa tradiva tutta la sua matura femminilità.

«Le auguro una felice notte, Ljudmila Dragonovna...» le disse con voce velata.

Lei annuì, fissò il vino nel bicchiere e chiese con indifferenza: «Quanti anni ha, Kolka?»

Egli si accorse con un certo disagio che stava arrossendo, una reazione inevitabile che non poteva reprimere.

«Venti» disse.

«Nove meno di me...»

«Non lo avrei mai pensato. Al contrario. Mi sono chiesto: così giovane e già ufficiale della Milizia?»

«Non dica sciocchezze, Kolka. Nonostante i miei ventinove anni, non amo questi complimenti bugiardi.» Bevve un sorso e tenne il vino rosso pallido contro la lampadina spoglia che pendeva dal soffitto. «Vent'anni! Era il 1935! Come è lontano. Studiavo Archeologia ad Alma-Ata. Se lo immagina, Kolka?» Fece una breve risata a scatti. «Volevo disseppellire il passato del Kazakhstan. Avevo sete di conoscere i segreti dei secoli andati. A vent'anni... È meraviglioso, essere così giovani!»

«E perché non ha continuato a scavare?» chiese Plejin. Si sedette di fronte a lei in una vecchia poltroncina di vimini, abbastanza lontano dalla sua giacca aperta e dalla camicetta tesa. Fra loro c'era un tavolo largo che formava una specie di barriera. Ljudmila Dragonovna gettò indietro di scatto la testa. I capelli neri fluttuarono come una bandiera lacerata intorno al magro viso dagli zigomi alti.

«Ho conosciuto Georgi.»

«Ah!»

«E non dica "ah!". Georgi Ivanovič Amelev. Non lo conosce? Il nome non le dice niente? Già, come potrebbe... Allora lei aveva appena 12 anni! Georgi era il miglior mezzofondista della Russia! 800 metri, 1500 metri e 3000 metri. Invincibile. Uno sportivo che sembrava uscito da un libro illustrato. E biondo! Riccioli biondi! Ogni giorno che passavo con lui, morivo d'amore. Ogni bacio era come una scarica elettrica, ogni abbraccio una fiammata, ogni...» Allontanò con un gesto il pensiero e bevve un altro piccolo sorso. «Avevo quasi perso la ragione. Era il 1936. In Germania, a Berlino, Hitler dimostrava la sua potenza con i Giochi Olimpici. Georgi doveva correre per l'Unione Sovietica. Ogni giorno si allenava nello stadio di Alma-Ata, e io me ne stavo seduta sulla pista di carbonella a segnare i tempi. Quattro giorni prima della partenza per Berlino, cadde in una curva durante l'ultimo allenamento e si fratturò il malleolo. Tre giorni prima della partenza per Berlino i medici gli dissero: "Non potrai più correre. La caviglia rimarrà rigida." Mentre alla radio veniva trasmessa l'apertura dei Giochi Olimpici, mentre le fanfare suonavano e l'atleta con la fiaccola olimpica entrava correndo nello stadio, Georgi si è trafitto il cuore con un pugnale, nel suo letto. Non si poté fare nulla...» Vuotò il bicchiere e lo tese a Plejin. «Lo riempia, Kolka! O vuole andare a letto? È stanco? Così giovane?»

Plejin versò il vino dalla caraffa di Dyčkin e poi si sedette sull'orlo del tavolo. La barriera fra lui e la Čerskasja si era ridotta. «È stato un duro colpo per lei, Ljudmila Dragonovna, vero?»

«Per nove giorni sono rimasta come paralizzata. Poi non sopportai più Alma-Ata e andai a Mosca. Il fratello di mia madre era maggiore della Milizia. Andai ad abitare presso di lui e piansi fino a che non ebbi più lacrime e gli occhi mi bruciavano. Mi presentò al comando ed entrai nella Milizia.»

«Perché non si è mai sposata?» chiese Plejin.

«Con chi?» Rise con quella voce melodiosa e turbante che ti penetrava dentro e non ti lasciava più. «Per prima cosa guardo ogni uomo negli occhi. E che cosa ci vedo: Desiderio! Niente altro che desiderio! Sordida lascivia. Untuosa lussuria! Nessuno che mi abbia mai domandato chi sono, che cosa penso... Tutto l'interesse riguarda solo il corpo.»

Plejin si decise a bere un altro bicchiere, non tanto perché avesse sete, quanto per potersi staccare da Ljudmila e non tradire con lo sguardo quale potere avesse il suo corpo anche su di lui.

«Posso domandarle», disse, mentre si versava il vino, «da dove viene adesso? Lei è di stanza a Mosca, vero?»

«Ho dovuto accompagnare dei prigionieri tedeschi a Ivanovo. Sono stati interrogati e selezionati a Mosca...»

Plejin ebbe un tuffo al cuore. «Che cosa vuol dire selezionati?» chiese.

«Una parte di loro si è dichiarata pronta a combattere contro Hitler e ha capito di aver commesso un errore quando si è vincolata con un giuramento a un pazzo. L'altra parte non si è lasciata convincere. Questi sono andati a Ivanovo, dove c'è un grande campo ufficiali. Sulla strada del ritorno, quella schifosa jeep si è fermata.» Lo guardò al di sopra del bicchiere. «Altre domande, Kolka?»

«No davvero.» Plejin pensò un momento agli ufficiali tedeschi prigionieri. Di quel «Comitato per la Germania Libera», costituito da ufficiali tedeschi per indebolire il morale dei soldati al fronte con la propaganda, aveva sentito parlare solo vagamente. In Francia non era un argomento di conversazione; là ci si occupava più dei letti delle belle francesi e degli indirizzi dove trovare cognac e champagne. Se sul fronte orientale piovevano volantini e dagli altoparlanti venivano parole allettanti, tutto ciò era tanto lontano dalle anche della bella Lorette, e di posizioni si parlava sì, ma in un altro senso. Plejin sentiva ora per la prima volta che il governo sovietico prendeva molto sul serio questi ufficiali tedeschi convertiti e si riprometteva molto da loro. Tanto, quanto certa gente del Comando Supremo che aveva paracadutato dieci ufficiali tedeschi sulla Russia perché uccidessero Stalin...

E io sono uno di loro, pensò Plejin. E sono qui con un ufficiale della Milizia, una donna, che porterà a Mosca sano e salvo il probabile assassino... Nessuno ci crederebbe... ammesso che qualcuno in seguito potesse raccontarlo.

«Sì, ho ancora una domanda» disse Plejin.

«Non si faccia scrupoli, Kolka.» La Čerskasja rise già un po' alticcia. Il vino di more di Dyčkin era un beveraggio infernale che ti invogliava a berlo a litri per poi metterti a terra all'improvviso e paralizzarti il cervello. Nella stanza faceva caldo, lei si tolse la giacca e la buttò sul tavolo. La camicetta verde, un po' stretta sul petto, cancellava l'impressione di una snellezza da adolescente che poteva dare l'uniforme. Solo dalla vita in giù non cambiava nulla: i fianchi magri posavano su due gambe slanciate di un'armoniosità classica... lo si vedeva malgrado gli stivali. Ljudmila si ravviò i capelli neri con entrambe le mani tirandoli indietro e scoprendo la fronte. L'ambra scura dei suoi occhi scintillava sotto la lampadina. «Che cosa vuole sapere? Ancora un bicchiere di vino... e le racconto senza ritegno come gli uomini sono entrati nel mio letto! Perché racconto queste cose proprio a lei? Lei è così giovane, Kolka... Per lei è come una fiaba, no?»

Plejin fece un profondo respiro. In un certo senso gli faceva male l'inattesa frivolezza della Čerskasja. Gli faceva male anche che lei non lo considerasse un uomo fatto. Vengo dalla Francia, Ljudmila — le disse dentro di sé — e sono stato alla scuola di Gabrielle; è un titolo che il tuo Georgi non poteva avere! Chi è sopravvissuto a tre giorni e tre notti passati con Gabrielle e si è sentito dire: «Sei meraviglioso, chéri...» dovresti prenderlo sul serio anche tu, mia divina tartara!

«Non mi interessano i suoi uomini», disse brusco. «Vorrei solo sapere se lei mi porterà a Mosca, o se domani dovrò tentare la fortuna con un treno o chiedendo un passaggio a un camion.»

«La porto io, Kolka!» La Čerskasja si alzò dalla poltrona e Plejin si precipitò a sorreggerla perché barcollava; poi lei gli mise la testa sulla spalla. Plejin era appena di qualche centimetro più alto, e così ne sentiva le labbra sul collo. Fu come se gli imprimessero un marchio a fuoco sulla pelle. «Il vino di Dyčkin è una mistura infernale!» disse lei con la lingua impastata. «Sa dove è la mia camera?»

«No.»

«Ma la sua sa dov'è?»

«Cella III. Vicino al mercante che gonfia i cavalli dal sedere.»

«Un bel trucchetto, eh?» Rise e gli si appese addosso. Le gambe non la reggevano. Gli aveva stretto le braccia intorno al collo, le labbra cercavano la sua gola e le sue guance. Quando per un momento la guardò negli occhi, rimase atterrito. L'ambra bruciava, sprizzava raggi di sole sommersi. «Portami via, Kolka», balbettò lei. «Piccolo, giovane, adorato Kolka...»

La portò via afferrandola per le anche e sollevandola un poco, mentre lei non allentava la stretta, ma anzi la rafforzava. Così raggiunsero la cella III, Plejin distese la Čerskasja sul tavolaccio e chiuse la porta. Anche lì faceva caldo, entrava poca aria dalla finestrella sotto il soffitto, le pareti trasudavano l'umidità della quale si erano impregnate durante settimane di piogge.

Ljudmila Dragonovna si stirò, si sbottonò la camicetta verde e alzò una gamba.

«Toglimi gli stivali, Kolka...»

Plejin obbedì, liberò le belle gambe dal morbido cuoio di Russia, e poi si sedette su uno sgabello. Di nuovo il tavolo lo separava dalla Čerskasja. Lei mise le mani dietro la nuca, grattò con le dita dei piedi il materasso e ogni tanto scoppiava a ridere senza motivo. Era il suo unico divertimento. La camicetta verde si aprì del tutto; un semplice reggipetto bianco conteneva i seni. La pelle brillava come oro matto.

«Canta qualcosa...» disse lei d'un tratto.

Plejin sussultò. «Qui? Adesso?»
«Voglio che tu canti!» Lo guardò con gli occhi spalancati, nei quali ora non c'era nulla di «asiatico». «Kolka, se non ti metti a cantare, succederà qualcosa di terribile. Lo sento... mi sale dentro... si arrampica dal profondo...»
Plejin si prese la testa fra le mani. Si avvicinò al tavolaccio, si sedette vicino alle gambe distese di Ljudmila, e lei giocava con le dita dei piedi, le agitava su e giù, fino a che lui non le prese fra le mani.
«Così va bene...» disse lei piano. «Canta!»
Lo sguardo di Plejin scivolò sul seno, sul collo, sul mento, sulla bocca semiaperta, sul naso sottile con i piccoli buchi ovali, sugli occhi, che lo fissavano ardenti. I capelli erano sparsi intorno a quella testa selvaggia come un velo nero a brandelli.
«Se mi vieni sopra», disse lei con la sua voce armoniosa, «domani mattina ti faccio fucilare...»
«Vorrei continuare a vivere. Che cosa devo cantare, Ljudmila Dragonovna?»
«Qualunque cosa. Solo deciditi a cantare, accidenti!»
Egli annuì, prese fiato, le massaggiò i piedi irrequieti e cantò pianissimo la romanza d'amore di Nemorino nell'Elisir d'amore. Non la guardava, ma quando all'inizio della seconda strofa le gettò un'occhiata vide che era piombata in un sonno profondo, con un sorriso sulle labbra sottili e le dite affondate nei capelli scompigliati.
Plejin smise di cantare. Lasciò andare adagio i piedi di Ljudmila e tornò a sedersi sullo sgabello. Il suo corpo cadeva a pezzi dalla stanchezza, come fosse colato nel piombo. Si chinò sul tavolo, vi posò sopra le braccia e su queste la testa. Quando lanciò un'occhiata alla Čerskasja, la sua immagine gli svaniva davanti, individuò solo i bianchi rigonfiamenti del reggiseno.
No, disse Plejin fra sé chiudendo gli occhi. No, Ljudmilaška! Io sono qui per uccidere Stalin. Devo dare una svolta alla guerra; si aspettano da me un cambiamento della storia. Da me, un piccolo Alfiere di vent'anni. Io devo salvare la Germania! Ho paura — lo dico adesso perché so che non puoi sentirmi — ma lo farò. Ucciderò Stalin. Tutti ci contano... i camerati al fronte, gli uomini in patria. Oh, maledizione, ho paura...

Si addormentò e cominciò a russare con uno zufolio, come un giovane cane.

Il pomeriggio del giorno dopo arrivarono a Mosca.

Il grasso Dyčkin li salutò con gli occhi rossi e acquosi. Li ringraziò per il diversivo e continuò a salutarli mentre si allontanavano, la qual cosa era ben poco militaresca, ma lui era un richiamato al quale si poteva perdonare qualche cosa.

La Čerskasja era tornata ad essere il Tenente che portava l'uniforme con serietà. Plejin le aveva dato l'opportunità di allontanarsi dalla cella alle prime luci dell'alba. Si lavò nella toilette e quando tornò il tavolaccio era vuoto. Più tardi a colazione quasi non si guardarono, parlarono di cose senza importanza, e anche durante il viaggio per Mosca ci furono lunghi silenzi. Per lo più andarono avanti imbottigliati in colonne di camion e di rifornimenti militari, e da Zagorsk solo grazie al lampeggiatore rosso poterono farsi strada. Chi può presumere che in una ford verde scoperta ci sia una pattuglia della Milizia?

Quando discesero la Prospettiva Jaroslavskoe e si avvicinarono al Parco di Ricreazione Dzeržinskij, la Čerskasja si fermò sul ponte che attraversa il fiume Jauza, uno dei bracci secondari della Moscova. Frenò sul ciglio della strada e si voltò verso Plejin.

«Cosa intende fare?» chiese con tono ufficiale.

Plejin alzò le spalle. «Siamo a Mosca. Mi scarichi. Al resto ci penso da solo.»

«Dove va a stare?»

«Suppongo nella Clinica Psichiatrica centrale. Penso che entusiasmerò i medici con la mia triplopia, tanto più che è scomparsa. La trave dello zio...»

«La rimanderanno subito al fronte!»

«È possibile. Un uomo sano deve dare il suo contributo alla vittoria.»

«Rimanga in macchina!» disse asciutta la Čerskasja. «Vediamo cosa si può fare.»

Si recarono al comando di Ljudmila. Plejin rimase in macchina, mentre la Čerskasia e i suoi uomini scomparivano dall'edificio. Dopo venti minuti ritornò da sola e sedette di nuovo dietro il volante.

«Ho avuto due giorni di permesso» disse. «Un premio perché tutto è andato liscio. La macchina rimane qui, andremo con la metropolitana.»

«Dove?»

«Fino alla stazione Turgenevskaja. Là scenderemo e andremo nella Marchlevskovo ulica.»

«D'accordo. Ma che ci faccio lì? C'è forse la Clinica Psichiatrica?»

«Proprio di fronte alla chiesa polacca c'è una casa gialla. Al secondo piano abito io. Tre piccole stanze.»

«Tre stanze? Che lusso!»

Lei fece una risatina. «Mio zio è Maggiore della Milizia. Adesso lavora allo stato maggiore.»

«E lei mi invita nel suo appartamento, Ljudmila Dragonovna?»

«Dobbiamo parlare della sua malattia, Kolka. Se si presenterà domani ai medici, sarà più che in tempo.»

Egli annuì in silenzio, la guardò e si inebriò dei suoi occhi d'ambra.

Mezz'ora dopo si trovava nel piccolo soggiorno, il cui unico ornamento era costituito da un grande ritratto di Stalin in una cornice di legno. I mobili erano di faggio chiaro, le fodere delle imbottiture erano verdi con macchioline gialle. L'arredamento era allegro ma un po' scarso. In quelle tre stanzette c'era solo l'indispensabile, erano prive di personalità.

«Non le piace?» chiese la Čerskasja e si tolse la giubba dell'uniforme indossando un'ampia giacca di Buchara ricamata.

Plejin, in piedi guardava il ritratto di Stalin, senza parlare. La sua vittima. Aveva, come tutti i dittatori nei ritratti, l'aria di un bravo zio... oppure appariva superbo, inavvicinabile, trionfante: comunque, sempre un idolo, un modello, un dio terreno.

«Lei ama Stalin?» le chiese.

«Lo venero. È un grande uomo di stato. Senza di lui e senza Lenin che cosa sarebbe oggi la Russia?»

«Già, chi può saperlo?»

«Ci ha liberati.»

«Lei si sente libera, Ljudmila Dragonovna?»

«Sì. Completamente! La guerra comporta delle limitazioni, questo è naturale. Ma dopo la guerra, dopo la vittoria, saremo il popolo più libero del mondo. Ne sono convinta.»

«È meraviglioso avere tanta fede», disse Plejin e voltò le spalle al ritratto di Stalin. Ljudmila era andata in cucina e aveva preso da uno scaffale una ciotola e alcuni barattoli. «Che cos'è» chiese lui.

«Non ha fame? Io ho una fame da lupi!» Accese il forno a gas e cercò un frullino. «Oggi non c'è carne. Ma ho latte, farina, zucchero, uova, burro, lievito e 30 grammi di vodka. Ci facciamo una "nonnina". D'accordo?»

Plejin non sapeva cosa fosse la "nonnina", ma suppose che fosse una specie di dolce. Qui c'è una lacuna nella nostra perfetta preparazione, pensò con malignità. Signor Colonnello von Renneberg, Milda Ifanovna non ci ha mai parlato della «nonnina», che però evidentemente è un piatto della cucina russa.

«Mi viene l'acquolina in bocca!» disse Plejin sedendo in una poltrona chiara in modo da dare le spalle a Stalin. Non voleva mettere alla prova i suoi nervi guardandolo di continuo. Aveva le vene e i nervi tesi come corde di violino.

Dopo mangiato — era proprio un dolce, che mangiarono fumante e che poi tornò a gonfiarsi nei loro stomaci — bevvero della limonata con zucchero sintetico, perché Ljudmila non aveva tè in casa. Sedettero vicini su una panca di legno sotto la finestra e guardarono la chiesa polacca. La strada sotto di loro era vuota, la sera gettava lunghe ombre sul lastricato. Lì Mosca sembrava morta, anche se il viale Kirov e l'ampia via Dzeržinski erano nelle immediate vicinanze.

«So che l'appartamento potrebbe avere un aspetto migliore» disse la Čerskasja. «Ma per chi? Io vivo nel posto di servizio. Qui vengo di rado. Ma possiamo fare un po' di musica...»

«Come?»

«Ho un grammofono. E trentadue dischi. Sinfonie, opere... e un disco di tanghi. Kolka, sa ballare il tango?»

Era pericoloso.

Plejin rifletté in fretta sulla risposta da dare. Un'altra lacuna nella preparazione: quanto è diffuso il tango e in quali ambienti nella Russia sovietica? «Lei lo sa ballare, Ljudmila Dragonovna?» chiese di rimando.

«Sì. La maggior parte degli uomini mi guardano imbambolati quando glielo chiedo.»

«Anch'io.» Plejin respirò. «Alla scuola dell'Opera dovevamo imparare anche a ballare. Bisogna saperlo fare in palcoscenico. Ma prima che cominciasse il corso mi hanno messo addosso l'uniforme.»

«La guido io, Kolka.» Balzò in piedi, trascinò dalla stanza accanto il grammofono, una grossa cassa cubica di legno, con un diaframma e un imbuto abbassato, lo mise sul pavimento e caricò la molla con la manovella. Con l'altra mano alzò il disco nero. «È un disco tedesco!» disse. «Se non fossero così rari, lo avrei già distrutto.»

«Odia tanto i tedeschi?»

«Potrei tagliare la testa con una scimitarra tartara ad ogni tedesco! Lei no, Kolka?»

«Ma certo!» Plejin soffiò dal naso. L'oppressione sul petto era insopportabile. Ljudmila non parlava tanto per parlare. Se la immaginava mentre afferrava la scimitarra a due mani e colpiva. E non riusciva più a capire perché quella donna, nonostante tutto, lo affascinasse.

Plejin lesse l'etichetta sul disco. Tanghi sudamericani. Bernhard Etté e la sua orchestra.

Il periodo aureo dei caffé-concerto berlinesi. Il violino stregato di Dajos Béla. Marek e la sua orchestra da ballo. E naturalmente Bernhard Etté. Quel periodo, allora lui era troppo piccolo, lo conosceva solo dai racconti degli anziani e dai dischi. Dischi neri come quelli. Bernhard Etté a Mosca in casa di un Sottotenente donna della Milizia. Vita, come sei pazza!

Poi ballarono. Plejin si comportò di proposito in modo goffo, pestò più volte i piedi di Ljudmila e si fece rispiegare i passi. Ballarono tre volte le due facce del disco; nella stanza la luce era spenta, c'era solo il chiarore diffuso della calda notte estiva.

D'un tratto si trovarono a ballare in un'altra stanza, contro le pareti chiare spiccavano un letto, un armadio massiccio, una tavola rotonda con due vecchie sedie, un attaccapanni di ottone, al quale era appesa una vestaglia cinese nera con fiori rossi e tralci dorati. Passi e figure per loro non esistevano più, era indifferente quale musica venisse dal sottofondo, un tango, un valzer o una sinfonia... I loro corpi erano avvinghiati, trovavano la loro melodia, il loro ritmo, il loro tono particolare. Caddero sul letto, ma lei si era già liberata della giacca di Buchara, si premette la mano di Plejin sul seno e lo baciò e lo morse al tempo stesso sul collo.

Ansante e turbato, egli sentì le mani e le labbra di lei su tutto il corpo, non capì più che cosa gli succedeva e sprofondò con i nervi vibranti in una nuvola dalla quale gli giungeva, vicinissima all'orecchio, la voce di lei.

«Come brucio!...» gli diceva. «Oh, brucio... brucio... Aiutami, Kolka, aiutami! Spegni questo fuoco... ti prego, Kolka, ti prego... non lasciarmi consumare...»

Plejin trattenne il fiato. Lei gli crollò addosso, affondandogli la faccia fra i seni, poi rotolò sulla schiena e giacque sul letto con le braccia e le gambe tese, mentre Plejin inginocchiato per terra aspettava la morte. Gli sarebbe scoppiata la testa: non rimaneva che questo.

Ma sopravvissero entrambi... Plejin andò a prendere nella stanza accanto la limonata dolciastra, la bevvero come se fossero morti di sete, e poi ricominciarono ad accarezzarsi, a toccarsi i corpi, a esplorarne ogni particolare. La loro felicità era smisurata, fuori di ogni dimensione, soprannaturale.

«Tu sei disperso», disse la Čerskasja più tardi, mentre giacevano uno accanto all'altra e parlavano di nuovo come esseri umani. «Sei partito dal fronte ma non sei mai arrivato a Mosca. Ti hanno perduto. Ti sei dissolto nel nulla. Sei disperso...»

«Questo potrebbe costarmi la testa, Ljudmilaška.»

«Solo se ti scopriranno. Ma nessuno ti scoprirà da me.»

«È troppo pericoloso.» Ed è vero, pensò. Io mi metto nelle sue mani. Dipenderà da lei che io viva o sia fucilato. Sarò la sua creatura! Esisterà solo la sua volontà.

«È tanto facile, Kolka», disse lei accarezzandogli il sesso con la punta delle dita. Egli sentì di nuovo il desiderio infiammargli i lombi, strinse i denti e scosse in silenzio la testa. «Proprio facile, credimi», disse lei. «Ti porterò dal comando una uniforme della Milizia.»

Plejin rimase di sasso. L'incanto soprannaturale si ruppe, e nemmeno le dita carezzevoli di Ljudmila riuscirono a ricrearlo. Ora pensava con lucidità e freddezza.

«È impossibile!» disse.

«Avrai il grado di sottufficiale. Credi che qualcuno fermi un sottufficiale della Milizia e gli chieda i documenti? Sarebbe come se uno chiedesse a Stalin se è proprio Stalin...»

«E tu lo faresti?» Plejin si chinò sulla Čerskasja. Le baciò i capezzoli e vide l'ambra splendere negli occhi di lei. Può essere una strada, pensò. È fantastico. Se mi porta l'uniforme, allora diventa mia complice. La bilancia si riequilibra. Siamo uniti l'uno all'altra nella buona e nella cattiva sorte.

«È solo per poco tempo, Kolka.» Gli circondò i fianchi con una gamba, lo attirò a sé e sospirò profondamente. «Quando la guerra sarà finita, nessuno chiederà più da dove viene Nikolai Antonovič Plejin. Non può durare a lungo, i tedeschi sono già sconfitti, è solo che ancora non lo hanno capito!»

Fino alle prime luci dell'alba mescolarono il sudore dei loro corpi, si separarono e tornarono a fondersi nell'ardore dei sensi. Poi il sole illuminò la stanza, dalla strada venne il rumore dei carri a cavalli e di un'auto. Plejin dormiva come se fosse stato drogato, giaceva sul dorso, sfinito, e respirava tranquillo. Accoccolata vicino a lui, la Čerskasja lo guardava e lo accarezzava leggermente con l'indice della mano destra sullo sterno.

«Mio piccolo Kolka», diceva, parlando come una madre felice al figlio convalescente. «Sei così giovane... E potresti essere ucciso dai tedeschi...»

Il direttore dei lavoratori del III Cantiere — costruzioni in cemento —, il compagno Viktor Leontinovič Skamejkin, aveva mantenuto la parola: Fëdor Panteljevič Ivanov ottenne un buon posto di carpentiere. Vanda Semënovna ne fu tanto felice che si fece coraggio e diede un bacio di riconoscenza a quel caprone rinsecchito e cisposo di Skamejkin. Vitja, il coglione, come lo chiamavano al cantiere, cercò di approfittarne mettendole una mano fra le cosce ma non fu abbastanza svelto. Vanda saltò via, uscì ridendo e ancheggiando dalla porta e si lasciò alle spalle un compagno paonazzo in viso.

La famiglia Haller si era presto abituata al nuovo ospite.

La figlia aveva spiegato che Ivanov non poteva essere paragonato ai cani randagi che lei aveva l'abitudine di portare a casa; amava quell'uomo, che era un eroe e un povero invalido con la sua grossa cicatrice, e la fece così lunga che papà Semën Tichonovič se ne scappò dal vicino così come si trovava, vale a dire in calzoni e maglietta.

Anche il problema del dormire fu risolto in fretta grazie alla dote naturale dei russi, l'improvvisazione: a Ivanov fu assegnato un angolo della cucina dove la sera veniva steso un materasso in tre pezzi, i quali di giorno, sovrapposti l'uno all'altro formavano una specie di poltrona. Il materasso veniva dal vicino, quello da cui Semën Tichonovič si era rifugiato, il quale, attraverso la porta accostata, squadrò Ivanov, il primo amore noto di Vanda.

«Un bell'uomo», disse il vicino agli Haller guardando dalla finestra Vanda e Fëdor Panteljevič che, mano nella mano e felici come bambini, si avviavano alla stazione della metropolitana per andare al lavoro. «Che capelli biondi! È del nord?»

«Non glielo abbiamo ancora chiesto.» Semën Tichonovič si sedette sui pezzi di materasso sovrapposti e si grattò il dorso del naso. Quel giorno prendeva servizio tardi e si era alzato dal letto solo per fare compagnia al nuovo ospite mentre consumava una rapida colazione. La figlia si comportava come una chioccia ubriaca; preparò il pane per Ivanov, gli versò il tè, gli svolazzò intorno, come se dovesse cacciar via le zanzare, e gli pettinò perfino i capelli mentre mangiava l'ultimo boccone. «È un buon giocatore di scacchi. Un bravo compagno con una buona educazione, lo si vede subito. Quando si stuzzica i denti tiene la mano davanti alla bocca e si volta.»

«Davvero è ben educato.» Panteleij Ivanovič, il vicino, che era addetto all'incatramatura delle strade e che pertanto lavorava sempre avvolto in una nube di vapore agrodolce, si rallegrò con gli Haller e bevve il tè lasciato da Ivanov.

Nel frattempo Fëdor Panteljevič entrava nel Cremlino con

due camion della squadra carpentieri. Si era messo di proposito nel posto più in fondo dopo che il caposquadra lo aveva presentato ai colleghi. La maggior parte erano uomini anziani che gli fecero un cenno di saluto senza interesse o gli porsero la mano callosa, oppure giovanissimi, quasi ragazzi, che lo abbracciarono quando seppero che era appena arrivato dal fronte.

Come sempre — quella era la sua migliore referenza — Ivanov mostrò la cicatrice che lo rese bene accetto a tutti. Un vecchio operaio, che aveva partecipato alla Prima Guerra Mondiale, era stato fatto prigioniero dai tedeschi a Tannenberg e in seguito aveva combattuto con i rossi contro i «bianchi» del Generale Denikin, dopo aver esaminato la cicatrice lodò i medici russi e raccontò di un compagno che, tagliato in due da una scheggia di granata tedesca, era stato poi rimesso insieme. «I medici non avevano una livella, ah ah», ridacchiò il vecchio. «Hanno rimesso insieme le due parti un po' di traverso. Quando Piotr guardava a destra, andava diritto...»

Il momento critico — il controllo al posto di guardia del Cremlino — si rivelò una sciocchezza. Tutti conoscevano i camion della squadra costruzioni; se fermavano i conducenti, era per pura amicizia, per scambiarsi sigarette e salsicce. Il razionamento per i militari e i civili si differenziava in questo: mentre gli addetti ai lavori pesanti ricevevano dei bollini supplementari per il grasso e la carne, ai soldati venivano distribuite più sigarette. Venivano anche scambiati panini imbottiti e una specie di impasto autarchico fatto con semolino, cipolle, sale e un po' di crauti, che, versato in piccoli recipienti di coccio, vi si solidificava. I soldati ne andavano pazzi e apprezzavano queste ciotoline più di un cantuccio di salame stagionato.

L'ufficiale capoposto e due soldati guardarono nel camion, contarono gli operai seduti sulle panche, firmarono un lasciapassare e fecero un cenno di assenso. I veicoli si avviarono lentamente al di là dell'alto muro lungo l'ampia via del Cremlino, passarono davanti al palazzo della Presidenza dell'URSS con la sua gigantesca cupola, voltarono, girarono intorno alla Cattedrale dei Dodici Apostoli e al Palazzo del Patriarca, proseguirono — come se a bordo ci fossero ospiti di riguardo ai quali bisognava far vedere tutto — lungo le belle facciate della Cattedrale dell'Assunzione e dell'Annunciazione e si fermarono vicino a un muro laterale del Grande Palazzo del Cremlino. Qui era stata costruita una impalcatura che arrivava quasi fino al tetto. Tubi, scale, palanche e assi erano ammassati sulla piazza accanto al Palazzo a faccette.

Ivanov scese per ultimo dal camion e si guardò in giro. Era una giornata chiara, già calda, le cupole dorate delle chiese del Cremlino abbagliavano con il loro luccichio, le centinaia di finestre dei palazzi scintillavano come specchi. Di quando in quando si vedevano delle pattuglie di soldati, dall'ingresso della Torre Borovitskaja entravano le berline degli alti ufficiali del Cremlino, scaricavano davanti alla porta del grande edificio uomini con ampie spalline e decorazioni e scomparivano verso i parcheggi.

Qui si decide il destino del mondo, pensò Ivanov. Dietro questa sontuosa facciata c'è il cuore di una potenza che si definisce invincibile. Quello che vedeva ora lo impressionava meno di quanto avesse pensato. L'insegnamento di Milda Ifanovna a Eberswalde era stato così intenso che Ivanov, pur trovandosi per la prima volta nel Cremlino, si sentiva come a casa sua. Potrei andare in giro a occhi chiusi, pensò. Conosco ogni angolo, ogni cantuccio, ogni strada, ogni torre, ogni nicchia. Perfino i cespugli e i boschetti abbiamo imparato a memoria, avevamo scomposto le fotografie del Cremlino in centinaia di particolari per poi rimetterle insieme come in un puzzle. Qui nulla mi è estraneo, conosco il dedalo di cortiletti, le scale e i passaggi, le entrate secondarie e i labirinti sotterranei. Nessuno aveva chiesto dove Milda Ifanovna avesse preso questo materiale unico. Il Colonnello von Renneberg era stato esortato da Canaris a non cercare di sapere più del necessario. Al controspionaggio avevano detto: «Ciò che quella donna ci ha portato è fenomenale. Molte cose non possiamo controllarle perché non abbiamo alcuna documentazione. Per esempio, negli uffici di Stalin c'è un passaggio segreto che dovrebbe essere conosciuto da pochissime persone. E noi ora lo conosciamo! Alle nostre domande la signorina Kabakova oppone il silenzio. Non ci resta altro da fare che credere a tutto ciò che ci dice.»

Ivanov trasalì. Il caposquadra, un uomo grasso con il viso pieno di foruncoli, che egli sosteneva fossero causati da un eccessivo consumo di cetrioli, ai quali era allergico, ma che per lui erano il cibo più buono del mondo, si era fermato ridendo accanto a Ivanov.

«È impressionante, vero?» esclamò. «Cose simili si vedono solo da noi. Non ci sono più segreti! Lassù, impalcatura V, diciannovesima finestra da sinistra, puoi vedere come cacano gli ufficiali! E più sotto, ventitreesima finestra da destra, impalcatura III, ci sono gli uffici delle segretarie. Compagno, due settimane fa siamo rimasti a ronzare sull'impalcatura come uno sciame di api. Era già scuro! E che cosa abbiamo visto? Un Maggiore che si calava le brache e scopava su una sedia una pollastrella dai riccioli neri. Il nostro è un bel lavoro, Fedja! Hanno fiducia in noi! Siamo gente scelta! E così deve essere. Dall'impalcatura possiamo guardare dentro tutte le stanze!»

Ivanov dilatò le narici, ma il caposquadra, il compagno Lumjanov, non notò questa piccolezza. «È un vero privilegio», disse Ivanov come se fosse impressionato. «Posso vedere tutti?»

«Ieri c'era il Maresciallo Budjonny. Tre giorni fa c'era Žukov. Beria lo vediamo ogni giorno. E Molotov... è già un vecchio amico! Poco tempo fa si era tolto gli occhiali e li cercava. Il compagno Femjav, che stava sull'impalcatura, bussò ai vetri della finestra e gli gridò: "Compagno, a sinistra sulla libreria!" Molotov si rimise gli occhiali e gli gridò di rimando: "Grazie, compagno!" Così si fidano di noi della squadra...»

«E Stalin?» chiese Ivanov con indifferenza. «Si può vedere anche Stalin?»

«Di rado. Ma tre volte è successo. Io non ho avuto quella fortuna. Il compagno Višnovskij ha guardato negli occhi Stalin, ed è rimasto paralizzato dall'emozione. Si trovano faccia a faccia, separati solo da una finestra, e si guardano in silenzio. E che cosa fa Stalin? Agita la mano destra. Può darsi che gli facesse segno di andarsene. E il compagno Višnovskij è rimasto là impalato e poi è venuto via. Per tutto il giorno non è riuscito a mandar giù un boccone. Aveva i crampi allo stomaco. Adesso non fa che raccontare dappertutto: Stalin mi ha salutato. A me solo! Ma nessuno gli crede e tutti gli ridono dietro. Da allora Višnovskij non è più a posto con i nervi. Abbiamo dovuto trasferirlo dalla squadra carpentieri a quella miscelatori». Lumjanov diede una pacca sulla spalla di Ivanov. «Vedi, qui da noi bisogna che uno abbia i nervi saldi.»

«Non bisogna lasciarsi andare» disse Ivanov. Lumjanov non poteva capire che cosa ci fosse dietro quelle parole. «Semmai dovessi vedere Stalin da solo, non cadrei dall'impalcatura per lo spavento.»

Quel giorno costruirono una passerella davanti alle finestre della segreteria. Era una festa. Schiamazzavano come in un pollaio. Tamjenkin, un arzillo cinquantenne con dei figli grandi che stavano al fronte, si comportò come un galletto, fece delle evoluzioni sull'impalcatura davanti alle finestre, gridò delle frasi indecenti e tirò fuori un lembo della camicia dalla patta dei pantaloni, il che provocò alti strilli dietro i vetri. Ivanov lavorò con diligenza, issò le palanche, fissò le tavole e nel frattempo guardò in alcune stanze dove ufficiali o funzionari dall'aria importante sedevano dietro le scrivanie occupati a telefonare, scrivere, leggere lettere, ricevere visitatori o sfogliare con tutta calma i giornali. In una grande stanza con tre grandi finestre era in corso una riunione. Alla parete era appesa una carta geografica e un Generale spiegava agli ufficiali presenti qualcosa di molto importante.

La carta geografica suscitò la curiosità di Ivanov. Rappresentava il territorio fra Polozk e Gomel e comprendeva anche Varsavia e Königsberg. Circoli, strisce e frecce rosse erano stati tracciati sulla carta, tutti in direzione ovest, e tutti sembravano confluire verso un unico punto.

Il nostro settore centrale, pensò Ivanov. La zona del Gruppo di Armate Centro del Feldmaresciallo Busch. Il punto vitale del nostro fronte... E quelli indicati sulla carta sono i piani di attacco delle armate sovietiche, le puntate dei gruppi corazzati, i movimenti a tenaglia, l'accerchiamento delle unità tedesche, lo sfondamento e il previsto annientamento. A giudicare da quello che spiccava in rosso sulla carta per le armate tedesche non c'era scampo: per mezzo di potenti cunei i sovietici volevano scalzare la già debole linea dei tedeschi. Il primo obiettivo dell'offensiva era fissato: il cerchio si chiudeva al di là di Minsk, mentre a nord la spinta proseguiva verso la Lituania e a sud attraverso le paludi del Pripet in direzione di Brest-Litovsk. Una battaglia di annientamento di dimensioni inimmaginabili...

Ivanov si aggrappò all'impalcatura e scrutò la carta geografica e il generale che continuava a parlare con calma. Sentì le pulsazioni del sangue nelle vene del collo come se qualcuno lo stesse strozzando. Quando si scatenerà questa tempesta di fuoco? pensò. Quei segni sulla carta sono solo progetti oppure offensive riuscite? Più in là sulla carta vide la città di Mogilev circondata da due frecce rosse molto marcate. E tre numeri. 33.1., 49.A., 50.A. Mio Dio... tre armate sovietiche contro Mogilev! Egli conosceva bene le posizioni sull'ala orientale del fronte. Caposaldi collegati attraverso bassi camminamenti, postazioni avanzate in strette trincee. E, dietro la linea principale del fronte, i depositi, i comandi e qualche batteria di artiglieria, un po' di contraerea, un gruppo corazzato con poca benzina: la 4a Armata tedesca, dissanguata, con complementi formati da ragazzi spediti dal Reich con un addestramento sommario che, con gli occhi spalancati e pieni di nostalgia, se ne stavano acquattati nelle buche e sobbalzavano ad ogni sparo. I vecchi combattenti, più volte feriti e sempre rispediti in prima linea, si abbandonavano al fatalismo. «Che vengano pure», dicevano. «Ne abbiamo viste ben altre!» Ma questo ormai non serviva più a nulla. Tre armate russe contro una sola armata tedesca. E nessuno lo sapeva...

Ivanov pensò all'ospedale di Mogilev dal quale lo avevano prelevato per mandarlo a Eberswalde. Elfriede, la bionda formosa e insaziabile che, mentre facevano all'amore sulla riva del Dnepr, strappava l'erba e la spargeva su di lui, che credeva sua una poesia di Hölderlin, e che portava in seno una ciocca dei suoi capelli biondi... Elfriede, scappa! Scappate tutti, camerati, correte... correte... non fate domande. A domandare si perde tempo e voi non avete più tempo... Tre armate sovietiche si precipitano su di voi! Elfriede, caldo, morbido cuscino... adesso stai distribuendo il pasto di mezzogiorno all'Ospedale II e muovi il sedere di qua e di là, e non immagini quello che si sta preparando qualche chilometro più a est. Corri, Elfriede; corri...

Il caposquadra Lumjanov si voltò verso Ivanov e diede un'occhiata al di sopra della sua spalla.

«Rapporto» disse con aria saputa. «Ma perché qui? Questo non l'avevo mai visto. Prima queste stanze erano un museo. Anche le segretarie sono nuove.»

«Da quanto tempo lavori nel Cremlino?»

«Da oltre dieci anni.» Lumjanov ne andava fiero. Avevano sempre cambiato gli operai, era stato un continuo andirivieni, ma lui era rimasto sempre il caposquadra al Cremlino. «Qui sono come a casa mia.»

«Stalin viene ai rapporti?»

«Stalin? Qui? Mai! Ha i suoi uffici nel palazzo del Presidium del Soviet Supremo. Ci siamo passati davanti questa mattina.»

Ivanov annuì. Egli aveva bene in mente la pianta del Palazzo della Presidenza come pure quella del Grande Palazzo del Cremlino. Sapeva dov'era l'ufficio di Stalin, ma non ne era più tanto sicuro dopo aver visto che anche le sale storiche del palazzo erano state adibite ad uffici. Era quindi possibile che Stalin avesse cambiato posto di lavoro.

«Non lascia mai il palazzo?» chiese.

«Raramente.» Lumjanov rise. «Sei curioso di vederlo? Forse fra due settimane.»

«Che cosa succede fra due settimane?» chiese Ivanov avvitando un giunto.

«Dovremo rimettere a nuovo sette camini. Noi costruiamo l'impalcatura. E deve essere cambiata una cornice di quattordici metri. È malandata. Può darsi che allora vedremo Stalin. Il posto è vicino alla sua camera.» Lumjanov aiutò Ivanov a tirar su dal cortile un'altra tavola. «Vuoi sposare Vanda Semënovna?» gli chiese senza preamboli.

«Non ne abbiamo ancora parlato.»

«Ma stai a casa sua.» Lumjanov inchiodò la tavola all'impalcatura. Usava il martello con forza. «Anche io vorrei sposarla...»

«Tu?»

«Sono vedovo. Senza figli. A quarantanove anni un uomo è troppo vecchio per far felice una ragazza di ventitre? Sono un uomo forte e sano.»

«E che ne dice Vanda Semënovna?»

«Non ne sa niente. È solo un mio desiderio... Se ne avessi avuto l'opportunità...» Lumjanov si grattò la testa... «Forse glielo avrei chiesto. Ma non si può farlo fra sacchi di cemento e mescolatrici. Avrei voluto invitarla a fare una passeggiata lungo la Moscova e parlarle. Invece, eccola che arriva con te...»

«Mi dispiace, Lumjanov. Mi ero già abituato all'idea che potessimo diventare amici.»

«Ma noi lo siamo, Fedja! Certo che lo siamo!» Lumjanov abbracciò Ivanov e lo baciò fraternamente. «Voglio dirti solo una cosa: Se Vanduška non sarà felice con te, ti inseguirò fino in Siberia per tirarti il collo! Hai capito?»

«Non dovrai muovere un passo», disse Ivanov ridendo forte. «Te lo prometto.»

Guardò Lumjanov che scendeva dall'impalcatura. Fra quattordici giorni, pensò. Camerati, dobbiamo cambiare la data prevista. Non posso aspettare che ci incontriamo tutti da Milda Ifanovna per decidere il da farsi. Io devo muovermi prima. Entro quattordici giorni devo avere una pistola, una bomba a mano e dell'esplosivo. Io mi trovo nel Cremlino, camerati. A contatto di gomito con Stalin. Questo cambia tutti i piani. Nessuno avrebbe mai potuto sognare una situazione simile... anche la fantasia ha dei limiti.

Ivanov si appoggiò all'impalcatura e guardò la sala. Il generale continuava a parlare. Io non sopravvivrò, pensò Ivanov dominando una sensazione che lo attanagliava. Perché la cosa riesca, devo essere vicino a Stalin... non c'è altra alternativa! O bomba a mano o esplosivo: ci distruggerà insieme. Una pallottola non dà alcuna sicurezza.

Si voltò e guardò la grande cupola del Palazzo della Presidenza. Il sole si rispecchiava nelle finestre, le cupole dorate delle chiese sembravano ondeggiare e danzare lievi nella luce intensa. Faceva caldo. Uno stormo di piccioni girava intorno al campanile di Ivan il Grande. Dalla grande «Zarina delle Campane» si avvicinò un furgoncino che si fermò davanti all'impalcatura. Ivanov vide Lumjanov che si precipitava incontro a Vanda Semënovna vestita con la tuta sporca di calce. Lumjanov indicò vero l'alto, lei alzò la testa e fece dei gesti con le braccia.

«Scendi, Fedja!» gridò. «Ti ho portato qualcosa! Funghi! Un bicchiere sano! Scendi!»

L'amo, pensò Ivanov mentre scendeva dall'impalcatura. L'amo sul serio. Questa non è più un'avventura. Non è come con Elfriede, Erna, Monika o Lotte. L'amo tanto che all'improvviso ho paura di morire. Che spero di non vedere mai Stalin. Ma che cosa sono i desideri? Cara, dolce Vanduška, dobbiamo sfruttare ogni minuto — ci rimane solo poco tempo... molto poco...

Quando arrivò giù, abbracciò Vanda Semënovna, la strinse a sé, la baciò, (al che Lumjanov gridò «Felicità! Felicità!») e maledisse Stalin, la guerra e il compito che gli era stato assegnato di cambiare la storia del mondo.

Il 22 giugno 1944 per una ampiezza di 560 chilometri l'uragano rosso si abbatté sulle linee tedesche. Tre Fronti sovietici — il 1°, 2°, e 3° Fronte Bielorusso sotto il comando del Maresciallo Žukov — si avventarono contro le deboli armate tedesche. 250 cannoni bombardarono con le loro granate il nemico su ciascuno dei 560 chilometri, ararono la terra e non risparmiarono nemmeno un metro di terreno. Migliaia di carri armati avanzarono dalle posizioni di attesa e travolsero i caposaldi e i trinceramenti tedeschi. Il cielo brulicava di caccia, bombardieri e ricognitori sovietici, perché la maggior parte delle forze aeree tedesche erano state trasferite in occidente, dove gli inglesi e gli americani si erano saldamente attestati dopo lo sbarco e Rommel doveva manovrare in una situazione disperata. Una gigantesca tenaglia si stava chiudendo; fra le sue morse di fuoco la Germania veniva stritolata.

Il 3° Fronte Bielorusso di Černjakovski avanzò su Vitebsk con cinque armate e si trovò davanti solo la piccola 3a Armata tedesca. Il 2° Fronte Bielorusso di Sacharov con tre armate scelte si scontrò con la 4a Armata tedesca, che in tutto quell'anno non aveva avuto un minimo di tregua ed era stata costretta di continuo ad avanzare e a ripiegare combattendo. Travolgendo con estrema violenza l'intero fianco tedesco, il 1° Fronte Bielorusso di Rokosovskij avanzò in direzione Bobruisk-Minsk e attraversò il Pripet presso Brest-Litovsk. Dieci armate sovietiche con una incredibile massa di uomini solo su questo settore del fronte!

Contemporaneamente in quel 22 giugno 1944 si misero in movimento diciotto armate russe, alle quali si opponevano quattro armate tedesche dissanguate. Un rapporto di forze che anche Hitler nella sua «Tana del lupo» comprese e al quale non poté contrapporre altro che lo slogan: «Un soldato tedesco vale dieci russi!»

L'offensiva procedeva. Tutta la Bielorussia era un unico rogo, una enorme fontana di fuoco, un rombare di bombe e di organi di Stalin, uno strepito di cingoli e di grida trionfali di centinaia di migliaia di soldati sovietici.

Il bollettino del Comando Supremo della Wehrmacht, letto alla radio e riprodotto su tutti i giornali, annunciava in modo lapidario:

> «23 luglio 1944.
> Nel settore sud del Fronte Orientale sono falliti attacchi locali dei sovietici sullo Strypa, a nord-ovest di Tarnopol e a sud del Pripet.
>
> Nel settore centrale del fronte sono cominciati i previsti attacchi bolscevichi. Gli attacchi, condotti con l'appoggio di carri armati e dell'aviazione su un ampio fronte, sono stati contenuti con duri combattimenti. Locali infiltrazioni bloccate da immediati contrattacchi. Sui due lati di Vitebsk sono ancora in corso aspri combattimenti. Anche fra Polozk e Novošev, come pure a nord-est di Ostrov, il nemico ha sferrato violenti attacchi rimasti senza esito...»

Infiltrazioni locali... sui due lati di Vitebsk... violenti attacchi presso Polozk... A chi sapeva leggere una carta geografica, fin da quel primo giorno si rizzavano i capelli sulla testa. E mentre il bollettino della Wehrmacht descriveva con forbite perifrasi la situazione disperata, le linee tedesche si sgretolavano per parecchi chilometri e le divisioni sovietiche irrompevano creando una grossa sacca: le frecce rosse che Ivanov aveva visto dalla sua impalcatura nel Cremlino!

Anche la radio tedesca trasmetteva di continuo bollettini, intervallati da musiche militari e canzoni popolari.

Sedevano tutti davanti alla radio e ascoltavano in silenzio, entusiasti, con gli occhi lucidi... oppure profondamente commossi: Larissa Aleksandrovna e Petrovskij, Lyra Pavlovna e Boranov, il quale sussultava quando Pavlov Žarenkov dopo ogni annuncio di vittoria levava in alto il tè con il limone sintetico e gridava: «Viva i nostri valorosi soldati!» Anche mamma Marja Ivanovna, che piangeva di gioia, e Anja Ivanovna, la dottoressa, presso la quale abitava Duskov dopo che erano arrivati a Mosca da Zagorsk per ferrovia, sedevano davanti all'apparecchio, ascoltavano le notizie e sgranocchiavano dei biscotti che Anja aveva portato dall'ospedale. Sepkin si torceva le mani quando udiva i nomi delle località che erano state conquistate fin dal primo giorno. Elena, seduta dietro di lui, gli aveva posato la testa sulla spalla, mentre Luka Antipovič, il padre, le spalmava il pane. Quale infermiere, anche nell'anno di guerra 1944 riusciva ad ottenere cose rare come formaggio e strutto, carne affumicata e grasso d'oca. Buon Dio, chi non conosceva l'infermiere Puškin, chi non era passato per il suo reparto, chi non era stato affidato alle sue cure?

Il piccolo Plejin era sdraiato nudo sul letto quando la radio comunicò la notizia delle prime vittorie. Ljudmila Dragonovna che, sfruttando una pausa della sua inesauribile passione amorosa, stava cucinando un pezzo di maiale frutto di una incursione in una macelleria clandestina, incursione eseguita quella mattina grazie alla denuncia di vicini invidiosi, fece capolino dalla porta di cucina.

«Ci siamo!» gridò la sua voce flautata. «Adesso i tedeschi sono come conigli. E correranno più in fretta. Ascolta bene, aquilotto: questo è il crollo del mondo occidentale decadente!»

Ivanov e la famiglia Haller sedevano intorno al tavolo di cucina, mangiavano patate lesse e cagliata con erba cipollina e ascoltavano attentamente le notizie della radio. Papà Semën Tichonovič aveva strappato una carta geografica da un libro di scuola e con il cucchiaio indicava le località che venivano nominate. «Corrono!» esclamò. «Oh, se corrono i tedeschi. Che vittoria sarà! Guarda, Fedja: quando arriveranno a Minsk, nessuno ci fermerà più. Dove prenderanno degli altri soldati i tedeschi, eh? Non li possono mica fare con le barbabietole e le patate! Sono perduti, lo si vede fin da ora.»

Tutti rimasero alzati fino alla fine del programma. Plejin e Ljudmila fecero all'amore mentre trasmettevano musica militare, la famiglia Žarenkov discusse un progetto che stava a cuore a papà Pavlov Ignatovič, il quale lo chiamava il «progetto della sua vita»: un arco di trionfo in stile greco classico, simile ai Propilei, di proporzioni grandiose, costruito per l'eternità e sul quale, come una lapide per milioni di uomini, dovevano essere incisi i nomi di tutti i soldati sovietici. «Una cosa del genere non è mai esistita!» disse Žarenkov, entusiasta del suo progetto. «Ma il nostro meraviglioso popolo russo se l'è meritata.»

A casa Puškin le cose procedevano in modo più divertente. Luka Antipovič sacrificò cento grammi di vodka che teneva gelosamente da parte. Era di una qualità così forte che Puškin non riuscì ad ascoltare la radio sino alla fine del programma, ma cadde sulla poltrona bofonchiando canzoni militari e alla fine si addormentò come un macigno. Fu la notte in cui per la prima volta Elena Lukanovna poté infilarsi sotto le coperte di Sepkin. Era ancora vergine, e fu terribile per Sepkin dover pensare, mentre si apriva per Elena un nuovo mondo: domattina avranno preso Vitebsk...

Il sole splendeva su Mosca. È vero che i rifornimenti dei generi alimentari di prima necessità erano interrotti, ma adesso potevi comprendere quando ti dicevano: Tutto al fronte! I nostri valorosi soldati hanno bisogno di burro, non voi! Non avete orzo? E nemmeno cavolo sotto sale? E come andiamo a farina? Non brontolate, compagno! Dobbiamo sospendere l'offensiva perché i difensori della patria hanno fame? Essi sacrificano la vita per voi... il vostro sacrificio è mangiare di meno. Non una parola di più, compagni!

I giorni volavano, anche per i sei infiltrati a Mosca.

Ivanov costruiva le sue impalcature aspettando di vedere Stalin.

Il piccolo Plejin faceva delle gran dormite quando la Čerskasja era in servizio, poi cucinava e si preparava alla sua unica attività: amare Ljudmila fino a che era lei a dire: «Sono a pezzi! Kolka, oh, Kolka, perché non possiamo scomparire e abbandonare il nostro tempo?».

Petrovskij, accompagnato dal capo del Reparto Montaggio I, Bogdan Filofeevič, si era presentato al capo del personale e aveva ottenuto un posto di collaudatore, così era stato messo nella colonna di Larissa Aleksandrovna, poteva vederla anche sul lavoro e già il primo giorno guidava nuovi trattori su e giù per una pista di collaudo della fabbrica. La sera del terzo giorno andò a trovare con Larissa la collega del parto prematuro e fece una capatina dal Dottor Spešnikov. Mezzo ubriaco, era seduto davanti alla scacchiera nella stanza di guardia e fissò Petrovskij con occhi tristi e acquosi.

«Il più fedele è il cane!» disse con la lingua impastata. «Da un uomo non lo si può pretendere, nemmeno da un tipo simpatico come lei. Cosa vuole?»

«Ho sentito il bisogno di esprimerle la mia felicità, Dottor Spešnikov.»

«I gas velenosi le sono passati per caso dallo stomaco al cervello?»

«Mi sono innamorato!»

«Queste aberrazioni si possono eliminare.»

«Parlo seriamente. Si chiama Larissa Aleksandrovna. È collaudatrice di trattori.»

«A proposito, le sue radiografie bisognerebbe mandarle a Roma come prove di un miracolo! Nemmeno l'ombra di un'ulcera!»

«Ma i rapporti dei medici militari? Perfino il Generale medico...»

«Incomprensibili. Non le hanno mica messo l'orologio sulla pancia prima di fare le lastre?»

«Non ci sarà un errore, Dottor Spešnikov? Lei è ginecologo...»

«Ma so ancora riconoscere un'ulcera, Luka Ivanovič! Dalle lastre, risulta che il suo stomaco non ha niente.»

«E le mie boccate di acido? Ieri, per esempio. La sento che mi sale dentro, mi arriva all'esofago... mi prende il panico, perché Larissaška è sotto di me e mi stringe con le sue morbide braccia. Che devo fare? Strappo un lembo del lenzuolo, me lo ficco in bocca e blocco il rutto schifoso! Larissa sarebbe morta di orrore se le avessi ruttato in faccia. L'avrei avvelenata.» Petrovskij si sedette al tavolo, diede un'occhiata alla scacchiera, fece una mossa e annuì. «Scacco!... Deve pur venire da qualche parte, no?»

«Satanasso! È proprio scacco!» Il Dottor Spešnikov tolse i pezzi, tese una bottiglia a Petrovskij, e tentennò il capo. «Ne vuole?»

«Cos'è?»

«Samachonka...»

«Poveri noi! Roba da castrare un uomo!»

«Ha qualche cosa di meglio, bestia? E allora! Meglio un cicchetto infernale che l'acqua insipida!»

Petrovskij bevve appena un sorsetto dalla bottiglia, trattenne il fiato, si sentì soffocare e rimase a bocca aperta. Il Dottor Spešnikov lo fissò.

«Che cos'ha?»

«Mi escono le fiamme dalla bocca?»

«Se aveva davvero un ulcus ventriculi... adesso se n'è andata. Ringrazi Iddio o chi le pare che io l'abbia salvata dalla Barynja Fëdorovna Čigirin.» Riprese la bottiglia, tracannò a occhi chiusi, poi guardò la scacchiera. «Cosa facciamo adesso?»

«Fuori c'è Larissa che mi aspetta.»

«Cosa facciamo di lei e dei suoi rutti? Cosa posso scrivere nel rapporto? Esito negativo. Questo la riporterebbe dritto al fronte. Proprio adesso, con l'offensiva in corso. È questo che vuole?»

«Io sono un buon russo, Dottor Spešnikov.»

«Mi domando perché sto tanto tempo a parlare con lei. Luka Ivanovič, può sopravvivere!»

«E desidero farlo, se è possibile. Adesso ho un buon lavoro. Anch'io guido i trattori.»

«Che bellezza!» Il Dottor Spešnikov sospirò e scivolò in avanti nella poltrona. Petrovskij lo afferrò e lo tenne fermo, lo risollevò e poi lo rimise a posto. «Scriverò: Niente da aggiungere alla diagnosi dei medici militari.»

«È un'idea geniale, Dottor Spešnikov. Spero che il destino mi dia la possibilità di manifestarle la mia gratitudine...»

«Come parla all'improvviso?» Spešnikov scosse via la mano di Petrovskij. «Non è da lei. Perché non dice: Un trucco maledettamente buono, vecchio pazzo?! — La rivedrò?»

«Se le fa piacere.»

«Devo chiederlo?» Il Dottor Spešnikov si aggrappò ai braccioli della poltrona. Sentiva che stava di nuovo per scivolare in avanti. «Mi interessa la sua vita futura. La sua sfrontatezza è immensa. Lei non è mai stato malato, Luka Ivanovič. È sano come un pesce. Ma è riuscito a venirsene via dal fronte». Alzò le mani e scosse il capo. «E adesso non si sta domandando se deve uccidere questo vecchio sciocco? Se mi spacca il cranio, tutti crederanno che, ubriaco com'ero, sia andato a sbattere contro uno spigolo. È così facile... siamo soli!... Luka, lei mi piace.»

«Non ho mai pensato di farla fuori!» disse Petrovskij con la voce velata. Mentiva. Quel pensiero gli era balenato quando Spešnikov aveva messo a nudo il suo segreto. «E sono malato. Mi addolora che i medici siano di opinione diversa. Almeno nella medicina, si dovrebbe trovare un po' di accordo.»

«Almeno!» Il Dottor Spešnikov diede un colpetto sulla mano di Petrovskij. «Vai dalla tua Larissa, amico. Vieni ogni tanto a raccontarmi come te la passi. E quando Larissa avrà un figlio, se vivrò ancora... lo farò nascere io! E tu sarai presente!... Un'altra samachonka?»

«Dottore, perché si sbronza tanto?»

«Perché stiamo vincendo la guerra, ragazzo.» La testa del Dottor Spešnikov penzolava avanti e indietro. «Il mondo non sa che cosa significa, se i bolscevichi vincono la guerra. È così cieco e stupido!»

«Ma lei lo sa?» chiese Petrovskij un po' ironico.

«Sì.» Spešnikov alzò gli occhi scintillanti e acquosi. «Perché io, ginecologo, sto qui a fare in eterno il servizio di notte? Per ché? Conosci Turochensk? È sullo Enisej, fa parte del distretto di Norilsk. È un campo di lavori forzati... Io dovevo andarci per dodici anni...» Alzò la bottiglia. La sua bocca si aprì come una ferita squarciata. «Alla vittoria!» gridò. «Viva il mondo russo!... Dio, come sarei felice se potessi bere fino a morirne!»

Con Sepkin ci furono delle difficoltà che lo stesso Luka Antipovič Puškin non aveva previsto. È vero che aveva grande influenza sui pazienti, ma per l'amministrazione della Clinica Infortunistica Sklifosovski egli era solo un infermiere con la scheda personale numero 369 M. La M stava per muzěskij, che significa «maschile». E questa era la sola cosa inoppugnabile. Tutto il resto poteva essere messo in dubbio e quindi discusso, perché l'amministrazione della Clinica era formata da burocrati.

Tanto per cominciare, Puškin, tutto pieno di fiducia, spinse il futuro genero Piotr Mironovič Sepkin nella stanza di un tipo bisbetico e dall'aria torva, e gridò, come se avesse scoperto una nuova terra:

«Ecco il nuovo addetto al crematorio, compagno!»

Il tipo bisbetico dietro la scrivania esaminò Sepkin, tirò in fuori il labbro inferiore e rispose: «È un buon posto. Ma non abbiamo bisogno di nessuno. È occupato!»

«Da quando?» Puškin girò intorno a Sepkin e si chiuse la porta alle spalle. «Ieri sera non lo era ancora!»

«È occupato» disse il tipo bisbetico. «Chieda in Direzione.»

«Veniamo proprio di là. Non è di loro competenza.»

«Allora dovrete cercare, compagno. Nemmeno io sono competente.»

Puškin non si scompose, conosceva la solfa. Spinse Sepkin più vicino alla scrivania e posò sul piano un foglio di carta ripiegato. Il compagno non competente lo guardò disgustato, quasi che Puškin avesse scaricato del letame.

«Lei è il capo del crematorio?» chiese Luka Antipovič con tono cordiale.

«Sì.» Il tipo odioso sfiorò con un dito il pezzo di carta. «Questo che cos'è?»

«Una carta annonaria settimanale. Categoria addetti ai lavori pesanti.»

«E che ci fa sul mio tavolo?»

«L'ho trovata, compagno.»

«Trovata?» Il tipo spalancò gli occhi. «Aha!»

«Sotto la sua scrivania, compagno. Era là, piegata come è adesso, e sembrava essere stata dimenticata. Un uomo per bene, come sono io, pensa: Ohè, domani si dispererà per averla perduta. I suoi frugoletti grideranno: "Paparino, perché non c'è orzo da mangiare?" Ed egli dovrà rispondere: "È colpa mia, tesorucci.. ho perduto i bollini! — Ti si stringe il cuore! Allora ho tirato su il pezzetto di carta e adesso eccolo là!»

Il capo del crematorio sogghignò, mise una mano sulla tessera annonaria, l'avvicinò a sé e poi scrutò Sepkin. Puškin tirò il fiato. Era stata raggiunta una prima intesa.

«Da dove viene? Nome, professione?»

Sepkin fornì le proprie generalità con precisione militaresca. Il tipo odioso ascoltò in silenzio, si ficcò in tasca la tessera annonaria, poi si appoggiò alla spalliera della sedia. «Lei viene dal fronte, compagno», disse. «E ha un polmone che fischia. E questo — secondo lei — la qualifica per lavorare in un crematorio?»

«Ho pensato che se là tossisco in faccia a qualcuno non gli do fastidio.»

«E inoltre è un bravo formaggiaio!» interloquì Puškin. Il funzionario sobbalzò.

«E allora?»

«Ero uno specialista del famoso formaggio rotondo del caseificio di Novo Karpyrdak. Senza dubbio lei lo avrà assaggiato, compagno.» Sepkin schioccò la lingua e il funzionario sbatté le palpebre. «Sulla forma di cacio c'è un marchio rotondo rosso con la scritta: Un prodotto di qualità del socialismo. Due diplomi! Ah, che odore quando lo si tagliava...»

«È quello che volevo far presente», si intromise Puškin. «Questo qualifica Piotr Mironovič per il lavoro nel crematorio. Fin da bambino è abituato alle puzze. Ha un naso di cuoio. Mi ascolti, compagno: È l'uomo che ci vuole.»

Il tipo scorbutico fissò a lungo e in silenzio Sepkin. Poi si alzò e disse: «Ci si può pensare. Al Forno I manca un uomo.»

«Un vero miracolo!» esclamò felice Puškin. «È quello che fa per lui.»

«Una settimana di prova.»

«Vorrei abbracciarla, compagno.»

«Senza paga!» Il tipo odioso si mise una mano sotto la giacca e si grattò l'ombelico. «Compenso in base alla tariffa dei fuochisti e» — si schiarì la gola e guardò Sepkin con occhi da rana — «assegnazione alla II Categoria annonaria.»

«Alla III Categoria, compagno!» disse subito Puškin. «Piotr Mironovič è un uomo frugale. Perciò gli basta solo la metà delle razioni...»

Il capo del crematorio evitò ogni cenno di approvazione. Da sempre invidiava i medici, gli infermieri, gli impiegati dell'amministrazione, gli analisti e perfino i portantini... perché tutti costoro venivano in contatto con ammalati riconoscenti. Nel suo lavoro, invece, nessuno gli porgeva la mano (men che mai con qualcosa dentro...). Quando entrava nel suo crematorio, soprattutto nel reparto del Forno I, veniva sopraffatto dalla desolazione delle sue mansioni, e si sentiva pieno di odio, per esempio verso il compagno amministratore delle cucine, che non solo mangiava come un toro, ma anche come un toro faceva strage fra le cuoche e le infermiere. Quando sentivano che era capo del crematorio, tutti assumevano un'espressione di ipocrita tristezza ed egli aveva spesso la sensazione che dopo averlo lasciato andassero a lavarsi le mani o a strofinarle contro un muro.

«Può cominciare subito», disse con sussiego. «Informerò io l'ufficio del personale. Si presenti al compagno Zišlov della squadra fuochisti.»

Che giornata! Puškin abbracciò Sepkin nel vestibolo e continuò a ripetere: «Che fortuna! Il Forno I! Rallegriamoci! È il miglior lavoro! Non è un vero tesoro il compagno capo? Si è accontentato di metà bollini! Devi avergli fatto una grande impressione, figliolo! Hai visto come gli si gonfiava il petto quando hai parlato del fronte? E quella del formaggio è stata buona! Sono sicuro che non ha mai mangiato il cacio di Novo Karpyrdak. Piotr Mironovič, oggi è un giorno fortunato.»

Questa opinione era a dire il vero parziale. Luka Antipovič Puškin, che aveva messo i capelli bianchi — come si dice — nel servizio ospedaliero, vedeva le cose con occhi diversi da quelli di Sepkin. Chi per venticinque anni ha dato una esistenza umana ad ammalati senza speranza, chi non può più contare i cadaveri che ha lavato e preparato per consegnarli ai parenti, chi, come una grossa spugna, si è impregnato di dolore e a casa se lo strizza via con qualche bicchierino di vodka e con qualche allegra musichetta alla radio, per costui il Forno I è un posto di lavoro invidiabile.

Sepkin si presentò al caposquadra Gavril Kusmanovič Zišlov che stava in una orrenda cameretta piena di pulviscolo di carbone, vicino ai forni e alla carbonaia. Zišlov disse: «Finalmente viene qualcuno per il Forno I. Adesso ci pensavo io, ma non riuscirò mai ad abituarmici. Mi si rivolta lo stomaco... non posso farci niente. Bisogna esserci portati per certe cose.» Poi squadrò Sepkin e gli chiese: «Hai mai visto una gamba amputata? O un mucchio di visceri?»

«Vengo dal fronte», rispose Sepkin pieno di presentimenti. «E là se ne vede di roba del genere.»

Era come Sepkin aveva supposto. Il Forno I aveva in comune col crematorio solo il nome e l'amministrazione. Era situato in un annesso dell'edificio principale, che ospitava anche la lavanderia, aveva un suo fumaiolo provvisto di filtro, era collegato mediante un corridoio con le camere operatorie ed era piastrellato con mattonelle bianche. Su dei tavoli anch'essi in muratura e piastrellati c'erano secchi, tinozze, mastelli grandi e piccoli di latta smaltata o di zinco luccicante. Tutto era lustro e pulito, e uno avrebbe potuto credere di trovarsi in una macelleria ben tenuta, se i pezzi di carne nei recipienti non fossero stati membra umane amputate, di ogni forma e grandezza, muscoli e interiora.

«Le operazioni di due giorni» disse Zišlov e si fermò sulla porta. Nel locale piastrellato c'era un fresco piacevole in confronto al bugigattolo caldo e fuligginoso di Zišlov. «Ieri non ho bruciato niente. Non ho potuto. Là, nel secchio a sinistra... il braccio di un bambino. Deve avere l'età di mia figlia. Sette anni. Ho tre figli, Piotr Mironovič. Quando ho visto quello che c'era nel secchio, sono scappato via. Io sono fuochista, conduttore di caldaie... È un gran sollievo per me che tu sia arrivato. Hai i nervi saldi, no?»

«Lo spero, compagno.» Sepkin si appoggiò alla parete piastrellata e tirò su dal naso più volte. Mio caro Luka Antipovič, pensò, qua non ci resto a lungo. Dal Forno I mi innalzerò alla vetta luminosa di conducente di ambulanza. Devo muovermi, devo avere intorno a me le strade di Mosca e non membra amputate. Tu non immagini perché...

Zišlov gli indicò un gancio. «Là ci sono il grembiule di gomma e i guanti. Il forno è sotto pressione. Si accende dal locale accanto. Questa è la parte bella con la camera di combustione.»

«Ce n'è... ce n'è sempre tanti ogni giorno?»

«Noi siamo la più grossa clinica infortunistica di Mosca. Si opera in dieci sale.» Zišlov batté una mano sulla spalla di Sepkin. «Ci si fa l'abitudine» disse. «Solo io non ci riesco. Ci vogliono uomini più solidi di me.»

«Come mai il posto era libero?» chiese Sepkin.

«Un incidente. Il tuo predecessore, un tipo taciturno di nome Posniamkin, qualche volta lavorava senza guanti. Tutti lo avevano avvertito. Ed ecco che ci casca! Una setticemia. Anche il suo braccio va a finire nel mastello, ma era troppo tardi. Non c'era più niente da fare. È successo sette settimane fa. Non dimenticare mai i guanti, Piotr Mironovič!»

Zišlov gli diede un'altra pacca sulla spalla e uscì dal locale. Sepkin rimase un momento incerto, poi si avvicinò al gancio, indossò il grembiule e i guanti lunghi di gomma. A passi lenti andò verso il banco piastrellato con i secchi, le tinozze e i mastelli pieni di pezzi di carne umana. Il primo che vide fu il braccio incancrenito di un bambino.

I tram di Mosca sono famosi perché anche con un sovraccarico tre volte superiore alla norma non si guastano. Chi ha avuto modo di vedere i grappoli umani sui predellini, può capire ciò di cui ogni russo è convinto: che l'industria nazionale sa produrre in ogni campo quanto c'è di meglio e di più solido.

Dopo che la famiglia Žarenkov ebbe discusso a fondo, e papà Pavlov Ignatovič ebbe ripetuto che in tempo di guerra i biologi che creano varietà artificiali di orchidee non hanno alcuna possibilità di mettere a partito la loro specializzazione, si decise di presentare Boranov al direttore delle tramvie di Mosca.

«Nel mio ufficio, la Direzione di Architettura e di Pianificazione per la Ricostruzione, la gente fa a gomitate, si pesta i piedi, pugnalerebbe i colleghi pur di assicurarsi un posticino... Roba da strapparsi i capelli! Dappertutto raccomandazioni. Chi ha un nome e le relazioni giuste fa imboscare i suoi amati parenti nella Pianificazione per la Ricostruzione. Per ora non posso fare niente per te, Kyrill Semënovič. Forse dopo la guerra. La pace è ormai vicina. Ma fino ad allora.. Vediamo che cosa ottiene Lyra Pavlovna.»

Bisogna sapere che è un grande onore e una solida garanzia essere impiegati nelle tramvie moscovite. Chi indossa quell'uniforme, non la cambierebbe con un'altra. Che sensazione dà poter trasportare ogni giorno centinaia di migliaia di compagni da tutte le direzioni in tutte le direzioni e sapere che basta girare una manovella per far fermare il tram, e interferire nel destino di varie persone!

Il compagno Direttore Afonasev, un uomo distinto dai capelli bianchi, con una bella testa da georgiano e i modi aristocratici, ricevette Lyra Pavlovna e Boranov con la cordialità con cui si accolgono i vecchi amici. Lyra lo aveva già messo al corrente di tutto. Egli strinse la mano a Boranov con un bagliore patriottico negli occhi e disse:

«Che sfortuna quella pallottola vicino all'arteria! Adesso che lei sarebbe stato utile al fronte! Marceremo fino a Berlino! Che cosa si perderà! È un peccato!»

«Io piango nell'intimo, compagno», disse Boranov. Lyra Pavlovna impallidì, ma poiché erano seduti distanti non poteva dargli dei calci negli stinchi. «Ma col pensiero sono sul campo di battaglia. In ogni caso posso servire la patria anche qui a Mosca.»

«Sul tram.»

«Mi sono dovuto togliere l'uniforme dell'Armata Rossa... ma quando l'uniforme delle tramvie...» Boranov si interruppe e deglutì come se la commozione gli impedisse di proseguire.

«Mi impegnerò con tutte le forze, come se dessi l'assalto a una trincea tedesca...»

Il compagno Direttore Afonasev fu colpito e provò una grande simpatia per quel Kyrill Semënovič Boranov, eroe mancato per colpa di una pallottola tedesca. Inoltre Boranov era laureato come Afonasev e anche questo è un legame.

C'era tuttavia una piccola difficoltà che andava superata: nelle tramvie moscovite non c'erano posti vacanti. Come tutte le aziende statali, anche l'amministrazione delle tramvie era sommersa da «aspiranti raccomandati». Afonasev, quale capo dell'amministrazione, non vide altra possibilità per Boranov che quella di creargli un posto fino a quel momento inesistente: Controllore Vetture in Partenza...

Suonava importante, ma era un'occupazione di tutto riposo. Boranov doveva solo controllare che le vetture tramviarie lasciassero i depositi perfettamente pulite, con il pavimento spazzato, i finestrini lavati, i mancorrenti ben strofinati, e le fiancate esterne lucide. Per questo c'era una squadra addetta alle pulizie composta di donne, la qual cosa non piacque affatto a Lyra Pavlovna, perché una compagnia di femmine affamate costituiva una continua tentazione anche per un uomo di carattere come Kyrill Semënovič.

Non c'era più nemmeno un'uniforme completa. Boranov ricevette solo una giubba, ma qui venne in aiuto l'architetto Žarenkov, che provvide un paio di pantaloni scuri e una camicia bianca. «Un controllore deve incutere rispetto!» disse giustamente. «La gente deve dire subito: Ah, ecco un uomo che conta! Il rispetto è la base della convivenza.»

Žarenkov aveva una notevole scorta di sentenze, delle quali lui stesso si inebriava. Si fece una papirosa e se la fumò come se avesse appena consumato un pasto opulento.

Boranov era soddisfatto del suo posto. Fin dal primo giorno, dopo che ebbe salutato la squadra delle pulizie ed ebbe constatato che per oltre la metà era composta da ragazze giovani e carine, la qual cosa lo avrebbe costretto a tenersi di continuo sulla difensiva, se ne andò a scorrazzare per Mosca, visitò tre depositi in periferia e gustò la più completa libertà al riparo dell'uniforme.

Gli era adesso facile intervenire agli incontri da Milda Ifanovna. Nessuno controllava il controllore, nessuno lo osservava, nessuno sapeva dove avrebbe fatto un'ispezione. Dove sarebbe comparso, era lui a deciderlo.

«Tanta fortuna non me la sarei mai sognata», disse Boranov la sera del suo primo giorno di lavoro presso le tramvie moscovite. Sedevano di nuovo davanti all'apparecchio radio e mangiavano una zuppa di barbabietole, arricchita con qualche pezzettino di pancetta.

E Marja Ivanovna, la madre, disse con gli occhi lucidi: «È così! Ogni tanto anche per noi arriva la felicità. Afferrala, Kyrill Semënovič! Eccoti un altro pezzetto di pancetta.»

Era difficile dire chi amasse di più Boranov: se mamma Marja o la figlia Lyra Pavlovna.

L'Ospedale Botkin è una piccola città a sé. Chi non è pratico, si perde irrimediabilmente nei corridoi e negli edifici incastrati l'uno nell'altro, dove brulicano dalle cantine all'ultimo piano parecchie migliaia di persone, e si racconta anche che un paziente sordomuto, un contadino della regione di Kunzevo, andò girovagando per cinque giorni per consegnare un bicchiere con la sua urina e alla fine fu trovato, sfinito e distrutto, in un angolo della clinica oculistica. Colà, come è ovvio, non vollero prendere la sua urina perché le malattie degli occhi non si diagnosticano con la pipì, ma poiché il poveretto emetteva suoni incomprensibili e lamentosi, finirono per accompagnarlo al laboratorio di cui era alla ricerca da cinque giorni.

Bisogna conoscere le dimensioni dell'ospedale Botkin per apprezzare il fatto che in quella piccola città dei malati tutti conoscessero la dottoressa Anja Ivanovna Pleskina.

La sua selvaggia bellezza non ne era l'unico motivo. Ella era anche rinomata come chirurgo. A Mosca c'erano diverse dottoresse, e del resto i servizi sanitari in Russia erano svolti in gran parte da donne. Si trovano soprattutto là dove il sistema nervoso di uomini va in pezzi. Nelle infermerie dei campi di prigionia, delle colonie penali, dei campi di lavoro, fra le «anime morte» nella sperduta Siberia, e anche subito dietro il fronte, nei posti di medicazione, negli ospedaletti da campo, nei centri di smistamento, sui treni ospedale, negli ospedali militari... insomma, dappertutto! Che cosa sarebbe la Russia senza le sue dottoresse!

Ma una donna davanti alla cui bellezza si rimane di stucco, che passa sovente dieci ore al giorno col grembiule insanguinato presso il tavolo operatorio, è qualcosa da vedere! Perciò non c'era un solo dipendente del gigantesco Ospedale Botkin che non conoscesse Anja Ivanovna. Talvolta, passata di bocca in bocca, arrivava dalla Chirurgia una notizia fresca: «La Pleskina ha eseguito un'altra operazione impossibile: una anastomosi. Il capo si era rifiutato... e lei che fa? "Me ne assumo la responsabilità", dice, e taglia! Il paziente è salvo!... Ah, la nostra Pleskina!»

Chi può meravigliarsi dunque che Leonid Germanovič Duskov ottenesse subito un posto come inserviente nell'Ospedale Botkin? E anche un posto privilegiato: egli non doveva lavorare in un reparto — come tocca a un inserviente — svolgendo le mansioni più umili, ma fu destinato a riempire una lacuna che Anja Ivanovna aveva scoperto. Sebbene le mansioni di Duskov fossero del tutto inutili e non recassero alcun vantaggio all'ospedale, nessuno osò contraddire la Pleskina. Al contrario tutti lodarono la sua profonda umanità, che non va dimenticata nemmeno in tempo di guerra, e giudicarono la sua idea un contributo alla riforma ospedaliera.

Leonid Germanovič — quale ex assistente di un impresario di pompe funebri addetto alla composizione delle salme e all'assistenza dei superstiti — assunse il nuovo incarico di addetto alla cura delle salme. Dapprima solo per Chirurgia, ma c'era da attendersi che l'avrebbero richiesto anche le tre Cliniche di Medicina Interna, i cui professori si recarono ad osservare, pieni di rispetto, il lavoro di Duskov.

Un locale era stato decorato con piante di bosso sistemate in mastelli, c'erano due candelabri d'argento a più bracci — presi a prestito dal cimitero Vagankovski — drappi alle finestre e, cosa più importante, un pianoforte. Se un compagno o una compagna moriva e venivano i parenti addolorati, il cadavere non era più estratto da una squallida cella frigorifera, ma se ne stava su un lettino fra le candele come se dormisse e in fondo al locale Duskov, al piano, suonava con sentimento delle musiche commoventi. Erano per lo più Notturni di Chopin, che nessuno conosceva ma che con la loro melodiosa tristezza toccavano l'animo.

Dopo aver suonato il piano, Duskov si univa ai dolenti, parlava del defunto come fossero stati ragazzi insieme, lodava il suo buon carattere, la sua saggezza, le sue capacità, il suo amore per la moglie, il figlio o altri, secondo i casi, e diceva parole che si piantavano nei cuori come ancore.

I professori delle tre Cliniche di Medicina Interna rimasero molto impressionati. Non capirono tuttavia il senso di quella messinscena; quando uno muore, viene portato via e non è più sotto la competenza dell'ospedale. Ma a ciò che sosteneva la Pleskina, che la medicina dovrebbe essere umanizzata, nessuno aveva nulla da opporre.

Dopo appena due giorni, Duskov era già una istituzione. Quando delle persone in lacrime entravano nell'Ospedale Botkin, Divisione Chirurgia, il portiere diceva senza che gli chiedessero nulla: «Padiglione II, Corridoio 17, ultima porta in fondo. Condoglianze, coraggio compagni.»

La sera Duskov tornò a casa prima di Anja Ivanovna, che ebbe qualcuno da visitare all'ultimo momento e diede un'occhiata ai pazienti appena operati. Preparò delle frittelle di formaggio che imbottì con carne trita mescolata con molto pane e fece bollire il vecchio samovar. Quando la Pleskina arrivò a casa, la tavola era apparecchiata, c'era una candela accesa fra sei rose, che Duskov aveva colto nel giardino dell'ospedale, e le frittelle mandavano un odore squisito... che festa era!

«Leonid Germanovič, lei è un uomo molto versatile» disse Anja Ivanovna. «Ha apparecchiato molto bene. E sa anche cucinare. Calzolaio, vespillone, pianista, autodidatta in medicina, meccanico di auto, ladro e bugiardo notorio. Sentiamo la storia a proposito di dove ha imparato a cucinare.»

«Lei non ci crederà, Anja Ivanovna», disse Duskov e congiunse le mani sullo stomaco con aria assorta. «L'impresario di pompe funebri di Kazan aveva anche una trattoria situata porta a porta con le pompe funebri. Quando i parenti di un defunto avevano scelto una bella bara, io aprivo una porta laterale ed ecco: appariva un invitante bancone d'osteria. "Beviamo un bicchierino in memoria del caro estinto!" diceva l'impresario. "Non se ne avrà a male. Era anche un uomo allegro, non è vero?"»

«La smetta, Duskov!» Disse la Pleskina con aria severa. «La smetta subito!» I suoi occhi neri mandarono un bagliore minaccioso. Gettò indietro i capelli, li legò con un cordoncino rosso e parve ancora più selvaggia, splendida, provocante. «Non riesce ad essere sensato?»

«Non voglio esserlo», disse Duskov fissando la fiammella guizzante della candela.

«Non vuole?!» Lo guardò attonita. La luce della candela gettava sul suo viso riflessi misteriosi e lo faceva risaltare nell'oscurità con effetti sempre nuovi, da togliere il fiato. Duskov non riusciva a capire come potesse esserci tanta bellezza in un essere umano. «A che scopo?»

«La ringrazio per il suo aiuto, Anja Ivanovna.» Duskov si alzò e girò intorno al tavolo. «Domani mi cercherò un alloggio. Qui non posso rimanere.»

«Perché?» Nei suoi occhi spalancati c'era una espressione ansiosa. «C'è qualcosa che non le va?»

«Io l'amo...» Duskov la strappò dalla sedia, l'attirò a sé e si stupì che lei non lo prendesse a pugni. «Lo capisce?» gridò con voce roca. «Io l'amo. I suoi occhi mi mettono il fuoco addosso e quando la guardo perdo la testa! È insopportabile! Io, una nullità, un soldato congedato con un buco nella natica, amare la grande Pleskina. È follia! Mi lasci andare, Anja Ivanovna, subito... o non rispondo di me...»

«È bello», disse lei con voce vellutata circondandogli il collo con le braccia, «ascoltare solo i sentimenti. Tu nullità, tu vagabondo, tu infame mariuolo...»

«Ti avverto...» Duskov aveva un nodo alla gola e il cuore gli batteva come un maglio. «Ti avverto...»

«Non voglio avvertimenti! Ogni giorno vedo la morte. E desidero tanto la vita!»

Duskov sospirò. Afferrò la Pleskina per i fianchi, la sollevò — era più leggera di quanto avesse pensato o forse era lui che in quel momento aveva più forza di quanto avesse creduto —

la portò in camera da letto e, mentre era ancora sulla soglia, lei gli morse la spalla come un vampiro, gli conficcò le unghie nel collo e cominciò a emettere sordi gemiti... Dopo mangiarono le frittelle ormai fredde, bevvero il tè corretto con un paio di gocce di vodka e, seduti in poltrona, mano nella mano, ascoltarono il notiziario radio. «Che lusso!» disse lei accarezzandolo dolcemente. «Stare qui nudi e ascoltare le notizie della guerra.» Appoggiò il capo sulla spalla di lui e i suoi lunghi capelli neri gli coprirono il petto come uno scialle. «Conosci il tedesco?» gli chiese all'improvviso.

Duskov provò una paura sconosciuta. «Perché?» Cercò di seguitare a respirare in modo normale. Dalla radio veniva una musica marziale, il giornale era finito. «Da noi non lo insegnano. Tu lo conosci?»

«Non molto. Lo avevamo come materia a scuola. A volte ascolto altre stazioni... Dopo non si sa più chi dice la verità.»

«Col tuo apparecchio puoi ascoltare la Germania?» La voce di Duskov suonava quasi annoiata.

«Vuoi che provi?»

«Se ti diverte. Però non capisco...»

«Oh, è interessante. Ti tradurrò io.»

Si sciolse dal suo abbraccio e nuda com'era si avvicinò ancheggiando alla radio per cercare la stazione. Dall'altoparlante vennero sibili e gracidii. Lei si voltò, sorrise a Duskov e si appoggiò al cassettone sul quale stava l'apparecchio. C'era solo una candela accesa, la cui luce guizzava sulla pelle opaca del suo corpo. Non ci sarà mai, pensò Duskov, una donna come lei. Mai. Assaporiamo il poco tempo che ci rimane come inebriante veleno. Tu non sai, Anjuška, che ami un morto. Oh Dio, fa' che non sappia mai chi sono...

«Eccola!» disse lei, alzando l'indice come un maestro. «È questa.»

Musica da ballo, fox-trot, swing, jazz americano suonati da una favolosa orchestra. Duskov inspirò aria dal naso. Prese un piccolo astuccio d'argento sul tavolo accanto a sé e si accese una sigaretta. Anche alla Pleskina venne voglia di una vera, saporita papirosa.

«Attenzione!» disse. «Ecco...»

La musica cessò. Si udì una voce d'uomo pacata e sonora. Tedesco.

«Questa è l'emittente *Ovest* per i combattenti. Camerati su tutti i fronti, ascoltate la verità. Vi diamo le notizie...»

«Londra!» si intromise Anja Ivanovna. «Viene da Londra. Una stazione alleata.»

Duskov appoggiò il capo all'indietro e fissò il soffitto. Quasi le stesse notizie della radio sovietica. Grossi sfondamenti nel settore di Vitebsk, ampie penetrazioni di mezzi corazzati verso Orša, avanzata su Mogilev, posizioni tedesche travolte nelle paludi del Pripet... il fronte tedesco era sfondato, frantumato, spaccato.

Poi, dopo una pausa, la voce da Londra: «Qui parla un camerata...»

Anja Ivanovna tornò a voltarsi. «Tutti dicono che i tedeschi indietreggiano. Vinciamo, amore mio! Sei contento?»

«È un vero trionfo!» disse Duskov con voce opaca. «Un po' di musica, Anjuška.»

Lei guardò l'orologio, senza dubbio un oggetto di famiglia, con la grande cassa di legno intagliato nella quale dondolava un enorme pendolo. Le lancette sembravano di argento massiccio. «Fin qui dicono le stesse cose. Possiamo sentire la Germania. Ti va?»

«No!» Duskov chiuse gli occhi. Dovremmo affrettare i tempi, pensò. Non possiamo più aspettare. Non ha senso ammazzare Stalin quando l'Armata Rossa sarà alle porte di Berlino! Spero che anche gli altri sentano queste notizie e la pensino allo stesso modo.

Gli altri... Duskov trasse un profondo respiro. Chi avrebbe rivisto da Milda Ifanovna?

La radio tedesca. Anja Ivanovna sembrava felice di averla captata. «Ascolta.»

«Non so il tedesco...» disse Duskov con voce rauca.

> «Il Comando Supremo della Wehrmacht comunica:
>
> Nel settore sud del fronte orientale sono falliti tutti gli attacchi dei bolscevichi. Nuovi caposaldi sono stati distrutti.

Nel settore centrale l'offensiva sovietica si è intensificata e si è estesa ad altri settori. Mentre fra il Pripet e Čausy tutti gli attacchi non hanno avuto esito, forti unità di fanteria e corazzate sono riuscite a penetrare nelle nostre posizioni più avanzate a est di Mogilev sui due lati della strada di Smolensk e sui due lati di Vitebsk. I combattimenti difensivi continuano qui con crescente accanimento. I bolscevichi hanno perso ieri nel settore centrale del fronte orientale 73 carri armati e 53 aerei...»

«Che bugiardi!» gridò la Pleskina battendo i pugni. «Tu non capisci la lingua... ma i tedeschi sono i più grandi bugiardi del mondo!»

«Spegni la radio!» disse Duskov, forte. «Anjuška, la sbatto al muro se non la spegni...» Spaventata, lei girò la manopola del volume.

Era il 24 giugno 1944.

Duskov si chiese se l'operazione *Oche selvatiche* avesse ancora un senso. Il crollo del fronte orientale tedesco era più rapido di quanto potessero essere loro nel cercare di avvicinare Stalin.

«Vieni qui, Anjuška...» disse, guardando alla luce della candela il corpo di lei che si girava. «Vieni qui! Dimentichiamo per un poco in che tempi barbari viviamo...»

25 giugno 1944

Il Comando Supremo della Wehrmacht comunica:

A Est le nostre divisioni sono impegnate su tutto il settore centrale del fronte in duri combattimenti difensivi contro una violenta offensiva sovietica condotta da fanteria, mezzi corazzati e aviazione.

Il nemico è riuscito a estendere la sua penetrazione solo a est di Mogilev, sulla strada di Smolensk e particolarmente nella zona di Vitebsk...

26 giugno 1944

Nel settore centrale del fronte orientale la battaglia difensiva continua senza soste. Quasi ovunque i sovietici sono stati respinti. Tuttavia a sud e a est di Bobruisk il nemico è riuscito a conseguire qualche successo. Anche nella zona a est di Mogilev dopo sanguinosi combattimenti il nemico è riuscito a conquistare terreno.

27 giugno 1944

Nel settore centrale del fronte orientale le nostre divisioni si oppongono, nelle zone di Bobruisk, Mogilev e Orša, con accanimento all'attacco di preponderanti forze sovietiche. A ovest e a sudovest di Vitebsk si attestano, combattendo, su nuove posizioni...

28 giugno 1944

Nel settore centrale del fronte orientale continuano nelle zone di Bobruisk e Mogilev accaniti combattimenti. Dopo l'evacuazione delle città di Orša e Vitebsk i combattimenti difensivi si sono spostati nella zona a est del medio e alto corso della Beresina...

Piotr Mironovič Sepkin se ne stava con l'infermiere Radolov nel locale dove venivano raccolti i resti umani provenienti dalle camere operatorie. Di là venivano portati con un carrello al Forno I e presi in carico da Sepkin. Erano diventati amici, Radolov e Sepkin, perché chi, in una qualsiasi organizzazione, deve compiere i lavori più ingrati, si sente fatalmente attratto dal compagno di sventura. A questo si aggiunga che Radolov aveva nel suo bugigattolo una radio e il suo amico Sepkin, che si annoiava nel suo antro piastrellato, se ne andava dall'infermiere per potersi godere anche lui della buona musica e le belle notizie del fronte.

«Vitebsk e Orša sono nostre!» gridò Radolov battendo le mani. «In quattro giorni! I tedeschi scappano come lepri! Cercano altre tane. Ma a che gli servono? Li travolgeremo. Li travolgeremo. Piotr Mironovič, penso che tu sia un vero amico. Non mi tradirai. Ho qualcosa da parte per festeggiare.»

Andò a un armadietto, ne tirò fuori una bottiglia con un liquido rosso-violetto e la tenne alzata. La radio trasmetteva di nuovo musiche militari.

«Roba fine!» esclamò Radolov. Stappò la bottiglia e la mise

sotto il naso di Sepkin. «Alcol puro, un po' diluito e mescolato con coccole di sambuco. Amico, il primo sorso è tuo! Fra quattro giorni i nostri valorosi saranno sulla Beresina...»

Quella sera Sepkin decise di presentarsi da Milda Ifanovna l'indomani.

5

Solo per puro caso il Colonnello Igor Vladimirovič Smolka, capo sezione del Controspionaggio Interno dell'NKVD (Commissariato del Popolo per gli Affari Interni), un gelido, fu assalito da un attimo di terrore paralizzante.

Dopo la scoperta del maggiore tedesco von Labitz, che sotto il nome di ingegnere Pavel Fedorovič Sassonov si voleva infiltrare nelle acciaierie di Perovo, e che poi era morto da eroe, Smolka non era mai più stato di buon umore. Aveva continuato a rileggersi le deposizioni di tutti i testimoni, a riascoltare il nastro che aveva registrato in una stanza vicina la conversazione con Sassonov, aveva osservato diffidente — come fosse una bomba camuffata — la radio piccola ma di eccezionale potenza che Sassonov aveva portato con sé, e non poteva togliersi di dosso la sensazione che quello non fosse l'unico ufficiale tedesco lanciato sulla Russia. Che cosa poteva fare un solo uomo nelle acciaierie di Perovo? Non c'era senso. Ma allora, perché un ufficiale tedesco era stato addestrato a comportarsi come un russo autentico e, con documenti falsificati alla perfezione, aveva cercato di introdursi nell'apparato produttivo?

Il Colonnello Smolka aveva trattenuto la pratica sulla sua scrivania, senza inoltrarla al capo dell'NKVD. Per lui il «caso Sassonov von Labitz» non era ancora chiuso. È vero che ora nelle acciaierie di Perovo tutti gli operai e tutti gli impiegati venivano esaminati e ispezionati e sottoposti a un breve interrogatorio, e che anche i loro documenti erano stati controllati, ma Smolka era sicuro che non si sarebbe scoperto niente altro di sospetto.

Così per lui fu come una mazzata in testa quando dalla sezione NKVD di Kalinin arrivò a Mosca un rapporto con allegati due cadaveri. Erano chiusi in casse di zinco piombate e sorvegliate da quattro miliziani. E non basta: dallo scalo merci gli giunse sul tavolo un rapporto che prima era passato per cinque uffici non competenti — cosa comprovata da vari timbri e firme — fino a che un funzionario non aveva avuto l'idea di inoltrare il tutto all'NKVD.

Da Kalinin era arrivato un compagno morto, che in vita si era chiamato Ivan Petrovič Bunurian — quindi armeno o georgiano — e che era stato ammazzato a bastonate da un gruppo di boscaioli nelle foreste presso Maksimovo. Era stato trovato un paracadute — di fabbricazione sovietica — e poi anche questo Bunurian che, prima di essere ucciso, si era rotto una gamba.

Quando i taglialegna lo perquisirono, gli trovarono addosso una tabacchiera che risultò essere una minuscola radiotrasmittente. Allora, in un accesso d'ira patriottica, avevano abbattuto Bunurian, azione di cui poi si erano rammaricati.

Il morto era stato prelevato dall'NKVD di Kalinin, dopo che i testimoni Oleg Victorovič e Pal Tichonovič avevano telefonato da Maksimovo.

Non ci sarebbe stato alcun motivo d'informare Mosca giacché, per amor proprio, un caso del genere poteva essere risolto in loco. Ma poi, con raccapriccio dei compagni di Kalinin, era arrivato un secondo cadavere. Da Volokolamsk. Non riuscivano a capacitarsene: chi conosce Volokolamsk?

La milizia, una pattuglia di tre uomini, aveva pescato nel fiume Lama un uomo nudo che faceva il bagno e che aveva detto di essere alla ricerca dello zio Dementi Ruslanovič Koseboškin, il quale doveva abitare a Volokolamsk. Non esisteva alcun compagno Koseboškin, ma l'individuo sospetto, che si chiamava Sergeij Andreevič Tarski, aveva inghiottito una capsula di acido prussico ed era morto nel giro di pochi secondi sul pavimento dell'ufficio postale. I suoi documenti erano completi e ineccepibili. Ma in un nascondiglio praticato nel tacco della scarpa destra era stata rinvenuta una piccolissima radiotrasmittente di fabbricazione sconosciuta.

Il rapporto si concludeva con un laconico: «La salma viene inviata a parte.»

Era già arrivata, si trovava giù nello scantinato V, vicino all'altra cassa di zinco, in attesa della reazione di Smolka.

«È mostruoso!» disse il Colonnello Smolka quando ebbe letto i rapporti. Intorno a lui c'erano i suoi più stretti collaboratori che tacevano sbigottiti. Su un tavolino c'erano le prove: i documenti personali, i fogli di congedo dall'Armata Rossa, certificati sanitari, assegnazioni dell'ufficio di collocamento di Mosca, tutto in ordine, tutto convincente... eppure tutto falsificato alla perfezione. C'erano anche le due radio: una tabacchiera con un doppio fondo che conteneva la trasmittente, e una minuscola scatoletta con coperchio e cerniera che si trasformava in un batter d'occhio in apparecchio radio. Una scatoletta così piccola da trovare posto nel tacco di una scarpa. La radio era molto simile a quella trovata addosso a Sassonov. Un apparecchio di una precisione mai vista. Un indubbio progresso nel campo dell'elettronica.

In due sacchi, erano stati mandati anche gli indumenti dei morti. Smolka rinunciò ad aprirli. Credeva al rapporto di Kalinin, secondo il quale si trattava di abiti e biancheria sovietici di infima qualità. Smolka fece un sorriso malizioso leggendo la frase «infima qualità»: non aveva mai saputo che si potesse comprare roba di qualità superiore.

Il caso al quale si è accennato, che aveva portato a Smolka quei reperti mostruosi, aveva avuto origine a Kalinin sotto forma di infiammazione delle mucose gastriche. Il capo dell'agenzia NKVD di Kalinin, il compagno Lobnonin, all'arrivo del secondo cadavere nel suo territorio era ancora disposto a portare avanti da solo le prime indagini, senza importunare la casa madre di Mosca. La scoperta di due spie è un piolo solido e sicuro sulla scala della promozione. Ma allora successe la disgrazia: la Lobnonina, sua moglie, gli preparò un'orkoška, cioè una zuppa fredda estiva con barbabietole, pesce, cetrioli salati, aneto, kvas e un sottile strato di panna acida, peraltro un piatto squisito per le calde giornate estive e una delizia per ogni stomaco russo. Ma Lobnonin non lo digerì. Vuoi che la orkŏska fosse troppo fredda, vuoi che i due cadaveri avessero reso il suo stomaco troppo nervoso e sovreccitato... egli dovette mettersi a letto a digiuno, e vomitò a lungo e abbondantemente in un secchio di smalto, tanto da uscirne pallido e sfinito.

Il comando fu assunto da un giovane aspirante commissario,

appena uscito dalla scuola per alti funzionari, il quale scoprì in cantina i due morti e il rapporto già scritto fino in fondo. Che cosa fa un funzionario scrupoloso? Usa la logica, e la logica in questo caso diceva: è una cosa grossa per Mosca.

Mentre Lobnonin abbracciava ancora il suo secchio, un camioncino della Milizia portò i due cadaveri nella capitale e li recapitò alla Centrale dell'NKVD.

Sotto la poltrona del Colonnello Smolka c'era una bomba di calibro ancora imprecisato.

Prima che egli potesse riunire i suoi collaboratori, una staffetta della Milizia portò un pacchetto contenente: una tessera imbrattata di sangue, certificati di congedo, rapporti sanitari — tanto spiegazzati da essere quasi illeggibili — e un mucchio di fili, contatti e frammenti metallici da riempire un tacco di scarpa completamente maciullato.

A Smolka si rizzarono i capelli. Il rapporto con quanto era rimasto dei morti venuti da Kalinin in due casse di zinco era indubbio. Soffiò col naso, si mise in bocca una sigaretta — non una papirosa, ma una di quelle morbide sigarette turche ricche di dolci aromi delle quali un agente di Beirut gli aveva portato sei pacchetti quando era stato convocato a rapporto a Mosca — e cominciò a leggere anche questo rapporto della Milizia.

Era breve. In un carro-bestiame, dove erano state trasportate delle mucche, gli addetti alle pulizie che annaffiavano il vagone avevano trovato i resti di un uomo. Non si poteva definirli altrimenti; le bestie lo avevano calpestato fino a renderlo irriconoscibile. Poiché alle vacche erano stati dati cibo ed acqua per l'ultima volta a Stupino — ricostruì un astuto Tenente della Milizia — l'uomo doveva essersi arrampicato sul vagone a Stupino per raggiungere Mosca gratis e inosservato. La sua morte sarebbe potuta apparire come un fatto normale, se quegli strani fili che sbucavano da un tacco non avessero dato da pensare. Nome del morto: Aleksander Nikolaevič Kraskin. I resti di Kraskin si trovavano in una cella frigorifera del II Istituto di Medicina Legale.

Allora Smolka si era fatto portare dall'archivio una grande carta di Mosca e dintorni, l'aveva appesa al muro, cosa che lo costrinse a sacrificare il ritratto di Lenin perché gli serviva il chiodo, e aveva fatto un grosso cerchio con la matita rossa intorno ai nomi delle località nelle quali erano stati scoperti i quattro misteriosi compagni: Stupino - Volokolamsk - Perovo - Maksimovo.

Il quadro che si presentò agli occhi di Smolka fu sufficiente a dargli un brivido lungo la schiena. Un prurito nervoso gli invase tutto il corpo.

Era un bel semicerchio che si stendeva intorno a Mosca in un raggio compreso fra le 50 e le 80 verste. Quattro punti determinati con tanta esattezza, con tanta precisione, che il Colonnello Smolka alla seconda sigaretta disse forte a se stesso: «Questa è perfezione prussiana!»

Poi si sedette davanti alla mappa e rimase a fissare in silenzio i quattro cerchi rossi fino all'arrivo dei suoi collaboratori che presero posto intorno a lui oppure rimasero in piedi, appoggiandosi alle pareti. Dopo la lettura da parte di un Maggiore dei verbali di Kalinin e dello scalo merci di Mosca, Smolka superò la nausea che gli facevano i volti sbigottiti dei suoi uomini, poi tese la mano e indicò la mappa.

«Che cosa vi dimostra questo?» chiese ad alta voce. «Vi darò io la risposta: in un certo momento, un commando di ufficiali tedeschi è stato paracadutato di notte nelle vicinanze di Mosca. Vediamo un semicerchio. E perché non dovrebbe essere un cerchio completo? Perché non dovrebbero essere stati lanciati ufficiali tedeschi anche a est e a nord di Mosca? Per me, questa linea circolare è troppo perfetta perché i nostri avversari tedeschi ne abbiano utilizzato solo una metà. Nessun dubbio ormai che fossero ufficiali tedeschi: gli stessi documenti ineccepibili che facevano di loro degli innocui russi e dei soldati in congedo, gli stessi apparecchi radio, la stessa meta evidente: Mosca! Si tratta dunque di un commando tedesco che dovrebbe compiere una operazione importante nel territorio di Mosca. Se partiamo dal presupposto che i quattro ritrovati facessero parte di un gruppo, allora gli altri ufficiali tedeschi devono essere riusciti a raggiungere la nostra città. Compagni! Fra noi vive un numero sconosciuto di sabotatori pronti a tutto!»

Il Colonnello Smolka si alzò, andò alla finestra e guardò la larga strada animata. La grande offensiva era in corso, il fronte tedesco era lacerato, a Vitebsk la 3ª Divisione Corazzata tedesca era già accerchiata, a Mosca la vita stava tornando alla normalità, la guerra si allontanava di giorno in giorno... ma in silenzio un pericolo di portata ancora ignota era sceso con dei paracadute nel cuore della Russia, i sabotatori travestiti da compagni giravano per il paese...

«Ne metterò al corrente il compagno Generalissimo Stalin», farfugliò il Colonnello Smolka. «Sarebbe un crimine non parlargliene.» Si voltò a guardare i suoi ufficiali. «Da dove cominciamo? Dove cerchiamo? Che cosa dobbiamo proteggere? Chi o che cosa è minacciato? Voi tacete, compagni! Anch'io devo tacere. Ora brancoliamo nel buio, non sappiamo niente, annaspiamo nel vuoto. Sappiamo solo che a Mosca ci sono degli ufficiali tedeschi incaricati di una missione eccezionale. La nostra impotenza mi spezza il cuore. — Vi ringrazio, compagni...»

Prima di recarsi al Cremlino, in seguito a una lunga telefonata con lo stato maggiore di Stalin, il Colonnello Smolka scese con l'ascensore negli scantinati per guardare le due casse di zinco venute da Kalinin. I quattro militi continuavano a montare la guardia ed erano intirizziti sotto quelle volte gelide. Indossavano le uniformi estive.

«Dobbiamo aprire?» chiese uno di loro, un sottufficiale.

Il Colonnello Smolka titubò. Vedere quei morti non gli avrebbe fornito alcun nuovo elemento. Due uomini nudi, uno malmenato e ammazzato, l'altro col viso cianotico a causa del veleno.

«Non è un gran bello spettacolo, Signor Colonnello», disse asciutto il sottufficiale.

Smolka annuì, si voltò e lasciò gli scantinati. Ordinò di portare le casse all'Istituto di Medicina Legale, dove si trovavano anche i resti del tedesco calpestato, poi salì sulla sua grossa auto nera e andò al Cremlino.

E durante questo tragitto si ingigantì in lui un pensiero così fantastico che Smolka si disse: non ne parlare, non adesso, non ancora. Servirebbe solo a farti rinchiudere in manicomio.

Come si era aspettato e come era naturale, Smolka non fu introdotto da Stalin. Per essere ammessi alla presenza di Stalin al Cremlino, ci voleva molto di più dell'annuncio che degli ufficiali tedeschi erano stati paracadutati nei dintorni di Mosca. Ma era già una eccezione e un onore per il Colonnello Smolka essere invitato a entrare in un ufficio dello stato maggiore, vicino a quello di Stalin, dopo essere stato controllato e annunciato telefonicamente quattro volte.

Fu ricevuto dal Generale Efim Grigorevič Radovskij. Il Colonnello Smolka si rendeva conto che era un onore. Si diceva — nessuno sapeva niente di preciso sui collaboratori diretti di Stalin — che Radovskij fosse una delle poche persone di cui Stalin si fidava. La diffidenza di Stalin era nota, la sua paura dei traditori lo aveva fatto diventare il «solitario del Cremlino». Si era ritirato in se stesso, anche i figli li riceveva di rado, e con la figlia Svetlana parlava solo nelle poche ore che passava nella sua dacia. Stalin si era posto indosso non solo una corazza di acciaio, anche una di ghiaccio. Tanto più sorprendente era quindi che il Generale Radovskij fosse bene accetto in qualsiasi momento, e addirittura che Stalin lo accogliesse di solito con un sorriso e un colpetto sulla spalla. Era logico che tutti trattassero Radovskij con i guanti; le sue parole potevano avere sempre due sensi: uno per l'interlocutore e uno per le orecchie di Stalin.

Il Generale Radovskij era di buon umore. L'offensiva procedeva bene, come si era sperato allo stato maggiore. Le debolezze dei tedeschi si manifestavano ovunque. Sotto il martellamento delle artiglierie sovietiche e delle batterie di lanciarazzi, in mezzo al frastuono dei cingoli dei carri armati che stritolavano ogni cosa, i tedeschi avevano definitivamente perduto l'aureola d'imbattibilità. «Che cosa è questa novità, Igor Vladimirovič?» esclamò Radovskij andando incontro a Smolka a mani tese. La loro conoscenza era superficiale, ma Radovskij era traboccante di cordialità. «Un commando di ufficiali tedeschi sarebbe in viaggio verso Mosca? Cos'è, vogliono portare le bandiere bianche? Sarebbe ora. Ha già sentito le ultime notizie dal fronte?»

Smolka mantenne un certo riserbo. Ti passerà presto l'allegria, pensò. Certo, siamo in marcia verso occidente. Ma da qualche parte qui a Mosca si sta preparando qualcosa di grosso. Non lo si può sdrammatizzare ridicolizzandolo.

«Posso riferire?» chiese Smolka con tono impersonale.

Radovskij annuì. Si sedette in una poltrona, accavallò le gambe e scrutò il Colonnello. Radovskij era una specie di smargiasso, di media statura, tarchiato, con il collo taurino, capelli cortissimi e gambe ben piantate. Aveva l'abitudine di dilatare le narici e bisognava avvezzarcisi. Quando le dilatava, il suo naso diventava il doppio, si espandeva in larghezza e trasformava il viso. Chi non ha mai visto una cosa del genere non potrà mai capire come con un naso si possa fare di tutto.

«L'ascolto!» Radovskij dilatò le narici. Ma Smolka era troppo emozionato e turbato dai suoi pensieri per far caso a simili quisquilie.

Con voce lenta e chiara, espose tutto ciò che era stato messo a verbale fino ad allora. Lo smascheramento del Maggiore Bodo von Labitz, l'interrogatorio e la sua morte. E gli altri tre morti sconosciuti, che si chiamavano Bunurian, Kraskin e Tarski e che avevano tutti microtrasmittenti identiche, identici documenti falsificati alla perfezione.

«Scritti tutti dalla stessa mano», lo interruppe Radovskij. «Hanno tutti la medesima provenienza. È logico che fossero insieme.»

«Sono ufficiali tedeschi, compagno Generale.» Smolka spiegò una mappa che aveva portato con sé e la porse a Radovskij. I cerchi rossi saltavano all'occhio. Radovskij dilatò di nuovo le narici.

«È dove sono stati trovati?» chiese.

«In un semicerchio intorno a Mosca! Perché un semicerchio? Mettiamoci nei panni dei tedeschi. O meglio: che cosa faremmo noi se volessimo fare entrare a Berlino un gruppo con il compito di eseguire una missione eccezionale? Faremmo paracadutare gli uomini lungo il perimetro di un cerchio intorno alla città.»

«Sarebbe un'idiozia, Igor Vladimirovič», disse affabile Radovskij che guardava la mappa. «Intorno a Berlino, è impossibile paracadutarsi senza essere visti. Ci sarebbe sempre qualcuno che ti salta addosso.»

«Ma non nei boschi lungo la Buža o nei pressi della Dubna. Anche il territorio fra Protva e Desna è adattissimo per dei paracadutisti. In un raggio di otto verste intorno a Mosca possono essere lanciati inosservati — sono cifre ipotetiche — trenta o quaranta uomini. Con i documenti che abbiamo trovato, entrano senza difficoltà a Mosca e ottengono perfino un lavoro dagli uffici di collocamento. Eroi di guerra in congedo. Chi si insospettisce con questi documenti? Chi fa domande?»

Radovskij annuì. Mise da parte la mappa con aria molto pensierosa. «Ammettiamo che lei abbia ragione, Igor Vladimirovič. Degli ufficiali tedeschi hanno raggiunto Mosca — eccettuati i quattro ritrovati — e si sono dileguati. Cosa possiamo fare? Niente! Vuole interrogare tutti gli uomini che da alcuni giorni si sono presentati agli uffici di collocamento? Vuole controllare tutti i soldati feriti o malati ricoverati negli ospedali di Mosca? Ma la domanda più importante è: *che cosa* vogliono gli ufficiali tedeschi a Mosca? Per una azione di disturbo, questo commando è troppo ben preparato, troppo perfetto.» Il Colonnello Smolka annuì. Radovskij si avvicinava a tastoni all'impossibile. «Ma che cosa si può organizzare a Mosca che oggi, con lo slancio della nostra offensiva, possa essere preoccupante? Far saltare la rete elettrica? o quella idrica? o la stazione radio? Non avrebbe scopo, perché non toccherebbe in alcun modo il fronte! Che cosa, dunque, caro Smolka?»

Smolka tirò il fiato e si fece coraggio: «La morte di Stalin!». L'aveva detto.

Il Generale Radovskij rispose pronto: «Lei è pazzo, Igor Vladimirovič...»

«Ne sono quasi convinto anch'io.» Smolka si assestò inquieto l'uniforme. «Ma lo ha detto anche lei, compagno Generale: che cosa c'è ancora a Mosca che meriti l'invio di un commando scelto di ufficiali tedeschi? Che cosa ci può essere ancora di decisivo per le sorti della guerra? C'è solo una risposta...»

«Bisogna fare subito qualche cosa!» disse Radovskij molto grave, ma anche molto calmo. A differenza di Smolka, non sembrava emozionato al pensiero che qualcuno potesse compiere l'impresa pressoché impossibile di uccidere Stalin. «Dobbiamo rendere invulnerabile Stalin.»

«E come...?»

«Innanzi tutto, lui non deve accorgersi di nulla. Sappiamo quanto è diffidente. Se sapesse che c'è a Mosca un commando con il compito di ucciderlo... non farebbe più un passo fuori dal Cremlino. Non riceverebbe più nessuno, perché chiunque potrebbe essere un traditore e un assassino, perfino io! È assolutamente impensabile! Ci porterebbe alla paralisi. Proprio ora, che arrivano di continuo notizie di nuove vittorie, Stalin appartiene al popolo. Non si deve rinchiudere. Deve essere ben visibile.»

«È escluso!» Smolka si passò sugli occhi le mani tremanti. «È questo che aspettano gli assassini sconosciuti! Colpiranno alla prima occasione. Qui si tratta di un tipo nuovo di operazione, niente affatto caratteristico dei tedeschi: uomini pronti a sacrificarsi per questa missione ben sapendo fin dall'inizio che la morte di Stalin può comportare la loro stessa morte.»

«Sapremo proteggere Stalin», disse il Generale Radovskij alzandosi. «Mio caro Igor Vladimirovič, le siamo molto obbligati.»

«È mio dovere, compagno Generale.»

«Non sia così modesto! Il suo dovere non è quello di pensare con tanta logica da arrivare a comprendere i piani tedeschi. Lei ha compiuto un'azione che passerà alla storia. Non se ne rende conto, ma dal suo ragionamento dipende forse la vittoria finale... chi lo sa?» Radovskij strinse la mano a Smolka, lo accompagnò addirittura alle scale: fino ad allora nessun visitatore aveva mai ricevuto un simile gesto di benevolenza, che tutti notarono e che fece meditare a lungo. Radovskij tornò a passi lenti nella sua stanza e si sedette nella poltrona, anzi crollò come se d'un tratto si fosse svuotato, e si guardò le punte delle dita.

Tornava a galla il vecchio progetto, che lui aveva accantonato fin dall'inizio della guerra, perché era sempre apparso impensabile sottoporlo all'attenzione di Stalin. Quello che un tempo doveva servire solo a rafforzare la protezione di Stalin, diventava ora una sicura garanzia per la sua sopravvivenza. Radovskij non aveva perso di vista coloro che avevano collaborato al progetto: erano rimasti per così dire a portata di voce, dopo che allora — naturalmente in segreto e fuori Mosca, in una dacia del cognato di Radovskij — erano state fatte delle prove meticolose. Allora il cognato di Radovskij, un noto chimico, aveva detto: «Efim Grigorevič, questa è un'arma a doppio taglio. Voi volete proteggere Stalin, e andrà a finire che lui vi liquiderà tutti. Non accetterà mai quello che hai in mente! Al contrario: vi vedrà una minaccia. Una prova che lo si può togliere di mezzo senza dare nell'occhio. Ti supplico, cognato: brucia tutti gli appunti! Se cadessero nelle mani di Beria, dovreste badare alle vostre teste!»

Radovskij non aveva bruciato i progetti e i risultati delle prove, ma li aveva ben nascosti. Ogni tanto incontrava i suoi «collaboratori», come lui li chiamava, e si rallegrava di vederli in ottima salute. Ma fino a quel giorno, in cui il Colonnello Smolka gli aveva portato la notizia che in Russia potevano esserci dei nemici e gliene aveva fornito le prove, anche Radovskij si era convinto che il suo piano non si sarebbe mai potuto attuare. Ora, però, appariva come l'unica possibilità di proteggere la vita di Stalin.

Radovskij si alzò e guardò il telefono sul suo tavolo. Formò un numero che lo mise in diretta comunicazione con l'appartamento privato di Stalin.

«Pronto,» disse una voce già sulla difensiva. Uno dei segretari che tenevano lontano dalla sfera privata di Stalin chiunque non facesse parte della cerchia più intima.

«Vorrei parlare con il compagno Generalissimo», disse Radovskij. «Qui è Radovskij.»

«Oh, Efim Grigorevič!» esclamò la voce rammaricata. «Deve avere pazienza. Stalin si è ritirato per stare un po' tranquillo.»

«Devo parlargli subito. Proprio mentre sta tranquillo.»

«Impossibile!» Il segretario tentò una battuta. «A meno che non voglia comunicargli che abbiamo preso Berlino.»

«Press'a poco!» Radovskij tamburellò con le dita sul piano del tavolo. «Devo parlargli subito, se vuole ancora prendere Berlino...»

29 giugno 1944

Il Comando Supremo della Wehrmacht comunica:

Nel settore centrale del fronte orientale i sovietici, nel

> corso di aspri combattimenti difensivi, hanno guadagnato terreno in alcuni punti. Le guarnigioni di Bobruisk e Mogilev oppongono una accanita resistenza alle forze preponderanti del nemico. A est del medio e alto corso della Beresina, come pure a sud di Polozk, continuano gli aspri combattimenti con i sovietici che avanzano.

Come era vissuta a Eberswalde, con la blusa gonfia abbottonata simile a un abito da suora, e aveva guardato i dieci ufficiali quasi che fossero esseri asessuati — la qual cosa sconcertava soprattutto il Sottotenente Solbreit, che amava ripetere: «Quando io seduco una donna, i vestiti volano via da soli!» — così Milda viveva a Mosca con la intensità che ci si aspettava da lei.

Non si intende parlare delle serate letterarie con artisti quasi sempre tisici, che esaltavano le vittoriose armate sovietiche con parole, inni e ballate eroiche, scrivevano poemi egregi, componevano canzoni di guerra e di vittoria, disegnavano manifesti pieni di patriottismo e, secondo la buona tradizione russa, ogni volta che la radio annunciava una vittoria, si abbracciavano e si baciavano, ma si difendevano dal pericolo di dover indossare una uniforme inventando malattie di ogni specie. Non si intende parlare nemmeno della passione di Milda per il teatro, dove assisteva appena possibile a tutte le rappresentazioni. Molto più degna di attenzione era un'altra passione, che il poeta lirico Matvej Petrovič Pčolkin, modello ambulante di una malattia polmonare, così descriveva:

«È diventata uno stelo di papiro in fiore, uno stelo che attecchisce solo nelle paludi.»

Era una similitudine poetica e maligna al tempo stesso. Pčolkin alludeva alle assiduità del Maggiore Volnov. Chi può dar torto all'elegante, innamorato, felicissimo, scapestrato e pazzo Janis Michailovič? Dopo la prima notte passata fra le braccia di Milda, dopo quella esperienza di variazioni e di virtuosismi amorosi, il Maggiore Volnov si trasformò completamente: diventò un burattino nelle mani di Milda. Quello che fino a un momento prima aveva creduto di essere un conoscitore di donne, un sottaniere vittorioso, un conquistatore indomito, un amatore fantasioso, dopo la prima notte con Milda fu assalito da un inguaribile complesso d'inferiorità e dalla paura infernale di poter perdere Milda e di vedersi crollare addosso tutto il suo paradiso di sospiri e gemiti.

Chiariamo: il Maggiore Volnov era diventato così schiavo di Milda che ormai assolveva i suoi compiti al Cremlino come un automa, dopo il servizio si precipitava come un cacciatore in Lesnaja ulica n. 19 e appena arrivato cominciava a fare all'amore. Pčolkin, il poeta, affermava che si toglieva la giacca fin dal portone di casa e che quando irrompeva nell'appartamento era già senza pantaloni. Non bisogna credergli: sono parole suggerite dal disappunto personale. Ma quanto ad efficacia, non lasciano niente a desiderare.

Ciò che Volnov percepiva come assegnazioni speciali, lo consegnava a Milda. E poiché gli ufficiali del Cremlino ricevevano generi alimentari extra dei quali chi era al di fuori delle alte mura non sapeva niente, Milda non aveva più bisogno di andare la mattina alle cinque a fare la fila dal fornaio o dal macellaio; le bastava accogliere coi suoi baci eccitanti Janis Michailovič che arrivava bramoso della sua pelle liscia e con la borsa gonfia. È chiaro che anche la cricca degli artisti ne profittava; e mangiavano come lupi affamati quando Volnov tornava in servizio.

Nessuno avrebbe creduto che Milda Ifanovna, la quale in apparenza «era corazzata per resistere ad ogni attacco» — come diceva Pčolkin — fosse capace di una simile passione. Non poteva essere solo l'uniforme, anche se si sostiene che i militari sono i più grandi amatori: insomma, Janis Michailovič non aveva l'ordine al merito per il letto, aveva invece una pelle piuttosto smorta e pochi peli. E così era: Volnov aveva il pregio insuperabile di vivere nella cerchia ristretta di Stalin e di poter raccontare a Milda molte cose sul Cremlino. Lo faceva mentre giurava di non dire più una parola e lei lo persuadeva della sua onestà attirandolo su di sé dopo una conveniente pausa ristoratrice.

Volnov raccontava anche del Generale Radovskij, l'elegante amico di Stalin che, malgrado fosse di media altezza e tarchiato, sembrava una foto su un opuscolo di propaganda dell'esercito sovietico. E raccontava dell'allegria che aveva invaso tutti quando, appena due giorni dopo che l'offensiva era stata sferrata... era risultato chiaro che i tedeschi non avrebbero più potuto resistere. L'impeto dell'avanzata, la quantità di uomini, la preponderanza di materiali erano schiaccianti.

Ciò che Milda apprendeva da Volnov, lo trasmetteva via radio nelle prime ore del mattino al suo contatto. Per principio, lei non doveva sapere come si chiamava e dove abitava: conosceva solo la lunghezza d'onda e la parola in codice. Doveva essere un tipo ostinato, in quanto alle sue rimostranze che l'operazione *Oche selvatiche*, suggerita dall'offensiva, doveva mutarne il corso, rispondeva con stoicismo: «Aspettare. Nessuna nuova istruzione.»

E non potevano essercene.

Al Comando Supremo e da Canaris, per quanto riguardava la *Oche selvatiche*, erano piuttosto freddini. Il Colonnello von Renneberg ne parlava con il suo vecchio camerata Keitel, ormai salito alle alte sfere. Era andato ancora una volta al quartier generale del Führer e aveva ottenuto l'onore di essere ammesso nel settore interno della «Tana del lupo».

«Non ho mai avuto una grande opinione di questo piano», disse Keitel. «Ma lei lo ha presentato come fosse l'ultima grande arma segreta. Lo dimentichi, Renneberg.»

«I dieci sono sul posto, Feldmaresciallo», disse Renneberg esasperato. «In un cerchio intorno a Mosca.»

«E ciò significa?»

«Che l'operazione è in corso.»

«Per quegli uomini la guerra è già finita», disse Keitel sarcastico. «Bisogna considerarli dispersi?»

«Ufficialmente, sì. Abbiamo provveduto ad avvertire i parenti. Sono stati risucchiati nel vortice dell'offensiva. Posso fare una domanda illecita e disfattista?»

Keitel guardò stupito Renneberg. «Proprio perché è lei, Renneberg.»

«Possiamo fermare l'offensiva?»

«Il Führer può tutto.»

«Ciò fa battere più forte il mio cuore.»

«Una frase simile può essere interpretata in due modi, Renneberg.»

«Prego il signor Feldmaresciallo di darle l'interpretazione migliore. Intendo dire che ha poco senso ammazzare Stalin quando sulla Cancelleria del Reich sventola già la bandiera rossa.»

«*Questo* è disfattismo!» Keitel mise la mano sulla spalla di Renneberg, come soleva fare un tempo con il giovane Sottotenente Renneberg della scuola di guerra. È invecchiato in questi mesi, pensò Renneberg. Chi potrebbe aver voglia di prendere il suo posto? Solo un ufficiale caparbio come Keitel, che obbedisce all'ombelico del mondo, può respirare per tanto tempo l'aria che circonda Hitler senza rimanerne soffocato.

«Fermeremo i sovietici sulla Vistola», disse Keitel. «Là sta sorgendo un grosso dispositivo di difesa a scaglioni. Si scava giorno e notte. Per quanto io consideri la sua *Oche selvatiche* irrealizzabile, è però il momento giusto per eliminare Stalin, adesso o entro quattro settimane. Ogni moto prima o poi perde forza: è una legge fisica. Anche l'offensiva sovietica si esaurirà.»

Renneberg tornò a Berlino. Canaris lo ricevette subito.

«Allora?» gli chiese laconico.

«Keitel parla della legge fisica del moto e del pendolo. Inoltre — testualmente — il Führer può tutto!»

«Finora sono caduti 140.000 dei nostri. Si calcola che 46.000 soldati tedeschi siano stati fatti prigionieri. E tutto in così pochi giorni!» disse Canaris con calma. Si alzò e girò intorno alla sua ampia scrivania. «Renneberg... ho ricevuto rapporti in base ai quali in Ucraina, nel piccolo settore fra Kovel e Kolomea, due gruppi di armate sovietiche forti di sette armate sono pronti ad annientarci attaccandoci sul fianco. A nord, nei Paesi Baltici, stanno già avanzando. Quello che avevo predetto al Führer si è avverato: tutto il fronte orientale si è messo in movimento come quello atlantico. E si fanno cretinate una dopo l'altra. Ma il Führer può tutto!» Canaris, che fino a quel momento aveva camminato avanti e indietro, si fermò di scatto davanti a Renneberg. «Come si può comunicare con i dieci?»

«In nessun modo.»
«Non c'è alcuna possibilità di raggiungerli?»
«No.»
«Ma hanno un contatto a Mosca, quella... come si chiama?»
«Milda Ifanovna, signor Ammiraglio.»
«Questa Milda ha istruzioni precise?»
«A che servono?» Rennerberg alzò le spalle. «I dieci hanno l'odine di mettersi in contatto con Milda solo quattro settimane dopo il giorno del lancio. Se sono riusciti a raggiungere Mosca.»
«Sarebbe a metà di luglio.»
«Al più presto.»
«Ha idea, Renneberg, di dove potrebbero essere i sovietici a metà di luglio?»
«Non avevamo previsto un evolversi così rapido della situazione su tutti i fronti.»
Canaris fece una smorfia. Andò alla finestra dietro la scrivania e guardò fuori.
«Conosce Stauffenberg?» chiese brusco.
«Solo di nome, signor Ammiraglio.»
«Vuole conoscerlo?»
«Se è necessario, signor Ammiraglio.»
«Dovrebbe parlargli, Renneberg. In privato, da uomo a uomo. Potrebbe essere molto istruttivo.»
«In rapporto alla *Oche selvatiche*?»
«No. Stauffenberg non ne sa nulla. Nessuno ne è al corrente, al di fuori della nostra cerchia ristretta, e così deve essere. Dovrebbe prendere contatto con Stauffenberg da collega a collega.»
Renneberg tornò nel suo piccolo appartamento a Charlottenburg e per prima cosa bevve due bicchieri di cognac francese. Anche da Canaris non può venire alcun consiglio, pensò. I dieci sono cancellati, ufficialmente dispersi, e nessuno li vedrà più. Rimane una sola speranza: che sappiano ben valutare la nuova situazione e si mettano in contatto con Milda prima della data prevista. Ma a che servirebbe? Stalin non è un bersaglio fisso a disposizione di chicchessia. Per raggiungerlo ci

vuole tempo. E non ne abbiamo. Il tempo fugge, e i sovietici ci incalzano. L'orologio della storia batte per la Russia.

Il Colonnello von Renneberg pensava intensamente ai suoi dieci e dimenticò il suggerimento di Canaris di mettersi in contatto con Stauffenberg. Non sapeva che in seguito questa dimenticanza gli avrebbe salvato la vita.

E a Mosca nessuno pensava che fossero in corso due imprese parallele, decisive per le sorti della guerra. Milda aveva cura che la testa di Volnov riposasse ogni notte fra i suoi morbidi seni, la posizione più favorevole per farlo parlare e fargli tirar fuori quelle informazioni di cui negli ambienti del servizio segreto tedesco si diceva: «Sono dei bocconcini, questi che vengono da Mosca». Ed erano in effetti bocconcini tali che nessuno voleva assaggiarli. Hitler si rifiutava nella maniera più categorica di venire a conoscenza dei rapporti del pazzo: così chiamava Canaris. I concorrenti in nero — i Servizi di Sicurezza delle SS — si mantenevano neutrali, per far sì che le ire del Führer si scaricassero solo su Canaris. Tutti nella «Tana del lupo» raccoglievano le notizie per propria informazione, ma si guardavano bene dal provocare le collere di Hitler.

La sera del 30 giugno 1944 il Maggiore Volnov era a cena da Milda e mangiava polpette con cavolo fresco. Il poeta Pčolkin aveva torto: Janis Michailovič aveva ancora addosso i calzoni, era in perfetta unifome e aveva un aspetto tale da ridurre un cuore femminile a un grumo di miele. Mangiava con buon appetito, beveva abbondante kvas acquoso ed era felice come un giovane sposo al quale la mogliettina abbia preparato un pasto energetico perché dia dei buoni risultati a letto.

Dalla radio tenuta bassa giungeva la musica di Borodin. Milda indossava un kimono di seta con fiori dipinti, e Volnov sapeva che sotto era nuda. Questo lo eccitava: con occhi bovini, lucidi e mansueti, guardava Milda. Infilzò una polpetta e se la mise in bocca.

«Stalin è irriconoscibile», disse. «Oggi ha perfino riso. Figurarsi! Una risata forte! È stato un evento storico!»

Voleva raccontare ancora come lui, durante il rapporto sulla situazione militare, si fosse trovato, in qualità di ufficiale di ordinanza, a non più di dieci metri da Stalin, quando bussarono alla porta. Milda alzò gli occhi un po' turbata. Tutti i conoscenti sapevano che le sue serata erano sacre. Lo stesso poeta Pčolkin si atteneva a quella regola dopo essere stato messo alla porta tre volte. In ogni modo aveva visto il Maggiore Volnov, sul divano in pantaloni e maglia, che mostrava di aver perduto buona parte della sua prestanza. Il che lo aveva indotto a scrivere di getto una poesia intitolata «Gli eroici panni».

«Chi è?» chiese stupito Volnov. Era contento di essere ancora in uniforme.

«Vado a vedere. Forse un errore. Qualcuno che ha sbagliato porta.»

Si alzò, spaventata da quei colpi che avevano un ritmo particolare. Anche a Volnov, che non era uno stupido, quci colpi davano da pensare. Si allacciò perfino il primo bottone dell'uniforme e si allisciò la giacca.

Milda socchiuse la porta, guardò fuori, il cuore le balzò in gola; poi ritrovò il suo sangue freddo e fece per chiudere la porta. Ma glielo impedì il buon Volnov il quale fu assalito da un improvviso, travolgente attacco di gelosia che non riuscì a dominare.

«Entri!» disse con tono imperioso. «Anche se ha sbagliato porta, entri!»

Milda, con il volto impietrito, si tirò indietro e aprì la porta. Volnov si raddrizzò. Entrò un uomo, naturalmente, come temeva. Un tipo alto, aitante, sportivo, con un misero abito civile e un berretto unto. Per questo lo si poteva anche perdonare, ma che quell'uomo avesse in mano un variopinto mazzo di fiori e lo porgesse a Milda, la quale lo prese esitante, era una cosa che per Volnov, malgrado tutta la tolleranza (che egli non aveva), superava i limiti del sopportabile.

«Non faccia complimenti!» ordinò. «Chiuda pure la porta! Entri. Chi porta dei fiori così belli ha diritto di essere ricevuto con amicizia! Ma chi è lei?»

In silenzio, il visitatore girò lo sguardo da Milda a Volnov. Poi, con molta disinvoltura, addirittura con tono provocatorio, come parve a Volnov, disse:

«Mi chiamo Piotr Mironovič Sepkin.»
Il primo dei dieci era arrivato da Milda Ifanovna.

Non si può dire che il nome Sepkin facesse una grande impressione a Volnov. Molta più impressione aveva provocato il mazzo di fiori, che adesso era sul tavolo, fra i piatti di Milda e di Volnov e vicino al vassoio di polpette. Buttato lì con noncuranza, perfino con disprezzo, e tuttavia appunto per questo così presente che lo sguardo di Volnov cadde di nuovo su quei colori smaglianti.

Sepkin evitava di guardare Milda. Adesso ci sono solo due cose che possono succedere: o entro un'ora siamo amiconi... o uno dei due sarà portato via in posizione orizzontale.

«Che cosa vuole qui?» chiese Volnov con aria condiscendente.

«Piotr Mironovič è un vecchio amico», si intromise in fretta Milda. «Ci conosciamo fin da bambini.» Rise, di un riso che non parve forzato. «Che sorpresa mi hai fatto!» esclamò allargando le braccia. «Arrivare così all'improvviso, senza avvertire! Con tanti fiori...»

«Non è militare, compagno?» chiese Volnov secco.

«La conversazione comincia a diventare scortese!» disse Sepkin togliendosi solo allora il berretto unto. «Con chi ho l'onore?»

«Chi sono, lo vede bene!» rispose Volnov con fredda aggressività.

«Un Maggiore.»

«Non le basta, Piotr Mironovič?»

«Può bastare,» disse Sepkin con un gesto che fece andare il sangue alla testa di Volnov. Era un gesto offensivo, senza dubbio. Indicava irriverenza. «Che cosa è un nome, compagno? Uno dice Feliks Nikolaevič e dentro di sé pensa: Per fortuna non sa che mi chiamo Vadim Afanaseevič! — Perché non nascano equivoci: io mi chiamo Sepkin. E ho fatto anche il soldato. Vengo dal fronte.»

«Ferito?»

«Purtroppo no, compagno Maggiore. Una minaccia per la

compagnia, mi hanno definito! Io sono il famoso polmone fischiante della 43a Divisione...»

Volnov fece una smorfia, come se annusasse un letamaio, fece due passi indietro e alzò la mano destra. «Esca di qui, Piotr Mironovič!» esclamò severo. «E stia lontano anche da Milda! Come mai se ne va in giro con un polmone offeso a insidiare la vita del prossimo? Dovrebbe essere in una clinica, no? Lei è un rifiuto, lo ammetta. Un cadavere irresponsabile che appesta! Via di qui!»

Sepkin rimase. Vide che Milda gli faceva cenno con gli occhi di obbedire all'ordine di Volnov, ma Sepkin sentiva che quel Maggiore — anche se lui se ne fosse andato — poteva diventare un pericolo. In che rapporti era con Milda? Lei gli cucinava, lui mangiava lì... era la sua amante? Sepkin fece esattamente il contrario; avanzò nella stanza. La decisione non dipendeva più da lui. Era determinata dalla offensiva che aveva annientato il settore centrale del fronte orientale tedesco. Migliaia di carri armati avanzavano verso occidente. Era ridicolo che un solo Maggiore fosse di ostacolo, quando si trattava di fermare la marea di acciaio sovietica.

«Ah!» disse Sepkin strofinandosi le mani. «Zuppa di cavolo e polpettine! È sempre stata una buona cuoca, Milda Ifanovna. Ha mai assaggiato il suo dolce di more nane? Non ancora? O la sua famosa torta di pesce? Ah già, c'è la guerra. Ma in tempo di pace, glielo dico io, compagno Maggiore, non c'è nessuno meglio di Milda nel preparare il petto di lagopo in forno al burro con contorno di calamo aromatico candito. Mi viene l'aquolina in bocca!»

«È meglio che tu vada, Piotr Mironovič», disse Milda. Aveva la voce un po' velata, come per un principio di raucedine. «Pensa a quello che ti ha detto mamuška.»

Mamuška. Sepkin fece un riso storto. Volnov non sospettando i retroscena, lo giudicò un riso sciocco. Mamuška... era il Colonnello von Renneberg. Cara Milda, i sovietici hanno sfondato. Orša è caduta, Borisov è caduta, a Bobruisk ci sono migliaia di uomini chiusi in una sacca... A che serve più la pedagogia di mamuška? Bisogna cambiare tutto.

Sepkin soffiò l'aria dal naso e si esibì in un artistico colpo di tosse che suonò tanto veritiero da costringere Volnov ad arretrare verso il muro con il viso contratto. Come tutti i russi, anche lui aveva una paura morbosa delle infezioni. Se ti sparano, che ci puoi fare? Se perdi una gamba o un braccio, come puoi evitarlo? Ma ingoiare un bacillo o un virus... puoi farne a meno, con un po' di prudenza!

Volnov fece qualcosa che non avrebbe mai dovuto fare. Afferrò su un tavolino il cinturone ed estrasse dalla fondina la pistola d'ordinanza. Era una Makarov da 9 mm, una pistola più piccola della Tokarev d'ordinanza e paragonabile alla tedesca Walther PP. Sepkin annuì, allargò le gambe, tirò verso di sé la terrina e ammiccò a Volnov.

«Ci sono uomini che non hanno paura», disse con tono cordiale, addirittura gaio. «Compagno, io sono uno di quelli.»

«Lo vedremo!» La freddezza della voce di Volnov non lasciava prevedere più nulla di buono. «Si alzi, Piotr Mironovič! Controlleremo le sue generalità. Le daremo la possibilità di spiegare da dove spunta fuori così all'improvviso.»

«Ora è qui — disse roca Milda Ifanovna — e ha fame. Quando avrà mangiato, se ne andrà subito, Janis Michailovič. Perché fai tanto chiasso?»

«Deve essere riportato nel posto da dove è venuto! Se ne va in giro con un polmone marcio a contagiare gli altri! È una fortuna per tutti che abbia incontrato me. Milduška, non ti impicciare. Farò portare via questo tipo.»

Sepkin sospirò di nuovo, come avesse accumulato dentro di sé molto dolore e dovesse lavarlo con le lacrime. «Come mi ero rallegrato per le polpettine!» disse triste. «Ancora fuori dalla porta ne ho sentito l'odore e mi è venuta l'acquolina in bocca. Milda, colombella, la vita è difficile.»

Mise entrambe le mani intorno alla grande terrina su cui erano dipinti dei fiori di papavero, come se prima di andarsene volesse portarsi alla bocca la terrina e bersi almeno il sugo. Ma all'improvviso fece un balzo, la terrina volò in aria e colse Volnov in piena faccia prima che questi capisse che cosa stava accadendo: barcollò e non riuscì a sparare perché era intontito e il liquido appiccicoso gli offuscava la vista.

Con un salto formidabile, elastico come una pantera, Sepkin si buttò su Volnov. Milda Ifanovna si voltò contro la parete e si premette le mani sulle orecchie. Sepkin diede due terribili colpi di taglio prima alla gola, poi alla nuca di Volnov, il quale cadendo ricevette un terzo colpo... ma non lo sentì più perché aveva l'osso del collo spezzato.

Volnov crollò rumorosamente andando a finire con una spalla sulla terrina; poi giacque con la testa in una pozza di sugo e di polpette; gli occhi ormai spenti erano coperti di verdura.

«Fatto?» chiese Milda con voce incolore, quando non sentì più rumori alle sue spalle.

«Fatto», disse Sepkin. Si guardò le mani: erano rosse e cominciavano a gonfiarsi. Dio mio, ho ucciso, pensò. Non ero mai stato così freddo e scatenato, nemmeno durante gli esercizi. Ma le tavolette di legno e i pupazzi non minacciavano la mia vita...

Milda si girò lentamente. La vista di Volnov le rivoltò lo stomaco. Rivolse a Sepkin uno sguardo interrogativo, senza dire una parola; Sepkin annuì.

«Sì, è morto.» Si guardò intorno, poi andò nella piccola cucina e mise le mani sotto il rubinetto. L'acqua fredda gli faceva bene, le mani la assorbivano come spugne. Milda lo seguì e si appoggiò allo stipite della porta. «Quel Maggiore era il suo amante?» le chiese.

«Sì», rispose calma. «Si chiamava Janis Michailovič Volnov.»

«Mamuška lo sa?»

«È una cosa che non la riguarda.»

«Su questo ci sarebbe da discutere, colombella! La sua avversione per il bolscevismo pare cominci al di sopra dell'ombellico.»

«Me la pagherà per queste parole, Piotr Mironovič! Volnov era da poco ufficiale di ordinanza al Cremlino.»

«Ohoh!» esclamò Sepkin chiudendo il rubinetto.

«Presenziava ai rapporti di Stalin.»

«Brava, Milduška...»

«Si risparmi la familiarità, Sepkin! Che cosa fa qui? I suoi ordini erano...»

«Sta dormendo, Milda Ifanovna? Ha i tappi nelle orecchie? Le armate sovietiche hanno già espugnato Borisov. Premono da entrambi i lati, i nostri fianchi cedono... La disfatta di Napoleone sulla Beresina si sta ripetendo per Hitler, solo che adesso è estate! Così, tutto il nostro piano è cambiato. Dobbiamo arrivare più in fretta a Stalin.»

«E come, furbo assassino?»

«Dovrebbe inventare altri appellativi, Milda.»

«L'ha ammazzato lei Volnov, oppure è morto annegato nella zuppa? Piotr Mironovič, ero riuscita ad avere le migliori informazioni sull'ambiente di Stalin. Sarebbe stato possibile sapere in anticipo ogni passo che Stalin avrebbe fatto fuori dal Cremlino... e lei ammazza l'informatore più importante!»

«Dovevo lasciarmi portare via con una pistola puntata alla nuca?»

«Avremmo potuto calmare Volnov.»

«Ne dubito. Era completamente partito; nessuno poteva più fermarlo.»

«Io avrei potuto. Mi amava molto.»

«E chi se ne stupisce?» Sepkin tornò nel soggiorno. Le mani bruciavano ancora, come se le ossa del metatarso fossero rotte.

«Adesso non abbiamo più un orecchio al Cremlino.»

«Nessuno di noi si è ancora presentato?»

«Lei è il primo, Piotr Mironovič. È arrivato troppo presto.»

«Sarebbe stato sempre troppo presto, dato che il caro Maggiore era di casa qui da lei.»

«Di notte», disse disinvolta Milda. «Non fa parte dei suoi compiti stare in casa mia anche di notte. Ma sarebbe stato molto utile se, di giorno, io avessi potuto fornire informazioni preziose.»

«Vogliamo piangere in eterno perché le ho vuotato il letto, Milda? Va bene, è stato un errore far fuori Volnov, ma chi poteva saperlo prima? Inoltre, è stato per me un colpo al cuore quando ho capito con quali diritti Janis Michailovič la faceva da padrone. Ah, ho pensato con dolore, questo tipo ha raggiunto quello che io sognavo...»

«È meglio che non dica altro», lo interruppe Milda con durezza.

«Ho detto sognavo! al passato. Collera e delusione sono roba vecchia. Amo una ragazza affascinante, un piccolo cigno che sembra uscito da una fiaba bielorussa. Si chiama Elena Lukanovna...»

«Congratulazioni!» disse Milda gelida. «Sono affari suoi.»

«Sbaglia, Milda Ifanovna. Io abito presso suo padre, lo stimato infermiere Puškin. Lavoro nella stessa clinica, al Forno I, e brucio i rifiuti delle sale operatorie. Fra questi ci sono anche gli arti amputati. Oggi — è una cosa che rattrista — una mano femminile bella, sottile, delicata. Purtroppo era schiacciata, senza possibilità di salvarla.»

«Ha scelto l'occupazione giusta!»

«Ho citato il Forno I solo come esempio.» Sepkin guardò il morto Volnov, con il volto, un tempo bello, tutto impiastricciato. «Elena Lukanovna è importante. Lei aveva il suo Maggiore al Cremlino... io ho la mia segretaria al Cremlino. Mi prende per un pazzo cieco che aspetta sul ciglio della strada l'arrivo di Stalin? D'accordo, è stato un caso conoscere Elena, e ci sono stati già due morti...»

«È la sua specialità, Piotr Mironovič?» chiese Milda sarcastica. «Se va avanti così, si aprirà la strada fino a Stalin a colpi di karatè.» Si sedette al tavolo, ma in modo da dare le spalle a Volnov. «Elena la può aiutare?»

«Lo spero. Non è certo nelle tasche di Stalin al pari del suo Volnov, ma anche i muri interni del Cremlino hanno buchi come il formaggio. E così si viene a conoscenza di qualche cosa. Lo sapeva che Stalin beve?»

«No!»

«Eppure è così. Affoga nell'alcol la sua diffidenza verso gli altri. Elena lo ha sentito dire da uno che deve saperlo: un segretario di Kruščëv. Nelle sue stanze private, imbottisce di alcol quelli che ritiene suoi amici per poi dimostrare loro con lunghi monologhi quanto sono idioti e zucche vuote. E loro mandano giù, per paura di non essere più fra i vivi il giorno dopo. L'eroe Stalin è un colosso marcio.»

«Tuttavia, lei non può avvicinarlo senza avere dei complici nella sua cerchia più intima. L'offensiva, le vittorie quotidiane, hanno fatto di Stalin un dio, diceva Volnov. Mai nessun popolo ha amato tanto il suo capo, quanto i russi oggi amano Stalin. A che le serve, Sepkin, che Stalin, fra le sue quattro mura, sia un beone?» Fermò con un gesto Sepkin che voleva risponderle e indicò con il pollice alle sue spalle. «Che cosa ne facciamo di lui? Non sono pratica di cadaveri.»

«Bisognerebbe portarlo via.»

«La sua intelligenza mi lascia senza fiato, compagno!» disse Milda. «Lei prende Volnov sotto le ascelle, io per le gambe, e così lo portiamo attraverso Mosca fino al muro del Cremlino, perché possa essere sepolto accanto agli immortali.»

«Avevo pensato a qualcosa del genere.» Sepkin si inginocchiò accanto a Volnov, gli perquisì le tasche e poi rimise tutto a posto. Gli allacciò perfino il cinturone, infilò la pistola nella fondina, e gli pulì il viso con un asciugamano preso in cucina. Gli occhi di Volnov conservavano anche nella morte uno sguardo sbigottito. Sepkin glieli chiuse e si alzò.

«Di certo vuole una coperta», disse Milda.

«Il suo addestramento è perfetto, Milda.»

«Può essere la nostra fine.»

«Lo sarà senz'altro, se Volnov rimane qui.»

Nel cuore della notte, Sepkin e Milda Ifanovna percorsero il Grusinskaja Boulevard con un carretto a mano di proprietà di un coinquilino che lo teneva in cantina; e il buon Valentin B. Sanegin non seppe mai che il suo carretto era servito a trasportare un Maggiore defunto. Lo spinsero fino al Giardino Zoologico, lì cercarono un posto con molti cespugli, srotolarono Volnov dalla coperta, rimisero a posto i rami e valutarono la situazione. Il morto non si vedeva, ma lo avrebbero scoperto, perché quello era un posto dove durante il giorno molti bambini andavano a giocare.

Fecero un giro vizioso e tre ore dopo erano di nuovo nell'appartamento di Milda. Nessuno li aveva notati, una autopattuglia della Milizia gli era passata vicino senza degnarli di uno sguardo. Due compagni con un carretto: un quadro consueto in quei giorni.

«Dobbiamo radunarli, Milda», disse Sepkin dopo che si furono lavati. Anche sulle assi del pavimento non c'era più traccia di zuppa di verdura o di carne. Le avevano strofinate a lungo, e avevano addirittura raschiato con una lama di coltello le fessure. «E poi ho bisogno di vodka! Mi devo ubriacare. È l'unica spiegazione che Elena accetti. Ha abbastanza vodka qui?»

«No. Volnov oggi non me ne ha portata. Invece ha portato una bottiglia di vino di Crimea.»

«Troppo raffinato, Milduška. Dopo la bevuta devo puzzare. Solo questo convince!»

Sepkin rimase nella Lesnaja ulica n. 19 fino all'alba e parlò con Milda delle mosse future. Poi bevve due bicchieri di vodka e se ne rovesciò un terzo sulla testa, per assorbire il giusto odore. Chi puzza d'alcol da lontano non ha bisogno di dare altre spiegazioni.

Compagni, fu come in qualsiasi luogo del mondo dove le donne aspettino i loro uomini. Perché doveva essere diverso a Mosca? Elena Lukanovna era ancora seduta sul divano, con gli occhi arrossati dal pianto, quando Sepkin entrò rumorosamente nell'appartamento e gracidò: «Mio piccolo cigno, lascia che ti allisci le penne!». Il puzzo che si portava addosso bloccò qualsiasi domanda da parte di Elena.

Lei si alzò, fissò Sepkin sollevata e tuttavia tremante di collera, non gli impedì di buttarsi sul divano lungo disteso e di ruttare, e indietreggiò quando lui le fece segno con tutt'e due le mani di avvicinarsi.

«Che giornata!» farfugliò Sepkin. «Oh, che giornata! Trentatre operazioni. Sette secchi pieni di arti amputati e di budella viscide. E arriva tutto da me! Lo puoi sopportare solo con un bicchierino... o due... Elenenka, tesorino mio, non mi punire! Ho un testimone. Il buon compagno assistente di sala operatoria Radolov. Una brava persona, piena di sentimento. Mi spiega sempre di chi sono gli arti che mi porta. "Ah", mi ha detto, "che bella donna era questa! La carnagione come un uovo sodo. E si va a buttare giù dalla finestra!"» Può darsi che ne abbia bevuti anche tre, di bicchierini...»

Lei lo lasciò berciare, andò dal padre Luka Antipovič e lo svegliò scuotendolo.

«È arrivato!» disse, e si sedette sul bordo del letto. Aveva pianto tanto che le bruciavano gli occhi. La sua prima angoscia per colpa di un uomo era ormai passata.

«Benissimo!» borbottò Puškin. «Lo vedi, lo vedi! Cosa avevo detto? Non lo perderemo!»

«È ubriaco, papa.»

«Ah!» Puškin si tirò su a sedere. Quando sentiva nominare la vodka, si svegliava sempre. Alzò il mento. Sepkin cantava come se gridasse in un paiolo vuoto.

«Andiamo a vedere!» Puškin scese dal letto e andò a piedi scalzi nella camera vicina. Come la maggior parte dei russi, portava un pigiama a strisce, solo che il suo era troppo stretto sul petto e gli toccava tenerlo aperto.

Si fermò davanti al vociante Sepkin, annuì, lo invidiò e si ripromise di scandagliarlo l'indomani circa la sua misteriosa fonte di approvvigionamenti.

«Deve essere caduto in una botte di vodka», disse Luka Antipovič quasi con rispetto. «Un puzzo così non è normale. — Perché piangi, figlia mia?»

«Come può un uomo ubriacarsi in questo modo?»

«Un bravo ragazzo.» Puškin aspirò l'odore della vodka, quasi che i fumi dell'alcol potessero passare allo stato liquido dentro di lui. «Se ne sta lì beato ad aspettare una tua buona parola. Ho la sensazione che sia già della famiglia...»

1° luglio 1944

Il Comando Supremo della Wehrmacht comunica:

Nel settore centrale del fronte orientale le nostre truppe sono impegnate in duri scontri difensivi. Nella città di Slusk si combatte strada per strada. Anche nella zona di Osipoviči e presso Borisov i sovietici attaccano con l'appoggio dei carri armati. Lungo il corso superiore della Beresina, come pure a ovest e sudovest di Polozk, gli attacchi nemici danno luogo ad accaniti combattimenti...

Quel giorno apparve sulla «Pravda» e sulla «Izvestija» una piccola partecipazione di morte, piuttosto inconsueta, ma che ai più passò inosservata. Il testo diceva: *Mamuška morta. Venite tutti a piangere con me.*

Il compagno allo sportello degli annunci della «Pravda» fu l'unico a dire qualcosa in proposito a Milda Ifanovna che, con un velo nero in testa, aveva un'aria molto triste.

«Era una buona mamma, eh? Condoglianze...»

«Grazie, compagno», disse Milda con un fil di voce. «Quanto devo pagare?»

«Un po' di copechi.» L'uomo lesse il breve testo e scosse il capo. «È tutto qui? Una madre così insostituibile dovrebbe avere un annuncio migliore. Lo ha meritato.»

«Dovrebbe avere una pagina intera, ma chi paga, compagno? Lei? Le bacerò la mano se lo farà!»

L'uomo allo sportello rise storto, fissò gli occhi neri di Milda e scosse il capo. «È un vero peccato» disse. «Una brava persona se ne va, e ci si limita a due righe. Se si pensa che un tempo il Principe Raspinji nutriva i suoi cani con fegatini di pollo... Che gentaglia!» Guardò di nuovo l'annuncio. «Nessun indirizzo?»

«Quelli a cui è diretto sanno dove abito. Deve essere un annuncio riservato.»

Pagò due rubli per le due righe; erano un mucchio di soldi, ma mamuška meritava di apparire sulla edizione nazionale della «Pravda». Quando Milda uscì, lo sguardo trasognato dell'uomo allo sportello la seguì. Un bocconcino, pensò malinconico. Una delizia per gli occhi. A sapere il suo indirizzo... si sarebbe potuto farle una visita di condoglianze... Un piccolo gesto cortese può portare dei frutti... L'uomo timbrò l'annuncio di Mamuška e lo mise nella cartella per la tipografia.

Duskov lesse la partecipazione mentre componeva cadaveri nelle bare. Petrovskij si comperò la «Pravda» mentre provava un trattore in un sobborgo di Mosca. Il piccolo Pleijn studiò la «Izvestija» a tavolino, vestito con un mantello tartaro di seta che gli aveva procurato la Čerskasja. Ivanov stava facendo una pausa nel cantiere del Cremlino e aveva avuto la «Pravda» dal suo capomastro, il buon Rumjanov, che già ne aveva strappato una striscia per farsi una sigaretta. Lo sanno tutti: la «Pravda» ha il gusto migliore. Boranov era seduto in una delle vetture tramviarie ben spazzate e stava tornando al Capolinea IV, quando il suo sguardo cadde sul piccolo annuncio mortuario.

Sepkin, che aveva aspettato con ansia l'annuncio, ripiegò contento il giornale e lo passò al suo nuovo amico Radolov. Festeggiarono con un bicchierino di alcol diluito le notizie delle nuove vittorie dell'Armata Rossa.

Quella sera Milda Ifanovna raccolse a brevi intervalli le comunicazioni dei presenti. Ogni volta, la radio gracidava solo una cifra. Poi silenzio. E ogni volta Milda rispondeva: 11. Non servivano altre domande. 11 significava: domani mattina alle undici da me.

Aspettò fino a notte inoltrata, ma più nessuno si fece vivo. Seduta nella camera buia illuminata solo dalla fiammella tremolante di una candela, lesse pensierosa le cifre. Sei sono presenti... ma erano dieci. Che cosa era successo a Mosca o nei dintorni?

Si piegò in avanti, accese la radio tenendola bassa. Musica del balletto «Ruslan e Ljudmila». Un tripudio di suoni. Milda appoggiò il capo all'indietro e fissò il soffitto.

Pavel Fedorovič Sassonov. Gli era appena nato un figlio, William-Heiko. Un uomo tranquillo e coraggioso. Avrebbe dovuto comandare la *Oche selvatiche*.

Ivan Petrovič Bunurian. Sempre allegro, un ottimista. Il suo sguardo accarezzava. Forse, pensò, forse con lui avrebbe potuto esserci più che un sorriso.

Aleksander Nikolaevič Kraskin. Il musicista. L'appassionato di opere. Come addio a Eberswalde aveva messo su un disco. Brani della «Bohème». Mentre Mimì e Rodolfo cantavano il duetto davanti al dazio, i suoi occhi erano diventati grandi, lucidi, da fanciullo.

Sergeij Andreevič Tarski. Un tipo allegro, spensierato, espansivo. La guerra per lui era come un'avventura. Anche lui aveva detto: «Milda, mi dovrà dare il bacio del benvenuto quando arriverò a Mosca. Lo faccio solo per questo!»

Dove erano? Che cosa aveva fatto loro la Russia?

Bruciò il foglietto con le cifre, polverizzò la cenere fra le palme delle mani e la sparse in un vaso di gerani. Poi alzò il volume della radio e si lasciò sommergere dalla musica.

Dopo la visita al Generale Radovskij, il Colonnello Smolka

non era rimasto con le mani in mano. Non aspettò che i più intimi collaboratori di Stalin decidessero misure di protezione: riprese il progetto da tanto tempo accantonato e curato come una amante costosa e convocò a Mosca i suoi collaboratori. Con il favore della notte, essi entrarono nel grande edificio della via Dšeržinski. Smolka li ricevette personalmente sul portone; la guardia di notte era stata allontanata. Senza incontrare anima viva, gli uomini furono condotti al quarto piano, dove erano state sgomberate per loro quattro camere. Erano in fondo al corridoio, dopo l'ufficio di Smolka, e qualche ora prima erano state isolate dalle altre stanze mediante una porta supplementare che sbarrava il corridoio. Si poteva accedere a quelle quattro camere con una chiave, e questa chiave l'aveva solo il Colonnello Smolka.

I nuovi collaboratori esaminarono le stanze e le giudicarono orrende; quando si ricavano soggiorno e camere da letto da locali per ufficio è difficile che ne venga fuori qualcosa di confortevole.

Malgrado ciò, erano di ottimo umore, ridevano molto, soprattutto di se stessi, non facevano che osservarsi l'un l'altro e si chiamavano fratelli. Il Colonnello Smolka provvide a riscaldare l'atmosfera: si era procurato dal fondo speciale parecchie bottiglie di vodka insieme con arrosto freddo di maiale e succosi cetrioli sotto sale.

I nuovi collaboratori trovarono molto piacevole quella prima notte. Si erano appena conosciuti sotto il tetto dell'NKVD e si sentivano già come una grande famiglia. Smolka si sentiva meno bene; pensava con una stretta allo stomaco ai giorni futuri e al momento in cui si sarebbe dovuto trovare faccia a faccia con Stalin per esporgli il suo piano. Avrebbe potuto diventare la sua ultima operazione.

«Mentre venivo qui,» disse uno dei nuovi collaboratori, «ahah, una brava contadina è svenuta quando mi ha visto...»

Smolka si irrigidì. «Si è fatto vedere?» esclamò inorridito. «Le era stato ordinato...»

«Era inevitabile. Il lungo viaggio, lo sballottamento... le frattaglie mi saltavano quasi nelle orecchie! E la vescica era piena, compagno Colonnello! Si è mai trovato con la vescica piena in un'auto traballante? Non c'è nell'inferno un tormento simile. Dovevo farla scoppiare? Cosa avrebbe detto di un telegramma così: "Viaggio interrotto. Non posso più accumulare urina?" Perciò, in un posto isolato fra i boschi grido: "Ferma, ferma! Cari miei, ho bisogno di liberarmi!» Appena l'auto si ferma, schizzo fuori, mi precipito nel bosco, mi apro i pantaloni... e da un cespuglio spunta fuori la contadina che andava per legna: la brava donna mi guarda e cade svenuta a bocca aperta. Forza maggiore, deve riconoscerlo, compagno Colonnello.»

«Nessun altro l'ha visto, Nikolai Ilič?» chiese Smolka, senza alcuna comprensione per la impellente necessità dell'uomo.

«Nemmeno un sorcio! Ma che dico: neanche un pidocchio! Secondo gli ordini, abbiamo passato la notte in macchina.»

Smolka guardò gli altri due collaboratori. Seduti dietro ai bicchieri di vodka e alle tavolette con carne e cetrioli, risposero al suo sguardo con un sogghigno. Ci voleva molta forza di nervi per sopportare quella scena con animo tranquillo. Ma la consapevolezza della verità impediva a Smolka di vacillare.

«E voi, compagni?» chiese serio.

«Nessun incontro», rispose uno.

«Neanche una mosca!» Il terzo agitò una mano. Era un gesto che gli si addiceva e che fece pulsare le tempie di Smolka. Perfetto, pensò, felice e atterrito al tempo stesso. Semplicemente perfetto! «Ho ammazzato tutte le mosche che mi giravano intorno!»

La mattina dopo, Smolka telefonò subito al Generale Radovskij. La voce del confidente di Stalin era stanca. A Smolka sembrava addirittura di sentire l'odore dell'alcol attraverso l'apparecchio. Ciò che il popolo non sapeva, faceva parte per l'NKVD delle cose quotidiane, di cui nessuno parlava. C'era un dossier, ideato da Beria, che conteneva i nomi delle persone in stretto contatto con Stalin, di quelli che bevevano con lui, dei disgraziati che egli nell'ubriachezza dilaniava psichicamente, dei buffoni che gli leccavano gli stivali, ma che nelle parate si mostravano al popolo impettiti, seri, dignitosi, inavvicinabili. La élite dello stato sovietico: davanti a Stalin, un branco di cortigiani che aspettavano tremanti i suoi favori. Smolka conosceva il dossier. C'erano nomi che incutevano profondo rispetto: Kruščëv, Bulganin, Mikojan e Malenkov, Žukov, Kosygin, Kalinin e Molotov. E lo stesso Beria: corretto com'era, un burocrate dell'annientamento, aveva messo nell'elenco anche il proprio nome. Accanto a Molotov come uno zerbino. Ma tutti mandavano giù, mandavano giù la vodka e il cognac di Stalin e il suo scherno, mandavano giù che lui li insultasse e che, nel suo sadismo, battesse le mani quando una volta Mikojan scoppiò a piangere come un bambino.

Sicché il giorno prima Radovskij doveva essersela vista brutta. Aveva la voce della persona a terra.

«Non si agiti, Igor Vladimirovič», disse Radovskij. « La Russia ci ha messo 1500 anni per diventare la Russia.»

«Ha parlato con il compagno Stalin, compagno Generale?»

«Per tutta la notte, tanto da esserne intronato!»

«Gli ha prospettato i nostri timori?»

«Prospettato? Ha parlato sempre *lui*. Ha perfino ballato. E poi ha detto che è circondato solo da traditori.»

«Sarebbe stato un buon punto di partenza.»

«Lei parla come una vergine che deve spiegare un aborto! Smolka, lei è uno di quei topi che rosicchiano dappertutto e sono informati di tutto. Ho ragione?»

«Sì», rispose Smolka schiettamente. Un pizzico di sicurezza ci sta sempre bene, pensava intanto. Procura nuovi amici e rende insicuri i nemici.

«Stalin mi ha detto che l'indomani — cioè oggi — mi avrebbe fatto fucilare. Mezz'ora dopo voleva darmi un'altra decorazione. Ora le domando, Igor Vladimirovič: come è possibile infilare un avvertimento in tutto questo? Riparerò alla prossima occasione. In ogni modo, allo stato maggiore è già tutto predisposto. Proteggeremo Stalin.»

«Compagno Generale, ha tempo per venirmi a trovare oggi pomeriggio?» chiese Smolka cordiale.

«Solo badi che non posso più vedere un bicchiere!» Radovskij fece un sospiro commovente.

«Vorrei offrirle qualche altra cosa.»

«L'NKVD ha forse scoperto una cantina segreta?» Radovskij tossì: avevano anche fumato troppo. «A che ora direbbe, Smolka?»

«Verso le tre, compagno Generale.»

«Ci proverò. Ma non ci conti. Al momento mi pare di avere la testa in un formicaio. Igor Vladimirovič, la supplico: almeno per oggi, mi lasci in pace con i suoi ufficiali tedeschi!»

Alle tre, puntuale come ci si può aspettare da un generale, Radovskij si fermò davanti all'NKVD. Non era mai stato un pavido in vita sua, ma il grande edificio un po' deprimente, dalla facciata classicheggiante, suscitava angoscia anche in lui.

Gli vennero in mente i nomi di personaggi noti che erano stati eliminati in quei sotterranei. Grandi figli della Russia, che erano entrati lì dentro ma non ne erano mai usciti. Chi aveva detto una volta: Se si raccogliesse tutto il sangue che è stato versato in questa casa, le cantine sarebbero allagate dal sangue? Radovskij non ne ricordava più il nome ma, malgrado la calura estiva che gravava su Mosca, provò una sensazione di freddo quando entrò nell'edificio.

Era atteso. Un maggiore lo accolse col saluto militare e lo guidò all'ascensore. Il Colonnello Smolka doveva essere stato avvertito durante il tragitto. Aspettava sorridente Radovskij sul pianerottolo. Radovskij gli diede la mano.

«Ha mai visto il "Faust?"?» gli chiese.

Smolka annuì. «Molte volte, compagno Generale.»

«Quando Faust sottoscrive il patto, Mefistofele ride proprio come lei adesso.»

Smolka evitò una conversazione sul «Faust» con Radovskij, ma notò con soddisfazione che il generale era nervoso. Lo precedette, aprì la nuova porta e fece entrare Radovskij nel settore isolato. Poi chiuse subito la porta alle spalle del generale.

«Ma che succede?» chiese Radovskij subito diffidente. «Igor Vladimirovič, cos'è questa barricata? Chi è che vogliono far fuori... Stalin o lei?»

«Queste misure hanno a che fare con la protezione di Stalin», disse Smolka aprendo la porta che dava nel suo ufficio. C'era odore di sigarette e di buon tè. Radovskij, il grande gaudente del Cremlino, lo notò subito.

«Caro amico», disse alquanto sollevato, «lei vive qui come in Crimea. Per caso mi vuole offrire una meravigliosa donnina? L'NKVD è famoso per le sorprese.»

Smolka invitò Radovskij a sedersi. Gli indicò una poltrona di fronte alla porta che dava nella stanza attigua, aspettò fino a che il generale si fu acceso una sigaretta ed ebbe accavallato le gambe nel gesto elegante che gli era abituale. Poi andò alla finestra, la chiuse e tirò la tenda, come se qualcuno potesse guardare dentro dall'esterno. Radovskij sporse le labbra.

«Igor Vladimirovič, lei ha il senso del teatro. Finora è stato misconosciuto: dovrebbe fare il regista al Bol'šoi. Che cosa si rappresenta oggi?»

«La sopravvivenza di Stalin.»

«Un pezzo di bravura.»

«Basta esserne padroni.»

«Su il sipario, dunque.»

«Ci sarebbero ancora alcune spiegazioni, compagno Generale.»

Radovskij fece un cenno di diniego. «Se uno spettacolo ha bisogno di essere spiegato prima, Igor Vladimirovič, è un brutto spettacolo!» disse Radovskij. «Deve alzarsi il sipario, e subito lo spettatore deve partecipare.»

«Come vuole.» Il Colonnello Smolka si avviò a passi lenti verso la porta. «Ma poi non si lamenti perché l'ho spaventata oltre misura.»

«Non trascura proprio niente!» disse ridendo Radovskij. Smolka rimase serio.

«È istintivo», disse laconico. Girò la maniglia, spinse la porta che dava nella stanza accanto e fece un cenno col capo. Poi si fece da parte, lasciò il passo libero e si appoggiò alla parete con le braccia incrociate.

Entrò un uomo.

Radovskij, che già voleva gridare: «Smolka, deve cominciare lo spettacolo con un balletto!» guardò sbalordito il nuovo venuto, ma solo per un secondo, poi con evidente imbarazzo balzò dalla poltrona, si mise sull'attenti, rimase impalato come un tronco. Poiché l'altro taceva, Radovskij disse:

«Compagno Generalissimo... La sorpresa del Colonnello Smolka è riuscita. Davvero una sorpresa...»

Radovskij tacque atterrito. Impallidì, spalancò la bocca. Il sudore gli sgorgava da tutti i pori, gli scorreva sulle palpebre e lungo le guance fino a entrare nella bocca aperta. Gli occhi gli bruciavano.

Un altro uomo era entrato e si era messo in silenzio vicino al primo. Sorrise a Radovskij e gli fece un inimitabile cenno di saluto.

Smolka annuì.

Poi entrò un terzo, che si mise accanto agli altri due e salutò il Generale con un luminoso sorriso.

Radovskij era prossimo a un collasso. Fissò con gli sgradevoli occhi sporgenti i tre uomini, ansimò forte, si lasciò cadere nella poltrona e prese una sigaretta con le dita tremanti. Dopo la prima tirata, chiuse gli occhi, come avesse ingerito veleno.

«È mostruoso!» disse con voce atona. «Igor Vladimirovič, è semplicemente mostruoso! Un colpo simile avrebbe potuto ammazzare un uomo un po' più forte di me. Lei è pazzo!»

«Volevo spiegarglielo prima, compagno Generale», disse Smolka, sempre appoggiato alla parete.

«Chi poteva pensare a una cosa simile?» Radovskij aprì gli occhi. La visione incredibile, pazzesca, inconcepibile, era ancora lì.

Davanti a lui, con il famoso sorriso sotto i baffoni, c'erano tre Stalin.

La stessa corporatura massiccia, grossolana, pesante. Lo stesso volto plumbeo con un accenno di doppio mento. Gli stessi capelli grigi a spazzola. Le stesse sopracciglia cespugliose, e il naso marcato, e i baffi folti, e il mento largo. La stessa semplice uniforme di tutti i giorni con le grandi spalline e una sola decorazione: l'Ordine di Lenin. Tre copie dello stesso uomo. Radovskij deglutì la saliva e guardò Smolka. «Mefistofele...» disse roco. «Lei è un vero diavolo, Smolka! È semplicemente inconcepibile!»

«Niente trucco né parrucche. È tutto autentico.» Smolka era gongolante.

«Inconcepibile!» Radovskij si alzò pesantemente, come se quel colpo gli avesse riempito le ossa di piombo, e passò da uno Stalin all'altro. Ne studiò i visi, li squadrò da capo a piedi, poi tornò alla poltrona scuotendo la testa. «Incredibile! Igor Vladimirovič, chi vive a contatto con Stalin tutti i giorni, deve prima di tutto digerire questo spettacolo!»

Smolka si staccò dalla parete e riempì a un samovar cinque tazze con un tè dal profumo dolce e dal colore verde. Mentre distribuiva le tazze, presentò i tre Stalin:

«Vladimir Leontinovič Plesikovski. Falegname di Temir-Tau, nel Kazakhstan. Tutti i monumenti a Stalin dei villaggi e delle città sulla Nura hanno i suoi tratti, perché è stato lui a posare per gli scultori.»

Radovskij annuì. Plesikovski gli fece un sorriso benevolo e infilò il pollice destro nella bottoniera dell'uniforme. Perfino questo atteggiamento è esatto. Questo sorriso sotto i baffoni... lo vedo tutti i giorni, pensò Radovskij. E la bocca grande che può spalancarsi di botto e urlare, e il viso smorto che allora era paonazzo e sembra sul punto di scoppiare, fino a che, sgonfiato e pietrificato, non si trasforma in un monumento vivente.

Smolka presentò il secondo: «Nikolai Ilič Tabun, carrettiere. Vive a Osa sulla Kama, a sud di Perm. Nel 1943, per l'anniversario della Rivoluzione di Ottobre, fu utilizzata una sua foto per il manifesto del partito, perché non c'erano ritratti di Stalin: egli vi appare con entrambe le braccia alzate. Solo la mano destra la porta sempre a mezza altezza, fino alla fronte.»

«È giusto», disse Radovskij, come sfinito. «Stalin alza tutt'e due le braccia solo quando scherza con la figlia Svetlana.»

«Il numero tre è Anton Vasilevič Nurašvili...»

«Aha!» Radovskij si diede una pacca su una coscia. «Parente alla lontana?»

«Nurašvili viene da Achalkanski, a sud di Tiflis. È medico. Egli attribuisce metà del suo successo nella professione al fatto che i pazienti si immaginano di essere curati da Stalin. Naturalmente, tutti sanno che è una assurdità... ma l'effetto psicologico, quando "Stalin" si china e tasta loro l'addome è sorprendente.»

Radovskij prese il suo tè, lo assaggiò, lo trovò troppo dolce e lo mise da parte. A un cenno di Smolka, i tre si ritirarono portandosi dietro le tazze. Quando la porta si fu chiusa alle loro spalle, Radovskij si sbottonò il colletto dell'uniforme.

«Lo capisce, Igor Vladimirovič, quello che ha fatto? Prima gli aspetti negativi. Lei potrebbe — in teoria — sostituire Stalin con uno dei sosia e così capovolgere l'intera politica sovietica! Lei potrebbe modificare l'intera politica mondiale! L'assassinio di Stalin rimarrebbe segreto, ignoto a tutti... perché Stalin è al suo posto! Lei, Smolka, ne ha sempre uno pronto. Basta questo — e Stalin non tarderebbe a pensarci — per far liquidare subito lei e i tre sosia. Suppongo che lei abbia istruito bene i tre sosia.»

«Si muovono come Stalin, parlano come Stalin, bevono come Stalin, urlano come Stalin, sono dei gran commedianti come Stalin, fumano come Stalin e amano come Stalin... tutto con la smodatezza di Stalin. Sono perfetti.»

«La sua elencazione contiene almeno quattro condanne a morte, Igor Vladimirovič.»

«Siamo fra noi, compagno Generale.»

Radovskij prese malgrado tutto un sorso del tè troppo dolce e si accese un'altra sigaretta. «La sua audacia è ammirevole. Se Stalin venisse a sapere di quei tre...»

«Vorrei pregarla, compagno Generale, di procurarmi l'opportunità di presentare a Stalin i suoi tre sosia.»

«Impossibile!» Radovskij guardò Smolka come se questi andasse in giro senza calzoni. «Smolka, rifletta sull'assurdità che dice. Un uomo, ossessionato da una diffidenza patologica per tutti, divorato dalla paura di essere circondato solo da cospiratori e traditori, che si trastulla continuamente con il pensiero di annientare con un'altra grande purga tutti i nemici interni, quest'uomo, che non ha amici ma semplici esecutori di ordini, che giorno e notte pensa solo al momento in cui potrà scoprire il grande intrigo ordito contro di lui... a un uomo simile lei vorrebbe presentare i tre sosia perfetti che sono la dimostrazione di come egli possa essere sostituito senza scalpore?! Smolka, a una cosa del genere nessuno di noi sopravvivrebbe.»

«Questi sosia sono la migliore protezione contro un attentato a Stalin da parte del gruppo di ufficiali tedeschi.» Smolka si sedette di fronte a Radovskij. «Dovunque Stalin, nelle settimane e nei mesi prossimi, compaia in pubblico, ci sarà invece uno dei sosia. Un piano semplicissimo, compagno Generale, ma efficace come nessun altro. Solo così possiamo proteggere Stalin! Mi consenta di esporlo al Generalissimo.»

«Stalin vedrà solo l'altra versione.»

«Che non è inconciliabile con il mio piano!» Smolka bevve il tè assaporandolo un momento prima di deglutirlo. Gli piaceva quel tipo di tè cinese profumato, che lui per di più addolciva con il miele. «I cospiratori del Cremlino — ammesso che ve ne siano — non sapranno nemmeno loro con quale Stalin avranno a che fare. Può essere sempre quello falso, mentre il vero colpisce con la sua vendetta. — Ci può essere protezione migliore?»

«È proprio come ho detto: Mefistofele era un povero idiota al suo confronto, Igor Vladimirovič!» Radovskij si alzò. Anche Smolka balzò subito dalla poltrona. «Può anche consigliarmi sul modo in cui dovrei preparare Stalin a questo incontro?»

«Gli dica semplicemente la verità.»

«Un'idea così stravagante può venire solo dall'NKVD!» rispose Radovskij sarcastico. «Colonnello Smolka, non si aspetti notizie da me. E non diventi isterico pensando al gruppetto di ufficiali tedeschi che potrebbe essere a Mosca. Sono degli idioti senza speranza... che avranno il vantaggio di sopravvivere alla guerra.»

Smolka accompagnò il Generale Radovskij all'ascensore e poi tornò a rinchiudersi nel suo ufficio ben isolato. Nella stanza di Nikolai Iljč Tabun le tende erano chiuse, i tre «Stalin» erano seduti nella semioscurità davanti a uno schermo e aspettavano. Su un altro cavalletto c'era un proiettore da 16 mm, sul quale era già sistemata una grossa bobina. Gli Stalin fumavano e bevevano; tacquero non appena entrò Smolka.

«Questa prima apparizione è andata bene», disse Smolka con una nota di plauso nella voce. «Il Generale Radovskij è un buon amico del compagno Stalin. Credo che lo abbiamo convinto.» Si mise dietro al proiettore e premette un bottone. Sullo schermo scorsero i numeri iniziali 5—4—3—2—1. Poi apparve la prima immagine: soldati esultanti. «Visita di Stalin a un'armata vittoriosa. Uno dei rari documenti in cui Stalin si muove libero fra la gente. Osservate i movimenti, l'espressione del viso, soprattutto il modo di camminare e di salutare. Poi, al rallentatore, lo rivedrete in tutte le varie fasi. Anche la più piccola variante conta!»

Il film mostrava ora Stalin con un lungo cappotto, il berretto militare sul cranio spigoloso. Smolka guardò i suoi tre sosia. Radovskij ha ragione, pensò, applaudendosi da solo. È incredibile come siano l'immagine perfetta di Stalin.

Diavolo, è spaventoso!

2 luglio 1944

Il Comando Supremo della Wehrmacht comunica:

Nel settore centrale del fronte orientale le nostre valorose divisioni continuano a opporre una strenua resistenza alle preponderanti forze sovietiche. Nella zona di Sluzk i bolscevichi hanno potuto guadagnare terreno solo dopo aspre battaglie. La posizione è stata abbandonata. Presso Osipoviči le nostre truppe hanno difeso le loro posizioni contro tutti gli attacchi nemici. Nel settore di Bobruisk gli attaccanti hanno sfondato la nostra linea principale. Sulla media Beresina sono in corso duri scontri per fronteggiare l'ininterrotto attacco sovietico. Nel settore occidentale di Polozk la pressione nemica è diminuita. A sudovest e a sud di Polozk massicci attacchi nemici sono stati respinti o fermati sulle nostre posizioni di sbarramento...

Milda Ifanovna aveva avuto una buona idea — lo si vedeva ora — a prendere quell'appartamento nella Lesnaja ulica n. 19. In una strada così movimentata non dava nell'occhio se alcuni uomini entravano in una casa, o se prima ci gironzolavano intorno studiandola interessati, tornavano indietro, gettavano un'occhiata nell'ingresso e poi si decidevano a entrare. Una babuška — come chiamano affettuosamente le vecchiette incaricate della pulizia stradale — scopava la strada con una enorme ramazza e buttava i mucchietti di spazzatura in un recipiente con coperchio che si trascinava dietro tirandolo per il lungo manico.

Ivanov, sempre molto cordiale, salutò la donna, come fosse una di casa sua, prima di entrare al n. 19. Ma nella tromba delle scale si fermò, tese l'orecchio verso l'alto nell'atteggiamento del lupo che fiuta il vento. La musica che sentiva era debole ma distinta. Ivanov non era un grande intenditore di musica classica; chi come lui aveva dei così bei riccioli color platino, si intratteneva in altro modo con il gentil sesso. Tuttavia, riusciva a intuire che doveva trattarsi di Čaikovskij e, dai lunghi brani eseguiti da un pianoforte, che doveva essere un concerto per pianoforte.

Il portone si aprì di nuovo. Ivanov fece finta di annodarsi il laccio di una scarpa e aspettò. Poi alzò gli occhi quando un uomo gli si fermò vicino. Era Sepkin.

Il cuore di Ivanov sobbalzò. Spalancò le braccia e le buttò al collo di Sepkin. «Peter!» proruppe. Sëpkin gli premette la mano sulla bocca.

«Zitto!»

«Piotr Mironovič...» balbettò Ivanov. «Ce l'hai fatta! Dio, come sono contento!»

«Saliamo da Milda», disse Sepkin. «Siamo in anticipo di dieci minuti, ma non fa niente.» Rivolse a Ivanov uno sguardo di approvazione. «Hai un bell'aspetto. Abbronzato.»

«Lavoro all'aperto. Squadra demolizioni e impalcature. Stiamo facendo un ponteggio su un lato del grande palazzo del Cremlino.»

«Congratulazioni, Fëdor Pantelievič.» Si presero per la vita e salirono la scala verso la musica di Čaikovskij.

Milda, che andò subito ad aprire, accolse Ivanov con un radioso sorriso. «Ecco Testadoro!» disse tirando Ivanov nell'appartamento. «Hai l'aspetto di uno che sia stato a poltrire sul Mar Nero! Siete i primi. Ne verranno altri quattro...»

«Quattro?» Sepkin rivolse a Milda uno sguardo interrogativo. Lei alzò le spalle e scosse il capo. «E gli altri, Milduška?»

«Niente. Non si sono fatti vivi.»

«Chi sono?» chiese Sepkin con voce incrinata.

«Dopo. Quando saranno arrivati gli altri...»

Alle undici c'erano tutti. Si abbracciarono, si diedero pacche sulla schiena e sulle spalle, si baciarono sulle guance e furono felici di ritrovarsi. La tensione che li aveva oppressi si allentò.

Per ultimo fece irruzione nell'appartamento Petrovskij. Non si può definire altrimenti il suo ingresso. Fedele alla fama di avere una parlantina degna di dieci venditrici del mercato, spalancò le braccia, lanciò un grido di gioia e agitò due sacchetti di carta scura.

«Compagni!» gridò. «Il mio cuore sobbalza come un branco di canguri! Che piacere rivedervi! Sapete che c'è nei sacchetti? Salsicce, pane, burro, formaggio bianco, cetrioli e un petto di pollo. E c'è anche una bottiglia di samačonka fatta in casa!» Chiuse la porta, si strinse al petto i sacchetti e continuò a gridare: «E dove ha preso questi piccoli tesori, il buon Petrovskij? Sto facendo un giro di prova con un trattore, quando ti vedo un tipo triste davanti a un'officina di riparazioni auto. Mi fermo e gli chiedo: "Perché hai le lacrime agli occhi, fratello?" e lui dice: "Come si possono riparare le auto senza gli attrezzi giusti?" e si rimette a singhiozzare. Io ho il cuore tenero, compagni, lo sapete! Allora gli do la cassetta degli attrezzi in dotazione al trattore, e lui mi dà i sacchetti con tutte le leccornie. Ci baciamo, io torno in fabbrica e comunico: Trattore bene, ma manca la cassetta degli attrezzi. Ritirarlo solo se verranno consegnati gli attrezzi. — Fratelli, di questi tempi bisogna avere dell'inventiva...»

«Per l'amor di Dio, chiudi la bocca!» disse Boranov, il quale prese i sacchetti di Petrovskij, lo abbracciò e lo spinse verso gli altri. Dopo aver salutato i camerati, Petrovskij andò verso Milda per baciarla, ma Boranov lo trattenne.

«Siamo tutti qui!» disse Duskov serio.

Petrovskij si guardò intorno e capì. La sua gioia spumeggiante svanì di colpo, come scoppia una bolla di sapone. Egli chinò il capo, si aprì la camicia perché gli sembrava di soffocare e disse piano: «Vi chiedo scusa. Ero... ero così sicuro che noi dieci...».

Si interruppe, si morse il labbro inferiore e prese posto accanto a Boranov. Il piccolo Pleijn, un po' pallido e ancora più magro a causa delle sue prestazioni con Čerskasja, giocherellò con il ferro di cavallo appeso alla catenina d'oro che Ljudmila Dragonovna gli aveva regalato la domenica precedente.

Duskov, che per volere del Colonnello von Renneberg dopo la scomparsa di Sassonov era diventato capo del gruppo, alzò la testa. Parlò tanto forte che le sue parole si potevano udire anche malgrado la musica di Čaikovskij.

«Camerati,» disse in tedesco, «è da ritenere che non vedremo più gli altri quattro nostri camerati. Onoriamoli e conserviamo sempre nei nostri cuori il loro ricordo.»

Milda Ifanovna trasalì. Nel suo appartamento era risuonato un forte rumore. I sei uomini si erano messi sull'attenti sbattendo i tacchi. Fissò i suoi amici incredula, quasi spaventata, sbalordita da quell'insolito spettacolo che non comprendeva. Sei ufficiali tedeschi si comportavano nel cuore di Mosca come fossero a una parata funebre, mentre indossavano brutti abiti sovietici gualciti ed erano simili a tutta la massa anonima dei lavoratori.

«Piangiamo» — disse Duskov oppresso — «i nostri camerati:

Maggiore Bodo von Labitz
Tenente Berno von Ranowski
Tenente Detlev Adler e
Sottotenente Dietrich Semper.

Sono caduti sul fronte più avanzato, fedeli al giuramento fatto alla bandiera...»

«Avete finito?» disse forte Milda Ifanovna. Duskov sobbalzò come si fosse destato da un sogno.

«Sì.»

«Bene.» La voce della Kabakova era dura. «Non siete qui per mettervi sull'attenti, ma per ammazzare Stalin.»

Boranov abbandonò la rigida posizione che aveva assunto e si sedette su una sedia che era dietro di lui. Il piccolo Plejin per la commozione trangugiava saliva e gli andò di traverso facendolo tossire. Petrovskij fu il primo a riscuotersi da quel minuto di raccoglimento. Disse:

«Lei è un pezzo di ghiaccio, Milda Ifanovna. A venire a letto con lei, si rischia un congelamento.»

«Anche il freddo può infuocare, non è vero, Milduška?» disse con tono leggero Sepkin. «Un processo chimico: ci si può scottare con il ghiaccio!» Alludeva a Volnov, ma la Kabakova non reagì.

Duskov, che aveva assunto il comando ma che non aveva perso la speranza di veder comparire Sassonov, si sedette e picchiò un pugno sul tavolo. Come all'osteria, dove si dà un pugno sul tavolo quando si vuole prendere la parola. Ivanov si sedette sul divano, dove Volnov si sdraiava sempre tanto volentieri a guardare Milda che sbrigava le faccende di casa, o dove i due, spesso in un groviglio di membra e con il corpo ardente di passione, avevano ascoltato la radio accompagnando la musica con i loro corpi come fossero un nuovo, poderoso strumento.

«Parleremo dopo di quello che ha fatto ciascuno di noi in questo frattempo», disse Duskov molto teso. «Sepkin ha avuto ragione ad accelerare i tempi e ad anticipare il nostro incontro.»

«Io sarei venuto al più tardi dopodomani», disse Ivanov. «Ho bisogno di una pistola e di alcune bombe a mano. È molto probabile che incontri Stalin nel Cremlino. Come operaio della squadra costruzioni, posso andare dappertutto, anche nelle zone vietate. Durante il lavoro portiamo appuntato alla giacca una specie di tesserino di riconoscimento che funziona da lasciapassare.»

«Le notizie dai fronti sono allarmanti.» Duskov si guardò le mani. «Ascolto tutti i giorni quattro emittenti radio: Mosca, Berlino, Londra e la stazione locale "Germania Libera". Londra e "Germania Libera" dopo i notiziari trasmettono sempre commenti di generali tedeschi che espongono con obiettività la situazione. È un quadro desolante. I sovietici premono su tutto il fronte, unità corazzate accerchiano le nostre truppe, sui due lati dell'autostrada si sono incuneati nelle nostre posizioni. Nel settore centrale le divisioni tedesche sono in ritirata. Lo stesso accade sul fronte francese. Rommel non riesce ad evitare l'allargamento delle teste di ponte alleate. Dovunque mancano uomini e materiali. I rifornimenti sono scarsi in confronto a ciò che servirebbe veramente. In parole povere: È una situazione catastrofica!»

«Ci penserà il Grande Stratega!» disse con sarcasmo Petrovskij. «I geni non si fanno fermare dalle piccole avversità.» Guardò il di dietro rotondo e appetitoso di Milda, china a versare il vino che lui aveva portato. «Come si andrà avanti? Non possiamo attirare Stalin fuori dal Cremlino con una chicca.

Dobbiamo aspettare che ne esca... per una parata militare, per andare nella sua dacia, per presenziare a una manifestazione, per fare un discorso in pubblico. È *lui* che deve venirci incontro. Noi non possiamo fare altro che aspettare.»

«Io posso vederlo!» Ivanov annusò il bicchiere. Era una bevanda aspra, che odorava di mirtillo. «Entro le prossime tre settimane riuscirò ad avvicinare Stalin quanto basta perché il colpo riesca.»

Ivanov lo disse con molta semplicità, senza enfasi, sperando con quel tono discorsivo di suscitare l'interesse degli altri.

Duskov e Boranov scossero insieme la testa.

«Che c'è?» chiese Sepkin. «In realtà Ivanov ha le migliori prospettive.»

«Non basta.» Boranov mise da parte il bicchiere senza bere. «Il fattore incertezza è troppo grande. Se Fëdor Pantelievič non riesce, noi non incontreremo mai più Stalin. Non farà più un passo fuori dal Cremlino!»

«Oppure lo farebbero spostare con un'auto corazzata», disse il piccolo Plejin. «Lo avrebbero già fatto, se Stalin non soffrisse di claustrofobia in un'auto corazzata, dice Ljudmila.»

«Chi è Ljudmila?» chiese Sepkin.

«Ci amiamo. È Sottotenente della Milizia.»

«Ah, è così?» gridò Petrovskij. «Il nostro beniamino ha conquistato un letto governativo.»

Duskov guardò Petrovskij con severità. Luka Ivanovič fece spallucce, addentò un pezzo di salame e mangiò a quattro ganasce. «Kyrill Semënovič ha accennato a una buona idea», disse Duskov. «Altri due di noi dovrebbero infiltrarsi nel Cremlino. Fëdor Pantelievič, ti sarebbe possibile fare assumere nella tua squadra due amici?»

Ivanov alzò le spalle. Non era ancora abbastanza in confidenza con il capo, il compagno Skamejkin, per sperare che una sua raccomandazione potesse avere successo. Il piccolo Viktor Leontinovič, mingherlino, afflitto da complessi d'inferiorità e sottaniere, avrebbe senz'altro dato ascolto a Vanda Semënovna, ma un sesto senso consigliava a Ivanov di non presentare alcun amico a Vanda per il momento. Una simile combinazione — che un soldato congedato dall'esercito incontrasse subito nella grande Mosca due commilitoni anch'essi in congedo — avrebbe suscitato qualche perplessità nella mente degli Haller, e soprattutto nel padre, Semën Tichonovič.

«È troppo presto», disse perciò Ivanov. «È già una cosa eccezionale che io sia riuscito a entrare in una squadra privilegiata. Questo lo devo solo a Vanda Semënovna.»

«Dio creò l'uomo e con lui una cosa irresistibile di alcuni centimetri!» gridò Petrovskij. «Si alzi in piedi chi fra di noi non si è piazzato in un letto da quando è a Mosca. Nessuno scatta? Cari fratelli, concludiamo che ognuno di noi si è fatto la sua brava relazione.» E all'improvviso diventò serio, molto serio, come lo si era visto solo una volta a Eberswalde: quando erano venuti a conoscenza della loro missione mortale. «Anch'io amo Larissa Aleksandrovna. La amo davvero...» — si guardò intorno — «c'è qualcuno fra noi che possa affermare di stringere fra le braccia la sua ragazza solo perché lo nasconde ignara?»

«Finiamola con le stupidaggini!» disse forte Duskov. «Noi abbiamo qui il nostro fronte... tutto il resto non conta.»

Ma al tempo stesso pensò: tu non conti, meravigliosa Anja Ivanovna? Che vita sarebbe, con te in un mondo libero! Lasciatemi sognare... Abiteremmo nella nostra proprietà di Neu-Nomme, e se proprio vuoi continuare a fare il medico, potresti lavorare nell'ospedale di Tallin, potresti operare e avere il tuo reparto, e la sera io verrei a prenderti, e in auto attraverseremmo insieme quella terra stupenda, i campi di grano, i boschi di betulle, i vasti pascoli con i laghetti di sogno. L'Estonia ti piacerebbe, Anja Ivanovna, e Neu-Nomme è un angolino di mondo dove si capisce che chi vi è nato possa buttarsi in ginocchio e baciare la terra come sua madre. Che vita sarebbe! C'è solo un momento che temo: quello in cui ti dirò che sono un ufficiale tedesco...

«Ho bisogno di un'arma e di bombe a mano!» sentì che diceva Ivanov. Duskov sobbalzò. Il sogno di Neu-Nomme gli opprimeva la mente. Tallin... Estonia... Le armate sovietiche sono pronte sul Peipus ad avventarsi lungo un vasto fronte contro il Gruppo di Armate Nord, ad accerchiarlo o a buttarlo a mare. Diciassette armate russe, nel piccolo spazio fra la Lituania e l'Estonia, da Narva fino a Dünaburg, a sud, aspettano l'ordine: Annientate tutto ciò che è tedesco, che suona di tedesco, che puzza di tedesco!

Non ci sarà mai più una Neu-Nomme...

«Se penso», continuò Ivanov, «che domani potrei fissare Stalin negli occhi... e che non ho altro che le mie mani nude...»

Milda Ifanovna, che fino a quel momento li aveva serviti senza dire una parola, andò ad aprire un armadio in cui erano appesi alcuni vestiti, due cappotti, una pelliccia e una di quelle giacche imbottite di ovatta e impunturate con le quali i russi sopravvivono bene all'inverno. Quando Milda spinse da parte gli indumenti, si vide la parete di fondo dell'armadio, contro la quale erano appoggiati tre mitra, due fucili a tiro rapido, due fucili di precisione con cannocchiale di puntamento, nonché tre cassette di munizioni. In semplici sacchetti c'erano pistole, bombe a mano e cariche esplosive. Duskov tirò su forte l'aria col naso. «È pazza, Milda Ifanovna?» disse piano Sepkin. «Le tiene così nell'armadio? In un armadio normale?»

«Mi indichi un nascondiglio migliore di un innocente armadio, Piotr Mironovič.»

«Se qualcuno avesse aperto l'anta...»

«Chi avrebbe potuto aprirla?»

«Janis Michailovič.»

«Per lui la mia pelle valeva più di dieci vestiti. Non gli interessava quello che mettevo, ma solo come me lo levavo.»

«Per l'amor di Dio... chi è Janis Michailovič?» gridò Petrovskij.

«Un Maggiore sovietico», disse calmo Sepkin, «dello stato maggiore di Stalin. L'ho ammazzato l'altro ieri in questa stanza, lì dove adesso è seduto Plejin.»

Lo fissarono tutti esterrefatti, solo il piccolo Plejin fece un salto in avanti, come se il pavimento di legno avesse preso fuoco.

Come si poteva prevedere, due bambine che giocavano trovarono il corpo di Volnov, mentre rincorrevano la palla rotolata nel cespuglio. Dapprima rimasero lì ferme, una delle due si mise confusa il pollice in bocca perché trovavano strano che, mentre nello zoo si potevano vedere tanti animali dei quali al di qua del recinto si sentivano i brontolii, i ruggiti e i cinguettii, lì ci fosse un uomo con indosso una bella uniforme semplicemente adagiato per terra. Era una cosa che stonava in uno zoo, lo sentivano. Con precauzione tolsero la palla da sotto il ginocchio dello sconosciuto e corsero dalle nonne, le quali, sedute su una panchina al sole, sferruzzavano calze con degli avanzi di lana e parlavano dei tempi andati. Erano ricordi tristi; per loro il cammino della Russia nel sole splendente del socialismo era stato fino a quel momento denso di nubi.

Questa volta la Milizia agì in fretta.

Dopo le consuete foto, Volnov fu portato via. Le bambine e le nonne scoprirono che cosa erano un posto di polizia e un severo ufficiale che le minacciò di farle deportare subito se si fossero lasciate sfuggire una sola parola sul rinvenimento. Le due donne dovettere firmare per una cosa che non capivano, ma doveva essere molto importante e pericolosa per loro, perché il compagno ufficiale mise il foglio in una cartella rossa. Poi le lasciarono andare, e quando furono in strada giurarono che non si sarebbero mai più sedute al sole in vicinanza dello zoo. Ci sono tante panchine a Mosca, le loro piccole...

Il Colonnello Smolka provò una fitta al cuore quando gli comunicarono che era arrivato un altro cadavere. Solo che questa volta non si trattava di un tedesco, ma di un ufficiale sovietico. Evidentemente ucciso. Un colpo alla nuca e poi un altro alla carotide. Il primo aveva provocato la morte immediata; il secondo, una lenta emorragia interna.

Smolka prese subito l'ascensore e andò nei sotterranei. Il morto aveva l'aspetto di chi dorme. Solo la poltiglia di verdura seccata sui capelli e sull'uniforme era una stonatura.

«Maggiore Janis Michailovič Volnov...» disse il sottotenente della Milizia che aveva portato il cadavere e che consegnò a Smolka il rapporto. Il Colonnello se lo ficcò in tasca e fece un lento giro intorno al morto. Poi annuì e si avviò verso l'uscita.

«Tenetelo qui!» ordinò.

Tornato nella sua stanza, telefonò al Generale Radovskij. Efim Grigorevič sospirò quando sentì la sua voce.

«Al suo confronto, un pidocchio è uno sparviere, Igor Vladimirovič. Oggi non ho visto affatto Stalin.»

«I tedeschi hanno colpito, compagno Generale.»

«Ma dove? Ho appena sentito che la nostra 3a Armata è entrata a Minsk...»

«A Mosca!»

«Ah! Il suo gruppo fantasma di ufficiali tedeschi. Posso rassicurarla: Stalin è vivo.»

«Il Maggiore Volnov è stato ammazzato da colpi inferti col taglio della mano. Il compagno Volnov era stato assegnato da tre settimane come ufficiale d'ordinanza allo stato maggiore generale...»

«Smolka, è mostruoso!» La voce di Radovskij divenne un falsetto. «Chi ne è già al corrente?»

«Un gruppo molto ristretto.»

«Dove lo hanno ammazzato?»

«È stato trovato in un cespuglio allo zoo. Da due bambine che giocavano. Ma quello non è il luogo del delitto; lì è stato solo scaricato. Su un cespuglio non piove passato di verdura...»

«Oh vodka, com'è spietata la tua amicizia...» disse Radovskij.

«Non ne ho bevuta nemmeno una goccia, compagno Generale», disse Smolka con tono convincente. «Non ne ho sentito nemmeno l'odore... Il Maggiore Volnov è stato ucciso in un posto dove si mangiava zuppa di cavoli con polpettine di carne. Quindi in un luogo chiuso. Di là, hanno portato via il corpo e lo hanno scaricato nel cespuglio dello zoo. Possono averlo fatto solo di notte.»

«Lei parla per enigmi, Igor Vladimirovič. Mi spieghi che c'entra la zuppa di verdura!»

«La testa di Volnov e il davanti della sua uniforme erano imbrattati di zuppa.»

«Sorprendente! Stava forse mangiando nel truogolo come un maiale?»

In quel momento Smolka non gradiva l'umorismo macabro. Il tono di Radovskij gli diede addirittura fastidio. «C'è da supporre che qualcuno gli abbia buttato in faccia una scodella o un piatto di verdura. La pelle è graffiata in due punti.»

«Smolka, che cosa si sa di questo Maggiore Volnov?»

«Poco. Si sta indagando sulla sua vita privata. Viveva solo presso una vedova. Un uomo tranquillo e garbato. Niente relazioni, niente visite femminili. Era appassionato di teatro. Non si sa che avesse una amante. Ma negli ultimi tempi ha dormito di rado a casa.»

«Un tipo tranquillo!» disse Radovskij con una secca risata. «Sono i lupi che di giorno si travestono da agnelli. Si attacchi a questo, Smolka! Il suo complesso tedesco le appanna la vista. Verrà fuori che è un dramma della gelosia. Una scodella di verdura sulla faccia, poi un colpo disgraziato...»

«Con frattura della base cranica?» chiese Smolka teso. «Per mano di una donna?»

«Conosco mani femminili che sono come morse, Igor Vladimirovič!... Che cosa ha intenzione di fare? Pubblicare il ritratto di Volnov su tutti i giornali?»

«Taceremo», disse Smolka. «Se facessimo scalpore, i colpevoli si allontanerebbero. Ma diventeranno insicuri se non accadrà nulla. Loro non sanno fino a che punto noi sappiamo.»

«E che cosa sa lei?»

«Niente!»

«È una buona base di partenza», disse Radovskij sarcastico. «Perché dovrebbero essere stati proprio i suoi ufficiali tedeschi a uccidere il Maggiore Volnov?»

«Per caso, compagno Generale. Volnov deve essersi imbattuto in una traccia che lo ha messo in guardia. L'ha seguita, è entrato nell'appartamento e si è trovato di fronte un assassino.»

«Quanto la fa complicata, Smolka!» disse il Generale Radovskij. «Non si faccia prendere dal panico. Non tutte le cacche di cane che ci sono nelle strade di Mosca sono state sparse dai tedeschi per farci sdrucciolare...»

Il Colonnello Smolka ringraziò Radovskij per averlo ascoltato con tanta pazienza, e riattaccò il telefono. Era inutile parlare di qualsiasi problema con Radovskij. Non riusciva nemmeno a risolvere il suo assillante problema personale: l'amicizia di Stalin. Chi abbraccia l'orso deve ballare con lui, diceva un vecchio adagio russo.

Forse Radovskij ci pensava qualche volta?

Dopo essersi abbracciati e salutati, lasciarono la casa uno alla volta a distanza di minuti. Milda Ifanovna prese la sporta della spesa e si mise davanti a un negozio di pesce dove era arrivato un rifornimento di stoccafisso. Intanto Sepkin andò a fare una passeggiata, si sedette sulla panchina dello zoo dove erano state sedute le nonne e sbirciò dalla parte del cespuglio. C'era un uomo che se ne stava un po' in disparte appoggiato al recinto a leggere la «Pravda»; Sepkin capì che era uno della polizia segreta e seppe così che avevano trovato il cadavere di Volnov. Si alzò, riprese a camminare, si fermò all'ingresso dello zoo e osservò da lontano un superbo pavone che camminava impettito su un prato e faceva la ruota quando i bambini lo stuzzicavano.

Poi scese nella Stazione Krasnopresnenskaja della Metropolitana e tornò alla Clinica Infortunistica Sklifosovski e al suo forno crematorio n. 1.

Con la prima riunione non si era concluso molto. Ivanov era stato l'unico a ricevere una pistola e tre bombe a mano, gli altri avevano solo intravisto le armi disponibili. Avevano deciso di rimanere in continuo contatto facendo capo a Milda. Ogni sera dovevano trasmettere un segnale per comunicare che erano presenti. Solo quando Milda avesse ripetuto il segnale, avrebbero saputoche dovevano riunirsi subito.

A sera erano tutti con le loro «signore», ascoltavano le notizie alla radio e si rallegravano per le vittorie dei valorosi fratelli al fronte.

Semën Tichonovič Haller era riuscito a fare un grosso baratto al suo laminatoio: arrivò a casa con un succulento pezzo di carne per arrosto. Sua moglie Antonina Nikitaevna gli gettò le braccia al collo, e Vanda Semeñovna disse fiera: «Il nostro paparino scova sempre qualcosa!»

«È solo un pezzo di vacca morta di vecchiaia, ma Danil Aturovič mi ha assicurato che era sana. Nessuna preoccupazione, mi ha detto, non aveva niente ai polmoni, niente al fegato, non soffriva di vermi. È crollata così, sotto i miei occhi, mi ha guardato e poi ha esalato l'ultimo respiro. Corro subito dal vicino, che è un mezzo medico delle vacche; lui guarda la cara bestia morta, le apre la bocca, le esamina la gola, le dà un calcio in pancia, il villanzone, e dichiara: devono essere i nervi! Torna indietro, monta sulla bicicletta e va a prendere il compagno segretario agricolo. Che ne so io di quello che gli ha raccontato? Gira intorno alla mia vacca, vede che ha la schiuma in bocca — l'aveva buttata fuori con l'ultimo respiro — e si asciuga la fronte con un fazzoletto. "Seppelliscila subito, Danil Aturovič", mi dice serio. Poi monta sulla motocicletta e se ne va. "Gli ho raccontato che doveva trattarsi di una specie di peste bovina asiatica." Mai vacca è stata squartata più rapidamente! Tutta carne buona, le interiora tutte sane, neanche un'ombra di malattia! Un vero dono di Dio!» Semën Tichonovič prese fiato e guardò la famiglia, della quale ora faceva quasi parte anche Ivanov, come se attendesse un applauso. «Un brav'uomo, Danil Aturovič! Un vero amico! Ma, miei cari, uno Haller non si lascia convincere tanto presto. "E se invece", ho chiesto a Danil, "ci fosse davvero una brutta malattia nascosta in qualche angolino? I bacilli si nascondono volentieri! Come mai una vacca così bella casca di botto e stira le zampe in quattro e quattr'otto? Dà da pensare!" E Danil mi ha risposto: "Fratello, è carne o no? È piovuta dal cielo o no? Abbiamo abbondanza di carne, o ce la sognamo spesso? Chi pensa a indagare tanto? Cuocila a lungo, falla rosolare tanto che diventi croccante, e così avrai rosolato via anche tutte le malattie!», Haller si guardò intorno. «Semplice, no?»

«È un pezzo di carne meraviglioso» disse la signora Haller, portandolo via con entrambe le mani come una volta il pope portava la croce di Pasqua. «Chissà che bel pranzo domenica!»

«Devi cuocerlo subito!» gridò Semën Tichonovič. «Subito! Fino a domenica i bacilli potrebbero diventare un esercito! Mamma, la carne regalata non si può mettere fra le scorte...»

Fu una serata riuscita. Antonina aveva arricchito l'arrosto con una salsa all'aceto e con patate essiccate a fette, fatte rinvenire e servite bollenti. Semën mangiò come un lupo, sbracato, in maniche di camicia, a gambe larghe, traboccante di orgoglio per aver procurato alla famiglia un così bel pasto. Ma tacque di aver rubato dal magazzino degli attrezzi un paio di pinze, furto del quale nessuno si sarebbe accorto per alcune settimane. Non è necessario che le donne sappiano tutto, tanto più una cosa che potrebbe sminuire la grandezza di un uomo.

Dopo cena Vanda e Ivanov si sedettero mano nella mano sul sofà, orgoglio degli Haller, dato che il sofà deve far parte dell'arredamento di una onesta casa russa. Dapprima Semën Tichonovič aveva guardato un po' di traverso la figlia, che si strusciava contro Fëdor Pantelievič e quasi lo divorava con gli occhi. Ma poi se ne era fatto una ragione, tanto più che gli Haller erano soddisfatti che la loro Vanduška avesse portato in casa un figlio e fosse visibilmente felice. Adesso erano già al punto che la ragazza baciava Fedja in presenza dei genitori, e Semën sporgeva il labbro inferiore, guardava altrove e si diceva, come tutti i padri, che faceva un po' male vedere che una figlia dimostrava più amore per un perfetto estraneo che per il suo papà.

«Bene», disse una volta in cucina Semën ad Antonina. «Bene! Bene! Lui è qui, mangia con noi, beve con noi, gioca a scacchi con me, versa la sua paga nella cassa della famiglia, Vanda se lo mangia con gli occhi, e quando guardo altrove si accarezzano e si baciano... Ma nel mio letto non ci finiranno. Anche l'amore paterno ha dei limiti!»

Dagli Žarenkov non si facevano di questi discorsi. Pavlov Ignatovič, l'architetto, era troppo colto e educato per parlare di certe cose. Lyra Pavlovna amava Kyrill Semënovič Boranov, e i genitori avevano interrogato la figlia solo una volta, quando Boranov aveva dovuto lavorare fino a tardi perché tre tram si erano fermati per guasti meccanici ed era stato necessario trainarli al deposito. Fedeli al proprio dovere, le squadre delle pulizie avevano aspettato fino a che le vetture erano state rimosse.

«Vi volete sposare?» chiese Žarenkov come un giudice istruttore.

«Sì!» rispose Lyra Pavlovna.

«Perché?»

«Non riesco a immaginare di poter vivere senza Kyrill Semënovič.»

«Bella risposta», intervenne Marja Ivanovna, la madre. «La

stessa che ho dato io a mio padre ventidue anni fa.»

«Altri tempi!» disse Žarenkov. «Del tutto diversi!»

«Ma l'amore non cambia mai.»

Žarenkov — che aveva idee e progetti architettonici così grandiosi da far sobbalzare spaventati gli stessi urbanisti di Mosca, i quali avevano promesso di pensarci su — si fece una sigaretta e infine disse: «Bisogna convenire che Boranov è una persona rispettabile. Che si può pretendere di più in tempi così brutti? Sposatevi! Non rinunciamo alla speranza che, finita la guerra, egli possa tornare a lavorare come biologo e riprendere i suoi studi sulla fecondazione artificiale.»

Quando la radio aveva cominciato a trasmettere i bollettini riguardanti le vittorie, Žarenkov aveva appesa alla parete una grande carta della Russia e aveva portato dall'Ufficio Costruzioni e Progettazioni del comune delle bandierine: quelle rosse per l'Armata Rossa, quelle gialle per i tedeschi. Ogni sera si sedevano davanti alla carta e contrassegnavano i territori conquistati dai sovietici, circondavano i tedeschi, espugnavano città, sfondavano posizioni, secondo quello che comunicavano gli annunciatori della radio. Per Boranov era uno strazio. Gli toccava stare in piedi davanti alla carta e piantare le bandierine, mentre Žarenkov con voce entusiasta gridava:

«Più vicino, mio caro Kyrill, più vicino a Minsk! Perché esiti a Bobruisk? Lì i maledetti tedeschi sono accerchiati, li chiuderemo tutti in una sacca. Questa sì è una visione che consola! Dovunque bandierine rosse! Kyrill Semënovič, altre due in direzione di Polozk! Lì succederà qualche cosa, domani ne sapremo di più. Lo sento...»

Boranov assolveva in silenzio il suo compito, piantava le bandierine e poi si rimetteva a sedere con Pavlov Ignatovič per bere una tazza di tè. Di solito, dopo andava con Lyra a passeggio nella dolce sera estiva, un giro intorno all'isolato, e solo allora potevano baciarsi, in piedi in un portone buio, oppure andavano al piccolo Orto Botanico, dove c'erano panchine occupate da innamorati che avevano in comune lo stesso destino: andare a caccia di un angolino tranquillo e indisturbato in quella Mosca superaffollata. Lì, su una panchina al riparo di un cespuglio, Lyra Pavlovna disse a Boranov: «Chi può capirlo? Ti amo! Come si fa ad amare uno come te?»

«È davvero incomprensibile.» Si baciarono, ma quando Boranov fece scivolare la mano sul seno di Lyra, lei cominciò a tremare e gli affondò le dita nella nuca. Aveva vent'anni, e mai nessun uomo l'aveva abbracciata se non per ballare. E anche questo era accaduto di rado: nelle case del komsomol i balli erano stati sospesi quando i tedeschi avevano invaso la Russia. Invece, ci si esercitava con i fucili, si imparava a sparare, a lanciare bombe a mano e a servirsi di lanciagranate leggeri. Tutto questo era finito quando Lyra Pavlovna aveva preso servizio presso le tramvie moscovite, ma anche nel luogo di lavoro aveva sempre messo a posto chiunque osasse allungare una mano.

«Oh, ti amo», ripeté irrigidendosi. I suoi occhi erano smisurati, pieni di paura ma anche di desiderio. «Kyrill, ci sono occhi dappertutto...»

«Ci rimane solo un letto d'erba, Lyranja, il nostro tempo è così breve...»

Lyra annuì, si strinse a lui, gli cinse la schiena con le braccia e dilatò le narici quando la mano di Kyrill scivolò sotto la camicetta e la accarezzò in punti dai quali si propagò come una scossa elettrica per tutto il corpo. La nostra vita è troppo corta, sentiva dire da Pavlov Ignatovič. A volte il padre era in vena di filosofare, se ne stava seduto tutto triste a fissare la parete e sputava sagge sentenze. Allora Marja Ivanovna lasciava il marito in pace, ricamava una coperta e faceva il muro del pianto contro il quale Žarenkov sfogava tutti i mali del mondo. La vita è così breve... e spaventosamente breve appare quando ci si ama come Lyra e Boranov.

«Cercati una camera», mormorò lei col fiato corto. Si sentiva di fuoco, provava qualcosa di inimmaginabile. «Dobbiamo... dobbiamo avere una camera, Kyrill...»

«Migliaia di persone cercano una casa. All'ufficio alloggi mi rideranno in faccia.»

«E allora, come si fa? Oh, amore mio, che ne sarà di noi?»

Cominciò a tremare, tirò via la mano di Boranov da sotto la gonna e gli coprì il volto di rapidi baci, ed era come se lo pregasse di scusarla.

«Quando ci sposeremo,» disse, «avremo una nostra camera. Ci penserà papà. Nel comitato di pianificazione ci sono molti compagni influenti. Ma, ci sposeremo?»

«Sì!» disse Boranov. Attirò a sé la testa di Lyra e guardò al di sopra dei suoi capelli il parco silenzioso. Tutte le panchine erano occupate da coppie avviticchiate. «Sì, ci sposeremo... se il futuro ci sarà benigno.»

Ma ora le probabilità si erano ridotte. Ivanov aveva promesso che avrebbe cercato di fare assumere Boranov nella squadra di carpentieri. In due sarebbe stato più sicuro affrontare Stalin.

Quel giorno Sepkin ebbe un colpo di fortuna. Nella stazione Kolchoznaja della Metropolitana era accaduto un terribile incidente. Una giovane donna era inciampata, era caduta sulle rotaie e, cercando un appiglio con le mani, aveva afferrato una donna anziana e un uomo barbuto trascinandoli con sé, e quando due coraggiosi si erano gettati sulle rotaie per strappare di lì quel groviglio di persone, era arrivato il treno. Chi avrebbe potuto frenare in tempo? Non c'era più molto da salvare di quei cinque. Nella Clinica Infortunistica i medici tentarono di tutto, amputarono gambe e braccia spappolate, ricucirono corpi squarciati... Solo due di quei disgraziati sopravvissero, storpi per sempre.

Al Forno I, Sepkin cominciò a lavorare. L'assistente Radolov arrivò dal corridoio portando su un carrello al suo nuovo amico un mastello pieno di rifiuti della sala operatoria e ne approfittò per fare quattro chiacchiere. Gli raccontò dell'incidente ed espresse la sua meraviglia che persone così mal conciate dal treno potessero ancora vivere. «La giovane era carina», disse. «Era al terzo mese di gravidanza. È molto probabile che abbia avuto un giramento di testa. È un vero strazio, Piotr Mironovič, vedersi passare per le mani certe cose in sala operatoria.»

Sepkin si infilò i guanti di gomma, si allacciò il grembiule di gomma e avvicinò il mastello al forno riscaldato al punto giusto: già da un'ora Sepkin scaricava rifiuti del mattino nell'inceneritore. Fu solo per caso che, facendo il travaso nella camera di combustione, vide quella mano d'uomo. Sulla mano c'era qualcosa che brillava, e poiché non è normale che una mano amputata luccichi, Sepkin la tirò a sé servendosi di una paletta di ferro. Era un anello. Nella fretta di operare, doveva essere sfuggito all'attenzione di tutti, era finito nel mastello con l'arto amputato ed era arrivato fino a lui. Un bell'anello, oro con una pietra blu scuro, molata come uno zaffiro.

Sepkin dominò un conato di vomito, afferrò la mano con una pinza e la portò al lavabo maiolicato. Ve la lasciò cadere dentro, poi corse al forno, sprangò la pesante porta di ferro e aprì la valvola. Un calore ardente irruppe nella camera di combustione, disseccò i resti e li ridusse in polvere.

Ci volle un po' prima che Sepkin riuscisse a trovare Luka Antipovič Puškin. Era nella stanza 317, che non era nel suo reparto. Ma nella 317 c'era un funzionario dell'Ufficio Centrale Combustibili. Si era rotto un braccio mentre raccoglieva ciliege nella sua dacia. Questo si diceva... Quelli che la sapevano lunga dicevano che era andato semplicemente a sbattere contro un muro come un maiale sbronzo. Perché, non lo sapeva nessuno. In ogni modo, un funzionario così è importante, soprattutto quando si pensa al prossimo inverno. E adesso Puškin gli stava seduto accanto pieno di sollecitudine, gli tagliava in pezzi un panino al formaggio e lo imboccava. Le infermiere non potevano fare niente. Puškin le maltrattava come fosse lo zar di tutte le cliniche di Mosca.

«Che c'è, Piotr, figlio mio?» chiese. L'amore di Elena per Sepkin scaldava anche il suo cuore. Certo, era assalito dalla tristezza quando immaginava Elena fra le braccia di Piotr, perché quella, dal punto di vista paterno, era quasi una profanazione meritevole di morte, ma vedeva anche come erano felici i due giovani e che il cielo sembrava avergli mandato in casa l'uomo giusto.

«Vieni giù!» disse Sepkin. «Ho qualcosa...»

«Anch'io», disse Puškin di rimando. «Non sentiremo freddo l'inverno prossimo.»

«È una cosa importante, Luka Antipovič. Devi vederla!»

Puškin promise che sarebbe andato al Forno I, ingozzò il suo funzionario fino all'ultimo boccone e scese da Sepkin.

Senza una parola, Piotr Mironovič guidò l'incuriosito Puškin al lavandino e indicò quello che c'era dentro.

«Ohè!» disse Puškin colpito. «Questa non bisognerebbe bruciarla.»

«Apposta ti ho chiamato.»

«Dici che sia un anello di valore?»

«Oro, e se non prendo un granchio... uno zaffiro blu.»

«Deve essere stato dell'uomo con la barba. Non è sopravvissuto, il poveretto. Un così bell'anello!»

Fece per prendere la mano, ma Sepkin fu lesto a fermarlo. «Non senza guanti di gomma, Luka!» disse.

«Bah!» Puškin si divincolò. «Non c'è pericolo. Da quanto tempo faccio l'infermiere, eh? Portavo già via i morti quando tu eri ancora in fasce. Mai una infezione finora, figliolo! Nemmeno l'ombra di una sepsi. Sono immune, dovresti saperlo.»

Prese dal lavandino la mano amputata, tolse l'anello dal dito e lo tenne alto verso la lampada del soffitto. Nell'incastonatura d'oro, la pietra mandava bagliori azzurro cupo.

«Uno zaffiro», disse Sepkin. «Non c'è dubbio. Un gioiello che deve avere un certo valore.»

Il seguito di questo felice ritrovamento è presto raccontato. Puškin fece la posta ai familiari che erano stati mandati a chiamare, fece le sue condoglianze, pianse con loro sulla bara del barbuto, al quale non erano state incrociate le mani perché ne mancava una, e apprese compiaciuto che il defunto era stato il direttore in pensione di una fabbrica di conserve alimentari «Progresso». Fino a quel giorno i suoi successori avevano sempre dato ascolto ai suoi consigli e alla sua esperienza; ci sarebbe stato un grande funerale.

Puškin fu così partecipe da aspettare che la vedova e il figlio più grande fossero rimasti soli davanti alla salma. Poi raccontò del recupero dell'anello che — questa fu la drammatica descrizione fatta da Puškin roteando gli occhi — suo genero Piotr, a rischio della vita, aveva strappato alle fiamme. Mostrò l'anello, la vedova e il figlio lo riconobbero subito e, con Puškin, scoppiarono di nuovo in lacrime.

«Un giorno fortunato!» esclamò Puškin più tardi al termine del lavoro. Sepkin lo aspettava all'ingresso. «Devo ammetterlo: con te Elena è capitata in buone mani. Tu hai capito come si mantiene una famiglia. Non ci manca più niente, figliolo! Abbiamo assicurato un cartone di conserve alimentari al mese. Lo hanno giurato con gli occhi fissi sul barbuto!»

La mattina dopo Puškin si diede subito da fare per ritirare il primo cartone.

La Čerskasja aveva mantenuto la parola: aveva prelevato una uniforme dal guardaroba della Milizia. Distese sul letto il suo bottino, abbracciò il piccolo Plejin chiamandolo come sempre «aquilotto mio», si strappò di dosso i vestiti e amò Plejin vicino all'uniforme. In quei minuti la sua voce armoniosa e cantante avrebbe potuto far esplodere le stelle, come certe voci che nei toni alti mandano in frantumi il cristallo.

Il piccolo Plejin affogava nel piacere e nella felicità. Era già incomprensibile come avesse fatto a superare il pericolo mortale della pattuglia della Milizia, ma ancor più incredibile gli appariva di giorno in giorno il fatto di vivere con una donna dalla bellezza selvaggia, di cui poteva esistere un solo esemplare sulla faccia della terra. Egli poteva guardare a sazietà quel corpo dalla pelle liscia che, dovunque ci si aspettassero delle rotondità, superava ogni desiderio con i suoi sodi rigonfiamenti, e quando fissava i suoi occhi obliqui pieni di fuoco, quando le labbra di lei si aprivano mettendo in mostra la fila di dentini bianchi e scintillanti, allora egli allargava le braccia, disposto a lasciarsi sbranare, senza opporre resistenza, da quella magnifica belva.

Fu una sensazione indescrivibile quando Plejin indossò l'uniforme per la prima volta. C'erano attaccati i gradi di sergente ed era un po' troppo grande, ma a questo si ovviò in fretta riprendendola qua e là, e la trasformazione di Plejin fu perfetta.

Si guardò nello specchio e gli venne un convulso di risa quando dietro di lui apparve la Čerskasja nella sua rigogliosa nudità e gli cinse il corpo con le braccia. Gli sembrò di vedere la bella e il morto-vivo.

«Nessuno ti fermerà più, nessuna auto, per farti delle domande!» disse lei con la sua voce melodiosa. «Con questa uniforme, puoi andare dove vuoi... Sei contento, aquilotto mio?»

Plejin annuì. Le parole gli si erano fermate in gola. Quali prospettive! diceva fra sé. Non ci posso pensare! Quando Stalin fosse uscito dal Cremlino, lui avrebbe potuto confondersi con le guardie, mescolarsi con la scorta del grande compagno, poteva andargli tanto vicino che nessuno avrebbe potuto fermarlo quando avese sparato.

La Čerskasja gli baciò la nuca, gli posò le mani sul petto e lo guardò ridendo nello specchio.

«Vuoi tenerla addosso?» gli chiese. «Vogliamo fare una prova?»

Una prova per la morte, pensò Plejin, e di nuovo lo invase una paura infantile. Ljudmila Dragonovna, felice te! Se sapessi che cosa hai portato a casa con questa uniforme!

Andarono fino alla Prospettiva Armenia, dove più intenso era il traffico a quell'ora, si fermarono all'angolo con la Prospettiva Tretjakovskij e si guardarono sorridendo. Plejin si sentiva a disagio; l'uniforme gli faceva l'effetto di una corazza di ferro.

«Provaci!» disse Ljudmila Dragonovna stringendo la mano di nascosto a Plejin. «Sei un Sergente. Puoi comandarli tutti...»

Plejin annuì. Scese in strada, si mise all'incrocio e alzò la mano. Le auto frenarono e aspettarono pazienti, si formò una coda fino al giardino del Teatro Bol'šoj, ma nessuno suonò il clacson, nessuno fece domande... Se un Sergente della Milizia bloccava la strada, doveva esserci un motivo.

Plejin lasciò cadere il braccio e si voltò. In mezzo al rumore delle auto, aspettò che il traffico si fosse normalizzato, poi tornò dalla Čerskasja. I suoi occhi obliqui scintillavano.

«Hai avuto paura?» gli chiese.

«No. È stato magnifico!» Plejin deglutì. Salirono nell'auto di servizio di Ljudmila, e se qualcuno che li avesse osservati da lontano avesse potuto fare ancora domande, vi avrebbe rinunciato del tutto riflettendo che al mondo accadono cose che non si chiariscono nemmeno con delle spiegazioni.

Andarono a casa, si spogliarono e si misero a girare nudi, come era ormai loro abitudine. Poi si sdraiarono sul letto, ascoltarono della musica, lessero i giornali, sempre toccandosi e accarezzandosi.

Intorno a loro c'era una felicità così irreale che volevano trattenerla aggrappandosi l'uno all'altra.

Petrovskij quella sera non era in casa. Lui, lo smargiasso, che se la cavava con le chiacchiere in ogni situazione, era afflitto da una tensione interiore che non poteva spiegare a Larissa Aleksandrovna.

Come sempre, erano tornati insieme dalla fabbrica di trattori, ma Petrovskij era depresso. Per tutto il pomeriggio non aveva potuto togliersi dalla mente il pensiero che quattro di loro non ce l'avevano fatta a raggiungere Mosca. Cosa che da lui non ci si sarebbe aspettata, si crogiolava nel dolore, pensava ai giorni di Eberswalde, alle piacevoli serate, ai discorsi con il musicomane Kraskin e con il giovane Tarski, ai saluti prima della partenza per gli aeroporti dove li aspettavano i loro paracadute.

Tutti sapevano che un ritorno era quasi impossibile... ma è duro affrontare la certezza che l'amico non ce l'ha fatta.

«Oggi andiamo a fare una visita», disse Petrovskij mentre aspettavano la coincidenza della Metropolitana. «Larissa, andiamo dal Dottor Spešnikov.»

«Sei malato?» chiese lei sgranando gli occhi. «Luka, oh Dio, l'ulcera ti dà fastidio di nuovo?»

Egli scosse il capo. «Ho bisogno di lui, amor mio.»

«Allora sei proprio malato! Non mentire! Voi uomini non volete mai ammettere di essere malati! Niente letto, a meno che non ci sia una donna. Niente medicine. Oh, tesoro, dove senti male?»

«Io sto bene», la rassicurò Petrovskij. «Credimi Larissa.»

«Sei malato di ulcera...»

«Si è incapsulata. Forse che il fiato mi puzza ancora come una cloaca?»

«No.»

«Non è una prova?» Petrovskij mise un braccio intorno alle spalle di Larissa. Trema, pensò felice. Ha paura per me. È la mia dolce donnina. Una capanna di legno con un giardinetto, perché la domenica i bambini non debbano giocare nel cortile di pietra della casa. Raccoglierà gli ortaggi, e le ciliege e le bacche. Girasoli grandi come ruote d'automobile. Oh, Larissa, se non ci fosse Stalin...

«Il Dottor Spešnikov è un buon amico. È così solo... Ogni tanto bisognerebbe distrarlo. Perché non oggi?» disse lui. «Gli devi essere grata. Senza di lui, non ti avrei mai conosciuta.»

Nell'ospedale Petrovskij, Guardia Notturna II, la porta era chiusa. Il portinaio dell'Ospedale Numero 13, un tipo scorbutico col naso storto, che alcuni consideravano come un ammonimento della natura, ricordava bene il malato di stomaco Luka Ivanovič e non si azzardò a provocare una nuova lite con quel pazzo. Lo lasciò andare dal Dottor Spešnikov, e guardò con aria truce Petrovskij e la bella figliola che era con lui domandandosi come faceva un matto di quella specie ad attirare una creatura così deliziosa.

Petrovskij, dovette bussare alla porta e girare la maniglia diverse volte, prima che si sentisse la voce di Spešnikov.

«Silenzio!» urlò. «Piantatela di disturbare!»

«Apra, compagno dottore!» gridò Petrovskij da dietro la porta. «Una visita per lei.»

«Chi è?» All'interno si rovesciò una sedia, Petrovskij rise. Di nuovo alle prese con la vodka, il dottore. Buon Spešnikov, è solo un'illusione quella di annebbiarsi la mente, ma oggi, che io sia dannato, oggi potrei tracannare una botte e continuare a piangere dentro di me...

«Qual è il suo nome?» gridò Spešnikov. Adesso era vicino alla porta.

«Ulcus ventriculi...»

«Sento gli angeli cantare!» Spešnikov aprì la porta e spalancò le braccia. Vacillava in maniera pericolosa e appariva molto vecchio e grinzoso. «Sul mio cuore, maledetto ragazzo! Quanto ti ho pensato...»

3 luglio 1944

Il Comando Supremo della Wehrmacht comunica:

Nel settore centrale del fronte orientale a ovest di Sluzk forti attacchi dei bolscevichi sono stati respinti dopo aspri combattimenti. Nella zona di Osipoviči e sulla media Beresina le nostre Divisioni impegnate in duri scontri si sganciano dal nemico che incalza nell'area intorno a Minsk. A sudovest di Polozk sono falliti gli attacchi sovietici presso Glubokoje condotti da mezzi corazzati con l'appoggio di caccia. Intorno alla città di Polozk i combattimenti si sono intensificati...

Duskov, seduto con il busto proteso in avanti, ascoltava il notiziario tedesco. In cucina, Anja Ivanovna trafficava con i piatti; si sentiva odore di cetrioli stufati, pietanza che le riusciva particolarmente bene, perché con i cetrioli stufati bisogna fare attenzione che non rimangano troppo duri e che non diventino troppo molli. E poi anche il ripieno è importante. Non tutti sapevano insaporire la carne macinata come la Pleskina.

«Cosa dicono?» gridò dalla cucina.

Duskov alzò la testa. «Non capisco niente!» gridò di rimando. «È tedesco! Di nuovo quella maledetta stazione tedesca!»

Lei venne dalla cucina, scosse i capelli neri e leccò un cucchiaio di legno con il quale aveva mescolato i cetrioli. Lo faceva sempre quando cucinava: assaggiava tanto volentieri che poi a tavola era quasi sazia e aveva più tempo per contemplare Leonid Germanovič che mangiava e per rallegrarsi che la sua cucina gli piacesse tanto.

Da Berlino giungeva una voce simpatica che risvegliava subito l'interesse dell'ascoltatore. Lesse un commento che esponeva la situazione generale, le necessità di raccorciamenti tattici del fronte, e dopo sottolineò l'incrollabile volontà del Führer di trasformare presto in una vittoria strepitosa quella dura prova. «Mai il ferreo vigore del nostro popolo fu manifestato più che in questo momento, e mai fu più forte la fiducia nel Führer, perché tutti, l'uomo dietro l'aratro e l'uomo della fabbrica, devono essere certi che l'attacco rosso sarà respinto e che i nostri valorosi soldati daranno al bolscevismo il colpo di grazia.»

È Hans Fritzsche, pensò Duskov. Lo sentivamo ogni sabato, quando leggeva a tutta la nazione l'articolo di fondo del Reich, scritto da Goebbels. Milioni di persone sedevano davanti alle radio di poco prezzo, e quando la lettura era finita si diffondeva un senso di grande soddisfazione. Sabato dopo sabato, un popolo prendeva coscienza dell'eccezionale momento storico nel quale viveva e del compito assegnatogli dalla Provvidenza: cambiare il mondo. È vero che molti chiamavano questa trasmissione degli articoli di fondo «L'ora delle favole zoppe», alludendo al piede varo di Goebbels... ma erano cose che si dicevano in privato, più per divertirsi che per fare della critica. Ci si sedeva, si ascoltava, si accettava e si ammirava la forza espressiva del piccolo dottore. La massa del popolo era piombata nel letargo politico; il Führer pensava per tutti.

Duskov esibiva un'aria annoiata e insofferente. Sfogliava il giornale, ma ascoltava ansioso Hans Fritzsche; lanciò un'altra occhiata supplichevole ad Anja Ivanovna, la quale era rimasta con il cucchiaio sulle labbra, ed esclamò:

«Spaventoso! Mi fa male alle orecchie! Che lingua barbara questo tedesco!»

«Se tu lo capissi...» La Pleskina si sedette vicino a Duskov sul bracciolo della poltroncina e indicò la radio con il cucchiaio. «Stava dicendo che la Germania ha quasi sconfitto la Russia! Guarda se si possono sentire cose simili! Ci sarebbe quasi da aver compassione dei tedeschi.»

«Perché?» Duskov chinò la testa. La lettura era finita. Un'altra voce disse: «Avete ascoltato Hans Fritzsche.» Allora, pensò Duskov, non mi ero ingannato. Che sensazione, essere a Mosca, ufficiale tedesco in incognito, e ascoltare tutto questo accanto a una bellissima donna!»

«I tedeschi ci credono» disse la Pleskina. «Ascoltano, e sono convinti di poter annientare la Russia.»

«Proprio!» disse Duskov. Si protese in avanti, si sintonizzò su Radio Mosca e abbassò il volume. Musiche militari.

«La pagheranno.»

Duskov respirò a fondo.

Alzò gli occhi su Anja Ivanovna e diede un colpetto sul cucchiaio di legno.

«Che ce ne importa?» chiese. «I tedeschi meritano forse un solo pensiero? Corri dai tuoi cetrioli. Attenta che non brucino! Questo è molto più importante...»

Dopo mangiato, ascoltarono dei dischi di Wagner. «Lohengrin» — «Tannhäuser» — «I maestri cantori di Norimberga.» Diretti da Fürtwängler e Toscanini. Duskov aveva intrecciato le mani, vi aveva appoggiato il mento ed era scivolato in avanti sulla poltrona. Teneva gli occhi chiusi, nel suo viso quasi troppo bello per un uomo si erano formati solchi profondi agli angoli della bocca.

Il cuore di Duskov sanguinava. Bella Germania, pensava. Che ne sarà di te? Che fanno di te? Dio, come può andare avanti così?

Anja Ivanovna, accoccolata ai suoi piedi sul pavimento, gli aveva messo la testa su una coscia. Era a queste ore delle sera, in cui la camera era rischiarata solo da una candela e riempita solo dalla musica, che lei anelava durante tutto il giorno. Se ne rallegrava, viveva in quella attesa: stare sola con Leonid Germanovič, sentirlo, vederlo respirare, ascoltare la sua voce, presagire la tenerezza delle sue mani, fino a che la notte si trasformava in un regalo, in un appagamento... avvolgendola in una ebbrezza di suoni, di pensieri, di sensazioni, di inesprimibile realtà.

«Perché Wagner?» chiese Duskov. La Pleskina lo guardò. Una voce estranea, dolorosa, come permeata di lacrime.

«La sua musica mi inebria», gli rispose.

«È un tedesco.»

«Anche Beethoven e Bach.» Gli strinse le gambe con un braccio e premette il capo nel suo grembo. «Che ne è stato dei tedeschi che sapevano comporre musica del genere...»

Duskov tacque. Un guizzo gli contrasse gli angoli della bocca, ma Anja Ivanovna non lo vide. Potessi gridare, pensò Duskov. Potessi alzarmi a sfasciare qualche cosa. Potessi liberarmi di questa oppressione che mi soffoca.

Da voi lontano, in sconosciuta terra
havvi un castel che ha nome Monsalvat...

Lohengrin. La leggenda del Gral. La voce di Franz Völker. La gita dalla famiglia del Barone von Baldenow a Berlino. Come si conveniva al loro rango, di solito scendevano all'Hotel

Adlon. Visita di dovere: il teatro dell'opera. Mamma in abito lungo di seta, papà con i nastrini all'occhiello. 1914-1918. Era arrivato al grado di Capitano, poi la Rivoluzione aveva interrotto la sua carriera. «Quegli zotici e infami comunisti! Quel branco di socialisti!» Il tono consueto del Barone von Baldenow quando discuteva di politica con i suoi figli. Allora era «Fidelio» di Beethoven. E oggi è «Lohengrin»...

«Toglilo!» disse roco. «Ti prego, Anjuška, toglilo! Metti un valzer, un'operetta, una canzone da osteria, qualsiasi cosa... ma basta con questa musica. Non oggi... Ti prego, Anjuška!»

Lei balzò in piedi, spense il grammofono, tornò di corsa da Duskov e si chinò su di lui. «Sei stanco», disse con dolcezza accarezzandogli il viso. Andiamo a dormire.» Si inumidì le punte delle dita e gliele passò sulle pieghe profonde agli angoli della bocca. «Devo spianarle. Cosa ci fanno sul tuo viso, le rughe?» Gli sfiorò gli occhi e la bocca con le labbra. «Quanto ti amo», disse con il respiro breve. «Non ci sono parole per esprimerlo, in nessuna lingua...»

«Potessi non sentir più parlare di guerra, non pensare più alla guerra!» Le prese il capo e se lo premette su una spalla. «Anjuška, se fosse già...»

Nella notte piovvero i messaggi radio su Milda Ifanovna. Niente parole. Niente lettere, solo numeri di riconoscimento. L'atto di presenza.

Duskov, Plejin e Sepkin trasmisero i loro numeri stando seduti sui water. I tacchi delle loro scarpe erano mobili e si trasformavano in apparecchi radio.

Boranov, che si era accaparrato il turno di notte, aspettò nel deposito l'ultimo tram e trasmise indisturbato da una carrozza vuota.

Petrovskij e Ivanov furono i primi a farsi vivi, alla fine dell'orario di lavoro. Ivanov si accovacciò dietro un mucchio di tavole d'armamento e si compiacque della propria imprudenza: trasmettere dal Cremlino. Petrovskij si cercò un posto nel magazzino delle parti di ricambio del Capannone Trattori III. Fra gli scaffali pieni di pezzi di motori, era piuttosto al sicuro.

E Milda rispondeva sempre con un secco «zero».

Zero... significa 0... niente... Significa: Aspettate... Aspettate Stalin.

4 luglio 1944

Il comando Supremo della Wehrmacht comunica:

Nel settore centrale del fronte orientale i combattimenti si sono ulteriormente inaspriti. A ovest di Sluzk ad attacchi nemici si alternano nostri contrattacchi. Le forze avversarie che erano giunte fino alla linea ferroviaria Baranoviči-Minsk sono state respinte con gravi perdite da un deciso contrattacco delle nostre divisioni corazzate.

Forze corazzate sovietiche sono entrate a Minsk e proseguono verso ovest. A sudovest della città le nostre formazioni oppongono un'accanita resistenza ai sovietici che le attaccano da tutte le parti e si ritirano combattendo verso occidente. Presso Molodečno puntate offensive nemiche sono state respinte con un contrattacco.

Nel settore ovest di Polozk le nostre truppe sulla Dvina occidentale si sono ritirate di fronte ai ripetuti attacchi dei bolscevichi. Dopo alterni combattimenti, la città è stata abbandonata...

Con quanta abilità, con quanto lirismo, con quale aura di eroismo si possono parafrasare le enormi perdite di territori, gli accerchiamenti, i disperati tentativi di sortita, l'annientamento di divisioni, la morte dai mille volti, e la fine sicura!

L'avanzata sovietica dilagava. Era un fenomento naturale: indomabile come un mare in tempesta.

Solo i tedeschi non lo capivano.

Parlare in privato con Stalin — per così dire da uomo a uomo — era adesso un privilegio di pochi. Chi conosceva l'uomo Stalin, che molto di rado andava a spasso nella sua dacia, si sedeva su una panchina di betulla, fumava la pipa, giocava con la figlia Svetlana oppure, accoccolato sotto una lampada, leggeva un libro? Il mito dell'uomo che viveva nel Cremlino, che dava il suo cuore alla Russia, i suoi pensieri al socialismo e il suo amore al popolo, si era così radicato nell'anima dei russi che sarebbero rimasti a bocca aperta per lo stupore se avessero avuto modo di vedere l'altro Stalin.

Gettare un'occhiata in un giardino recintato di diffidenza nel quale vagava un uomo che dubitava anche dei raggi del sole, sarebbe stato come ascoltare una fiaba terribile e inconcepibile.

In quale modo il Generale Radovskij sia riuscito ad avvicinare quest'uomo che odiava tutti e a comunicargli lo straordinario segreto del Colonnello Smolka, rimane un mistero... come non è chiaro che cosa nascondesse Stalin nel suo intimo.

In ogni modo, le palme delle mani del Colonnello Smolka si inumidirono di sudore non appena ricevette nel palazzo dell'NKVD la telefonata di Radovskij che gli disse subito con perversa indifferenza:

«Domani alle 23. La aspetto davanti a casa sua e la condurrò alla uscita secondaria chiusa.»

«Alle 23?» ripete Smolka. Si passò una mano sui capelli a spazzola e notò che perfino la testa era coperta di sudore. «Un'ora insolita, compagno Generale.»

«Il fenomeno dei geni che comandano! A Cesare e Napoleone, a Hitler e Stalin bastano due o tre ore di sonno. Perché la natura conceda loro il potere anche nelle ore notturne... deve domandarlo al cielo o all'inferno, Igor Vladimirovič.»

«Lei definisce Hitler un genio?»

«Perché no? Tutto ciò che supera l'immaginativa dell'uomo è geniale. Anche la folle potenza distruggitrice può essere geniale. Dovrebbe chiederlo ai generali tedeschi prigionieri, Smolka. Ne ho interrogato uno proprio ieri, un generale che abbiamo preso nella sacca di Mogilev. Sono come bambini ai quali è stato portato via il regalo di Natale. Il Führer era il loro albero della vita. Non lo trova geniale?»

«Verrò alle 23», disse Smolka, sfregando le palme delle mani sui pantaloni. «E per la sentinella alla porta?»

«Ha ordine di lasciar passare due auto dell'NKVD, senza controlli. Solo lei dovrà farsi riconoscere, sarà sufficiente. Questa sera è di servizio un certo Capitano Soliakov.»

«E quando vedrà i tre sosia?...»

«Il Capitano Soliakov dopodomani mattina sarà al fronte. Gli è stata affidata una missione speciale...»

Il Colonnello Smolka non disse nulla. Non conosceva Soliakov, ma lo compiangeva di cuore. Il silenzio è una cosa delicata per la quale è necessario sacrificare delle vittime.

La sera, Smolka ritelefonò al Generale Radovskij. «Che cosa indosserà Stalin?» chiese. «Sarebbe importante saperlo.»

«La giubba dell'uniforme, come al solito.»

«Ed è pronto a tutto?»

«Vorrei passare tranquillo gli ultimi anni della mia vita in campagna», disse Radovskij acido. «E per campagna non intendo la Siberia...»

Era tutto organizzato nel migliore dei modi, come constatò Smolka un quarto d'ora prima del suo ingresso solenne nella Torre Spaskij; quando il Capitano Soliakov si avvicinò alla prima auto nera. In questa, vicino al guidatore, un giovane Sottotenente dell'NKVD, era seduto Smolka che, un po' pallido, porse dal finestrino la sua tessera speciale. Soliakov la prese e la studiò con molta attenzione sotto la luce forte dell'entrata. Domani mattina sarai già sulla strada dell'oblio, pensò Smolka. Hai una moglie, dei figli, un padre fiero di te, una madre amorevole? Abbracciali, domani, e stringiteli al petto. Sarà una lunga separazione...

Le sentinelle del Cremlino, di solito molto numerose davanti alla Torre Spaskij, erano state ritirate nel posto di guardia. Soliakov era l'unico ad avere tutta la responsabilità. Restituì la tessera a Smolka, diede una occhiata priva di interesse, come gli era stato ordinato, alla seconda auto e fece segno che potevano passare.

I finestrini della seconda auto erano protetti da tendine. Sul sedile posteriore, uno accanto all'altro, c'erano tre uomini tarchiati con una semplice uniforme da Maresciallo. Fra il sedile anteriore e quello posteriore era stata messa una parete di compensato, in modo che non potesse entrare luce attraverso il parabrezza. Anche il guidatore della seconda auto, un Sottotenente dell'NKVD, non sapeva chi trasportava sul sedile imbottito alle sue spalle. Aveva preso posto dietro al volante solo molto tempo dopo che i passeggeri erano montati in macchina, e aveva l'ordine di allontanarsi dall'auto subito dopo averla fermata davanti al palazzo del Consiglio dei Ministri.

Le automobili costeggiarono lentamente il «Consiglio dei Ministri», lungo il parco antistante l'ingresso principale con l'obelisco dei Comandanti del Cremlino, e si fermarono sulla rampa di accesso. Lì, tutto solo, come se aspettasse l'ultimo tram, c'era il Generale Radovskij. Così solo davanti a quel gigantesco edificio, aveva un aspetto miserevole, era come schiacchiato dalla notte e da quella poderosa struttura di pietre nella quale erano racchiusi la storia e il destino della Russia.

Radovskij salì nella prima auto con Smolka, gli batté sulla spalla e disse: «Proseguire in direzione della Torre Nikolski. Girare intorno all'edificio, procedere lungo il muro interno del Cremlino. Dirò io quando ci si dovrà fermare».

Smolka annuì. Aveva creduto di essere più forte, di avere i nervi saldissimi, che nulla potesse smontarlo. Adesso, mentre giravano intorno al «Consiglio dei Ministri» e si fermavano davanti a una piccola porta di fronte al muro del Cremlino con le tombe degli «Immortali», sentiva i battiti del cuore fino nel palato e il sangue che gli martellava negli occhi.

«Eccoci arrivati!» disse Radovskij con infernale tranquillità. Dietro di lui stridettero i freni della seconda auto. Il Sottotenente saltò fuori, si mise sull'attenti e balbettò una scusa. Smolka annuì senza parlare. Se già ora mi squaglio di dentro... pensò. A un suo cenno il giovane ufficiale fece dietrofront, si mise a correre lungo il muro del Cremlino e scomparve nell'oscurità. Solo quando arrivò alla Torre del Senato si fermò e incontrò una delle ronde che di solito pattugliavano il Cremlino giorno e notte. Anche alle ronde quella sera era stata assegnata una zona circoscritta: non dovevano oltrepassare la Torre del Senato.

Il Sottotenente si sedette su una panca e si tolse il berretto. Aveva il volto coperto di sudore: «Tessera speciale L,» disse quando i due soldati lo squadrarono con aria interrogativa. «Posso rimanere seduto qui?»

«Fino a diventare un monumento, compagno», disse la guardia, un Sergente. «Allora però bisognerà spostarla...»

Risero, il Sottotenente distribuì papirose, e il fumo allentò piano piano la tensione.

Radovskij aveva la chiave della porticina secondaria. La aprì e fece cenno a Smolka. Il Colonnello aprì la portiera della seconda auto e disse nell'oscurità più completa:

«Compagno Generalissimo, può scendere.»

Dall'altra parte dell'auto si spalancò la seconda portiera, e i tre Marescialli uscirono da entrambi i lati. Tre Stalin. Si guardarono intorno con gli occhi socchiusi; si allisciarono la giubba, si passarono un attimo l'indice sui mustacchi cespugliosi e poi si avvicinarono a Radovskij con passo deciso. Era un quadro così impressionante che Radovskij si sentì di nuovo la gola secca. I tre Stalin rimasero immobili ad aspettare che Smolka si mettesse accanto a loro.

«È una cosa che il sistema nervoso di un russo non può sopportare», disse Radovskij depresso. «Igor Vladimirovič, lei come fa a riuscirci?»

«Mi ci sono abituato, compagno Generale.»

«Perché ha a che fare solo con la facciata: ecco com'è. Se stesse tutto il giorno a contatto con lui...» Non completò la frase. «Lei è fortunato, Smolka.»

«Su questo baso tutto il mio coraggio.»

«Stalin ha bevuto un paio di bicchieri... o forse qualcuno di più. È di ottimo umore. Ha raccontato qualche barzelletta e ha chiamato Molotov zucca con gli occhiali. La prova più sicura che oggi è ben disposto.»

«Numero 4!» disse Smolka con calma. Radovskij si fermò. Stavano salendo una scala rapida e stretta. «Cosa significa?»

«Nelle esercitazioni sugli atteggiamenti di Stalin, abbiamo diviso in gruppi il suo comportamento. Stalin condottiero, Stalin alla parata, Stalin alle ispezioni, Stalin in privato ma visibile a tutti, Stalin durante i rapporti, Stalin che riceve... Il numero 4 è Stalin in una cerchia ristretta dopo una bevuta. Una bevuta moderata...»

«Lei è un uomo pericoloso, Igor Vladimirovič!» disse Radovskij con voce velata. «Un uomo estremamente pericoloso.»

Arrivarono in un ampio vestibolo, e percorsero un lungo corridoio ed entrarono in una stanza di media grandezza arredata in maniera oltremodo borghese: lampade da tavolo e a stelo con paralumi di seta pieghettata, pesanti tendaggi alle finestre. Quello che colpì Smolka fu l'acre odore di tabacco che aleggiava nel locale.

Stalin il fumatore di pipa.

I tre sosia si guardarono intorno senza la minima soggezione, perfettamente calati nella parte, e rimasero fermi in mezzo alla stanza. Smolka si morse il labbro inferiore quando Radovskij andò al telefono e prese il ricevitore. Fece solo un numero. Da qualche parte, risuonò il segnale che Stalin aspettava.

I tre sosia si tolsero il berretto. Le loro teste grigio ghiaccio spiccavano nella stanza illuminata da una debole luce. Con gli occhi socchiusi, i tre fissarono la porta. Pauroso, pensò Radovskij, semplicemente pauroso. Proprio così lui guarda i visitatori quando è irritato. Ma sa anche essere cordiale, sfoggiare un fascino un po' goffo, pieno di arguta bonarietà o di premure per l'ospite, come in occasione della memorabile ma stupida conferenza e della firma del Patto: quando il ministro degli esteri von Ribbentrop, con il distintivo del Partito Nazista che gli riluceva sul risvolto della giacca, gli aveva stretto la mano. Ma per lo più il suo sguardo è duro e imperioso.... Due occhi dai quali emana una forza ipnotica.

Se qualcuno in seguito avesse domandato a Smolka che cosa c'è al limite del sopportabile, egli avrebbe risposto: Cinque minuti della mia vita. Il 4 luglio 1944. Ero in una stanza accogliente e aspettavo Stalin. Avevo la sensazione di essermi rattrappito come un vecchio...

La porta in fondo si spalancò. Era stata spinta con molta forza.

Nel vano c'era Stalin, con indosso la giubba dell'uniforme — come aveva preannunciato Radovskij — le mani dietro la schiena, il faccione grigiastro che sembrava plasmato nell'argilla. Alzò il mento, guardò il Colonnello Smolka e non mosse un muscolo quando questi si mise sull'attenti e pensò terrorizzato che tutti dovevano sentire il martellare del suo cuore.

I tre sosia reagirono in fretta, come avevano imparato. Tirarono fuori dalla tasca la pipa ricurva e se la infilarono all'angolo della bocca. Radovskij soffocò un gemito. Si era messo dietro una lampada a stelo come fosse il merlo di una torre.

Stalin avanzò di due passi nella stanza e senza parlare descrisse un semicerchio con la testa.

Alla finestra di sinistra c'era Stalin con una pipa in bocca, che lo fissava senza affabilità.

Al centro, vicino a un tavolo da fumo rotondo, c'era Stalin con una pipa in bocca, e il suo sguardo non prometteva nulla di buono.

A destra, vicino al colonnello impietrito, davanti a una poltrona, c'era Stalin con la pipa in bocca, che si guardava intorno come se tutto il mondo gli facesse schifo.

«Quello in mezzo è troppo grasso!» disse Stalin indicando con la pipa Plesikovski. «Cinque chili di meno!»

Plesikovski si tolse la pipa dalla bocca e indicò Stalin. «La corporatura va bene!» disse sullo stesso tono e con la stessa voce.

«Cinque chili di troppo!» sbraitò Stalin. «Io devo saperlo!» Si girò, andò dallo Stalin di sinistra e lo studiò come si studia una scultura a una mostra. Intanto premette il tabacco nella pipa con il pollice, e subito anche l'altro Stalin affondò la punta del pollice nel fornello della pipa. «Ha gli occhi bovini!» disse forte Stalin. «Proprio, occhi bovini!»

Smolka si sentiva il petto e il cervello divorati dalle fiamme. Era ancora rigido e immobile, mentre Radovskij da dietro la lampada gli faceva segni furtivi che lui non poteva capire. Dentro di sé trovava puerile quel modo di agitarsi del Generale.

Stalin proseguì camminando con passi rumorosi, senza badare a Smolka, come se questi fosse una colonna che serviva a puntellare il soffitto, e si fermò davanti al terzo Stalin. Di nuovo premette il pollice nella pipa, di nuovo il sosia rispose con lo stesso movimento. Alzò le sopracciglia cespugliose... il sosia fece altrettanto nello stesso momento.

«E questo ha un brutto naso!» disse Stalin. «Gli escono i peli dalle narici! Ho forse i peli nel naso, io?»

«Sì» rispose l'altro Stalin. «All'ultima parata di ottobre... c'era addirittura la goccia.»

Radovskij si sentì mancare la terra sotto i piedi. Smolka, sempre sull'attenti, chiuse gli occhi. Ha ragione, disse fra sé. Nelle fotografie che ho fatto ingrandire al massimo per usarle come materiale didattico, si vede benissimo. Ma c'è bisogno di dirglielo? di sbatterglielo in faccia?

«Faceva freddo!» disse Stalin dopo il primo momento di stupore. «E che freddo! A te sarebbe uscito il moccio dal naso... a me, solo una goccia!» Si toccò le narici con la sinistra, sentì i peli e si ficcò di nuovo la pipa all'angolo della bocca. I tre sosia fecero come lui. In quella stanza c'erano quattro Stalin, che si guardavano e tacevano. Radovskij avanzò da dietro la lampada.

«Compagno Generalissimo», disse fingendo alla perfezione indifferenza, «le presento il Colonnello Igor Vladimirovič Smolka dell'NKVD.»

«Ah!» Stalin studiò Smolka con gli occhi socchiusi. «Ha avuto lei questa idea?»

«Sì...» rispose Smolka roco.

«Perché Beria non me ne ha parlato?»

«Il compagno Beria non ne sa ancora niente...»

Per un momento, parve che Smolka avesse sputato in faccia al «Padre della Russia».

Ma poi il viso di Stalin si distese, la bocca si spalancò, ed egli scoppiò in una risata, una risata fragorosa, agitò la pipa in aria e la puntò contro il petto di Smolka.

«Non lo sa?» gridò Stalin divertito. «Beria, il mio muso da sorcio, non lo sa! Sono qui ripetuto in tre esemplari, e Beria dorme i suoi sonni tranquilli!» Spinse di nuovo il pugno contro il petto di Smolka e diede ancora libero sfogo alla sua ilarità. «Igor... Igor e poi?...»

«Vladimirovič...»

«Igor Vladimirovič, lei è un uomo che mi piace! Sono così rari gli uomini con delle idee! Dovunque guardi, solo cani che riportano quello che gli hai buttato. Solo occhi strabuzzati nei quali devi sputare dentro le immagini perché vedano almeno qualche cosa. Come è povero di idee il mondo! Ci impantaniamo, Igor Vladimirovič; una volta eravamo un fiume travolgente, ma l'inerzia ci fa impantanare! Arriveremo al punto che dovrò dire a Malenkov: Hai il culo che ti trema, caro amico, vai a cacare!?... Lei non lo sa, ma io devo fare tutto da solo! Tutto da solo! Qui sono rimasto solo io a pensare! Quando picchio sulle teste... noci vuote!»

Radovskij ammiccò a Smolka da dietro le spalle di Stalin. Non bisogna rispondere! Ascoltare con espressione cortese. Ha bevuto qualche bicchiere, gliel'ho detto. Quindi si abbandona con piacere al monologo. Si crogiola nelle sue parole. Sbrana tutti coloro che non possono difendersi. Lo lasci parlare, amico Smolka. Lasci pure che gridi e si infuri, perché così si monta la testa e il disprezzo per l'umanità lo fa diventare euforico. In questo si assomigliano tutti, i grandi signori solitari: vivono al sommo della loro potenza in un freddo eterno. Gelano...

Stalin s'interruppe all'improvviso. Aveva il respiro pesante, sembrava un rantolo cavernoso. Poi puntò di nuovo la pipa contro il petto di Smolka e disse con voce più blanda:

«Vedremo, Igor Vladimirovič. Vedremo! Le idee sono buone solo se utilizzabili. Vedremo...»

Si avviò verso la porta, con un energico gesto ordinò ai tre Stalin di seguirlo e uscì con loro dalla stanza. Smolka si rilassò. Radovskij si soffiò il naso come fosse raffreddato.

«Dovremmo avercela fatta», disse mettendo via il fazzoletto.

«E dove sarà andato con i suoi tre sosia?» chiese Smolka. «Cosa pensa lei, compagno Generale?»

«Qui non si deve pensare, Smolka. Solo aspettare. Come si è lagnato lui poco fa: qui ci sono soltano cani che riportano l'osso che gli hai buttato. Che paragone geniale!»

La porta si spalancò di nuovo e sbatté contro la parete. Gli Stalin tornarono. Sfoggiando l'ampio sorriso che aveva reso famoso Stalin come uomo di buon cuore, il sorriso che irradiava dai manifesti sui quali era scritto: Stalin — Piccoli, il vostro amico! —, il sorriso che altri definivano satanico e davanti al quale Molotov rimaneva impietrito quando era rivolto a lui, i quattro si piazzarono uno accanto all'altro. Radovskij non aveva mai sofferto di disturbi della vista, era sano come un pesce, ma adesso dubitava che i suoi nervi ottici fossero ancora in buone condizioni.

Il Colonnello Smolka diede uno sguardo acuto ai quattro, poi capitolò.

«Quale è quello vero?» chiese uno dei quattro Stalin. «Efim Grigorevič, per te non deve essere difficile!»

La sua voce è inconfondibile, pensò Radovskij sollevato. Con me non può fingere! Questo tono, questa inflessione, sono inimitabili. Sono le piccolezze che tradiscono, compagno Presidente. Avresti dovuto lasciar parlare un altro...

Fece un passo avanti, annuì e disse sicuro: «È lei, compagno Generalissimo.»

«Igor Vladimirovič,» Stalin guardò Smolka, «lei che ne pensa?»

Smolka non era tanto sicuro quanto Radovskij. Studiò con attenzione ciascuno dei quattro, cercò delle differenze, che trovò anche, ma non avrebbe saputo dire quale fosse l'originale e quali le copie. Decise per lo Stalin all'estrema sinistra. Un sorriso beffardo all'angolo della bocca gli parve una prova sufficiente.

Lo Stalin di Radovskij teneva le mani sprofondate nelle tasche della giacca, come se l'uniforme fosse una vestaglia. Anche questa era una delle pose preferite di Stalin. È lui, disse fra sé compiaciuo Radovskij. Abbiamo bevuto tanto spesso insieme... ti conosco!

«Io sono Nikolai Iljč Tabun...» disse Stalin.

Radovskij alzò le braccia. «Mi arrendo!» disse sconfitto.

Smolka guardò il suo Stalin. «Io sono Anton Vasilevič Nurašvili», disse costui. Smolka fece due passi indietro. La perfezione che egli stesso aveva raggiunto lo lasciava senza parole.

Lo Stalin a destra uscì dalla fila agitando una mano. Con passo pesante andò verso una poltrona e si sedette.

«Sono d'accordo!» disse Stalin. «Se nemmeno voi mi riconoscete, soprattutto tu, Efim Grigorevič... come possono riconoscermi gli altri? Colonnello Smolka, il suo piano è eccellente.»

«Ne sono molto felice.» Smolka si arrabbiò con se stesso perché si comportava come uno scolaretto lodato, ma la benevolenza di Stalin doveva essere accettata con animo puro e infantile. «Da questo momento in poi, lei non avrà più nemici esterni...»

«Ahah! Ahah!» esplose il secondo Stalin da destra, piegato in due dalle risate. «Ci è cascato di nuovo! Era una controprova! Quello vero sono io!»

Tirò fuori la pipa, la accese e fece con la mano un gesto circolare. «Sediamoci. Che cosa hai, Radovskij?»

«E chi mi dice che sia *lei* il vero Stalin?» chiese Radovskij.

«Sono io! Chiedi agli altri.»

«Loro annuiranno, e se quello vero è con loro, annuirà anche lui. Un... un gioco pericoloso quando non si riconosce più...»

«Adesso parleremo di questo», disse Stalin. «Smolka, lei mi ha dimostrato che posso essere scambiato senza far chiasso. Crede davvero che io possa essere d'accordo?»

Radovskij si rese conto allora che quello era il vero Stalin. L'uomo ossessionato dalla paura del tradimento, che in quei tre sosia trovava la conferma di quanto poco protetta fosse la sua vita dietro le alte mura del Cremlino.

Žarenkov lo sapeva già da tre giorni che sarebbe stato pubblicato sui giornali e letto alla radio, dopo le note esaltanti di una marcia militare, il discorso fatto da Stalin ai suoi collaboratori; il discorso che adesso veniva diffuso in tutto il mondo. Nell'Ufficio Progetti per la Ricostruzione si sapeva quasi sempre tutto in anticipo, in quanto i compagni influenti si scostavano spesso, nella realizzazione, dai piani originali per immortalare in qualche mucchio di pietre i loro capricci. Comunque sia, nella cerchia di Stalin si decideva sulle idee fondamentali, anche se negli uffici nessuno credeva che Stalin venisse informato su ogni gabinetto costruito.

La sera Žarenkov tornò a casa eccitato, più tardi del solito, un ritardo che aveva messo in agitazione Marja Ivanovna: «Non avrà ricominciato col suo arco di trionfo, quell'uomo insopportabile! Non molla, lui! Che facciamo noi poveracci se ce lo mandano a finire in manicomio?» Boranov e Lyra cercarono di calmare l'agitata Žarenkova, Boranov corse perfino a una cabina telefonica e chiamò l'Ufficio Progetti: gli assicurarono che il compagno Pavlov Ignatovič godeva ottima salute e che non c'era motivo di preoccuparsi. Tuttavia, il ritardo era preoccupante e inspiegabile.

Solo quando Žarenkov varcò la soglia agitando la borsa come se si fosse fatto fare un trapianto di ghiandole per ringiovanire, baciò la moglie con uno slancio da lungo tempo dimenticato, e strinse addirittura al petto Boranov, anche se considerava «non mascoline» queste manifestazioni di affetto fra uomini — diceva proprio «non mascoline» il buon Žarenkov — solo allora la preoccupazione si trasformò in stupore.

«Che notizia!» disse Žarenkov sedendosi a tavola e picchiando il cucchiaio sul piatto. «Se è vera — e deve essere vera, perché il nostro informatore è attendibile — oh, se è vera, allora il 17 luglio sarà un giorno che si imprimerà a fuoco nei nostri cuori, una data che le generazioni future ci invidieranno.»

Marja Ivanovna, che aveva portato la minestra, era sconcertata. Pavlov non puzzava di vodka, ma le cose che diceva erano piuttosto confuse. Si sedette, non fece ancora le porzioni, e domandò calma, secondo la sua abitudine:

«Forse costruiscono il tuo arco di trionfo?»

«Quello è niente al confronto!» esclamò Žarenkov. «Ci si può rinunciare, di fronte a quello che accadrà. Oh, ho il cuore in tumulto!» Guardò con gli occhi sgranati Boranov, che stava tagliando in quattro su una tavoletta un pezzo di pane. «Kyrill Semënovič, tu che sei un eroe di guerra, ti andrà diritto al cuore: Il 17 luglio — per tutto il giorno — migliaia di prigionieri tedeschi sfileranno nelle vie di Mosca! Una flotta di carri merci è in viaggio verso la città, già oggi lo scalo è intasato. Arrivano in camion da tutte le parti. Sono concentrati in giganteschi accampamenti nei boschi di Boronki e Climki. Nella notte del 16 verranno tutti a Mosca, e il 17, miei cari — mi manca la voce per l'emozione — sfileranno per le strade!» Fissò il cucchiaio con il quale adesso Marja Ivanovna spartiva la minestra — una profumata zuppa di cavoli acidi con molte cipolle — e notò che la mano le tremava. «Sì, c'è di che tremare!» gridò Žarenkov pieno di patriottico entusiasmo. «Non nascondete la vostra commozione per l'avvicinarsi di un simile giorno: Si parla di quarantamila tedeschi! Vedremo quarantamila di quei maledetti! Incredibile! Incredibile!»

Mangiò la zuppa, si tolse dai denti i residui di cavolo, bevve un sorso di kvas sciacquandosi la cavità orale e si fregò le mani soddisfatto.

«Andremo a vederli, papuška?» disse Lyra Pavlovna.

«Sicuro! Dobbiamo vederli. Tutti i sovietici devono vederli! I negozi chiuderanno, nelle fabbriche sarà sospeso il lavoro, i bambini invaderanno le strade. Il mondo intero parteciperà. Saranno cinematografati. Tutte le bugie dei nazisti crolleranno. Lo dimostreremo con queste riprese. Certo che lo vedremo! Solo la gente meschina rimarrà in casa!»

Le informazioni di Žarenkov si rivelarono esatte. Il 16 luglio a Mosca non si parlava d'altro che della sfilata dei prigionieri tedeschi attraverso la città. I giornali sollecitavano la presenza della popolazione, alla radio veniva letto il discorso di Stalin. Egli smontava le menzogne dei tedeschi, secondo le quali la forza di penetrazione dell'offensiva sovietica si era esaurita, le perdite dei russi avevano raggiunto proporzioni tali che la loro avanzata aveva ormai perso slancio, le divisioni tedesche erano ancora in perfetta efficienza, e i piani strategici russi sarebbero stati presto vanificati da una violenta controffensiva.

«Faremo vedere qual è la verità!» si leggeva nei giornali. «Le bugie hanno le gambe corte, si dice. Ora non è più vero: le bugie hanno cinquantasettemila paia di gambe! Perché domani sarà dimostrato cinquantasettemila volte che la Germania di Hitler scomparirà dalle carte geografiche.» Infatti, si parlava già di cinquantasettemila...

Sepkin ebbe il giornale dal capo del crematorio, l'eterno scontento Gavril Kusmanovič Zišlov. Sepkin lesse l'articolo con collera crescente, aspettò che Zišlov se ne fosse andato, chiuse la porta e mise mano alla radio. Chiamò quattro volte Milda Ifanovna, ma la Kabakova non rispose. Anche alla sera non concluse niente. In realtà Milda ricevette la sua chiamata, ma rispose come sempre:

«Zero...»

«Maledetta vacca!» disse Sepkin cieco d'ira. Invece, alla fine dell'orario di lavoro trovò il futuro suocero Puškin che sembrava stesse eseguendo una danza dei dervisci. Come sempre, lo aspettava all'ingresso, e appena lo vide arrivare si mise a ballonzolare e a gridargli da lontano:

«Hai letto? Hai sentito? Fanno sfilare per Mosca una intera armata tedesca! Ci metteremo in prima fila e gli sputeremo addosso!»

Elena Lukanovna non si comportò in maniera diversa quando Puškin e Sepkin arrivarono a casa. Seduta davanti alla radio, sembrava completamente assorbita dai discorsi patriottici.

«Oh Piotr!» gridò aggrappandosi al collo di Sepkin. «Mio caro, caro Petja... Li fucileranno poi quei mostri di tedeschi?»

Sepkin chinò il capo, diede un bacio in fronte alla dolce creatura che amava tanto e si chiuse nella toilette. Lì aprì il rubinetto dell'acqua fredda, lasciò che il lavandino si riempisse e poi vi immerse la testa. Era l'unico rimedio per cancellare la sensazione che il cranio gli scoppiasse...

Il 17 luglio 1944, Mosca sembrava una città morta. La maggior parte dei negozi avevano chiuso, nelle fabbriche funzionava solo un servizio di emergenza, tre reggimenti di guardie rosse sbarravano le strade per le quali sarebbero passati i prigionieri di guerra tedeschi. Il traffico automobilistico si era paralizzato; la Milizia aveva bloccato nelle zone adiacenti tutti i veicoli, perfino i molti camion trasformati in piattaforme per le riprese cinematografiche, sui quali erano le macchine e gruppi di fotoreporter di tutto il mondo. Ljudmila Dragonovna comandava un reparto della Milizia, che bloccava la piazza della Stazione di Kursk. Il piccolo Plejin, che con la sua uniforme da sergente non poteva starsene troppo vicino alle unità della Milizia, andò con la metropolitana alla Lesnaja ulica e si infilò nella casa numero 19.

Da Milda Ifanovna trovò quattro poeti tisici e un compositore con un occhio solo, i quali lo guardarono storto, perché la visita di un miliziano in quella casa era un avvenimento non gradito. Milda si comportò dunque come se si trattasse di uno sbaglio, accompagnò Plejin sulle scale e sibilò:

«È diventato matto? Kolka, perché si è messo questa uniforme? Procurata dalla sua Ljudmila, vero? Se la controllano, può pure ingoiare la sua capsula di cianuro!»

«Non mi controlla nessuno», disse Plejin molto sicuro. «Dove sono gli altri?»

«Cosa ci fa qui?» Milda lo spinse verso le scale. «Anche noi fra poco scenderemo in strada...»

«È spaventoso, Milda Ifanovna!» Il viso di Plejin era pallido e terribilmente invecchiato. «Cinquantasettemila camerati... portati in giro come una enorme mandria di buoi...»

«Questo la turba, Kolka?» Milda Ifanovna lo guardò scuotendo il capo e gli diede un colpetto sulla schiena, perché si decidesse ad andarsene. «Lei non è Nikolai Antonovič Plejin, cittadino sovietico?»

Plejin fece un profondo sospiro, annuì e corse giù per le scale. Alla stazione Bielorussia la gente era già stipata su dieci file. Un cordone di guardie sbarrava la strada. I cosacchi sui loro veloci cavalli trottavano con un trepestio di zoccoli sul selciato e gridavano alla folla: «Stanno per arrivare! Pazienza! Sono già schierati! Vi meraviglierete...»

Un camion con grandi altoparlanti riversava marce militari sulla folla. Un camion, con una piattaforma costruita sul tetto e con due cineoperatori, procedeva riprendendo i cittadini in attesa. Anche Plejin fu inquadrato per un momento quando la macchina gli passò accanto.

E così era fin dove giungeva lo sguardo. Per tutta la Rusakovskaja ulica si snodava un verme gigantesco, grigio e interminabile di teste, di corpi, di piedi.

Prima veniva un'autocolonna. Auto per le riprese cinematografiche, camion di militari, berline con alti ufficiali sovietici, applauditi senza ragione, perché erano Generali dello stato maggiore e non valorosi eroi che avevano preso parte alla cattura dei tedeschi. Seguiva un reparto di cavalleria. Cosacchi dagli occhi di fuoco su vivaci cavalli. Sorridevano alla folla e si vedeva che erano molto fieri.

Gli Žarenkov con Boranov, che cingeva con un braccio le anche di Lyra Pavlovna, si comportavano come se dovessero assistere alla sfilata degli elefanti di un circo. Erano in prima fila sulla piazza della Stazione Jeroslav. Lì i tedeschi dovevano passare vicinissimi, perché vi erano state piazzate due auto per le riprese cinematografiche che avrebbero immortalato il quadro imponente quando nella calura estiva le grige colonne sarebbero passate davanti alla folla e alla monumentale stazione. Le guardie avevano formato un cordone tenendosi sottobraccio e spinsero indietro quelli che cercavano di avanzare quando apparve in lontananza la colonna dei prigionieri tedeschi.

Su questa piazza scoppiarono anche delle liti. Žarenkov, un uomo di solito tranquillo e gentile, come si addiceva a un funzionario, un uomo che evitava le discussioni ed era signore e padrone solo fra le sue quattro mura, Žarenkov si mise a vomitare con voce stridula parole grossolane, quando arrivò una vecchia con una sedia che si fece largo fra la gente e si mise a sedere proprio davanti a lui.

«Ma sentitelo!» gridò la vecchia. Era una donna tarchiata, portava malgrado il caldo un fazzoletto legato stretto intorno alla testa e una gonna lunga fino ai piedi. «Sentitelo! Come maltratta una povera donna. Ha la faccia rossa come un gallo in amore! Vuole cacciarmi via, cacciare via me che ho sacrificato due figli! Sicuro, due pezzi di giovanotti mi hanno ammazzato i tedeschi! E lui mi invidia il mio posto, compagni! Mi vuole impedire di vedere gli assassini dei miei figli. Non c'è nessuno che mi aiuta contro questo cane rabbioso?»

Žarenkov era tanto arrabbiato da boccheggiare come un pesce tirato in secco. Solo quando i primi cosacchi si avvicinarono per annunciare l'arrivo dei tedeschi, Žarenkov si riconciliò con la vecchia forsennata, le disse che era una cara mammina e poi lanciò uno sguardo trionfante a Boranov.

«Eccoli!» gridò tendendo il braccio. «Che spettacolo! Che spettacolo! Indimenticabile!»

La lunghissima colonna si avvicinò. Avanzavano in righe di trenta: a capo scoperto oppure con le bustine o i berretti da campo, con uniformi sbottonate, lacere, polverose, con volti disfatti coperti da barbe ispide. Scatolette di latta, gavette ammaccate, barattoli, gli sbattevano addosso, appesi con fil di ferro o spago ai bottoni e alle tasche, perché le cinture gliele avevano portate via. La massa di quei prigionieri rispecchiava la tragedia del loro destino, documentava il crollo del mondo occidentale, la sconfitta della Germania.

Ma loro, i soldati prigionieri, non strisciavano come penitenti. Le righe di trenta erano quasi allineate, solo non andavano al passo. Attraversavano Mosca a testa alta e a passo tanto svelto quanto glielo consentivano la stanchezza, la fame, l'avvilimento. Avanzavano per le strade allineati formando un muro, un muro costituito da cinquantasettemila uomini dal viso aperto e dall'occhio sveglio, senza paure servili ma piuttosto con un orgoglio cementato nella melma del fronte. Il suolo tremava e vibrava sotto i passi dei cinquantasettemila; a intervalli di dieci metri, marciavano accanto alla colonna guardie rosse con fucili a tiro rapido e mitra: una sorveglianza simbolica, una esibizione per le macchine fotografiche, e anche i cosacchi sui loro cavalli schiumanti, che correvano avanti e indietro come cani che dovessero tenere a bada un enorme gregge di pecore, sapevano quale effetto avrebbero fatto nelle foto che l'indomani sarebbero state pubblicate in tutto il mondo.

La sfilata era interminabile. Testa contro testa, corpo contro corpo, le uniformi coperte di polvere e sudore. I passi dei centoquattordicimila piedi scuotevano Mosca, vibravano come una campana nella calura estiva, riecheggiavano sui muri delle case, rimbombavano sul selciato, si infilavano nelle camere di cui erano state aperte le finestre, si ripercuotevano nei cuori di coloro che assistevano. Un viso accanto all'altro, camminavano ora guardando avanti, ora girando gli occhi di lato, non solo per prendere coscienza della loro umiliazione, ma anche per vedere Mosca: quella meta mai raggiunta della loro guerra, quel sogno mai realizzato di sfilare davanti al Cremlino al suono di una fanfara anziché di barattoli tintinnanti... Vedevano la massa muta o minacciosa, i volti contorti, stupiti, spietati, curiosi, pieni di compassione e di odio, beffardi, ma mai indifferenti... distoglievano lo sguardo e tornavano a posarlo sulla nuca dell'uomo che avevano davanti e marciavano... marciavano... marciavano... Alcune centinaia di quei cinquantasettemila ridevano imbarazzati cercando un po' di calore umano, ridevano... alzavano la testa verso le cineprese ronzanti e verso i fotoreporter, forse pensando che finché c'è fiato c'è vita... oppure ridevano per liberarsi da quel disperato imbarazzo, dalla paura di vivere, dall'angoscia...

E marciavano... marciavano... In riga per trenta. Uno accanto all'altro, serrati. Il sudore scorreva sui corpi, il sudore guazzava negli stivali, il sudore impregnava le uniformi. Il caldo di Mosca, che rendeva molle l'asfalto, stroncava quel po' di forza che ancora era rimasta loro... ma marciavano... marciavano... non abbassavano la testa, guardavano la folla, mantenevano la distanza da quelli della fila avanti... Pensa, camerata, questo è uno spettacolo per il mondo: vogliono vedere un esercito battuto. La Germania sconfitta. I soldati tedeschi smascherati.

Su la testa, camerata! Sguardo avanti! Sì, sono 35 gradi al sole, marciamo da quattro ore, non ci hanno dato niente da mangiare, lo stomaco si torce e invoca un pezzetto di pane, e hai sete, la lingua è spessa e rasposa, la gola è secca, ogni respiro è come una boccata di fuoco... Fatti forza camerata. Marcia! Testa alta! Non crollare! Non cadere! Ti teniamo in mezzo e quando muovi le gambe tutti pensano che stai marciando ancora... Dio, che succederebbe se qualcuno strillasse: Una canzone!?

Umorismo degli sconfitti.

E marciavano... marciavano... Ufficiali, sottufficiali e soldati. Ragazzi di diciotto anni in uniforme, con gli occhi enormi nel viso precocemente invecchiato ammiravano le meraviglie di Mosca dimenticando ogni tanto il destino verso il quale marciavano... e padri di famiglia, uomini dal viso scavato nel quale la Russia si era incisa per sempre; avanzavano dondolando le braccia, mento in alto, sguardo diritto. E per ogni passo c'era una parola, di cui il dondolio delle braccia era l'eco. Resistere — merda... resistere — merda... resistere — merda... Chilometri e chilometri, ore e ore, in lungo e in largo per Mosca... cinquantasettemila prigionieri tedeschi... cinquantasettemila volte una unica volontà: Testa alta, camerata. Resistere!

Marciavano in lunghe colonne staccate. Fra ogni colonna, che corrispondeva agli effettivi di un battaglione, cavalcava una riga di cosacchi e poi seguivano le guardie rosse con i fucili abbassati. Una imponente parata di vincitori. Seguiva una riga di ufficiali tedeschi. Avevano lasciato loro le spalline e anche i nastrini all'occhiello, solo le medaglie erano state tolte. La guerra per loro era perduta, finita, l'illusione infranta... ma il modo in cui marciavano davanti ai loro soldati, il portamento che tenevano sotto il luminoso cielo di Mosca, erano come una bandiera invisibile dietro la quale gli altri marciavano.

E la strada vibrava, il rimbombare dei passi rimaneva attaccato ai muri e investiva la gente che faceva ala.

Pavlov Ignatovič Žarenkov era fuori di sé. A braccia alzate, scuoteva i pugni, lanciava terribili maledizioni, saltellava ora su una gamba ora sull'altra, gridava alla figlia Lyra, alla moglie Marja e al futuro genero Boranov che dovevano sputargli in faccia a quei diavoli di tedeschi. E quando gli passò accanto, quasi al passo, una colonna in testa alla quale c'era un anziano Colonnello, perse ogni controllo.

«Porci!» strillò. «Assassini! Cani rognosi! Guardateli! Ridono! Ridono, i macellai! Sfasciamogli la testa!» Spinse da parte una delle guardie che formavano cordone, le sgusciò davanti, corse verso la grigia massa dei prigionieri, sputò in faccia al primo, agitò i pugni e non si lasciò portare via dalle guardie.

«Fallo tornare indietro...» disse Boranov con voce cupa e con le labbra contratte da un tremito convulso. «Lyraška, fallo tornare indietro.»

«Adesso non è possibile fermarlo, Kyrill.»

«Fallo tornare!» urlò all'improvviso Boranov. «O lo ammazzo!»

Lyra Pavlovna trasalì, corse dal padre e si aggrappò a lui. L'invasato Žarenkov si divincolò, ma due guardie lo agguantarono, lo riportarono nella fila e lo consegnarono a Boranov. Žarenkov era come in preda alla follia, a una crisi di furore... con un riso isterico, afferrò Boranov e gli urlò in faccia:

«Che giornata! Che avvenimento! Muoio dalla gioia!»

Boranov non rispose. Con un rapido movimento, colpì con la testa il mento di Žarenkov, il bollente Pavlov Ignatovič si guardò intorno con occhi bovini, ormai privo di forze, e si afflosciò addosso a Kyrill Semënovič.

Poco lontano da loro ci fu un altro episodio. Una donna grassa schizzò sulla strada, allargò le braccia e si mise a guaire come dieci cani bastonati. Poi si buttò in ginocchio, congiunse le mani, le levò verso il cielo bianco e pregò.

E i cinquantasettemila tedeschi, i prigionieri sudici, coperti di polvere, affamati, traditi, marciavano... marciavano... guardavano di lato, guardavano avanti, guardavano le case di Mosca, guardavano la gente di Mosca, guardavano i cosacchi e guardavano le cineprese. Su migliaia di volti c'era un barlume di gioia per essere sopravvissuti alla guerra: sarebbero sopravvissuti anche alla marcia attraverso Mosca. Chi cammina sotto il sole, non pensa alle tormente di neve della Siberia...

Alla Stazione Bielorussia, il piccolo Sergente della Milizia Plejin si dava da fare per bloccare la folla. Anche Sepkin, Petrovskij, Duskov e Ivanov erano in strada con le loro innamorate e guardavano l'enorme massa grigia. Luka Antipovič Puškin digrignava i denti in maniera terribile e roteava gli occhi, ma rimaneva fermo al suo posto. «Ti spacco la testa!» gli aveva detto in precedenza Sepkin. «Tu non gli sputerai in faccia! È indegno di un cittadino sovietico prendersela con i soldati tedeschi!» Puškin cercò di capire, promise di moderarsi, e si sfogava con i suoi denti.

All'incirca verso la metà della sfilata, quando un reparto di cosacchi interruppe un blocco di prigionieri mentre ne arrivava un altro, con in prima fila gli ufficiali, il piccolo Plejin lasciò il suo posto, si fece strada nella ressa, e scomparve nella Stazione Bielorussia. Si precipitò in un gabinetto vuoto, vi si chiuse dentro, si sedette sulla tazza sporca e pianse. Pianse senza sosta, cone un bambino picchiato, schiacciò il viso contro la parete, vi posò contro anche le mani aperte e pianse il suo dolore, la tragedia della sua esistenza appena ventenne, l'opprimente assurdità del suo presente. Poi si afflosciò e si prese la testa fra le mani. I passi dei cinquantasettemila rimbombavano anche nella stazione Bielorussia.

17 luglio 1944

Il Comando Supremo della Wehrmacht comunica:

Nel settore sud del fronte occidentale è aumentata la violenza dei combattimenti difensivi a ovest del corso superiore del Bug. In alterne dure battaglie, sono stati fermati attacchi di mezzi corazzati sovietici provenienti dal settore di Tarnopol e Luzk. Qui negli ultimi due giorni sono stati messi fuori combattimento 125 carri armati nemici. Fra il Pripet e la Dvina occidentale, gli aspri combattimenti su un vasto fronte sono cessati. Sul Njemen le nostre Divisioni hanno sventato molti tentativi di sfondamento dei bolscevichi. Le nostre truppe hanno evacuato, come previsto, la città di Grodno e si sono attestate sulla riva occidentale del Njemen. Nella regione dei laghi a sud della Dvina occidentale sono falliti reiterati attacchi del nemico che ha avuto gravi perdite. Fra la Dvina occidentale e il lago Peipus anche ieri i sovietici hanno sferrato, senza successo, numerosi attacchi. Solo nella breccia a sud di Opočka il nemico ha potuto, dopo alterni combattimenti, guadagnare terreno...

Il 18 luglio, Ivanov vide per la prima volta da vicino Stalin.

Fëdor Pantelievič spingeva un carretto a mano carico di cunei di legno sul Ponte della Trinità diretto alla Torre della Trinità, quando vide passeggiare Stalin in un settore recintato dei Giardini Aleksander. Era una giornata molto calda, quasi che Dio avesse deciso di cuocere Mosca come fosse una bizzarra torta. Stalin era senza giacca, camminava sotto gli alberi ombrosi e parlava con un Generale. Ivanov si fermò sul ponte a guardare giù. Non c'erano dubbi: si trattava di Stalin. Un tipo come lui è inconfondibile.

Troppo lontano, pensò Ivanov. Troppo lontano. Ci vorrebbe un fucile con cannocchiale di puntamento. Con una pistola non si combina niente. Con una bomba a mano, ancora meno. Si guardò intorno e si sentì martellare le vene dei polsi. Non c'era alcuna possibilità di andare dal ponte al giardino. Sarebbe stato diverso se all'azione avessero partecipato in due o meglio ancora in tre. Ma il direttore dei lavori, l'ostico compagno Skamejkin, aveva detto a Ivanov: «Ancora due soldati congedati? Sono forse un convalescenziario? Le squadre sono al completo. Dove vuoi che li metta? Fedja, amico mio, devo darti una risposta negativa.»

Non c'era niente da fare. Anche quando il sottaniere Skamejkin ingaggiò tre lavoratrici per la squadra miscelatori, non gli si poté rimproverare una mancanza di solidarietà. Skamejkin dimostrò al contrario di essere molto legato al popolo mettendo le tre nuove arrivate una dopo l'altra, a lavorare al banco nel capannone dei pezzi di ricambio, ed accettandone la gratitudine. Ivanov non avrebbe avuto niente di simile da offrire...

Ogni tanto Stalin si fermava, alzava perfino gli occhi verso il ponte, ma naturalmente non vide Ivanov, che, vicino al carretto, fissava la sua vittima.

Lo stesso giorno, Ivanov rivide Stalin.

Questa volta era più vicino. Stalin gli passò accanto in macchina, mentre andava dal palazzo del Consiglio dei Ministri a quello del Soviet Supremo. Aveva abbassato il finestrino dalla sua parte e guardò per un secondo Ivanov senza alcun interesse. Ivanov, che aveva la pistola in tasca, fu colto così di sorpresa che reagì solo quando l'auto era già passata. Tanto vicina che egli avvertì il lieve spostamento d'aria. Si appoggiò a una tavola che aveva appena portato e decise di non dire niente di questo secondo incontro. Duskov e gli altri lo avrebbero coperto di rimproveri. Ma chi può pensare che d'improvviso un'auto svolti all'angolo e che dietro un finestrino aperto ci sia Stalin?

Un finestrino aperto nel quale si sarebbe potuta lanciare una bomba a mano... Quel giorno Ivanov lavorò malissimo. Se ne andò in giro qua e là con espressione cupa, imprecò contro ogni chiodo che piantava storto, e attaccò briga anche con il buon caposquadra, al quale gridò che era un cane castrato. In breve, tutti lo evitarono, soprattutto perché era un protetto del ributtante Skamejkin. Questa era la voce che circolava, anche se infondata.

Alla sera Ivanov andò al cinema con Vanda Semënovna e con i futuri suoceri. Semën Tichonovič aveva sentito dire che il film narrava le vicende di un operaio metallurgico, che al tempo della Rivoluzione era salito fino al rango di Commissario distrettuale e aveva fatto impiccare venti ufficiali zaristi. «Certe cose bisogna averle viste!» disse. «Io lo dico sempre: è dall'industria siderurgica che vengono i migliori!» Antonina Nikitaevna non lo contraddisse, sapendo per esperienza che

Haller non ammetteva obiezioni. Era contenta di vedere Ivan Petrovič Edemskij, il protagonista, così bello e aitante che nella sala buia si udì un lieve sospiro quando, in una inquadratura ravvicinata, apparve il davanti dei pantaloni di Edemskij.

«Come sei silenzioso!» mormorò Vanda stringendo la mano di Ivanov quando si spense la luce. «Perché sei così cupo? Hai un'aria da mastino inferocito. Ti ho fatto qualche cosa?»

«Non è niente, Vanduška», disse Ivanov, e sprofondò ancor più nella poltrona. Posò la mano sulla coscia di Vanda e l'accarezzò. Semën Tichonovič, che era seduto dall'altra parte, proprio in quel momento girò lo sguardo verso di loro e ringhiò.

«Controllati», disse roco. «Questo è un luogo di cultura, e non un rifugio per cagne in calore! Giù le mani! È inconcepibile...»

Mentre sullo schermo il bell'Edemskij teneva, vicino a un laminatoio, un discorso infiammato che Semën entusiasta sottolineava con grida di approvazione, e Vanda continuava a stringergli la mano, Ivanov decise che da quel momento in poi sarebbe andato al Cremlino solo con una bomba a mano senza sicura in tasca.

Quella sera il Colonnello Smolka ritelefonò al Generale Radovskij. Ogni giorno egli si informava sul conto dei suoi tre Stalin. Essi vivevano ora segregati in alcune stanze degli appartamenti privati di Stalin, ed erano entrati in contatto con la cerchia ristretta di Stalin. La confusione era perfetta e Stalin gongolava di gioia. Adesso né Kruščev né Malenkov, né Bulganin né Kosygin, né Kaganovič né Mikojan, sapevano più se lo Stalin con il quale parlavano era quello autentico. Molotov aveva sempre un tremore agli occhi quando si trovava di fronte al grande e temuto compagno, e il crescente nervosismo procurò a Beria l'insonnia durante le terribili notti in cui a poco a poco aumentò la sua mania di persecuzione.

Naturalmente, Beria aveva telefonato subito al Colonnello Smolka per muovergli dei rimproveri. Rimproveri contenuti. Adesso Smolka aveva una posizione così solida presso Stalin, un posto così sicuro nella sua cerchia ristretta, che la prudenza suggeriva di andarci cauti con le critiche a quel maledetto gioco dei sosia e di dosare le rimostranze. Smolka aveva agito con la massima segretezza, cosa che Beria, quale capo dell'NKVD e quindi competente in materia di segreti, giudicava ancor più offensiva. Ne risultava una infernale insicurezza nella cerchia più ristretta degli amici di Stalin.

«Mi è venuta un'idea», disse Smolka quella sera.

«Oh no!» esclamò Radovskij spaventato. «Che il diavolo la porti: sarebbe l'unica nuova e buona idea Igor Vladimirovič!»

«Non dimentichi gli ufficiali tedeschi che ci sono a Mosca!»

«Con tanti elogi alla nostra burocrazia, amico mio. Ieri, fra i cinquantasettemila tedeschi che hanno sfilato per Mosca, c'erano esattamente quattromilanovecentosessantasette ufficiali tedeschi. Vuole che mi preoccupi se un pugno di tedeschi sconosciuti va a zonzo per Mosca?»

«Hanno una missione che ha ancora a che fare con la vittoria dei nostri eserciti.»

«E noi — grazie a Smolka — abbiamo quattro Stalin. Fino a che la Madre Russia sarà così prolifica, sarà invincibile.»

«Ma i tedeschi non lo sanno.»

«Igor Vladimirovič, vuole mostrare ai tedeschi i nostri quattro Stalin? La sua follia non conosce limiti!»

«Dobbiamo farlo! Solo così riconosceranno l'inutilità del loro piano, e solo così il compagno Stalin potrà liberarsi di loro. Esiste momento migliore di questo? Cinquantasettemila prigionieri tedeschi hanno marciato per le strade di Mosca. Quale dimostrazione della nostra vittoria! Che schiaffo per i tedeschi! Volevano conquistare Mosca, sfilare davanti al Cremlino, percorrere in parata i boulevard... Lo hanno fatto con una intera armata di prigionieri di guerra, pezzenti, affamati, privati di tutte le illusioni, ingannati dal loro Führer, derisi e odiati. Il cielo benedica questo trionfo! E adesso, compagno Generale, il popolo sarebbe pronto a buttarsi in ginocchio davanti a Stalin come faceva un tempo nelle chiese davanti a Dio. Basterebbe che si mostrasse alla folla. Non dalle mura del Cremlino, ma nello stadio!»

«Impossibile! Smolka, metta la testa sotto l'acqua fredda, e la vedrà fumare! La sua nuova idea è inattuabile. Non abbia rimpianti: è stata un aborto.»

«Quattro Stalin, compagno Generale. Riesce a immaginare un attentatore che a questa vista non butti via le armi e non se ne vada piangente? Basterebbe che Stalin si mostrasse così solo una volta. La supplico, Efim Grigorevič, in amicizia: faccia in modo che ciò sia possibile! Sarebbe il secondo trionfo di Stalin, più silenzioso, più misterioso, i cui effetti però si ripercuoterebbero sulla storia. Perché non vuole convincersi?»

«Ha paura degli ufficiali tedeschi?»

«Ho paura per Stalin. L'attentato potrebbe per caso colpire la persona giusta.»

Radovskij parve riflettere. Era occupato a immaginare come avrebbe potuto essere compiuto l'attentato. Il muro protettivo intorno a Stalin era impenetrabile. Ma per Smolka, l'esperto dei Servizi Segreti, non c'era niente di impossibile.

«Ne parlerò con Žukov», disse infine Radovskij. «E con Kruščev. Non si culli nella sua idea, Igor Vladimirovič. Peccato per tanta energia sprecata.»

Smolka riattaccò il telefono, si sedette in poltrona e accese la radio.

La sfilata dei prigionieri tedeschi era ancora il grande tema dominante. I Generali venivano intervistati. I soldati semplici balbettavano la loro sofferenza. Un Capitano disse: «È una guerra maledetta. Bisognava arrivare fino a Mosca, per accorgersi di essere stati ingannati! Io non volevo crederci; come milioni di noi, credevo nel Führer. Adesso siamo nella merda. Se ho ancora un desiderio? Prego Iddio di poter rivedere mia moglie e i miei genitori. Abitano a Wuppertal.» E poi, pianissimo, come soffocato dalle lacrime: «E speriamo che Wuppertal ci sia ancora, quando tornerò a casa...».

Il Colonnello Smolka si appoggiò allo schienale e guardò il fumo della sua sigaretta orientale. Un grande giorno... Poteva concedersi un brindisi con un bicchiere di vino rosso della Crimea, cosa che fece.

Delle quaranta divisioni nel settore centrale del fronte orientale, ventotto erano accerchiate e cadute in mano sovietica.

Anche Duskov sentì le notizie alla radio. Anja Ivanovna aveva ricevuto dallo spaccio dell'Ospedale Notkin la razione supplementare che le spettava come chirurgo: due libbre di farina, tre uova, un pezzetto di burro — mescolato con margarina — e un barattolo di spezzatino. Ora con quegli ingredienti stava preparando un pranzo principesco: blinis ripieni di spezzatino cotti al forno.

Quando tornerò a casa...

Duskov si alzò, andò in cucina e attirò a sé Anja Ivanovna.

«Che succede?» gridò lei spaventata. «Leonid, mi soffochi!» Lasciò cadere ciò che aveva in mano, un coperchio e un coltello, e si girò fra le braccia di Duskov. «Cos'hai? Anima mia... strangolami, se questo è amore!... Mio unico tesoro!...»

Duskov sospirò. Fu come se con l'aria uscissero anche i polmoni. Premette il viso sui capelli di Anja, e fu felice che lei non vedesse come gli tremava la bocca.

Wuppertal ci sarà ancora, camerata... Ma c'era una certezza che lo rodeva dentro: Neu-Nomme non c'è già più...

«I blinis si bruciano», disse Anja Ivanovna.

Egli annuì in silenzio, andò in camera con passo un po' barcollante, si buttò sul letto e si coprì il viso con le mani.

6

La sera del 26 luglio 1944, Elena Lukanovna tornò a casa con gli occhi scintillanti e le guance rosse. Puškin e Sepkin erano seduti davanti alla scacchiera, accaniti, come se stessero manovrando delle armate, e bofonchiavano solo parole incomprensibili quando Elena annunciò: «Grandi novità dal Cremlino, cari!».

«Ci daranno meno pane», ringhiò Puškin. «Lo sappiamo. La cena è in caldo, Elenuška. Non disturbare Piotr; in due mosse gli do scacco matto, o mi faccio impiccare!»

«Stalin si mostrerà ai moscoviti!» La ragazza sobbalzò quando Sepkin mandò all'aria i pezzi che gli erano più vicini e fissò Puškin come se glieli avesse rovesciati lui soffiandoci sopra. Congiunse le mani e smise perfino di respirare.

«Ah, ah!» esclamò Luka Antipovič con un grido di vittoria. «Si può fare anche così! Mi vuol recitare la parte del maldestro, questo pivello sconfitto! Ammettilo: ti ho battuto.»

«Chi lo ha detto?» fece Sepkin con la lingua grossa.

«Io!» esclamò giubilante Puškin. «La partita l'ho vinta io!»

«Che cos'è questa storia di Stalin?»

«Andrà allo stadio. Parlerà al Reggimento delle Guardie che la settimana prossima partirà per il fronte.» Elena Lukanovna svolazzava qua e là come un uccellino, i suoi grandi occhi rotondi scintillavano come un lago baciato dal sole. In un momento simile, il cuore si gonfia di gioia.

«Un'altra partitina, Piotr Mironovič?» chiese Puškin, che finalmente era riuscito a far perdere le staffe a Sepkin durante una partita a scacchi. Di fronte a questo, che importanza aveva la notizia che Stalin andava da qualche parte?

«Quando?» Sepkin si appoggiò allo schienale. Dopo il primo soprassalto, adesso il sangue gli martellava in testa. Era irritato per la sua reazione incontrollata. Era un ammonimento, una prova di quanto fosse già mutata, in modo strisciante e inavvertito, la sua vita. Quando la sera tornava dal Forno I e saliva le scale, si sentiva a casa. Correva incontro al bacio di benvenuto di Elena, e quando Puškin doveva trattenersi più a lungo sul lavoro o aveva un servizio notturno, il suo corpo ardeva di febbre per Elena. Si gettavano l'una nelle braccia dell'altro, sprangavano la porta e approfittavano di quei rari momenti di solitudine per conquistare il loro paradiso. Insensibilmente, Sepkin si trasformava. Già la sensazione, divenuta evidente, di essere «a casa» dai Puškin, di appartenere a Luka Antipovič e a Elena Lukanovna, come se a questo egli fosse destinato, allontanava per Sepkin la prospettiva del compito che gli era stato assegnato. Dopo la marcia dei cinquantasettemila, era affiorato in lui un brutto pensiero: la guerra, il momento propizio, potevano passare, e l'uccisione di Stalin poteva diventare una cosa senza senso. Fu atterrito da quel pensiero, ma esso gli rimase abbarbicato dentro, come una mignatta che gli succhiava il cuore.

Stalin esce dal Cremlino!

Sepkin afferrò la mano di Elena, le baciò la palma e attirò la ragazza sulle ginocchia. Lei gli gettò le braccia al collo e gli sorrise raggiante.

«Il 28 luglio. Dopodomani» disse Elena.

L'ora X... era arrivata.

Elenuška, amore mio immenso, il nostro tempo è finito. Perdonami, quando saprai. Ciò che ti ho nascosto è compensato mille volte dalla nostra breve felicità. Dio, come tutto appare banale adesso!

Le baciò gli occhi lucenti e soffocò quello sconcertante sentimentalismo, mai conosciuto prima. Voi vivete ormai solo per uno scopo, aveva detto Renneberg. Dipende solo da voi dare un'altra direzione alla storia mondiale.

Tre giorni dopo la marcia dei prigionieri, a proposito della quale Petrovskij, proprio Petrovskij, raccontò di aver pianto dentro di sé, ai bordi della strada, mentre Larissa Aleksandrovna si aggrappava a lui come un capretto impaurito guardando quegli orribili tedeschi come esseri di un altro mondo, un avvenimento di portata ancora superiore scosse i sei cospiratori. Nel suo quartier generale, nella «Tana del lupo», Hitler era saltato in aria.

Quella sera si ritrovarono da Milda Ifanovna. Ci si sarebbe aspettati che fossero atterriti, sbigottiti, indignati per questo atto proditorio, e magari sbalorditi — lo sbalordimento quel giornò paralizzò tutta la Germania —, ma i sei si comportarono in maniera affatto diversa.

Duskov disse: «Con la morte del Führer, il nostro compito è finito. Nei prossimi giorni vedremo che cosa succederà.»

I prossimi giorni si ridussero a poche ore. La sera Radio Mosca annunciò che l'attentato contro Hitler era fallito, che Hitler era vivo, che in quello stesso giorno l'attentatore e un gruppetto di cospiratori erano stati fucilati e che si stavano eseguendo numerosi arresti fra gli ufficiali e la nobiltà.

«Merda!» aveva detto Petrovskij. «Merda e ancora merda! Per quattro ore mi sono illuso di poter sposare Larissa! È vivo... ma è vivo davvero?»

Hitler era vivo. Milda aveva captato una stazione radio tedesca. Venivano trasmessi servizi, cronache, una intervista al Maggiore Remer, il Comandante del Battaglione delle Guardie, il quale, dopo aver controllato di persona al quartier generale e aver parlato con Hitler constatando così che era vivo, si era subito occupato dei cospiratori. Goebbels tenne un breve discorso. Ringraziò l'Onnipotente per aver salvato il Führer. Ci furono poi degli appelli. Himmler diventò capo della sicurezza interna. Il fantasma che da anni incombeva sulla Germania prendeva corpo: le SS avevano assunto il potere.

«Per noi non cambia nulla!» disse Duskov quando si riunirono la sera. «Il nostro compito resta! Adesso l'importante è spiegare alle nostre donne perché abbiamo fatto così tardi...»

Per tre giorni, ogni ora, Milda Ifanovna cercò di collegarsi con il suo contatto sconosciuto che doveva trovarsi in qualche parte di Mosca. Il suo breve segnale rimaneva senza risposta, il contatto non si fece mai più vivo. Il segreto legame con Berlino era interrotto. A Sepkin, che essendo solo al Forno I era l'unico a poter stabilire indisturbato un contatto radio, Milda disse:

«Adesso siete abbandonati a voi stessi. Tocca a voi prendere delle decisioni. Ci hanno lasciati soli...»

La missione non fu annullata. La morte di Stalin rimase in programma.

Per il 28 luglio.

Sepkin si alzò, andò al gabinetto, svitò il tacco e chiamò Milda Ifanovna. Sapeva che in quel momento si sarebbe accesa sulla radio di lei una spia rossa così poco appariscente che anche se ci fossero stati ospiti nessuno la avrebbe notata.

Milda Ifanovna si fece riconoscere con il suo numero. «28.7», comunicò Sepkin. E subito venne la risposta: «12.X.»

L'operazione fu avviata in quel momento. Sepkin tornò in soggiorno, si mise a sedere al tavolo con Puškin e, mentre Elena scodellava la kaša fumante, rimise a posto i pezzi sulla scacchiera. Luka Antipovič, sorseggiando il kvas da una tazza di coccio smaltato, grugnì di soddisfazione. Guardò Sepkin con un gran sorriso.

«Guarda un po', piccola mia,» disse a Elena, «come l'ha presa il nostro Piotr Mironovič! Sembra uno straccio, perché ha perso una partita che io sapevo già di aver vinto. Ah ah, non lo avevi sospettato, vero? Lascia che si lambicchi il cervello, mi sono detto, quello che è perso è perso. Solo non bisogna ancora farglielo capire.»

Sepkin rise verde, fece la prima mossa che rese diffidente Puškin tanto era maldestra, e pensò: Dovremmo essere almeno in tre a prenderlo di mira, e si dovrebbe sparare solo quando si è ben sicuri.

Alle 12 del giorno dopo, a intervalli di dieci minuti, raggiunsero tutti l'appartamento di Milda Ifanovna. Da ultimo arrivò il piccolo Plejin con la sua uniforme di Sergente della Milizia, insolitamente pallido e con gli occhi cerchiati. Duskov lo guardò pensieroso.

«Non ho dormito», disse Plejin. «No, non per Ljudmila! Non sogghignate tanto! Ho pensato che ci rimangono solo poche ore di vita.»

«Avevamo giurato di non parlarne», disse Duskov duro.

«Sai una cosa?» disse Ivanov. Portava la tuta sporca da muratore e aveva le mani coperte di polvere di cemento, dato che si era allontanato così come si trovava durante la pausa per la colazione. «Stanotte, prima sono rimasto nel letto a occhi aperti, poi sono strisciato carponi da Vanduška. Dorme con i genitori. E mi sono accoccolato vicino a lei; a sinistra russava Semën Tichonovič come un leone narcotizzato, a destra Antonia Nikitaevna si lamentava e biascicava nel sonno. Ho contemplato Vanda per un'ora. Era una notte chiara... e i suoi capelli mandavano riflessi rossastri e le scendevano fino ai seni.» Ivanov deglutì. «Era un addio...» disse brusco. «Maledizione, perché non se ne deve parlare?» Guardò gli altri, che avevano gli occhi fissi sul pavimento. «Voi avete fatto salti di gioia?»

«Dovremmo esercitarci ancora con le armi di precisione!» disse Boranov atono. Anche lui si era accomiatato da Lyra Pavlovna. Erano andati di nuovo al cinema, come Ivanov, dopo il lavoro: poteva stare solo con Vanda Semënovna soltanto quando andavano a spasso o quando si immergevano nell'oscurità di un cinematografo. Avevano visto un film propagandistico piuttosto brutto sulla vita dissoluta di un boiaro, che alla fine di un opulento banchetto finisce pugnalato da un servitore del quale aveva messo incinta la figlia.

Erano seduti nell'ultima fila, dove nessuno si curava di loro, si baciavano e si accarezzavano, sospiravano e tremavano di piacere, e poi erano andati quasi correndo al deposito dei tram, di cui Boranov aveva la chiave, si erano buttati in una carrozza, su una panca di legno, e si erano amati come se l'amore fosse più disperazione che gioia.

La notte dal 27 al 28 — lo sapevano tutti — era già staccata dalle loro vite. Per loro non c'era più niente di privato, non c'erano più sentimenti, desideri. Solo un freddo calcolo doveva dominarli: la morte di Stalin! In quell'ultima notte dovevano diventare come pezzi di ghiaccio — occhi impegnati solo a prendere la mira, dita impegnate solo a premere un grilletto — spietati.

Milda Ifanovna tirò fuori dall'armadio le armi che Duskov aveva chiesto: tre fucili speciali smontati e rimontabili in pochi istanti. Diciotto bombe a mano ritardate al minino così che non fosse possibile rilanciarle con un gesto rapido. Sei pistole con caricatore allungato. Tre piccoli mitra pieghevoli. Per ciascuno, quaranta colpi di munizioni speciali: camicia di acciaio con carica esplosiva a percussione, colpi che facevano buchi grossi come pugni quando entravano in corpo. I costruttori lo avevano dimostrato con tiri di prova sugli animali: teste di cani che scoppiavano come uova crude, toraci di vitelli che esplodevano in aria come fuochi d'artificio.

Quella che aveva fatto più effetto era stata la prova su un elefante: la sua testa sembrava il centro di un cratere dal quale sgorgava lava rossa.

Gli esperti ne erano rimasti impressionati. A una cosa simile non sarebbe sopravvissuto nemmeno Stalin. Se lo si fosse centrato...

Duskov, Boranov e Sepkin si esercitarono ancora una volta nel montaggio rapido delle armi. Petrovskij impersonava Stalin. Usciva inaspettato dalla camera accanto, apriva la porta... e nello stesso istante le armi erano puntate, Plejin e Ivanov strappavano la sicura alla bomba a mano e la lanciavano. Per il momento si servivano di palle da tennis.

«Un ritardo di due secondi!» disse Milda. Premette il pulsante di un cronometro e lesse il tempo. «È troppo! Dovete farcela al massimo in un secondo...»

Si esercitarono fin quasi alle due del pomeriggio. Non arrivarono a un secondo. Rimasero a un secondo e quarantadue centesimi.

«Può bastare!» disse Milda Ifanovna. «Dobbiamo contare anche sulla sorpresa.» Parlava con freddezza, con voce normale, a volte addirittura cordiale, come fossero lì per fare conversazione. Sepkin la ammirava... non aveva rinunciato all'idea, malgrado Elena Lukanovna. Elena l'amava, ma Milda era come un animale stupendo, pericoloso, imprevedibile, che bisognava catturare, vincere e domare. Uno strano fascino distruttivo... «Hanno annunciato che la parata è per le undici.»

«La Piazza Rossa sarà bloccata per metà durante l'uscita di Stalin» disse Plejin. «Me lo ha detto Ljudmila. Uscirà dalla Porta Spaskij, svolterà a destra, verso la Moscova, passerà davanti alla Cattedrale di San Basilio e poi costeggerà la Moscova. In direzione del Parco Gorkij.»

«Eccellente, Kolka!» Duskov si chinò su una mappa di Mosca, distesa sul tavolo. Gli altri gli si fecero intorno, mentre Milda Ifanovna distribuiva acqua minerale acidulata. C'era un caldo pesante, e il sudore usciva dai pori come da una spugna strizzata. Alla radio avevano comunicato che già diciannove persone erano morte per il caldo. Erano crollate come avessero il cervello prosciugato.

«Plejin, tu non perdere di vista la Torre Spaskij; appostati nei paraggi del Mausoleo di Lenin o dei Magazzini GUM. Tu controlli l'uscita di Stalin»

«E poi?» chiese Plejin.

«Niente altro!» Duskov non alzò il capo, non voleva guardare il ragazzo. So cosa hai voglia di dire, pensò: Allora, sopravvivrò. È così, beniamino. Continua a vivere con la tua magnifica tigre Ljudmila Dragonovna. Ma adesso tieni la bocca chiusa!

«A meno che» proseguì Duskov, «Stalin non ti passi tanto vicino che tu possa lanciare la tua bomba o colpirlo di sicuro — dico di sicuro, Plejin! — con il tuo mitra.» Duskov picchiò sulla mappa. «Ivanov, tu starai vicino alla Cattedrale di San Basilio, di fronte alla Torre Nabat del Cremlino. Stalin deve passare per forza di qui, se va sulla Moscova. Se passa troppo in fretta o non è abbastanza vicino, lascia perdere, Fedja, lascia perdere, non rischiare! Ci comunicherai quando Stalin sarà passato.»

Duskov guardò Petrovskij. Così anche Ivanov, il secondo ragazzo, si sarebbe salvato. Quando tornerà la pace, fatti ricrescere i tuoi bei riccioli biondi, pensò Duskov. Come sarà felice la tua Vanda Semënovna quando potrà affondarti le mani nei capelli!

«Petrovskij», disse Duskov col tono di chi ha chiuso l'argomento e non desidera discuterlo oltre. «Come andiamo con la motocicletta?»

«Me la prestano. Il compagno Kurkurin del magazzino pezzi di ricambio me l'ha promesso. È una Zündapp tedesca. Buffo, no? Sicura al cento per cento.»

«Tu segui la colonna di Stalin e rimani in contatto radio con noi», continuò Duskov. «Quando Stalin svolta alla Torre Beklemenski del Cremlino e arriva sul lungofiume fra il molo

Kremlevski e il molo Moskovorezk, la strada diventa abbastanza larga perché tu possa sorpassarlo. Ma dovrai decidere tu a seconda della situazione. Devi essere sicuro di poter superare la barriera della scorta, sfruttare il momento di confusione e lanciare con tutt'e due le mani. Se vedi che non è possibile o che l'esito non sarebbe sicuro, lascia che Stalin prosegua e danne comunicazione a noi.»

Petrovskij annuì. Larissa Aleksandrovna, tesoro mio, pensò, ma in apparenza era assolutamente tranquillo. La mia bambina bionda con il nasino all'insù e quelle allegre lentiggini... non maledire la vita. Non ti servirebbe a nulla...

«Sepkin, Boranov e io formeremo una unità di attacco», disse Duskov. Disse proprio una unità di attacco, un'espressione che Boranov non avrebbe più dimenticato. Era un'espressione tedesca, così profondamente prussiana, così spietatamente idiota che ora, detta in russo, non faceva ridere ma incuteva terrore.

«Prenderemo Stalin in mezzo a un fuoco concentrato da tre direzioni quando, venendo dal molo Kropotkin, passerà sul ponte Krim. Qui all'angolo, dove l'auto svolta e quindi è costretta a ridurre di molto la velocità, è il punto in cui lo si può raggiungere da tre lati.» Duskov alzò la testa. «Domande, compagni?»

«Nessuna», rispose Sepkin, cupo.

«Prendere posizione alle 10.» Duskov fece un sorriso forzato. «Buona fortuna, ragazzi. Ci... ci rivedremo qui da Milda Ifanovna...»

Era una battuta macabra, di cui nessuno avrebbe creduto capace Duskov. Con un amaro sorriso all'angolo della bocca, batterono uno contro l'altro i bicchieri pieni di acqua acidulata e si abbracciarono. Sulla porta, Milda diede a ognuno un bacio... non un bacio da sorella, ma un bacio che scottò sulle loro labbra, penetrò nel sangue, li fece vibrare in tutto il corpo. Anche se non avessero avuto motivo di pensare che non c'era alcuna possibilità di salvezza, quel bacio glielo avrebbe detto. Era un addio per sempre.

Due minuti dopo le 10, la mattina del 28 luglio 1944, una giornata con un sole che già a quell'ora sollevava vapori dall'asfalto, Plejin, Ivanov e Petrovskij annunciarono di essere ai loro posti. Duskov, Boranov e Sepkin avevano tirato fuori le armi. Non c'era niente di meglio della camera di combustione del Forno I, e lì, dove di solito riduceva in polvere le membra amputate, Sepkin aveva nascosto le armi. Nessuno si avvicinava a quel forno, né Zišlov, il caposquadra del crematorio, né gli assistenti delle camere operatorie, che portavano il materiale. Lasciavano i loro secchi davanti alla porta. Nel locale rivestito di piastrelle, Sepkin era l'unico signore e padrone.

Per Plejin e Ivanov aveva provveduto Petrovskij. Nella fabbrica di trattori aveva a disposizione sufficienti angoli in cui nascondere bombe a mano, pistole e mitra. Con la moto presa in prestito, attraversò Mosca rombando, incontrò Plejin e Ivanov vicino al Museo Storico e distribuì le armi.

Alle 10 e 20 il Colonnello Smolka era in piedi, con le mani che gli scottavano, davanti al Generale Radovskij e si sentiva infelice fino alle punte dei piedi.

Nella stanza accanto, Stalin telefonava; la sua voce forte, dal timbro cupo, passava attraverso la porta. Parlava con il Maresciallo Konev del I Fronte Ucraino, che con la 13a e la 60a Armata aveva effettuato un'ampia manovra a tenaglia in direzione di Lemberg, e ad ovest di Lemberg aveva accerchiato alcune divisioni tedesche. Egli era così sicuro della sua forza di penetrazione che più a ovest, oltre Tarnopol, aveva lasciato due armate fresche di riserva ordinando che si limitassero a fare esercitazioni.

La voce di Stalin era giubilante. Chiamò Konev «mio caro fratello» e lo colmò di lodi.

«Siamo fortunati!» disse Radovskij. «Igor Vladimirovič, si potrebbe quasi tornare a credere in Dio! Stalin attraverserà Mosca nelle migliori condizioni di spirito. Lei tiene un diario? Allora può scriverci: "28 luglio 1944. Sono il primo ed unico uomo al mondo al quale sia riuscito di scritturare Stalin come attore!" E non pensi a quando il suo folle spettacolo farà fiasco...»

Alle 10,30 la guardia uscì dalla Torre Spaskij. Uomini della

Milizia e guardie formarono un cordone dietro il quale si accalcava una piccola folla. Solo qualche centinaio di persone. I più erano andati al Parco Gorkij, per vedere la parata. Diversi ufficiali comparvero nel passaggio e formarono una spalliera.

Il piccolo Plejin si premette la radio sulle labbra. Adesso erano tutti collegati e ciascuno dei sei poteva udire. Plejin, vicino al Mausoleo di Lenin, vedeva molto bene l'uscita. Quando Stalin comparve nella sua auto, lo vide, ma era troppo lontano perché lo potesse raggiungere con una bomba a mano o con il piccolo mitra.

«Ci sono!» disse Plejin sottovoce. Naturalmente, egli indossava l'uniforme della Milizia, e chi lo avesse visto parlare nell'apparecchio avrebbe pensato che fosse in contatto con altre postazioni della Milizia. Era più al sicuro di tutti. Sarebbe sopravvissuto.

«Ivanov?» chiese Duskov.

«Presente.»

«Petrovskij?»

«Sono in sella pronto a partire.»

«Non correre rischi, Luka!»

«Che, sono uno stronzo?» disse Petrovskij offeso.

Il piccolo Plejin comunicò: «Tre pattuglie davanti! Macchine scoperte con tiratori scelti. Sei motociclisti...»

«Capito!» disse Petrovskij. «Sarà come sfondare un nido d'api!»

«Prima postazione aspettare!» gridò Duskov.

Era con Boranov e Sepkin sul ponte Krim, al riparo di un grande tabellone propagandistico di legno, sul quale giganteggiavano la foto di Stalin e una massima del «Padre di tutti i russi». Un posto ideale: quando Stalin fosse passato lentamente con l'auto davanti alla sua grande effigie, sarebbe stato centrato dal fuoco di tre fucili speciali. Il grande ritratto sul tabellone sarebbe stato il testimone della sua morte. E non si dica che il destino è privo di umorismo...

«Arriva.» Il piccolo Plejin lo disse con tono così impersonale che Duskov guardò stupito Boranov. Sepkin, calmo e concentrato, controllò ancora una volta l'otturatore del fucile. Che non si inceppasse! Doveva sputare il suo tiro rapido prima che gli altri si accorgessero di ciò che stava accadendo.

«È in un'auto con il finestrino aperto!» disse Plejin. «Lo vedo benissimo. Ride. Ha il finestrino aperto!»

«Capito!» Duskov scosse il capo. «Si espone da sé come un bersaglio.»

«L'auto svolta a destra, in direzione della Cattedrale.»

«Lo vedo arrivare!» si inserì Ivanov. «Prima viene la scorta.»

«Il mio catenaccio funziona!» intervenne Petrovskij.

E in quel momento si udì un lieve grido, inatteso, come un coltello che laceri rapido una stoffa sottile.

La voce di Plejin... tremante, sconcertata, sconnessa, con un tono infantile...

«Non è possibile... non è possibile... Dio mio!»

«Che c'è, Plejin?» gridò Duskov. «Plejin, Kolka... che è successo?»

Dalla Porta Spaskij stava uscendo la stessa auto che aveva appena svoltato a destra. Una tozza berlina nera, con il finestrino posteriore abbassato. E sul sedile, intento a rivolgere cordiali cenni col capo alla folla dietro il cordone delle guardie, c'era di nuovo Stalin.

«Un altro Stalin...» balbettò Plejin.

«Kolka!» Duskov spalancò la bocca, come se ciò potesse rinfrescargli i polmoni divenuti roventi. «Kolka, rientra in te.»

Una terza auto! Lo stesso occupante. Gli ufficiali fecero il saluto. Dietro il finestrino aperto, Stalin salutava con un largo sorriso e alzava la mano all'altezza del capo con un gesto che gli era caratteristico. I capelli grigio ghiaccio furono illuminati da un raggio di sole quando si chinò in avanti.

«Un terzo Stalin...» gridò il piccolo Plejin disperato. «Non sparate! Non sparate! Ci sono tre Stalin per strada!»

«Figlio di puttana sbronzo!» urlò Petrovskij sulla moto. «Duskov, il piccolo se la sta facendo sotto!»

«Il terzo Stalin gira a sinistra!» La voce di Plejin tremava da far pietà. «Viene verso di me... mi passa davanti... mi saluta...»

«Spara, Kolka!» gridò Petrovskij.

«... il... il terzo Stalin... e dalla porta ne esce un quarto! Ancora uno Stalin! Svolta verso di me... Abbiamo... abbiamo quattro Stalin!»

«Basta!» disse Petrovskij. «È impazzito.»

Prima che Duskov potesse reagire, la voce di Ivanov troncò qualsiasi riflessione:

«Postazione Cattedrale. La scorta... e poi l'auto con Stalin... due auto, molto vicine... arrivano alla mia altezza. Troppo lontane per attaccarle. Signore Iddio, Kolka ha ragione: mi stanno passando davanti due Stalin! Duskov, sono davvero due...»

La voce querula di Plejin dalla Piazza Rossa:

«Gli altri due Stalin svoltano per via Gorkij! Non sparate! Non sparate! Quale sarà quello vero?»

Duskov fissò Sepkin e Boranov con gli occhi orlati di rosso. Sepkin si accucciò dietro il tabellone, sudando come un cumulo di neve che si squagli al sole. Boranov aveva buttato indietro la testa e guardava il cielo privo di nubi, azzurro pallido, che sprizzava calore.

Petrovskij si fece sentire dalla Porta Beklemenski: «Merda! Merda! Merda!» gridò. Attraverso la radio si sentiva lo scoppiettio della sua moto. «Arrivano... sono proprio due. Duskov, due Stalin vengono verso di te... Oh, merda!»

«I due Stalin si sono separati... il primo gira a destra intorno al Museo, il secondo svolta verso la Porta dell'Arsenale.» Era la voce di Plejin divenuta infantile. «Io... io interrompo il contatto. Non ho altro da fare...»

Duskov chinò il capo. Una delle ore più grandi nella storia del mondo si era tramutata in farsa. Le *Oche selvatiche* diventavano comuni passerotti. Il ridicolo sconfiggeva la storia. Stalin si allontanava in quattro direzioni...

«Fine!» disse Duskov spossato. «Dio protegga la nostra patria... Noi non possiamo più farlo.»

Quando la colonna passò loro accanto — le auto di scorta, i motociclisti, le due berline nere — per svoltare sul ponte Krim, Duskov, Sepkin e Boranov erano sul bordo della strada. Salutarono... e dalle due auto, dai finestrini aperti, Stalin li salutò cordiale e di buon umore come di rado accadeva.

Due, uno dietro l'altro... incredibile ma vero.

I tre seguirono con lo sguardo le auto sino a che transitarono sul Ponte Krim, poi presero le loro borse da dietro il tabellone e s'incamminarono adagio, come se si godessero felici una passeggiata al sole, lungo la banchina Kropotki fino al Cremlino.

Petrovskij andò loro incontro, frenò e scese dalla moto.

«E adesso?» gridò. Aveva il viso alterato e irriconoscibile. «Duskov, di' qualche cosa!»

«Stasera, andando a casa», disse Duskov lentamente, «dovremmo portare dei fiori alle nostre donne. Le vincitrici sono loro...»

Il 2 ottobre 1944, Ivanov si imbatté di nuovo in Stalin.

Accadde ancora nel giardino Aleksander, vicino alla torre centrale dell'Arsenale. Solo che questa volta Ivanov non trasportava cunei di legno sul Ponte della Trinità, bensì stava facendo una impalcatura per riparare un tratto di muro dell'Arsenale. Era circa mezzogiorno, Ivanov era solo con un altro operaio, un certo Beljaev, che se ne stava accovacciato all'ombra del muro, mangiava un cetriolo sottaceto e raccontava di una ragazza che aveva una grossa macchia epatica un palmo al di sopra del pube. Beljaev voleva sapere dal compagno Ivanov, che era istruito, se era possibile togliere quella macchia.

E all'improvviso davanti a loro comparve Stalin. Fumava tranquillo la pipa, indossava una giacca estiva ampia e chiara e non aveva un'espressione corrucciata, ma paterna, come appariva nei grandi manifesti.

Il buon Beljaev, un po' corto di cervello, sbarrò gli occhi, si alzò in fretta, si schiacciò contro il muro, si mise sull'attenti e credette di morire, tanto forte gli batteva il cuore.

Ma anche Ivanov scattò. Non pensava più, reagiva meccanicamente come lo avevano addestrato a fare... era un pezzo di materia che spinto da un impulso doveva compiere qualcosa di ben preciso.

Stalin lo fissò sbalordito, ma non riuscì ad evitarlo. Mentre Ivanov e Stalin si scontravano, Fëdor Pantelievič metteva la mano nella tasca dei pantaloni e strappava la sicura della bomba a mano...

Per lo spazio di un secondo, furono tanto vicini che sembrarono fondersi, lo sguardo terrorizzato di Stalin trafisse gli occhi ormai lontani, inespressivi di Ivanov... Poi l'esplosione lacerò la quiete di quel pomeriggio assolato. Beljaev fu scaraventato a terra boccheggiante, ma vide i due corpi esplodere come vetro rosso e mescolarsi l'uno con l'altro.

«Divieto assoluto di informazioni!» disse mezz'ora più tardi il Colonnello Smolka. Le due casse di zinco contenenti i resti di Stalin e di Ivanov furono portate via. L'elegante Radovskij se ne stava un po' in disparte e si teneva un fazzoletto davanti alla bocca. Lo spettacolo gli aveva rivoltato lo stomaco. Due corpi dilaniati, ma due teste intatte: quella di un giovane dai riccioli biondi e quella spigolosa, grigio ferro di Stalin.

«Ci crede, adesso, ai miei ufficiali tedeschi, compagno Generale?» chiese Smolka.

«Vuole forse che intoni un alleluia seduta stante?» Radovskij seguì con lo sguardo pieno di orrore le due bare. «Chi era?»

«Nikolai Iljč Tabun...»

«Adesso Stalin non vorrà più comparire in pubblico!» disse Radovskij depresso. «Sa che cosa significa, Igor Vladimirovič? Ancora più odio contro tutti, ancora più intrighi, ancora più desiderio di vendetta! A lei va bene... Lei sta seduto abbastanza lontano da lui, su una sedia sicura. Sicura perché anonima. Noi, che gli stiamo vicini, impareremo che cosa sia la caducità.» Radovskij fece un gesto come per troncare il discorso. «Smolka, mi sia amico, dimentichi le ultime parole. Non parlerà di questo attentato?»

«Non una parola, compagno Generale.»

«E il testimonio, quel carpentiere? Ha riportato solo leggere ferite.»

«Sarà ricoverato in una buona clinica specialistica», disse Smolka con tono leggero. «A Omsk.»

Omsk è al di là degli Urali. In Siberia...

Radovskij guardò Smolka, sporse il labbro inferiore, voltò le spalle e se ne andò.

Per quattro settimane Vanda Semënovna corse in giro disperata, si rivolse agli ospedali, alla Milizia, alle autorità... tutti le rispondevano con una alzata di spalle. Antonia Nikitaevna, la madre, straziata dal dolore della figlia, tirò fuori una cassetta da sotto il letto, allestì in un angolo della camera, malgrado l'opposizione del marito, un altarino, appese alla parete un quadro raffigurante il Cristo che si libra da un cuore in fiamme, lo ornò di fiori, accese una candela e si inginocchiò a pregare.

Quando Vanda tornò a casa, si buttò anche lei in ginocchio accanto alla madre, alzò le mani congiunte e gridò rivolta all'altarino: «Ridammelo, Salvatore! Aiutami, Cristo! Dov'è? Che ne è stato di lui? Come può un uomo sparire così? Cristo, aiutaci...»

Semën Tichonovič non ce la faceva più. Usciva di casa — si ubriacò quattro volte — poi andava a schiamazzare, sputava sull'altarino, chiamava Ivanov sporco puttaniere, fece a pezzi un boccale per il kvas che Vanda aveva regalato da poco a Fëdor Panteljevič, calpestò i cocci e minacciò di fare rinchiudere le donne in manicomio. Ma quando era solo, all'acciaieria, si metteva spesso accanto al laminatoio, fissava il metallo incandescente, non trovava risposta alle sue domande e scuoteva il capo sconfortato.

Aveva amato Ivanov come un figlio. Solo, non lo aveva mai detto. Semën non era di quelli che esternano i propri sentimenti.

La guerra era stata vinta... o perduta. Dipendeva dal punto di vista da cui la si vedeva. A Mosca i festeggiamenti per la vittoria durarono una settimana. Fuochi d'artificio unici nella storia illuminarono il cielo di Mosca con cascate scintillanti. Le bandiere e gli stendardi tedeschi conquistati vennero accatastati in un grosso mucchio. Nella Piazza Rossa vi fu una parata di proporzioni mai viste. Sulla tribuna del muro del Cremlino c'era Stalin, circondato dai suoi fedeli e dai Generali con le medaglie che brillavano al sole, Generali i cui nomi conoscevano e pronunciavano con riverenza, come si pronunciavano una volta i nomi dei santi. Stalin alzò la mano all'altezza del viso, salutò, sorrise, monumento vivente, strinse la mano ai suoi Marescialli, trascinando alle lacrime le migliaia di persone che stavano a guardare.

Quel giorno Boranov e Lyra Pavlovna erano soli. Pavlov Ignatovič Žarenkov e la moglie Marja Ivanovna avevano avuto un invito. A Žarenkov non era stata concessa l'autorizzazione a costruire il suo gigantesco arco di trionfo, ma lo avevano promosso caposezione. Egli dirigeva ora i piani per una nuova canalizzazione. Un compito ragguardevole anche se aveva ben poco in comune con i suoi estrosi progetti. Il compagno capodivisione li aveva invitati per festeggiare la vittoria, e così Lyra e Kyrill rimasero soli. Comunque, si dovevano sposare di lì a poche settimane; il rigido Žarenkov aveva dovuto ammettere che anche ai suoi tempi si faceva all'amore prima del matrimonio. Marja Ivanovna glielo aveva ricordato con tenerezza, e al ricordo gli occhi di Pavlov si inumidirono.

«Ti devo fare una confessione», disse Boranov. Era seduto sul divano con Lyra, si erano baciati, e lei si era tolta la camicetta e si era distesa, mentre Boranov la accarezzava.

«Perché parli adesso?» chiese lei a mezza voce. «Dicono sempre che noi donne chiacchieriamo troppo. E voi uomini? Irrequieti come cornacchie...»

«È necessario.» Boranov si tolse la scarpa sinistra. Svitò il tacco, lo spostò di lato e tese la scarpa a Lyra. «È una radio», disse. «Un apparecchio americano. Adesso non mi serve più. La guerra è finita. Lyraška, io sono tedesco. Sono un ufficiale tedesco. Mi chiamo Asgard Kuehenberg...»

Lei lo guardò con i grandi occhi lucenti, protese il busto nudo verso di lui e gli mise un braccio intorno ai fianchi. «Ma che stai dicendo, Kyrill Semënovič?» chiese con voce esile. «Possibile che un uomo intelligente come te dica tante assurdità?»

«Sono tedesco, Lyra...»

«Tu sei Boranov. Kyrill Semënovič Boranov. Non sei mai stato altro... mio marito Kyrill. Non hai una moglie che si chiama Lyra Pavlovna? Non avrai dei bambini che si chiameranno Boranov? Chi può cambiare tutto questo?» Gli sorrise, gli prese la mano e se la mise sul seno. «Qui è la tua vita», disse. «Non buttarla via con le parole, tesoro. Non dare altri nomi... Seppellisci tutto nel più profondo di te, per sempre... Oh, guarda che ora è, Kyrill. Il tempo corre via come una nuvola di temporale. Fra due ore saranno di ritorno. E noi parliamo, parliamo, e dimentichiamo...»

Žarenkov sobbalzò quando, dopo la mezzanotte, tornò a casa. Sua figlia Lyra era a letto con Kyrill Semënovič sotto una coperta, e dalle spalle — non occorreva uno sforzo per indovinarlo — capì che non avevano niente addosso.

«Che vergogna!» mormorò, quando Marja Ivanovna lo trascinò via dalla camera. «Oh, che vergogna! Il massimo della spudoratezza! Sotto il mio tetto! Devo ammazzarlo?»

«Falli sposare presto», disse la saggia Marja Ivanovna. «Domani andremo subito a fare l'iscrizione alla Casa dei Matrimoni...»

Milda Ifanovna abitava sempre nella Lesnaja ulica n. 19. Aveva trovato un posto di segretaria nell'ufficio centrale del Controllo Tessili. Poteva avere stoffe meravigliose e perfino abiti confezionati, procurarsi cappotti, calze, scarpe e biancheria intima e viveva con un uomo che era l'opposto assoluto di Volnov e degli uomini che corrispondevano ai suoi gusti. Il compagno Ivan Janovič Volodin — almeno, aveva la V e due O nel cognome — era un tipo spirituale, parlava cinque lingue, fra cui il tedesco, e insegnava all'università storia dell'arte europea. Amava Milda all'eccesso, cosa di cui non gli si poteva fare una colpa, sopportava con indulgenza i suoi molti amici, discuteva con Sepkin, Duskov, Plejin e Boranov e con le loro mogli su tutti gli argomenti, a partire dalle scoperte di Boranov nel campo della coltivazione delle orchidee fino all'interrogativo se la scissione dell'atomo potesse davvero essere utilizzata a scopi pacifici, per esempio per la produzione di energia; ammirava la felina Ljudmila Dragonovna Plejina, l'eterea bellezza di Anja Ivanovna Duskova, la sfavillante giovinezza di Elena Lukanovna Sepkina, la vivacità di Larissa Aleksandrovna Petrovskaja, con il naso all'insù, e la travolgente allegria di Lyra Pavlovna Boranova. E continuava a chiedersi come mai Milda Ifanovna, un altro gioiello in quella cerchia, avesse sposato proprio lui.

La posizione di Milda nell'anno che succedette alla fine della guerra fu molto importante. Procurava alle mogli dei suoi amici vestiti, stoffe, buoni per l'acquisto di scarpe, e aveva perfino tre tessere che le davano accesso ai negozi speciali riservati agli alti funzionari del partito. La vita si era normalizzata, le notizie dalla Germania erano scarse: là si soffriva la fame e il freddo, si cercava di sopravvivere con il mercato nero, oppure si girava per le campagne con un sacco in spalla a caccia di un po' di condimento. Quando Milda accendeva la radio e prendeva Berlino, venivano sommersi dal jazz americano e da voci che Ljudmila Dragonovna definiva ululati di lupi.

In un giorno di settembre del 1946, Milda, con voce angosciata, pregò tutti di andare da lei. Quando Duskov, Boranov e Petrovskj arrivarono, Milda era seduta sul divano e piangeva. Ivan Janovič Volodin cercava di tirarla su, prima col vino, poi con del cognac georgiano, ma lei scuoteva il capo, se ne stava abbandonata come una bambola rotta e continuava a ripetere: «È terribile, spaventoso! Sepkin lo ha telefonato dalla clinica un'ora fa. Li hanno portati... in tre sacchi, perché non volevano aspettare e per non suscitare scalpore... Viveva ancora quando l'hanno tirata fuori dal sacco, respirava ancora, con gli occhi aperti, poi è morta. Sepkin sostiene che deve averlo riconosciuto...»

«Chi? Per l'amor di Dio, chi?» gridò Duskov.

«Ljudmila Dragonovna...»

Rimasero come paralizzati. Non capirono subito. Come potevano capire?

«Non... non può essere vero», disse Boranov roco. Si rivedeva davanti Ljudimila, quella donna che ai suoi occhi aveva aperto per così dire nuove dimensioni alla bellezza femminile. «Cosa è successo? Chi sono gli altri due morti?»

Milda Ifanovna singhiozzava convulsa. Volodin le porse il bicchiere di cognac. Lei bevve un sorso e si asciugò le lacrime dal viso con tutt'e due le mani.

«Lei gli ha sparato... quattro colpi. E all'altra due. L'ultimo se lo è diretto al cuore...»

«L'altra?» chiese Boranov a bassa voce. «Quale altra?»

«Una cameriera. Ljudmila li ha sorpresi in una capanna di legno sulla Moscova. Doveva tenerli d'occhio da un pezzo e lo aveva seguito di nascosto. Ha sparato subito....»

«Incredibile!» Duskov prese la bottiglia di vino e per semplificare se la portò alla bocca. La gola gli tremava mentre beveva. «Il ragazzo doveva essere impazzito!» disse poi. «Tradire Ljudmila! Dove si trova un'altra Ljudmila?»

«Lei aveva nove anni più di Kolka», disse Milda piano. «La cameriera ne aveva uno meno di lui. È spaventoso... incomprensibile... Ma posso capire Ljudmila...»

Fu un funerale discreto; accanto alle due bare c'erano solo alcuni camerati della Milizia. La cameriera fu sepolta in un altro quartiere, e sulla tomba il padre, in preda a un irrefrenabile dolore, si abbandonò al turpiloquio e chiamò sudicio puttaniere il povero Plejin, l'innamorato di sua figlia.

Duskov, Petrovskij, Sepkin, Boranov e le loro mogli sfilarono lentamente davanti alle bare. La testa di Plejin posata sul cuscino sembrava quella di un ragazzo addormentato, la bocca era un po' tirata, come in un caparbio sorriso. Non gli avevano messo una croce fra le dita, solo una rosa rossa. Una di quelle rose che Ljudmila aveva sempre amato.

Ljudmila Dragonovna nella bara... era uno spettacolo che s'imprimeva a fuoco nel cuore. Se in vita era stata di una bellezza inconcepibile, la morte aveva vieppiù abbellito il suo volto. Gli zigomi alti risaltavano sotto la pelle di un delicato color oliva, le labbra arcuate parlavano ancora, nel gelo della morte, di sensualità e di una passione sconfinata. E quel volto armonioso era contornato dai capelli nero lacca, una nuvola di seta agitata dal vento che spirava sul cimitero.

Sfilarono davanti a Plejin e Ljudmila, deposero fiori sui loro corpi, si soffermarono a mani giunte, li guardarono; era tutto al limite della loro comprensione. Quando le bare furono chiuse, quando le calarono nella doppia fossa e le zolle di terra si riversarono sui coperchi, Duskov ruppe il silenzio:

«Il ragazzo aveva sempre sognato di tornare in Germania. Me lo diceva spesso...»

Non vi furono le cerimonie funebri che si è soliti fare in Russia. Passeggiarono nel grande cimitero, si misero all'ombra di un gruppo di castagni, gettando di tanto in tanto uno sguardo verso la tomba. I becchini si erano tolti la giacca e spalavano. Era una bella giornata d'autunno, con alberi e cespugli variopinti; la natura cambiava i suoi colori, prima di intorpidirsi nel gelo. Autunno... in Siberia dicono «taiga fiammeggiante».

«Poco fa hai detto qualcosa, Leonid Germanovič», disse Boranov. «Il ragazzo aveva nostalgia, voleva tornare in Germania...» Cinse con un braccio Lyra Pavlovna, glielo fece scivolare sulle anche e fermò la mano sul ventre gonfio. Lei non doveva spaventarsi, doveva sapere che c'era solo lei in questa breve vita.

«Non è ancora troppo tardi per parlare di questo», proseguì Boranov. «Solo una domanda, amici. Dovremmo meditarla perché ci rode dentro; vogliamo tornare in Germania?»

«Temevo questa domanda!» disse Sepkin.

«Siamo ufficiali tedeschi...»

«*Eravamo*. Adesso siamo dei compagni sposati». Duskov tirò fuori dalla tasca delle papirose e ne fumò una anche Anja Ivanovna, aspirò nervosamente il fumo ributtandolo fuori a piccole boccate. «Anja ha fatto domanda perché mi ammettano nel Partito. È un onore! Sono un candidato, compagni.»

«E io sono risalito dagli inferi», disse Sepkin. «Ho lasciato il Forno I. Da una settimana sono assistente in camera operatoria. Non brucio più membra amputate... Frutta qualche rublo di più. Elenuška si comprerà una pelliccia, al mercato nero. Ho già una buona offerta...»

«Io sono stato proposto per un esame come caporeparto al collaudo trattori.» Petrovskij accarezzò i capelli biondi di Larissa. Il suo viso allegro era ancora coperto di lentiggini, autunno e inverno non la toccavano. «Studio durante la notte...» Alzò le spalle: un muto invito alla comprensione. «E tu, Kyrill Semënovič?»

«Adesso presto servizio sulla linea 3.» Boranov seguì con lo sguardo il fumo della sua papirosa; teneva la mano sempre sul ventre gonfio di Lyra. «Fra sei mesi — me lo hanno promesso — dovrei diventare controllore. Guardate il mio piccolo cigno. Fra tre mesi Lyranja avrà il nostro primo figlio...»

«E fai ancora domande?» disse Duskov.

«Forse, fra qualche anno, compagni?» Boranov schiacciò la sigaretta, ma questo non doveva essere inteso come un gesto simbolico. «Il mondo cambia di continuo... e anche noi! Non può essere che un giorno ci diciamo: ragazzi, io vorrei rivedere la Germania? Malgrado tutto ciò che è successo? E allora prendiamo le mogli e i figli e ce ne torniamo in patria. Solo un pensierino, amici... non può essere?»

Erano dieci... e uno tornò e raccontò.

Una impresa pazza come l'epoca che avrebbe dovuto salvare.

Vivono ancora, gli altri tre... da qualche parte, a Mosca, con le mogli, i figli e i nipoti:

Leonid Germanovič Duskov.

Piotr Mironovič Sepkin.

Luka Ivanovič Petrovskij.

Non si dovrebbe cercarli mai più.

Finito di stampare nel mese di novembre 1987
dalla RCS Rizzoli Libri S.p.A. - Via A. Scarsellini, 17 - 20161 Milano

Printed in Italy

SUPER BUR

SETTIMANALI DELLA BUR
Ultimi volumi pubblicati

531. Enzo Biagi, *Cina*
edizione in brossura
pp. 268

532. Joseph Joffo, *Anna e la sua orchestra*
pp. 296

533. Ugo Pirro, *Mio figlio non sa leggere*
pp. 294

534. John le Carré, *Tutti gli uomini di Smiley*
pp. 360

535. Cristiane F., *NOI, i ragazzi dello zoo di Berlino*
a cura di Kai Hermann e Horst Rieck
pp. 450

536. Brunella Gasperini, *I fantasmi nel cassetto*
pp. 176

537. Charles M. Schulz, *Palla strizzolina!*
pp. 128

538. Robert Katz, *Cassandra Crossing*
pp. 160

539. Carlo Cassola, *L'uomo e il cane*
pp. 128

540. Pearl S. Buck, *Miniatura di Natale*
pp. 192

541. Gaetano Azzolina, *Senza cuore*
in collaborazione con Claudio Castellucci
pp. 160

542. Len Deighton, *La grande spia*
pp. 308

543. Carlo Castellaneta, *Da un capo all'altro della città*
Introduzione di Claudio Marabini
pp. 198

544. Indro Montanelli - Mario Cervi, *Storia d'Italia* - XLIII L'Italia dell'Asse (1938-1940)
7 illustrazioni
pp. 258

545. Indro Montanelli - Mario Cervi, *Storia d'Italia* - XLIV L'Italia nella seconda guerra mondiale (1940-1942)
8 illustrazioni
pp. 260

546. Carlo Cassola, *Vita d'artista*
pp. 178

547. Sven Hassel, *Liquidate Parigi!*
pp. 338

548. James Herriot, *E il Signore le creò*
pp. 364

549. Alfredo Todisco, *La prima spiaggia*
Introduzione di Giuseppe Prezzolini

550. Robert Ludlum, *Il patto*
pp. 376

551. Indro Montanelli - Mario Cervi, *Storia d'Italia* - XLV L'Italia della disfatta (1942-1943)
10 illustrazioni
pp. 256

552. Brunella Gasperini, *Storie d'amore storie d'allegria*
pp. 304

553. Giovanni Guareschi *Gente così*
pp. 274

554. Paolo Villaggio, *Le lettere di Fantozzi*
pp. 140

555. Maria Fida Moro, *La casa dei cento Natali*
Prefazione di Leonardo Sciascia
pp. 132

556. Charles M. Schulz, *Snoopy sergente maggiore*
pp. 128

557. Heinz G. Konsalik, *L'angelo dei dimenticati*
pp. 280

558. Roberto Gervaso, *Claretta*
La donna che morì per Mussolini
25 illustrazioni
pp. 256

559. Giovanni Mosca, *Candido in Italia*
pp. 208

560. Daphne du Maurier, *Il punto di rottura*
pp. 304

561. Enza Candela Bettelli, *200 insalate*
disegni di Agata Benedetti
pp. 246

562. Sven Hassel, *Corte marziale*
pp. 382

563. Mariane Kohler e Jean Chapelle, *Cento rimedi contro l'insonnia*
pp. 192

564. Spinelli-Balduzzi, *Il libro dei giochi della «Domenica Quiz»*
pp. 154

565. Luciano Doddoli, *Lettere di un padre alla figlia che si droga*
pp. 138

566. Michele Prisco, *Figli difficili*
Introduzione di Mario Pomilio
pp. 416

567. Henri Chenot, *La dieta energetica*
con illustrazioni
pp. 206

568. Vittorio Buttafava, *Cari figli del 2053*
pp. 204

569. Waine W. Dyer, *Te stesso al cento per cento*
pp. 416

570. Giorgio Scerbanenco, *La ragazza dell'addio*
pp. 318

571-572. Gary Jennings, *L'azteco*
pp. 1010 - 2 volumi

573. Joseph Wambaugh, *Il cavaliere blu*
pp. 288

574. Charles M. Schulz, *Niente di speciale*
pp. 128

575. Enzo Biagi, *Inghilterra*
edizione in brossura
pp. 272

576. Carlo Manzoni, *Il signor Veneranda*
Introduzione di Oreste del Buono
con illustrazioni
pp. 256

577. Kurt Vonnegut, *Madre notte*
Introduzione di Luigi Brioschi
pp. 240

578. Giovanni Arpino, *Una nuvola d'ira*
Introduzione di Mario Maffiodo
pp. 192

579. Michael Hardwick, *L'Asso della Manica*
pp. 230

580. Nantas Salvalaggio, *Sabbia negli occhi*
pp. 144

581. Elena Gianini Belotti, *Non di sola madre*
pp. 240

582. Carlo Castellaneta, *Tante storie*
pp. 256

583. Davide Lajolo, *Il merlo di campagna e il merlo di città*
pp. 192

584. Elisabetta Leslie Leonelli, *Al di là delle labbra*
pp. 208

585. Carlo Cassola, *Il cacciatore*
pp. 208

586. Kurt Vonnegut, *Un pezzo da galera*
pp. 224

587. Len Deighton, *La spia di ieri*
pp. 272

588. Raymond Peynet, *I fidanzatini*
Introduzione di Nantas Salvalaggio
pp. 112

589. Sven Hassel, *Kameraden*
pp. 304

590. Charles M. Schulz, *Il menu del giorno*
pp. 128

591. Accademia cinese di medicina tradizionale, *L'agopuntura*
pp. 272

592. Jeanne Cressanges, *Tutto quello che le donne non hanno mai detto*
pp. 272

593. Giorgio Scerbanenco, *I diecimila angeli*
pp. 288

594. Roberto Gervaso, *Dente per dente*
pp. 208

595. Frederick M. Noad, *Come si suona la chitarra*
pp. 268

596. Giovanni Guareschi, *Lo Zibaldino*
pp. 352

597. Daphne Du Maurier, *Un bel mattino*
pp. 368

598. Sophia Loren, *In cucina con amore*
pp. 352

599. Fanny Deschamps, *La Signora della bougainvillea*
pp. 532

600. Emilio Salgari, *I misteri della jungla nera*
introduzione di Folco Quilici
con le illustrazioni di Gamba della prima edizione
pp. 400

601. Giovanni Mosca, *Diario d'un padre*
pp. 134

602. Elvio Fantini-Carlo Eugenio Santelia, *I giochi di carte*
pp. 390

603. Rocco e Antonia, *Porci con le ali*
introduzione di Francesco Alberoni
pp. 192

604. Charles M. Schulz, *Io e il cactus*
pp. 128

605. Paolo Villaggio, *Fantozzi subisce ancora*
pp. 208

606. Pearl S. Buck, *L'arcobaleno*
pp. 208

607. George Jonas, *Vendetta*
16 illustrazioni
pp. 512

608. P.D. James, *Per cause innaturali*
pp. 254

610. Anna Del Bo Boffino, *Figli di mamma*
pp. 192

611. Françoise Sagan, *La donna truccata*
pp. 340

612. Hans Eysenck-Glenn Wilson, *Conosci la tua personalità*
pp. 206

613. Brunella Gasperini, *Grazie lo stesso*
pp. 160

614. Ugo Tognazzi, *L'Abbuffone*
pp. 212

615. Charles M. Schulz, *Amici per la pelle*
pp. 128

616. Sven Hassel, *L'ultimo assalto*
pp. 312

617. Raffaello Masci-Fabrizio Ferragni, *Guida al primo lavoro*
pp. 256

618. Manuela Pompas, *I poteri della mente*
pp. 168

619. Gail Sheehy, *Sentieri*
pp. 384

620. Pellegrino Artusi, *La scienza in cucina e l'arte di mangiar bene*
Introduzione di Piero Ricci
pp. 576

621. Giorgio Scerbanenco, *Il fiume verde*
pp. 208

622. Theodore Isaac Rubin, *Riconciliarsi con se stessi*
pp. 224

623. Raymond Peynet, *Il codice dei fidanzati*
pp. 128

624. Leonore Fleischer, *Il Paradiso può attendere*
pp. 276

625. Giovanni Guareschi, *Corrierino delle famiglie*
pp. 320

626. Richard Adams, *La ragazza sull'altalena*
pp. 352

627. Edoardo Giusti, *L'arte di separarsi*
pp. 224

628. Charles M. Schulz, *Un racconto di Snoopy*
pp. 128

629. Sven Hassel, *Colpo di mano a Mosca*
pp. 338

630. Alice Kahn Ladas-Beverly Whipple-John D. Perry, *Il punto G*
pp. 224

631. Gualtiero Marchesi, *Oltre il fornello*
pp. 128

632. James Grady, *Il grande affare del sassolino*
pp. 208

633. Maurizio Costanzo, *Smemorie*
pp. 176

634. Arthur Frommer, *Roma, Firenze, Venezia, Napoli con 50 mila lire al giorno*
pp. 224

635. Nantas Salvalaggio, *Tre giorni stregati*
pp. 160

636. Len Deighton, *XPD*
pp. 368

637. P. D. James, *Sangue innocente*
pp. 384

638. Kurt Vonnegut, *Ghiaccio nove*
Introduzione di Goffredo Fofi
pp. 224

639. Charles M. Schulz, *Palla ovale*
pp. 128

640. Joseph Joffo, *Le vetrine illuminate*
pp. 192

641. Giandomenico Sassi, *Prova la tua intelligenza giocando. 7°*
pp. 128

642. Saul Bellow, *Il dicembre del professor Corde*
pp. 304

643. Ambrogio Fogar, *Il mio Atlantico*
con illustrazioni
pp. 192

644. Patrizia Carrano, *La Magnani*
Introduzione di Federico Fellini
pp. 352

644. Patrizia Carrano, *La Magnani*
Introduzione di Federico Fellini
pp. 352

645. Joseph Wambaugh, *La Cupola splendente*
pp. 394

646. Gilbert Keith Chesterton, *La saggezza di padre Brown*
a cura di Attilio Brilli
pp. 256

647. Giovanni Mosca, *La signora Teresa*
Introduzione di Silvio Bertoldi
pp. 256

648. Carlo Castellaneta, *Dizionario dei sentimenti*
pp. 208

649. Gavin Maxwell, *La baia degli ontani*
Introduzione di Ippolito Pizzetti con illustrazioni
pp. 368

650. Giuseppe Marotta, *Le milanesi*
Introduzione di Domenico Porzio
pp. 384

651. Charles M. Schulz, *Bracchetto bracciante*
pp. 128

652. Nino Manfredi, *Viva gli sposi!*
pp. 192

653. Peter Maas, *Il re degli zingari*
pp. 224

654. Carlo Cassola, *La disavventura*
pp. 240

655. Jacqueline Susann, *La valle delle bambole*
pp. 480

656. Giovanni XXIII, *Io vi parlo di me*
Introduzione di David Maria Turoldo
pp.